U0539250

香港浸會大學人文中國學術叢書・文學與宗教系列

# 中國文學與宗教的
# 言、意、象

陳偉強　主編

# 香港浸會大學人文中國學術叢書總序

　　1994年間，本校中文、宗哲和歷史三系同仁籌辦一份發表人文學科論文，同時有獨立評審稿件制度的學報，取名《人文中國學報》；第一期於1995年4月出版。《學報》原則上半年一期，出版至今（1999年）已是第六期了。就個人所知，學術界對所刊載論文的水平普遍表示讚許。去年我們把首四期送請幾位海內外知名學者作整體評審，獲得很大程度的肯定，就是證明。

　　強調科學研究是當今大學常見的辦學方針，本校則科學和人文兩者並重。看到《學報》取得可喜的成績，我們深感欣慰。現在負責《學報》的同仁計劃再進一步——除了《學報》，還編纂高水平的學術專著，總名為「香港浸會大學人文中國學術叢書」，日後相繼出版。這對推動香港乃至更廣遠地區的人文學科研究，無疑會起積極作用，我們樂見其成，而學校也會提供各方面的幫助。

　　我在《人文中國學報》首版序中說過，希望《學報》「繁花錦簇，碩果纍纍」。時隔三年，《學報》成績有目共睹，使人振奮。際此「叢書」面世，我還是以說過的八個字祝賀，並且深信在諸位同仁努力下，不出三年，成績同樣使人振奮。

　　是為序。

香港浸會大學校長

謝志偉

# 「文學與宗教」系列
# 總序

  在中國，文學與宗教的關係是相當密切的。不僅是道教、佛教、天主教等等，即使是在今天通常說的宗教還沒有形成之前，有一些古人的宗教觀念就會通過文學想像的方式表達。比如人死了之後有沒有靈魂，靈魂是否還會復活，在已死之後未活之前的那一段時間裏，人是處在什麼樣的狀態中等等。幾年之前，我曾經針對放馬灘秦簡中的一段很像後世驚奇小說的文字發表過一篇小文，我以為，人死而復生的觀念以及表現這一想像的傳奇的出現，可能比我們通常的文學史上的說法會更早。當然，這方面的研究還有待深入。

  關於中國宗教與文學的關係，古人很早就有過精彩的議論。不過，真正的學術研究，還是20世紀才開始的。在20世紀的中國學術界中，有胡適、陳寅恪、許地山、霍世林、鄭振鐸、向達、王重民、季羨林等前輩的開創性成果，現在，也已經有不少年輕的學者撰寫了精彩的著作和論文。但是，應該看到，由於中國文學與印度文學的特殊關係，由於敦煌文書的發現所提供的大量資料，由於近年國際漢學界對邊緣與交叉問題的特殊興趣，國際漢學界也有相當多的這一方面的精深研究。也就是說，這一領域已經成為國際學術界共同關心的領域之一。所以，對中國文學與宗教研究也應當了解國際漢學的背景與動態。

  近年來，香港浸會大學中文系以「文學與宗教」為主題，連續召開並將繼續舉辦有關的國際研討會，這是一個很有意義的活動。香港處在兩岸之間，與國際學術界有很便利的交往條件。浸會大學又由於獨特的歷史，對宗教與文學一定有獨特的理解，中文系的同仁對這一課題也都有自己的研究，在這

一方面一定會有相當豐碩的成果。現在，香港浸會大學中文系與北京清華大學中文系合作，編輯「文學與宗教」系列，將歷次國際學術研討會的論文及同仁有關著述，編輯成書出版，我以為這是很有意義而且很有遠見的事情。

李學勤

# 緒言

　　本書所收二十三篇論文代表了香港浸會大學於2023年5月召開的「文學與宗教」系列國際研討會的主要研究成果。是次會議的主題為「宗教圖像與中國文學」，參會論文凡三十一篇；本集所刊論文，涵蓋範圍有逾大會主題，為彰顯本書涉獵領域之廣，反映論文的高廣視角，以及作者們的術業專精，遂名之曰《中國文學與宗教的言、意、象》，冀能包攬作者之用心。

　　論文以中國文學與宗教為基本框架，探究與言、意、象相關的各種議題。是為跨領域、跨學科的精神、視角和方法的深度實踐，從非單一的切入角度研究中國文學與宗教的言、意、象的方方面面。這些努力嘗試，入乎其內，又出乎其外，超以象外又能得其環中。本集所收論文，頗為全面地呈現了中國文學與宗教的互動中的歷史概貌。從時代脈絡看，有從先秦、兩漢時期的神話、禮教、道經，論證圖像、對話的作用及其與文字傳意的關係；中古時期對於儒釋道三教的箴、贊、圖、石刻、造像、傳記、地理、修煉等方面的交叉互動作探討；宋元明清的繪畫、板刻、道傳以及佛教詩詞等的條分縷析。這些論題和論證，琳瑯滿目，令人神思飛躍，目不暇給，引人入勝，走進這個包羅萬象的宗教文學的文字、圖像和意象的生動絢爛的世界中。

　　論文的編次，大體按時代先後排列。但為了突出五位主題演講嘉賓的鴻篇鉅筆，特將這五篇論文置於篇首，以示崇敬。其他論文則按時序編次。論文作者的構成，反映了這次活動的幾個特點：首先是國際化，由來自世界各地的學者撰稿論道；其次是研究角度和方法的多樣化，各展渾身解數；另外是老中青學者的參與，有勁松磐石、高山仰止，又有中流砥柱、矯若游龍，也有初試啼聲，一鳴驚人。不論學派師承，共相砥礪，呈現百花齊放的盛況，實學界之盛事。

編者忝為此項活動的主持人，謹以此書作為秉承香港浸會大學「文學與宗教」系列四十年來的優良傳統的使命，呈獻給學界，是為文學與宗教研究的一項重要成果，為推動相關研究，不遺餘力。

編者

二〇二四年七月二十日

於北京夕照寺

# 本書所用佛道文獻及文字的體例

## 一　道經文獻

　　本書所收的文章中關於道經的作者、繫年等資料，除了由作者提供外，主要根據施舟人和傅飛嵐的《道藏通考》，即：Kristofer Schipper and Franciscus Verellen, eds., *The Taoist Canon: A Historical Companion to the* Daozang (Chicago, IL: University of Chicago Press, 2004)。此外亦參考任繼愈主編：《道藏提要》（修訂本）（北京：中國社會科學出版社，1995年）。

　　各篇論文所據的道經文獻版本約有如下幾種：

1. 《正統道藏》，〔明〕張宇初、邵以正、張國祥編纂。臺北：新文豐出版公司，1985年，據上海涵芬樓影印本。
2. 《正統道藏》，〔元〕白雲觀長春真人編纂。臺北：新文豐出版公司，1985－1988年。
3. 《道藏》。北京：文物出版社；上海：上海書店；天津：天津古籍出版社，1988年，據明正統修、萬曆續修影印本。
4. 《中華道藏》，張繼禹主編。北京：華夏出版社，2004年。
5. 此外又有未收於《道藏》的道經文獻，均在註腳中註明出處。

　　道經文獻序號，所據系統有以下情況：

1. HY：所據序號系統：翁獨健編，《道藏子目引得》（*Combined Indices to the Authors and Titles of Books in Two Collections of Taoist Literature*），《哈佛燕京學社引得特刊》（*Harvard-Yenching Institute Sinological Index*

Series）第25冊。臺北：成文出版社，1966年，據北平燕京大學圖書館引得編纂處1935年鉛印本影印。
2. DZ：所據序號系統：Schipper and Verellen, eds., *The Taoist Canon: A Historical Companion to the* Daozang。
3. 作者按所據《道藏》版本冊數、序號引用。

## 二　佛經文獻

　　各篇論文所據的佛經文獻版本約有如下幾種：

1. 《大正新脩大藏經》，渡邊海旭、高楠順次郎編。東京：大正一切經刊行會，1924－1932年。
2. 《大正新修大藏經》，大藏經刊行會編。臺北：新文豐出版公司，1983－1985年。
3. 《卍新纂大日本續藏經》，河村照孝編集。東京：株式會社國書刊行會，1975－1989年。
4. 此外又有未收於以上兩種的佛經文獻，均在注腳中注明出處。

　　佛經文獻序號，所據系統有以下情況：

1. T：《大正新脩大藏經》所收佛經序號。
2. B：所據序號系統：藍吉富主編，《大藏經補編》。臺北：華宇出版社，1985年。
3. X：所據序號系統：《卍新纂大日本續藏經》。所收佛經序號。

## 三　規範漢字

　　本書行文及引文均使用規範漢字。凡原稿或原文獻上的古體字、異體字、俗字等，除特殊情況（如直接引述或根據原典）需保留原字外，均改為

規範字。例如下列（括號內列出被取代的不規範、或本書不採用的漢字）：

　　裏（裡）、臺（台）、眾（衆）、以（㠯）、為（爲）、群（羣）、峰（峯）、瑤（瑶）、遙（遥）、注（註）、睹（覩）、蓋（葢、盖）、並（并）、布（佈）、跡（迹）、仿佛（彷彿、髣髴）等。

# 目次

香港浸會大學人文中國學術叢書總序⋯⋯⋯⋯⋯⋯⋯⋯⋯⋯⋯⋯ i
「文學與宗教」系列總序⋯⋯⋯⋯⋯⋯⋯⋯⋯⋯⋯⋯⋯⋯⋯⋯ iii
緒言⋯⋯⋯⋯⋯⋯⋯⋯⋯⋯⋯⋯⋯⋯⋯⋯⋯⋯⋯⋯⋯⋯⋯⋯ v
本書所用佛道文獻及文字的體例⋯⋯⋯⋯⋯⋯⋯⋯⋯⋯⋯⋯⋯ vii

**示圖說教**
　　——宗教與繪畫⋯⋯⋯⋯⋯⋯⋯⋯⋯⋯⋯⋯⋯⋯小南一郎　1

非實體意象的語義學解讀⋯⋯⋯⋯⋯⋯⋯⋯⋯柯睿（Paul W. Kroll）　11

三官考校：三元經、圖中的簿錄之象⋯⋯⋯⋯⋯⋯⋯⋯⋯李豐楙　27

轉捩點：中國中古自傳寫作中的「轉變」模式⋯⋯⋯⋯⋯田曉菲　77

明清時期中國的神人與人神社會性⋯⋯⋯高萬桑（Vincent Goossaert）　113

西王母之三青鳥在漢代圖像史上的變化及其在後世小說與
　　詩歌中之多重意義⋯⋯⋯⋯⋯⋯⋯⋯⋯⋯⋯⋯⋯⋯蘇瑞隆　137

從空同看崑崙的漢代「增義」⋯⋯⋯⋯⋯⋯⋯⋯⋯⋯⋯張夢如　173

《太平經》在早期對話體文本傳統中的定位
　　⋯⋯⋯⋯⋯⋯⋯⋯⋯⋯⋯⋯⋯⋯芭芭拉（Barbara Hendrischke）　205

大小之辯、道教存思與文學神思的關係淺探⋯⋯⋯⋯⋯陳偉強　227

〈女史箴圖〉「家庭」場景之圖文關係再探⋯⋯費安德（Andrej Fech） 251

「中空」與「洞照」：道教存思經典的視覺化隱喻模式探源⋯⋯王嘉凡 285

從田園、遊仙到詩教比興
　　——論陶淵明〈讀山海經十三首〉對宗教圖像的發揮與改造 劉衛林 305

謝靈運詩歌中的無常之象⋯⋯⋯⋯⋯魏寧（Nicholas Morrow Williams） 325

圖像與傳記：中古佛教製讚作傳傳統及其僧傳文體呈現⋯⋯⋯劉學軍 361

身體觀新論
　　——易卦象、圖像與《文心雕龍》文論之關係⋯⋯⋯⋯⋯⋯鄭吉雄 393

從山林圖像到雙樹龕像：試論六朝山水文化與鄴城遺址造像之
　　關係⋯⋯⋯⋯⋯⋯⋯⋯⋯⋯⋯⋯⋯⋯⋯⋯⋯⋯⋯⋯⋯⋯王敏慶 421

跡從倚伏：《集神州三寶感通錄》的靈像敘事⋯⋯⋯⋯⋯⋯⋯劉苑如 455

司馬承禎洞天學說的形成及其與李白詩作的關係⋯⋯⋯⋯⋯土屋昌明 489

聖藝與「聖王在位」：祥瑞傳統下的徽宗書畫創作⋯⋯⋯⋯⋯羅爭鳴 513

元代「儒仙」吳全節的儒、道功業與元代藝文活動⋯⋯⋯⋯⋯吳光正 543

元代全真教譜系的圖像構建⋯⋯⋯⋯⋯⋯⋯⋯⋯⋯⋯⋯⋯⋯萬潤保 567

道教講經
　　——以王玠《太上老君說常清靜妙經纂圖解注》為例⋯⋯⋯勞悅強 597

清代「拈花圖」類詩詞略論⋯⋯⋯⋯⋯⋯⋯⋯⋯⋯⋯⋯⋯⋯李小榮 629

後記及鳴謝⋯⋯⋯⋯⋯⋯⋯⋯⋯⋯⋯⋯⋯⋯⋯⋯⋯⋯⋯⋯⋯⋯⋯⋯655

撰稿人姓名、任職單位及職稱⋯⋯⋯⋯⋯⋯⋯⋯⋯⋯⋯⋯⋯⋯⋯⋯659

# 示圖說教

## ——宗教與繪畫

### 小南一郎[*]

日本京都泉屋博古館

　　宗教與藝術之間存在著複雜的關係。兩者既互相依存，有時卻又相互排斥。如果從歷史的角度來記述這種現象，就會發現，雖然藝術大多起源於宗教活動，但它們最終還是從宗教中獨立出來，開拓各自特有的世界。本文主要討論繪畫與宗教信仰的關係。這兩者的關係並不簡單，我們不能將宗教性質的繪畫簡單理解為宗教教理內容的圖像呈現。宗教與繪畫之間偶爾存在著對立的關係。

　　例如，在早期基督教中，耶穌（約前4－公元33）的形象並非以具象的形式繪製，而是通過象徵性的圖像或文字來表達耶穌的存在。佛教也是如此，直至西元1世紀左右才有佛像出現。在此之前，信徒是用天蓋或菩提樹來代表釋迦牟尼，並無通過繪畫面貌和身體以直接呈現釋迦的形象。而在印度最早的佛教遺跡之一的巴爾胡特（Bhārhut）石窟裏刻劃的禮佛圖中，合掌作禮的阿闍世王具有人類的形態，但接受禮拜的佛陀沒有畫出來，僅以腳踏上的足印（佛足跡）表示釋迦牟尼的存在。

　　然而，隨著佛教的普及，「（原本被認為是）妨礙佛教徒求道的美學和具象形象，主要相應民眾要求」而被納入佛教。[1]

---

[*] 鄭淑榕整理。
[1] 高田修著：《仏教の説話と美術》（東京：講談社学術文庫，2004年），頁50。

佛教史學者對在1世紀前後出現佛像的宗教意義和社會背景爭論不休。也許就佛教和基督教而言，在宗教早期的純粹信仰中，人們認為將超越人世的存在（神和教祖）描繪為人類的形象會破壞神聖存在的絕對性，因此他們以象徵的形式表現。但是，一旦把神佛和教祖繪成人類的形象，宗教和繪畫從此便密切相關、相輔相成，但有時也互相對立，在歷史和社會中各自發展。

在許多宗教中，教祖的講道都是口頭傳授的，然後由弟子根據講道撰錄成書面文字，編成基本經典。當教祖和弟子們形成宗教組織後，經典通過組織得到傳播，教理內容也漸漸變得充實。寫成文字的經典主要是要說明宗教教理的核心部分，而且往往具有濃厚的哲學性（理性），越是獨特的宗派，就有越多難以理解的成分。結果，弟子圍繞它的根本教義互相討論，基於對教義理解的差異而分裂為幾個宗派，並各自編寫許多注釋。

通過經典和注釋書而能深化理解特定宗派的人，是熟練於文字、習慣於操縱論理思考的知識分子們。與此相反，不懂文字、沒有接受過思想訓練的民眾，就是跟宗教完全無緣的存在嗎？當然不是。知識分子對宗教的接納主要是以理性接受教義為基礎；與此相對，民眾則是以深厚的感性接受及理解宗教。這種通過感性來理解宗教的傳統，形成了宗教文化的另一個鞏固基礎，在此基礎上，民眾便與宗教密切結合了。

在以感性接受宗教的場合中，繪畫、雕刻、歌謠、舞蹈、戲劇等多種藝術和技藝起到有效的媒介作用。本文主要以繪畫為例，討論繪畫在宗教觀念滲透到民眾的過程中發揮的具體作用。

關於以展示繪畫的方式敘述故事的宗教藝術傳播，美國的梅維恆（Victor H. Mair）教授對此已有涵蓋西歐及遠東地區的相關研究。[2] 梅維恆教授在敦煌變文研究成果的基礎上，拓寬視野，以具體例子說明繪畫布道是如何像變文般，從西方廣泛傳播至東方世界。這類以展示繪畫傳播宗教內容的形式起源於印度，以印度為中心，向西傳播到西歐社會，向東傳播到中國和日本，梅維恆教授由此描繪出一幅廣闊圖景（圖1）。當然，我們仍需探討

---

[2] Victor H. Mair, *Painting and Performance: Chinese Picture Recitation and Its Indian Genesis* (Honolulu: University of Hawai'i Press, 1988).

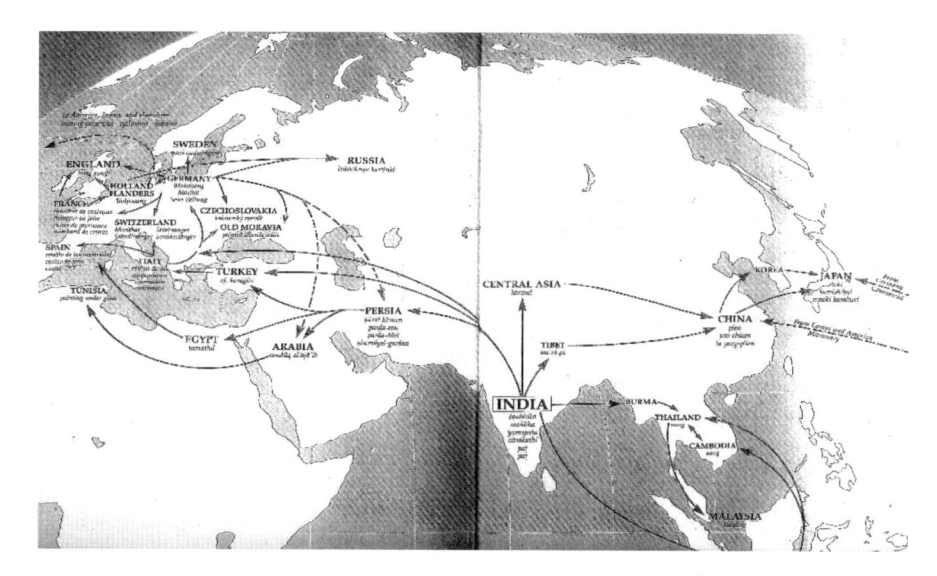

**圖1　繪畫解說的傳播**（Victor H. Mair）[3]

傳播的中心是否真的在印度，以及僅用傳播理論是否就足以說明這種擴張現象，各個地區獨立出現及發展這種藝術的可能性也應要討論（圖2、圖3）。儘管存在這些疑問，但梅維恆教授所展示的廣闊圖景，對研究宗教藝術顯然有不少啟發。

不過需要指出的是，在中國，展示繪畫並加以口頭說明的文化傳統，比敦煌變文等佛教技藝發展還要古老。《周禮・天官》中大宰的職能如此記述：

> 正月之吉，初和，布治于邦國都鄙，乃縣治象之灋于象魏，使萬民觀治象，挾日而斂之。
> 鄭注：大宰以正月朔日布王治之事於天下，至正歲，又書而縣于象魏，振木鐸以徇之，使萬民觀焉。[4]

---

[3] Mair, *Painting and Performance*. 該圖在封面後的第1、2頁。
[4] 〔漢〕鄭元注，〔唐〕賈公彥疏：《周禮注疏》，收入〔清〕阮元校刻：《十三經注疏》（北京：中華書局，2009年，清嘉慶刊本），卷2，頁1396。

法國 Frandre, Jeuit 派 Julien Maunoir 師的示圖說教

圖2　西歐早期的繪畫解說[5]　　圖3　日本江戶時期的繪畫解說[6]

說的是：正月年初，大宰在國都的正門掛〈治象之法〉，鳴木鐸招呼民眾，讓他們看看〈治象之法〉。考慮到〈治象之法〉是為了向民眾展示而製作的，因此可以推測它可能不是用文字寫的文件，而是以圖案表示的。以圖案表示新一年施政的基本方針，好讓一般老百姓容易弄清楚。或許在圖案旁邊有個解說員，他手裏握著棒子之類的東西指點圖案，解釋圖案的內容。所以王都正門稱為「象魏」，可能與「象」懸掛在那裏有關。

有人稱《周禮》為「戰國陰謀之書」，但我們找不到它在戰國時期存在的明確證據。不過，西漢末年王莽（前45－23）實行的禮制改革內容，跟《周禮》的記述有不少重合之處，所以我們可以肯定，《周禮》在西漢末年就已經存在。

---

5　原聖：〈キリスト教の絵解き〉，《国文学：解釈と鑑賞》第68卷第6號（2003年6月），頁181。

6　〈熊野比丘尼繪說圖〉，見根井淨、山本殖生編著：《熊野比丘尼を絵解く》（京都：法藏館，2007年），頁6，圖4。

《周禮》是一部以觀念體系記述國家統治結構的書。但在這本書的記述中，有時會出現其他書籍未有記載的具體事物和制度。例如秋官的大司寇的職文裏有以下記述：

> 以肺石達窮民，凡遠近惸獨老幼之欲有復於上，而其長弗達者，立於肺石，三日，士聽其辭，以告於上而罪其長。
> 鄭注：肺石，赤石也。[7]

這裏記述的肺石制度十分具體，我們能夠推測在特定的邦國或地方就有這種風俗，《周禮》的編纂者可能在《周禮》的文本裏採納了這種風俗。以此類推，在「象魏」懸掛〈治象之法〉，讓老百姓看到它、受到教化，也可能是《周禮》編纂時期（可能戰國時期）實際流行的風俗，所以《周禮》本文便採納了。

在中國，故事和繪畫之間存在密切關係的典型例子，可以在屏風畫中看到。人們日常生活所坐的牀，四周皆用屏風圍上，而這些屏風常常繪有具說教性質的故事畫。這些繪畫通常跟說明它們內容的文本分不開。例如最近從西漢海昏王劉賀墓出土的屏風上繪有孔子和弟子們的圖畫，並配上說明文字（圖4）。[8]

時代稍微往後，在東晉末年有個司馬氏從南朝逃亡到北魏，這個貴族的兒子司馬金龍在北方逝世（484卒）。他的墓中出土了一幅屏風，屏風上也有漆繪的列女像和說明文字（圖5）。而西漢末年劉向（前77－前6）編纂的《列女傳》可能跟這些圖畫有密切關係。至少在《列女傳》編成後不久，便已附有「列女傳圖」。此外，《孝子傳》、《列仙傳》等著作很有可能自古以來就附帶繪畫，東漢時期的武氏祠堂畫像石便是這種推測的有力證據。雖然現

---

7 〔漢〕鄭元注，〔唐〕賈公彥疏：《周禮注疏》，卷34，頁1880–1881。
8 王楚寧：〈江西南昌西漢海昏侯劉賀墓出土「孔子鏡屏」復原研究〉，《文物》2022年第3期，頁52–63。

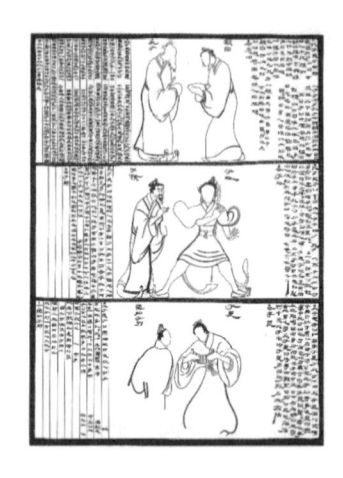

圖4　西漢海昏王墓出土的屏風[9]　　　　圖5　司馬金龍墓出土的屏風[10]

存的《列女傳》有固定文本，但是人們實際解說個別屏風上的列女圖時，會因應場面加入比文本更詳細的說明。

　　自漢代以來，這些畫在屏風上的圖像都具有強調家庭內部倫理的教化目的，所以說教的內容基本上是根據儒家倫理的。但可以想像到，一些講述者的語氣可能包含了超出儒家思想範疇的內容。到了六朝晚期至唐代初期，屏風圖畫的性質似乎有些變化。雖然這段時期的屏風還沒有出土的實物，可是從同一時期的墓裏的附葬品和壁畫，我們能夠掌握大概的情況。

　　最近，中國各地發現了據說是粟特人的、民族特色濃厚的墳墓。在這類墳墓裏，墓室深處設有石頭做的棺臺，棺臺周圍排列了石製的屏風，屏風上常常刻有粟特人的種種生活場面。這些石製屏風上的繪畫，到了唐代初期變為直接畫在墓壁上的壁畫。墓壁壁畫中、圍繞棺臺的屏風上畫的大多是樹下人物圖（圖6）。從樹下人物圖的內容可以推測，很多圖畫背後都有特定的故事。雖然大多數圖畫的主題難以確切知曉，但至少我們能在其中發現孝子圖。

---

9　王楚寧：〈江西南昌西漢海昏侯劉賀墓出土「孔子鏡屏」復原研究〉，頁58、61。
10　圖片下載自「維基百科」網站，2024年6月12日。網址：https://en.m.wikipedia.org/wiki/File:Lacquer_painting_over_wood,_Northern_Wei.jpg。

山西太原唐代赫连山墓墓室东壁男侍图

**圖6　樹下人物圖**[11]

　　在屏風框架內繪畫故事畫面的技法，我們在敦煌石窟的壁畫中也能看到。例如在正面的大型經變圖之下，佛教故事（如佛陀誕生的故事等）便畫在屏風框架裏。

　　關於敦煌民間流行的變文文學藝術，原來是在展示圖畫的同時講述故事的說法，已有許多研究。[12] 例如《目連變文》的正式標題叫作《大目乾連冥間救母變文并圖一卷》，從這題名可知它原來附有一卷圖畫。變文的文本中還插入了許多如「看目連深山座禪之處，若為……」等的程式化句子。通過

---

11　太原市文物考古研究所：〈山西太原唐代赫連山、赫連簡墓發掘簡報〉，《文物》2019年第5期，封面2。

12　金岡昭光：《敦煌の絵物語》（東京：東方書店，1981年）；Victor H. Mair, *T'ang Transformation Texts: A Study of the Buddhist Contribution to the Rise of Vernacular Fiction and Drama in China* (Cambridge, MA: Council on East Asian Studies, Harvard University, 1989)；于向東：〈試論莫高窟屏風畫與敦煌變文的關係〉，《東南文化》總第4期（2005年），頁58–61。

使用這種典型句子,使聽眾的注意力集中在說唱故事的表演者所展示的圖畫上,以及圖畫內容的解說。《目連變文》裏有十幾處使用了這種程式化句子,我們可以推測與這些短語相對應的畫作原先肯定有十幾幅,橫向排列在一起構成一卷畫冊,以此來講故事。

元代前後出版了題名為《全相……平話》的幾種小說作品,是中國最早的章回小說版本之一。這些刊本的頁面頂部有插圖,下方則是文本。而這種上圖下文的文本形式可能起源於展示圖像同時敘述故事的敦煌變文文學藝術,但是這個問題目前還無法作出明確判斷,仍需繼續慎重討論其可能性。

記述目連救母故事的古老刊本《佛說目連救母經》同樣採取上圖下文的形式,各個場面的題目都使用了敦煌變文裏見到的「……處」的程式化短語來說明(圖7)。可見,《佛說目連救母經》跟示圖講故事的口頭文學藝術可能有密切的關係,且能判斷其撰寫年代早於《全相……平話》等章回小說。

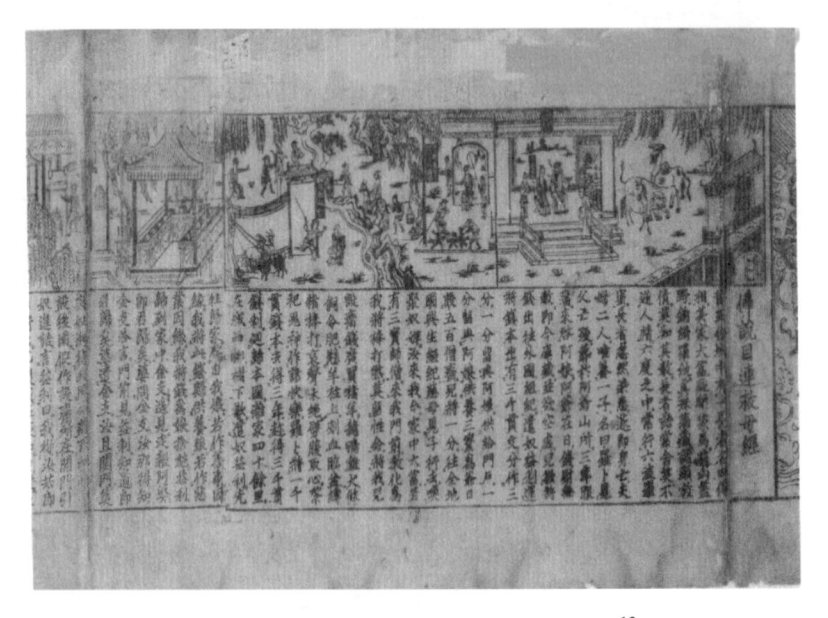

圖7　《目連救母經》(京都金光寺藏)[13]

---

13 筆者複寫的照片。

《目連救母經》的高潮部分是目連在地獄最底層的阿鼻地獄裏找到母親的場景，具體描述如下：

> 獄主答，師不得與孃久停說話，汝孃受罪時到，師若不放阿孃，我快鑢鐵叉，望心偭取將去，目連放卻阿孃，〔阿孃〕被獄主驅入獄中，喚言，我兒嬌子嬌子，苦痛難忍，百萬作計，救取阿孃，目連左腳在門垠內，右腳在門垠外，聞叫苦痛之聲，將頭抽柱，血肉狼藉。[14]

目連把一隻腳放在地獄門內，另一隻腳放在門外，表示他不願意離開母親，以及把頭撞在地獄門柱至流血淋漓的場景，是用圖畫來講解情節的一部分。而這種場面無疑是最容易引起聽眾同情的。

聽眾對目連的行為同情共感，與目連是釋迦牟尼的十大弟子之一無關。這跟佛教的教理沒有直接聯繫，而是基於母子之間的親情，是完全感性的。這種親情基於人們日常生活中的倫理道德，而非局限於佛教教理。也就是說，面向大眾的文學藝術雖建基於日常生活，但已超越了個別宗教宗派的教理，是以人類普遍的倫理觀念為基礎，觸動人心的最深處。中國許多的章回小說看似脫離了宗教的影響，但實際上，它們仍然是以日常的倫理觀念為基礎。而這些倫理觀念與人們實際生活方式之間的矛盾和衝突，正構成了這些小說的基本敘事框架。

中國近代的長篇小說大多似乎與宗教沒有直接關係。然而，這些小說不少是植根於宗教信仰，它們的生命力正正在於我們對宗教的感性理解──這是我們不應忘記的。

---

14 參考宮次男：〈目蓮救母説話とその繪畫——目蓮救母經繪の出現に因んで〉，《美術研究》，255號（1969年），頁155–178；小南一郎：〈《大目連經》と《目連救母經》——目連救母伝承中の位置づけ〉（科研費報告書，2015年）；小南一郎：〈《仏説大目連經》校勘譯註稿〉（科研費報告書，2016年）。

# 非實體意象的語義學解讀[*]

### 柯　睿
### （Paul W. Kroll）
#### 科羅拉多大學博爾德校區
#### （University of Colorado, Boulder）

　　莊子曾言：「吾生也有涯，而知也無涯。」（"Our lives have a limit; but knowledge has no limits."）此處譯作 limit 的詞語（「涯」），字面上指「岸線」（shoreline），即兩個對立現象之間的明確界限。我們的有限生命有如此終點，但知識是一個沒有岸線的無盡大海。讓我們把它當作一個知識領域的譬喻來使用，或者視之為一個概念：知識不僅沒有終點，並且整體而言其內在也沒有固定的界限。然而，當我們希望將知識作為一個要深入探究的對象時，我們就意識到，為了方便起見，知識或會被分成不同的部分，或者沿用海洋的譬喻而言，我們會在知識的海洋中看見各種各樣的島嶼。

　　在中國古代的文學世界中，將知識條分縷析來理解其範圍的嘗試，促成了公元3世紀初的百科全書或稱「類書」的萌發，以曹魏（220−266）朝廷編撰的《皇覽》為始。自此以後，各種大小、各種專門的「類書」在中國歷

---

[*] 李嘉浩譯。作者按：本次演講的大部分內容都關乎翻譯特定中文詞語和概念時的難處，包括那些乍看之下為同義，但實際上有各種細微差別的英文詞語。然而當要嘗試去確切表達那些非實體、非感官意象的精確義涵時，這些差別是至關重要的。因此將本演講稿翻譯為中文時，會引發比尋常多的、具挑戰性的難題，我要感謝譯者為完成這項幾乎不可能的任務所作的努力。

史上穩步發展。「類書」在廣大的知識區域中導航人們至特定目的，正如其字面意義「類」「書」，即內容分門別類的書。文藝復興時期發展出來的「備忘錄」（commonplace book），就是類書的西方相對應物，並最終發展為自啟蒙時代至今真正的百科全書。

在教育領域中有一個類似的取向顯然可見。在中國不同時期的五經、九經或十三經，都是劃出最受重視的知識島嶼的一級進路（first-level way）。在西方則明顯體現在經久不衰的古典學院課程中，包括三學（trivium，指文法、邏輯與修辭）與四術（quadrivium，指算術、幾何、音樂、天文），共同構成文理七藝（seven liberal arts）。這在文藝復興時期逐漸被概念上更為廣泛的「人文學科」（*studia humanitatis*）領域所取代或重新定義，這個領域包含語法、修辭、詩歌、歷史和道德哲學。19世紀初德國大學發展出融合藝術和科學的想法並且重點研究，藉以推廣通識與文化知識。隨著越來越強調分析（字面意思即「分裂」〔breaking apart〕），較大的知識領域逐漸產生較小而又較為集中的專業，最終形成現代大學的「學科」和「學系」，中西方皆然。當然我們也知道今時大學高等教育如何傾向於發明和分裂成更多元的子領域，以及著眼於嶄新專業的學術期刊如何持續激增。誠然，「知也無涯」。

但學術界的分裂並非總是一個無可避免的增益過程。大學裏面不同知識範疇或領域的劃分對於研究同一個島，例如前古代中文研究的島嶼而言，可能會產生無益且具誤導性的界限。在美國，或者有時甚至在中國，對所處學術系所的身分認同導致學院成員自我保護，在狹隘的界限中安於保守的方法論以及對那單一個學術「單位」的關注。因此或有古代歷史專家不敢閱讀中國古典詩歌與宗教文本，這個情況並不罕見；或有宗教研究專家不深入研究相關的歷史文獻，忽略相關的文學作品，甚至忽略他們仔細研閱的經文中的詩句段落；或是文學專家避免閱讀被歸類為「歷史」的文本，並認為他們可以對佛教或道教文本視而不見，這些文本以某種令人費解，而且有別於其慣常研究之韻文和散文的語言寫成。但如果歷史學家只閱讀被指定為歷史的文本，就無法完全理解他們所選時期的歷史；如果佛教和道教學者只研究各自的經典，就不能完全理解那些文本；如果詩學專家只閱讀詩（而且往往只讀

屬於「詩體」的詩作，卻忽略其他體裁如「賦體」的詩作），就不能確切理解他們所關注的詩歌。中古中國的世界，作為我整個學術生涯中最全神貫注的主題，當然沒有像現代大學系所那樣被劃分為零散的思想和活動區域。我們若要恰當地理解那個世界，就不應限制自己僅僅探索世界的其中一個術業峽谷。雖然大體而言，專門研究總是理所當然地構成大部分的學術成果，但對學術的追求應要透過更深入的熟悉程度和更廣闊的背景來精益求精。我現正提倡的一個不可能的理想，就是像一個受過教育的中古時期學者那樣，精通中古生活的所有方面。誠然生命是短暫的，一個人能做的就只有那麼多。但是除了嘗試不可能的事情之外，理想，乃至學術理想還會是什麼呢？

因此，本次會議的主題將經常分開的「宗教」和「文學」領域放在一起，是特別合適和具建設性。在這背景之下，我想更仔細地思索一個能在此結合它們兩者的詞，這麼做要從定義開始。這個關鍵詞就是「意象」（"image"）。正如本次大會主題的中文用詞是「圖像」，但這只是意象的其中一種。漢語中還有其他相關詞語可以使用；這個概念有多種意義。我們將在適當的時候回到中國的脈絡中。有利的做法為首先討論英文用詞，其中 image 一詞，以及特別是其衍生術語 imagery，大量用於文學界以及其他研究領域之中。在這背景之下，這些詞語用作我們所謂的「文學術語」，我們很輕易地使用它，卻未曾多想一下它的意思或停下來斟酌它的涵義。但在這個場合去深思其意也許是值得的。在此我將簡要地從一些基本但重要的意義問題開始，然後從一系列發人深省的、作為意象與概念的相關術語中，檢視它們的詞彙意蘊。

英文 image 一詞來自古法文 image，終究源自拉丁文名詞 imāgō，其本義為「相似之物，尤其是圖像（picture）、肖像（portrait）、塑像（statue）或聖像（icon）」（最後一個直接借用自希臘文 eikòn）。在拉丁文中它還帶有延伸意義，指用文辭描繪出心靈圖像；imāgō 一詞在此還帶有希臘文 eidolon 的附加意義，指任何非實體的外形或幻象，包括存在於心靈中的意象。名詞 imāgō 和動詞 imāginor 同源，這個動詞意指讓人產生畫面，亦即如我們所說的──想像。在英文中被理解為再現或複本的 image 一詞，無論指物質還是

心靈層面上，早於13世紀已經存在，並在牛津英語詞典（*Oxford English Dictionary*）中被定義為「對任何物體外形的人工模仿或再現；一個鮮活地展示出某些特質的東西，就像是那些特質的自然再現物；某種物體（通常是可見之物）在精神意識上的再現，並非透過直接感知而是透過記憶與想像；透過言說或寫作呈現的心靈產物。」[1]

衍生詞語 imagery 作為文學中經常使用的術語，直到18世紀才嶄露頭角。在1755年山繆‧詹森（Samuel Johnson）在其《詹森字典》（*A Dictionary of the English Language*）中將 imagery 視為 image 的同義詞，定義為「可感的再現、圖像、雕像；展示、外觀；構想中的幻象」，[2] 但還添加了一個特有的定義，指「寫作中的再現，這些描述將所描述事物的形象強加於心中」。[3] 現代的文學學者仍然如此來運用這個術語。1965年初版《普林斯頓詩歌與詩學百科全書》（*Princeton Encyclopedia of Poetry and Poetics*）詞條 Imagery 之下的長篇文章說明，imagery「是指透過語言在心中生成的意象，當中的字詞和陳述指涉一種體驗，讓讀者產生對該體驗的實質感知，或者指涉那些字詞和陳述本身留下的感官印象」。[4] 換句話說，言語意象是在我們心中掀起感

---

[1] 英文原文："an artificial imitation or representation of the external form of any object; a thing in which some quality is vividly exhibited, so as to make a natural representative of such quality; a mental representation of something (especially a visible object), not by direct perception, but by memory or imagination; a representation of something to the mind by speech or writing." *Oxford English Dictionary*, s.v. "image (n.)," 瀏覽日期：2024年3月，網址：https://doi.org/10.1093/OED/8522035192。

[2] 英文原文："sensible representations, pictures, statues; show, appearance; imaginary phantasms." Samuel Johnson, *A Dictionary of the English Language* (London: W. Strahan, 1773). 瀏覽日期：2024年6月6日，網址：https://johnsonsdictionaryonline.com/1773/imagery_ns。

[3] 英文原文："representations in writing, such descriptions as force the image of the thing described upon the mind." Johnson, *A Dictionary of the English Language*.

[4] 英文原文："refers to images produced in the mind by language, whose words and statements may refer either to experiences which could produce physical perceptions were the reader actually to have those experiences, or to the sense-impressions themselves." Norman Friedman, "Imagery," in *Princeton Encyclopedia of Poetry and Poetics*, ed. Alex Preminger, Frank J. Warnke, and O. B. Hardison (Princeton, NJ: Princeton University Press, 1965), pp. 363a–370b.

官衝擊的體驗或物體。

　　「意象」（"image"）一詞擁有廣泛的意思和涵義。這也反映在現代漢語的幾個詞語當中，它們都可用來指定不同類型的意象。因此，上文提到的「圖像」表示描繪性質的意象（illustrative image），專指圖像、肖像、雕像或聖像。我們也可說「意象」，指心靈上的意象（mental image），通常作為比「圖像」更籠統的術語，理解上會延伸到概念或理念的層面。另一個適用的術語為「形象」，它可用於強調視覺形式上的相似性，並引申出為抽象事物賦予具體形態或形狀；因此它主要指「表現」意義上的「意象」（"image"）（有趣的是，作為修辭手段的 figure 或 figurative，其對應的中文詞語是詞序相反的「象形」）。不過第四個適用術語為「景象」，特別與風景上的意象（image）相關，偶爾也會整體上、廣義上用作「意象」（"imagery"）的同義詞，有時甚至漸變為書寫作品、一個事件或一系列類似事件的整體氛圍。還有更多的詞語可供羅列，這足以顯示參考範圍之廣；因此，若要在現代漢語中找到一個詞語，能充分涵蓋 image 和 imagery 所有可能成立的意義，其難度可想而知。當然所有這些詞語在古代漢語用語中都有其悠久的譜系與歷史，但並不是作為現代漢語中的雙音節詞那樣運用，反而是理解為兩個獨立詞語複合的詞組。

　　在古代，竟沒有一個詞語或術語可相當於現今西方文學批評者所使用的意象一詞，這並不奇怪，正如上文所見，就連西方在18世紀之前這個詞語也未曾普遍用作「文學術語」。以上提及的那些現代漢語詞彙是尋找對應詞的嘗試，但是儘管它們有各自不同的用法，沒有一個用法上能完滿地作為 image 和 imagery 的同義詞。就我們一向所知語言之間並非彼此的完美鏡像。雖然人們可能會以古代《詩經》學用語中的「興」作為一個可能對應於意象（"imagery"）一詞的古代漢語對應詞，但它通常被理解為《詩經》詩作開篇所呈現的景象，並在詩作開頭建立起某種寓意（allegorical）涵義，喚起一種詩作構建的情感氛圍並激發讀者的感受。這與西方一般意義上的意象相比，既有不及，亦有過之之處。（艾略特〔T. S. Eliot〕的文學觀念「客觀對應物」〔objective correlative〕跟傳統觀念「興」之間有一些相似之處，但這

樣比較是無益的,因為他所用的術語經過仔細分析之後,已被證明是有所缺陷或使人困惑的。)後來殷璠(活躍於728－753)在他的《河嶽英靈集》中使用「興象」這個中文複合詞,意思為「引起聯想的意象」("evocative image"),可在詩作任意位置出現(不限於開頭),不限於自然景物,而且能在讀者心中引發一種與作者相似的心境,這個術語或許比任何一個中文術語更接近現今西方意象的特有意義,儘管這仍然不是精準的配對。但是這個中古時期的複合術語似乎並沒有像上述其他詞語般,在現代廣泛接管與應用為特定意象(image)的雙音節詞。

我們注意到,在所有中文例子中都出現了「象」,它在古文中作為一個單獨的詞,在範圍和涵義上都看似與拉丁文 *imāgō* 幾乎等同,也就是說其所有潛在和衍生意義亦幾乎等同於「意象」("image")一詞。這是一個重要的等價現象,值得反思。古代漢語的「象」一詞跟拉丁文 *imāgō* 一樣,指一些暗示或代表其他事物的東西,指一個比擬物、相似物或對應物。這可能讓我們想起《易經》的《象傳》,我們會記得王弼(226－249)在對這部經典的注釋中,把「象」解釋為意(想法與概念)和言(表達語言)之間的中介階段。在這表述當中,言語所表達的內容比起產生言語的來源之間發生過兩次移位。當人們要考慮從思想到言語的順序產出時,所採用的角度是無可否認且極為重要的。本文的目的在於:我們必須要思考意象的物質形態和語言形式。無論是 *imāgō* 還是「象」,我們都發現自己處於更大的、關於再現的概念領域,亦即關於重新呈現,關於一個物體(無論是實體物件還是無形詞語)作為另一事物的複製品或對應物。意象不是一個真實的東西,而是真實東西的表象(semblance)。

就如柏拉圖(Plato,約前427－前347)的著名寓言中,囚犯身處的洞穴牆壁上的影子那般,意象是次級的(second-level)或替代的現實(在此意義上,比王弼的說法更接近於意象〔image〕一詞的來源)。從這個角度而言,有趣的是,傳統基督教教義說人是按照上帝的形象來創造。這是否意味著人類在形體上類似於上帝,上帝被認為是形體擬人化的存在(anthropomorphic being)?這是否意味著人類在情感上類似於上帝,上帝在我們心靈自我意識

的複雜運作中被視為情感擬人化的存在（anthropopathic being）？兩種情況下，是確實的相似物，還是僅僅只有隱含一些相關但更重大事物的暗示，還是介乎兩者之間的事物，哪一種才是預想中的相似性？這樣的問題在邏輯上是令人尷尬的，通常不會這樣問。然而此刻，我們同樣進入了 metaphor 的領域，它與意象和再現的領域有很多交疊處。Metaphor（中文通常譯為「比喻」）將一個事物的描述或特徵轉移到另一個與它不同但相似的事物上。這樣做時，兩個事物之間會隱含通常無法識別的關聯性或相似性。文學批評通常將文學描述和意象稱為比喻的喻依（vehicle），並將該語言化的載體所暗示或再現的不同事物（或想法）稱為比喻的喻體（tenor）。因此，文字意象以某種表達形式或特質，在語言上代替或再現未加說明的事物（或想法）。例如〈離騷〉中芳香的蘭與芷乃作為崇高的德行與正直，以及具有這些特質之人的喻依。延伸的比喻，例如《法華經》中「化城」的寓言，就是一種寓意（allegory）。

劉勰（約465－522）《文心雕龍》中有一章名為「比興」（"Analogy and Intimation"）。此章包含很多引自《詩經》與後世詩歌的文例，藉以說明他所認為兩種表達模式之間的差別。根據他的考察，我們發現二者都有些方面相似於西方文學批評中的比喻，但沒有一種跟它完全一致。儘管如此，這是對於中古時期中國文學在再現議題上重要且罕見的討論，並且作為深入比較研究的基礎。

亞里士多德（Aristotle，前384－前322）在《詩學》（Poetics）中斷言，作家在措辭與風格上最大的優勢為對比喻（metaphor，這是他的用詞）的掌握。這是在不同事物中看到相似性並運用言辭表現出來的能力，而且他說那是一種無法傳授的技藝，可以說這有些類似於庖丁遊刃時的神遇技能。但大體而言，上古與中古時期中國評論家更著重於描述作者的精神狀態與寫作準備，而非分析其作品。典型例子如陸機（261－303）〈文賦〉的開頭部分，作者透過「玄覽」與「耽思」，讓它們在紙上落筆之前聯繫、接收並回應所有現象。至於作者如何實際完成其作品，我們讀到有「辭程才以效伎，意司契而為匠」（"Phrasing manifests one's genius in bringing forth the artist;/ Ideas take charge of the contract and serve as the craftsman"),[5] 這裏的「辭」與「才」扮演著近乎等同的角色，但「意」則略佔上風。劉勰在〈神思〉一章言及「是以陶鈞文思，貴在虛靜」("In molding and modeling literary thought [as a potter does his vessel], the highest value rests in emptiness and stillness"),[6] 這讓我想到陸機對作者全神貫注、虛心接收的描述。這與亞里士多德對比喻能力的高度評價頗為不同，但我們記得對於亞里士多德而言，作者辨識關聯性的能力源自其與生俱來的某種東西，幾乎可以說是一種神秘的感知能力。

另一個需加入我們討論之中的術語為「象徵」("symbolism")。正如肯尼斯・伯克（Kenneth Burke）所言：「一個人不可能長時間討論意象……而不陷入象徵中。詩人的意象因為象徵式的親緣關係而相互聯繫。一旦我們思考事物，並非思考單一事物本身，而是思考一種關係結構的功能，我們就會從它們的意象轉移到它們的象徵。」[7] 這些「象徵關係」（symbolic relationships）讓意象之間互相配合，並且暗示不單是字典裏的意義。例如在一首純粹描繪風景的詩作中，蓮花或許只是一個文學上的意象。但在描繪佛教僧侶居所的詩作或畫作中，蓮花可以既是一個單純的意象，也是一個喻指僧侶出淤泥而不染、得脫三界的比喻。而在描繪佛陀或菩薩坐於蓮花座上的畫作或雕像中，它也成為佛教徒心中一個開悟與聖潔的象徵。

術語的混合與潛在重疊也讓我們想到宗教意象與文學意象之間是否相同的問題。如上文所暗示，對此的答案既是肯定也是否定。也就是說，正如所有解讀都無可避免那樣，它取決於語境。例如江淹（444－505）和王勃（650－676）的〈採蓮賦〉中，都沒有提及蓮花與佛教有任何聯繫。在這些

---

5 〔南朝梁〕蕭統編，〔唐〕李善注：《文選》（上海：上海古籍出版社，1986年），卷17，頁765。

6 〔南朝梁〕劉勰著，范文瀾註：《文心雕龍註》（北京：人民文學出版社，1962年），卷6，神思第二十六，頁493。

7 英文原文："One cannot long discuss imagery…without sliding into symbolism. The poet's images are organized with relationship to one another by reason of their symbolic kinships. We shift from the image of an object to its symbolism as soon as we consider it, not in itself alone, but as a function in a texture of relationships." See Norman Friedman, "Imagery," p. 367b.

作品當中，蓮花被譽為具有精妙的自然美與吸引力，在一些段落中還作為君子之高雅與正直的比喻，開明的統治者應要確切地認識到它。然而在王維（701－761）詩作如〈登辨覺寺〉中，我們看到文學與宗教近乎完美的意象融合：

> 竹徑從初地，蓮峯出化城。窗中三楚盡，林上九江平。輭草承趺坐，長松響梵聲。空居法雲外，觀世得無生。

全詩可解讀為菩薩的修行之道「十地」（daśabhūmi），其自第一地（或第一階）開始，並逐漸超越第十地「法雲地」，能夠如觀音菩薩般「觀世」並實現「無生」。我們注意到寺廟所處的山峰以比喻手法非現實地描繪為（出自《法華經》）「化城」的「蓮峯」，「輭草承趺坐」指軟草讓僧侶結跏趺坐禪定其上，「長松響梵聲」指僧侶以梵文誦經。這首律詩是意象多義性的絕佳例子，也是唐代最優秀的短篇宗教詩作之一。

根據上文所論，我們或會記起中古時期佛教曾經常被稱為「象教」，通常被理解為「涉及〔物質〕意象之教」——特別是塑像與聖像。這個稱名性質的短語亦曾有時被解釋為「相像之教」，即是這個世界的事物本質上都是虛幻的，沒有實在和永久的現實。這兩種理解都依據再現的觀念，其原因當然是：物質聖像意味著代表或再現其背後更加真實的東西。確實正因如此，早期基督徒不容許製作耶穌的塑像或任何物質再現，就如穆斯林不容許穆罕默德的再現。在此方面，我們亦可以理解到早期印度佛教亦同樣反對聖像。但當佛教廣傳至中國時，聖像再現便成為其教義的重要部分，而且佛教還發展出一整套象徵並描述出來，重點不在象徵本身，而是其所指向的東西。典型例子有佛陀的三十二身相或其身體特徵（例如肉髻）、文殊菩薩的寶劍和獅子、地藏菩薩的如意寶珠、佛陀與菩薩的塑像和畫像中顯然易見的各種手印，甚至是僧侶的錫杖。

當我們越仔細思考意象與再現，或者換句話說，當我們退後幾步以取得更廣闊的視角時，我們很快會意識到，語言本身也可被視為一種再現，即言

辭被用來再現現象、行動、物體、情感與思想。由此我們可以說所有語言都是意象，若作為一種更基本的類型來相較於我們一直討論的文學與宗教意象。在當前討論的背景下，回顧一下《易經》的《繫辭傳》中的一句「言不盡意」能有助於討論。沒有言辭能完全再現我們的思想；它們只能指向我們的意思。（我們又再次想起王弼的順序：言生於象，象生於意。）言辭不過是示意物，只是暗示我們想說的意思，因為沒有更好的（*faute de mieux*）。此句末尾的限定很重要：因為沒有更好的。這不就是《老子》第一章所關注的很大一部分，特別是關於「道」這個詞？

當然我們知道「道」的字面意義為一條道路、一條途徑、一個導向某處之道。但當我們在諸如《老子》之類的文本中碰到它時，我們理解到它的意思只不過是一個意象，一個不充分的比喻來指涉所有現象背後的基本現實，而在這些現象中各種生活之道與關聯之道基本上是平衡且一體的。因此沒有一個詞語能恆久地領會其意義的無限性，正如第一章頭兩句所言：「道可道，非常道。」然後接下來的內容向我們呈現出不同的意象，這些意象或可掌握到「道」的一些特質：

無名天地之始；有名萬物之母。故常無欲，以觀其妙；常有欲，以觀其徼。此兩者同出而異名，同謂之玄，玄之又玄，眾妙之門。

If nameless, the inception of heaven and earth; if named, the mother of the myriad things; that is to say, something by means of which we may observe what is barely perceptible or what is a general outline; different words for the same thing, whether named or nameless; and finally we arrive at a suggestion to call it simply *xuan* 玄 or, better yet, something more *xuan* than *xuan*, which, as a last possibility we can image as "the gateway to the manifold *miao* 妙."

（此處我故意不翻譯「玄」與「妙」，因為我即將要詳細討論它們。）

在其他章節中，注釋以及進一步嘗試掌握「道」的例子還可以加倍列舉出來；我只引用一例，在第二十五章的語句「吾不知其名，字之曰道」（"I do not know its personal name, so call it with the byname dao"），緊接著指出「強為之名」的「大」、「逝」、「遠」、「反」（"greatest, going away, going afar, returning"）。

作為比較思維的運用，我想引述奧古斯丁（Saint Augustine, 354–430）關於無法找到一個能定義「上帝」的詞語：

> 我是否說過，我是否表述過一些配得上上帝的話？不，我覺得我所做的只是想要說話；若我的確說了些甚麼，那並非是我想說的話。我是如何得知？完全因為上帝是不可言喻的。但如果那是不可言喻的，我所說的話就不會說出來。由此上帝甚至不應被稱為「不可言喻」，因為甚至當這個詞語被說出時，也就說了些甚麼。此處有某種言語上的矛盾：如果說不出來的東西是「不可言喻」，那麼它就並非不可言喻，因為它實際上可以被稱為「不可言喻」。[8]

---

8 拉丁文原文："Diximusne aliquid et sonuimus aliquid dignum Deo? Immo vero nihil me aliud quam dicere voluisse sentio; si autem dixi, non hoc est quod dicere volui. Hoc unde scio, nisi quia Deus ineffabilis est, quod autem a me dictum est, si ineffabile esset, dictum non esset? Ac per hoc ne ineffabilis quidem dicendus est Deus, quia et hoc cum dicitur, aliquid dicitur. Et fit nescio quae pugna verborum, quoniam si illud est ineffabile, quod dici non potest, non est ineffabile quod vel ineffabile dici potest." 作者採用並修訂的，來自 R. P. H. Green 的英譯："Have I spoken something, have I uttered something, worthy of God? No, I feel that all I have done is to wish to speak; if I did say something, it is not what I wished to say. How do I know this? Simply because God is inexpressible (*ineffabilis*). But what I have spoken would not have been spoken if it *were* inexpressible. For this reason God should not even be called 'inexpressible,' because even when *this* word is spoken, something is spoken. There is a kind of conflict of words here: if what cannot be spoken *is* 'inexpressible,' then it is not inexpressible, because it can actually be said to be 'inexpressible.'" See R. P. H. Green, ed., *De Doctrina Christiana* (Oxford: Oxford University Press, 1996), "Liber Primus," pp. 16–18, with modification.

現在再讀一遍這段引文，每當有「上帝」這個詞語，我們就用「道」這個詞語來代替。這個無法以常道來定義的上帝是否也就可以被稱為「道」呢？借用奧古斯丁的概念，「道」是否也就可以被稱為上帝？思想和語言上的對等可謂發人深省。

如前所述，對今天大部分的基督教徒而言，有關「上帝」的想法都披著形體擬人化的外衣。道並不曾被形體擬人化，但有論者會認為「造物者」（"Fashioner of Things"）或「造化者」（"Fashioner of Change"）這兩個術語都近乎形體擬人化的。然而，即使是這些看似提供生動意象的術語，也不會被認為是擬人化，亦並非意味著存在一個無中生有的創世者。相反地，它們確認了「自然」，或者，若要這樣說的話，確認了「道」的無私選擇與綜合作用。

語言是一種映照現實或真實的嘗試，但無論我們如何使用與改變它，最終都不成功。它是我們所有裏面的最佳選擇，但它是有條件的並且只是近似而已。這開始聽起來像索緒爾符號學（Saussurean semiotics）中「所指」（"signified"，內容層面）與「能指」（"signifier"，表達層面）的關係。又或者「道」有點類似於康德（Immanuel Kant, 1724–1804）哲學的「物自體」（德文：*Ding an Sich*；英文：Thing-in-Itself）。這裏舉出《老子》第二十一章中幾句有說服力的話：

> 道之為物，唯恍唯惚；惚兮恍兮，其中有象；恍兮惚兮，其中有物。
> The *dao*'s being as a thing (or object)/ is just muddle, just murk (i.e., an undifferentiated vagueness)/, Muddled—, murky—,/ within which there is an *image*;/ Muddled—, murky—,/ within which there is a thing (or object).
> （有些文本將「恍」與「惚」寫成「窈」與「冥」，但理解上相同）。

我們再次看到，此處意象為真實事物的初步存在，或僅為暗示式的存在。

在某些語境中，「道」的另一個術語或許是「真」，這個詞語並不意味著視覺意象，而是指示真實的東西，不可被淡化或理解為其他東西。因此，在

陶淵明（365－427）〈飲酒〉組詩其五的著名尾聯中，我們讀到：「此中有真意，欲辯已忘言。」（"In this there is a meaning of what is 'real,'/ But wishing to explain it, already I've forgotten the words."）但「忘言」，通常譯為「忘記了言辭」（"forgot the words"），在此更確切是指「我正處於失語狀態，無法用言語表達」——即是說我想解釋的現實或真相就像「道」，或者像「自然」，又或像「上帝」那樣，不可言喻。

我們似乎偏離了最初的關注點，但仍然處於意象的廣泛範圍內。從視覺對象的物質再現到語言描述，意象從最讓人浮想聯翩的情境中，擴展其影響範圍到非實體、無形、無法觸及的心靈圖像。出於我的語義學興趣，現在我想轉為對一組經過選擇的詞語作更詳細的考察。這些詞語經常同時出現在宗教和文學文本中，試圖說明那些似乎無法準確描述的狀況。這些詞語部分相似於賈科莫・萊奧帕爾迪（Giacomo Leopardi, 1798－1837）所認同最具詩意的詞語，這些詞語沒有被直接定義但會喚起「距離」感，運用可以傳達模糊和不確定感的意象（*poetica dell'indefinito e del vago*），並且可以超越我們通常賦予詞語的大致明確的意義。

在上古與中古時期中國文學與宗教文本中，其中一個最早、或許最重要的詞語為「玄」。雖然它通常被翻譯為「黑暗、隱晦」（dark, obscure），或比喻為「玄奧、玄秘、神秘」（abstruse, arcane, mysterious），但比起這些近義詞有著更多又更少的意義。例如「玄」是用來描述天的顏色的常用語，就如「黃」用來描述大地那樣。在「玄天」這個常用語中，「玄」通常被翻譯為「黑暗」（dark），但這是嚴重誤導人的，稍作思考就看得出來。「玄天」這個短語並非與晴朗、明亮或萬里無雲的天空相反；天並非像夜空那樣「黑暗」。它既非不透光也非暗淡無光；它是透光的，但人們無法透過天空的藍色來辨識光源。「玄」的特殊性質為半透明，嚴格意義為「容許光線通過，但會擴散光線，讓遠處的物體模糊不清。」「玄」的東西在我們眼中只是勉強可見、模糊不清；你可以想像為你周邊視野所見的景象，或者當你直視昴宿星團（the Pleiades）時無法完全清楚看到七顆星，但當你轉移到周邊視野時便可更好地聚焦它們。正是這種以正常視力或推論思維難以察覺的特性，

讓「玄」具有某種神秘莫測的延伸意義，從而使它在《老子》第一章中作為「道」的貼切意象。當它在那裏被表達為「玄之又玄」時更是如此，這個強而有力的短語也引申出中古時期道教的「重玄」學派之名。

我們已在《老子》第一章中看到另一個可與「玄」相較的另一個詞語，名為「妙／眇」。「妙／眇」的基本意義為小到幾乎看不見，小到必須瞇著眼睛才能看見的事物。把它翻譯為英文「微妙」（subtle），或在其他語境翻譯為「絕妙、奇妙」（marvelous, miraculous）這些延伸意義，或許都暫可接受。但這樣翻譯基本上是不足的，在當我們已得知「道」的意象為「眾妙之門」，或在第一章更前面之處，「妙」與「徼」作為押韻和意義上的對仗，「徼」即事物周邊或外圍的輪廓，故「徼」為可見以及可概念化，相比起「妙」的極小而言（常無欲以觀其妙，常有欲以觀其徼）。

這組詞語中還有另一個名為「冥」。就跟「玄」一樣，這個詞語也經常翻譯（漏譯）為英文 dark（黑暗）。但「冥」是跟「玄」截然不同的意象。這個詞語指黑暗籠罩的光，就像暮光或深海微光那樣。在一般用法中，它比「玄」要有更加特定的嚴肅性質。在中古道教語境中，它指俗眼無法看見的境界，即超凡體驗的境界。例如星君所居的遙遠空間為「冥」；對我們大多數人而言，它是純粹的黑暗，但上清派與靈寶派能在該處看得到光，就像有能力識別正常光譜中的紫外線部分那樣。作為玄學論述中一個意義重大的詞語，「冥」意味著非實質現象的起源，是不明現象對於明顯現象的必要補充。在這語境下，它暗示一種神秘直覺的朦朧狀態，讓人能聯繫到看不見的根源之道。

第四個意味著不確定性的詞語為「微」。許慎（約55－約149）在《說文解字》中說它指「隱行也」。在玄學論述中，它被定義為介乎於道之無與現象之有的事物，換言之，即介乎於無之根本、普遍的潛在性，以及有之完整性的事物。因此它可意味著微弱、不顯眼和難以察覺的事物，就像新月被完全抹消之後，朔日後第三晚出現的第一彎蛾眉月。它也可以指極微小、微小或最小的事物，在此意義上類似於「妙」。所以我們可在《繫辭傳》中讀到「幾者動之微」。在一般語義弧（semantic arc）中「微」被描述為不能清楚

看到或完全理解的事物，在此意義上它也常與「玄」的某些用法一致。

我要提到的這組詞語中第五個也是最後一個（還有其他如剛才提到的「幾」，但我們沒有時間討論它們全部）是「幽」。這個詞語實際上是許慎最初對「冥」的一字定義。它同時也是對「玄」二字定義的一部分：「幽遠也。」而許慎對「幽」本身的一字定義為「隱」，在「微」的定義中我們已經看過它的使用。就如我們正在檢視的大多數詞語那樣，「幽」在總體涵義上帶有被隱藏、被遮蔽、不為人知、不清楚和晦暗（concealed, shrouded, hidden, obscure, and darkened）的事物，但同時也有一些自身特定的意義。它可意味著自然環境（山巒、峽谷、森林、甘泉、溪流）中疏遠或去除正常人類活動的氛圍。這個意義的重點在於「幽」不僅指該環境本身，而且喚起人們從該環境中獲得的感受，即一種獨立而平和的靜謐所帶來的幽深印象。在王籍（480－約550）詩中美妙的一聯：「蟬噪林逾靜，鳥鳴山更幽」（"From the chirring of cicadas, the grove is increasingly still;/ From the trilling of birds, the mountain seems more *you* [shall we say, 'more quiet,' 'more removed,' 'more distantly silent?']"），「幽」與「靜」並列相對。這也近乎暗指人的感受，而「幽」也可以在某些語境下，用來描述音樂、藝術，或者卓越不凡、獨具一格或令人欽佩的行為，又或無與倫比、超乎尋常、大巧若拙的事物。它可作為一個形容詞，用來描述人們深藏不露的思想或情感。在所有這些用法中，對於疏遠性與隱秘性的推測，即那些處於表面、未察覺或無法欣賞的目光以外的東西，都是存在的。一個更常見的用法是指那些遠離煩囂、與世隔絕的人，一個「幽人」。在進一步的延伸意義中，它出現在一個反義複合詞「幽明」當中，指籠罩之下神秘莫測的死亡領域，與人類所處身之光明顯著的世界相對。

我們原本如赤子般的思想，正是《老子》所指的「無名」。若要與他人交流，就需要「有名」。沒有語言，我們只能與他人斷斷續續、不清不楚、初步地交流。要用語言來傳達思想，就需要意象作為媒介。具有強烈視覺效果的意象被譽為傳統中國詩歌的一大亮點，也是20世紀初英法兩國頗負盛名的「現代主義」詩人所推崇的主要特徵之一。儘管意象最常描繪的是視覺上

的事物或打動感官之物，但它也可以暗指非實體對象。在某些類型的中國詩歌以及一些宗教文本中，它正是這種無法形容、虛無縹緲、言不盡意的，但作者仍嘗試用言語在暗示（若無法掌握到的話）的體驗領域。在這種嘗試當中，古代漢語發展出一些詞語，來盡可能暗示或接近於不可描述、無法定義以及非實體的事物。正如我希望至少有簡要指出的這些詞語，都作為中國文化中意象的重要部分。

# 三官考校：三元經、圖中的簿錄之象

李豐楙

中央研究院、國立政治大學

> 今三元大慶，開生吉日，諸天迴駕，眾聖同集，推校生死功過錄籍。道法普慈，愛民育物，見其罪者，名入死目，終劫相牽，永無解脫，學而無益，甚可痛焉。[1]
>
> ——《太上大道三元品誡謝罪上法》

《太上大道三元品誡謝罪上法》（簡稱《謝罪上法》）卷末敘述三官考校的構想，從諸天迴駕到眾聖同集，考校程序乃屬定期審判。另一部《太上洞玄靈寶三元品戒功德輕重經》（簡稱《三元品戒經》）卷末也綜述一年三日，地上、水府一切神靈皆同上詣三天玄都三元宮，諸天仙聖亦俱到三元宮中，眾聖既集，諸天飛仙、星宿眾神莫不森然俱至。靈寶派當初造構原屬一卷，建構三官考校神話可謂極其能事，先後秩序井然：先是三官迴駕、上詣，而後同集、俱至於三元宮，統領三宮九府百二十曹考官，各自籌計天上天下的生死簿錄，更相校訊，有善功者上名青簿，罪重者下名黑簿，兩通列言三官，考校善惡功過後定三界眾生的生死。此一定期考校攸關宗教學的主題：

---

[1] 《太上大道三元品誡謝罪上法》（HY 417；簡稱《謝罪上法》），收入〔明〕張宇初、邵以正、張國祥編纂：《正統道藏》（臺北：新文豐出版公司，1985年，上海涵芬樓影印本），第11冊，頁15a。

「最後審判」，中古道教宣揚考校的理念，形諸180條三元品戒的罪目，形成漢文化圈的罪感意識。在台灣社會學界曾有一次本土化的文化思潮，認為漢人社會乃屬恥感文化，亦即深受儒家的影響。又何以論證道教的罪感文化與民族心理的關係！其中涉及知識精英或庶民大眾的認知差異。由此省思漢人社會與三元節俗的關係，流傳久遠且迄今猶存，三官信仰就是透過三元經、圖而建立的，但為何三官考校的罪感意識卻隱而不彰！故在此釐清三官信仰的真相，從經、圖俱存闡述當初造構的初心，其中蘊含的考校義理，到底如何付諸實踐？從媒介轉換關係觀察〈三官圖〉，如何轉譯／喻三元經？其遺蹟倖存於世，波士頓美術館（Museum of Fine Arts, Boston）的「三幅一組」構圖，到底與三元經有何關聯？藝術史學者習從圖像學詮釋構圖、母題，道教圖像有象而無言，亟需輔證以經典文本，在圖、經轉換中如何彰顯罪之象徵？幸運的是中古道經猶存於《道藏》，早期圖像雖則罕見，卻有畫記倖存於名家文集：蘇洵（1009－1066）、蘇軾（1037－1101）父子與元遺山（1190－1257），所記的早期名蹟既屬御府藏品而屬宮廷畫，由此切入探討與道經、壇制的關係。而圖、經兩種媒介之所同，即為考簿考籍與青簿黑簿，並將戒律易稱「三元品戒罪目」，既反映當時經派紛出的競合關係，也間受儒、釋文化的外來衝擊；此中事涉罪感與恥感的異同，由此重新定位三官考校與定期審判，其中簿錄的文化象徵，關聯自我省察的宗教倫理，此一「天鑒在上」之象，顯示道教發揮作為「文化百寶箱」的出／納效應。[2]

## 一　三官圖的圖像著錄與名家畫記

從媒介轉換關係觀看三官圖與經，構圖多樣卻不離道經本義，其中主流的「三幅一組」，既見諸畫譜的著錄，如《宣和畫譜》，亦有名家據此書寫畫

---

[2] 本研究因緣當初乃應故宮博物院之邀，曾經探討完成初稿〈三官出巡〉，最近又有機會重睹名蹟，擴大改寫後，曾在香港浸會大學、臺北藝術大學演講，其間張超然學棣細讀新稿後提供建議，蔡君彝則從圖像學進行賞析（〈國寶道教繪畫──傳宋馬麟〈三官出巡圖〉賞析〉，《故宮文物月刊》，第485期〔2023年〕，頁62–73），均有所助益，特此致謝。

記。此一宮廷畫譜系的形制,其構圖兼綜迴駕與考校,既是壇制的反映,乃有所取仿於聖像!名蹟為唐宋御府的藏品,歷經戰難流落於外,美國波士頓美術館收藏的《三官圖》(下稱波士頓版),三幅俱全而屬此一譜系。黃士珊從圖像學理論加以詮釋,推測為南宋之作(1127–1279)。[3]相較之下,臺北故宮博物院珍藏傳馬麟〈三官出巡圖〉,時間較晚,構圖則另屬「三官一幅」,屬於大壁面畫法(174.2×122.9公分),先前所論概屬簡述,致使其價值隱而不彰![4]直到晚近列為國寶級文物後,學界始紛紛關注及此。二者形制、構圖既異,時間也有先後,卻都代表「道教藝術」,兼具審美與宗教的價值。先探討波士頓版的構圖與構成元素,從媒介轉換關係聯繫圖像與道經,到底如何表現同一主題:「三元考校」。此一圖版的時間既早、傳布亦廣,性質即歸屬於宮廷畫,從畫譜與畫記上推至於唐初,就方便上溯及中古道經,確定畫作並非純屬想像,宮廷畫家與道經、聖像有所依據,據此嘗試解開媒介轉換之秘/謎!

　　三官圖名蹟著錄於《宣和畫譜》,所藏凡稱「三官像三」亦即三幅俱全,不全者則單標其一,如陸晃「天官像一」,蘇洵、蘇軾父子詩紀水官圖亦然;相較之下,元遺山畫記即標明「朱繇三官」,則屬三幅俱全。二者肇因唐宋動亂後,御府藏品流落於外,民間方得一見。此一情況證諸元湯垕《畫鑒》載:「曹仲玄畫三官及五方如來像,余曾見之。」[5]既見於畫譜應屬御府藏品,明言「三官」即三幅俱全!朱繇、曹仲元皆習吳道玄筆法,概屬「三幅一組」的同一譜系。既歷經畫譜的著錄,而倖存的兩篇畫記均出名家

---

3　Shih-shan Susan Huang (黃士珊), "The Triptych of 'Daoist Deities of Heaven, Earth and Water' and the Making of Visual Culture in the Southern Song Period (1127–1279)" (PhD diss., Yale University, 2002).

4　張明學在博論中有一小節簡介,並稱為「三官大帝出巡圖」,認為也可看作水陸畫。張明學著:《道教與明清文人畫研究》(成都:巴蜀書社,2008年),頁90–95。雷偉平博論既引述其說,雷偉平:〈上海三官神話與信仰研究〉(上海:華東師範大學博士學位論文,2013年),頁54–55。

5　〔元〕湯垕撰:《畫鑒》,收入《景印文淵閣四庫全書》(臺北:臺灣商務印書館,1985年),第814冊,頁16a。

手筆，早的是北宋蘇洵、蘇軾父子所撰水官圖詩紀；其後則有金元遺山畫記。先後畫蹟一單一全，文體也是一詩一文，二者的時間既早，性質亦相同，均屬唐宋御府的藏品，由此得知早期畫蹟的流傳情況，彌補畫史空缺之憾，故圖像學者早就視為重要的史料。[6]

蘇氏父子以詩為紀，認定為閻立本（約600－673）之作，其性質歸屬宮廷畫，時間早到唐初，父子兩人的見聞既博，此一說法必有所據。[7]二詩紀略有先後，老泉詩常附錄於東坡詩集，值得注意的是宋孫紹遠將其輯入《聲畫集》，亦即視為題畫詩。東坡詩集的版本雖多，各有收錄僅卷數有別。〈次韻水官詩并引〉：「淨因大覺璉師以閻立本畫水官遺編禮公，公既報之以詩，謂某（軾），汝亦作！某（或軾）頓首再拜次韻，仍錄二詩為一卷以獻（獻之）。」[8]亦即奉父命而作，蘇軾一生的行蹤，四次在汴京為官，第二次仍較年輕，從宋仁宗嘉祐五年到六年（1060－1061），應制科歐陽修（1007－1072）推薦通過；其後仁宗親試蘇軾等，軾入三等，除大理評事，簽判鳳翔。兩年間交往僧人凡有數十，淨因覺璉（1009－1090）即為其一。第三次則在英宗治平二年（1065），罷鳳翔簽判任後來京，在學士院策試後入直史館；治平三年（1066）蘇洵卒，軾即扶喪離京。[9]

釋懷璉久在汴京，乃宋仁宗有感於京都佛寺皆天台宗、律宗，即命創十方淨因禪院，皇祐二年（1044）詔懷璉禪師住持，屬於雲門宗一系，其事具載《五燈會元》卷15及《禪林寶訓》等。[10]為福建道漳州龍溪陳氏子，出家

---

[6] 黃士珊著，祝逸雯譯：《圖寫真形：傳統中國的道教視覺文化》（杭州：浙江大學出版社，2022年），頁295。

[7] 有關閻立本與名畫的關係，歷來注解多引朱景元《唐朝名畫錄》、張彥遠《歷代名畫記》等，記其位居宰相，與兄立德齊名；既有應務之才，兼工畫，號當丹青神化。

[8] 〔清〕王文誥輯注，孔凡禮點校：《蘇軾詩集》（北京：中華書局，1982年），卷2，頁86。蘇軾此詩的收錄，見《蘇軾詩集》，卷2，頁86–88；其後又見《東坡續集》收錄於〔宋〕蘇軾撰：《蘇東坡全集》（臺北：世界書局，1989年），卷1，頁22。

[9] 陳川云：〈蘇軾交遊定量研究〉（南昌：江西師範大學碩士論文，2015年），頁7。

[10] 黃士珊：《圖寫真形》，頁295。王文誥引諸家注，從禪宗史來看其資料簡要，事蹟略具，可以參看。

學禪,青原下十世。仁宗皇祐中初剙淨因院,歐陽修、陳師孟奏請廬山居訥;訥禪師即舉薦懷璉,皇祐二年(1050)詔住十方淨因禪院;召對稱旨,賜號「大覺禪師」。其後數次於成化殿召對稱旨,仁宗嫻熟禪宗教義,賜問答詩頌十七篇。至和二年(1055)曾乞老還山,詩頌往來仍不得還。禪師以禪寂自任,持律嚴甚,在都城西搆精舍,先曾與曉舜禪師為昆季,故讓其居棲賢寺正寢而自處偏室。英宗治平二年(1065)上疏乞歸,乃從所請。仁宗累賜宸章禪師東歸攜之,四明郡守相迎,九峰韶公作疏勸請,定居於金山西湖。四明人建大閣以藏宸章,榜曰「宸奎」,即請蘇軾作〈宸奎閣記〉;元祐六年(1091)坐化,軾又作〈祭大覺禪文〉。前後交往三十年,懷璉年長二十七歲,兩人可謂忘年交。

　　覺璉禪師約在仁宗嘉祐六年(1061)出示水官圖,即蘇軾第二次赴汴京期間;此圖為淨因院藏品,禪師持以相贈,蘇洵先詠一詩,而後命軾次韻。蘇洵逝後,熙寧六年(1073)蘇軾亦持〈禪月羅漢〉回贈明州育王寺,此一羅漢圖夙為其父喜愛,懷璉亦曾住持該寺,由此一互贈佳話可見彼此交往之深。此一名蹟雖僅遺編,在汴京城雅好此道者眾,老泉詩結語強調其珍貴:「見者誰不愛,予者誠已難。在我猶在子,此理寧非禪。報之以好詞,何必畫在前。」東坡詩亦呼應:「京城諸權貴,欲取百計難,贈以玉如意,豈能動高禪。惟應一篇詩,皎若畫在前。」蘇軾進京得見珍寶,乃致慨其流失:「自從李氏亡,群盜竊山川。長安三日火,至寶隨飛煙。尚有脫身者,漂流東出關。」認為長安動亂致使至寶驟遭變故,慘烈者灰飛煙滅,倖存者則流落四方;歷經輾轉幸為禪師所得,故聊表所願:「三官豈容獨,得此今已偏;吁嗟至神物,會合當有年。」[11]所得僅其遺編,期待終有一日三幅會合。兩人詩紀中透露的訊息,顯示北宋期間雅好者眾,可見三官圖盛極一時,既因繪畫者具有特殊的「畫師」身分,技藝亦高,北宋諸帝崇道者多,大有助於此一文化風尚。

　　從畫史理解此一詩紀的價值,蘇洵認為是閻立本作:「我從大覺師,得

---

11 王文誥輯注,孔凡禮點校:《蘇軾詩集》,卷2,頁87、88。

此詭怪編,畫者古閻子,於今三百年。」即判斷為「閻立本畫水官」;開篇歌詠其事:「高人豈學畫,用筆乃其天。譬如善游人,一一能操船。閻子本縫掖,疇昔慕雲淵。丹青偶為戲,染指初嘗黿。愛之不自己,筆勢如風翻。」[12]《唐書‧本傳》載其工於丹青,卻非學畫所致!位居宰相而作畫不能罷,乃因其「性所好」。相關逸事如唐太宗(在位年:627－649)與侍臣泛舟春苑池,見異鳥容與波上,悅之。詔坐者賦詩,並召立本俸狀,閣外傳呼「畫師立本」。雖呼「畫師」,實則官主爵郎中。因作畫而須「俯伏池左,研吮丹粉」,自覺「與廝役等」而歸戒其子「毋習」!雖說如此而天性「獨以畫見名」,東坡詠其「染指」有如「嘗黿」而「愛之不自己」,此語即稱讚其天分所致;其中「筆勢如風翻」一句攸關水官圖的筆法。[13]另一逸事也關聯詩紀,事在貞觀中,《唐畫斷》載其兄立德創《職貢圖》,「命尚書閻立本」畫「國王粉本」,即因其善畫「異方人物詭怪之狀」因而號稱「名手」。[14]東坡詩刻意不敘及水官圖,此乃其父所詠的重點;而從「別殿寫戎蠻」呼應其父詩紀「非鬼非戎蠻」,父子同詠一題,而重點有別。推斷詩紀也反映汴京人士的看法,即將作者及繪作年代上推至唐太宗、高宗(在位年:650－683)期間;閻立本在顯慶初(656)為工部尚書,總章元年(668)拜右相,封博陵縣公。應務之才雖弱,卻以丹青馳譽一時,由此定位三官圖形成的歷史情境。

閻立本以善畫聞名,繪作三官圖到底所據云何?一為前人畫蹟、二則經典文本,即將時間定於唐初,此一階段流行的三元道經即《太上太玄女青三元品誡拔罪妙經》(簡稱《女青三元經》),經文既言「太玄女青所置」,又宣稱「三元寶經女青妙典」,[15]故經題特別凸顯「女青」一詞。此一新經敷衍所據,即可上推東晉末劉宋初的靈寶經派,先僅一部後分為二:一即《太上洞

---

12 王文誥輯注,孔凡禮點校:《蘇軾詩集》,卷2,頁87。
13 〔後晉〕劉昫等撰:《舊唐書》(北京:中華書局,1975年),卷77,頁2680;〔宋〕歐陽修、〔宋〕宋祁撰:《新唐書》(北京:中華書局,1975年),卷100,頁3941－3942。
14 王文誥輯注,孔凡禮點校:《蘇軾詩集》,卷2,頁87－88。
15 《太上太玄女青三元品誡拔罪妙經》(HY 36;簡稱《女青三元經》),《正統道藏》,第2冊,卷中,頁4a;卷上,頁1b。

玄靈寶三元品戒功德輕重經》（簡稱《三元品戒經》），二為《太上大道三元品誡謝罪上法》（簡稱《謝罪上法》）。呂鵬志根據敦煌本《靈寶經目》著錄：「三元品戒一卷，（已）出，卷目云《太上洞玄靈寶三元品誡》」；且比對道教類書所引，認為東晉隆安年間（397–402）僅有一卷，宋代入藏始分兩部。[16] 當時不同經派處於競合狀態，陶弘景（452或456–536）《真誥敘錄》宣稱：「葛巢甫造構靈寶，風教大行」，王靈期「深所忿嫉」，乃詣許丞求得上經而仿制。陶氏先說「造構」後言「造制」，使用「造」字暗示其中「竊加損益」致使「新舊混淆」。[17] 由此論斷三元道經亦然，天師道所上的三官手書，靈寶經派即依據舊制大加損益，致使新經卷帙浩繁，這種情況可與智慧大戒互證，經派不同戒律也有異同（詳後）。比較劉宋初與唐初的兩部，即可釐清其衍變情況：一即圖、經之間的媒介轉換，兩部保存原初的構想為何？閻立本若有取資，到底如何取捨？從蘇氏父子的論斷，確定此一唐初本可以作為里程碑。

第二篇金・元遺山畫記的畫蹟則三幅俱全，即可代表後一階段，既題名「朱繇三官」，所認定的作者，攸關繪畫時代的相關消息。元氏凡有多篇畫記彰顯家藏，《遺山集》卷34〈畫記二〉的散文體，方便記事而遺留珍貴的史料。[18] 《宣和畫譜》卷3道釋三收錄的朱繇畫蹟，為唐末長安人，「工畫道釋，妙得吳道玄筆法，人未易優劣也。」兼敘一件逸事，宋武宗元（1050卒）在雒見所畫壁，酷愛文殊隊中舊有善財童子的筆法，玩之月餘不忍去。也敘及收藏：「今御府所藏八十有三」。[19] 徽宗（在位年：1100–1126）為崇道帝王，《宣和畫譜》從其所好，遵循體例即「道先佛後」。在道釋類的總數中，佛

---

16 呂鵬志：〈靈寶三元齋和道教中元節——《太上洞玄靈寶三元品戒經》考論〉，《文史》，2013年第1輯，頁151–174。

17 〔南朝梁〕陶弘景撰：《真誥》（HY 1010），《正統道藏》，第35冊，卷19，頁11b–12a。

18 元好問（1190–1257）資料有齊曉楓執編的《元好問研究資料彙編》（臺北：文建會，1990年），此一畫記收於卷34「紀」，頁968–969；其後如姚奠中主編、李正民增訂：《元好問全集》（太原：山西古籍出版社，2004年）卷34，頁710。在此即用前一版本。

19 俞劍華標點注譯：《宣和畫譜》（北京：人民美術出版社，2016年），卷3，頁69。

教畫多於道教畫，吳道子有道畫18幅、佛畫多達66幅；道畫先列三幅天尊像二、列聖朝元圖一，均屬道教的天尊上聖，置諸佛會圖前以示尊崇。[20]朱繇也先列道畫九種，首列「元始天尊像一、天地水三官像三」，表示三官地位次於三清，加一「三」字則三幅俱全。其後才列佛畫29種，後面再列道畫的星君群像。[21]其他人亦然，同為五代的曹仲元，亦曾「初學吳道玄」，不成而別作細密以自名家，二幅道畫為九曜像一、三官像三，亦屬三幅一組，排在佛會圖佛畫之前。[22]可見道釋次第不在數量，先後之序乃迎合徽宗偏好。卷1〈道釋敘論〉強調釋道畫藝各有特色，卻分別三教次第：「畫道、釋像與夫儒冠之風儀」，亦即道畫列於釋、儒像之前。[23]著錄名家從唐吳道玄到五代朱繇、曹仲元，均遵循體例先列道畫，數量則少於釋畫。

元好問〈畫記〉的寫作因緣，溫佐廷考察「宣和三譜」的流失，攸關北宋文物流傳北方之事，金代文人與《宣和畫譜》的關係，北方文人閱讀畫譜的，凡有魏道明、張浩然等，元好問名列其中。[24]肇因北宋覆亡，御府收藏文物未及南遷，府庫蓄積運至北方，好藝之士得而藏焉；元好問家藏的「官賣宣和內府物」，[25]此一「官」字表明金廷將搜括所得賣出，蘇天爵（1294－1352）〈題石珏畫〉載：「金人取汴，悉輦而北，大定、明昌文治極盛一時。」[26]金世宗大定（1161－1189）至章宗明昌（1190－1196）年間號稱文治盛世，接收南宋御府珍藏運往北方大有助益。賣出原因應是女真王朝需財

---

20 俞劍華：《宣和畫譜》，卷2，頁47–48。
21 俞劍華：《宣和畫譜》，卷3，頁69–70。
22 俞劍華：《宣和畫譜》，卷4，頁89–90。
23 謝一峰：〈「佛道」與「道釋」──兩宋書目、畫論中佛道次第之變遷〉，《二十一世紀雙月刊》，總150期（2015年8月），頁61–78。
24 溫佐廷：〈金元時期北宋文物在北方地區的流傳及影響──以「宣和三譜」的接受為考察中心〉，《國際漢學研究通訊》，總第17期（2019年），頁182–193。
25 溫佐廷引〔金〕元好問：〈故物譜〉，姚奠中主編，李正民增訂：《元好問全集（增訂本）》，卷39，頁822–824。
26 溫佐廷引〔元〕蘇天爵撰，陳高華、孟繁清點校：《滋溪文稿》（北京：中華書局，1997年），頁497。

孔急,元好問既家在北方,社會地位亦高,乃幸而得之。[27]即將所藏悉載畫記,三官圖即為其一,推測朱繇三幅即徽宗御府的收藏;次則北宋畫譜著錄的三官圖中,晚唐五代畫家較多的原因,多與四川有關,如范瓊寓居成都,其他還有會稽孫位、簡州張素卿、長安周昉等。乃因杜光庭在蜀漢王朝,既整備教團也優遇道師,在崇道的氣氛下提供優渥條件,致使畫家勤於創作道畫,其中既有「三官圖」,可見此一畫題盛行一時,故北宋御府得而藏焉。

唐宋真跡既屬官家珍藏,若非長安動亂、汴京失守,這些天下絕藝不能為文人所得,元氏其生也晚,可能也有機會參閱蘇氏詩紀,兩人所述的宮廷畫,「三官圖」既仿又作,譜系隱然形成,縱有小異亦僅創意有別。蘇氏推測的「閻立本」則推早到唐初,即可視為宮廷畫的初代「畫師」!元氏家藏的五代朱繇畫,連同曹仲元等,則標誌另一階段的宮廷畫。問題在畫師是否參用三元道經或壇制聖像?由此解釋畫記的三官形相、文武隨從的名稱、動作等,其中用語是反映當時官制!抑或道經習語?畫像又與道教壇制有何關係?蘇、元兩家均為一代博學,從媒介轉換觀看圖、經關係,不宜孤立理解兩種媒介,亟需連貫圖像與經文的關係,才能解開圖像中隱藏之秘!

## 二 構圖與構成元素:在畫記中傳達的時代消息

兩篇畫記描述的三官圖,一為遺編、另一則成組,二者均有水官圖,此幅既有蘇家父子詩紀在先,在三幅中也倍受關注。明正德顧元慶輯刊《德隅齋畫品》,此一評畫之作乃宋李廌所撰,事具《宋史‧文苑傳》。[28]李氏受知於蘇軾,詩文俱佳,陳振孫(1261卒)《書錄解題》載:元符元年(1098)李廌品評趙令時(1061-1134)行囊所攜畫即《德隅齋畫品》;鄧椿《畫

---

27 潘東平:〈元好問交遊活動及其唱和贈答詩研究〉(內蒙古:內蒙古民族大學碩士論文,2018年)。
28 詳參〔元〕脫脫等撰:《宋史》(臺北:鼎文書局,1978年),卷444,列傳203、文苑六,頁13116–13117。

繼》亦載此一畫品。[29]其中敘及〈玉皇朝會圖〉，蜀石恪所作：「天仙靈官、金童玉女；三官、太一；七元、四聖；經緯星宿、風雨雷電諸神；嶽瀆君長、地上地下主者，皆集於帝所。玉皇大天帝南面端宸而坐，眾真仰首承望清光，見之者神爽超然，如在通明殿中也。」[30]此一圖屬朝謁玉皇像；石恪的畫家個性不羈而滑稽玩世，敘其畫：「畫筆豪放，出入繩檢之外而不失其奇。所以作形相或醜怪奇倔以示變，水府官吏或繫魚蟹於腰目，以悔觀者。」[31]推測三官繪於朝會的行列中，注重水官圖形相的醜怪奇倔！李薦若知悉蘇軾曾見水官圖一事，就會特別凸顯「水府官吏」，非僅水官一人而是官吏群相，可見三官圖流傳於北宋中末葉，從蘇氏所詠的水官圖像，即可比較元氏所見有何關聯？

在畫史上倖存此一唐初的名蹟，先述水官及其坐騎之狀：「水官騎蒼龍，龍行欲上天。手攀時且住，浩若乘風船。不知幾何長，足尾猶在淵。」[32]表現龍行欲上之姿，但見龍首而足尾在淵，此一構圖與波士頓版相似，詳述隨從數量及動作如下：

> 下有二從臣，左右乘魚黿；矍鑠相顧視，風舉衣袂翻。女子侍君側，白頰垂雙鬟；手執雉尾扇，容如未開蓮。從者八九人，非鬼非戎蠻；出水未成列，先登揚旗旛。長刀擁旁牌，白羽注強拳/弮；雖服甲與裳，狀貌猶鯨鱣。水獸不得從，仰面以手扳；空虛走雷霆，雨雹晦九川。風師黑虎囊，面目昏塵煙；翼從三神人，萬里朝天關。[33]

---

29 〔宋〕陳振孫撰：《直齋書錄解題》，《景印文淵閣四庫全書》，第674冊，卷14，頁14b；
  〔宋〕鄧椿撰：《畫繼》，《景印文淵閣四庫全書》，第813冊，卷9，頁4b。
30 〔清〕孫岳頒等奉敕撰：《御定佩文齋書畫譜》，《景印文淵閣四庫全書》，第822冊，卷82，頁27b。
31 〔清〕孫岳頒等：《御定佩文齋書畫譜》，卷82，頁28a。
32 〔宋〕蘇洵：〈題閻立本畫水官〉，見蘇軾：〈次韻水官詩〉，《東坡續集》收錄《蘇東坡全集》，卷1，頁22。
33 〔宋〕蘇洵：〈題閻立本畫水官〉，《蘇東坡全集》，卷1，頁22。

末兩句呼應開篇上天之姿,今人據此推想「水官與翼從三神人正在朝天關移動」。[34]水官是否朝向天關?夸稱詭怪有何依據?對照波士頓版的構圖,從「水獸不得從」略分上下兩塊,中間隔以空白,上段僅為一小區塊,即蘇詩所詠的風師、雨伯,象示雷霆、雨雹布滿虛空。水官居於正中作為視覺主體,侍從圍繞前後左右,男女俱有、文武並備;先述水官側有一女侍,容態妍美「手執雉尾扇」,乃仿帝王常見的排場。其他男侍凡分二簇群,一即水官左右二「從臣」,既乘魚黿而風翻衣袂,此一概稱應指文侍;相較於另一簇群則改稱「從者」,八九人俱「服甲與裳」,稱其狀貌猶如鯨鱷,夸稱詭怪如「非鬼非戎蠻」;敘述動作凡有多樣:揚旗旛、帶長刀、作強拳／拳,威武之狀即屬武侍。從臣與從者的名稱有異,應是依據當時的官制,其數量、形相表示文武有別。推測為閻立本作,畫家所繪必有所據!佐證即蘇軾所詠王會事:一曰:「別殿寫戎蠻」、二言「雜沓朝鵬鱣」,具見於《唐書‧南蠻驃傳》,貞觀三年(629)東蠻謝元深入朝,服飾詭異:「冠烏熊皮冠,以金銀絡額,身披毛帔」,乃因「蠻俗椎髻鐪,以絳垂於後」。[35]唐太宗從顏師古(581-645)之奏,「命尚書閻立本畫之」。[36]此事屬實即可論斷宮廷畫,名稱、服飾反映畫家的邊服知識,亦即將蠻俗挪用於「水府官吏」,詩紀畫蹟的時間既早,所提供的早期訊息方便了解圖像知識的來源。

　　三幅一組的整全敘述則有待元遺山〈畫記〉,所記為家藏之物方有機會揭示此一天下「絕藝」,其史料價值既高值得全錄如下:

> 天官冠服具大人相,神思淵默,憑几而坐。二天女侍,雙鳳扶輦,輦有輪。月輪在上,獨畫桂樹而已。左右官抱文書而立,武衛負劍夾侍,貌比從官,有威武之狀;二天女持杖雙鳳之前。
> 地官王者服,顏面咸重,乘白馬,隊杖在山林間、大怪樹之下。兩力士捉馬銜,施絳傘,兩團扇障之;扇前一衛士輕行,一皂衣使者前

---

34 黃士珊:《圖寫真形》,頁295。
35 《舊唐書》,卷197,頁5274;《新唐書》,卷222下,頁6320。
36 王文誥輯注,孔凡禮點校:《蘇軾詩集》,卷2,頁87,馮注。

導；右一武士執鉞、左一功曹挾書。從官騎虎從後，一介胄胯弓刀、一功曹抱案牘，拱揖於重厓之下、一鬼卒橫刀而拜，三人皆不見其面，獨鬼卒肘間露一目耳。一樹魅赤體倒拔一樹，根見而未出也。

水官亦王者服，面目嚴毅，須髯長磔，又非地官之比；乘斑龍，在海濤雲氣中。一力士以鐵繩挽龍，怒目回視，如捉一馬，然龍不能神矣。一女童前導，一使者恭揖白事；鬼卒獰惡殊甚，肉袒、髮上指，颭大錦旗。泊一力士負劍者，挾龍而行。一掾吏挾簿書，騎犀牛，從水府大門出。一力士於大樹下，昂面視水官，不見其額。珊瑚大珠浮行水面，旋轉如活；犀牛甫出水府，雲氣隨之。真天下之絕藝也。[37]

　　黃士珊引此對照波士頓版，認為二者的形制相同，根據母題確認為是南宋人仿作。元氏與蘇氏所紀有何關聯？其中值得關注的要點凡三：文武之別、男女之比以及詭怪之象。蘇洵所見水官圖的男女之比為1：8、9，水官身側僅一女侍，王朝規制王者身後習見二女侍分執雉尾扇。文武之比大約是2：8、9，區分文、武侍兩種身分，元氏所說貌比「從官」，若非一般名詞即呼應蘇氏使用的「從者、從臣」；至於蘇氏所述的「得此詭怪編」，既稱水精鬼怪「非鬼非戎蠻」，夸稱詭怪之象「狀貌猶鯨鱣」，俱屬水官則可比較兩人所見，水族萬類之狀為何特別詭怪！

　　元遺山經眼的三幅俱全，散文體的記事細節也較詳細，即可比較三官形制。〈畫記〉既屬雜記，文章不長不短，敘述簡要而觀察入微，方便交代家藏之物。凡分三節分記其事，三官出場既有氣勢而概稱「王者服」，夸說有如王者的容態、服飾，在三界各展威儀。天官憑几而坐即作考校狀，表現「神思淵默」之像；地官身乘白馬，乃屬迴駕之狀，容態敘其「顏面威重」；水官則乘御斑龍出現於海濤中，凸顯其「面目嚴毅，須髯長磔」。三界空間屬性各異，三官作為視覺主體，分別搭配盛壯的排場，此乃仿效帝國體制的帝王出場，在文侍武衛的層層環衛中，「王者」被簇擁而出。元氏所記並非單

---

[37] 見〔金〕元好問：〈畫記二〉，〈朱繇三官〉，《元好問全集（增訂本）》，卷34，頁710。

僅一幅，三官相互對照盡顯氣勢，重點有別即在描述各自統領文武侍從，人數比例同中有異，男女分配則略有別，均彰顯三官駕臨三界的王者氣勢。

元氏所見的男女之比略有小異，天官圖的男女比例為2：4/2+2，敘述女侍部分疑相重疊；文武之別則是2：2，左右從官各二、從者亦二，份量相當，形貌精簡而敘及武衛「有威武之狀」，並未敘及文官形相。地官圖男女之比為11：0或2，且說兩力士「施絳傘，兩團扇障之」，手持團扇未表是否女侍，男侍全部多達十一。除了兩力士，敘述筆法均作「一什麼」，文武俱然；文官凡三：一皂衣使者前導、一功曹挾書、一功曹抱案牘，既稱「功曹」則職司文案通傳；武衛人數亦相當：一衛士輕行、一武士執鉞、一介冑胯弓刀，中間一句較難句讀：「從官騎虎從後」，屬上讀即指前四位，若屬下讀指後三位，則指另一群從官！其中的詭怪現象凡二：一鬼卒橫刀而拜、一樹魅赤體倒拔一樹，明說鬼卒與樹魅非屬從官。文武人數約略相當，既說「從官」與「從者」，蘇氏詩紀則說「從臣」，懷疑或曾參見詩紀。

水官圖既有兩篇紀／記，方便比較兩家所見的異同，就像蘇氏僅紀一女侍於君側，元氏所記也有一女童前導。男官數量既佔多數，文武之別也是2：3，敘寫文官的行動凡二：一使者恭揖白事；一椽吏挾簿書，騎犀牛從水府大門出。武衛則三稱「力士」：一力士以鐵繩挽龍，怒目回視，如捉一馬；一力士負劍者掖龍而行；一力士於大樹下，昂面視水官而不見其額。既稱力士概屬武衛，如是行文乃近佛教用語；描寫詭怪之狀凡二：一即鬼卒獰惡殊甚，肉袒、髮上指，颭大錦旗；二則珊瑚大珠浮行水面，旋轉如活，卻未寫形貌。相較之下，蘇洵既簡述「二從臣」與「從者八九人」，也兼敘文武侍的動作；元氏既以散文描述細節，其形貌「詭怪」亦符所見。

元遺山依據家藏所撰的畫記，當時距離真跡的時間較近，畫蹟保存的狀況亦較佳，設色既鮮明，線條也較清晰，惜乎細節著墨不多。今人研究三官圖又時隔千年，時日消磨難免褪色，解釋圖像的難度也倍增！從圖像學解釋宗教藝術，亟需關注顏色、構件元素，尤其構圖必隱含寓意。從創作到仿作的時間不一，只能上溯中古道經理解原初的旨意。勢必觸及三官統屬的三界空間，從設色到構圖是否配合道經，從經文敘述到道壇制度，理應彰顯其神

學宇宙觀。西方漢學界歷經比較後，認為道教儀式既多且繁，亦即涉及教義如何形諸儀式。[38]三官圖像並非純屬想像，而是與經文形成媒介的轉換，其間表現考驗畫師的巧智：詩紀、畫記是否參用經義？對比其中的用詞難免疑慮！故亟需取證中古道經，理解圖像描述諸般象徵，方能理解文人用語與宗教辭彙的差異。探討唐代宮廷畫的基本問題，關鍵在曾否參用道經、尤其道場聖像？由於入唐以來三元節定型化，例於三元齋設壇行齋，道場依例必高懸幡像，其中是否出現三官聖像？答案若是肯定的，就涉及宮廷畫師的創意如何被激發。故論述三官圖的形成，既要講究審美的藝術需求，也需考慮宗教信仰的實質問題，才有機會解開圖像之秘。

## 三 道教聖像與三官圖：從第一代教團畫師到初代宮廷畫師

中古三官經研究在日本學界曾盛行一時，爾後探討方向轉趨多元，議題凡三：一即三元齋與三元節的關係，如何得力於李唐王朝的推動，從教團外溢於民眾的節慶生活；次則三官信仰既是官民一體，在制定過程中如何協調，減少節慶熱鬧與宗教行齋的衝突矛盾，才能定型化為三元節；[39]三則涉及三元考校的核心教義，其中的罪感意識在傳布過程中，如何與儒、釋二教互動。民間本就有望日為節的習俗，活動方式亦較多民俗趣味，如何才能與三元節結合，既須相容也要調適，此一融攝過程並非易事，值得關注其間的變化。[40]一旦形成也會出現反饋的現象，致使節慶活動增益而多樣化，成為

---

38 此一論點從施舟人（Kristofer Schipper）教授以來俱是，又可參勞格文（John Lagerwey）教授晚近的中文譯著，譚偉倫、呂鵬志、巫能昌譯：《優遊於歷史與田野之道：勞格文教授榮休紀念譯集》（香港：香港中和出版公司，2023年）。

39 黎志添：〈天地水三官信仰與早期天師道治病解罪儀式〉，《臺灣宗教研究》，第2卷第1期（2002年），頁1–30。

40 這些書詞的使用情況，詳參李豐楙：〈嚴肅與遊戲：道教三元齋與唐代節俗〉，收入鍾彩均主編：《傳承與創新：中央研究院中國文哲研究所十周年紀念論文集》（臺北：中央研究院中國文哲所籌備處，1999年），頁53–110。

道教影響節俗的佳例。[41]在這一段時期的社會、宗教處境，必然加速圖像的變化，從教團畫師到宮廷畫家如何衍變？此一現象基於何種需求？致使宮廷畫家紛紛投入，類似創作者如閻立本等，既代表一代也就會帶動一批宮廷畫師，將其成就概稱「初代」，到底又與道場聖像有何關聯？

東晉末劉宋初道經似尚無圖像，唐初《女青三元經》三卷經文確定出現，其中敘述文字略有出入，卷上一段：「當於清淨之地或古壇靈觀之中，建立道場，懸諸幡蓋，轉誦此經，然燈行道，大醮五星及諸天宿曜。」[42]同一語式在卷下則小有變化，即將「幡蓋」易為「幡像」，[43]雖僅一字之差，卻表示含括幡蓋與聖像。另外還有罪目所列的旁證，其中一再述及的聖像：道像、三清經像（卷上）；諸聖像、毀玉女形相（卷中），以及靈像一類（卷下）。既有三清經像，是否也有三官圖像？道場聖像如此，即可「假設」當時出現第一代的教團畫師，乃接受教團之託而繪圖，當初既無前例可循，只有兩種可能：若非接受教團中人的指示，就是依據道經文本。此一情況就像道教碑刻，關中地區形成刻碑傳統，師匠因應教團所需而受託製作，故雕刻碑銘與繪作經像均出於民間師匠之手。緣於佛教藝術傳入漢地後，曼陀羅藝術勢必帶來文化衝激，道教的道場規制也必有回應。由此理解「懸諸幡像」一句，即可假設教團畫師在先，而宮廷畫家接續於後，二者所繪俱用於道場，僅官民有別、技藝等級有差，故兩種譜系並行而不勃。

三元節例行三元齋，李唐帝室例於此日在玄元皇帝廟行齋，其後改易尊稱「太清宮」仍行儀如故。三元齋儀例須懸像，宮廷畫師一展其藝，閻立本、吳道子既為一時之選，初代宮廷畫師即可視為宋代畫院的前身，其間唐末五代盛極一時的名家：朱繇、曹仲元（玄）等，代表中間一代既仿又作，由此可證此一譜系逐漸形成，此一情況譬諸「青詞」，齋醮道場例需上章，青詞

---

[41] 論文宣讀曾引拙撰，其中既涉及與民俗的關係，在改寫期間王永平著：《信仰與習俗：社會文化史視野下的唐代道教》（北京：社會科學文獻出版社，2023年），此書雖未提及拙撰，但此一新著述及民俗者多，特補注於此。

[42] 《女青三元經》，卷上，頁6b。

[43] 《女青三元經》，卷上，頁8b。

原出於高道之手,形成習套後漸形陳腐,既不符宮廷行齋所需,乃激發能文之士投入以聘其藝,反過來也會衝激原有之作,在陳腐與創新間各有取捨。李唐皇室在三元齋道場例懸幡像,技藝要求既高,為了滿足貴流品味,也就會招致才藝之士投入創新,繪作的技藝既高,也會反饋教團畫師。而弔詭的歷史事實就是名家畫蹟幸得保存,教團畫師則無此幸;就像歷代文集所收的青詞,優秀之作皆出名家手筆,如李商隱(813－858)、杜光庭之流。故推測道場所用的聖像數量既多,卻偏於實用而較樸素,技藝亦不如名家畫蹟,故不為畫譜所著錄;宮廷畫師的三官畫,畫藝既高反能遺存於世,就像蘇氏父子得睹的水官遺跡。理解二者之間的微妙關係,不宜遽論三官畫始於宮廷畫師,仍應將始創之功歸屬第一代的教團畫師,如此才接近當時發展衍變的真實情況。

　　波士頓版是否仿作難以判斷!比較蘇、元所見則可確定近於宮廷畫,畫師表現非純屬想像,而是與道經文本、道壇聖像互動的結果。從媒介轉換探索三官圖與三元經,聖像既不足徵而經典猶存,即可依此理解其源流正變:何者「可變」、何者「不可變」。波士頓版具備人物畫的特性,縱使仿作仍可據此推測人物畫,從名義到形象俱有。從兩部三官經的先後衍變,探索經義與圖像的關係,推知早期如何建立典範?理解道經原初的構想?若將道教畫比照聖蹟圖,即可知基本規範既需遵守,也會因應所需而適度調整。而獨盛於晚唐五代的原因,即可證諸杜光庭在蜀漢王朝的作為,既大力整頓齋醮儀軌,也提供優厚的條件誘使畫家悉聚於此,從而造就一代傑出的畫師群。當時畫師留下三官畫蹟的,凡有朱繇、曹仲元等;其後宋代武宗元繼起,同樣也肇因北宋諸帝獎掖有加,關鍵就是成立畫院制,御府提供珍藏以供參考,可證官方體制與宮廷畫存在密切的關係。

　　波士頓版既不離經典、聖像,第一代利用的文化資源就是前後數部道經,第一部性質凡分兩類:品戒類與謝罪法。而靈寶經派到唐初女青系三元經,既傳承戒律,也有圖像紀錄,佐證《洞玄靈寶三洞奉道科戒營始》中〈造像品〉規範聖像,方便「存真者係想聖容」。[44]三官圖若繪真容、服飾,

---

[44]《洞玄靈寶三洞奉道科戒營始》(HY 1117),《正統道藏》,第41冊,卷2,頁1a。

理宜莊嚴以資存真係想,因而異於宮廷畫三官像,二者之間趣味有別。這種情況就像故宮版〈三清圖〉,這類宮廷畫較晚出,宮廷畫師的表現旨意:三位天尊閒坐於松樹下,元始天尊位居正中,左右仍為靈寶、道德二天尊,在三角形構圖中特意表現閒談之趣。[45]較諸壇制三清聖像的形相有別,後者的坐姿必須契合金闕情境,方能符合醮祭的莊嚴氣氛。

壇制聖像的真容較為肅穆,相較之下,則宮廷畫較為靈活,二者之間雖有異趣,仍無妨用於道場。惜乎壇制聖像罕存於世,乃因用弊焚化以免褻瀆,致使早期聖像僅見記載而實物難存。畫譜著錄但存名家之作,卻未曾記載壇制聖像,從〈造像品〉理解三官聖像,當屬壇制的實用之物,率多出於教團畫師之手,原件也比較契合經旨。推測初代宮廷畫師既有取仿,也會獨出一己之創意。李唐王朝例行三元齋,懸掛的聖像理應出自宮廷畫師之手,技藝既高,所繪精美,其間雖歷經武則天的變革,玄宗復位隨即恢復舊制,承續諸帝歸宗本系的宗旨;且從玄元皇帝廟擴大為太清宮,增崇老君的供奉規格,故與元始天尊信仰迭有起伏,玄宗一朝既有混同的趨勢。[46]由此理解三元節與三官信仰的關係,當時宮廷畫師紛紛投入,三元齋高懸三官圖,宮廷畫的譜系於焉成立,此一階段的畫蹟增多,也就會激發晚唐五代的名家迭出新意。

波士頓版與詩紀、畫記概屬同一譜系,惜乎當時所述不及顏色細節,今人所見難免褪色,原本的色澤勢需與道經文本並觀,從顏色、形狀及所持之

---

45 詳見王耀庭著,童文娥編:《長生的世界:道教繪畫特展圖錄》(臺北:國立故宮博物院,1996年初版),頁13。
46 丁煌:〈唐代道教太清宮制度考〉,收入丁煌著:《漢唐道教論集》(北京:中華書局,2009年),頁73–156;李豐楙:〈唐代《洞淵神咒經》寫卷與李弘——兼論神咒類道經的功德觀〉,收入漢學研究中心編:《第二屆敦煌學國際研討會論文集》(臺北:漢學研究中心,1996年),頁481–500;晚近大陸博碩士論文持續探索,如湯勤福:〈唐代玄元皇帝廟、太清宮的禮儀屬性問題〉,《史林》,2019年第1輯,頁107–138;吳楊:〈唐代長安太清宮的儒道儀式〉,《唐研究》,第27卷(2022年),頁207–243;乃至呂博、劉政秀提供的新論,呂博:〈佛道之爭與李唐玄元皇帝廟、太清宮祭祀的建立〉;劉政秀:〈唐代玄宗時期道教的「宗法性」轉向——以太清宮的建立為中心〉,均為未刊論文,特此說明。

物理解其寓意。三官性質概屬先天神,設色必然關聯氣化宇宙,《三元品戒經》開篇首述先天結氣之說:「上元一品天官元氣始凝,三光開明,結青黃白之氣。」且置上元三宮:第一紫微宮為青元始陽之氣、左宮即元始元黃之氣、右宮則是天元洞白之氣,分別青黃白三氣以示三色,象徵宇宙開圖;又敘及神仙官僚,「皆結自然青元之氣而為人也」,同樣偏於青元之氣,此一色澤取象天青。波士頓版的天官服色亦偏青黃,即可佐證畫家設色並非想像,而是準以經典。其他亦可類推,中元亦有三宮:第一清靈宮為元洞混靈之氣,左宮南洞陽宮、右宮北酆宮俱為混黃之氣,波士頓版則略偏黃色;至於下元三宮:第一暘谷洞源宮為洞元風澤之氣、左宮清泠宮亦風澤金剛之氣、右宮羅酆宮則是風澤梵行之氣,風澤之氣究屬何種顏色?波士頓版為裏白外青灰,故可能化現為青灰色澤。值得注意的是一律諱「玄」而改稱「元」,即可知其避諱而改的。

《女青三元經》晚出有所襲用,其中刪除的瑣細部分,卷上敘述三官差別凡三,一即不分述三宮之氣/色,仍維持左右中三府及所主之職;其次神尊在紫微宮,尊稱「上元一品九炁天官紫微帝君」,服色之「氣」易為「炁」字,宣稱「始陽之炁結成至真」,而紫微上宮「皆青玄之氣結成其宮」仍用氣字。[47]可知稱帝君為「炁」,稱宮用「氣」。神仙官僚同樣「皆稟自然之氣而為體」,[48]仍是使用氣字;其他二卷亦然,卷中述中元二品地官清虛真君總統左右中三府,「皆洞空清虛混元之炁」,[49]集較之宮精簡三宮而合稱「清虛洞陽北都之宮」;[50]卷下則敘下元三品水官,也是改用炁字:「乃洞元風澤之炁、晨浩之精」,[51]類似用語是否刻意區別難以確定,卻表明三官俱為先天之「炁」所化。

從《三元品戒經》到《女青三元經》敘述的真容、服色,皆積氣/炁而

---

47 《女青三元經》,卷上,頁1b、2a。
48 《女青三元經》,卷上,頁2a。
49 《女青三元經》,卷中,頁1a。
50 《女青三元經》,卷中,頁6a。
51 《女青三元經》,卷下,頁1a。

成,波士頓版概屬同一譜系,圖像雖略褪色,冠服、容態的色澤彷彿可見:天官服色為青黃白之氣,即偏於天青之色;地官應和清虛混元之炁,則偏混黃則象土地之色;水官所屬風澤之炁則是偏灰色。服色既象示氣／炁之所化,顏色也寓含其意。初代畫師用色是否依據經文、抑或取仿道場聖像?既缺實物難以為證,仍可推測必有所本。道經所述三官的服色就像科層制,官僚服制乃體制決定服色與官品的關係,凡此皆屬核心的「不變」部分。在天官統領下的神仙官僚、神靈僚屬,俱為氣所化;地官、水官的僚屬略有分別,皆為死者有功之魂受度而補職,既是多為冥界、鬼界,也就未曾表明顏色,此即中古三元經建構的他界圖像。

　　詩紀、畫記描述最力的從臣、侍衛,初代宮廷畫師若取仿教團畫師,理應一遵古意,《三元品戒經》敘述三官的三宮九府僚屬,職司出巡察錄善惡以資考校,此一構想應仿效當時科層制,經典文本轉化圖像。即分述三官各置三宮,三宮各置三府:左主生、右主死、中主生死罪錄,各領十二或十四曹。先述上元一品天官凡有三宮、左右中三府,總述「府統一十二曹,合三十六曹」,曹置120考官、1200考吏,12000考兵、120000考士;統領高皇上帝、諸天大聖眾、十方諸天大神。[52]《女青三元經》卷上所述三十六曹仙官:「太玄女青真人所掌,屬紫微之宮,每府各一考官、一千二百考吏、一萬二千考兵、一十二萬考士。」[53]名稱及數量僅述一次,而不像《三元品戒經》重複三次,卻僅有一考官,概屬文官性質。波士頓版跪於天官前的正是「一考官」;相較之下,武衛性質的考兵考士,數量遠多於文職。唐初天官既稱紫微帝君,並精簡總述:「考較大千世界之內、十方國土之中,上至諸天神仙升降之籍、星宿臨照國土分野興亡之簿;中至國主賢臣諸王太子一切眾生考限之期;下至魚龍變化、飛走萬類改易身形、升沈日月。」[54]首次出現「籍」、「簿」二字,表明所錄仍加一考字,但稱「考籍」;[55]也有青黑二簿

---

52　《太上洞玄靈寶三元品戒功德輕重經》(HY 456;簡稱《三元品戒經》),《正統道藏》,第11冊,頁6b。
53　《女青三元經》,卷上,頁4b。
54　《女青三元經》,卷上,頁4b–5a。
55　《女青三元經》,卷上,頁6a。

而非泛稱「文書」，可見道經的用語具有一致性。

　　地官與水官亦然，《三元品戒經》總述地官的三宮各三府：「府統一十四曹，合四十二曹」，普統地上五帝五嶽神仙真人、土府四司土帝及八極諸靈官地祇等。[56]水官府署亦「府統一十四曹，合四十二曹」，[57]總主水界三類：一為水帝暘谷神王、九江水府河伯；[58]二為水中萬精、蛟龍鯨魚；[59]三則水中積夜死鬼、百鬼萬靈。[60]蘇氏誇稱從者「狀貌猶鯨鱣」；[61]證諸道經既有水中萬精、蛟龍鯨魚，也有死鬼、百鬼之靈；最後綜述「天地水三官九宮九府一百二十曹」。[62]《女青三元經》所述的差異不大，卷中總述的中元二品地官清虛真君「總統左右中三府，共四十二曹、仙官三府。」；[63]又說四十二曹仙官乃「太玄女青所置，屬洞空清靈之宮，各有左右中三府，每府各一考官、一百二十考吏、一千二百考士、一萬二千考兵。」[64]僅出現一次而未重複；卷下總述下元三品水官：「總主九江水帝、十二溪女、三河四海水府河源洞庭之內，及水族魚龍蛟蜄百精水獸鱗類之群、濕居之屬。」[65]四十二曹乃「太玄女青所置，屬暘谷洞源左右中三府風刀之考，總主九江三河四海水府積夜死魂、謫役年劫百鬼萬靈之事、一切應死之名。」[66]教團畫師一依道經而濃縮表現，初代宮廷畫是否取仿？後代又如何仿作？其實難以考知，但處理數量龐大的考兵、考士，勢必精簡但存其意，其他關聯考校的亦僅參酌經文而後取樣。

---

56　《三元品戒經》，頁13a–b。
57　《三元品戒經》，頁19b。
58　《三元品戒經》，頁14a。
59　《三元品戒經》，頁16a。
60　《三元品戒經》，頁17b。
61　〔宋〕蘇洵：〈題閻立本畫水官〉，《蘇東坡全集》，卷1，頁22。
62　《三元品戒經》，頁20b。
63　《女青三元經》，卷中，頁1a。
64　《女青三元經》，卷中，頁4a。
65　《女青三元經》，卷下，頁1a。
66　《女青三元經》，卷下，頁3b。

總之，《三元品戒經》建構考校的審判架構，三官、女青真人各自統領三宮九府，曹府仙官及文武兵士，按照三界屬性調配數量，配合象徵性的聖數：天官曹數為12、36，地官14、42，水官亦然。每府統領的文武僚屬，天官府曹的考官120、考吏1200、考兵12000、考士12000；地官、水官亦然。《女青三元經》則小異：上卷的上元考官僅1，考吏則增為1200，考兵12000、考士120000。卷中的地官略有小異，考官仍1，考吏120、考士1200、考兵12000；卷下的水官總主水精水族、水鬼萬靈，卻未明述統領數量。文武侍從的數量既眾，分司所職各加一「考」字，文即通稱「考官、考吏」，武則使用「考兵、考士」或「考士、考兵」，既仿中古的官制，也適合考校之職。蘇、元兩家的用語，文即稱功曹，武則泛用衛士、武士及力士，諸詞較諸道經無一相符，故懷疑當時結交僧眾而非道士，故未參用道經！唐初女青系鼓勵「發心書寫此經散施轉讀」，而時移境遷發生變化，宋元時期不一定普傳寫經、刊經！蘇、元二家縱使博學，習與交遊者較多僧眾，故推測無緣參用而未詳述道經的名義。

　　畫譜著錄的畫題逕題「三官圖」，此一題目成為最大的公約數，三幅完整則加一「三」字。波士頓版概屬「三幅一組」譜系下，構圖凡有兩種：居中一幅表現天官考校之狀，兩側的地官與水官則象示諸天「迴駕」的行動。即將兩種動作總於一組，表現三元校戒的前後情節，此一樣式就像「集錦式」。其次就是解釋僚屬的行動，職分既有文武之別，數量既多且雜，形象多樣，而考校旨意如一。縱使與時俱變仍不離經義，以此判準「可變」與「不可變」？經文作為主要的依據，職稱、身分均須契合原旨；至於服飾、儀仗乃至動作，則因時制宜而容許小異，差別在數量僅能象徵地表現，故「可變」部分概屬技藝。當時畫師取樣所自，既有畫譜傳承的人物樣態，也不排除為當時所見時樣，圖像學的探索著重在母題的比較。但解釋之鑰仍在道經，透過文本方能還原其中隱藏的訊息，從三官構圖來看迴駕與審案之別，教義的核心仍在三元校戒，此一精神乃屬「不變」的部分。

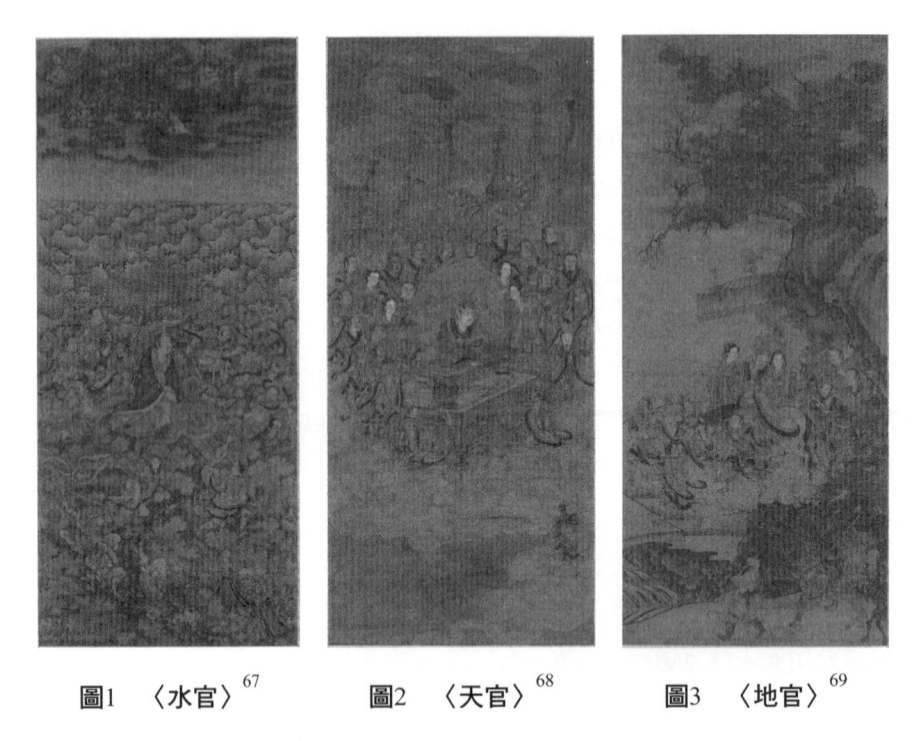

圖1 〈水官〉[67]　　圖2 〈天官〉[68]　　圖3 〈地官〉[69]

**美國波士頓美術館藏三官圖**

　　在圖像表現的技藝上，文武侍從既環侍左右，也出現於上下，其構圖按照性質來分，職分相近聚合一起，如是組合即可視為一種「簇群」現象。按照此一原則解釋文、武簇群，判準在所執之物：凡執簿籍、印信即為文侍，即蘇氏所謂的「從臣」；至其敘述「從者」則手執之物有別，既有旗旛也有

---

[67] 〈水官〉，下載自「美國波士頓美術館」網站，2024年6月9日。網址：https://collections.mfa.org/objects/28124/daoist-deity-of-water?ctx=77881995-126a-4fa2-bb66-6e5bb0df5038&idx=11。

[68] 〈天官〉，下載自「美國波士頓美術館」網站，2024年6月9日。網址：https://collections.mfa.org/objects/28123/daoist-deity-of-heaven?ctx=8c630214-c068-494a-ae14-583e47646eac&idx=0。

[69] 〈地官〉，下載自「美國波士頓美術館」網站，2024年6月9日。網址：https://collections.mfa.org/objects/28122/daoist-deity-of-earth?ctx=953d0b13-36dd-4673-a34d-f82870dfd444&idx=0。

戟鉞，由此即可判斷文、武兩種隨從。問題在名稱的使用，原初必有經文作為依據，文官宜稱「考官考吏」，武職則是「考兵考士」，不宜襲用當時的職稱。早期道場所懸「旛像」，實物既難留存，圖像不足以徵，唯一的方法只有比對經文所述，在媒介轉換中形諸技藝，出巡考校之職既經具象化，即可遵循此一文化軌跡探討其中的「變與不變」。

從經義觀察「不變」的部分，乃屬三元考校的經義核心，中間一幅即天官坐案考校圖（圖2），端坐几案前，文武隨從環侍左右，考兵、考士手執之物若非旗旛即是兵杖，人數多達十餘：座左五位、座右五位，屏後面對的也有兩位；相較之下，考官、考吏的數量較少，僅兩位雜立於座右的考士間，女侍身後的一位手捧「考簿考籍」，另一位在身旁則手捧印信。真正關聯考校簇群的，在几案兩旁一律採取跪姿，座右一位雙手執笏長跪，座左跪著兩位也是；案下的一位手持笏板長跪案前，推測表現的理應是稟告狀。從裝扮與持物的一致性，確定就是「考吏」，跪稟的則是「考官」，此一簇群表現「考校」之意。其數量雖則較少，但一組手捧考籍考簿，另一組則是搭配天官進行考校。可知整幅構圖具有情節性，並非任意想像而有違經義之虞，故府署群僚屬於「不變」的核心部分。

圖4　〈天官〉圖局部

天官圖容許的「可變」部分，對照元氏簡述的：「二天女侍，雙鳳扶輦，輦有輪。」最末又加一句「二天女持杖雙鳳之前」。波士頓版的母題相近，即繪雙輦輪留駐彩雲間，女侍增為四位，分別侍於座屏兩旁，前兩位捧燈、印信，後兩位的手中也各捧一物（圖4）。這些俱屬「可變」的部分，意即未曾見於經文。為了表現天界虛空之象，上部空間約佔三分之一，在雙鳳扶輦上圖繪三曲雲紋，呈現天界之象；相對則下端出現一彎雲彩，一位考士站於雲端上，手執斧鉞向上仰望，也是屬於「可變」部分。在構圖中天官及其侍從作為主體，整體集中繪於一團雲中，可證考校圖像始終不變，可變的部分在文武侍從。元氏依據所見簡述：「左右官抱文書而立，武衛負劍夾侍，貌比從官，有威武之狀。」此句「從官」作為一般官名，連同所持的文書與劍，均不符道經所述。由此論斷雖屬同一譜系，不同世代的畫師相互仿作，既維持不變的部分，有些母題則屬新增，服飾與配備俱是如此，既職司考校均應加一「考」字，一律泛稱為考官考吏與考兵考士。

地官圖（圖3）與水官圖（圖1）異於天官圖（圖2）的，則重在表現「迴駕」景象，地官御駕白馬轉首顧盼，容態即元氏所寫的「顏面威重」，搭配前後隊杖紛紜，作為主體位在正中。其構圖取諸山水畫，背後繪一巨岩突出，其上簇生三株大樹，突出天際幾達於頂；其下則貫穿地面，樹叢微露，底部飾以樹叢。在岩石前出現兩大簇群，彰顯地官迴駕的氣勢，大多屬於「不變」的部分。最前面兩個考兵前導，手執斧鉞職司護衛之任；馬首左右也有兩個，類似元氏所寫的「捉馬銜」，馬後一個則「施絳傘」，兩個母題均與元氏所述大致類同，卻不宜稱為兩力士、一介冑，仍應概稱為「考士、考兵」。所稱「功曹」緊隨馬後，前後兩位手捧簿籍、印信，所謂「抱案牘作拱揖狀」，形貌、冠服概屬文官樣，也該一仍「考官、考吏」之稱。

此圖（圖3）酌量附加少數的「可變」部分，地官身旁出現二女侍捧物，其一手捧似為簿籍。其他所述是否詭怪之狀！即岩下站立的兩個，其一手中代持笏板，狀貌奇醜而首如牛頭，到底所象何物？按照經文所述：凡有「五帝五嶽神仙真人、九土土皇、四維八極諸靈官」，推測或許是「九土土皇」之類，其狀詭怪。另外是否也有鬼趣的部分，亦即所謂「鬼卒」，而非

赤體拔樹的「樹魅」；值得關注另一簇群出現於樹叢下：前一皂衣者容貌奇醜，雙手上舉且側捧一物，雖難明悉懷疑就是「鍾馗」；因為身後安排諸鬼相從，既有管小鬼的二大鬼，容貌奇詭，前一強力拉扯小鬼，另一小鬼似受大鬼威嚇跟隨。此一母題應屬鍾馗，雖說新增卻契合經文所說的「萬精萬鬼」，形象雖變仍與經文相符，此一情況即為變中有不變。

水官圖（圖1）既與蘇氏所見的相近，可能也參用元氏畫記，所同者均身乘斑龍，位居畫面的正中，統領一群水族萬類，展現水界的「王者」氣勢。其中題材較多「不變」的，如力士挽龍的仍見於斑龍下方，手執長繩而勾連龍首，近於「以鐵繩挽龍，怒目回視」；手執長戟前導的三個，手勢、容態均執長戟而非「負劍」，其中之一在前回視似為前導，則一仍考士考兵之稱。斑龍後凡有文武二簇群，其上一群為三考士，前一掌旗、後二執鉞；其下一群則是二文侍，前一皂衣頭戴长翅襆頭官帽，手捧考簿考籍，後一相視者的雙手執物、冠制相近，即元氏所謂挾簿書的「掾吏」，並未騎犀牛出。如此構圖文武俱全，既有考官考吏，也有考士考兵。比對元氏所寫的「鬼卒」，也有一個司飇大旗的，繪其肉袒而狀似獰惡；其他另有兩個簇群，在龍身下方的兩個，一起跪坐龜黿背上；另一群所謂衝出水府的，未見犀牛，卻符合水精的詭怪之狀。其中兩個身負珊瑚大珠的，代表水族萬精，另一身軀扭曲的狀似旋螺，雖則少數仍可象水族。

在畫面上「可變」部分所佔不多，且偏於上面的一小區塊，在水官侍從間區隔以層層波浪，有白光一道。如此區隔的上面一區，凡有二簇群，前一群凡有兩個，其一皂衣者手持圓筒之物；對照另一群也是形狀詭怪，較上一個姿態特別的，即以手撐著圓盤，其狀象示之物，一旦出現半環的五雷鼓，即可知乃習見的雷神，配合下面的兩個，其一身披風袋的即風師。證以蘇洵所詠：「空虛走雷霆，雨雹晦九川。風師黑虎囊，面目昏塵煙」。可見此一仿作近似蘇氏所見，反而與元氏的畫記差異較大。此一譜系既仿又變，彼此之間互有小異並非照仿，對照經文即可歸屬「可變」部分。

「三幅一組」的畫幅空間較大，對照詩紀、畫記即可發現概屬同一譜系，凡事涉三官的歸屬「不變」的部分。三官構圖作為視覺主體，一律位居

於正中。差異則在迴駕與考校之別，此乃緣於道壇規制的排列方式，故圖繪天官的坐案考校，地官與水官一仍迴駕三元宮。兼綜兩種情節後，方便將天官圖懸於正中，左邊地官圖，馬首與侍從的面向均一致朝向中央；相對則水官圖懸於右邊，人物面向均朝左而面向中央。唯一值得質疑的就是天官圖，為何未採正面的畫法，反而略微偏左！無論如何配合壇制均不類。元氏畫記雖未提朝向，但推測三幅不會俱朝同一方向，既未表明也就無從判斷！其次疑慮較多的侍從名義，蘇、元二家使用的是當時習語，從冠服之制來看形狀，「可變」的亦僅外形，考校名義則仍不變，故亟需沿用考官考吏、考兵考士諸名。真正的「可變」部分則在女侍，道經既未明說，初代畫師是否仿效帝王排場，繪一女侍在旁侍候。另一「可變」部分而別具新意，就是鍾馗及隨後的大鬼小鬼，雖說反映時新畫題，卻仍符合萬精萬鬼的鬼趣。可證畫家將變通部分特別插入，繪於邊角並未影響整體的構圖。在同一譜系下版本既眾，既有傳承也會小變。在此一名題中各代畫師參與競技，技藝表現縱有小異，圖像與經文關聯的考校簿錄，此一物件則始終不變，但不宜逕稱文書、案牘，凡此均需參用道經文本，如此解釋始符「畫意」。

## 四　形制問題：圖像表現與道壇形制的關聯性

　　三官圖分為三幅形式的，在《宣和畫譜》比例較高，而宮廷畫構圖何所取資？關鍵則在道場壇制。在眾多的道畫中三官圖如何脫穎而出？肇因三元齋從教團擴散於外，官方與民眾俱行三元節，修齋的次數越來越多，《赤松子章曆》卷1總結修齋吉日：「三元、八節、甲子、庚申、三會、五臘、十直、本命、行年、四始」，[70] 節日多達十日，齋會次數既增多，規模也較擴大。從這種情況推斷幡像的繪作，數量必也會增多，致使官方與教團兩種版本並行。晚唐五代杜光庭整頓齋法，其取捨影響宋元社會，就像三籙齋中黃籙齋獨盛，即因切合民眾的日用所需；三元齋也會出現同一情況，就像逐漸偏重

---

70　《赤松子章曆》(HY 615)，《正統道藏》，第18冊，卷1，頁23a。

於中元齋。宋元高道紛紛整理道法類書，既規撫杜光庭的前代「舊儀」，也因應道法改革而迭出新儀。由此返觀三官圖歷經名家，仿作的「三幅一組」形成定式，如是組合成為主流，原因就是呼應宋元時期的道法壇制。[71]

宋元時期齋法壇制一時並出，彼此參照後漸趨定型，代表的凡有數種：寧全真撰王契真（1239－1302）纂《上清靈寶大法》、金允中編《上清靈寶大法》，以至寧全真授林靈真編《靈寶領教濟度金書》等。宋元壇制容或變動，一仍杜光庭整編的舊儀稱為「杜儀」，壇制形成的儀式空間，象示完整有序的宇宙圖式：尊卑位次各有其序。首即南北定向的恆常性，以仿帝制的階位，例以北壁四御或六御為尊，三清居於至尊之位，象示鴻蒙初啟宇宙開圖；眾聖朝元則在兩旁／壁，即所謂的左右兩班，三官預於班次，容或有前後之別，卻是相對穩定。仙聖階位各有幕次，多即六幕、少則二幕，縱有調整，三官位位在兩班，僅有先後之別。這種壇制的固定化，壇圖畫師亦必因應，宮廷畫師亦然，唐宋轉型期後三官幕遵循常例，致使「三幅一組」成為主流形制。

杜光庭定制的齋醮，在帝制王朝體制下成為定制，其中儀式規模較大的，分位的數目亦眾，如「三百六十分位」凡分上中下三層。三官位大多居於上層中間，或中間偏前偏後。金允中《上清靈寶大法》卷39黃籙大齋中，醮謝真靈的三百六十位，其中既列「上元天官帝君」，排位次於五方帝，在元帥、天師及三師之前，位屬中間卻未偏前。[72]寧全真授林靈真編《靈寶領教濟度金書》卷4聖真班位品，三清六御為尊，在三百六十分位的左右班，其中三官排在左班略微偏後，即在三師後。可見左右班的排序並非固定，但在壇制類書中的排序無論前後，三官俱位在兩班，宋元時期大體如此確定，若非居於中間則或偏前。宋元高道既承續唐末五代杜儀，縱有變動也不會太大。三官圖固定出現在朝元系列中，李唐官方提倡在先，次則杜光庭輔佐蜀漢王朝在後，道教齋醮無論如何變動，三官位均佔有一定的階位，畫家仿作

---

71 黃士珊《圖寫真形》收錄的外篇，第4章處理「道場的形式」與「儀式用品」，即廣泛介紹道教神聖空間的物質性，值得參看。

72 〔宋〕金允中撰：《上清靈寶大法》（HY 1213），《正統道藏》，第53冊，卷39，頁12a。

也反映道壇形制。

　　「三幅一組」的構想成為主流，既呼應朝元壇制，在兩班的分幕制中，無論六幕、二幕，三官幕均為獨立一幕。宋元時期的壇制類書規範幕制，寧全真授、王契真纂《上清靈寶大法》卷32「齋法壇圖門」，所列六幕：玄師幕左一、五帝幕右一；天師幕左二、三師幕右二；三官幕左三、監齋幕右三；下注：「右六幕於玄壇前左右，依次設之。」提醒可以變通：「如狹處不可容六幕，只作左右中。每一幕卻以帳設，隔為三幕，分三香花几案，……當以中為尊，左為二、右為三也。」[73] 末節一段的敘述重點：「以中為尊，左為二、右為三」。三官幕在六幕中，獨立一幕即如「三官帳」，在左右中的位次安排，天官居中，地官與水官分在左右。類似細節也見於其他類書，金允中卷17齋壇所載：「三官帳於壇之東，三師帳於壇之西，各作帳幄，備圖像几案供養如式。三官主三元考校之籍，證錄齋功；三師為開度之宗，經籍度三師也。」[74] 金氏安排三官位穩居於東二位，理由就像總結所說的：三官「主三元考校之籍，證錄齋功」；相較之下，三師僅為開度之宗，卻相對居於西二位，金氏不滿此一組合而認為是新增的。故三官帳的固定化，既傳承杜光庭的舊儀，各家也各自調整，不論其態度保守抑或開放，仍不脫唐代三元齋制的傳統模型。

　　另一部總結性的《靈寶領教濟度金書》，壇制收錄於卷1壇幕制度品，顯示「壇外北壁及左右壁陳設圖」，其排列位序如下：

　　　　北壁只懸三清、北極、天皇、東極、南極七象；左壁只懸九天、六曜、北斗、三省、三官、上嶽；右壁只懸五老、五星、南斗、天曹、四聖、二府。[75]

---

[73] 〔宋〕寧全真授，〔宋〕王契真纂：《上清靈寶大法》（HY 1211），《正統道藏》，第52冊，卷32，頁7a。

[74] 〔宋〕金允中：《上清靈寶大法》，卷39，頁15b。

[75] 《靈寶領教濟度金書》（HY 466），《正統道藏》，第12冊，卷1，頁23a。

在此一圖制中天尊位居七御,恆常排在北壁;三官穩定位於左右兩壁,班位偏後,僅與四聖左右相對,還在星府星君之後!卷1另外載左右幕,值得注意其形制:「壇前立左右幕在兩壁,如平常建齋只立二幕:左六師、右三官。如建黃籙齋則立六幕:左玄師、次天師、次監齋大法師;右五帝、次三官、次三師。每幕皆以慢圍之,三面懸聖像,香火燈燭供養如法。」[76]依據此一見解,無論二幕或六幕位次如何調整,三官位穩定卻略偏後。至於幕制的排列方式,就是使用帳幔環圍為幕,「三面懸聖像,香火燈燭供養如法。」這種壇位模型一仍古早壇制,三官幕在三面所懸的就是三官聖像,調配方式不管如何多樣,既可配四聖,也可配六師、天師,但未曾脫離朝元班次,這種情況始終如一,即可視為「不變」部分。

宋元聖像存世者罕見,遑論五代及唐制聖像,目前亦僅殘存少數的石雕遺跡。因而類似波士頓版名蹟即可視為文化遺存,一組三幅就像壇制的化石,遺存著「以中為尊,左為二、右為三」,此即聖位所象的神聖空間,天、地、水三官階位由此確定排序。這一組合形式存在的可能解釋,一即歸屬朝元圖的譜系下,三官群像即三幅合成一幕。比對北宋盛極一時的朝元仙仗圖系列,既是名題亦多名蹟,粉本猶在而倍受藝術學界關注。宋真宗大中祥符年間(1008－1016)建玉清昭應宮,召天下名家繪作壁畫,武宗元為左部長;另一競合的王拙則分領右部,這種情況類似今人所謂的對場作。《聖朝名畫評》載王拙繪作「五百靈官、眾天女朝元等壁」,[77]若屬朝元行列則為動態:「行進中的三官」!按照格式三位畫在一起。若為獨立的一幕,三官幕即按左右中排序,聖像排場如是盛壯,就會形成一組繁富的構圖。唯一的問題就是其中的天官為何面朝偏右,既未採取正面畫法的矛盾,可能是畫家一己之創意。

此一組到底繪／仿於何時?黃士珊依據圖像中母題推測為南宋之作(1127－1279),即可能是仿畫院之作。從「可變」部分找出其中佐證,推

---

76 《靈寶領教濟度金書》,卷1,頁23b。
77 〔宋〕劉道醇撰:《宋朝名畫評》,《景印文淵閣四庫全書》,第812冊,卷1,頁22a。

測就像地官圖下方的鍾馗母題。蔡君彝從鍾馗畫史探討宋元時期的鍾馗與鬼怪圖像，指出宋元既有圖卷，顏輝〈鍾進士元夜出遊圖〉作於入元以後；（傳）顏庚〈鍾馗嫁妹圖〉為元代中後期所作，為現存最早將鍾馗與嫁娶主題結合在一起。[78] 這些名蹟完成於明代以前，地官圖既可容納鍾馗出遊，又可佐證鍾馗小說的出現，明代社會曾經流行一時。將此一圖像置於鍾馗文化脈絡中，亟需解釋為何出現在地官圖底部，明顯是偏於邊界的位置，較諸地官及其隨從位於正中的主體，明顯具有插增的性質，懷疑是否因應當時人的賞鑒趣味，才補繪於此以象鬼界。[79] 綜合而觀這類主題雖出同源，卻各有偏重，波士頓版與宮廷畫到底有何關係？雖難以明悉，卻概屬同一譜系！

三官圖歸屬道釋類人物畫，在畫史的藝術評價，明代士人重視文人畫，其思想既取於蘇軾的「畫意」說，因而批判宋代畫院制（翰林圖畫院）的畫風。宋代出現此一獨特的組織，肇因皇家雅好此道，致使臻於極盛。宋代諸帝、尤其徽宗崇道，在道釋畫的排名次序，道畫先於儒、釋畫，波士頓版若真的成立於南宋，即可視為畫院風格的人物畫。畫院制在宋代以後逐漸衰退，元朝並無官方的畫院組織，明代畫院雖有其名卻無一定職所，畫院中人亦無一定職守。[80] 若將其挪後到元、明時期，則是屬於民間畫家的仿作，不一定歸於畫院作。按照明代名家流行的畫史分宗，如董其昌反對南宋畫院的畫風畫體，則此一道教神仙的人物畫被歸屬「非文人畫」，其評價可知！縱使如此，三官一圖、尤其蘇家賞鑒的「水官」名蹟，既稱許其詭怪之象，元

---

78 蔡君彝探討的三張圖卷，即龔開〈中山出遊圖〉、顏輝〈鍾進士元夜出遊圖〉與（傳）顏庚〈鍾馗嫁妹圖〉，即以圖像學詮釋宋元時期的鍾馗形象與鬼怪圖像，詳參其2015年美國哥倫比亞大學藝術與科技研究所博論，Tsai, Chun-Yi Joyce, "Imagining the Supernatural Grotesque: Paintings of Zhong Kui and Demons in the Late Southern Song (1127–1279) and Yuan (1271–1368) Dynasties" (PhD diss., Columbia University, 2015)。

79 文學敘述可參胡萬川著：《鍾馗神話與小說之研究》（臺北：文史哲出版社，1980年）；民俗文化研究可參楊玉君：〈民俗畫的解讀與誤讀——以俄藏五鬼鬧判圖為例〉，《民俗曲藝》，總第181卷（2013年9月），頁223–264。

80 鄧偉雄著：《宋代翰林圖畫院對中國繪畫的影響》（香港：香港大學饒宗頤學術館，2008年），頁43。

遺山也將此一名蹟讚為「一代絕藝」。神仙題材既屬人物畫，從宮廷畫師到畫院中人均屬專業，既有規格可以遵循，也容許一些揮灑的空間，這一組縱使是仿作，仍能不拘常格而善巧變化，從師承與格法言猶存宮廷畫遺風，故可代表一代名題的藝術風範。

## 五　從考簿考籍到青黑二簿：考校功過、生死之象

　　在三官圖中考官考吏的人數不如考兵考士，但攸關考校的重要媒介：考官手捧考簿，在三元宮宣示考校結果的則是「青黑二籍」。這些圖像到底如何表現？就有賴經文予以補實，亦即元氏概稱的「文書、案牘」，其實作為考校的媒介，其真實涵意亟需上溯中古道經：簿籍物件如何呈現？何以一定聯繫考官考吏？在宮廷畫的圖像設計，考官考吏兩人為伴形成的「簇群」，既雜廁於考兵考士的簇群中，也上下錯落於三官旁，似無定法卻隱有規矩。經典文本一定先敘考官考吏，而後才會述及考兵考士，此一尊卑之序即文先武後，但仍將兩種僚屬寫在一起。畫師如何聯繫簿籍與考官考吏？考校程序如何交代？這種機巧在媒介轉換中，其看家本領凡有數種可能：其一將考簿置放於天官的几案，卻不符考官仍在稟告中，地官與水官也在迴駕行動，如何安排才能妥當？其次是繪於圖上任一位置，卻顯得孤立而一無脈絡可循；在兩難情況下的唯一選擇，就是交由考官手捧著，如此定格方能契合情節：前往考校或正在考校中。相較之下只有第三種才能解決難題，方便將考官與簿籍聯繫在一起。此一畫面的定格又衍生另一問題：在文本中簿籍與青黑簿如何出現？寫在一起或有先後之序？圖像不能傳達，道經敘述則是先後有序，當時經派中戒律紛出，提供的素材剛好成為解套的良方，《三元品戒經》條列的「三元品戒罪目」，正是從戒律到罪目的衍變。當初畫家落筆的當下自知其意，教團中人亦皆了然，時隔境遷則需費心考索，方能究明其中蘊含之意。

　　在圖像中物件既多，但總是圍繞著兩個媒介：考簿考籍與青黑二簿，經文雖是分開敘述，卻指向同一旨意：三元考校，二者的出現先後有序，關聯

考校的程序及其結果。簿籍作為媒介即可上溯東漢《太平經》，既反覆出現天戒、天禁之類，也有校簿、簿書及善惡之籍等，而職司的天曹、善曹與惡曹，與司命、司過之神，均在太一下，紫微、天宮即為北極星，反映漢代一朝的至上神信仰；直到晉葛洪（284－364）《抱朴子・內篇》所記，仍屬於初期戒律，故可視為前道教期的素樸階段。[81]早期天師道重視的三官首過，從少數的戒律而漸趨繁雜：初期既有《大道家令戒》，從《想爾注》衍生九行二十七戒，直到出現《老君說一百八十戒》，即以戒律規範男官祭酒。《三元品誡經》中的戒律罪目即淵源於此，致使考簿考籍與青簿黑簿愈加具體化，形成道教倫理學的罪觀。[82]當時經派為何紛出戒律，既受激於佛教的漢譯戒律，也回應天師道的文化資源。相較於三官首過，《梵網經》說每逢六齋日四天王巡視人間，觀察紀錄人的善惡之行，此日應謹言慎行；[83]在因應時代風氣下，靈寶經派既受到激盪，發揮為三元品誡說，也就影響上清經派，即如《智慧觀身大戒文》一著例，可見南北朝道教戒律說成為一時風尚。[84]

　　三元罪目彰顯罪之象徵，考校簿籍與青黑簿如何形諸三官圖，文意顯而畫意隱。「罪目」即將罪感意識明確化，乃因考校程序事屬無形，宗教經驗既不可知且神秘莫測，故實像化為簿籍、青黑簿，從戒律到罪目進而付諸實踐，故合《謝罪大法》與《三元品戒經》而觀，方能確定原初的構想。從考簿考籍到青黑二簿的先後之序，即表現考校的程序及結果；以上元天官為

---

81 詳參學棣王天麟：〈天師道經系仙道教團戒律類經典研究——西元二至六世紀天師道經系仙道教團宗教倫理的考察〉（新北：輔仁大學碩士學位論文，1991年）；何淑娥：〈魏晉南北朝靈寶經派戒律研究〉（新竹：玄奘人文社會學院碩士學位論文，2001年）；伍成泉著：《漢末魏晉南北朝道教戒律規範研究》（成都：巴蜀書社，2006年）。

82 伍成泉對照《老君說一百八十戒》與《三元品戒經》的條文，有許多相通處，認為三元經取材於此。詳參伍成泉：《漢末魏晉南北朝道教戒律規範研究》，頁109–113。

83 于君方著，方怡蓉譯：《漢傳佛教專題史》（臺北：法鼓文化，2022年），第3章〈佛教節日與儀式〉，頁149。

84 有關此一時期基礎性的戒律研究凡有多種，並在此一基礎上延伸至後來的清規戒律，如唐怡：《道教戒律研究》（成都，巴蜀書社，2008年）。但此一階段經派戒律的一些細節仍有探討的空間，相關論述將另篇處理，此不贅述。

例,表明「太玄女青所置,屬紫微宮」,統屬左右中三府:左府太陽火官、右府太陰水官、中府風刀之考,接下述及曹署官僚,先述考官、考吏的數量,而後才是考兵考士;主要敘述的考校對象:「主總上真已得道過去,及未得道見在福中,及百姓子、男女人」;[85]此一習語遍見於靈寶經派,卷末天尊開示兩次提及「明真科法智慧上品拔度罪根」,[86]即指另一部《太上洞玄靈寶智慧罪根上品大戒經》,卷下回應「九炁天官」後,敘及「三官九府百二十曹」,也出現「明真玉匱女青上宮科品」,[87]此即「明真科」與「女青」。卷下開篇倡言恆沙眾生:「已得道過去,及未得道見在福中,善男子善女人修奉智慧上品十戒」,[88]此一套語即反覆使用,可證這兩部道經既先後出世,用語、思想也彼此呼應。[89]

在經文中如何聯繫簿錄與考官,在「所犯功過罪惡簿錄」出現的「簿錄」,[90]並未表明由考官考吏手持,畫師卻可依照敘述先後,想像考官與簿錄並畫在一起!考校的結果凡有大中小三考,年限分別為3年、9年及24年,福分與年限相等。又敘及如何封存之事:「罪福俱行,功過同報,罪惡簿錄在玄都明真玉匱七寶函中」,又出現「罪惡簿錄」一語;寶函之名「明真玉匱」,同樣出現於《智慧上品大戒經》,稱為「明真玉匱女青上宮科品」,顯示兩部的時間既相近、關係也密切。[91]卻仍未出現「青黑簿」,直到總述天官府曹中,普統上真、賢者及百姓三等「滅度生死功過簿錄」;並表明諸天聖眾在三元日,一年三過集校諸天日:「三府考官三十六曹官屬,各條算功過

---

85 《三元品戒經》,頁2b。
86 《三元品戒經》,頁37a–b。
87 《太上洞玄靈寶智慧罪根上品大戒經》(HY 457),《正統道藏》,第11冊,卷下,頁1a、2b、2a。
88 《太上洞玄靈寶智慧罪根上品大戒經》,卷下,頁1a。
89 這些文字具有反覆性,其中「過去」二字到底如何斷?若屬上讀即指「過去」的已得道者,屬下讀則意指過去之人及未得道見/現在福中,概指賢者。從中元部分省略二字,下元則連未得道者俱無,故在此斷為「過去及未得道」。
90 《三元品戒經》,頁2b。
91 《太上洞玄靈寶智慧罪根上品大戒經》,卷下,頁2a。兩部道經既屬靈寶經派,至其出世時間及彼此的關係,較為複雜,將另篇處理,特此說明。

罪惡輕重，年月日限，事事分別，青黑二簿列奏紫微」，首次見到「青黑二簿」一語，使得三宮的「審判」依照功德，在兩段文字中宣示的審判結果：第一等上真即應合仙者，言名紫微宮，則書玉名金錄仙籍，告下地官削簿、水官除簡，三界侍護，不得干犯；第二等有善功、敬信宗奉大法者，言名太極左宮，則書青元之錄、長生玉曆南上之籍，告下水土二官，右別營衛，不得干犯；第三等則有積惡不合道，罪應死者，言名太極右宮，則注黑簿，移付長夜九幽之府，告下水土二官，攝錄罪魂，付司殺送役。[92]由此建構的考校圖像，功德與審判聯結為一，可說是道教版本的「定期審判」與「最後審判」，惜乎此一構想後來隱而不彰，未曾發展為普世的宗教審判說！

　　原始本《三元品戒經》一分為二，既保存道經文體的風格，也採取格式化敘述當初的造構理想，既相互呼應也互為補強，在同一構想下三元雖分開敘述，其格式重複則隨三界屬性略有小異。地、水兩府的異同：如年限、簿錄封存「亦如紫微宮」，考校結果也用以定名仙格或除落品格。這種情況在中元、下元，則因對象有別、封藏亦異，而使用「罪惡簿錄」則大同小異。中元敘事也出現的：第一節有生命錄籍、生死罪錄，[93]第二節先有「罪簿死籍」，繼為「罪惡死錄黑簿」，[94]既稱死籍、死錄又聯結黑色，即象徵死亡的審判依據；第三節則敘述三宮：「集校諸地上生死功過罪福簿錄」，即將罪惡易為「罪福」以表功過。其下重複敘述三界官屬齊到，三宮九府四十二曹考召官屬，先說「各主生死青黑二簿」，隨功過罪福而生死滅度，又言「分別青黑二簿，列言三宮」。[95]凡此都在三元日言上天三宮，按照功過生死簿考定：「應生者言左宮、應仙者言中宮、應死者言右宮」，上下相應、毫分無失；[96]主總的既有諸天集校，也泛及地界尊神，從地上五帝五嶽到土府土帝、靈官地祇，俱在地官的統領下。水官也是同一情況，主總諸真即「水中諸大

---

92　《三元品戒經》，頁7a–7b。
93　《三元品戒經》，頁9b、10a。
94　《三元品戒經》，頁11b、13a。
95　《三元品戒經》，頁13b。
96　《三元品戒經》，頁14a。

神」，在「仙簿錄籍」中特別使用「仙」字。[97]值得注意的是出現「簡」字：「生死罪簡」、「功過簡錄」，一律使用「簡」字。[98]在總述水府神靈齊到三宮九府四十二曹考召官屬，仍用「簿」字：「各操生死青黑二簿」、「分別青黑二簿列言三宮」，[99]如是重複敘述三元日的三宮考校結果，方便作為誦念的道經文體。

相較於天官考校強調三等「如女青文」，[100]地官與水官即未出現此句，敘述重點另外在補齊考校的僚屬：「死者有功德之魂受度得補地官之任，各有年限，功滿便得進昇天仙官號、亦還生人中，其隨缺隨補以充其任。」[101]其他兩段則簡述「補其職局」。[102]水官段亦云：「死者有功之魂受度得補水官之任，亦各有年限，功滿便得進昇天仙官號、或還生人中，如此輪轉皆得上仙也，其隨缺隨補以充其職。」[103]其他兩段也簡述得補水官的官僚。[104]當時為何會出現「死魂補缺」的想法？非僅仿效人間官僚，此一問題涉及道教創教期的時代苦難，建構三界既有等級之別，也有升遷之異，周到設想如何補缺「死魂」。由此觀看三官圖方能解謎，為何圖繪同一官僚簇群：冠制、服飾既有同異，並非僅僅仿傚時樣，其形象多樣呼應經義。在這種情況下出現的「簿、籍」二字，水官則使用「簡」字，從功過簡錄到封存「簡錄」俱是。對照圖像即可發現：「錄、簡」俱有，形狀有別。總之，反覆出現同一格式：「簿錄、簡錄在先，青、黑二簿在後」，體例一致、程序分明，此即文字敘述對照下的圖像，此一物質文化成為審判功過、生死的媒介。

六朝道教表現宗教的審判程序：諸天聖眾齊到、眾聖既集，《謝罪大法》卷末總述：「今三元大慶，開生吉日，諸天迴駕，眾聖同集，推校生死、功過

---

97 《三元品戒經》，頁14a。
98 《三元品戒經》，頁14b、16b；15b、17b。
99 《三元品戒經》，頁20a。
100 《三元品戒經》，頁7b。
101 《三元品戒經》，頁8a。
102 《三元品戒經》，頁10a、11b。
103 《三元品戒經》，頁14a。
104 《三元品戒經》，頁16a、18a。

錄籍,道法普慈,愛民育物。」其中出現兩個關鍵行動:「迴駕」與「同集」,亦即三官統領所屬先「迴駕」,最後是眾聖才「同集」於三元宮,一起職司的任務:「推校生死、功過錄籍」。故諸天眾神「莫不森然俱至」,仙界盛會如是莊嚴,唐初《女青三元經》承襲舊說,卷上先敘每至三元之夕,「並書青黑二簿,錄奏上宮,皆隨所作罪福,深淺開度,隨業輕重,顯報人天,無復差別」,並宣化汝等眾生:「但當轉讀此經,嚴持香花種種供養,則得殃對(懟)永消、福增巨海、冤訟不侵,存亡獲泰。」[105]如此「青黑二簿」為同一取象,從顏色到物件俱是有形化,也是審判功過、生死的考校憑據。卷中亦敘:「並俟三元之夕,三官集聖之日、考戮之宵,上考神人變化之限,中考大千世界之內,一切學道之人得失之名、進退錄籍之簿;下考三界之內,一切鬼神變易之形、役使之限。」[106]三元之夕三官集聖,地點在「三元宮」,道經理應啟發了教團畫師,而後又激發初代宮廷畫師。故圖繪天官坐案的時地,在圖上的三元宮總是在雲氣繚繞中。

當時面對眾生採取這種布化方式,從教團內部外溢於民眾社會,則是有賴節慶活動的推波助瀾。此一終極真實的成仙之願,激勵奉道者苦修品戒,以求渡過亂世劫難。故推動三元考校思想的主力,從簿錄到青黑簿前後有序,由此觀看三官圖的兩種樣式,也就分別表現兩種情節:地官在地界、水官在水界,表現「迴駕」的程序,而天官則是省略而重考校;反之,地官與水官則是省略三元宮的考校行動;但始終確定同集於三元宮,而後三官分別考校三界眾生。唐初歷經衍變後確定為謝罪日,三元齋節行事既有傳承也有取捨,就像道經之河歷經淨化而留存的,不變的是核心的校戒教義。[107]這種情況在唐初《太上洞玄靈寶三元玉京玄都大獻經》總結:「一切眾生,生死命籍、善惡簿錄,普皆係在三元九府,天地水三官考校功過,毫分無失。」

---

105 《女青三元經》,卷上,頁9a。
106 《女青三元經》,卷中,頁4b。
107 有關道教對於經典的取捨,詳參拙撰:〈道經之河:從四個道教實例發現容納與流變、淘汰與自淨現象〉,收入康豹(Paul R. Katz)、劉淑芬主編:《信仰、實踐與文化調適》(臺北:中央研究院,2013年),頁363–402。

並說考校三界俱於三元日:「正月十五日為上元,即天官檢勾;七月十五日為中元,即地官檢勾;十月十五日為下元,即水官檢勾,一切眾生,皆是天地水三官之所統攝。」[108]此一神話與儀式形成後,方能支持一年三過的集校諸天,終唐之世持續不斷。最終一例即唐末五代的杜光庭,配合整備完成的洞天府地,兼敘洞天:「每歲三元大節,諸天各有上真下游洞天,以觀其善惡;人世死生興廢、水旱風雨,預關報洞中。」[109]三元節的定型化,從此成為道教重要的齋醮活動,與漢人社會的節俗結合在一起,整合於年循環中,成為一組道教化的年中節慶。

　　從歷代著錄到名家畫記但述圖像,圖雖有像而無言,畫意解釋其實有賴經文輔證。當初道經的造構初心,既建構考校神話也搭配三元齋儀式,歷經唐宋崇道帝王的推動後,三元節融合習俗成為全民性節日。甚至佛教在中土也必須依附:上元燃燈、中元盂蘭,從而併入同一「三元」信念中。唐代創業既攀附本宗而崇祀老君,初代宮廷畫師配合三元齋而投入繪事,此即三官圖在宮廷畫的畫意。宋代王室既持續推進,三官明列祭祀之制,《政和五禮新儀》規定與九曜同祀,禮制列入常制;在三元佳節與民同慶,從此與節俗融而為一,在漢人社會成為節慶。宋代的畫院制既成立,畫師呼應官方所需,既傳承唐代的宮廷畫,既仿又作而迭出新意。故宗教人物畫中的三官圖中,表面保存的是圖像,內在則從天師道的「首過」傳統,[110]到靈寶經派的謝罪新意,而經、圖即表徵罪感意識的文化象徵。

　　在三教關係中道教異於儒家,既不限於恥感文化,而將罪感文化具象於簿籍、青黑簿。此一宗教創意伏流千年,而後持續啟發明清風行一時的功過思想,此一現象士庶俱有:庶民接受《功過格》之「格」,與《太上感應篇》代表兩種善書典型;另一則可對照士人所稱之「譜」,即明末清初士人

---

108 《太上洞玄靈寶三元玉京玄都大獻經》(HY 370),《正統道藏》,第10冊,頁3a。
109 〔唐〕杜光庭撰:《墉城集仙錄》,收入羅爭鳴輯校:《杜光庭記傳十種輯校》(北京:中華書局,2013年),卷8〈陽平治〉,頁693。
110 相關研究可參黎志添:〈天地水三官信仰與早期天師道治病解罪儀式〉,即可視為此一課題的總結,上章法延續到《赤松子章曆》所收的,代表天師道一系的首過文化。

團體流傳的人譜、日譜,在悔過會中作為道德規約自我檢束,此一宗教性格滲透於明清儒者的生活中,在日常形成記錄悔過錄的流行風氣。一時之間道與儒並存而蔚為時尚,究其淵源即源於中古道教的簿錄,其具體化即為罪目。相較於此,明清士人強調悔過錄,但省其「過」而不錄積「功」;道教在中古戒律早就如此,特重「罪目」而未出現「功目」;而其處理方式則與神道有微妙的關聯,悔過錄最後需向「天」焚化,此非自然天而是神格天,故使用簿錄與日譜悔過,其終極的旨意即象示「天鑒在上」。道、儒二教重視的自我鑒照有何分別?

三元考校反映道教思想的本質:末世宗教,希企挽救世劫而須濟世,靈寶經派揭示三元品戒以濟度奉道者,彰顯上天揀選「種民」的度世道。[111]此一罪目的終極真實:既記錄於簿也審查在案,此一定期審判概屬無形,簿錄與罪目則為形象化紀錄,正因便利且具體方便,才啟發了功過之格、省過之錄。[112]從宗教學定位自我檢束的道教倫理,既涉他律亦攸關自律,宗教學分別的他力主義與自力主義,儒家士人自居自力而強調道德主體性,以之區別民間善書的偏於他律/他力,並不認可神道/宗教,在這段時期卻先後出現格與譜,此一現象雖是吊詭卻是真實。

## 六 簿籍何記:罪目作為考校的審判條文

在三官圖、經的轉換關係中,圖有像而無言,而亟需輔證經文的敘述,品戒條目的辭彙出現在《謝罪大法》,開篇啟告文云:「罪結天地在何簿目,為三官執舉、拘逮地役」,[113]其中「簿目」即指簿錄的「罪目」;具體提及「觸

---

[111] 詳參拙撰:〈傳承與對應:六朝道經中「末世」說的提出與衍變〉,《中國文哲集刊》,總第9期(1996年9月),頁91–130;〈六朝道教的末世救劫觀〉,收入沈清松主編:《末世與希望》(臺北:五南圖書公司,1999年),頁131–156。

[112] 有關清代的思想、學術與心態,詳參王汎森著:《權力的毛細管作用:清代的思想,學術與心態》(北京:北京大學出版社,2015年);尤其是第5、6兩章探討的人譜與日譜。

[113] 《謝罪上法》,頁2b。

犯三元百八十條，三宮九府百二十曹、陰陽水火左右中宮考吏之罪」；[114]最後祈願今生所犯之罪：「願削除地簡，絕滅右府黑簿罪錄，度上南宮左府長生青錄之中。」[115]第一啟始於東方，末尾殿以祈願詞：「於今自改伏從禁戒，不敢又犯。乞削地簡、三官罪錄、右宮黑簿，惡對重根，度名左府青錄之中。」[116]雖則別列一經，而仍回應三元考校。在靜室跪拜啟告十方，反覆出現的罪感之詞。從上下二方的星宿、五嶽、水界，請遍三界。以東方為例，祈願文末句仍言及「右宮黑簿」與「左府青錄」，簿、錄兼用也見於最末謝罪詞：「削落黑簡，斷絕宿根，勒名左契青錄之中」。[117]這些簿錄所記何事？靈寶派即將《老君說一百八十戒》改造為180條「罪目」，方知簿籍所記、考官所稟到底何事。

當時適逢經派建立戒律的高峰期，既呼應佛教大量譯介的戒律，也呼應題稱「智慧大戒」的一批道經，故靈寶派也有《太上洞玄靈寶智慧罪根上品大戒經》，即言：「上品百八十戒、中品八十戒、下品四十戒」，又另列十戒；另一《太上洞玄靈寶智慧本願大戒上品經》既有本願大戒，也有十善勸戒。這種風氣影響上清派，《上清洞真智慧觀身大戒文》即其著例，同樣名以「三元」，先列下元戒品180條戒律，乃屬消極性的「不得律」，中元戒品216條，則屬積極性的「當念律」；上元戒品最多，數達300條，總共擴增至近七百條，卻明顯的不著「罪」字。[118]相較之下，三元罪目總數180條，既較精簡，也標舉「罪」字。當時禮學猶存於五朝門第，道教則是面對芸芸眾生，將戒律轉化為罪目，不限於社會學本土化所認知的儒家「恥感」文化；[119]此一罪

---

114 《謝罪上法》，頁2b–3a。
115 《謝罪上法》，頁4a。
116 《謝罪上法》，頁4b–5a。
117 《謝罪上法》，頁16a。
118 詳參前引拙著，提及上清經派與靈寶經派使用的上中下三元之別，前者偏於時間，後者既有時間也兼顧空間意。
119 相關論述多見，可以黃光國編：《中國人的權力遊戲》（臺北：巨流圖書股份有限公司，1988年）為例，其中收黃光國：〈人情與面子：中國人的權力遊戲〉，頁7–56；胡先縉：〈中國人的面子觀〉，頁57–84。又金耀基：〈「面」、「恥」與中國人行為之分析〉等，

感文化模型形諸「三元品戒罪目」，在當時經派的戒律風潮中具有代表性。

當時道教崛起即面對佛教傳入戒律，在倍受激發後既有交流也有借鑒，乃趁著世亂儒學衰微的歷史情境，造構罪目填補此一社會文化空間。今本雖小有缺漏，仍明確標為180條，且條列清楚，原本用於教團內部區別於非奉道者，卻逐漸誘導百姓子也會奉道。三元品戒罪目與智慧上品大戒的競合關係，之所以脫穎而出，重點在三個條件：一即三元構想兼括時間與空間；二則180合乎天地之數；關鍵則是明確提及救濟眾生之念：「大慈之道，度人為先，非功不賞、非德不遷、非信不度、非行不仙」，[120]此一初心即轉化《道德經》三寶之首的「慈」，較諸上清派的觀身大戒就顯得繁雜，數量既適中、罪目一名也較響亮，顯示易行道的新出倫理條目。

提出「大慈之道」以期濟度眾生，程序則是先內後外，先標明「學上道」22條，後半部標明「學者及百姓子」以示有別。總共180條既呼應考校主總三類：第一類學上道謹須遵守道戒，即「已得道」而得升「上真」者，明顯的是鼓勵教團內的領導群；第二類泛指奉道的「學者」，即「未得道見（現）在福中」，仍需與「百姓子男女人」一樣嚴遵戒律。相較之下《上清洞真智慧觀身大戒文》（HY 1353）亦稱「學道」，區別在三元的分品既有異，所學之道亦有別：先列下元戒品的「上仙之道」，學道的百姓子；中元戒品的「正真之道」近於「學者」；僅上元戒品的「無極之道」等同「學上道」。三元品戒的罪目勉勵學上道者，遵守「道、經、師」三歸依：原於道、宗於經、尊於師，卻欠缺「徵於聖」一環，故經典、戒律即道之彰顯，並非聖人所說，當時教團正處於上昇階段，在堅定信念上強調道脈有賴經脈，並奠定師脈以便傳法，此即確定道教的宗教本質。[121]此一神學架構異於佛教三歸依「佛、法、師」，首重佛陀講法，如十二因緣法之類。道教的戒律思想具有神啟性，啟經模式乃借天尊說法，三官乃遵旨統領僚佐職司考校

---

收入金耀基著：《中國社會與文化》（香港：牛津大學出版社，1993年），頁41–63。
120 《三元品戒經》，頁35a。
121 詳參拙撰：〈經脈與人脈：道教在教義與實踐中的宗教威信〉，《臺灣宗教研究》，第4卷第2期（2005年9月），頁11–55。

之任，由此確定「三元罪目」的教義本旨。

「學者及百姓子」始於首六十條的後半，罪目既繁且雜，三宮府曹所主泛及日常須知，宣稱「之罪」而採取消極性「勿律」，近似上清大戒的「不得律」。上清經派針對中上階層但稱「不得」並未標明「罪」字，靈寶經系則是面對眾生，小過近於恥感的亦視為罪。此一罪感意識形成的泛罪觀，認為罪不在大，重在日常的起心動念：攻擊善人、惡口赤舌、飲酒失性以及綺語兩舌、盜竊財物等，一觸犯即有罪，何況「殺害眾生之罪」，不符人間的生存條件；而後才擴及其他，如侮辱天文、無形界之類，既有輕慢三光之罪，也有穢慢神鬼之罪。上清大戒相襲的如「不得裸形三光妄呵風雨」即「呵罵風雨之罪」；並強調面對鬼神的正確心態：「不得向神鬼禮拜」、「不得教人向神鬼禮拜」，此乃緣於奉行經派的階層有別也就有異！

其下六十條凡分兩大區塊，其中關注聚落共同體的社會生活公約，其「不准律」遍及日常所犯，「罪目」既廣泛也瑣細：如刺射野獸飛鳥、燒山捕獵等罪，其他還有張筌捕魚、火燒田野山林、毒藥投水傷生等，概屬日常需知的生活公約，是否因為亂世而禮教大失，才轉由道治承擔鄉約之教。由此理解教團與道民建立的關係，在遭逢世厄的情況下，將碰觸政治視為禁忌，如評論國事之罪；也反映戰亂導致家人離散，就會出現父母兄弟各別離居之罪，均為社會分崩離析的時代遺跡。道教教團挺身而出承擔的社會責任，實質取代多少文獻不足徵，仍可視為回應民心望治之願。禮治教化原屬儒家之教，在亂世卻轉由道教承擔，其中也有回應佛教規約，像「屠割六畜殺生之罪」兼含齋戒與齋素，難以遽分是佛抑道。並轉化儒家禮教移以規訓教團：如禁止男人與女人獨行獨語、共食交錯衣物，尤其男女群居，遑論放蕩世間妓樂之罪。將男女之防作為規約，可證正處於上昇階段，形諸罪目以區別奉道與否，目的仍在誘民入道，在宗教史研究中契合新興宗教的現象。

第三部分罪目愈加繁瑣，採用勿律、不得律而將罪律連結於日常生活，從外顯到內化俱有，其中涉及處世心態，如勿馳騁流俗求競世間、戒慶弔世間求悅眾人之類。並規範日常行為表現謙抑的心態，如不得遨遊無度、矯稱自異號為真人、榮飾衣褐華麗諸條。又有5、6條涉及師弟倫理：勿穢慢師門

不恭、師有哀憂不建齋禱、以及棄忘師父逐世盛名等。凡此種種反映當時的歷史現實。今本歷經重編而有相重的，如裸露三光與呵罵風雨之類。這種罪目的戒律規範，其作用非僅宗教精英建構的應然之理，而重在方便付諸實踐，由於歷史文獻罕見記載，僅能借此釐清應世的態度，如何兼融道家與儒家倫理，在亂世的社會中激發內外德性。此即借神道來結合戒律與生活，原本設計的對象是針對「學道」者，從而擴及「百姓子」，靈寶派以此彰顯的創意，在經派間到底如何相互激蕩？佐證就在智慧大戒一系，如《太上洞玄靈寶智慧定志通微經》宣稱學道之人不得思維定志要訣，即因不識寶光；[122]此一要訣根本於十戒修行法，強調普教科儀「隱在三籙、三元品戒」，先指的是金籙、玉籙及黃籙，後則是「三元妙覺，無二有道」，[123]可見在回應三元品戒。另一部時代相近的《太上洞玄靈寶智慧罪根上品大戒經》，既反覆出現罪錄、罪根諸辭，也有十戒類戒律，由此可證諸經之間相互迴響。真正的回音則來自唐初《女青三元品誡經》，由此返觀「三元品戒罪目」，女青系並非集中一處而分見三卷，仍由三界仙曹分司考校三界；特別值得關注的增改部分，先將考校結果安置於前，卷上先列大批眾生相，始於「或為豺狼虎豹」，終於「或於人間作諸妖怪」異類，所生諸類既繁且雜，總述云：「如是種種萬類，一切負命之身」，時間仍是「各俟考限滿日，天官考籍之霄。」[124]考校之期在三元之夕，其他的地、水二界各有考校的對象，卷中即從「龍麟師子」到「諸邪魔鬼魅」；[125]卷下泛稱「魚龍蛟精之類」、「長夜死魂鬼神之事」。[126]經文反覆表達的考校理念，重點在凸顯「改形」諸理與例證。

　　《女青三元經》襲用「罪目」一語，今本並非條列而是上下連文，關鍵語就隱藏於三卷經文中，卷上出現「一切罪目，咸使蕩除」、「如前罪目，無

---

122　《太上洞玄靈寶智慧定志通微經》（HY 325），《正統道藏》，第10冊，頁3b。
123　《太上洞玄靈寶智慧定志通微經》，頁8a。
124　《女青三元經》，卷上，頁5a–6a。
125　《女青三元經》，卷中，頁4b、5a。
126　《女青三元經》，卷下，頁3b、4a。

量無邊」；[127]卷中表示「如前罪目，並屬三元」；[128]卷下也有「示諸罪目，頗同塵沙」等。[129]同樣是使用「罪目」，也反覆出現簿籍諸語，可見經典語言的互文性，理念亦相一致，僅與三元品戒罪目略有小異，青黑二簿也是偏重黑簿。面對不可知的無形界，依據氣化思想敷衍形神之辯，卷上彰顯此一理念，惜乎淹沒於文字之海中，若將其凸顯出來即可知兩個核心的理念：變化與改形。此一神話思維早就見於《山海經》，後來廣泛見於中古子書、雜傳，被神仙神話提煉作為核心思想，配合「常與非常」的一組文化思維，形成一套新化生說：「分配生方」，從此成為至關重要的變化觀念。[130]

《女青三元經》如何活用舊經的神話？卷上將考校結果凡分三類：第一類「上至諸天神仙升降之籍」，[131]神仙在無形界僅須按籍升降；第二類則是依照「星宿臨照國土分野興亡之簿」，中等一類則是「中至國主賢臣、諸王太子，一切眾生俱有考限之期」，[132]俱屬人類卻有上下階層之分；第三類則是「下至魚龍變化，飛走萬類」，既是下等也就會「改易身形，升沈年月」。[133]先說「變化」而後才敘及「改易身形」，聯繫二詞即表示改變身體形狀，從而出現「化生」的觀念。既概分無形與有形兩大類，諸天神仙概屬無形，其實難以究詰；其他的考校結果凡分兩種：其一認定為人的，先說：「三塗之內，九府之中，罪對（懟）之名，年劫之限，其內合得生為人者」，後再表明：「削名長夜之府，列字左宮之中」，生而為人死為罪魂，此「生」字表示人乃相生，傳統構詞的「生產」，此一複合詞表示「常」態的生命繁殖；反之則為「非常」，即生命繁衍的另類現象，先說「合為諸色邪魔鬼神之者」，

---

127 《女青三元經》，卷上，頁9b、11b。

128 《女青三元經》，卷中，頁9a。

129 《女青三元經》，卷下，頁6a。

130 詳參拙撰的相關論文，如〈正常與非常：生產、變化說的結構性意義——試論干寶《搜神記》的變化思想〉，收入成功大學中文系主編：《魏晉南北朝文學與思想學術研討會論文集》第2輯（臺北：文津出版社，1993年），頁75–141。

131 《女青三元經》，卷上，頁4b。

132 《女青三元經》，卷上，頁5a。

133 《女青三元經》，卷上，頁5a。

即「當刻限右宮書名黑簿，俟其數滿，又復改形」，其情況乃「隨其業力，高下不同，受報各異」，下一段關鍵在「內有罪魂，合為飛走萬類，亦當隨罪輕重，分配生方。」[134]按照分配生方的新觀念，罪魂就會「百形千變，不可定名」,[135]這種化生說已經吸收了佛教思想，所謂眾生即飛禽走獸，卻不及植物、礦物。

化生說的形成實即呼應佛教，發揚此一新說如云：「種種萬類，一切負命之身，各俟考限滿日，天官考籍之宵。又當隨業改形，隨福受報，隨劫輪轉，隨業死生，善惡隨緣，無復差別。」[136]關鍵詞諸如業力、隨業及隨劫等，表面論斷乃襲用佛經用語，而從整體語境理解「改易身形」、「又復改形」等，這種改變形狀的變化現象概屬「非常」，仍可歸屬於傳統的氣化宇宙；由此理解一連出現「或為」的複沓語式，諸般化生從飛禽走獸到妖怪萬類，凡此種種仍本於本土的氣化思維，並未完全襲用佛教因緣說。這段化生思想下的神話思維，可證靈寶經派雖則襲用佛教之說，仍根本於氣化思想，以之突破種、類之限而不受範疇限制，基本仍在漢文化。此一變化說當時倍受矚目，佛教亦曾取與因緣法對話，《法苑珠林》收錄干寶《搜神記》的「變化篇」，即面對兩種生命型態：生產與變化，可見當時在漢、印兩種文化衝激下，如何解說死後罪魂的化生現象。

兩部道經既有傳承，關鍵觀念也有改變，《三元品戒經》在「三元謝過之法」與「今以三元謝過之法相付」的兩段間，[137]插寫一節天尊說法神話，其中借回答太上道君表明的新說，至於唐初自有取捨，證據即兩次提及「明真科法智慧上品拔度罪根」，即在另一道經的開篇，也是由太上道君問法於元始天尊；這兩部同樣參雜了佛經用語，如因緣、命根等，《罪根上品大戒》卷上有「莫知命根」。[138]《女青三元經》卷下總結的文字比較精簡，刪除了一些佛經用語，重在形神思想如何轉變化生說，卷下借天尊表明：「自從無始

---

134 《女青三元經》，卷上，頁5a。
135 《女青三元經》，卷上，頁5b。
136 《女青三元經》，卷上，頁6a。
137 《三元品戒經》，頁32a、37b。
138 《太上洞玄靈寶智慧罪根上品大戒經》，卷上，頁3a。

以來，元炁相續，種種生成，善惡禍福，各由根本。」[139]其下即為氣／炁化思想的形神說：「正由心也，心則神化，形非我有，名非我留，我所生者從虛无自然中來，結炁而成體也。」[140]比對《三元品戒經》也有同一說法，卻改易其中關鍵詞：「生成」原作「生緣」、「根本」則為「命根」。[141]在刪除的佛經用語中，「結炁而成體」原文則作：「因緣寄胎受化而生也。我受胎父母亦非我始生父母也，我真父母不在此也。」[142]即將「今所生父母是我寄附因緣」的因緣說，回復結炁成體的傳統說法；靈寶派回應的形神說：「故我受形，形亦非我形也。寄之為形、示之以相，故得道之者，無復有形也。」[143]也融入《道德經》患有身說，敷衍為一段新說：「故得道者無復有形也，及我無身，我有何患。所以有患者為我有身耳，有身則百惡生；無身則入自然。立行合道則身神一也，身神並一則為真身，歸於始生父母而成道也、無復患也，終不死也。」[144]這些說法一到唐初就被刪除殆盡，由此可見道經之河具有自淨的能力，目的也在強調「罪」的後果。[145]

　　女青系也襲用「有形與無形」之說，既有增刪也有精簡：「一切眾生有諸患者，為有身矣，有身則有百惡，生死隨形。」即將有形聯結有身始有百惡之患；並將無形說聯結仙道：「若能行心合真，道則並也；身神既備，則為真人，歸於無形而成道也。」真與真人說本於老子、莊子，將道家哲學融入道教義理，最後取用「與道合真」一習語，彰顯終極真實之說：「無復患也、終不死也，形不灰（滅）也，終身歸其本也。」而結云：「一切眾生，若乃身犯百惡，當歷眾苦，未可得還生也。此善惡之身各有緣對，豈可各於

---

139　《女青三元經》，卷下，頁7b。
140　《女青三元經》，卷下，頁7b。
141　《三元品戒經》，頁33b。
142　《三元品戒經》，頁33b。
143　《三元品戒經》，頁34a。
144　《三元品戒經》，頁34a。
145　詳參筆者：〈道經之河：從四個道教實例發現容納與流變、淘汰與自淨現象〉，康豹、劉淑芬主編《信仰、實踐與文化調適》，第四屆國際漢學會議論文集（臺北市：中央研究院，2013），頁363–402。

真聖矣。」[146]六朝時期初步提出考校的義理,初唐既有傳承也有刪減,保存形神說的有形與無形之辯,認為身既有形亦必有患,歸於無形而歸本方能成道。如此搭配考校的三等說,認為一落有形,高者生為人中賢者,低者仍不脫眾生,真正修真方能成道,既得上真俱歸無形。初唐出現的考校思想中,雖則間亦遺存佛經的語言、觀念,根本仍回歸中土的氣化思想,後一部在新說中表現的創見,也就融鑄中印、新舊諸說於一。

從懺悔自省到遵守條目,《謝罪上法》重在實踐累積功德,反覆提到化解其罪的自搏,一仍舊法的「解巾叩頭自搏」,規定次數:少者12到30過,中為70、90過,多則達到360過,此一形式猶存塗炭齋遺風,不因佛教批判即被「屈服」而消失。[147]也採取誦經、寫經的功德觀,事屬易行道而較方便,從此以後成為考校主流,卷上開始即出現「此經功德」,[148]而後反覆使用,卷中透過天尊教示:「當書寫此經,施與眾生,共相轉讀,或自課持,及以香花種種供養,得福無量,諸災自愈(癒)、業障自消,壽命長久。」[149]卷下議論形神之說後也總結,指示一切眾生、汝等道民:「但當抄寫此經,散施轉讀,此經功德不可思議,上解天災、下濟長夜,抄寫之福,資益生生,轉念之功,富貴無極。」[150]此一階段「功德」觀的確定,在教團內部可以強化道民的內聚力。

三元日集會的次數在唐初大為擴增,卷下總結:「俟三官考籍之日,五帝集聖之宵,或甲子庚申之日、或三會五臘之日,當開九幽之府,考竅長夜之魂、拔度業滿之靈,分別人鬼之道。」[151]三元齋既度生亦度亡,公私俱有,公儀式即會選擇清淨之地、古壇靈觀之中,在大醮道場轉經然燈;卷上

---

146 《女青三元經》,卷下,頁7b–8a。
147 《謝罪上法》,頁5a。葛兆光早期的研究,指出其歷史衍變的現象,此一說法有其睿見值得省思。
148 《女青三元經》,卷上,頁1b。
149 《女青三元經》,卷中,頁6b。
150 《女青三元經》,卷下,頁8a。
151 《女青三元經》,卷下,頁4a。

先出現「懸諸幡蓋」一語，[152]卷下說供養諸天：「燒諸名香，幡花寶蓋」，[153]而後出現一段完整的敘述：「建立道場，懸諸幡像，大醮五星及二十八宿、三元仙官。」[154]三元仙官既被列諸醮祭之列，也應會有三官聖像；初唐道教確立的像制，尤其玄元皇帝像，在罪目中反覆出現：卷上有道像經書、玄元聖道經像、三清經像；[155]卷中有聖像、尊像、天尊至道真人玉女形相及玄象；[156]卷下則有諸靈像、玄象等。[157]在這種情況下若是出現三官圖，理應出於第一代教團畫師之手。

私儀式則始終強調苦修，《謝罪上法》後半敘及的，先要「隱存形神，精思罪根」，而後「神形同苦，無有怠倦」，[158]此一「苦」字彰顯苦行的實踐，其精神即「非苦不徹、非丹不感、非勤不獲、非功不得、不志不克、非心不成也，當使形勞於始，神懽於終，終得無為，克入自然。」[159]苦行道既與佛教相交流，也就異於儒家傳統的身體觀，從而建立民族宗教的形神思想，在中古道教初步完成了修行觀。李唐一朝將三元節定型化，例於開元觀行齋，玄宗開元年間規定：「唯千秋節及三元行道設齋，宜就開元觀、寺。」[160]《大唐六典》強調三元齋「自懺己罪」，在此日考校的目的，即將「推校生死、功過錄籍」的觀念，從教團外溢於民眾生活，結合在漢人社會的節慶生活中，女青經系卷末結語表明：「當嚴持家宇，設像焚香，禮誦此經，諸災自愈（癒），世世生生，得福無量。」[161]從劉宋初到唐初道教處於上昇狀態，三元考校從教義到實踐愈趨完整即為明證。[162]

---

152 《女青三元經》，卷上，頁6b。
153 《女青三元經》，卷下，頁7a。
154 《女青三元經》，卷下，頁8b。
155 《女青三元經》，卷上，頁9b、10a、11b。
156 《女青三元經》，卷中，頁7a、7b、7b、8b。
157 《女青三元經》，卷下，頁5a、5b。
158 《謝罪上法》，頁13b、14a。
159 《謝罪上法》，頁14a。
160 〔宋〕王溥撰：《唐會要》（北京：中華書局，1960年），卷50〈雜記〉，頁879。
161 《女青三元經》，卷下，頁9a。
162 詳參李豐楙：〈嚴肅與遊戲：道教三元齋與唐代節俗〉，頁53–110。

由此觀看波士頓版中間一幅的天官考校圖（見圖2），正在進行的「推校生死、功過錄籍」，地官與水官則象「諸天迎駕」，最後才是「眾聖同集」三元宮。此一考校之象隱現於三幅中：考官考吏手捧的考簿考籍，天官右側即雜廁於考兵簇群中；或跪在案前稟告，考案左右各有五位，此一考官考吏的簇群是否暗示青黑二簿！左右兩幅的「迎駕」過程中，地官騎馬之後有一位手捧簿籍，另一侗立岩下的則手捧簡簿；水官圖的兩位考官緊隨斑龍，分別手捧著考籍與簡簿。如是情節是否經文所述：聖像高懸，象示三宮九府百二十曹在三元日的三元宮中，考校三界的道場聖像雖則難以取證，作為考校之象的考籍，重在轉誦的三元罪目，即將寫經、誦經內化，致使身心一如。波士頓版考官與簿籍既隱又現，考校對象的三界「眾生」，雖僅一辭仍可視為宗教觀的突破。在「神道設教」的傳統文化中，道教提出的考校功過，強調觸犯罪目與積累功德，戒律形諸罪目後，其不准律小至個人的德性，大則在大醮中，遍及集體誦經的公眾性悔過。從媒介轉換觀看三元經與三官圖的關係，方可解決圖像有象而無言的難題，輔證經典理解其主題，義理一致僅有隱、顯有別，中古道教建立的三官信仰，在當時教內教外形成其威信，也就確定漢民族的罪與解罪觀，形塑了道教傳統下的宗教倫理。

## 七　結語

　　三官圖就像無言詩，圖像美則美矣，仍須搭配道經才能詮釋，從媒介轉換關係觀察考校主題。唐初道教在道場高懸的三官聖像，從教團畫師到宮廷畫家之手迭有衍變，致使三官信仰從諸仙聖中脫穎而出。故詮釋三官經、圖的寓意，從義理到實踐俱有，考校旨意始終不變。故探討圖像與經文的聯結在一起，即可將考校圖像返置於中古道經歷史脈絡中，從豐富多樣的母題中擇一焦點：考簿考錄與青黑二簿，由此理解考校程序及其結果，即可解釋靈寶經派當初造構的初心。目前假設道場出現的聖像，宮廷畫既有取仿也有一己之創意，致使三官圖譜系雙軌並行。從當時經派紛出戒律的高峰期，將戒律改造為180條三元品戒罪目，顯然是想要凸顯其罪感意識，緣於經文顯而

圖像隱，在兩種畫師筆下的「畫意」，也就有賴三元經補實其意，故將其定格於考籍與青黑簿，從義理到實踐俱有，道教揭舉的考校功過、生死，此一宗教倫理從定期審判，直到生命終結的最後審判，此一信仰蘊含於節俗而歷久不衰，可證漢人社會的日常生活，除了恥感也不離罪感，三官文化隱而不彰，實則迄今仍隱微存在著。此一宗教倫理象示民間的習語：「天鑒在上」，意即三官執行的考校乃上天的旨意，從個人到集體的定期審判，形成自鑒其過的倫理機制，此一宗教信念兼具他律與自律，非僅他力亦重自力，在民眾生活中方能作為信仰的基盤。故三官圖非僅一組宗教圖像，三元經亦非僅兩部古道經，二者相互依存而迄今猶存，在漢人社會中持續其文化穿透力，象示道教文化的綿延不絕，此即道教作為「文化百寶箱」的出／納效應。

在後五四百年檢視當時知識精英的救世主張，在激情中亟想一舉改造民族的思想，難免忽略道教如何紮根於漢文化中，關係既深且廣。而今在後五四百年的當代社會，省思三教關係而重新定位道教。在社會學的本土化思潮中，由於亟欲關注漢人社會的文化心理，僅僅強調儒家思想的「恥感文化」，認為經由教育體制將其內化／涵化，此一推論過於精英化，難免忽略基層社會存在的「罪感文化」，即蘊含於道教的文化傳統中，民眾卻習焉而不察。三官考校的經、圖迄今猶在，既有藝術性的審美價值，也有宗教性的倫理意義，在漢人社會中雖說隱顯不一，此一文化機制作為自我鑒察，既是無時不在也是無處不有，在道教神譜中唯有三官的信仰：三界公，借由節俗得以長期的存在。從宗教媒介觀看經與圖的轉換關係，雅俗有別，而表現鑒察功過的目的則一。此一功德觀激發內在德性的動力，不宜視為功利性的工具價值；而須著重自我鑒察的信仰活力，縱使在當代社會隱而不彰，但「爾愛其羊吾愛其禮」，省思在基層社會仍有穩定道德的力量，故作為道教文化的一環，從定期到最後的考校／審判，既是宗教倫理的應然之理，也在實踐上具有實質的價值，其旨意即彰顯鑒察之眼赫赫在上，此一神道之象迄今猶存，然則其中必有可觀者焉。

# 轉捩點：中國中古自傳寫作中的「轉變」模式*

## 田曉菲

哈佛大學

(Harvard University)

  談到「自傳」，一個現代讀者會有一個基本的期待：一篇對作者個人生命經歷的散體自敘，無論多麼簡略，皆由作者本人撰寫。在古代中國，最符合這一期待的文體是所謂的作者「自序／自敘」，[1] 一般來說出現在一部史書或者子書的末尾，但從公元5世紀開始，也開始在文集中出現。[2] 很多關注中

---

\* 司徒慧賢譯。原文所有英譯，除特別標注以外，皆由作者所譯。

  本文英語原作將發表於 *Journal of the American Oriental Society*。文章初稿曾在繆曉靜和馬修（Matthew Wells）組織的古代亞洲自傳工作坊（2023年1月）、安然（Annette Kieser）、丁慕妮（Monique Nagel-Angermann）和施可婷（Kerstin Storm）組織的早期中古研究工作坊（2024年5月）以及萊比錫大學（Leipzig University）宣讀，作者對工作坊組織者和聽眾的評論深表感謝，特別感謝施可婷、楊德（Andreas Janousch）、徐約和（Jörg Henning Hüsemann）、李安琪（Antje Richter），以及兩位匿名評審者提供的建議和資料。

1 「自序」常被譯為authorial preface（作者序言），其實「序」通「敘」，其原始意義是按照次序排列、整理，故「序事」（或「敘事」）意即組織事件的次序，而「自序」也即按次序整理、排序生命中的事件。

2 如司馬遷（前145–87）《史記》中的〈太史公自序〉；曹丕（187–226）《典論·自敘》；江淹（444–505）文集中的〈自序傳〉。這些早期自序在川合康三《中國の自傳文學》（東京：創文社，1996年）第二章中得到討論；中譯本見蔡毅譯：《中國的自傳文學》（北京：中央編譯出版社，1999年）。Matthew Wells, *To Die and Not Decay: Autobiography and the Pursuit of Immortality in Early China* (Ann Arbor, MI: Association for Asian Studies, 2009) 一書是英文學界第一部全面分析中國早期「自序」的著作。李安琪則從

國早期自傳寫作的學者都已經對這些「自序／自敘」從不同角度做出詳盡的研究，它們不構成本文的關注重心。[3] 本文所要探討的，是一系列從4世紀中期到6世紀中期的自傳文本，它們雖然分屬不同文體，但是具有一個共同的特點：它們不僅對作者本人生活的某一時刻或者階段做出描述，也對作者的生命做出更為宏觀的觀覽，但更重要的是，這一觀覽以知性和精神上的轉變進行表現，在敘事的中心有一個關鍵的轉折點。本文提出，這最後一點標誌了中國自傳寫作傳統對早先的靜物寫生模式的偏離。

在早期中國的自敘傳裏，蛻變感常常是缺席的。[4] 反之，作者們總是刻意強調他們那些不隨時間流逝而改變的生活方面。司馬遷，自序／自敘的始作俑者，在其《史記·太史公自序》中把他畢生最重要的工作——《史記》的寫作——描述為對父親遺志的繼承，無論囚禁還是宮刑，都不會改變他的決心。[5] 王充（27－約96）《論衡·自紀》中，六歲的他已經「恭愿仁順，禮敬具備，矜莊寂寥，有巨人之志」。[6] 曹丕（187－226）《典論·自敘》呈現的自我形象是一向文武雙全，才能出眾，幼時的愛好與技能一直保持到成年（「少好弓馬，于今不衰」）。[7] 葛洪（283－363）告訴我們，他在「為人」方

---

疾病書寫角度關注「自序」，見李安琪：〈副文本中的健康與疾病：早期和早期中古中國的五篇自序和一封書信〉，《南洋中華文學與文化學報》總第2期（2021年），頁85–108。

[3] 在英語學界，吳百益（Pei-yi Wu）的 *The Confucian's Progress: Autobiographical Writings in Traditional China* (Princeton, NJ: Princeton University Press, 1990) 是較早一部研究中國自傳寫作的專著。其後川合康三的《中國的自傳文學》也曾被中國書評者稱為拓荒之作。關於近年對古代中國自傳文學及其研究現狀的考察，可以參看德國學者艾默力（Reinhard Emmerich）在 *Handbook of Autobiography / Autofiction*, ed. Martina Wagner-Egelhaaf (Boston and Berlin: De Gruyter, 2019) 中的章節（頁1026–1058）。

[4] 以下提到的作者，是公元前2世紀到公元4世紀之間，所作自序被多多少少完整保留下來的主要自序作者（曹丕的自敘相對來說比較零星），以上關於早期中國自傳的研究著作都會討論到他們。

[5] 〔漢〕司馬遷撰，〔南朝宋〕裴駰集解，〔唐〕司馬貞索隱，〔唐〕張守節正義：《史記》（北京：中華書局，1959年），卷130，頁3293–3300。

[6] 〔漢〕王充著，黃暉校釋：《論衡校釋》（北京：中華書局，1990年），卷30，頁1188。

[7] 〔魏〕曹丕：《典論·自敘》，見〔清〕嚴可均輯：《全上古三代秦漢三國六朝文》（北京：中華書局，1991年），卷8，全三國文，頁1096b。

面「性鈍口訥、形貌醜陋」，這些都是從小到大不會發生明顯改變的天生特質，他還特別強調，在迅速改變的服裝時尚潮流中，他堅持「期於守常，不隨世變」。[8] 陶淵明（365－427）的〈五柳先生傳〉雖然表面上是一個虛擬人物的傳記，但被《宋書》本傳描述為「自敘」，而且據說被同時代人視為「實錄」，[9] 它也遵循了同樣的原則：通篇文字沒有任何事情發生，沒有情節和故事，傳主五柳先生是一個理想化的自我，凝固在完美的狀態中，毫無改變。

葛洪對服飾選擇的激切宣示並非輕薄之舉，它隱然指向〈離騷〉的詩人——該詩長久以來一直被認為是遭流放的楚國大臣屈原（前339－前278）的自傳詩歌——他對芳香美潔服飾的選擇顯然是具有象徵性的。〈離騷〉中一個反覆出現的主題，就是哀嘆時間流逝對香草美人造成的變化：「時繽紛其變易」、「蘭芷變而不芳」。敘述者絕望地詢問：「又孰能無變化？」但他卻又發誓說：「雖體解吾猶未變。」[10] 在〈離騷〉的世界中，變化總是從好到壞，變化本身並不可取。

在4世紀時，我們在自我書寫中看到對「轉變」的強調，這是一個新的現象。這種轉變不是我們在《論語》裏看到的孔子對自己修行進程的描述——那是一個終其一生循序漸進、自我實現的過程，展現了生命的穩步前進，沒有任何由某個重要的事件或遇合所帶來的截然斷裂或者突然變化。[11]

---

8 〔晉〕葛洪：〈自敘〉，見〔晉〕葛洪著，楊明照校箋：《抱朴子外篇校箋》（北京：中華書局，1991年），卷50，頁663。

9 〔梁〕沈約：《宋書》（北京：中華書局，1974年），卷93，頁2286–2287。學者雖然將此篇傳記劃分為不同的自傳類型，但無一例外視之為自傳性文字。見Wendy Larson（文棣），*Literary Authority and the Modern Chinese Writer: Ambivalence and Autobiography* (Durham, NC: Duke University Press, 1991), p. 3；Wu, *The Confucian's Progress*, p. 15；川合康三：《中國的自傳文學》，第三章。

10 〔宋〕洪興祖撰，白化文等點校：《楚辭補注》（北京：中華書局，1983年），卷1，頁40、41、18。原文英譯採用宇文所安（Stephen Owen）的翻譯，見Owen, ed. and trans., *An Anthology of Chinese Literature: Beginnings to 1911* (New York: W. W. Norton & Company, 1996), pp.173–174, 166。

11 這是孔子（前551－前479）非常著名的一段話：「吾十有五而志於學，三十而立，四十而

相反，我們看到，因為受到某種經驗的感應，出現了一個照亮過去並指向未來的時刻，這個時刻成為一個轉捩點，為自傳書寫提供了全新的可能。在此以前，自傳書寫中呈現給讀者的「自我」，很大程度上是一個「已經實現的自我」。但是現在卻出現了一個轉向：自傳主角並不是「存在著」，而是「變化著」；我們看到的不是存在模式（mode of being），而是變化模式（mode of becoming）。自傳不再只是描繪「我的常態」，而是以敘事展現「我的變化」，變化帶來一個回顧自身生命的新觀察視角，在無數隨機事件之間創造出一種連貫性，發現了它們的內在聯繫。

這一變化模式的出現，正值佛教傳播和深入到中國社會各階層，應該不是偶然的。在佛教悟道與皈依敘事中，自我總會發生劇烈的變化，作為標誌性時刻，將生命分割為「此前」與「此後」。悟道／皈依——也即發現真理與信仰的時刻——成為自傳主角組織排列其過往經驗的結構原則。換句話說，皈依成為舊我之生命的終端點，為個體之存在賦予意義，並把千頭萬緒紛亂蕪雜的生命經歷變成可以理喻的敘事脈絡，這就好像奧古斯丁（Aurelius Augustinus, 354–430）的《懺悔錄》（*The Confessions*）——西方自傳文學傳統的第一座里程碑。[12]

---

不惑，五十而知天命，六十而耳順，七十而從心所欲不逾矩。」〔宋〕朱熹：《論語集注》，《四書章句集注》（北京：中華書局，1983年），頁54–55。

12 一方面曾有研究者指出，積極的傳教活動在佛教徒、基督徒、回教徒中比在道教徒中更為明顯，參見Louis Komjathy（康思奇），"Adherence and Conversion in Daoism," in *The Oxford Handbook of Religious Conversion*, ed. Lewis R. Rambo and Charles E. Farhadian (Oxford: Oxford University Press, 2014), pp. 508–537；另一方面，祁泰履（Terry Kleeman）的研究顯示，早期中古時代的道教確有非常積極頻繁的傳福和教化活動。參見Kleeman, *Celestial Masters: History and Ritual in Early Daoist Communities* (Cambridge, MA: Harvard Asia Center, 2016)。不過，除了祁泰履在其著作中描述的有組織的道教傳教化活動和大量信徒皈依的現象（此外當然還有著名的老子化胡故事），早期中古佛教傳統中個人的悟道和皈依故事似乎比在早期中古道教傳統中更為突出和常見，像《冥祥記》這樣的佛教靈驗故事集顯然以悟道和皈依為中心；參見康儒博（Robert Ford Campany）在 *Signs from the Unseen Realm: Buddhist Miracle Tales from Early Medieval China* (Honolulu: University of Hawai'i Press, 2012) 一書中對此故事集的翻譯和分析。這種情景直到唐代

本文討論4至6世紀中國自傳寫作中「轉變」模式的出現和發展。第一節論述轉變主題如何在支遁（314－366）與釋慧遠（334－416）的書寫中得到建立。他們皆是著名的佛教僧侶，並同以文學才能與著作豐富而聞名。本節還將討論與慧遠同時但比他年輕的詩人陶淵明的自傳性詩歌中對這一主題做出的重要變奏。第二節探討南朝作家、詩人、史學家沈約（441－513）的〈懺悔文〉，這篇獨特的文字與其《宋書・自序》相比，具有特別的自傳意義。本文最後一節將聚焦於梁武帝蕭衍（在位年：502－549）的〈淨業賦序〉（"Fu on Purifying Karma"），我們將看到，在很多方面，這一長篇序言都是對自傳書寫之「轉變」模式的複雜、老練、具有創新精神的體現。

　　在討論這些文本之前，需要作出一些聲明。第一，雖然這些作者都與佛教有各種關係（就連陶淵明也因其好友劉遺民〔353－410〕是虔誠的佛教信徒以及慧遠堅定的追隨者而和慧遠具有關聯，更毋論他們生活在同一時空），我們必須強調他們都是當代的重要文化人物，也是非常具有影響的文學作者，他們的作品不是僅僅屬於宗教小團體的文本。第二，在早期中古時代，當然很可能還有其他宗教或世俗作者的自傳性寫作也展現出類似的模式，但是我們在材料佔有方面嚴重受限，因為百分之九十五以上的先唐文學文本都已佚失。第三，本文探討的作品，文體形式豐富多樣，這是因為就像所謂的行旅文學一樣，自傳文學是由內容而非形式和體裁決定的，它涵括了各種文體；[13] 我們將在下文看到，跨越文體界限來研究自傳寫作，可以向我

---

才有所改變。當然這有可能是與材料的保存與散佚情況有關，例如晚唐五代的著名道教作者杜光庭（850–933）在其《道教靈驗記》序言裏提到的兩種中古道教靈驗故事集今已不存；參見Franciscus Verellen（傅飛嵐），"'Evidential Miracles in Support of Taoism': the Inversion of a Buddhist Apologetic Tradition in Late Tang China," *T'oung Pao* 78.4–5 (1992): pp. 217–263, esp. pp. 232–233。總之，早期中古佛道二教的交叉傳播一定為覺悟和皈依的敘事情節提供了豐富土壤，但在本文討論的這些精英作者自傳性書寫中，覺悟和皈依來自知性的啟迪和經驗，而非奇跡和靈驗的經歷，這一點是值得注意的。在此特別感謝康儒博和傅飛嵐在電子郵件中與我對此進行討論。

13 在這一點上我的研究策略與吳百益不同，吳氏強調自傳與史傳之間的關係，認為它們都以客觀性為標準，因此把所謂具有主觀性的詩歌排除在自傳範疇之外（Wu, *The Confucian's Progress*, pp. 3–6）。這一視角與郭登峰具有開拓性的選集《歷代自敘傳文

們清楚地展示文體特點是如何對作者的自傳書寫產生舉足輕重的影響。

## 一　轉變的模式

從4世紀起，支遁與慧遠的作品首次清晰地展現自傳敘述中的「轉變」模式的寫法與跡象。支遁〈詠懷詩・其一〉（"Singing of My Feelings"）中，即描繪了一個以變化為其標誌的個體生命：

| 傲兀乘尺素 | Swelling with pride, I rode along in a position that I did nothing to deserve, |
| 日往復月旋 | the sun went past and then again the moon returned.[14] |

第一句裏的「乘」字本有駕駛或騎乘之意，伴隨著第二句中日月的持續轉動——象徵著時間的流逝——詩歌一開篇就呈現了具有活力的運動感和行旅意象，由年輕主角膨脹的驕傲心情（「傲兀」）所驅動。但很快就急轉直下，代之以停滯與被動：

| 弱喪困風波 | Having lost home at a tender age, I was trapped in wind and waves; |
| 流浪逐物遷 | drifting aimlessly in the breakers, I followed external things and shifted with them. |

---

鈔》（上海：商務印書館，1936年）不謀而合。但正如馬修所說，對詩歌的自傳潛力估計不足，顯示了20世紀初對西方散體自傳模式的認同和對中國詩歌傳統闡釋學的排斥，參見Wells, "To Die and Not Decay: Autobiography and the Pursuit of Immortality in Early China" (PhD diss., University of Oregon, 2006), p. 29。與郭氏、吳氏相反，川合康三在其著作中專闢一章討論自傳詩歌。

14　逯欽立輯校：《先秦漢魏晉南北朝詩》（北京：中華書局，1983年），晉詩，卷20，頁1080。

「弱喪」一句典出《莊子・齊物論》：「予惡乎知惡死之非弱喪而不知歸者邪？」郭象（252－312）注「弱喪」作：「少而失其故居。」[15]「弱」形容幼年之柔弱，也有軟弱之意。首句中膨脹的驕傲感消失了，取而代之的是無助、迷失的情緒。詩人並不是在積極的意義上順其自然，而是在「流浪」，在隨波逐流，無法控制人生行程的方向。

　　但接下來他的人生發生了轉捩：

| 中路高韻益 | In mid-life, my disposition grew lofty, |
| 窈窕欽重玄[16] | I came to admire the profound mystery of the Way. |
| 重玄在何許 | Where does one find the profound mystery? |
| 採真遊理間 | In seeking Truth and roaming within the Principle. |
| 苟簡為我養 | Being plain and simple is my nourishment; |
| 逍遙使我閑 | being free and easy relaxes me.[17] |

　　旅程的中段（「中路」），詩人經歷了一個轉變。他做出一個有意識的決定，希望尋求真諦，理解事物運行的原則：「採真遊理」。這裏的「遊」，不再是青年時期毫無目的、困惑的「流浪」，而是經由思考後的、既享受又放鬆的行動。

　　詩歌後半段便描繪了詩人的新生狀態：

---

15　〔清〕郭慶藩撰，王孝魚點校：《莊子集釋》（北京：中華書局，1995年），卷1，頁103。
16　「重玄」出自《老子》「玄之又玄，眾妙之門」。見朱謙之撰：《老子校釋》（北京：中華書局，1984年），卷1，頁7；原句英譯採用D. C. Lau（劉殿爵），*Lao Tzu Tao Te Ching* (London: Penguin Books, 1963)，p. 57。
17　詩中最後三句呼應了《莊子・天運》，詩人直接引用的詞語以粗體標記：「古之至人，假道於仁，託宿於義，以遊逍遙之虛，食於苟簡之田，立於不貸之圃。逍遙，無為也；苟簡，易養也；不貸，無出也。古者謂是采真之遊。」原文英譯參考華茲生（Burton Watson），並作少許調整。見Watson, *The Complete Works of Chuang Tzu* (New York: Columbia University Press, 1968), p. 162。

| | |
|---|---|
| 寥亮心神瑩 | Expansive and bright, my spirit is now sparkling pure; |
| 含虛映自然 | holding emptiness within, it reflects the way things are. |
| 亹亹沈情去 | Without cease, those hidden feelings depart from me; |
| 彩彩沖懷鮮[18] | bright and vivid, my sense of balance is restored. |
| 踟躕觀象物 | Lingering and tarrying, I observe images and things, |
| 未始見牛全 | and I no longer see the whole ox. |
| 毛鱗有所貴 | Hairs and scales are all to be prized— |
| 所貴在忘筌 | but ultimately what one prizes is to forget the fish-trap. |

引文前四行以鏡子或者池塘的潛在意象作為詩人心靈的暗喻：他不再有沉重的情感負擔，心靈能清澈、明亮地展映事物的本質。這把我們帶到詩歌最後二聯，其中引用了兩個《莊子》典故。第一個是著名的「庖丁解牛」故事：當庖丁開始屠牛時，他看見的是一整頭牛；但磨練了三年的技藝以後，卻「未嘗見全牛」。這時的庖丁把牛視為不同部位的組成，手中屠刀能輕易地遊走、切割。[19] 第二處典故出自〈外物〉：「筌者所以在魚，得魚而忘筌；蹄者所以在兔，得兔而忘蹄；言者所以在意，得意而忘言。吾安得夫忘言之人而與之言哉。」[20] 詩人是說，在自己嶄新的開悟狀態中，他能夠視世界為一個完整的有機體，它由細如「毛鱗」的個體部分組成，而詩人都能一一看清，不過，這些部分儘管寶貴，只如筌蹄一般，是使自己達到真理的媒介；而且，歸根結柢，詩歌本身也不外乎由旨在達「意」的「言」構成，因此，藉由自我指稱和映射作結，詩人邀請讀者先品味文字，爾後忘記文字，專注於他藉由文字傳達的玄思。

詩歌後半部分的關鍵字是「踟躕」。在經歷了年輕時代的顛簸行程之後，「中路」發生質變，如今的詩人轉入了帶有沉思色彩的「踟躕」。相對於

---

18 此聯使人聯想起支遁〈詠懷〉其四：「曖曖煩情故，零零沖氣新。」見逯欽立：《先秦漢魏晉南北朝詩》，晉詩，卷20，頁1081。

19 〔清〕郭慶藩：《莊子集釋》，卷2，養生主，頁119。

20 〔清〕郭慶藩：《莊子集釋》，卷9，外物，頁944。

「逐物」的被動，詩人進入了「觀物」的境界。從「流浪」到「踟躕」，從「逐物」到「觀物」，顯示了一種強烈的主動能動性和控制感。這是一個完全的轉變。

數年後，慧遠寫了〈與隱士劉遺民等書〉（"Letter to the Recluse Liu Yimin and Others"）。在信中，慧遠首先敘述自己生命歷程的變化，爾後為收信人提供了具體的建議，指導他們如何達到開悟，並鼓勵他們藉由撰寫文學作品，敘述自己修習佛法的生命經歷，最後和支遁一樣，以對「言筌」功能的反思作結。信是這樣開始的：

> 每尋疇昔遊心世典，以為當年之華苑也。及見老莊，便悟名教是應變之虛談耳。以今而觀，則知沈冥之趣，豈得不以佛理為先。[21]
> 
> As I think back to the past, there was a time when my mind roamed in the secular [Confucian] canon, which I assumed to be the flowering garden of the day. By the time when I saw Laozi and Zhuangzi, I realized that the Teaching of Names was merely empty talk aiming to respond to the changes of the world. But only from the present vantage point do I know that the Buddhist doctrine precedes all others in its profound metaphysical interest.

信首之「尋」，也即「回想」，實屬至關重要。因為惟有從「當下之我」的視角，才能把個人生活的種種繁蕪細節整合為有序、連貫的敘事。一切自傳中的「我」，無非是「現在」身分的投射。從「以為」到「悟」，最終到「知」，慧遠勾勒出一道變化的軌跡。是具體的經驗導致了變化，而對慧遠來說，這份具體的經驗乃是閱讀。如果我們對比前文提到的孔子的微型自傳，我們會看到它們之間的區別非常顯著並啟人深思：一個描述循序漸進的緩慢自修過程，以十年為單位；另一個強調某一特別事件促成的知性和精神的轉變。

---

21 〔清〕嚴可均：《全上古三代秦漢三國六朝文》，全晉文，卷161，頁2390。

支遁與慧遠都為我們展現了一個「轉變」的模式,這與以往自傳的靜態書寫模式形成了鮮明的對比。在這一語境裏,陶淵明的自傳詩歌呈現了有趣的變奏。如同所有出身士族家庭的男性一樣,陶淵明背負著出仕為官的期望;他嘗試了,但發現自己並不喜歡這樣的生活,於是決定棄官還鄉。經過一段時間,又被說服出仕,然後再次辭官,從此在廬山腳下隱居終生。廬山東林寺即是慧遠修行之所,雖然沒有可靠的資料表明陶淵明和慧遠有任何直接的聯繫,但是上文提到的劉遺民是陶淵明的密友之一,這位劉遺民是虔誠的佛教徒,慧遠忠實的在家弟子,也是一位愛好文藝的作者,著有文集五卷,惜已散佚。

陶淵明的詩和他的〈五柳先生傳〉非常不同,這在一定程度上應該是由於文體特點的影響。相對傳記而言,抒情詩對於自傳書寫者來說是另一項有趣的工具:詩歌為詩人記錄內心提供適切的場域——其簡潔、短小的體裁尤其適合揭露衝突、自我矛盾、猶豫、懷疑及記憶的斷裂。換言之,詩歌更適合表達那些在散體「自序」中,為求呈現融貫的自我形象而難以處理的裂縫、不連貫之處。陶淵明在其詩歌中呈現的自我形象是一個內心有很多矛盾、需要不斷說服自己的人,他也常常戲劇化地描述內心衝突和下決心作出重大人生選擇的過程,出仕還是歸隱構成了他的人生的轉捩點。但是,在當代自傳寫作「轉變」模式的背景下,陶淵明自傳詩歌最顯著的特點是詩人渴望回歸他的原始狀態,或者說渴望逆向轉變,卻發現那是不可能的。這在他著名的〈歸園田居〉("Return to Gardens and Fields")其一中表現得淋漓盡致。[22] 詩的開篇描述了社會文化對自然狀態的破壞和詩人歸返自然狀態的決心:

| 少無適俗韻 | In my youth my disposition was not suited to the common world, |
| 性本愛丘山 | by nature I loved mountains and hills. |
| 誤落塵網中 | I erred and fell into the dusty snares, |
| 一去三十年 | and was away for thirty years in all. |

---

22 逯欽立:《先秦漢魏晉南北朝詩》,晉詩,卷17,頁991。

| | |
|---|---|
| 羈鳥戀舊林 | A captive bird misses its old grove, |
| 池魚思故淵 | a fish in the pond longs for its former depths. |
| 開荒南野際 | Clearing wasteland at the edge of the southern wilds, |
| 守拙歸園田 | I keep to my clumsiness and come back to garden and fields. |

詩人在下面描述了他安寧的鄉下生活：

| | |
|---|---|
| 方宅十餘畝 | My large homestead spans a dozen *mu*, |
| 草屋八九間 | a thatched house of eight or nine compartments. |
| 榆柳蔭後園 | Elms and willows shade the back garden, |
| 桃李羅堂前 | peaches and plums are arrayed in front of the hall. |
| 曖曖遠人村 | Hazy is the village of men in the distance, |
| 依依墟里煙 | gently swaying, smoke rising from the hearths. |
| 狗吠深巷中 | Dogs bark in the deep alley, |
| 雞鳴桑樹巔 | a rooster crows on top of the mulberry tree. |
| 戶庭無塵雜 | In my courtyard, no dust and disorder; |
| 虛室有餘閑 | there is plenty of leisure in the empty room. |

但是詩的結尾卻陡然一轉：

| | |
|---|---|
| 久在樊籠裏 | For a long time I have been in a cage, |
| 安得返自然 | how can I return to the natural way of life? |

詩的末句非常令人吃驚，以致產生了異文：「復得返自然」。這一異文容易理解，令人安心，自宋代以來成為所有陶集的選擇。[23] 然而，被擯棄的文

---

[23] 有關討論參見 Xiaofei Tian, *Tao Yuanming and Manuscript Culture: The Record of a Dusty Table* (Seattle, WA: University of Washington Press, 2005), pp. 101–102。

本卻可以在上古與中古早期大量有關「性」與「習」的探討中得到參證，特別是在陶淵明同時代人張湛的《列子》注中。[24] 換句話說，詩人儘管渴望回歸自然，逆轉人生中的巨變，但是，套用一句當代美國的俗語：他發現家已經回不去了（you can't go home again）。

## 二　懺悔

沈約是5世紀傑出的詩人、歷史學家，生活於貴族與統治階層皆虔信佛教的時代。精通佛教論述的沈約留下了一篇〈懺悔文〉（"The Confession Text"）。「懺悔」是中國中古早期的外來詞語，據早期箋注家指出，「懺悔」一詞結合了印度詞「√kṣam」的音譯與漢字「悔」（意即後悔、悔恨）。[25] 佛教懺悔儀式是對個人罪過的公開承認和表示悔改，並且祈求得到寬恕和救贖。[26] 5、6世紀流傳下來數量相當可觀的懺悔文和在這些場合創作的詩歌，不過，現存的懺悔文都十分「籠統概括，辭藻華麗」，沈約的懺悔文卻非常

---

24 關於此點的討論，詳見田曉菲：〈陶淵明的書架和蕭綱的醫學眼光：中古的閱讀與閱讀中古〉(《國學研究》總第37卷〔2017年〕，頁119–144) 一文，特別是頁139–142。

25 葛利尹（Eric M. Greene）認為「懺悔」不應該譯為 "confession"，見Greene, *Chan Before Chan: Meditation, Repentance, and Visionary Experience in Chinese Buddhism* (Honolulu: University of Hawai'i Press, 2022), p. 163。英語confession一詞可以被分解為「在某人面前或與某人（"con"）說起（"fess"）某事（"ion"）」，而且通常是令人羞愧或錯誤的事，故此，我認為，在這一基本意義上，confession仍然是對懺悔儀式的合適表達。對早期中古佛教懺悔概念和儀式的討論，可參見Greene, *Chan Before Chan*, pp. 159–204。

26 懺悔儀式在公元487年左右由南齊竟陵王蕭子良（460–494）引介。參見馬瑞志（Richard B. Mather），*The Poet Shen Yüeh (441–513): The Reticent Marquis* (Princeton, NJ: Princeton University Press, 1988), pp. 166–167；Wu, *The Confucian's Progress*, p. 212。吳百益指出佛教懺悔儀式和道教「信仰治療」（"faith healing"）之間的相似（*The Confucian's Progress*, pp. 209–211）。不過，誠如馬瑞志所言，佛教懺悔儀式的目的有根本性不同：不是為了療疾，而是為了「使懺悔者從過往罪惡帶來的慾念和惑亂中得到解脫」（"but the reason for confessing past sins is not so much to cure a specific illness as to release the penitent from the attachments and delusions that past sins have wrought"）。Mather, *The Poet Shen Yüeh (441–513)*, p. 168.

個人化,與當時帶有儀式性質的懺悔文寫法迥然有別。[27]

〈懺悔文〉甫一開始,即坦蕩承認自己前世今生犯下的罪過:

> 弟子沈約稽首上白諸佛眾聖:約自今生已前,至於無始,罪業參差,固非詞象所算。識昧往緣,莫由證舉。[28]
>
> Your disciple, Shen Yue, kneels and kowtows on the ground and respectfully addresses the various buddhas and sages: I, Yue, from this life all the way back to the great antiquity, have committed numerous sinful deeds that cannot be detailed by words and images. Since I am ignorant about my past karma, I have no way to enumerate them.

既然對於前世罪過「識昧往緣,莫由證舉」,沈約遂專注於今世經歷。他列舉了自己的過失,次序基本上順從佛教的五戒,也即不殺生、不偷盜、不邪淫、不妄語、不飲酒。[29] 但是,貌似機械的臚列並不影響沈約懺悔文的個人化——據《梁書》沈約本傳說他「性不飲酒」,他開列的罪過清單裏也果然沒有飲酒一項。[30]

沈約首先承認殺生:因嗜食肉類而殺害動物,因惱怒而殺害蚊虻,因取樂而殺害魚類。

---

[27] Mather, *The Poet Shen Yüeh*, p. 167. 吳百益也稱沈約懺悔文是「獨特的地標」("a unique landmark"),見Wu, *The Confucian's Progress*, p. 213。梁、陳、隋代帝王,包括梁武帝(在位年:502–549)、陳文帝(在位年:560–566)及隋文帝(在位年:581–604),皆嘗撰寫懺文。相關研究見中嶋隆藏:〈中國中世における懺悔思想の展開〉,收錄於牧尾良海博士喜壽記念論集刊行會編:《儒・佛・道三教・思想論攷:牧尾良海博士喜壽記念》(東京:山喜房佛書林,1991年),頁493–506。

[28] 〔清〕嚴可均:《全上古三代秦漢三國六朝文》,全梁文,卷32,頁3136;亦見於〔唐〕道宣:《廣弘明集》(T 2103),卷28,收入《卍續藏經》(臺北:新文豐出版公司,1983年),第52冊,頁331。馬瑞志也曾將此文譯為英文(見*The Poet Shen Yüeh*, pp. 169–172)。我的譯文有多處不同。

[29] 感謝楊德和匿名評審人提醒我注意到這重要的一點。

[30] 〔隋〕姚察、〔唐〕姚思廉撰:《梁書》(北京:中華書局,1973年),卷13,頁236。

爰始成童，有心嗜慾，不識慈悲，莫辨罪報。以為毛群鱗品，事允庖廚，無對之緣，非惻隱所及。晨刲暮爅，亙月隨年，嗛腹填虛，非斯莫可。兼曩昔蒙稚，精靈靡達。遨戲之閒，恣行夭暴。蠢動飛沈，罔非俎。儻相逢值，橫加剿撲。卻數追念，種彙實蕃。遠憶想開，[31] 難或詳盡。又暑月寢臥，蚊蚋嘈膚。忿之於心，應之於手。歲所殲殞，略盈萬計。手因怒運，命因手傾。為殺之道，事無不足。迄至於今，猶未頓免。又嘗竭水而漁，躬事網罿。牽驅士卒，懽娛賞會。若斯等輩，眾夥非一。

[But in this life,] ever since I was a child, I had already set my heart on sensuous indulgence. I did not know compassion (*cibei*), nor did I understand the concept of karmic retribution (*guobao*). I thought that the various creatures with hair or scales were fit for the kitchen, and that when there was no karmic relation causing us to face the animals directly, there was no need to feel any mercy for them. In the morning they were cut up, and in the evening they were boiled in the pot. Through months and years, they served to satisfy my appetite and fill my stomach, and without them I could not get by.

Besides, when I was young and ignorant, my spirit was blocked and unenlightened. While I was playing, I was engaged in unrestrained destruction and violence. All animals, be they birds or fish, would be placed on the cutting board. If I encountered them, I would wantonly persecute and kill them. As I try to recall and count, there were too many species. Thinking back to the distant past, I find it difficult to remember all the cases in detail.

Furthermore, in hot summer months, when I lay down to sleep, mosquitos would bite me and feed on my flesh. Anger stirred in my heart, and my

---

31 「遠憶想開」亦通「遠憶相間」。

hand would respond. Those I killed would probably number more than ten thousand. As my hand was motivated by wrath, lives perished from my hand. I have committed all manners of destruction; even today I have not entirely given it up.

In addition, I once dredged a pond for fish and personally handled the fishnet. I also sent soldiers to do it, and we all enjoyed it together. Things such as these were quite many.

對罪過的懺悔伴隨著辯護與解釋——年少無知、不諳慈悲罪報等佛教教義，及對生理慾望的屈服。夾在其中的是作者坦白承認自己至今仍無法免於同樣的過失。這「猶未頓免」是否僅限於殺害蚊虫，抑或包括各種「為殺之道」？文中未曾清楚交代。

第二種罪過是偷盜：

黨隸賓遊，怨訾交互。或盜人園實，或偷人芻豢。弱性蒙心，隨喜讚悅。受分吞贓，皎然不昧。

When I went on outings with my friends, we committed many misdemeanors. Sometimes we snatched fruits from someone's orchard; sometimes we ran away with their livestock. With a weak nature and an ignorant heart, I was led on by the desire to please and contributed to the fun of the group; I would take my share of the pilfered goods, of which I have a clear memory.

這顯然是少年時期的輕狂之舉——很難想像步入中年、身居高位的沈約會在建康都城裏四處偷果子、盜牲畜。不過，偷盜罪中開列的下一個條款，卻出乎意外地超出了純物質範疇：

性愛墳典，苟得忘廉。[32] 取非其有，卷將二百。

By nature I love the classic canon, which I would acquire through inappropriate means, forgetting about integrity. I took possession of books that did not belong to me, and they came to nearly two hundred scrolls.

《梁書‧沈約傳》稱其「好墳籍，聚書至二萬卷，京師莫比。」[33] 現在我們總算知道其中一小部分是如何得來的了！

其後的兩種罪過分別是不邪淫、不妄語。對書本的貪求引出下一類和語言文字相關的過失：

又綺語者眾，源條繁廣。假妄之愆，難免大過。微觸細犯，亦難備陳。

In addition, I have spoken many embellished words, whose sources and branches were copious and wide-ranging. I have also committed the fault of fibbing and cannot be exempted from some grave offenses. As for minor cases of infringement, it is impossible to narrate them all.

「綺語」為佛教語，指華美的文句，包括但不限於情愛語言。[34] 沈約從綺語談到妄語，再進一步談到情愛的行為。這或許是中國傳統裏一個男子首次在文字中寫到自己的同性戀愛。[35]

又追尋少年，血氣方壯。習累所纏，事難排豁。淇水上宮，誠無云

---

[32] 此語出自《禮記‧曲禮上》「臨財毋苟得」。孔穎達（574–648）《正義》注解「苟得」為「非義而取」。見〔唐〕孔穎達疏，〔清〕阮元校刻：《禮記註疏》，收入《重刊宋本十三經注疏附校勘記》（臺北：藝文印書館，1965年），頁12b–13a。

[33] 《梁書》，卷13，頁242。

[34] 梁武帝在寫給兒子蕭綱（即梁簡文帝，在位年：549–551）的〈答菩提樹頌手敕〉中，曾批評其〈菩提樹頌〉「但所言國美，皆非事實，不無綺語過也。」見〔清〕嚴可均：《全上古三代秦漢三國六朝文》，全梁文，卷5，頁2973。

[35] 當然這不包括那些汎汎歌詠孌童的詩作，比如說張翰（約302在世）的〈周小史詩〉。

幾；分桃斷袖，亦足稱多。[36] 此實生死牢穽，未易洗拔〔濯〕。[37]

In addition, I recall when I was a young man, my blood and energy were vigorous, and I was entangled in habits and found it difficult to let go of them. Regarding romantic trysts of the Qi River or Shanggong, there were indeed more than just a few; as for the love of "dividing a peach" or "cutting sleeves," there were also numerous cases. This is truly a prison and a trap in life, not easy to cleanse and transcend.

下面，沈約為自己的暴躁脾氣、不合時宜的嘲戲、各種不妥當的言語行為等等表示痛心，在諸佛和眾僧前為自己的罪行懺悔，同時發誓作出改變：

志有慘舒，[38] 性所同稟。遷怒過嗔，有時或然。屬色嚴聲，無日可免。又言謔行止，曾不尋研。觸過斯發，動淪無紀。終朝紛擾，薄暮不休。來果昏頑，將由此作。前念甫謝，後念復興。尺波不息，寸陰驟往。愧悔攢心，罔知云厝。今於十方三世諸佛前，見在眾僧大眾前，誓心剋己，追自悔責。收遜前愆，洗濯今慮，校身諸失，歸命天尊。

Feelings have ups and downs, such being the nature with which we are all endowed. From time to time I have shifted blame to others or flown into a rage; indeed hardly a day goes by without my putting on an austere countenance and using a harsh voice. Moreover, in talking, joking, and generally carrying myself, I am not always careful about what I say or do. When I have an outburst over some offense, my action could descend into chaos. The hustle and bustle beginning in the morning may continue well

---

36 「淇水上宮」的幽會指男女風流韻事，「分桃斷袖」則是男子同性愛的典故。
37 關於此處斷句詳見下注。
38 「慘舒」指情緒上的憂樂悲喜。嚴可均版本作「灌志慘舒」。筆者採用《廣弘明集》版本之「灌志有慘舒」，但句讀有誤，此句與上句應作「未易洗濯。志有慘舒」，「灌」恐為「濯」字的誤寫。

into the evening. Future retribution for my stupid and stubborn nature will arise from these sins. As soon as the previous thought has disappeared, a following thought appears. The small wave [of human life] never ceases its flow, and the short shadow cast by the sun vanishes quickly. Shame and remorse gather in my heart, and I do not know how to settle them. Today, in front of the buddhas of the ten directions and of the past, present, and future, and in front of the various monks and lay devotees, I vow to discipline myself and repent. I shall beg off my former mistakes and purify my mind. Taking stock of all my faults, I will hereafter surrender myself to the Most Honored One.

其實〈懺悔文〉大可於此打住，但沈約卻並未停筆。以其論說文中常常展現出來的清晰銳利的邏輯，沈約對心靈轉變的必要性作出了形而上的反思，而且這裏的心靈轉變不僅是比喻性的，也是實際發生的。

又尋七尺所本，八微是構，[39] 析而離之，莫知其主。雖造業者身，身隨念滅，而念念相生，離續無已。往所行惡，造既由心，行惡之時，其心既染，既染之心，雖與念滅，往之所染，即成後緣。若不本諸真諦，以空滅有，則染心之累，不卒可磨。今者興此愧悔，磨昔所染，所染得除，即空成性。其性既空，庶罪無所託。布髮頂禮，幽顯證成。此念一成，相續不斷。日磨歲瑩，生生不休，迄至道場，無復退轉。又彼惡加我，皆由我昔加人。若不滅此重緣，則來惡彌邃。當今斷絕，永息來緣。道無不在，有來斯應。庶達今誠，要之咸達。

---

[39] 「八微」可能是佛教教義中「四大」與「四微」（又稱「四塵」）的合稱：即地、水、火、風與色、香、味、觸四色法。人身由四大因緣和合而成，而四大又由四微所成。「八微」也可理解為「八識」，即八種認知、感知或意識，包括眼識、耳識、鼻識、舌識、身識、意識、末那識（manas-vijñāna）、阿賴耶識（ālaya-vijñāna）。

Furthermore, as I explore the basis of this body of seven *chi*, it is constituted of the "eight minutiae." If we break them apart, then we do not know its [the body's] master. Thus, although the body is that which creates karma, it becomes nothing with [the departure of] thought; yet, one thought is always followed by another, and the departure and continuation are ceaseless. The bad deeds of the past are produced by the mind; the moment a bad deed is performed, the mind is stained. Although the stained mind is extinguished with the departed thought, what has been stained in the past immediately forms a karmic relation for the future. If one does not base oneself on the Ultimate Truth and empty out Being (*you*) with Nothingness (*kong*; Śūnyatā), then the burden of a stained mind will never be ground down. Today, shame and remorse arise in my heart and grind the stains from the past; when what has been stained is eliminated, then Nothingness (*kong*) becomes one's nature. Once one's nature turns into Nothing (*kong*), sins will have no place to lodge themselves, and I shall spread my hair on the ground and pay homage to the Buddha, as the worlds of dark and light will bear witness. Once this thought is formed, may it be followed [by similar thoughts] without cease. Grinding day after day, polishing year after year, I will not stop, from one lifetime to another, until I attain the site of enlightenment, where there shall be no retreating and regressing.

And if anyone performs a wicked deed to me, it is always because I have done the same to another in the past. If I do not extinguish such accumulated karma, I will encounter even more deeds of wickedness in the future. Here and now, may I be severed from it, and may all my future karma be destroyed. The Way resides everywhere, and whatever happens will receive a response. Today, I hope that I am able to convey my sincerity adequately, so that it will be fully revealed to everyone.

和支遁、慧遠不同，沈約並不把個人的修行進程視為直線發展的旅程，而是承認在最後到達「道場」之前，總是存在著「退轉」的可能性，就像他無法停止滅殺蚊蟲或是放棄愛慾一樣。在這樣的生命視角下，他不將自我視為一件成品，而是一部處於進行時狀態的未成之作。改變唯有在達到終點、「迄至道場」時才會停止，而這要花上數日、數年，甚至要經過無數次轉生。

如果把沈約的〈懺悔文〉和他的《宋書·自序》進行比較，會很發人深省。〈自序〉以長達一萬三千字的篇幅大量記載沈氏家族的歷史和先祖的功績，僅於文末以不到二百字簡短地述及自己。這一簡短自述第一句就以他與過世父親的關係為自己定位，而且完全圍繞他的「史臣」身分展開敘述：「史臣年十三而孤。少頗好學，雖棄日無功，而伏膺不改。」[40] 這顯然是遵循了司馬遷《史記·太史公自序》創造的傳統，而尤其引人注意的是這裏呈現出來的作者自畫像強調「伏膺不改」，又是我們熟悉的靜態寫生。如此一來，〈自序〉及〈懺悔文〉分別展現出作者生命的兩面：一方面是嚴肅、勤奮、博學的歷史學家，同時也是沈氏家族的孝順後代，祈望延續祖業；另一方面他也曾偷盜，也曾說謊，也曾和男子婦人發生風流韻事，又時而情緒失控、大發脾氣。[41] 在寫〈自序〉時，沈約嚴格遵從史學著作建立的自述傳統，但多虧了他的〈懺悔文〉，讓我們得知沈氏在歷史學家角色之外還有很多不同的側面。這充分展現了不同文體如何形塑作者的自我呈現。

## 三　自我與角色

如果史臣的工作對朝廷官員來說，其所消耗的時間與精力畢竟是有限的，那麼君王的工作則要求一個人全力以赴。人一旦登上皇位，還有可能保持自我身分而不讓自己被帝王的角色吞噬嗎？他如何在「君權天授」的既定

---

40 《宋書》，卷100，頁2466。
41 頗諷刺的是，沈約家曾遇盜，他編寫的晉史「遇盜失第五帙」。對於作為歷史學家的沈約來說，這樁很不幸的盜竊案正是沈約作為普通人曾經犯下的過失。《宋書》，卷100，頁2466。

模式外，建構自身的生命故事？皇帝按理應該是美德的典範，傳統上也被比作象徵穩定與不變的北極星，既然如此，那麼在他的人生故事裏還有發生變化的空間嗎？梁武帝蕭衍的〈淨業賦序〉為此提供了複雜的答案。

梁武帝因其佛教信仰而有「皇帝菩薩」之稱。他曾撰〈述三教〉("An Account of the Three Teachings")一詩，讀來猶如慧遠〈致劉遺民等書〉開篇一段話以詩歌形式的呈現。[42] 也就是說，武帝在詩中將三教——儒、道、佛——分別繫於自己人生的三個階段，每個階段都由讀書所得作為標誌：青年時閱讀「六經」，中年閱讀「道書」，晚年打開「釋卷」，晚年的閱讀經歷為他帶來了開悟，其效果用他自己的話來說，就像「日映眾星」一樣完全、絕對和富有戲劇化。[43] 不過，只有在其〈淨業賦序〉中，我們才能看到蕭衍如何將他具體的生命經驗與他的心靈旅程相結合。基於序文記載的事跡，我們可將序文的寫作日期推斷為547或548年，也即侯景之亂前夕。[44] 武帝崩於549年初夏，京都淪陷之後。因此，這篇序文是武帝晚年可以推定創作日期的少數作品之一，也是他接近生命終點時寫下的一篇自傳。

序文以一個熟悉的公式開篇，描述了少年時的山水之愛和一種比較自然閒適的生活方式，但這樣的生活卻遭到世俗事務的干擾阻礙——這種情節因陶淵明的詩而蔚為流行，成為南朝以來敘述個體生命軌跡的常見模式。[45]

---

42 逯欽立：《先秦漢魏晉南北朝詩》，梁詩，卷1，頁1532。詩題一作「會三教」。全詩英譯及注釋可參考Xiaofei Tian, *Beacon Fire and Shooting Star: The Literary Culture of the Liang (502–557)* (Cambridge, MA: Harvard University Asia Center, 2007), pp. 56–58。

43 「日」一作「月」。

44 對創作日期的推斷建立在序文中的這一陳述：「復斷房室，不與嬪侍同屋而處，四十餘年矣。」如此，我們可以用武帝最小的子女之出生年齡來幫助我們做出大致推測。武帝有三個女兒出生於502年之前，其他幾個女兒的出生年分沒有可靠的歷史記載；但是，我們確知武帝的幼子蕭紀出生於508年，這樣一來我們可以把序文的創作日期判斷為547年或更有可能是548年。

45 如謝靈運（385–433）〈過始寧墅〉、劉駿（即宋孝武帝，在位年：453–464）〈遊覆舟山〉開篇都採取了這一公式。逯欽立：《先秦漢魏晉南北朝詩》，宋詩，卷2，頁1159–1160；卷5，頁1220。

少愛山水，有懷丘壑，身羈俗羅，不獲遂志，舛獨往之行，乖任縱之心，因爾登庸，以從王事。[46]

I loved mountains and waters when I was a young man, and always harbored a longing for the hills and ravines. Yet, I became entangled in the worldly net, unable to fulfill my aims. Compelled to give up the act of "taking off alone" and curb the desire to let myself go, I was recruited to attend to the king's business.[47]

但是，如果說早先採取這一公式的作者都像陶淵明那樣，在下文描述一個讓他們重返自然的機會，蕭衍的序文卻發生了一個不同的轉折，這是序文首次向讀者暗示，一個人的實際生活並不見得遵循傳統的文學規範展開：

屬時多故，世路屯塞，有事戎旅，略無寧歲。上政昏虐，下豎姦亂，君子道消，小人道長。

I happened upon a time of many disasters, and the ways of the world were full of obstacles. There was a constant engagement in warfare, with hardly a peaceful year. The governance from above was perverse and tyrannical, the baseborn officers below were treacherous. The way of the gentleman declined, and the way of the petty man increasingly held sway.

這段文字描繪了混亂的統治，但這樣的語句可以套入任何亂世，於是作者隨即提供了更為具體的細節：

御刀應敕梅蟲兒、茹法珍、俞靈韻、豐勇之，如是等多輩，誌公所謂

---

[46]〔清〕嚴可均：《全上古三代秦漢三國六朝文》，全梁文，卷1，頁2949b–2950b。

[47]〈淨業賦序〉另有一篇英譯，並附簡短介紹。見 *Chinese Autobiographical Writing: An Anthology of Personal Accounts*, ed. Patricia Buckley Ebrey, Cong Ellen Zhang, and Ping Yao (Seattle, WA: University of Washington Press, 2023), pp. 72–76。我的譯文有所不同。

亂戴頭者也。⁴⁸ 誌公者，是沙門寶誌，形服不定，示見無方。于時群小疑其神異，乃羈之華林外閤。公亦怒而言曰：「亂戴頭，亂戴頭。」各執權軸，入出號令，威福自由，生殺在口。忠良被屠戮之害，功臣受無辜之誅。服色齊同，分頭各驅，皆稱帝主，人云尊極，用其詭詐，疑亂眾心。出入盤遊，無忘昏曉；屏除京邑，不脫日夜。屬纊者絕氣道傍，子不遑哭；臨月者行產路側，母不及抱。百姓懍懍，如崩厥角。⁴⁹

The imperial attendants and guards, Mei Chong'er, Ru Fazhen, Yu Lingyun, Feng Yongzhi, and many others like them, were men whom Master Zhi called "unruly head-holders." Master Zhi was the Buddhist monk Baozhi, whose appearance and garment varied infinitely and had no fixed manifestations. Back then, those wicked men [lit. "small men"] suspected that he had extraordinary powers, so they confined him to the rotunda outside the Hualin Park. Master Zhi was enraged, saying, "You unruly head-holders! You unruly head-holders!" Each of those men held great power and issued command inside and outside the court. Punishment or reward was entirely up to them, and out of their mouths came the order of life or death. Loyal and good men were slaughtered, and meritorious officials were executed for no reason. Dressed in identical clothes designed for the same official rank, they went out separately, each claiming that they were attending upon the emperor and the highest in command; with such deception they confused people and indulged in pleasure outings regardless of dawn or dusk. They also "screened people out" in the capital day and night. Those who were dying breathed their last along the wayside, and

---

48 「戴頭」指舉首或捧頭（準備受刑），形容不怕死。
49 此語出自《尚書・泰誓中》：「百姓懍懍，若崩厥角。」孔穎達注釋為「言民畏紂之虐，危懼不安，若崩摧其角，無所容頭。」〔漢〕孔安國傳，〔唐〕孔穎達疏，〔清〕阮元校刻：《尚書正義》，《重刊宋本十三經注疏附校勘記》，卷11，頁156。

their sons could not mourn them properly; pregnant women were forced to give birth beside a road and did not get to hold their newborn. People lived in dread, like animals that lost their horns.

梅蟲兒等人曾侍奉臭名昭著的齊朝倒數第二位皇帝蕭寶卷（在位年：498－501），後為蕭衍推翻，死後降為「東昏侯」。文中將梅蟲兒等人稱作「群小」，也即一干小人，一方面指出其奸惡，另一方面也點出他們卑賤的出身。此段關於蕭寶卷的陳述，毫無意外地與蕭子顯（487－537）在梁朝寫就並獲得武帝親自批准的《南齊書》高度一致，[50] 比如《南齊書》稱蕭寶卷「出輒不言定所，東西南北無處不驅人」，[51] 又稱蕭寶卷出行時下令沿路民居必須「空家盡室」，並「巷陌懸幔為高障，置仗人防守，謂之屏除」。[52] 他頻繁出巡，導致都城百姓不勝其擾，蕭衍所謂「屬纊者絕氣道傍，子不遑哭；臨月者行產路側，母不及抱」的說法都可以在《南齊書》中得到印證。[53]

上述段落尚有兩點值得注意：其一是提到「沙門寶誌」，預示了下文的佛教敘事；另一點則是，蕭衍所指陳的齊帝惡行，儘管確實禍害百姓，但僅限於建康城內，我們尚未能從中看出齊帝或其親信所行的政策對整個國家造成何種負面影響，除了「忠良被屠戮之害，功臣受無辜之誅」這樣具有籠統概括的字句之外。這一指控隨即在下文得到驗證，並成為蕭衍起兵的催化劑：

長沙宣武王有大功於國，禮報無報，酷害奄及。至於弟姪，亦罹其禍。
Prince Xuanwu of Changsha had rendered extraordinary service to the state, but instead of being repaid according to ritual propriety, he met with

---

50 〔唐〕李延壽撰：《南史》（北京：中華書局，1975年），卷42，頁1072。
51 〔南朝梁〕蕭子顯撰：《南齊書》（北京：中華書局，1972年），卷7，頁103。
52 《南齊書》，卷7，頁103。
53 參看《南齊書》，卷7，頁103記載：「乳婦婚姻之家，移產寄室，或興病棄屍，不得殯葬。有棄病人於青溪邊者，吏懼為監司所問，推置水中，泥覆其面，須臾便死，遂失骸骨。」

violent persecution, and the calamity reached his younger brother and nephews.

長沙宣武王蕭懿是蕭衍敬愛的長兄，於500年11月和弟弟蕭融一同遭齊帝蕭寶卷處決。[54] 蕭衍時任雍州刺史，手握重兵，齊帝自然擔心蕭衍的報復。蕭衍如此敘說事件的始末：

> 遂復遣桓神與杜伯符等六七輕使，以至雍州，就諸軍帥，欲見謀害。眾心不與，故事無成。後遣劉山陽灼然見取，壯士貔虎，器甲精銳。君親無校，便欲束身待戮。此之橫暴，出自群小。畏壓溺三不弔，[55] 況復姦豎乎。若默然就死，為天下笑。俄而山陽至荊州，為蕭穎冑所執，即遣馬驛傳道至雍州。乃赫然大號，建牙豎旗，四方同心，如響應聲，以齊永元二年正月發自襄陽。[56] 義勇如雲，舳艫翳漢。竟陵太守曹〔景〕宗、馬軍主殷昌等各領騎步，夾岸迎候。波浪逆流，亦四十里，至朕所乘舫乃止。有雙白魚跳入舳前，義等孟津，事符冥應。[57] 雲動天行，雷震風馳，郢城剋定，江州降款，姑熟甲冑，望風退散。新亭李居士稽首歸降。

Huan Shen, Du Bofu, and six or seven express emissaries were dispatched to Yongzhou to conspire with the local military commanders for my downfall. But the commanders did not support them, so the plot failed. Later, Liu Shanyang was sent forth with the explicit mission of taking me out. Liu descended with ferocious and stalwart men clad in fine armor and holding sharp weapons. Since one was not supposed to protest against his

---

54 《南史》，卷51，頁1266、1274。
55 典出《禮記·檀弓上》「死而不弔者三：畏、厭、溺」，據孔穎達注釋，包括自殺及意外橫死者。見〔唐〕孔穎達疏：《禮記註疏》，卷6，頁120。
56 「永元二年」應作「永元三年」。
57 起兵攻打商紂王時，周武王途經孟津，遇有一雙白魚躍入舟中，被視為上天賦予的吉兆。

ruler or his parents, I was ready to submit to execution. However, this heinous act had originated from those evildoers at court. If one must not mourn those who die by fearful deed, crushing, or drowning, then how much more so for those who die by the hand of the treacherous and wicked! Had I accepted such a death in silence, I would have become the laughingstock of the world.

Soon after, when Liu Shanyang arrived at Jingzhou, he was captured by Xiao Yingzhou, who sent a messenger to Yongzhou by postal horses. Thereupon I issued an order as commander-in-chief and established military banners. People everywhere shared my intent just as echo would follow sound. In the first month of the second year of the Yongyuan era of the Qi, I set out from Xiangyang, with righteous warriors as numerous as clouds and the warships covering the Han River. Cao Jingzong, then Magistrate of Jingling, Yin Chang, the commander of the cavalry, and others led the cavalry and infantry to greet me on the two riverbanks; their fleet sailed upstream for forty *li* and extended all the way to the vessel in which I was riding. A pair of white fish jumped into Our boat, whose significance as an omen of divine blessings equaled what happened at Mengjin. Like clouds sweeping along and stars progressing in heaven, we marched forward with the ferocity of thunder and the speed of wind. The City of Ying was captured, and Jiangzhou surrendered. The forces at Gushu retreated and scattered like being caught in a whirlwind. At Xinting, Li Jushi bowed his head to the ground and capitulated.

蕭穎冑（462－501）為齊朝皇室，是蕭衍的盟友，二人於500年12月起義。穎冑病逝後，蕭衍便成為軍隊的唯一領袖。郢城（江州首府）於501年8月投降，姑熟於501年10月被攻陷，同時齊朝將領李居士也於501年11月投降。約莫一年，蕭衍成功進軍建康，齊帝蕭寶卷被其手下所殺。

在上文中,蕭衍為自己舉兵叛變的行為辯護:依照「君親無校」的原則,他本應該束手就擒,歸降朝廷,祈求皇帝的恩典;但既然「群小」擅政,若他就此屈服,他將死得毫無意義,貽笑世人。於是他決定繼續進軍,並以白魚入舟為兆,把自己比喻為舉兵討紂的周武王。起義成功之後,他再次面臨重大的選擇:

獨夫既除,蒼生甦息,便欲歸志園林,任情草澤。下逼民心,上畏天命,事不獲已,遂膺大寶。如臨深淵,如履薄冰。猶欲避位,以俟能者。若其遜讓,必復魚潰。非直身死名辱,亦負累幽顯。乃作賦曰:「日夜常思惟,循環亦已窮。[58] 終之或得離,離之必不終。」負扆臨朝,冕旒四海,昧旦乾乾,夕惕若厲。[59] 朽索御六馬,方此非譬。[60]

After the tyrant [lit. "the lone commoner"] was purged, and the common folk were able to revive and rest, I planned to return to my garden and grove, and set myself free in the wilds. But I was pressured by people's wishes from below and awed by the Mandate of Heaven from above. Unable to follow my personal desire, I accepted the Great Treasure. Feeling as if standing over a deep abyss or stepping onto thin ice, I still wanted to decline the throne and yield it to a competent man. However, had I stepped down, the situation would have deteriorated from the inside like a rotten fish. It would not only lead to my own demise and humiliation but also offend spirits and men alike. I composed these lines at the time: "Day and night I ponder it, / round and round the King's Way goes to the end. / If

---

58 筆者認為這裏的「循環」或指《史記・高祖本紀》「三王之道若循環,終而復始」。見〔漢〕司馬遷:《史記》,卷8,頁393。

59 此語出自《易經・乾卦・九三》:「君子終日乾乾,夕惕若厲,無咎。」見〔魏〕王弼注,〔晉〕韓康伯注,〔唐〕孔穎達疏,〔清〕阮元校刻:《周易注疏》,《重刊宋本十三經注疏附校勘記》,卷1,頁9。

60 據《梁書》,卷13,頁231記載:「天監元年,高祖受禪⋯⋯禮畢,高祖升輦,謂雲曰:『朕之今日,所謂懍乎若朽索之馭六馬。』雲對曰:『亦願陛下日慎一日。』」

I carry it through to the finish, I might be able to disentangle myself; / but if I disentangle myself now, I would certainly not be able to finish well." Sitting with my back against the screen, I preside over the court and rule the world within the four seas. Before the dawn breaks, I am already hard at work, and I maintain my vigilance as if in constant danger till nightfall. "Harnessing the six steeds with decayed reins"——even such a metaphor cannot quite capture the nature of how I feel about my task.

歸隱園林的渴望使人聯想到他年輕時對山水自然的嚮往，但他依然無法脫身，這一次卻並非因為忠於王事，而是因為他自己已經成為君王。這代表了對陶淵明〈歸園田居〉著名敘事模式的進一步改變——對於蕭衍來說，他已經走上了一條不歸之路。

蕭衍此處的分析與曹操（155－220）〈讓縣自明本志令〉不謀而合。曹操宣稱他甘願捨棄封地，但不願放棄軍政權，因為此舉必將造成曹氏家族的覆亡和國家的混亂。值得注意的是，在蕭衍筆下，作為吉兆跳入戰船的白魚，在他對放棄王權的生動想像中變成了從內裏潰腐的死魚。

不過，在蕭衍的敘述中，從剷除東昏侯到建國登基，當中有一處震耳欲聾的沉默，因為他對齊朝最後一位皇帝的命運隻字未提。這位皇帝是齊和帝蕭寶融（在位年：501－502），他被蕭穎冑、蕭衍立為皇帝，此後又被迫禪讓退位。據《南史》記載，蕭衍本打算將退位後的蕭寶融移徙到偏遠的郡縣，但當他諮詢兩位故舊與信任的參謀范雲（451－503）與沈約的時候，沈約據說引述了曹操「不可慕虛名而受實禍」一語，於是蕭衍決定處死蕭寶融。[61] 多年後，據說沈約於病中夢見齊和帝「劍斷其舌」，此夢引發了一系列事件，並間接導致了沈約的死亡。[62] 雖然我們無法判斷此事的真實程度，但它至少顯示殺害年幼的皇帝對當事人來說構成了沉重的良心負擔。

---

61 《南史》，卷5，頁160。

62 《南史》卷57，頁1413載沈約「召巫視之，巫言如夢。乃呼道士奏赤章於天，稱禪代之事，不由己出。」然而武帝聞此事後大怒，「中使譴責者數焉，約懼遂卒。」

雖然未曾明言，但內心的罪感很可能是下文武帝否認時論將之比為湯武的真正原因。湯、武分別是商、周王朝的創立者，以梁武比附湯、武本是好事，因此武帝的矢口否認乍看起來顯得頗為奇怪：[63]

> 世論者以朕方之湯武。然朕不得以比湯武，湯武亦不得以比朕。湯武是聖人，朕是凡人，此不得以比湯武。但湯武君臣義未絕，而有南巢、白旗之事。[64] 朕君臣義已絕，然後埽定獨夫，為天下除患。以是二途，故不得相比。
>
> Those discussing the affairs of the world compare Us to King Tang [founder of the Shang dynasty] and King Wu [founder of the Zhou]. But We should not be compared to King Tang and King Wu, and King Tang and King Wu should not be compared to Us. King Tang and King Wu were sages; We are an ordinary man. This is why We cannot be compared with King Tang and King Wu. Then again, the Nanchao and "white flag" incidents had occurred before King Tang and King Wu severed the ties of ruler-subject. In contrast, We exterminated the tyrant and rid the world of a menace after the ties of ruler-subject had already been severed. Therefore, the cases are different and not comparable.

文中提供了兩個「不得以比湯武」的原因。其一不過是謙虛之詞，其二才觸及到問題的實質：在起兵以前已與齊帝君臣義絕。蕭衍並未明說君臣義絕的原因，但大概是因為齊帝處決了他的兩位兄弟尤其是長兄蕭懿，並打算將蕭衍置於死地。這是蕭衍第二次在序文裏將齊帝稱為「獨夫」，引用了孟

---

63 參考《周易・革卦・象傳》常被引述的段落：「湯武革命，順乎天而應乎人。」見〔魏〕王弼注，〔晉〕韓康伯注，〔唐〕孔穎達疏：《周易注疏》，卷5，頁111。
64 商湯流放夏桀至南巢；商紂王被斬首後，頭顱懸於白旗。

子論周武王誅紂只誅「一夫」而未嘗弒君的觀點。[65] 很明顯，把東昏侯描繪為「末代暴君」在修辭上對蕭衍是有利的，因為他成功地把讀者的吸引力從蕭齊真正的末代君主──無辜受戮的少年蕭寶融身上轉移開去，並含蓄地強調誅東昏侯是君臣大義已絕之後的血親復仇行為，如此一來，他顯示自己甚至比湯武更好，而且確實是不可比的。

引人注目的是，從這一聲明開始，武帝的序文發生了戲劇化的轉折，從外部生活轉向內心生活，從政治自傳轉為精神自傳。但他先談到一個物質化的議題，也即食物：

> 朕布衣之時，唯知禮義，不知信向，烹宰眾生，以接賓客；隨物肉食，不識菜味。及至南面，富有天下，遠方珍羞貢獻相繼，海內異食莫不畢至，方丈滿前，百味盈俎，乃方食輟筯，對案流泣，恨不得以及溫凊，朝夕供養，何心獨甘此膳。因爾蔬食，不噉魚肉。雖自內行，不使外知。至於禮宴群臣，肴膳案常。菜食味習，體過黃羸。朝中班班，始有知者。謝朓、孔彥穎等屢勸解素，乃是忠至，未達朕心。
> 
> When We were still in a commoner's clothes, We only knew ritual propriety and the principle of righteousness (*liyi*), but did not know about [the Buddhist] faith. Thus I had living creatures slaughtered and cooked for my guests, and followed the world in eating meat, caring little for vegetables. After I took the throne, facing south and ruling over the world, rare delicacies from afar would be presented to me continuously, and all sorts of unusual foods within the four seas would arrive. A large feast would be set in front of me, with a hundred flavors filling the vessels. I would, however, put down my chopsticks just as I started eating, and wept in front of the dining table, for I regretted being unable to perform my filial

---

65 《孟子‧梁惠王下》：「聞誅一夫紂矣，未聞弒君也。」見〔漢〕趙岐注，〔宋〕孫奭疏，〔清〕阮元校刻：《孟子注疏》，《重刊宋本十三經注疏附校勘記》，卷2下，頁42。

duty for my parents, providing for them and waiting upon them from morning to dusk. How could I possibly enjoy the feast by myself? Thereupon I began a vegetarian diet and refused fish and meat. Still, I practiced vegetarianism privately and did not reveal it to the public. When I hosted banquets for my ministers, I would eat [meat] as usual. But as I grew accustomed to the vegetarian diet, my body was emaciated. It became evident to the court, and people began to find out. Xie Fei (441–506), Kong Yanying, and others frequently tried to talk me into giving it up. They were exceedingly loyal, but they failed to understand Our mind.

「唯知禮義」一句頗為醒人眼目。「禮義」是儒家學說的核心，但「唯」字卻凸顯了其局限與不足。武帝是說自己年輕時「不知信向」，殺生食肉，這與沈約懺悔的首項罪過完全一致。

不過，有意思的是，武帝茹素的原因並非像沈約那樣源自對佛教慈悲、果報概念的感悟，而將之歸因於自身的感受，具體來說，是他對父母的孝順之情，出於天性的情感流露。[66] 而且，他把茹素描述為一個逐漸的過程：最初只是一種私下的行為，不希望為外人所知，但是身體的外在狀態卻暴露了他的「內行」。

---

66 很多學者的研究都向我們展示茹素並不是佛教本身所有的實踐。柯嘉豪（John Kieschnick）指出印度僧侶「幾乎可以肯定是食肉的」，雖然對何種類型的肉以及獲得肉的方式有所限制。見Kieschnick, "Buddhist Vegetarianism in China," in *Of Tripod and Palate: Food, Politics and Religion in Traditional China*, ed. Roel Sterckx (New York: Palgrave-MacMillan, 2005), p. 187。在一篇題為 "The Meanings of Abstention: Vegetarianism, Filial Piety, and Ritual in Early Sixth Century China" 的未發表論文裏，楊德認為茹素是武帝有意選擇的策略，為了賦予漢地佛教一種特殊的身分，也是對一個本土儀式行為所作的激進的重新詮釋。兩位學者都談到梁武帝的茹素實踐，後者特別探討了蔬食與孝順的關係。關於此點，也可參看Keith Knapp（南愷時），*Selfless Offspring: Filial Children and Social Order in Medieval China* (Honolulu: University of Hawai'i Press, 2005), pp. 113–136。

在這段和下段文字中,「知」與「達」是關鍵。在這一生命階段裏,武帝的「知」還是不完全的:年輕時他只知道德原則而「不知」佛教教義;後來,他對父母的天倫之愛雖然可嘆可敬,卻和精神信仰有所不同。群臣的「知」也是非常有限的,他們直到看見皇帝消瘦的形體才知道皇帝茹素,但他們的觀察只限於外表,不能由此進達武帝內心。武帝希望得到天下人的理解,因此對他的生活作出了另一項重大的改變:

> 朕又自念有天下,本非宿志。杜恕有云:「刳心擲地,數片肉耳。所賴明達君子,亮其本心。」[67] 誰知我不貪天下?唯當行人所不能行者,令天下有以知我心。復斷房室,不與嬪侍同屋而處,四十餘年矣。[68]
> Furthermore, as We thought about it, it had never been my intention to be the lord of all under heaven. Du Shu once said, "Even if I cut my heart out and throw it on the ground, it is no more than a few slices of flesh. I could only rely on wise gentlemen to understand my heart." Who, however, could understand that I did not covet the throne? The only way for the world to know my heart is to practice what no one is capable of practicing. Thus, I have also given up the pleasure of the inner chamber. It has been more than forty years since I last shared a bedroom with any of my consorts.

---

[67] 此句出自杜恕(198–252)答宋權書:「然以年五十二不見廢棄者,頗亦遭明達君子亮其本心。若不見亮,使人刳心著地,正與數斤肉相似耳,何足有所明邪?故終不自解說。」「片」、「斤」形近,應有一誤。《三國志》裴松之注引,見〔晉〕陳壽著,〔南朝宋〕裴松之注:《三國志》(北京:中華書局,1959年),卷16,頁506;亦見〔清〕嚴可均:《全上古三代秦漢三國六朝文》,全魏文,卷42,頁1294。

[68] 《梁書》及《南史》稱武帝「五十外便斷房室」。見《梁書》,卷3,頁97;《南史》,卷7,頁223。成書於8世紀的《建康實錄》則稱武帝「年五十九,即斷房室」。但這些記載皆與序文所說的年數不能相合,不知何據(按武帝八十五歲去世,如果我們相信序文斷房室四十餘年的說法,則他顯然不可能五十開外甚至五十九歲才斷房室)。〔唐〕許嵩:《建康實錄》(上海:上海古籍出版社,1987年),卷17,頁485。筆者認為,在沒有可靠證據時還應以武帝序文為準,因為若有誇張,同時代人可以輕易識破。

武帝聲稱他戒絕房室的原因是為了向世人昭顯自己「不貪天下」。此理何在？在普通人的印象中，皇位等於無休無止的珍饈與美女，下文御醫的反應就很能說明一般人是如何看待皇位的。既然就連儒家經典也說「飲食男女，人之大欲存焉」、「食色性也」，[69] 那麼，能在最誘人的環境中茹素與戒慾，顯示了武帝可以擺脫人類天性中最普遍的慾求，這證明了他確實是一個非凡的人，對皇帝的寶座也自然可以沒有貪心。

武帝接下來藉一個關於御醫的幽默故事以說明世人對自己的誤解：

> 於時四體小惡，問上省師劉澄之姚菩提疾候所以。劉澄之云：「澄之知是飲食過所致。」答劉澄之云：「我是布衣，甘肥恣口。」劉澄之云：「官昔日食，那得及今日食！」姚菩提含笑搖頭云：「唯菩提知官房室過多，所以致爾。」於時久不食魚肉，亦斷房室。以其智非和緩，術無扁華，默然不言，不復詰問，[70] 猶令為治。劉澄之處酒，姚菩提處丸，服之，病逾增甚。以其無所知，故不復服。因爾有疾，常自為方。不服醫藥，亦四十餘年矣。

> I once suffered from an illness and summoned the imperial doctors Liu Chengzhi and Yao Puti. Liu Chengzhi said, "I believe that the symptoms are caused by excessive eating." I replied, "Even when I was a commoner, I had always eaten well and to my heart's content." Liu Chengzhi said, "How could Your Majesty's former diet be compared with today!" Yao Puti shook his head with a smile: "Only I know the true cause: the symptoms are due to excessive sex." At the time, I had stopped eating fish and meat or sharing a bed with my consorts for a long time. Since they were clearly no He and Huan, nor did they have the skills of a Bian Que or a Hua Tuo, I fell silent and refrained from asking them further questions. Still, I told

---

69　〔唐〕孔穎達疏：《禮記註疏》，卷22，頁431；〔漢〕趙岐注，〔宋〕孫奭疏：《孟子註疏》，卷11上，頁193。

70　「和」、「緩」、「扁」（扁鵲）、「華」（華佗）都是古代的著名醫師。

them to prescribe medicine for me. Liu Chengzhi prescribed medicinal wine, and Yao Puti, pills. After taking them, my symptoms grew worse. Since the physicians were clueless, I no longer took their prescriptions. From then on, whenever I was ill, I would treat it myself. I have not taken any medicines prescribed by a doctor for over forty years.

皇帝與御醫的對話，皆以生動的半口語化形式一一記錄下來，醫師們的無知與無能和他們的自信自大，以及彼此間的競爭關係形成了具有喜劇性的對比。

至此，序文中一系列的自我披露，終於迎來了令人矚目的高潮：

> 本非精進。[71] 既不食眾生，無復殺害障。既不御內，無復欲惡障。除此二障，意識稍明。內外經書，讀便解悟。[72] 從是已來，始知歸向。《禮》云：「人生而靜，天之性也。感物而動。性之欲也。」有動則心垢。有靜則心淨。外動既止。內心亦明。始自覺悟。患累無所由生也。乃作淨業賦云爾。

I had not been a person of vīrya. However, since I stopped eating sentient creatures, I no longer have the hindrance of killing and harming. Since I stopped having sexual intercourse, I no longer have the hindrance of desire and dislike. **After eliminating these two hindrances, my consciousness gradually became illuminated. Be it a work of inner or outer canon, I would no sooner start reading than I would grasp its meaning. Only from this point on did I find the Buddhist faith.** The *Record of Rites* says, "One is born to be tranquil, which is one's heaven-endowed nature. When one is stirred by things and becomes active, that is desire at work." With action, one's heart becomes tainted; with tranquility, one's heart is

---

[71] 「精進」為佛教語，意指積極不懈地修行善法、追求覺悟。

[72] 「內」經指佛教典籍，「外」經指非佛教典籍。本段引文及英文翻譯中的粗體為筆者所加。

purified. When actions on the outside cease, the mind within is clear; henceforth one will naturally be enlightened, and no worry or concern can arise. Thereupon I compose the rhapsody on "Purifying Karma."

與一般認為武帝因皈依佛教而決定蔬食、戒慾的想法相反,是身體習慣的改變導致精神的轉變。蔬食與禁慾使他獲得更明淨的意識,這幫助他理解經文的涵義,終於使他最終皈依佛教。

對武帝來說,登上皇位是一個重要的轉捩點,但不是因為這完全改變了他的生活,而是因為這是他精神開悟的契機。蕭衍沒有讓皇帝的角色吞噬自己,而是把皇帝一角包含進了他鍛鍊鑄造出來的自我身分之中,他做到此點的方式是向世人展示:皇位實際上幫助他成為了一個更好的人。雖然他再也不可能回歸到年青時期所嚮往的山水自然,但他在賦文中做出令人矚目的宣言:「藏神器而存躬。」換句話說,他拒絕讓皇位定義自我;皇位只是他的藏身之所,但「自我」與「皇位」是分離的。在賦文的結尾,他重申精神修煉超越了帝王功業:「豈伏強而稱勇?乃道勝而為雄。」這的確是一個不同凡響的故事。

梁武帝的序文是本文所分析的自傳書寫中最晚寫成而且也是最複雜的。成為皇帝是他找到佛教信仰的催化劑,從此,他在實際生活中和在精神上,都踏上了一條「無退轉」之路,發誓「修聖行其不已」——「聖行」是佛教語,意謂依照佛家的戒、定、慧修持成為菩薩。雖然在序文開始,他使用了「遠離自然、失去天真」的熟悉公式,但是序文結束在一個和陶淵明大相逕庭的地方。佛教成為自然與社會性的反自然過程以外的第三途。

# 四 結語

本文考察了4世紀中葉至6世紀中葉自傳書寫中出現的一個新成分:「轉變」敘事。這些作品出現在佛教盛行中國社會並對文化精英產生重大影響之時,當非偶然。本文分析的作者中,都與佛教有著直接或間接的關係。其中

支遁是最早闡述「頓悟」義的漢地高僧之一，這一概念後來被竺道生（355－434）進一步發展。支遁的論述被稱為「小頓悟」，他並不否認修練必須經歷各個階段（bhūmis），但認為存在著一個關鍵的轉折點。[73] 在這樣的思想背景下，我們可以更好地了解這些作品中，作者的自我再現為何——以及如何——經歷了從存在模式到變化模式的轉變；在這種以變化模式為主體的敘事裏，有一個轉捩點，為自傳敘事賦予了連貫性與結構。當然，這並不是說，後一種模式就此完全取代了前一種模式，而是說，後者為不斷增長變化的早期中古自傳寫作添加了一種新的可能。

---

[73] 參見Peter N. Gregory, ed., *Sudden and Gradual: Approaches to Enlightenment in Chinese Thought* (Honolulu: University of Hawai'i Press, 1987).

# 明清時期中國的神人與人神社會性[*]

高萬桑
（Vincent Goossaert）
法國高等研究實踐學院
（École Pratique des Hautes Études）

　　明清時期和現代中國的社會與文化生活，跟一群似乎無窮無盡的靈體、神祇，以及其他神聖實體之間有著強烈的互動──我在本文使用「神靈」（god）來涵蓋所有這些實體，儘管它們從本體論而言地位各不相同。有關中國神靈的研究偏重其信仰（cult），即不同群體根據他們自身的需求、價值觀和偏好，來創造或形塑一位神人（divine persona，比如小說或遊戲中的角色或人物）的不同方式。[1] 然而，神靈實體並非完全可塑，並非如浮動的符號在等待人們填入任何實質內容，而是帶著固有的特徵和制約顯現──那些特徵和制約本身為歷史所形塑，但一旦被創建出來就不容忽視。對於神靈的主位（emic）論述（無論是口頭、書面、視覺還是表演的）賦予它們相當程

---

[*] 李嘉浩譯。
[1] 近期有關中國神靈的主要研究包括：Yü Chün-fang（于君方），*Kuan-yin: the Chinese Transformation of Avalokiteśvara* (New York: Columbia University Press, 2001)；Meir Shahar, *Oedipal God: The Chinese Nezha and his Indian Origins* (Honolulu: University of Hawai'i Press, 2015)；Barend J. ter Haar（田海），*Guan Yu: the Religious Afterlife of a Failed Hero* (Oxford: Oxford University Press, 2017)；以及 Susan Naquin（韓書瑞），*Gods of Mount Tai: Familiarity and the Material Culture of North China, 1000–2000* (Leiden: Brill, 2022)。

度的能動性以及獨特個性,而僅僅把它們當作人類話語的代替並非從歷史學與人類學上理解這些資料的唯一方式。因此,研究神靈及其與人類互動的一個富有成果的方法是把它們當作人,即具有獨特身分、歷史與價值觀的實體,有能力作為一個主體,出於自己的意志和選擇來行動(即被人類察覺和理解之下行動)。從這個角度來看,神格(persona of gods)(即透過它們的言行,以及它們與他人的關係,來公之於眾的獨特個性)並非(完全)由人類賦予它們,而是從它們自身動態中發展出來。類似於人類,神靈透過與其他神靈、其他人產生關係,以及被這種關係賦予特徵,讓神人得以發展以及將自身主體化。

　　本文是一個非常初步的嘗試,旨在從一個關係架構中,即關注它們的神格以及它們獨特行事的能力如何從社會關係中發展起來,藉此探討中國神靈作為具有能動性的主體這個觀點。我將首先介紹構成本計劃素材的各種神靈集聚(assemblage),然後討論我們可以如何思考人神之間以及神靈之間的社會關係。本文第二部分在一篇已發表之論文的基礎上提出一個案例研究,利用社會網絡分析(social network analysis, SNA)將幾個乩壇神靈的社會關係視覺化。

　　社會網絡分析理論很容易考慮到非人類以及人類行動者(actant),因此,將中國神靈視為行動者是相當自然的,儘管很少有這樣做。然而我的計劃與那些受到行動者網絡理論(actor–network theory)影響的研究有明顯不同,後者目的在於引起人們關注非人類,非主體的行動者(機構、物體)。[2]相較之下,我特別關注的是神靈實體加入社會網絡時將自身主體化的過程(這是我不稱其為普通的行動者的原因)。事實上,在我們將要在此探討的案例研究之中,人類與非人類實體之間的界限仍有討論空間,明清時期文人應對的神靈大多是(雖然不只限是)死人,他們在顯靈之中保持自己的身分與人格。網絡中的活人在一些情況下認識他們(例如剛剛離世且被神化的師

---

[2] 應用於中國宗教的例子參看Adam Yuet Chau, "Actants Amassing (AA)," in *Sociality: New Directions*, ed. Nicholas J. Long and Henrietta L. Moore (Oxford: Berghahn Books, 2012), pp. 133–155。

長與同仁），在另一些情況下則透過多種方式觸及他們的存在。此外，乩壇的弟子會參與到自我神化的過程，並經常自視為未來的神。[3] 對於他們而言，以主位（etic）術語來講，神靈並非與他們不同的存在類型，他們主要的差異在於暫時性，因為神靈能夠在多個世紀中一直存在。因此，我們可以運用社會網絡分析來探討人類和神靈如何建構社會網絡，使其能將自身主體化（確認他們的價值觀、身分和個性，傳播他們的文字與思想），但必須注意，與通常社會關係網絡只處理歷史上的活人不同，當神靈參與其中時，歷時分析就會變得很不同。

## 一　神靈的集聚

中國的神靈偶爾會單獨顯現。然而我們經常遇到的是各種群體、各種集聚。本文將探討集聚中的神靈，以及與其他神靈共現的這一事實如何作為理解任何神靈的關鍵。這裏的集聚是指人類群體在特定情境，透過儀式將不同神靈集結在一起的有目的行為，這種情境可以是短暫的或是持久的。我們也可以使用萬神殿（pantheon）或神譜（pantheon）這一類術語，前提是要記住這裏的萬神殿或神譜並非指一個固定的、具權威性的結構，而是一個網絡有著不同神格與職責的神靈與在世的人們合作，共同參與拯救人類的神聖工作。「集聚」這個詞的好處在於讓人注意到神靈結構的情境與短暫性。萬神殿也帶有等級森嚴的涵義，這一原則在中國的神靈世界中當然有起作用，但卻是以一種靈活的方式，因為神靈會經歷長久的晉級（又或者，當然也有降級）。

我們不應假定人類在某一種集聚中選出特定一系列神靈的原因，也不應預先決定其結構或信仰歸屬（「佛教」、「道教」、「儒教」、「民間」、「教派」……）。相反，我們只需注意到這種共現的事實，並假設這種共現被理

---

[3]　關於扶乩，參看 Vincent Goossaert, *Making the Gods Speak: The Ritual Production of Revelation in Chinese Religious History* (Cambridge, MA: Harvard University Asia Center, 2022)。

解為一種社會關係，具有長時段、跨越情境和類型的持久影響。換言之，透過將神靈以儀式的方式聚在一起，人類為神靈提供一個空間來讓他們肯定自身作為主體，表現自己的神格，相互交流並創建社會紐帶；此外，這些紐帶並不會隨著儀式活動告終而消失。因此，我建議透過各種集聚所創建和培養的社會紐帶，來探索這些神靈主體的神格發展。

這明顯是一個很有追求且相當廣大的計劃，在此我只能提供一個概覽，並附帶一個案例研究。不過，在我開始進行案例研究之前，我想先提一下我正研究的一些最為普遍的集聚類型。

## （一）圖像集（更常被稱為「繪製（或印刷）的萬神殿」）

接觸過明清時期宗教的學者都知道，印刷品和手抄本、藝術藏品、廟宇，以及臨時儀式場所都在各種媒介上用成群神靈作大量裝飾：在儀式場合中使用的一幅或多幅畫卷；宮廟壁畫；經書卷首印刷的插畫等。其中一些是為了配合儀式中的請神，[4] 例如被稱為「水陸畫」的這一類型，其名源於佛教普度一切孤魂的大型儀式。很多圖像具有非常清晰的等級結構——一種共享的視覺原理——但也有相當大的變化。當然，運用這些視覺上的集聚需要識別每位神靈，這往往相當棘手或完全不可能。儘管如此，這些圖像對於神靈的社會性（sociality）至關重要。

---

[4] 關於卷首插圖，參看Maggie C. K. Wan, "Named Figures in Frontispieces of Buddhist and Daoist Scriptures," *Journal of Daoist Studies* 13 (2020): pp. 77–105。

圖1　18世紀晚期蘇州地區的地方神像畫[5]

## （二）宮廟中的神像

　　華人世界幾乎所有的宮廟都供奉著幾位神靈，從幾位到幾百位不等。儘管宮廟內請來、供奉和安置的神靈，其物質載體（無論是雕像、畫像還是牌位）都打算要長存，但神靈的名單在持續變化，主要是新增，但偶爾也會刪

---

5　圖像見游子安、游學華編：《書齋與道場：道教文物》（香港：香港中文大學道教文化研究中心，2008年），IV.18。

減。雕像跟畫像和牌位不同，因為它們呈現為軀體（其中有些是軟身的，可以像人一樣穿衣、梳洗等），更容易受到人格化的影響。一般遊客可能會覺得這種集聚很隨意，或者至少認為會開放予任何有意者加入其他神像，但田野調查和偶爾的歷史記載告訴我們，情況往往並非如此。在宮廟中增添神像，也就是邀請新的神靈加入現有的神靈社交圈，需要得到宮廟管理者和社區（通常也包括其他神靈）的批准與協商。據我所知，無論何時宮廟所有（這裏的所有是必要的）神靈的發表名單都相當稀少，但印刷資料和田野調查都有可能讓我們編制出很多這樣的名單。

圖2　2010年蘇州附近一座當地宮廟中的神龕[6]

## （三）神聖傳記

有關明清時期各種類型（小說、寶卷、戲劇等）的神聖傳記中神靈與神化聖人的研究相當豐富，但多側重於個別大神而非群體動態。不過，大多數神聖傳記的敘事，即使是集中於某位特定的神靈上，也會展現出不同神靈之間的關係。也有一些神聖傳記集為已知的神靈小組（列入八仙）提供故事，通常還有圖像，這些集體傳記需要與視覺和儀式材料相互印證。當中可以說

---

6　圖像為作者所攝，2010年。

最早的插圖本神聖傳記集（有別於仙傳）是一部時間不詳的元代版本，題為《新編連相搜神廣記》，由一署名為秦子晉的人編纂。[7]

## （四）儀式中獲邀加入的一系列神靈

在華人世界以及其他地方，儀式的基本結構包括：一、邀請一位或通常是一系列神靈；二、禮敬祂們；三、恭送祂們。這些神靈名單清楚地呈現於科儀本上，儘管需要一些文本工夫來提取祂們。明清時期這類名單中最普遍的一部分為懺文。懺文包含唸誦一段列舉罪過並表示懺悔的文字，期間穿插著向一系列神靈（有時很長）鞠躬來請求祂們的寬恕。這些懺文在明清時期通常是透過扶乩來顯現。

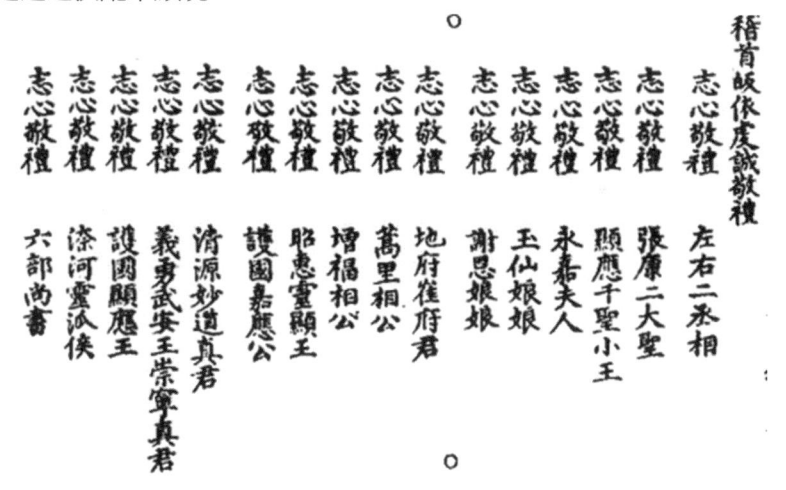

圖3　《東嶽大生寶懺》節錄。這是元代（最晚為明初）的懺文，與《搜神廣記》有密切關係。[8]

---

7　中國國家圖書館保存的這一版本沒有標明日期，但所有研究過它的學者都繫之於元代，後來的增補版本有時也會提到元代版本，參見王秋桂、李豐楙主編：《中國民間信仰資料彙編》第1輯（臺北：臺灣學生書局，1989年），頁1-3的提要式評論。

8　《東嶽大生寶懺》（DZ 541），收入〔明〕張宇初、邵以正、張國祥編纂：《正統道藏》（臺北：新文豐出版公司，1985年，上海涵芬樓影印本），第16冊，頁14a–b。

## (五) 乩壇

明清以來的乩壇通常只有一位或幾位主神，但可與很多其他神靈交流。乩壇刊刻的文獻資料給我們提供非常豐富的人神或神靈之間的對話。這會在下文的案例研究中作進一步討論。

圖4　《勸世歸真》書影（所有序文作於1886年），收錄了75位神靈對一個乩壇降下的啟示，該壇位於北京以南約40公里外的一個鎮上[9]

## (六) 齋戒曆

明清時期宗教文獻中提供大量有關齋戒曆的例子，通常稱之為「齋期」或「戒期」。這種行事曆不同於同樣普遍、指示諸事宜忌的行事曆，後者見於從古到今廣泛流傳於中國社會的曆書當中。這兩種行事曆有不同的內容和編制：齋戒曆列出神靈、佛陀以及其他實體與人類更加密切接觸的時刻，這

---

9　《勸世歸真》（北京：京都永盛齋，1889年），卷1，頁11b–12a。

些時刻需要額外的清規；而曆書則基於卜算。兩者具有不同的用途，但絕不會互斥；它們有時還會並列。例如，《玉匣記》是道士用來擇取合適日期的一系列文本，從明代至今流傳著大量不同版本（最早的版本見於1607年《萬曆續道藏》）——其先後呈現出以上兩種類型。

一個重要且相對早期的例子是《同善錄》（編纂於1718年），該書提供了一個一般的齋期（名為「正心致福齋期」），隨後又提供了一個專門用於禁慾的戒期（名為「修身立命戒期」）。[10] 這兩種行事曆有一些共同的日期，但前者有更多神靈誕辰，而後者則有更多神靈會見或視察人類的日子。一般的行事曆包含大量的神靈誕期和其他齋戒節日。[11] 它並不提供一個每人都要統一

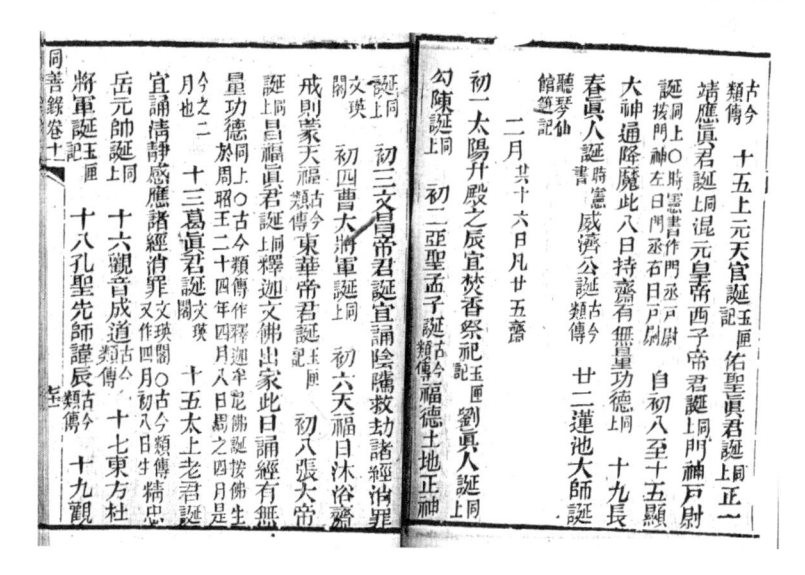

圖5　《同善錄》的神靈誕期節錄[12]

---

10 〔清〕徐起霖、〔清〕李承福輯：《同善錄》（出版地不詳，1718年），卷10，頁67a–81a。
11 在某些情況下，它們不叫做「齋期」或「戒期」，而是叫做神靈的「寶誕日期」，儘管它們的內容基本上相同：參看《聖經彙纂》（法國國家圖書館藏1806年版本），「聖神寶誕日期」，瀏覽日期：2022年11月12日。網址：https://gallica.bnf.fr/ark:/12148/btv1b9006545g.r=sheng%20jing%20hui%20zuan?rk=21459，卷25，頁46a–54a。
12 〔清〕徐起霖撰，〔清〕李承福輯：《同善錄》，卷10，頁70b–71a。

遵行的綜合行事曆，而是提供一系列可能的齋期，每個人都可以從中任意選擇：《同善錄》有清楚說明每個人都可以選擇自己的齋期。[13] 這一系列結合了佛教和道教的神靈與節日，以及地方信仰。

《同善錄》列出162個齋期，合共233次不同的齋戒——如果兩位神靈的誕期相同，則幾次不同的齋戒會放在同一天進行。[14] 它列出每次齋戒的來源，這些來源包含早期宗教行事曆，以及提供神靈誕期等資訊的神聖傳記簡編。在此我們選定一些被認為特別重要的神靈，並依照時間而非空間位置，將其組成一個集聚。每部流傳的行事曆都是獨特的，但它們都有共同的結構與一眾神靈。正如各種各樣的繪製萬神殿、神像組、神聖傳記集等，它們代表古代中國宗教多樣創新的沉澱結果。

顯然，上文簡要介紹的集聚類型並非獨立的：例如可以根據科儀本以及當中的神靈名單來生成繪製水陸畫。不過，它們是召集不同神靈的不同媒介與方式，並以一種大致短暫的方式使其共現。

## 二　人神之間及神靈之間的關係描述

宗教研究往往將信奉視為一人與一神之間的單向關係。然而這些關係往往嵌入不同神靈與不同人類的集聚所特有的情境中。我所採用的關係研究法需要我們將人類與神靈平等對待，從而瞭解他們如何在彼此關係之中行事。神靈並非空洞的行動者（像死物那樣），而是有自己的目標、偏好與價值觀，或至少參與主體化過程，自我表達並試圖闡明這些目標、偏好與價值觀。因此，關係是雙向的：人類跟神靈打交道，就像神靈跟人類和其他神靈打交道那樣。同樣地，神靈也會以相應的方式跟其他神靈打交道。

神靈之間的關係，就像人類之間的關係一樣，具有官僚和家庭方面的等級制度，也具有各種情感（愛、感激、陪伴、敬畏、恐懼）、師徒紐帶，以

---

13　〔清〕徐起霖撰，〔清〕李承福輯：《同善錄》，卷10，頁70a。
14　〔清〕徐起霖撰，〔清〕李承福輯：《同善錄》，卷10，頁67a–81a。

及集體事業上的合作。很多研究文獻的用語為神靈之間的競爭。這種用語固然有助於理解，推崇不同神靈的人類個體與群體之間的空間與資源競爭，但它未能涵蓋所有明清時期人類與神靈組成之社會的所有方面，亦不能真實反映神靈之間的關係全貌。

然而神靈與人類之間是不對稱的：從人類的角度來看，只有人類才能為人類與神靈創建互動條件。神靈需要人類為其創建神靈之間互動（以一種人類可知的方式）的條件——而人類之間的互動並不需要神靈。因此，我區分了人類與神靈之間，以及神靈彼此之間的關係。

人類與神靈之間的關係可以從信奉模式（人類對神靈）和顯現模式（神靈對人類）來分析。信奉模式是指一個（或幾個）人類與一位（或幾位）神靈創建和鞏固關係的方式。一些例子包括但不限於：在宮廟或在家中的神壇上製作與供奉神像；唸誦該神靈的經文和咒語；遵守該神靈的齋戒；以及進行口頭和書面的禱告。大多數人神關係都包括以上大部分或全部的內容，但神靈表露其神格的方式之一是對特定的模式作出回應或要求。不同的神靈會創建不同的紐帶。它們還會透過組合不同顯現模式來作出不同的回應，包括夢、透過靈媒發言、扶乩、化身肉體以及短暫顯靈。正是在這些顯現模式中，神靈主體化得以進行，神格得以表現。

關注神靈主體化的關係過程需要我們注意兩套工具：其一，為主體化開闢空間的儀式手段；以及其二，在這空間中創建出來的，神靈主體化表達的記錄模式。換言之，如何讓神靈彼此之間以及與人類之間創建關係，以及如何讓這些紐帶為人所知並能夠持久。

## （一）為主體化開闢空間的儀式手段

我在此提出一系列並不詳盡的儀式手段，這些手段實現了人神社會性，即神靈與人類之間的關係（包括神靈之間）。顯然，部分手段主要屬於菁英社會並需要經受訓練的儀式專家，而其他則更常施行。我在此處的目標並非討論鄉村社會相比菁英之間的差異。

## 1　靈媒

神靈附體無疑是明清時期與現代中國社會中最普遍的、讓神靈自我表達與產生互動的方式——這種情況很早以前就有。很多華人可能透過感受（聽覺、視覺、嗅覺）神靈附於靈媒身上來理解每位神靈的獨特之處。大多數附體事件一次只涉及到一位神靈（儘管很多靈媒可被多位神靈附體，從而與祂們形成一個社群），但被不同神靈附體的幾個靈媒一起出現並互動的情況也會發生。神靈會透過自己的例行行為（其神格的表演）讓自己立刻可被辨識出來：聲音、某個舉動和姿勢或者表情、特定的飲食行為等。

## 2　扶乩

這是一種受控的附體形式，重點在於書寫而非說話或動作——但兩者之間完全不相排斥。透過扶乩來自我表達的神靈通常先會表明身分，並提醒受眾自己的特定歷史與性格特徵：這些不是資訊（受眾對此瞭如指掌），而是神靈一方例行的自我表演。就像附體那樣，這種神格表演的效果自然是累積的：一個人看得越多，就越精通那位神靈。[15]

## 3　戲劇

神靈在舞臺上的表演也極為普遍，是華人認識神靈（祂們長甚麼樣、如何移動、說話與行事）、對祂們有何期待，以及如何跟祂們創建紐帶，這些經驗的主要來源。在明清時期，戲劇基本上是在廟會期間演出，其時神靈會在人類面前顯現，戲劇是為它們而演，這再度加強了人神社會性。扮演神靈的演員通常會經歷附體儀式：他們成為神靈。[16] 我們還應注意戲劇的驅邪功能讓人們會邀請演員到其家中，幫忙處理疾病或邪祟的狀況：人們可以透過

---

[15] Naquin, *Gods of Mount Tai*. 書中將精通性（familiarity）這一概念發揮得淋漓盡致。

[16] Piet Van der Loon, "Les origines rituelles du théâtre chinois," *Journal Asiatique* 265.1–2 (1977): pp. 141–168; ter Haar, *Guan Yu*, pp. 129–139.

邀請演員而把神靈請到家中。[17]

## 4 夢

　　夢是體驗與神靈互動的一種極為普遍的方式，通常也是關於祂們以及冥界，天界的知識來源。雖然很多夢被描述為，或可能被感覺到，是神靈未經請求、完全出於主動及其自身作用下產生的；但在集體儀式中，當神靈在身邊時，也會體驗到夢；此外還有發展完善的、透過儀式產生的夢，例如在一間「祈夢宮廟」內祈夢。[18] 夢帶來的強烈感體驗讓神靈能夠以極為具體和獨特的方式作自我表達。作為夢的延伸，個人或集體的神靈**顯靈**，例如在進香途中，也可能是透過集體祈禱和唸誦儀式產生的，這些顯靈讓一群人類與多位神靈創建紐帶。

　　跟目睹附體或戲劇，在明清時期社會相當普遍的體驗相比，**存、觀**是只有少數虔誠的修行者才會參與的高級通靈技術，但它值得一提，因為它在整個中國歷史上產生了一部分有關人神社會性與密切關係的、最詳細而迷人的紀錄，例如在東晉時期上清派裏的啟示。[19]

## （二）神靈主體化表達的記錄模式

　　所有透過上述儀式手段產生的、人類與神靈之間的社會互動事件，都改變了參與其中的人類（以及神靈）的生活世界，但並非所有這些事件都有書面紀錄或田野筆記，來讓我們瞭解它們。要探索這些社會事件，我們需要紀錄。部分最普遍的紀錄是扶乩紀錄。由於這種透過儀式來產生顯靈的特定模

---

17　Vincent Goossaert, "Ritual Techniques for Creating a Divine Persona in Late Imperial China: The Case of Daoist Law Enforcer Lord Wang," *Journal of Chinese Religions* 50.1 (2022): pp. 45–76，文中提及幾個案例。

18　楊琴（Yang Qin），著作出版中。

19　詳參Robert Ford Campany, *The Chinese Dreamscape, 300 BCE–800 CE* (Cambridge, MA: Harvard University Asia Center, 2020)。

式會密切關係到,神靈透過宣揚道德改革與救贖旨意來幫助人類的願望,因而扶乩團體經常將他們跟神靈之間的對話內容印刷出來(或者如今發布到網上)。

記錄人神社會性的另一個重要媒介是**筆記**與**靈驗記**(其中很多收錄於善書之中),它們記錄了附體、夢、其他神靈與人類互動方式的事件。明清時期大量靈驗記文獻仍有待系統地分析──哪些神靈與其他神靈及人類互動、以哪種模式互動等。筆記與靈驗記中的很多事件最初以口傳故事的形式流傳,並未記錄下來。田海在其關帝研究中聚焦於關帝及其神跡的口頭傳說,視之為關帝身分的基礎,並認為書面紀錄是這更廣大的傳說之中相當片面與偏頗的一部分。[20] 小說與其他長篇敘事是敘述神靈之間複雜社會互動的一種更詳盡的文體。梅林寶(Mark Meulenbeld)已經指出,很多小說都是在解釋儀式之中神靈之間的關係:他將《封神演義》等小說視為普遍道教科儀的注解(paraliturgical commentaries)。[21] 事實上,敘事中同臺演出的一系列神靈可與儀式、戲劇之中的一系列神靈相比較:這是為同一神靈社群中的社會互動設置場景的不同手段。因此,梅林寶認為這些敘事並非虛構(作者的想像),而是對人神社會性事件的紀錄。即使某位作者創建新的神靈或新的關係,這些也會透過閱讀、講述故事、舞臺表演等方式重現,成為人神社會性之共同經驗的一部分。[22] 我想補充的是,神靈之間的這些社會關係會隨著祂們的神人發展得更加複雜而演變,這反映在同一故事傳統(如《封神演義》、《西遊記》等)如何隨著時間推移產生很多不同的版本。神靈本身也會啟示敘事,包括直到晚清與民國時期,以小說文體來啟示。

最後,**圖像**(雕像、繪畫)可被視為與神靈互動之經驗的固定形式:有些圖像被明確描述為依據神靈的顯靈塑造而成。神靈往往對於自己的視覺表現形式相當敏感,有時會透過扶乩來啟示自己的自畫像。反過來,圖像也可

---

[20] ter Haar, *Guan Yu*, pp. 253–254.

[21] Meulenbeld, *Demonic Warfare: Daoism, Territorial Networks, and the History of a Ming Novel* (Honolulu: University of Hawai'i Press, 2015).

[22] 見Meulenbeld, *Demonic Warfare*。

以獲得能動性，並與人類或者彼此之間互動。[23] 這種情況尤體現在那些灌注了生命力的、軀體發展完善的軟身雕像。圖像具有雙重性質，它們記錄與神靈之間的互動，並且促進這種互動。不過，我更傾向於一種研究神靈圖像的方法，其不可忽略神靈與人類互動的其他方式：例如韓書瑞近來對泰山娘娘（別名碧霞元君）的出色研究中，從物質文化與精通性角度論證，聲稱圖像是一般華人瞭解泰山娘娘的主要媒介，但這可能會低估了靈媒、演員和說書人的身體活動力。[24] 因此，其關於晚清時期泰山娘娘神格被淡化（因為形象愈趨統一）的論點需要從圖像以外的材料中進一步證實。

在人神社會性以及主體化過程中，圖像所扮演的角色會衍生出一個問題，即一位特定神靈的多個物質實例。我們知道在中國和其他地方，神像可以有各自的存在：這個地方的神靈 A 跟那個地方的神靈 A 不能完全互換。此外，不同的形象反映了神人的不同面向。或許研究最為透徹的例子為觀音：觀音各有不同，有些有地方特徵，有些有不同的形象，就像天主教傳統中有很多聖母瑪利亞一樣。[25] 但我不認為祂們有不同神格。祂們透過不同儀式手段來表達自己，但祂們都共享著同一個發展完善的觀音神格。

## 三 案例研究：乩壇上的神靈

如上所述，扶乩紀錄構成最詳細與最現成的資料來源之一，用於研究人神社會性以及主體化過程。由於這些紀錄涉及特定語境中（地點、時間）誰跟誰之間的互動，因此適合用社會網絡分析工具來對它們作正式分析。在本節中，我將更詳細地總括我在另一篇發表過的這項分析，並提供幾個視覺化圖表。[26]

---

23 有一個遍及亞洲的調查，參看 Laurel Kendall, *Mediums and Magical Things: Statues, Paintings, and Masks in Asian Places* (Berkeley, CA: University of California Press, 2021)。

24 Naquin, *Gods of Mount Tai*.

25 Yü Chün-fang, *Kuan-yin*.

26 Vincent Goossaert, "The Social Networks of Gods in Late Imperial Spirit-Writing Altars," *Religions* 14.2 (2023). 瀏覽日期：2023年2月4日，網址：https://doi.org/10.3390/rel14020217。

明清時期的乩壇（或鸞堂），神靈獲邀附體在一或兩名乩壇弟子的手上，或他們持有的書寫工具上；乩壇弟子向神靈提問，後者也會自發提供指示，書寫詩歌、論文，有時是完整的經文。當中很多都已公開予公眾存取。[27]

明清時期乩壇出版的大量文獻中，有些書籍以一位特定神靈的宣言組成，但其他則匯集了多位神靈的啟示，這些神靈都在同一乩壇顯現過。我們無法確定這個現象——一個乩壇接收多位神靈的啟示——是否為明清時期扶乩實踐的常態（這在當代相當普遍），但它肯定並不罕見。我正是利用這類文本來繪製神靈社會網絡圖，因為它們可讓我們看到，不同乩壇上有哪些神靈在來往。

我要即刻補充的是，明清時期扶乩紀錄提供了相當具體的情境之中，人神社會網絡的視角，而在其他情境下（集體儀式、神聖傳記等），我們會看到其他在此處缺席或被邊緣化的神靈卻佔據了中心位置，也出現了其他類型的聯繫；甚至在早期扶乩活動中至關重要的神靈（例如真武大帝）在我的資料庫中幾乎沒出現過。因此，本節討論的只是創建人神社會性的地方之一，此處一些神靈會比其他地方更加活躍。

整個研究進程基於我堅持認為，乩壇弟子——定義為受過一定教育，大多數為男性，但某些情況為女性的人們——他們透過閱讀、參與儀式、觀看戲劇或閱讀故事，而對神靈有一定程度的瞭解，因而參與到大眾神學的共同論述之中。那些乩文顯示，乩壇弟子並非簡單地編造神靈的名字，並讓神靈說出他們想聽的任何說話；總體而言，任何特定神靈扶乩而成的論述——神靈經常會談論祂們自己——基本上是一致的，不僅在同一部乩文集如此，在不同乩壇之間也是如此。換言之，神人是相當穩定的，並不完全依賴於讓其發言的人類。

在乩壇情境之中，人類與神靈的關係通常是個人的和密切的：神靈接收活人為弟子，並對他們作出個別指導、鼓勵和譴責，有時還會使用情緒激動的語言。此外，很多活躍於乩壇的神靈都表現出獨特的神格：它們的寫作風

---

[27] 這些文獻收錄在CRTA開放式資料庫，此資料庫還可追蹤特定神靈的乩文。CRTA開放式資料庫，瀏覽日期：2023年2月4日，網址：https://crta.info/wiki/Main_Page。

格、討論的話題類型、與人類互動的方式都很特別。要瞭解這些獨特神人的創建與維持過程，需要進行深入的案例研究——我在另一篇文章論及王靈官，一位護持天律的威猛雷神，就曾嘗試過這樣的研究。[28] 我想在此點出的是，每位神靈的神人，都跟祂們在各種神靈網絡中所處的位置相關。在扶乩期間，神靈會依次顯現，有時過程中會討論祂們跟其他神靈的關係，並且會互相提及。

神靈確實有密切的社交生活，它們在乩壇上的介入充分顯示了這點。這些關係的類型各不相同，包括等級——很多神靈為上級神靈的下屬，並按照上級的命令行事——但也有平等關係（有很多神靈群體成員共同啟示、一起行事的例子，例如八仙，或者各種神將群體）。祂們之間的紐帶透過語言交流和其他方式來培養：在很多乩壇上，共享祭酒對於表達神靈之間以及人神之間的紐帶都很重要。

每個乩壇上的一系列神靈構成一個集聚：對於那些有著長久且持續紀錄史的乩壇，這些集聚在不斷發展與壯大。我們要如何理解這些乩壇專屬的集聚之形成與發展的邏輯和原理？更具體而言，哪些類型的神人在這過程中扮演著核心角色？我將透過提出兩種神靈分類法來解釋這個問題。第一種我稱之為「神學的」（theological），其基本上獨立於扶乩情境，並涉及到在其他（通常為更早的）材料來源中得悉的，神靈被調動的儀式情境。第二種我稱之為「關係的」（relational），是將資料集視覺化後，觀察神靈在乩壇的集聚中所佔位置的結果。以下我將詳細介紹這兩種分類法。在這兩種分類法中配對神靈的位置將有助於我們更好地理解，各類神靈在其與人類形成的社會運作中所扮演的角色。在下一階段的研究中——本文只稍微點到的——基於社會網絡分析來重探神靈論述的實際內容，將讓我們更好掌握特定神靈如何以及為何扮演特定角色，例如個人自我修行的指導者、儀式實踐的導師、更高級神靈的引介者、報應與神化故事的講述者，或者天律的實施者。

---

28 Goossaert, "Ritual Techniques for Creating a Divine Persona in Late Imperial China," pp. 45–76.

一旦我們發展出一套可供操作的分類法，來理解神靈在扶乩中創建的神靈網絡中可以佔據的各種位置，第二個研究問題是，不同乩壇的集聚之間是否存在實質差異。我們資料庫中的部分（並非全部）乩壇可以歸屬於道教、佛教或民間教派主導的身分；這在多大程度上影響了當中神靈的類型和角色？例如，扶乩歷史上的一個重大轉折點是19世紀中葉被教派傳統所採用，特別是先天道。在這過程當中，先天道引入在早期乩壇已經活躍的神靈，也引入他們原有的神靈；這對神靈網絡以及神靈角色的重新分配產生了甚麼影響？此外，我們可否根據地區和時期看到這些集聚的差異？本節會初步涉足這些問題，雖然無法回答全部問題，但有望為基於更多材料來源的未來研究奠定基礎。

本文資料集所建成的資料庫由13個不同乩壇的公開啟示組成——這在我已發表的論文中有詳細介紹，在此不再贅述。這個語料庫在空間上有不錯的分布，華北、江南、湖北、湖南和西南地區都有呈現。它時間上也跨越了16世紀末到1900年，儘管19世紀下半葉佔主導地位。資料庫的規模，以及最重要是涉及到的神靈數量，其差異都相當大，從7位（2號乩壇）到133位（8號乩壇）不等，平均值為51位。

有關本文的目的，我所關心的是一位神靈如何與其他神靈以及特定乩壇的在世弟子取得聯繫，因此我對於神靈及其宣言的相對重要性不作預設；顯然在某些情況下，有些神靈只寫了一首短詩，而其他則有幾十頁。我沒有試過在資料集中對這點作出加權處理；不過我善用我對這些材料的質性閱讀來分析資料及其視覺化。我也不考慮時序；儘管一些乩壇的啟示跨越多年而且都有日期，但為了簡單起見，我只考慮所有活躍神靈的名單，而沒有注明它們介入的確切時間；我也沒有考慮它們介入的次數，儘管這點差異很大。這個計劃的未來發展中，對神靈的加權處理（根據顯現次數）可以進一步完善我們對其角色的評估；不過在目前的資料集中，我的重點在於哪位神靈跟其他神靈相關，這基本上不會受到加權的影響。

在很多情況下，識別這些神靈是個問題，我必須作出很多選擇與合理猜測。當我相當確信這些稱謂指的是同一神聖實體之時，我將不同乩壇（甚至

是同一乩壇）上使用的不同名稱與封號認定為同一神靈；但當我認為證據不足時，我也會將神靈名單中，或許事實上指涉同一神靈的名字留作不同條目。如此便產生了一個神靈名單（authority list of gods），這個名單在我探索其他語料庫的過程中會不斷擴展。它提供了一個具吸引力的視角，即提供一個涵蓋中國全部神靈的、開放協作的以及權威性的名單，在很多不同目的之中都會非常實用。基於上述選擇的結果，這些資料集將由兩種節點組成：13個乩壇與478位神靈（當中只有一小部分可被確定為女神）。有669條邊線將每位神靈與它們顯現過的乩壇連結起來。我已透過 Gephi 將其視覺化。

## （一）神靈類型（「關係的」分類法）

下面圖6呈現出整個語料庫。它清楚顯示出大多數神靈都聚集在一個乩壇的周圍，它們與該乩壇有著唯一的聯繫，而有兩方或更多聯繫的則相對少很多，它們分布在中間。

這些活躍於乩壇的神靈，根據祂們與其他神靈的聯繫程度，可大致分為三種關係類型。第一種為中心神靈，祂們與大多數其他神靈都有聯繫（透過很多祂們共現的乩壇），並在乩壇的運作中扮演著關鍵角色。當我們篩選掉有四方或更少聯繫的神靈（即在13個乩壇中活躍於不足5個），然後將語料庫視覺化時，我們只剩下15位神靈（佔總數的3%）。當我們把閾值提高到至少七方聯繫時，我們就只剩6位神靈了。毫無疑問，這份名單包括三位最有名的扶乩神靈：呂祖（12個乩壇）、文昌（12個乩壇）與關帝（7個乩壇）；更有趣的是，剩下的三位分別為鍾離權（9個乩壇）、王靈官（9個乩壇）與韓湘子（7個乩壇）。此應引起我們對這些神靈的重要性，及其於人神社會性之角色的關注。學者主要從這些神靈傳說的文學層面來研究祂們，但我們的資料顯示，祂們的神人以及關聯性讓祂們經常顯現於不同乩壇的人神聚會當中。例如，鍾離權是呂祖之師，也是八仙之一；祂偶爾的顯現是意料之中，但祂相當高的關聯性強烈表明，祂已經發展出一個強大的神人以及獨特的角色，值得特別關注。

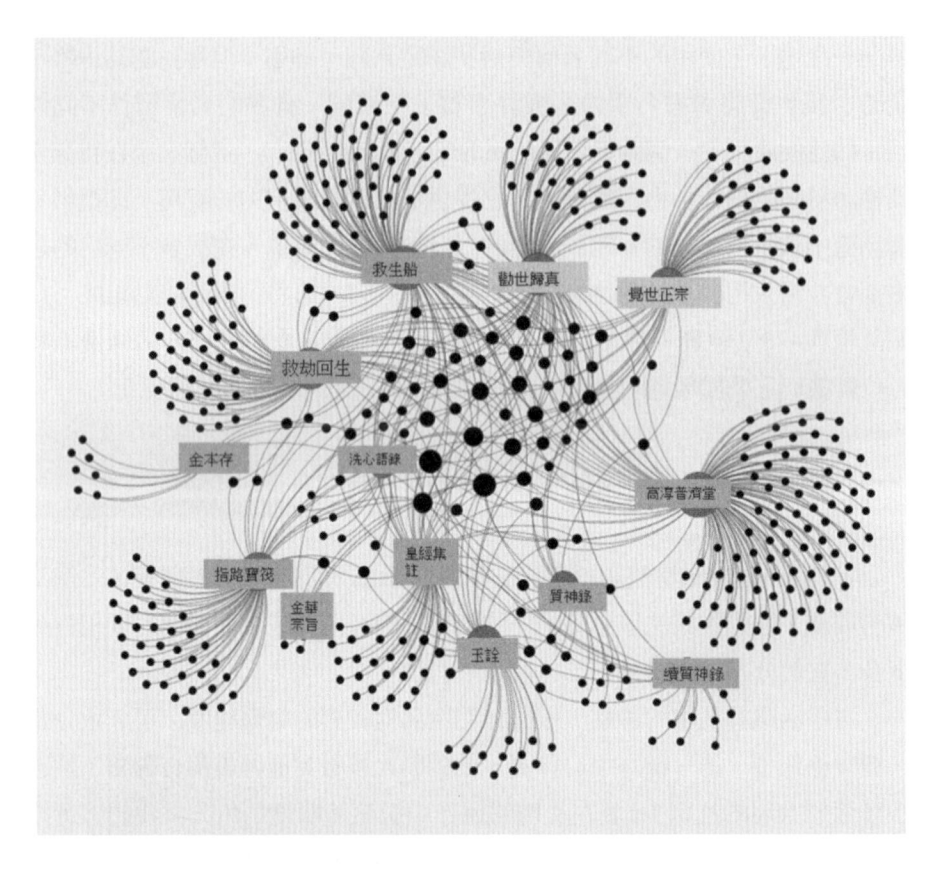

圖6 概覽。淺色大圓點為乩壇節點,深黑色為神靈節點,所有節點大小跟聯繫程度成正比。

第二種類型,位於圓弧的另一個極端,為專屬於某個乩壇的神靈。這種類型的神靈數量最多,主要包括兩種「神學的」類型——還有很多只是尚未確切識別出來。第一種為地方神靈,其擁有自己的廟宇,會自然地介入附近的乩壇,但在其他地方則不為人知。這些神靈是乩壇弟子日常生活的一部分,也自然應為乩壇上人神社會性的一部分。某些情況下,它們扮演著重要的角色,例如在一個乩壇上,土地公擔任典禮司儀,宣布所有其他神靈,但並不產生自己的實質論述。第二種為已故乩壇弟子及其親屬。眾所周知,乩壇的主要目的為自我神化,已故弟子將受到在世同仁的敬拜,並且會寫東西

給他們。這些乩壇也是讓已故弟子的父母神化的場所。有個乩壇存有五位壇主的母親的豐富信息，她們逝世之後產生了一系列啟示。她們顯然在世之時並非乩壇成員，但如今在死後世界，她們跟著名儒士學習文學，因此能夠寫出文筆精湛的啟示。

第三種關係類型涉及關聯性中等的神靈，祂們屬於常被乩壇用來建構神靈網絡的類別，但當中沒有一位神靈佔有強勢主導地位。圖7（彩圖參見書末圖版）顯示三種歷史人物在數據集中的位置：紅色為 M（將軍），綠色為 D（詩人），藍色為 C（儒生）：他們的聯繫程度都不強，但大部分都位於中心位置，至少有兩方聯繫。某程度上這些類型看似一般的類別，個別名人扮演著類似的角色，要選擇誰，則與當時人神社會的具體情形相關。以著名的儒家文人為例，朱熹（1130－1200）與韓愈（768－824）都出現在三個乩壇上，但當中只有一個乩壇是共同的。

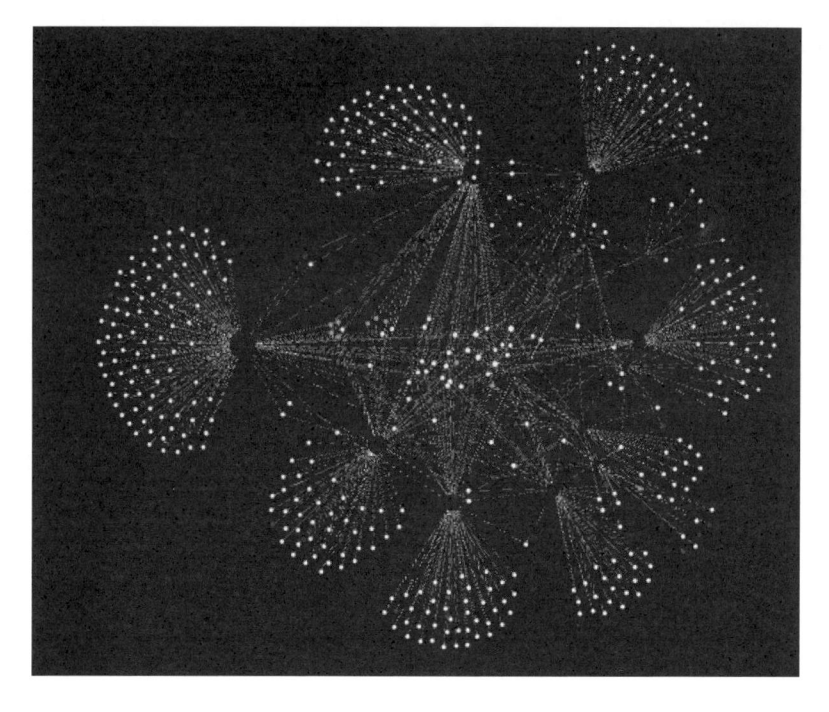

圖7　歷史人物（紅色為將領，綠色為詩人，藍色為儒生）（彩圖參看書末圖版）

基於這種區分大範圍聯繫程度（高度、孤立與中等）的簡單分類法，探索具體的神學類型如何對應到這三類是挺有趣的。例如考慮到佛教神靈的位置問題：在佛教八位神靈中（不包括教派中的「古佛」），只有兩位顯現於三個或以上的乩壇：觀音（5個乩壇）以及濟公（3個乩壇）。儘管這些佛教神靈大部分為明清時期中國文化中眾所周知的神靈主體，但它們在扶乩社會性情境中的關聯性相當薄弱。相較之下，道教神靈往往具有更高的關聯性：以雷神這一重要類別為例，其不但數量眾多（18位），而且關聯性非常強，有三位雷神顯現在三個或以上的乩壇上（參看圖8及書末圖版）。

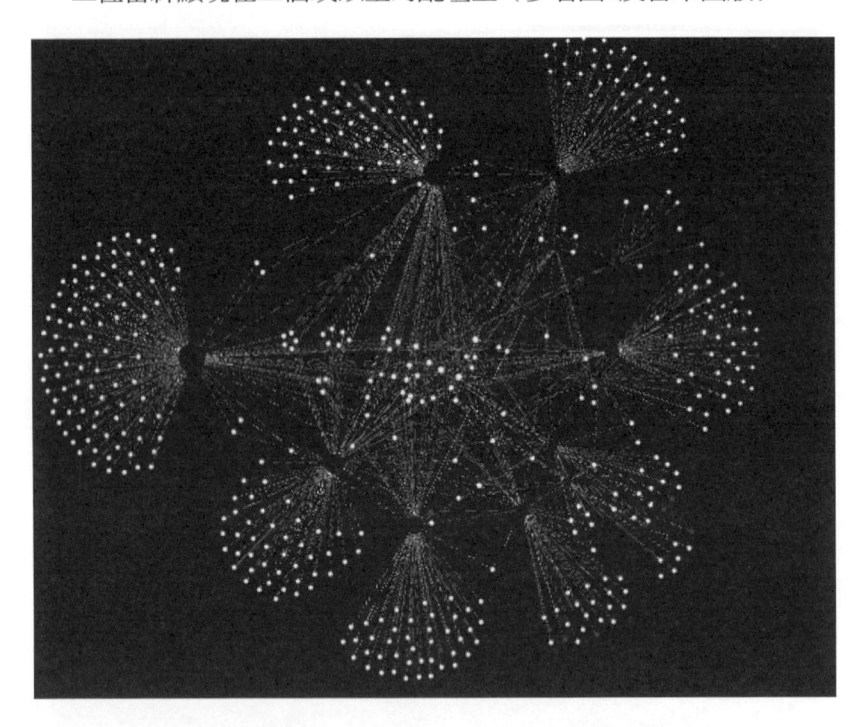

圖8　所有雷神（紅色標示）（彩圖參看書末圖版）

## 表1 各神靈及相關人物出現頻率統計

| 類型 | A 雷神 | B 八仙 | C 名儒 | D 詩人 | E 佛,菩薩,僧 | F 全真祖師 | G 地方神 | H 仙人 | I 功曹 | J 大神 | K 古佛 | L 高道 | M 將軍 | N 乩壇弟子 | 總數／14 |
|---|---|---|---|---|---|---|---|---|---|---|---|---|---|---|---|
| 乩壇 | | | | | | | | | | | | | | | |
| 1 | x | x | x | | x | x | | x | | x | | x | | | 8 |
| 2 | x | x | | | | x | | x | | x | | | | | 5 |
| 3 | x | x | x | x | | | | x | | x | | x | | | 7 |
| 4 | x | x | x | x | | | | x | | x | | x | | | 7 |
| 5 | x | x | x | | | x | | | | x | | x | | | 6 |
| 6 | x | | | | | | | | | x | | | | | 2 |
| 7 | x | x | x | x | | | x | | | x | | | | x | 7 |
| 8 | x | x | x | x | x | | x | x | x | | | x | x | | 11 |
| 9 | | x | | | | | | | | x | | x | x | | 4 |
| 10 | x | x | x | x | x | x | | x | x | | | | x | | 11 |
| 11 | x | | | | x | | | x | x | x | x | | x | | 8 |
| 12 | x | x | x | x | | | x | x | x | | | x | x | x | 12 |
| 13 | x | x | x | | | | | x | | x | | | x | x | 9 |
| 總數 | 12 | 12 | 9 | 6 | 6 | 5 | 5 | 7 | 5 | 13 | 1 | 7 | 7 | | |

另一種審視類別（而非個別神靈）關聯性的方式為將不同乩壇上「神學的」類別的顯現繪製出來，如表1所示。除了 J（「頂級」神靈）是唯一一個於所有乩壇都顯現過的類別，最有代表性的為雷神（A）以及八仙（B），它們顯現於13個乩壇中的12個；所有其他類別的分布都有限。這意味著這兩個類別在神靈社會性中扮演著重要角色。雷神的關鍵角色可與乩壇上實踐的儀式相關，這些儀式與雷法密切相關——扶乩過程本身也是如此。雷神，特別是王靈官，是人類弟子的儀式導師。至於八仙，祂們的重要性跟呂祖相關，其經常伴隨著這個群體當中的部分或全部其他七位成員。

我希望有展現到，社會關係網絡提供我們一個有效的工具，使我們能全面審視參與到乩壇上之人神對話的神靈，而非（多少有點武斷地）只關注少數其中幾位神，也不會淹沒於涉及數以百計神靈的無盡名單之中，即使是在

這裏有限的資料集中。其對某些個別神靈以及某些團體和類別予以公平對待,他們沒有產生長篇、原創的啟示文本,因此也沒有引起少數讀過這些文本的學者關注,但他們在實現所有這些人神對話與啟示的過程中都扮演著關鍵角色。

# 西王母之三青鳥在漢代圖像史上的變化及其在後世小說與詩歌中之多重意義

蘇瑞隆

新加坡國立大學中文系

　　西王母的圖像大量出現在漢畫、墓葬壁畫之中，然而她的形象通常不是獨自出現，而通常有某些神獸或神禽跟隨，又或者與其他具有宗教意義的圖案一起出現。有些圖像也有與東王公相對分立，如武梁祠東、西兩壁的西王母畫像，為東王公、西王母一起出現象徵陰陽的圖像。[1] 這可能是因為這些漢畫工匠或藝術家的創作應該是出於實用的目的，旨在創作一幅綜合性的宗教圖像以迎合當代人的品味或信仰，而非製作一個單一的女神崇拜圖案。因此他們不太可能以西王母為唯一的神明圖像，這樣就顯得太單調了，況且西

---

[1] 此點承蒙本文評審指出，特此致謝。評審原文為：「有些圖像也有與東王公相對分立，如武梁祠東西壁山牆銳頂部分，為東王公、西王母一組依陰陽五行思想搭配成對的圖像，以象徵永生不死的世界。又如武氏祠左石室第二層西王母、東王公的神仙不死世界裏，有羽人、翼馬、一翼馬駕一有翼軿車、冠服執有翼之人與卷雲紋相連等。」關於這些西王母和東王公的圖像，見樊睿信：〈漢代西王母形象演變——以漢畫像石為中心〉（信陽：信陽師範學院碩士論文，2022年），頁32；楊晨曦：〈漢畫像石東王公圖像研究〉（濟南：山東大學碩士論文，2021年），頁11指出，「東王公和西王母在漢代不僅是宇宙觀中東西方陰陽兩種力量對應平衡的象徵，同時也是仙界宮廷官僚體系的男女主仙。」

王母不是漢代唯一的神明。魯惟一教授（Michael Loewe）早在他研究西王母圖像的先鋒著作中指出，研究漢代西王母仙界圖像有以下十項特徵，依序分別是：一、戴勝（The Sheng）；二、龍虎座（The dragon and the tiger）；三、兔（the hare）；四、蟾蜍（the toad）；五、三足鳥（The three-legged bird）；六、持戟侍衛（The armed guardian）；七、祈求者（The suppliants）；八、九尾狐（The nine-tailed fox）；九、六博（The game of Liu-po）；十、宇宙樹或柱和崑崙（The cosmic tree orpillar, and K'un-lun）。[2] 正如魯惟一所論，這些動物或者圖案特徵有時出現在藝術品中，也和歷史或者文學文獻的描述相符；有的將西王母和長生不死連接在一起；也有的說明西王母居於宇宙的中心。西王母的研究的確美不勝收，但是對於三青鳥的圖像卻著墨較少。魯惟一列出的十項特徵就不包括三青鳥，可見三青鳥並未能成為西王母畫像組合的常備要素。只有王琨教授在他的文章中特別以「三青鳥」為主題，提出了精審的看法。[3] 本文希望在他的研究的基礎上繼續追蹤三青鳥在西王母故事和圖像系統中的變化，並在這個基礎上略微討論青鳥在漢魏六朝志怪中的角色變化與其在漢魏六朝與唐宋詩中的意象運用。

三青鳥是唯一和西王母一起出現在古老的《山海經》記載中的神禽，它和西王母曾經是最早的組合，後來也曾一起出現在銅鏡紋飾和畫像磚中。但後來卻似乎逐漸地式微了。如《巖窟藏鏡》第二集所收藏的，顯示了三隻小鳥。[4] 但是連學者李淞也只說那三隻鳥「可能」是三青鳥：

> 鏡中四方八極的圖像分別是：羽人射虎、羽人駕三鳥、羽人駕三魚、西王母及其部眾。西王母蓬髮，未戴勝，呈四分之三側面角度坐，後

---

[2] Michael Loewe, *Ways to Paradise: The Chinese Quest for Immortality* (London: Boston-Allen & Unwin, 1979), p. 103.

[3] 王琨：〈西王母故事系統中「三青鳥」形象辨釋〉，《宗教學研究》2017年第1期，頁265–269。

[4] 小南一郎著，孫昌武譯：《中國的神話傳說與古小說》（北京：中華書局，1993年），頁100。

有玉兔，持杵和藥缽；前面有九尾狐、三足鳥、鳳凰、燈和樹，樹上歇有三隻小鳥，或許是為西王母送食的三青鳥。[5]

**圖1　三青鳥銅鏡紋飾**[6]

足見三青鳥一開始在西王母的圖像組合中就佔據一個非常不明確的地位。李凇推測這個銅鏡的年代應該在新莽與東漢之間。

　　在漢代各種材料的畫像中，西王母很少是孤立地出現的，而是通常和其他的動物和人物一起出現。令人困惑的是三青鳥是最早和西王母核心故事一起出現的神鳥，而其他的神獸或神禽基本上都是後來加上的。後世三青鳥的青鳥的形象逐漸消退，幾乎只存在文獻之中。許多和本來的西王母核心故事

---

5　李凇：〈略論漢代銅鏡中的西王母圖像〉，《藝術學》總第20期（1999年），頁61。
6　圖見Loewe, *Ways to Paradise*, p. 164。

沒有關係的動物，但卻後來居上取代三青鳥而成為與西王母密不可分的神獸。這些動物必然與西王母主題具有深厚的關係，不然漢代的工匠或藝術家沒有理由要將它們與西王母組成一個畫像組。

例如著名的九尾狐，原本和西王母的核心故事完全無關，卻一再出現在漢畫之中。九尾狐最早出現於《山海經》中的三處記載：

> 又東三百里，曰青丘之山，其陽多玉，其陰多青䨼。有獸焉，其狀如狐而九尾，其音如嬰兒，能食人；食者不蠱。(《南山經》第一)
> 青丘國在其北，其狐四足九尾。一曰在朝陽北。(《海外東經》第九)
> 有青丘之國，有狐，九尾。(《大荒東經》第十四)[7]

在這現存最早有關九尾狐的記載中，九尾狐是一種具有某種神性的神獸，其聲音特殊如嬰兒之音。雖然是一種會吃人的猛獸，但食其肉者可以不受蠱毒之害，晉人郭璞注云：「噉其肉，令人不逢妖邪之氣。或曰：蠱，蠱毒。」[8] 除此之外，九尾狐並未具有其他特殊的功能或者特徵，也和西王母沒有任何關係。到了漢代，九尾狐卻成為一種瑞獸。《初學記》載：

> 《白虎通》曰：「狐死首邱，不忘本也，明不忘危也。德至鳥獸，則九尾狐。見者九，配得其所，子孫繁息也。於尾者，後當盛也。」
> 《春秋潛潭巴》曰：「白狐至，國民利，不至下驕恣。」[9]

班固（32－92）的《白虎通》以狐不忘本的天性，將九尾狐說成是一個有德之獸，而春秋的緯書則直接指出，白狐的出現代表可使一國之民得利。學者戴璐在其文章中也指出，班固直接將九尾狐與鳳凰、鸞鳥、麒麟、白虎、白

---

[7] 袁珂校注：《山海經校注》最終修訂版（北京：北京聯合出版公司，2013年），頁5、228、297。

[8] 袁珂：《山海經校注》，頁6。

[9] 〔唐〕徐堅等編著：《初學記》（北京：中華書局，1962年），卷29，頁717。

雉等祥瑞之獸並列。[10] 假如我們翻查漢代的緯書，也將發現九尾狐已經成為一種祥瑞了。如《易緯乾鑿度》載：「文王下呂，九尾見。」鄭玄（127－200）注曰：「文王師呂尚，遂致九尾狐瑞也。」[11] 由於文王的德行，使九尾狐出現於人間。《孝經援神契》載：「德至鳥獸，則狐九尾。宋均注：王宴嘉賓，則狐九尾。」[12] 九尾狐不僅是瑞獸，而且是代表了王者之德所感的神獸。這種想法在緯書之中是相當普遍的，西漢的辭賦也有所反映，王褒〈四子講德論〉：「昔文王應九尾狐，而東夷歸周。」[13] 不知何時，周朝文王之興與九尾狐密切地結合。可見九尾狐在漢代人的文化記憶中已毫無疑問地成為一種神獸。這種思想將九尾狐的地位提高至頂點，使它能與西王母這位最高階的女神相互匹配。

然而我們要問，在漢代，九尾狐除了是一種至高無上的祥瑞神獸之外，它具有何種特質能使它自然地出現在西王母的圖像組合之中呢？根據研究西王母圖像頗為精深的高莉芬教授指出，傳統學者「大都採政治符瑞之說，以王母仙境中的九尾狐為示禎祥之獸」，但她提出一個甚為新穎的觀點解釋為何：

> 但若回歸圖像語境，從漢代畫像的墓葬空間來探討，九尾狐以其具墓室、墳丘死亡空間的密切連結、狐死首丘重返原初的回歸特質；同時又具備了生殖功能的符號性，才是其進入西王母仙境空間的重要因素。[14]

---

10 戴璐引用《白虎通》的原文，見〈漢代藝術中的九尾狐形象研究〉，《民族藝術》2013年第3期，頁131–137。

11 安居香山、中村璋八輯：《緯書集成》（石家莊：河北人民出版社，1994年），易編，《易緯乾鑿度》，卷上，頁5。

12 安居香山、中村璋八：《緯書集成》，孝經編，《孝經援神契》，頁978。

13 〔南朝梁〕蕭統編，〔唐〕李善注：《文選》（上海：上海古籍出版社，1986年），卷51，頁2256。

14 見高莉芬：〈九尾狐：漢畫像西王母配屬動物圖像及其象徵考察〉，《政大中文學報》總第15期（2011年），頁87。

九尾狐歷來在漢代讖緯的傳統中就被視為祥瑞之獸，加上九尾狐這種「生死二元性」，[15] 與西王母掌管人間生死的職能相得益彰，因此成為漢人墓葬藝術和漢畫之中陪伴西王母的神獸就毫無疑義了。高莉芬的詮釋讓我們跨越了九尾狐作為祥瑞之獸的局限，也讓我們看到了九尾狐與人間生死的密切關係。她的解釋未必是唯一的解釋，但從目前的證據來看確是一個非常圓融的詮釋。

又如玉兔或者搗藥兔也經常出現在西王母的圖像組合之中，傳統的玉兔神話將玉兔定位在月亮，現存最早有關月中玉兔的記載可能是〈天問〉：「夜光何德，死則又育？厥利維何，而顧菟在腹？」[16] 月亮時而明亮，時而晦暗，因此古人以為它死而復生。而又問為什麼月亮之中有一隻兔子。兩千年來，多數的學者都認為「顧菟」就是一種兔子，只有少數的學者認為可能是虎。[17] 因此一錘定音，直至今日也沒人懷疑月兔的神話是古已有之。東漢王充《論衡・說日篇》：「儒者曰：『日中有三足烏，月中有兔、蟾蜍。』」[18] 如果縱觀王充全文，王充本人其實是反對月中玉兔這種說法的，因為他認為月亮裏面都是水，不可能有三足烏或者玉兔與蟾蜍的存在。學者劉惠萍指出，其實月中有兔的說法，不只印度和中國都有，世界上其他許多地方也有同樣的說法。[19] 然而玉兔搗藥之說似乎是後起的說法。《淮南子・覽冥訓》載：「譬若羿請不死之藥於西王母，姮娥竊以奔月，悵然有喪，無以續之。」[20] 漢樂府《相和歌辭・董逃行》中才有「採取神藥若木端，玉兔長跪擣藥蝦蟆

---

15 高莉芬教授的用詞，見〈九尾狐〉，頁87。

16 〔宋〕洪興祖補注，白化文等點校：《楚辭補注》（北京：中華書局，2006年重印本），卷3，頁88。

17 劉惠萍：〈漢畫像中的「玉兔搗藥」——兼論神話傳說的借用與複合現象〉，《中國俗文化研究》第5輯（2008年），頁237–253。

18 〔漢〕王充著，黃暉校釋：《論衡校釋》（北京：中華書局，1990年），卷11，頁502。

19 劉惠萍：〈漢畫像中的「玉兔搗藥」〉，頁241。

20 〔漢〕劉安編，劉文典撰，馮逸、喬華點校：《淮南鴻烈集解》（北京：中華書局，1989年），卷6，頁217。

丸」,[21] 因此最遲至漢代已流行有玉兔搗不死之藥的說法。西王母與不死藥的聯繫應該是比較晚出的說法,最早的文獻記載就是前引的《淮南子》。這種說法把后羿和嫦娥的神話與西王母連接在一起,因為西王母的方位為西方,與月亮的方位一致。《文選・祭顏光祿文》注引《歸藏》:「昔常娥以西王母不死之藥服之,遂奔月,為月精。」[22]《歸藏》乃先秦古書,可見我們不能光從《淮南子》去判斷月亮神話的年代,嫦娥奔月的故事先秦時期就已存在,可能是口述傳統,不見文獻之中。因此,嫦娥、玉兔和西王母不死藥的關係可能先秦時期就已經存在了。

那我們如何詮釋玉兔的神性?為什麼它經常與西王母的圖像一起出現而成為西王母圖像組合的一部分?研究這個主題非常深入的高莉芬教授指出:

> 相對於西王母的其他配屬部眾九尾狐與三足烏,大多僅以自身動物靜態形象出現;圖像中西王母身邊的搗藥兔則都配以「杵」與「藥缽」,以凸顯「搗藥」的具體神聖工作。而此「藥」即是「不死藥」,「不死」是西王母仙境圖中西王母最突出的神性與司職。「搗／藥／兔」在漢代畫像石西王母仙境圖中是一個穩定的圖像單元,不僅僅只是單純地做為仙境的符號而已,「搗藥兔」在漢畫圖像中,做為西王母配屬動物,標誌著西王母的不死神性以及掌握生命再生與宇宙更新的力量,具有西王母神性的解釋功能,成為不死女神的神聖意象,以直觀具體的圖像訴說著漢人心靈超越此界,昇登他界的不死探求與想望。[23]

九尾狐和搗藥兔原本都不是西王母核心故事中的神獸,由於其神話或文化中的象徵意義與西王母不死女神的主題緊密聯繫,因而被工匠藝術家收入漢代的圖像組合之中。當然西王母與長生不死連接起可能是後來的發展,她原來

---

21 逯欽立輯校:《先秦漢魏晉南北朝詩》(北京:中華書局,1983年),漢詩,卷9,頁264。
22 〔南朝梁〕蕭統編,〔唐〕李善注:《文選》,卷60,頁2609。
23 高莉芬:〈搗藥兔——漢代畫像石中的西王母及其配屬動物圖像考察之一〉,《興大中文學報》總第27期增刊(2010年),頁236。

在《山海經》中是一個掌管瘟疫和刑罰的女神,並未具備掌管人之生死的權利。反觀原來就存在西王母核心故事的三青鳥卻有了截然不同的境遇。

以下本文將提出幾點說明三青鳥的圖像被忽略或者摒棄於畫像傳統的原因。

## 一 三青鳥無法與西王母的不死主題的聯繫:缺乏特殊性之原型

三青鳥是一開始就以西王母僕役的形象出現在先秦文獻《山海經》之中,而且是唯一和西王母在一起的神鳥:

《山海經・西山經》云:「又西二百二十里,曰三危之山,三青鳥居之。」郭璞注:「三青鳥主為西王母取食者,別自棲息於此山也。」
《山海經・海內北經》:「西王母梯几而戴勝杖。其南有三青鳥,為西王母取食。在昆侖虛北。」
《山海經・大荒西經》:「有三青鳥,赤首黑目,一名曰大鵹,一名少鵹,一名曰青鳥。」[24]

從這些記載來看,我們知道三青鳥原來有三種名字,長相是紅色的頭和黑色的眼睛,除此之外,它不具備任何的特殊性或者神性。而其神職功能非常明確是為西王母獲取食物。它並非如後世文獻詩詞裏面所謂的「使者」身分,這應是後來文學故事中衍生出來而疊加上去的,並非其原始的角色。但即便如此,它確實是一開始就和西王母聯繫在一起的一種神禽。可惜在漢代或漢代之前西王母的神職逐漸從《山海經》的刑罰瘟疫之神轉變成掌握人間生死的女神,[25] 而三青鳥的取食功能無法再和不死的女神配合,因而逐漸消失在

---

[24] 袁珂:《山海經校注》,頁48、267、336。
[25] 《山海經・西山經》:「又西北三百五十里,曰玉山,是西王母所居也。西王母其狀如人,豹尾虎齒而善嘯,蓬髮戴勝,是司天之厲及五殘。」見袁珂:《山海經校注》,頁45。

以西王母為中心的漢代墓葬畫像空間之中，也是合理之事。因此，這可能是三青鳥在原本的西王母核心神話中功能過於單一，無法隨著其主人之神職擴張而持續發展成穩定的圖像單元。

　　學者王琨在研究三青鳥的文章中舉出了幾個三青鳥的圖像，[26] 有時它的形象是三隻疾飛的青鳥（山東嘉祥武氏祠），[27] 有時它是一隻不起眼的鳥獨自出現（山東嘉祥嵩山畫像石），[28] 有時是兩隻青鳥一起出現，有時甚至和三足烏一起出現（山東嘉祥武氏祠）。[29] 基本上看來，這些形象都缺乏特殊性，這些鳥是否代表三青鳥還是有爭議的。王琨也指出這種把三隻青鳥都刻畫出來的例子，漢代後期並不多見。[30] 正是因為三青鳥在形象上的模糊性，連學者都很難辨認出其形象。而三足烏的形象則非常突出，並且三足烏具有三青鳥沒有的孝鳥特性，容於下文論述。因為學者是從《山海經》中知道三青鳥的存在，因此沒有選擇地把和西王母一起出現的鳥都解釋為三青鳥。而三足烏就不同，因為三足的特徵使得代表太陽的三足烏鴉出現在圖像組合之中沒有任何疑義。歸根結柢，由於三青鳥缺乏個性化的身體特徵和神職功能，可能也是漢代工匠或藝術家選擇忽略它的原因。王琨提出一個「概念化」的觀念，他說，「西王母故事本於神話傳說，三青鳥形象的個體特徵並不明顯，在圖畫中的固定性很差。尤其是隨著西王母故事的流行，三青鳥日益被類型化、概念化，凡是出現在西王母身邊的，無論是3隻還是1隻，無論作兩足還是三足，也無論是作鳥狀還是其它鳥的形狀，都不影響『取食侍者』意義的表達，這使得三青鳥與三足烏的區別變得不那麼重要。」[31] 這種「概念化」的說法猶如語言學中的虛字有時會從詞語中消失一樣。研究辭賦

---

26　王琨：〈西王母故事系統中「三青鳥」形象辨釋〉，頁265–266。
27　見中國畫像石全集編輯委員會編：《中國畫像石全集2：山東漢畫像石》（濟南：山東美術出版社；鄭州：河南美術出版社，2000年），頁117。
28　見朱錫祿編著：《嘉祥漢畫像石》（濟南：山東美術出版社，1992年），頁15。
29　見中國畫像石全集編輯委員會編：《中國畫像石全集2：山東漢畫像石》，頁117。
30　王琨：〈西王母故事系統中「三青鳥」形象辨釋〉，頁267。
31　王琨：〈西王母故事系統中「三青鳥」形象辨釋〉，頁268。

的泰斗康達維（David R. Knechtges）教授就指出，《漢書》中提到「子虛之賦」，後來可能「之」字逐漸虛化，後世就成了「子虛賦」。[32] 這種虛化的概念是一樣，因為有沒有「之」字對其意義沒有影響。同樣地，三青鳥的形態缺乏特色，作為西王母的侍從也逐漸虛化，甚至被深具形態和道德特色的三足烏所取代。

## 二　陽鳥三足烏取代三青鳥

由於三青鳥的西王母核心神話中的功能太過單一，僅有為西王母取食一項功能，本身無法隨著的西王母神格的變化而進化成不同的角色，因而經常和代表太陽之精的三足烏混淆。漢代信仰中的三足烏，因此「三青鳥」與「三足烏」常被混淆，西漢司馬相如（前179－前117）〈大人賦〉載：「低佪陰山翔以紆曲兮，吾乃今日睹西王母。皬然白首戴勝而穴處兮，亦幸有三足烏為之使。必長生若此而不死兮，雖濟萬世不足以喜。」[33] 同處三國人張揖注曰：「陰山在崑崙西二千七百里。西王母其狀如人，豹尾虎首，蓬髮皬然白首，石城金室，穴居其中。三足烏，三足青鳥也，主為西王母取食，在崑崙墟之北。」[34] 張揖無疑地將三足烏等同於三足青鳥，但《山海經》只言「三青鳥」，而非「三足青鳥」。青鳥有三隻這是很明確的，至於青鳥有三足則毫無證據。在賦中司馬相如嘲笑西王母的長相衰老滿頭白髮，即使成為神仙萬世不死，也沒有可羨慕之處。沈欽韓（1775－1831）《漢書疏證》指出司馬相如《大人賦》中的「三足烏」疑為「三青鳥」之誤。但清代王先謙（1842－1917）《漢書補注》指出「三足青鳥」是不對的，因為沒有證據。他說：「考案諸書，不言王母所使是三足烏，蓋烏、鳥因轉寫而譌，其來久矣。」他指出所有的經典皆載「三青鳥」，因此他認為可能原文沒有「三

---

[32] 見康達維：〈論賦體的源流〉，《文史哲》1988年第1期，頁41–42。

[33] 見〔漢〕班固著，〔唐〕顏師古注：《漢書》（北京：中華書局，1962年），卷57下，頁2596。

[34] 《漢書》，卷57下，頁2598。

足」二字。[35]

　　但是現代學者孫作雲以洛陽西漢卜千秋墓壁畫證明司馬相如所說「三足烏」是正確的，[36] 孫教授的意思應該是司馬相如的賦真實反映了漢朝民間老百姓的日常所見，而非將「三青鳥」誤寫為「三足烏」。因為從文學歷史典故的來源上來說，文人應該採用「三青鳥」才對。即使「鳥」字容易被誤寫為「烏」，從常理來看，要把「三青鳥」誤寫成「三足烏」的可能性實在相當低，因為這等於指責寫手把一個三個字的詞寫錯了兩個字。漢墓中的壁畫反映的是漢朝民間老百姓真實生活中看到的西王母的形象，因為墓葬的壁畫反映的就是他們日常的信仰。而文人在文獻中卻常使用典故，使用的形象不一定是當時日常生活的形象。也就是當時的大眾文化基本上就認為三足烏和西王母是在一起的神獸。然而司馬相如為什麼也使用三足烏呢？他不可能不知道三青鳥的典故。這個現象似乎說明了西漢人無論老百姓或者高級文人基本上可能就認為三足烏（而非三青鳥）和西王母才是緊密結合的。三足烏之形象如此強大，為了取信讀者，引起共鳴，連文人在文章中都不得不這麼寫。司馬相如〈大人賦〉的主要讀者是漢武帝和宮中文人，假如漢朝的讀者都認為三足烏才是西王母的侍從，那司馬相如勉強要使用三青鳥，可能就不適合了。可以注意的是不知何時三足烏取代了三青鳥，司馬相如的《大人賦》是第一次明確提出三足烏是西王母的使者最早的文獻之一，難道早在西漢時期三足烏就已經取代了三青鳥的地位？在賦中三足烏的功能並不是為西王母取食，而是使者的身分──這無疑是一個身分的提升。漢代緯書《河圖括地象》載：「昆侖之弱水中，非乘龍不得至。有三足神烏，為王母取食。」[37] 從《山海經》到漢代緯書，三青鳥竟然被改成了三足神烏，基本上應是受到三足烏在讖緯傳統重要地位的影響。緯書至東漢大為流行，三足烏的地位到了東漢時期應該已經不可動搖了。

---

35 沈、王兩者之說皆見於〔漢〕班固撰，〔唐〕顏師古注，〔清〕王先謙補注：《漢書補注》（北京：中華書局，1983年），卷57下，頁4124。
36 孫作雲：〈洛陽西漢卜千秋墓壁畫考釋〉，《文物》1977年第6期，頁19。
37 安居香山、中村璋八：《緯書集成》，河圖編，《河圖括地象》，頁1092。

此外，孫作雲教授指出，卜千秋墓壁畫中的女子雙手捧一三足鳥，應該就是三足鳥。[38] 因此三足鳥的使命很清楚是一名使者，卜千秋之妻看到了三足鳥，乃將其納入懷抱中，期望藉它得見西王母。這個壁畫顯示了是三足鳥代表西王母的使者，如此一來三青鳥的地位等於完全被取代了。然而三足鳥的來歷和三青鳥完全不同，基本上它代表太陽之精的陽鳥，與西王母代表西方的月亮之精正好配成一對，因此漢代西王母圖像身旁經常有玉兔或者搗藥兔與三足鳥形成日月的形象。兩者也代表西王母乃是掌管日月的神祇。

　　有關「鳥」的文字記載最早見於戰國時《山海經・大荒東經》：「湯谷上有扶木。一日方至，一日方出，皆載于鳥。」郭璞云：「中有三足鳥」，[39]《淮南子・精神篇》云：「日中有踆鳥」，高誘注云：「踆，猶蹲也，謂三足鳥」。[40] 王充《論衡・說日》：「儒者曰：『日中有三足鳥，月中有兔、蟾蜍。』」[41]《春秋元命包》載：「元氣開陽為天精，精為日。散而分布，為大辰。天立于一，陽成于三，故日中有三足鳥。」[42]

　　據學者研究，三足鳥經常出現於西王母仙境之中，是漢畫中的一個常見主題。三足鳥也有獨立出現的例子，由於本文關注三足鳥與西王母的關係，因此不在此列出單獨出現的例子。三足鳥與西王母一起出現圖像最早見於1954年山東嘉祥洪山村漢墓畫像石，年代大約為東漢早期。[43]

---

38 孫作雲：〈洛陽西漢卜千秋墓壁畫考釋〉，頁18–19。
39 袁珂：《山海經校注》，頁302–303。
40 〔漢〕劉安編，劉文典撰，馮逸、喬華點校：《淮南鴻烈集解》，卷7，頁221。
41 〔漢〕王充著，黃暉校釋：《論衡校釋》，卷11，頁502。
42 安居香山、中村璋八：《緯書集成》，春秋編，《春秋元命包》，頁605。
43 三足鳥獨自出現的例子，也可參考賈明宇：〈三足鳥漢畫像試探〉，《中國高校人文社會科學信息網》，2021年5月24日，頁1–13。下載自「中國高校人文社會科學信息網」，2024年4月6日。網址：https://www.sinoss.net/c/2021-05-24/556432.shtml。

圖2　山東嘉祥洪山村漢墓畫像石[44]

此處三足烏（右上）旁邊還出現了九尾狐與蟾蜍，都是西王母圖像中經常出現的神獸。此外四川的墓葬之中也有三足烏與西王母一起出現的畫像：

圖3　四川彭山江口鄉雙河崖墓一號石棺畫像[45]

---

44 見中國畫像石全集編輯委員會編：《中國畫像石全集2：山東漢畫像石》，頁87。
45 中國畫像石全集編輯委員會編：《中國畫像石全集7：四川漢畫像石》（鄭州：河南美術出版社；濟南：山東美術出版社，2000年），頁116。

在此畫像中，西王母坐於龍虎座上，九尾狐與三足烏在其左側，月精蟾蜍在其右側。又是一個非常典型的例子，三足烏取代了三青鳥在西王母仙境畫像的例子。

在漢代人看來，三足烏毫無疑問地是太陽之鳥，與三青鳥沒有關係。三足烏和西王母身旁常出現的玉兔與蟾蜍（月亮之精）形成一個對比，代表日月，這是學者的共識。因此一旦三青鳥和三足烏被混淆，三青鳥在其職能不明的情況下，被漢代畫像的工匠犧牲或忽略也就合情合理了。然而除了兩者相互混淆的原因之外，還有一個原因使三足烏成為漢代經常出現的藝術主題，那就是烏鴉被認為是一種孝鳥，烏鴉不僅是陽精之代表，而且是孝道的象徵。唐代《初學記》引：「說文曰：『烏，孝鳥也。』《春秋運斗樞》曰：『飛翔羽翮為陽，陽氣仁，故烏反哺也。』《春秋元命苞》曰：『日中有三足烏者，陽精其僂呼也。』《孝經援神契》曰：『德至鳥獸，則白烏下矣。』」[46] 這些緯書正代表了漢朝人對三足烏的看法——即具備了陽鳥與孝鳥的雙重身分，這種與儒家道德理想的聯繫使三足烏的重要性大大地提升了。而三青鳥則缺乏這種與整個中華文化傳統道德的聯繫，因而其形象之重要性與普遍性就無法與三足烏相提並論了。

# 三 文學世界的青鳥

## （一）六朝小說世界：三青鳥成為西王母的使者

雖然三青鳥在漢代畫像傳統中被三足烏所取代，但它在六朝小說中卻揚眉吐氣，成為西王母的特使。這些小說中不言三足烏，而專以青鳥來作文章：

《漢武故事》曰：「七月七日，上（筆者按：漢武帝）於承華殿齋，正中，忽有一青鳥從西方來，集殿前。上問東方朔，朔曰：『此西王

---

46 〔唐〕徐堅等：《初學記》，卷30，頁732。

母欲來也。』有頃,王母至,有兩青鳥如烏,俠侍王母旁。」[47]

《漢武故事》的著作年代不確定,但基本上是漢代以後的作品,由於這篇故事的影響,青鳥成為西王母的使者。我們不知道為什麼作者不採用司馬相如〈大人賦〉之中以「三足烏」為西王母使者的漢代說法,而用《山海經》中的青鳥來當使者。這是一個文學家或小說家的選擇,本文認為使用青鳥的意象比三足烏合適,因為三足烏本身帶有太多宗教色彩和象徵意義,反而不適合當使者的角色。「青鳥」兩字從文學的角度來看,也較具有文雅美麗的形象。此外,三足烏是傳說中的神鳥,不是一個正常的存在,因此小說中如果用三足烏來作為西王母的使者,將很難取信於讀者。基於這些理由,小說家的選擇應該不是偶然的。

學者王琨引用了《搜神記》卷11的一個故事來說明青鳥在六朝小說中常以西王母的使者身分出現:

> 顏含字宏都,次嫂樊氏,因疾失明。醫人疏方,須蚺蛇膽,而尋求備至,無由得之。含憂歎累時,嘗晝獨坐,忽有一青衣童子,年可十三四,持一青囊授含。含開視,乃蛇膽也。童子逡巡出戶,化成青鳥飛去。得膽藥成,嫂病即愈。[48]

他認為「青衣女童即為青鳥的化身,授蛇膽成藥而救人。青鳥顯然是作為西王母的使者出現的,我們也很容易聯想到崑崙山、搗藥兔以及西王母贈予弓箭手羿的不死藥,進而聯想到她有助於人類的種種善行。」[49]但本文認為這樣的聯想可能證據不足,因為青鳥的意象出現在一些六朝的小說中,但都和

---

[47] 〔唐〕歐陽詢撰,汪紹楹校:《藝文類聚》(上海:上海古籍出版社,1965年),卷91,頁1577–1578。

[48] 〔晉〕干寶撰,汪紹楹校注:《搜神記》(北京:中華書局,1979年),卷11,第282條,頁136。

[49] 王琨:〈西王母故事系統中「三青鳥」形象辨釋〉,頁268。

西王母沒有任何聯繫，畢竟青鳥在字面上指的只是一種藍黑色的鳥。假如只是因為《搜神記》的故事中的青鳥叼來救人的蛇膽，就讓人聯想到此鳥為西王母之使者，這可能無法成立。即使成立，也是一種孤證，因為在其他西王母的故事中從未賜藥給老百姓，而且這也是六朝唯一顯現青鳥和藥有關的故事。還有其他故事說明青鳥只是一種普通的鳥，與西王母無關。例如《神仙傳》中的故事：

> 東陵聖母者，廣陵海陵人也。適杜氏，師事劉綱學道，能易形變化，隱顯無方。杜不信道，常恚怒之。聖母或行理疾救人，或有所之詣，杜恚之愈甚，告官訟之，云：「聖母姦妖，不理家務。」官收聖母付獄，頃之，已從獄窗中飛去，眾望見之，轉高入雲中，留所著履一緉在窗下，自此昇天。【於是遠近立廟祠之，民所奉事，禱之立效。常有一青鳥在祭所，人有失物者，乞問所在，青鳥即飛集盜物人之上，路不拾遺。歲月稍久，亦不復爾。至今海陵縣中不得為姦盜之事，大者即風波沒溺，虎狼殺之，小者即復病也。】[50]

這個故事明顯地和西王母無關，東陵聖母是當地修道者，她從監獄飛走後，當地人為她立廟，青鳥似乎是為她役使的神禽。以下《太平廣記》的故事中，青鳥也有類似的角色：

> 吳真君名猛，字世雲，家於豫章武寧縣。七歲，事父母以孝聞，夏寢臥不驅蚊蚋，蓋恐其去而噬其親也。及長，事南海太守鮑靚，因語至道，將遊鍾陵。江波浩淼，猛不假舟檝，以白羽扇畫水而渡，觀者奇之。猛有道術，忽一日狂風暴起，猛乃書符擲于屋上，有一青鳥銜符而去，須臾風定。[51]

---

[50] 〔晉〕葛洪撰，胡守為校釋：《神仙傳校釋》（北京：中華書局，2010年），卷6，頁228-229。自「於是遠近立廟祠之」以下出自《漢魏本》。

[51] 〔宋〕李昉等編：《太平廣記》（北京：中華書局，1961年），卷14，頁100。

《太平廣記》中尚有其他故事，也有青鳥出現，但多數都是得道之人的僕役，和西王母長生不老的主題完全無關。可見青鳥在小說中已經不是《山海經》中為西王母取食的青鳥了。

在此也要提到日本學者大室幹雄的理論，他從歷史人類學的角度解釋，魏晉後的小說中的青鳥容易變成青衣童子（或仙童），是迎接人死後靈魂的使者。[52] 以下筆者根據大室幹雄的著作的第五章，總結其對青鳥化為青衣童子的詮釋。[53] 青鳥化為青衣童子，而仙童有三層意味，心理學上代表自然原始的生命力，宗教學方面為天地之子，有自由出入三界特徵，人類學方面為靈魂去往異世界的嚮導。具有生命力、三界輕鬆往來、靈魂向導的特點，決定了仙童的外形應是輕盈的，像靈魂、氣息一般輕快自由，民間故事中仙童多化為魚、蓮花、桃花等輕盈形象。中國民俗認為人死後，魂魄與身體分離，靈魂升天，如《幽明錄》蔡謨（281－356）、劉青松故事即含魂魄升天的記錄。

這種理論看起來很具有魅力，他主要引用了俄國民俗學學家 Vladimir Yakovlevich Propp（1895－1970）論述在西方世界亦有魂魄乘坐具有不同形態東西升天的紀錄，其中獵人靈魂會乘坐鳥形狀的東西升天。在中國民間故事裏，仙童是靈魂，靈魂是鳥（道士、幼童等死後化為鳥），換言之，仙童即是鳥。

然而仔細檢視其理論，可以發現以下幾個問題。第一，Propp 的理論是根據俄國及西方的民間故事和傳說來建構的，而中華文化下產生的各種志怪或神怪小說與其性質不同，歷史文化背景也不同，很難直接套用他的理論。第二，大室幹雄指出：「從心理學的角度來看，仙童是引導個人走向個性化的集體無意識的倡導者，是人與人之間的生命力，更貼切地說是自然本身生命力的原始形象。從宗教學的角度來看，他是天空之神和大地母的兒子，因此，他可以自由往來於天界、地上界和冥界。對人類來說，他是生命的剝奪

---

52 此點承蒙一位評審指出，大室幹雄對青鳥有不同的詮釋，筆者應該在此略微展開討論其理論。

53 文見大室幹雄：《囲碁の民話学》（東京：岩波書店，2004年），第5章，頁145–190。

者、休咎的授予者,更重要的是,他是將人引入非日常的超自然世界,在天界、冥府或夜晚黑暗的異次元世界中徬徨的嚮導,即靈魂的導師。因此神童的外形必須是輕盈的,在水中是輕快游泳的魚,浮在水面是蓮花,在地上是輕輕點頭的桃花。當然,這只是形象的戲謔。在中國的傳說和民間故事中,我們已經窺見了其中的一部分,聖童子常常與牛和馬、龜和龍蛇合體。但基本上牛和馬是他的母親,龜和蛇是他的父親。神童的詩學,最重要的是要有一種像願望和空氣一樣的輕快感。原本靈魂就是氣息。」[54] 中國宗教傳統中並不存在帶領人類靈魂的鳥,三青鳥雖然是西王母的使者,但完全和帶領人類靈魂前往天界無關。而且既然青鳥務必是輕盈的動物,它又何須化為一位仙童呢?大室教授完全根據西方理論的說法在中國的語境中無法成立。第三,Propp 的說法必須有一定數量的故事才有可能做出如此完整的描述,而中國古代志怪或非志怪的短篇小說有關青鳥或者有關青鳥化為青衣童子的數量少得可憐,實在無法得出像 Propp 這樣的理論。大室幹雄之民俗理論則在論證青鳥轉化為青衣仙童,後者是人類靈魂的導師。筆者雖然不同意,但實際上他的理論與本文目的沒有直接的關係,因為本文之目的在說明青鳥的形象在小說這個文類中出現的頻率甚低,相對地,青鳥則頻繁地出現中國詩歌之中。

## (二) 青鳥在唐宋詩中的意象運用

　　除了小說外,青鳥在漢代以後的詩歌中有所發展,可謂彌補了它在漢畫中低下的地位。但是青鳥在漢魏詩歌之中不全是和西王母主題有關。三國繁欽〈贈梅公明詩〉:「遵此春景,既茂且長。氤氳吐葉,柔潤有光。黃條蔓衍,青鳥來翔」[55];南齊詩人王融(467－493)在其〈三月三日曲水詩〉序:「青鳥司開,條風發歲,粵上斯巳,惟暮之春。」[56] 這個青鳥的典故來

---

54 原文見大室幹雄:《囲碁の民話学》,頁173。
55 逯欽立:《先秦漢魏晉南北朝詩》,魏詩,卷3,頁384。
56 〔南朝梁〕蕭統編,〔唐〕李善注:《文選》,卷46,頁2064。

自《左傳》中提到的少昊氏以鳥名官的歷史，可能和《山海經》中的青鳥一樣古老。《左傳・昭公十七年》載，郯子朝見昭公（前510卒），昭公問他有關東夷人的祖先少皞以鳥名官之事，他答曰：「我高祖少皞摯之立也，鳳鳥適至，故紀於鳥，為鳥師而鳥名：鳳鳥氏，曆正也；玄鳥氏，司分者也；伯趙氏，司至者也；青鳥氏，司啟者也；丹鳥氏，司閉者也……」[57] 杜預注認為青鳥指的是鶬鶊，在此青鳥代表春天，方向為東方，因此「青鳥」作為一個詞彙來說，很早就出現在古代文獻中，它指的並非西王母的三青鳥。

如漢代張衡（78－139）〈西京賦〉：「翔鷃仰而不逮，況青鳥與黃雀。」[58]《文選・江淹（444－505）〈雜體詩三十首・效阮籍「詠懷」〉》：「青鳥海上遊，鷟斯蒿下飛。」唐代劉良注：「青鳥，海鳥也。」[59] 在這些詩賦之中，青鳥都沒有特別的涵義，因此我們可以知道在漢魏之間青鳥的意象不一定讓讀者立刻聯想到西王母。但在某些詩文之中，文人的確就使用了青鳥作為西王母使者的意象：

南朝・陳・伏知道〈為王寬與婦義安主書〉：「玉山青鳥，仙使難通。」（《藝文類聚》卷32 人部十六）
唐・李商隱〈無題〉詩：「蓬山此去無多路，青鳥殷勤為探看。」
唐・李商隱〈昨日〉詩：「昨日紫姑神去也，今朝青鳥使來賒。」
唐・孟浩然〈清明日宴梅道士房〉詩：「忽逢青鳥使，邀入赤松家。」
明・汪廷訥〈種玉記・赴約〉：「暫為青鳥使，忙把錦箋傳。」[60]

筆者遵照評審的意見，對漢魏六朝之後的詩歌做一個簡單的說明，因此

---

57 楊伯峻編著：《春秋左傳注》（北京：中華書局，2009年），頁1387。
58 〔南朝梁〕蕭統編，〔唐〕李善注：《文選》，卷2，頁56–57。
59 〔南朝梁〕蕭統編，〔唐〕李善等注：《六臣注文選》（北京：中華書局，1987年），卷31，頁17b，18a。
60 見漢語大詞典編輯委員會、漢語大詞典編纂處編纂：《漢語大詞典》（上海：漢語大詞典出版社，1993年），第11卷，上冊，青鳥、青鳥使條目，頁540。

特別使用北京大學數據分析研究中心,北京燕歌行科技有限公司聯合研製的《全唐詩分析系統》做了一個檢索。[61] 發現《全唐詩》至少有68首詩中出現了「青鳥」一詞,其中43例中,青鳥的主要意象是西王母的使者,這些詩的主題多數和道教有關;有21例中青鳥的意象是愛情使者,作者以青鳥表示情侶之間的傳訊使者;有3例中,作者以青鳥來代表春天的到來;最後僅有一例不確定(第37例):

> 梵林岑寂妙圓通,靈籟無聲起遠鐘。青鳥夢回天際白,赤鳥翅展海頭紅。晨光燦燦流殘月,曙色蒼蒼散曉風。自古洗心須淨地,何須假榻坐禪空。(〈題古寺〉)[62]

此詩中,青鳥似乎只是與「赤鳥」相對的一個意象,並非是和西王母有關的典故。《全唐詩》中,青鳥作為西王母使者的情況佔63%強;愛情使者佔近31%;代表春天佔近5%;不確定佔1%。這顯示了雖然青鳥作為西王母使者的傳統角色仍然被大量使用,而其愛情使者的角色已經逐漸增強,這代表了一個新變。

此外,筆者也用了同上所提的兩家公司所研發的《全宋詩分析系統》做了一個簡易的索引與分析。檢索的結果是97首詩中含有「青鳥」一詞。其中60例中青鳥為西王母使者的身分;9例為愛情使者;10例為友情使者(指同性之間的友誼);9例中青鳥代表春天,而在此9例之中有一例青鳥不僅表示春天,同時也是西王母的使者;最後10例不確定。總的來說,《全宋詩》中,青鳥作為西王母使者的情況佔近62%;愛情使者佔9%;友情使者佔10%;代表春天佔近9%;不確定佔9%。[63]

從唐宋詩的檢索結果來看,「青鳥」無疑地多數的情況下還是以西王母使者的身分出現,而唐人也喜歡將其使者的身分轉化為男女之間的魚雁往返

---

61 參見附錄1:青鳥——全唐詩。
62 陳尚君輯校:《全唐詩補編》(北京:中華書局,1992年),續拾,卷53,頁1568。
63 見附錄2:青鳥——全宋詩。

或相思的橋樑。而到了宋代，宋人更近一步活用了「青鳥」愛情使者的身分，將其用在同性的友誼之間的溝通使者。可能由於唐宋詩人頻繁使用這個典故，使得青鳥的意象和浪漫的愛情結合起來，這種愛情使者的意象逐漸凝固而深入人心。況且唐詩在現當代的影響比宋詩要大得多，因此現代中國詩歌的讀者幾乎無人不知青鳥是愛情使者的身分，但他們卻不一定知道青鳥是西王母的使者，也不知那是後來人引申出來的身分，原來青鳥只是為西王母取食的僕役。由於本文篇幅及個人學殖有限，唐宋之後的詩歌就無法加以檢索了。

## 四　小結

　　三青鳥從最早的《山海經》記載中就是為西王母取食的僕役神禽。但隨著時間的流逝，從先秦到漢朝，西王母從掌管刑罰瘟疫之神提升為掌管長生不死的女神，因此漢畫中具有無數和西王母以及其神格配合的神獸之圖像，如九尾狐、三足烏、搗藥兔等都和西王母之長生和掌管日月宇宙之主題有關。而三青鳥由於其原來的神格低下，又未能隨著西王母的神職擴張而發展出新的神職功能，因此在漢畫像傳統佔據了一個無足輕重的地位。另外，在古代中國文化中「青鳥」一詞本身就是多義的，其中有上古少皞氏以鳥名官的傳統，青鳥在此傳統中是古官名，為曆正的屬官，掌管立春、立夏，因此青鳥的意象後來又可以代表春季，作為春天到來的一個象徵。可見青鳥在詩文之中未必指向古老神話中的三青鳥。司馬相如的〈大人賦〉更是反映了當時漢朝人的看法，他把西王母的使者直接寫成三足烏，而非三青鳥。這些混淆都造成三青鳥的地位在畫像傳統中一再被壓抑，無法成為常備的畫像單元。然而儘管如此，三青鳥在南朝詩和唐宋詩中得到了新的身分和新的發展，它被簡化為「青鳥」而且被塑造成男女愛情書信往返的使者。青鳥在漢代宗教畫像中的地位低落，卻在後代的詩歌之中得到了極高的提升，這可能也是漢代以來中國古代西王母神話禽鳥圖像發展的一個特殊現象。

## 附錄1　全唐詩分析系統
### 北京大學數據分析研究中心、北京燕歌行科技有限公司聯合研製

| 序號 | 作者 | 作品 | 備註 |
| --- | --- | --- | --- |
| 1 | 捧劍僕 | 〈詩〉<br>青鳥銜葡萄，飛上金井欄。 | 愛情使者 |
| 2 | 常　建 | 〈春詞〉<br>問君在何所，青鳥舒錦翮。 | 愛情使者 |
| 3 | 沈　宇 | 〈代閨人〉<br>楊柳青青鳥亂吟，春風香靄洞房深。 | 愛情使者 |
| 4 | 皇甫冉 | 〈題蔣道士房〉<br>聞道崑崙有仙籍，何時青鳥送丹砂。 | 西王母使者 |
| 5 | 元　稹 | 〈和嚴給事聞唐昌觀玉蕊花下有遊仙〉<br>弄玉潛過玉樹時，不教青鳥出花枝。 | 西王母使者 |
| 6 | 鮑　溶 | 〈望麻姑山〉<br>自從青鳥不堪使，更得蓬萊消息無。 | 西王母使者 |
| 7 | 盧　肇 | 〈楊柳枝〉<br>青鳥泉邊草木春，黃雲塞上是征人。 | 愛情使者 |
| 8 | 段成式 | 〈戲高侍御七首・二〉<br>曾城自有三青鳥，不要蓮東雙鯉魚。 | 西王母使者 |
| 9 | 胡　曾 | 〈詠史詩・迴中〉<br>武皇無路及崑丘，青鳥西沈隴樹秋。 | 西王母使者 |
| 10 | 薛　濤 | 〈酬辛員外折花見遺〉<br>青鳥東飛正落梅，銜花滿口下瑤臺。 | 代表春天 |
| 11 | 王貞白 | 〈昭陽落花〉<br>無言屬青鳥，青鳥自銜飛。 | 愛情使者 |

| 序號 | 作者 | 作品 | 備註 |
|---|---|---|---|
| 12 | 李白 | 〈鼓吹曲辭・有所思〉<br>西來青鳥東飛去,願寄一書謝麻姑。 | 西王母使者 |
| 13 | 張九齡 | 〈感遇十二首・八〉<br>青鳥跂不至,朱鱉誰云浮。 | 西王母使者 |
| 14 | 李嶠 | 〈幸白鹿觀應制〉<br>佇看青鳥入,還陟紫雲梯。 | 西王母使者 |
| 15 | 張易之 | 〈奉和聖製夏日遊石淙山〉<br>青鳥白雲王母使,垂藤斷葛野人心。 | 西王母使者 |
| 16 | 陳子昂 | 〈感遇詩三十八首・二十五〉<br>瑤臺有青鳥,遠食玉山禾。 | 西王母使者 |
| 17 | 崔國輔 | 〈七夕〉<br>遙思漢武帝,青鳥幾時過。 | 西王母使者 |
| 18 | 孟浩然 | 〈清明日宴梅道士房〉<br>忽逢青鳥使,邀入赤松家。 | 西王母使者 |
| 19 | 錢起 | 〈貞懿皇后挽詞〉<br>通靈深眷想,青鳥獨飛來。 | 西王母使者 |
| 20 | 權德輿 | 〈送王鍊師赴王屋洞〉<br>白雲辭上國,青鳥會群仙。 | 西王母使者 |
| 21 | 劉禹錫 | 〈懷妓・一〉<br>得意紫鸞休舞鏡,能言青鳥罷銜牋。 | 西王母使者 |
| 22 | 劉禹錫 | 〈懷妓・四〉<br>青鳥去時雲路斷,姮娥歸處月宮深。 | 愛情使者 |
| 23 | 殷堯藩 | 〈宮詞〉<br>天遠難通青鳥信,風寒欲動錦花茵。 | 西王母使者 |

| 序號 | 作者 | 作品 | 備註 |
|---|---|---|---|
| 24 | 李商隱 | 〈無題〉<br>蓬山此去無多路,青鳥殷勤為探看。 | 愛情使者 |
| 25 | 李商隱 | 〈昨日〉<br>昨日紫姑神去也,今朝青鳥使來賒。 | 西王母使者 |
| 26 | 喻鳧 | 〈王母祠前寫望〉<br>芳信沈青鳥,空祠掩暮山。 | 西王母使者 |
| 27 | 劉滄 | 〈過鑄鼎原〉<br>仙界日長青鳥度,御衣香散紫霞飄。 | 西王母使者 |
| 28 | 劉滄 | 〈代友人悼姬〉<br>青鳥罷傳相寄字,碧江無復採蓮人。 | 愛情使者 |
| 29 | 劉損 | 〈憤惋詩三首・一〉<br>得意紫鸞休舞鏡,斷蹤青鳥罷銜箋。 | 愛情使者 |
| 30 | 曹唐 | 〈漢武帝將候西王母下降〉<br>歌聽紫鸞猶縹緲,語來青鳥許從容。 | 西王母使者 |
| 31 | 劉兼 | 〈命妓不至〉<br>蘇子黑貂將已盡,宋弘青鳥又空回。 | 愛情使者 |
| 32 | 昭宗皇帝 | 〈巫山一段雲・二〉<br>青鳥不來愁絕,忍看鴛鴦雙結。 | 愛情使者 |
| 33 | 南唐嗣主<br>李璟 | 〈攤破浣溪沙・二〉<br>青鳥不傳雲外信,丁香空結雨中愁。 | 愛情使者 |
| 34 | 牛嶠 | 〈女冠子・三〉<br>青鳥傳心事,寄劉郎。 | 愛情使者 |
| 35 | 顧夐 | 〈浣溪沙・四〉<br>青鳥不來傳錦字,瑤姬何處鎖蘭房,忍教魂夢兩茫茫。 | 愛情使者 |

| 序號 | 作者 | 作品 | 備註 |
|---|---|---|---|
| 36 | 孫光憲 | 〈生查子・五〉<br>半醉倚紅妝，轉語傳青鳥。 | 愛情使者 |
| 37 | 周如錫<br>（一作<br>「如鍉」） | 〈題古寺〉<br>青鳥夢回天際白，赤鳥翅展海頭紅。 | 不確定 |
| 38 | 李　嶠 | 〈雜曲歌辭　東飛伯勞歌〉<br>傳書青鳥迎簫鳳，巫嶺荊臺數通夢。 | 愛情使者 |
| 39 | 顧　況 | 〈梁廣畫花歌〉<br>紫書分付與青鳥，卻向人間求好花。 | 西王母使者 |
| 40 | 鮑　溶 | 〈懷尹真人〉<br>青鳥飛難遠，春雲晴不閑。 | 西王母使者 |
| 41 | 李　白 | 〈以詩代書答元丹丘〉<br>青鳥海上來，今朝發何處。 | 西王母使者 |
| 42 | 李　白 | 〈題元丹丘潁陽山居〉<br>益願狎青鳥，拂衣棲江濆。 | 西王母使者 |
| 43 | 鮑　溶 | 〈懷仙二首・一〉<br>青鳥更不來，麻姑斷書信。 | 西王母使者 |
| 44 | 鮑　溶 | 〈經秦皇墓〉<br>珠華翔青鳥，玉影耀白兔。 | 西王母使者 |
| 45 | 李　紳 | 〈鶯鶯歌（逸句〔1〕）・三〉<br>還怕香風易飄蕩，自令青鳥口啣之。<br>（同上〔卷四〕） | 愛情使者 |
| 46 | 李　頎 | 〈送喬琳〉<br>青鳥迎孤棹，白雲隨一身。 | 代表春天 |

| 序號 | 作者 | 作品 | 備註 |
|---|---|---|---|
| 47 | 萬楚 | 〈小山歌〉<br>今日長歌思不堪,君行為報三青鳥。 | 西王母使者 |
| 48 | 劉長卿 | 〈自紫陽觀至華陽洞宿侯尊師草堂簡同遊李延年〉<br>青鳥來去閑,紅霞朝夕變。 | 西王母使者 |
| 49 | 李白 | 〈代寄情楚詞體〉<br>使青鳥兮銜書,恨獨宿兮傷離居。 | 愛情使者 |
| 50 | 韋應物 | 〈寶觀主白鸜鵒歌〉<br>豈不及阿母之家青鳥兒,漢宮來往傳消息。 | 西王母使者 |
| 51 | 劉復 | 〈遊仙〉<br>寄音青鳥翼,謝爾碧海流。 | 西王母使者 |
| 52 | 白居易 | 〈山石榴花十二韻〉<br>好差青鳥使,封作百花王。 | 西王母使者 |
| 53 | 李延陵 | 〈自紫陽觀至華陽洞宿侯尊師草堂簡同遊〉<br>青鳥來去閑,紅霞朝夕變。 | 西王母使者 |
| 54 | 杜甫 | 〈雜曲歌辭 麗人行〉<br>楊花雪落覆白蘋,青鳥飛去銜紅巾。 | 代表春天 |
| 55 | 劉禹錫 | 〈琴曲歌辭 飛鳶操〉<br>青鳥自愛玉山禾,仙禽徒貴華亭露。 | 西王母使者 |
| 56 | 李白 | 〈相和歌辭・相逢行二首一〉<br>願因三青鳥,更報長相思。 | 西王母使者 |
| 57 | 陳子昂 | 〈春臺引〉<br>嘉青鳥之辰,迎火龍之始。 | 代表春天 |
| 58 | 韋應物 | 〈漢武帝雜歌三首・一〉<br>欲來不來夜未央,殿前青鳥先迴翔。 | 西王母使者 |

| 序號 | 作者 | 作品 | 備註 |
|---|---|---|---|
| 59 | 李康成 | 〈玉華仙子歌〉<br>不學蘭香中道絕，卻教青鳥報相思。 | 西王母使者 |
| 60 | 韓　愈 | 〈華山女〉<br>僊梯難攀俗緣重，浪憑青鳥通丁寧。 | 西王母使者 |
| 61 | 劉禹錫 | 〈吐綬鳥詞〉<br>不學碧雞依井絡，願隨青鳥向層城。 | 西王母使者 |
| 62 | 光威哀 | 〈聯句〉<br>繡牀怕引烏龍吠，錦字愁教青鳥銜。 | 愛情使者 |
| 63 | 盧照鄰 | 〈行路難〉<br>黃鶯一一向花嬌，青鳥雙雙將子戲。 | 愛情使者 |
| 64 | 岑　參 | 〈江行遇梅花之作〉<br>願得青鳥啣此花，西飛直送到我家。 | 愛情使者 |
| 65 | 李　賀 | 〈惱公〉<br>符因青鳥送，囊用絳紗縫。 | 西王母使者 |
| 66 | 李　白 | 〈經亂離後天恩流夜郎憶舊遊書懷贈江夏韋太守良宰〉<br>謂我不愧君，青鳥明丹心。 | 西王母使者 |
| 67 | 黃　台 | 〈問政山〉<br>海上使頻青鳥黠，篋中藏久白驢頑。 | 西王母使者 |
| 68 | 白居易 | 〈和夢遊春詩一百韻〉<br>烏龍臥不驚，青鳥飛相逐。 | 西王母使者 |

## 附錄2　全宋詩分析系統
## 北京大學數據分析研究中心，北京燕歌行科技有限公司聯合研製

| 序號 | 作者 | 作品 | 備註 |
|---|---|---|---|
| 1 | 南鄭殿丞 | 〈句・其一〉<br>青鳥幾傳王母信，白鵝曾換右軍書。 | 西王母使者 |
| 2 | 許及之 | 〈蓼岸〉<br>更尋紅蓼岸，都有幾鴉{青鳥}。 | 不確定 |
| 3 | 白玉蟾 | 〈山中憶鶴林・其一〉<br>碧桃兮花落，青鳥去兮春寂寞。 | 代表春天 |
| 4 | 方　鳳 | 〈八景勝概・劍峽遲鸞〉<br>峽中候帝子，青鳥空徘徊。 | 西王母使者 |
| 5 | 胡　宿 | 〈皇帝閣春帖子・其五〉<br>春官青鳥司開啟，星舍蒼龍主發生。 | 代表春天 |
| 6 | 薛　映 | 〈戊申年七夕五絕・其二〉<br>青鳥潛來報消息，一時西望九花虯。 | 代表春天 |
| 7 | 張　秉 | 〈戊申年七夕五絕・其四〉<br>漫教青鳥傳消息，金簡長生得也麼。 | 西王母使者 |
| 8 | 錢惟演 | 〈戊申年七夕五絕・其四〉<br>青鳥當時下紫雲，綺囊書祕露桃新。 | 西王母使者 |
| 9 | 蘇　軾 | 〈贈別〉<br>青鳥銜巾久欲飛，黃鶯別主更悲啼。 | 友情使者 |
| 10 | 張　耒 | 〈和人二首・其一〉<br>青鳥何曾寄音信，碧雲剛解報黃昏。 | 友情使者 |
| 11 | 李　綱 | 〈春詞二十首・其一四〉<br>青鳥飛來動檻花，翠衿紺趾哢交加。 | 西王母使者<br>代表春天 |

| 序號 | 作者 | 作品 | 備註 |
|---|---|---|---|
| 12 | 朱淑真 | 〈聞鵲〉<br>青鳥已承雲信息，預先來報兩三聲。 | 代表春天 |
| 13 | 王之道 | 〈游毛公洞六首·其五〉<br>青鳥似知予意確，故傳仙語傍人飛。 | 西王母使者 |
| 14 | 王之道 | 〈游毛公洞六首·其六〉<br>偶因青鳥遂幽尋，翠壁蒼崖白日陰。 | 不確定 |
| 15 | 葛立方 | 〈四絕贈馬浩然法師·李筌吳真君〉<br>君方濡筆書靈篆，已有飛來青鳥銜。 | 西王母使者 |
| 16 | 姜特立 | 〈和張倅湖上十絕·其四〉<br>青鳥想傳佳客至，不須驚汝問莓苔。 | 西王母使者 |
| 17 | 白玉蟾 | 〈紅巖感懷四首·其四〉<br>山深兮地僻，青鳥不來兮淒苦。 | 西王母使者 |
| 18 | 白玉蟾 | 〈洞前亭〉<br>洞前春水漾桃溪，洞後數聲青鳥啼。 | 西王母使者 |
| 19 | 周弼 | 〈真娘墓〉<br>青鳥傳書渡海遲，亂山衰草葬蛾眉。 | 西王母使者 |
| 20 | 胡仲弓 | 〈寄意三絕·其一〉<br>青鳥不來雲路隔，碧桃無復舊春風。 | 愛情使者 |
| 21 | 釋行海 | 〈小游仙〉<br>青鳥銜書徧海涯，香風不返五雲車。 | 西王母使者 |
| 22 | 鄧林 | 〈鄧郁〉<br>不應輕信雙青鳥，便遣東都事業休。 | 西王母使者 |
| 23 | 何夢桂 | 〈柬王德甫·其二〉<br>青鳥不來春又去，門前數盡落花飛。 | 代表春天 |

| 序號 | 作者 | 作品 | 備註 |
|---|---|---|---|
| 24 | 趙必曄 | 〈和榴皮題壁韻〉<br>二十八言留壁上,不須青鳥為傳書。 | 西王母使者 |
| 25 | 仇遠 | 〈王母圖〉<br>紫輦不留青鳥去,小兒空識茂陵秋。 | 西王母使者 |
| 26 | 郭祥正 | 〈山中吟〉<br>美人一別隔滄海,青鳥寄與雙明璫。<br>青鳥東飛亦不返,草色綠縟雲徜徉。 | 愛情使者 |
| 27 | 劉兼 | 〈命妓不至〉<br>蘇子黑貂將已敝,宋弘青鳥又空迴。 | 愛情使者 |
| 28 | 劉敞 | 〈蔣生〉<br>猶傳有青鳥,往往寄消息。 | 西王母使者 |
| 29 | 陳軒 | 〈題蓬萊觀〉<br>白鵝乘去人何在,青鳥飛來信已遙。 | 西王母使者 |
| 30 | 陸佃 | 〈依韻和雙頭芍藥十六首・其一〇〉<br>曾教王母藏青鳥,擬問嫦娥借玉梳。 | 西王母使者 |
| 31 | 賀鑄 | 〈和杜仲觀青字詩二首・其一〉<br>心事屬青鳥,青驄能少留。 | 愛情使者 |
| 32 | 趙企 | 〈題顯孝南山寺〉<br>青鳥向人疑有意,白雲迎客不無情。 | 不確定 |
| 33 | 晁沖之 | 〈都下追感往昔因成二首・其二〉<br>春風踏月過章華,青鳥雙邀阿母家。 | 西王母使者 |
| 34 | 司馬槱 | 〈閨怨二首・其二〉<br>鏡合紫鸞來有信,雲深青鳥去無蹤。 | 愛情使者 |
| 35 | 趙鼎臣 | 〈聞蘇叔黨至京客於高殿帥之館而未嘗相聞以詩戲之〉<br>別後欲知安否在,試憑青鳥問何如。 | 友情使者 |

| 序號 | 作者 | 作品 | 備註 |
| --- | --- | --- | --- |
| 36 | 廖 剛 | 〈次韻劉天常赴郡會有作・其一〉<br>青鳥不傳言外意，紫雲應識醉中真。 | 友情使者 |
| 37 | 應 廓 | 〈七夕〉<br>仙槎逐浪浮銀漢，青鳥傳音到帝宮。 | 西王母使者 |
| 38 | 王庭珪 | 〈段廷瑞四美堂〉<br>莫唱黃雞催曉曲，且聽青鳥勸提壺。 | 不確定 |
| 39 | 孫 覿 | 〈何倅利見許出侍兒襲明用前韻賦詩再和・其二〉<br>青鳥殷勤問消息，留髡滅燭許誰同。 | 愛情使者 |
| 40 | 周紫芝 | 〈宿隱靜作〉<br>青鳥也隨人聽法，老禪聊為客燒香。 | 不確定 |
| 41 | 李 綱 | 〈聞子規〉<br>不如且住碧山中，為憑青鳥通消息。 | 友情使者 |
| 42 | 呂本中 | 〈江上二首・其一〉<br>未蒙青鳥信，虛負白鷗盟。 | 友情使者 |
| 43 | 洪 皓 | 〈立春有感〉<br>司啟空傳青鳥氏，迎春不見翠雲裘。 | 代表春天 |
| 44 | 釋正覺 | 〈與陳禪人〉<br>白蘋風作江頭秋，青鳥夢隨沙水流。 | 不確定 |
| 45 | 王之道 | 〈詠梅示魏吉老〉<br>欲識東君好消息，夜來青鳥宿南枝。 | 代表春天 |
| 46 | 朱 槔 | 〈僕自以四月十四日自延平歸所寓之南軒積雨陰濕體中不佳二十五日夜夢至一處流水被道色清絕若有欄檻而無屋宇有筆硯皆浸水中予驚問何地旁有應者曰此玉瀾堂也夢中欲取 | 西王母使者 |

| 序號 | 作者 | 作品 | 備註 |
|---|---|---|---|
| | | 水中筆硯作詩詩未成而覺意緒蕭爽殆不類人世雞已一再鳴矣因賦此〉<br>當與瑤池作同社，紅巾青鳥兩相忘。 | |
| 47 | 王十朋 | 〈游仙都〉<br>香清天上碧華落，音好林間青鳥呼。 | 西王母使者 |
| 48 | 陳天麟 | 〈登上嶺遊黃山・其二〉<br>閬苑欲傳青鳥信，壺天安用白雲封。 | 西王母使者 |
| 49 | 陸　游 | 〈浮世〉<br>青鳥來雲外，銅駝臥棘中。 | 西王母使者 |
| 50 | 陳文蔚 | 〈再用韻呈趙守〉<br>池淨白鷗相對浴，客來青鳥故雙飛。 | 不確定 |
| 51 | 裘萬頃 | 〈兀坐有感〉<br>已共白雲論久要，更尋青鳥問長生。 | 西王母使者 |
| 52 | 程　珌 | 〈王母致語〉<br>青鳥銜餌海邊來，報道群仙浴佛回。 | 西王母使者 |
| 53 | 葉　發 | 〈麻姑巖〉<br>麻姑去不來，青鳥無消息。 | 西王母使者 |
| 54 | 華　岳 | 〈呈魯伯瞻〉<br>信斷無青鳥，盟寒有白鷗。 | 友情使者 |
| 55 | 岳　珂 | 〈新荷出水〉<br>瑤池七日來青鳥，玉鑑孤奩舞翠鸞。 | 西王母使者 |
| 56 | 戴　昺 | 〈七夕感興二首・其二〉<br>青鳥蟠桃方士信，金釵鈿合逆胡基。 | 西王母使者 |
| 57 | 陳大方 | 〈萬壽觀・其一〉<br>青鳥豈傳金母信，彩鸞應返玉皇樓。 | 西王母使者 |

| 序號 | 作者 | 作品 | 備註 |
|---|---|---|---|
| 58 | 胡仲弓 | 〈和希膺韻〉<br>白鷗早已寒前約，青鳥誰知誤後期。 | 友情使者 |
| 59 | 王義山 | 〈王母祝語　蟠桃花詩〉<br>紅雲元透西崑路，青鳥銜枝花顫舞。 | 西王母使者 |
| 60 | 陳　著 | 〈杜工部詩有送弟觀歸藍田迎新婦二首偶與縣尉弟達觀同名娶事又同因韻戲示・其一〉<br>墨龜初卜食，青鳥好音回。 | 愛情使者 |
| 61 | 史少南 | 〈白龍洞磨崖〉<br>青鳥山深藏宿霧，白猿洞敞納晨暉。 | 西王母使者 |
| 62 | 黃文雷 | 〈送故〉<br>共惟青鳥仙，倘亦知吾窮。 | 西王母使者 |
| 63 | 陳　杰 | 〈泛西湖〉<br>青鳥慣含紅旆去，小娃頻採白蓮回。 | 西王母使者 |
| 64 | 方　回 | 〈寄題趙高士委順山房〉<br>欲乞長年仗青鳥，三危天遠肯重來。 | 西王母使者 |
| 65 | 文天祥 | 〈海上〉<br>天邊青鳥逝，海上白鷗馴。 | 不確定 |
| 66 | 仇　遠 | 〈閻氏園池〉<br>海岳不傳青鳥信，石房誰伴白雲眠。 | 西王母使者 |
| 67 | 徐秋雲 | 〈題明皇〉<br>誰信蓬萊青鳥使，回來無語怨漁陽。 | 西王母使者 |
| 68 | 李潛真 | 〈遊麻姑山〉<br>朱絃未達鍾期耳，青鳥空傳漢殿書。 | 西王母使者 |
| 69 | 趙處澹 | 〈題周恭叔謝池讀書處〉<br>幽趣靜看青鳥啄，閑情獨羨白鷗眠。 | 不確定 |

| 序號 | 作者 | 作品 | 備註 |
|---|---|---|---|
| 70 | 釋契嵩 | 〈感遇九首・其二〉<br>空際時澄明，烟暇眇青鳥。 | 西王母使者 |
| 71 | 姜特立 | 〈閩中得家書〉<br>迢迢碧海路，青鳥長來去。 | 西王母使者 |
| 72 | 林希逸 | 〈雁足書〉<br>青鳥儘家使，吾今益信渠。 | 西王母使者 |
| 73 | 謝翱 | 〈峨眉老人別子歌〉<br>青鳥年年來，寄書久不到。 | 友情使者 |
| 74 | 謝翱 | 〈落梅詞〉<br>青鳥夢中見，畏來花下飛。 | 友情使者 |
| 75 | 謝翱 | 〈玉井水〉<br>冰枝脫葉墜欲舞，青鳥伺枝忽銜去。 | 西王母使者 |
| 76 | 劉敞 | 〈雜詩二十二首・其四〉<br>青鳥通其使，雄鳥為之媒。 | 西王母使者 |
| 77 | 劉弇 | 〈留題疏山白雲禪院因呈長老秀公〉<br>松蘿青鳥咻，江影卷餘白。 | 西王母使者 |
| 78 | 蘇籀 | 〈僧庵崖上榴花〉<br>青鳥蘼絳巾，奇膠綴琴軫。 | 西王母使者 |
| 79 | 汪莘 | 〈陋居五詠・竹澗〉<br>青鳥去還來，白魚沉更浮。 | 不確定 |
| 80 | 白玉蟾 | 〈暮雲辭〉<br>青鳥杳不來，白雲去玉京。 | 西王母使者 |
| 81 | 白玉蟾 | 〈公無渡河〉<br>百官極目望八駿，青鳥寥寥空暮霞。 | 西王母使者 |

| 序號 | 作者 | 作品 | 備註 |
|---|---|---|---|
| 82 | 彭汝礪 | 〈答同舍游凝祥池〉<br>仙人驂鸞入雲霧，寂寂不聞青鳥語。 | 西王母使者 |
| 83 | 吳則禮 | 〈和蠟梅詩〉<br>梅花亂落青鳥去，大是天公送君句。 | 西王母使者 |
| 84 | 劉宰 | 〈病鶴吟上黃尚書〉<br>寄聲青鳥謝勤拳，摧頹病鶴那能然。 | 西王母使者 |
| 85 | 李壁 | 〈祀神詞〉<br>神來歸兮洋水，舞青鳥兮都庭。 | 西王母使者 |
| 86 | 林景熙 | 〈賦梅一花得使字〉<br>斜陽凍蝶愁未知，海上先鋒青鳥使。 | 西王母使者 |
| 87 | 郭祥正 | 〈凌歊臺呈同游李察推〉<br>玉簫金笛鳴高樓，悵望傳書落青鳥。 | 西王母使者 |
| 88 | 張景端 | 〈題梅山〉<br>碧苴香不斷，青鳥性偏馴。 | 西王母使者 |
| 89 | 洪炎 | 〈次韻和了信上座〉<br>赤烏銜符得寶書，青鳥拂簷來報喜。 | 西王母使者 |
| 90 | 范浚 | 〈六笑〉<br>胡為托青鳥，乃欲長年齡。 | 西王母使者 |
| 91 | 韓元吉 | 〈上巳日王仲宗趙德溫見過因招趙仲鎮任卿小集以流水放杯行分韻得行字〉<br>青鳥忽飛去，素鱗盤水精。 | 代表春天 |
| 92 | 白玉蟾 | 〈可惜〉<br>白雲漠漠去無盡，青鳥杳杳何曾來。 | 西王母使者 |
| 93 | 白玉蟾 | 〈玉真瑞世頌〉<br>青鳥不至，翠蓬忘歸。 | 西王母使者 |

| 序號 | 作者 | 作品 | 備註 |
|---|---|---|---|
| 94 | 梅堯臣 | 〈花娘歌〉<br>青鳥傳音日幾迴,雞鳴歸去暮還來。 | 愛情使者 |
| 95 | 黃　台 | 〈題歙州問政山聶道士所居〉<br>海上使頻青鳥點,篋中藏久白驢頑。 | 西王母使者 |
| 96 | 高斯得 | 〈三麗人行〉<br>誰知青鳥不解事,還報從人嬉水亭。 | 愛情使者 |
| 97 | 胡次焱 | 〈嫠答媒〉<br>王母有差事,青鳥信頻傳。 | 西王母使者 |

# 從空同看崑崙的漢代「增義」[*]

張夢如

香港浸會大學中國語言文學系

　　學界前賢主要從地理研究和神話研究入手，[1] 破解圍繞在中國宇宙山崑崙之上的眾多謎團。[2] 本文從地理研究的角度切入，關心崑崙的地望所在。

---

[*] 本文是筆者「道教宇宙山」系列的第一篇論文，論述崑崙與空山為同一座宇宙山，但又存在差異。第二篇論文為本人博士論文〈北天極的投射：上清經文中的空間構建〉第四章：〈宇宙山：空同與空山〉，主要內容以〈「空同」與「空山」：上清經文中的互文性隱喻〉之名，發表於「第七屆魏晉南北朝文學與思想國際學術研討會」（臺南：成功大學中文系，2024年），並刊於《臺大中文學報》第85期（2024年6月），頁47–90。此文指出東晉上清經文延續漢地傳統宇宙觀，繼承與發展了宇宙山「空同」和「空山」一詞，並創造了修真者於此地獲得經文、法術的宗教敘事。另外筆者還撰有〈「空同靈瓜」考〉，丁小明、羅爭鳴主編：《中國古典文獻研究》（第三輯）（桂林：廣西師範大學出版社，2024年），頁270–292。

[1] 以下文章均出自米海萍編選：《專家學者論崑崙》（北京：社會科學文獻出版社，2018年）。神話研究有，蘇雪林：〈崑崙之謎〉，頁94–148；王孝廉：〈絕地天通——以蘇雪林教授對崑崙神話主題解說為起點的一些相關考察〉，頁59–70；杜而未：〈崑崙神話的發明意義〉，頁71–93；湯惠生：〈神話中之崑崙山考述——崑崙神話與薩滿教宇宙觀〉，頁473–492。地理研究有，顧頡剛：〈《莊子》和《楚辭》中崑崙與蓬萊兩個神話系統的融合〉，頁235–262；顧頡剛：〈崑崙和河源的實定〉，頁275–281；丁山：〈河出崑崙說〉，頁282–295；葉舒憲：〈「河出崑崙」神話地理發微〉，頁296–316；劉宗迪：〈崑崙山：在神話的光芒之下〉，頁317–325。

[2] 御手洗勝運用米爾恰·伊利亞德（Mircea Eliade）有關薩滿教之宇宙中心理論來研究中國神話中的宇宙山。見御手洗勝：〈地理的世界觀の変遷——鄒衍の大九州說に就いて〉，《東洋の文化と社會》第6期（1957年），頁1–24；〈崑崙傳說と永劫回歸〉，收入御

不同於前輩學人關注崑崙究竟位於地平面上的何方，筆者則有意探討垂直於大地之上、縱向空間中的崑崙方位。有此疑問是基於筆者發現空同即崑崙，空同的地望所在並不強調其在大地之上的具體方位，而是以盤旋於其上的北極星為定位依據。通過研究兩者之間的眾多隱秘性聯繫，認定二者同一，再加之兩漢之際出土的墓葬圖像，筆者發現原本屬於空同的天文特質被增添到崑崙之上。崑崙內涵的變遷，回答了為何兩漢墓葬中的某些山形圖像難以被判定為崑崙山。下文將首先對崑崙即空同的同一性關係展開論證，再明確有關空同背後的天文學與宇宙論的知識，然後以空同為標尺反觀崑崙，最後以兩漢墓葬中的山形圖像為證，以此觀照文獻中崑崙在漢代的「增義」過程。

## 一　崑崙即空同

崑崙即空同的原因如下：二者同屬相同聯綿詞族，詞義幾乎重合而詞音極為相似；兩山皆有黃帝造訪；都有弱水或白水作為護山河；眾多地望中，西北成為二者的共同所在。[3] 崑崙何時見於中國古籍的時間不能考，但汲

---

手洗勝著：《古代中國の神々：古代傳說の研究》（東京：創文社，1984年），頁681–719。另有李豐楙：〈崑崙、登天與巫俗傳統——楚辭巫系文學之二〉，收入國立彰化師範大學國文學系「中國詩學會議」籌備委員會主編：《中國詩學會議論文集——先秦兩漢詩學》（彰化：國立彰化師範大學國文學系，1994年），頁54–102。由於文獻資料所限，薩滿及巫與宇宙山之關係的研究主要集中在戰國至漢武帝之前，筆者未見此後專題研究。「薩滿」（shaman）一詞為通古斯語，伊利亞德藉此形容中亞、北亞的薩滿活動。將此詞用於中國早期宗教研究時，會與「巫」關聯但又存在區分。對於二者的研究，多集中在戰國時代，利用《楚辭·九歌》研究楚地的宗教文化。薩滿與巫文化的最重要特徵是，強調人之靈魂的二元論。Nicholas Morrow Williams (魏寧), "Shamans, Souls, and *Soma*: Comparative Religion and Early China," *Journal of Chinese Religions* 48.2 (2020): pp. 147–173. 中國薩滿與巫的差異性研究，見Williams, p. 149, n. 5。一般認為漢武帝以後薩滿的宗教地位越來越低，但林富士（Fu-shih Lin）指出，西晉到隋的很多君主信仰薩滿，並令薩滿參與國家祭祀。Lin, "Shamans and Politics," in *Early Chinese Religion, Part One: Shang through Han (1250 BC–220 AD)*, ed. John Lagerwey and Marc Kalinowski (Leiden and Boston: Brill, 2009), pp. 275–318.

3　兩山各有弱水或白水這一無法渡河的河水環繞；以及兩山的地望均在中國西北。前者文獻眾多不再贅述，後者專論崑崙位於西北有，御手洗勝：〈地理的世界觀の変遷〉，頁

冢三書，諸子書，〈離騷〉、〈天問〉皆載，《尚書・禹貢》亦載。[4] 相比之下，作為山名的空同一詞出現較晚，《莊子・在宥》是現今最早的文獻出處。

從聯綿詞的角度看，二者語義皆指渾沌不分、宇宙原初的創生階段，或形容宇宙初創時窈冥不清、渾然不分的狀態，並且二者的上古語音相近。[5] 以往針對崑崙詞義與字音的研究多從語源學和語義學的角度出發單獨探討崑崙的含義，[6] 本文則著眼聯綿詞族的語音與語義的互通性，重新認識崑崙與空同。[7]「崑崙」又寫作「昆侖」、「崐崘」、「昆崘」，[8] 從其語義而言，利奧

---

1–24。空同在西北，見羅寧：〈玄學與才藻：《世說新語》「空洞無物」事義詳說〉，《嶺南學報》復刊第19輯（2023年），頁97–124。

4　關於上述古籍中的「崑崙」記載，見蘇雪林：〈崑崙之謎〉，頁95–99。以上諸書大約成書於戰國，如古本《竹書紀年》被認為是戰國時人所作；《逸周書》的正文成書於公元前3世紀；《穆天子傳》前四卷（崑崙見於卷2）成書於前4至3世紀；《莊子・在宥》大約問世於秦末或前208年；〈離騷〉、〈天問〉為屈原所作，約成書於前4至3世紀；《尚書・禹貢》被認為成書於秦代，Michael Loewe（魯惟一）, ed., *Early Chinese Texts: A Bibliographical Guide* (Berkeley, CA: University of California, Berkeley, 1993), pp. 230, 342–343, 56–57, 48, 378。

5　薛愛華（Edward H. Schafer）指出，很難忽視「空同」與「崑崙」及「渾沌」在語言學上的親緣關係，但這種關係尚不能證實。本文是筆者針對薛愛華的問題做出的回應。Schafer, *Pacing the Void: T'ang Approaches to the Stars* (Berkeley and Los Angeles: University of California Press, 1977), p. 251.

6　凌純聲總結丁山、衛聚賢、蘇雪林、程發軔、杜而未、徐高阮六家之說，他們分別認為「崑崙」指祁連山、兩河流域的巴比倫山、月山、須彌山等，而凌氏本人認為「崑崙」是兩河流域廟塔Ziggurat的音譯。凌純聲：〈崑崙丘與西王母〉，原載臺灣《中央研究院民族學研究所集刊》總第22期（1966年），頁215–255；後收入遲文杰主編：《西王母文化研究集成・論文卷》（桂林：廣西師範大學出版社，2008年），上卷，頁45–87。「崑崙」是吐火羅語的漢譯詞，就是今天的祁連山，見林梅村：〈祁連與崑崙〉，後收入遲文杰：《西王母文化研究集成・論文卷》，中卷，頁627–631。

7　薛愛華將聯綿詞分成兩大類：名義上的聯綿詞（Nominal binoms）和有回聲效果的聯綿詞（Echoic binoms）。前者是雙音節名詞，由兩個受限制的音節組成；後者包含疊字、雙聲、疊韻以及以上三種都不屬於的聯綿詞，共四種情況。Schafer, *Combined Supplements to Mathews* (Berkeley, CA: Department of Oriental Languages, University of California, 1982), Preface, pp. 4–5.

8　符定一編：《聯緜字典》（北平：中華書局，1946年），寅集，頁173–175。

波德・德索敘爾（Léopold de Saussure）認為是崑崙指「天之穹隆的形狀」。[9] 御手洗勝認為崑崙的原意是「天體」，如果用一個字表示崑崙就是「圜」。[10] 鐵井慶紀認為崑崙與混沌同源，混沌是《莊子・應帝王》所記載的中央大帝之名，換言之，崑崙就是中心的意思。[11] 呂微利用鄭玄（127－200）對《周禮》的注解，崑崙又可寫作「混淪」或「渾沌」，並認為崑崙是一座旋轉的山，也與「天象圓」密切相關。[12] 近年來，賀敢碩指出崑崙的本義還有「恍惚」、「窈冥」、「罔象」之意。賀氏依據揚雄（前53－18）《太玄・中》，該篇將「崑崙」解釋為天之渾淪磅礴又隱而不顯的狀態。[13]

空同與崑崙為一對結構相似的聯綿詞，這一語族整體含義為視之不見、渾然不分、廣袤無垠。[14]「空同」在其他文獻中又作「空洞」、「空桐」、「空峒」、「倥侗」或「崆峒」。[15] 據羅寧的研究，「空同」是一個形容詞，形容道之恍恍惚惚、茫昧不清、暗昧不明的狀態。「空同」是黃帝造訪仙人——廣成子的居所，是一個地名。羅寧認為這一文段中廣成子對道的形容「至道之精，窈窈冥冥；至道之極，昏昏默默」，[16] 透露出「空同」的意蘊。[17] 因此

---

[9] 利奧波德・德索敘爾的依據為《康熙字典》：「凡物之圜渾者曰昆侖」以及《晉書・天文志》：「天形穹隆，如雞子，其際如幕，四海之表周接，元氣上浮。」轉引自王孝廉：《中國神話世界》（臺北：洪葉文化事業公司，2006年），下編，頁95–96。

[10] 御手洗勝對於崑崙為天丘、帝下之都有詳細考證，見御手洗勝：〈崑崙傳說の起源〉，轉引自王孝廉：《中國神話世界》，下編，頁96。

[11] 鐵井慶紀：〈崑崙傳說についての一試論——エリアーデ氏の「中心のシンボリズム」に立脚して〉，《東方宗教》第45號（1975年），頁34–37。

[12] 呂微：〈「崑崙」語義釋源〉，《民間文學論壇》1987年第5期，頁88–89。

[13] 賀敢碩：〈實定與混淪——語文學與思想史相交互的「崑崙」研究〉，《西南民族大學學報（人文社會科學版）》2022年第11期，頁29。

[14] 崑崙與空同相似聯綿結構的聯綿詞族還包括：昆崚、混淪、混沌、渾沌、汪洋、瀇瀁、鴻洞、空洞、空同、崆峒，見蘭桂麗著：《聯綿詞族叢考》（上海：學林出版社，2012年），頁234–240。聯綿詞族內的兩個詞之所以含義相通，是因為同語族內的兩個詞必定含有相通的語義源，其他語義都是在此基礎上衍生而成，同前書，頁19。

[15] 符定一：《聯緜字典》，午集，頁326–327。

[16] 〔先秦〕莊周撰，〔清〕郭慶藩集釋，王孝魚點校：《莊子集釋》（北京：中華書局，2012年），卷4下，頁381。

[17] 羅寧：〈玄學與才藻〉，頁97–124。

空同與崑崙以及相關的聯綿詞族，在語義上皆為天地初生時混沌不分，窈冥茫昧，恍恍惚惚的狀態。當這一形容詞化作山名時，說明這座山與宇宙創生的初始階段有關。

就語音而言，兩詞的上古音分別是：空，溪東，同，定東；崑，見文，崙，來文。[18] 從最新的上古音的構擬成果來看，在白一平——沙加爾（W. H. Baxter-L. Sagart）的上古音系中，「空」為*kʰˤoŋ，「同」為*lˤoŋ；「昆」為*[k]ˤu[n]，而「侖」與「崙」都沒有構擬音。不過依據段玉裁（1735－1815）提出的「同聲必同部」原則，[19] 即與之聲旁相同的漢字，有著相同的調音部位，筆者找到相同聲旁的「論」、「倫」、「輪」，三者皆為*[r]u[n]，[20] 以此視為「崙」、「侖」的構擬音。「昆」、「空」的聲母同為圓唇舌根音 kˤ、kʰˤ；而「崙」、「同」的聲母同為響音*[r]、*lˤ；但是兩詞的韻母不同，分別屬於收銳音韻尾和舌根韻尾音節。[21] 筆者懷疑空同可能是楚地的發音，故與崑崙讀音稍有不同。不過據上述分析，已經可知兩詞的上古讀音極為相近。

其二，出現在崑崙及空同的人物都是與大道有關的中央大帝——黃帝，也隱喻此山在大地中央。崑崙與西王母的關係是一個無法忽略的問題，[22] 通

---

18 以上四字的上古音韻情況，分見郭錫良編著：《漢字古音手冊（增訂本）》（北京：商務印書館，2011年），頁446、454-455、385、391。

19 段玉裁《六書音韻表・古諧聲說》：「一聲可諧萬字，萬字而必同部。同聲必同部，明乎此，而部分、音變、平入之相配、四聲之古今不同，皆可得矣。」見〔清〕段玉裁：《六書音韻表》（北京：中華書局，1983年），卷1，頁22a。

20 以上漢字的上古音構擬，見於William H. Baxter and Laurent Sagart, *Old Chinese: A New Reconstruction* (New York: Oxford University Press, 2014), pp. 62, 111, 64, 71。網址：http://ocbaxtersagart.lsait.lsa.umich.edu，最後檢視日期：2023年3月7日。

21 Baxter, *A Handbook of Old Chinese Phonology* (Berlin and New York: Mouton de Gruyter, 1992), pp. 177, 425, 505. 中譯本白一平著，龔群虎、陳鵬、翁琳佳譯：《漢語上古音手冊》（上海：上海教育出版社，2020年），頁188、477、569。

22 西王母可能是中華文明史前母系社會時期的一位古老女神。Homer H. Dubs（德效騫），"An Ancient Chinese Mystery Cult," *The Harvard Theological Review* 35.4 (1942): p. 223. 而且本是一位來自西戎的女神，吳晗：〈西王母與西戎——西王母與崑崙山之一〉，《清華周刊》第36卷第4、5期（1931年），收入米海萍：《專家學者論崑崙》，據此援引，頁559。森雅子認為在西王母的眾多形象中，最為基本核心的形象是「大母神」形象，崇

過《漢書》、《易林》等文獻可知，公元前1世紀西王母信仰開始出現，到1世紀廣為流傳，[23] 而直到東漢時傳世文獻與出土畫像中才出現西王母與崑崙山的結合。[24] 然而通過墓室畫像，我們發現直到2世紀崑崙才成為西王母的居住地。[25] 因此筆者轉而梳理成書時間相對可靠的先秦文獻《莊子》，此書兩

---

拜母親的特質，是中國原有的母神形象，但在殷商之前就已衰敗消失。森雅子：〈西王母の原像——中國古代神話における地母神の研究〉，《史學》1986年第3期，頁61–93。西王母於不同地區流傳及形象演變共有三類，分別是《穆天子傳》中居於西方之國的西王母，《莊子》中道家化的西王母，以及《山海經》中將西王母描述為西南某穴居與部分動植物相伴的西王母，見Riccardo Fracasso（里卡多·弗拉卡索），"Holy Mothers of Ancient China: A New Approach to the Hsi-wang-mu 西王母 Problem," *T'oung Pao*, 74 (1988): pp. 1–46。

23 Jean M. James（簡·詹姆斯），"An Iconographic Study of Xiwangmu during the Han Dynasty," *Artibus Asiae* 55.1/2 (1995): p. 39.

24 《古本竹書紀年》、《山海經》、《穆天子傳》、《列子》中都出現了西王母居住在崑崙山，但這幾部書的成書時間存在較大爭議，巫鴻認為可以略去，轉而考察作者與時間都相對明確的材料——墓葬圖像。巫鴻指出西漢以文字記載的思想作品和現今所發掘的西漢圖像資料，二者都缺乏西王母與崑崙山的直接聯繫，現存最早西王母圖像是西漢中期稍後的卜千秋墓室壁畫，其中的西王母坐於雲朵之上而非山峰之上，與崑崙無關。因此雖然《竹書紀年》、《山海經》、《穆天子傳》的成書時代早於東漢，但其所記載的西王母與崑崙山相關的說法，不能在西漢時代的傳世文獻與出土材料中找到證據支撐，證據鏈斷裂。巫鴻著，李松譯：〈論西王母圖像及其與印度藝術的關係〉，原載《藝苑》1997年第3、4期，頁31–38，後收入遲文杰：《西王母文化研究集成·論文卷》，中卷，據此援引，頁897。這四部典籍所涉及西王母居於崑崙或崑崙周圍的文獻整理情況，見凌純聲：〈崑崙丘與西王母〉，頁60、63–66。《山海經》、《穆天子傳》、《列子》的繫年問題見Fracasso, "*Shan hai ching*," Rémi Mathieu, "*Mu t'ien tzu chuan*," T. H. Barrett, "*Lieh tzu*," in *Early Chinese Texts*, ed. Loewe, pp. 359–361, 342–343, 299–301。

25 巫鴻著：〈論西王母圖像及其與印度藝術的關係〉，頁893。已知最早可靠的關於西王母的記載，出自《莊子》和《荀子》，《莊子·大宗師》中西王母的居住地是「少廣」，見〔清〕郭慶藩：《莊子集釋》，卷3上，頁246–247。另外被德效騫認為成書於公元前6年的《山海經·大荒西經》中有一處西王母居於崑崙之丘的記載，早於巫鴻所依據的墓葬資料。但這則文獻並非將大神命名為「西王母」，而是說明該神的形象為人面虎身：「西海之南……有大山，名曰昆侖之丘。有神——人面虎身，有文有尾，皆白——處之。」袁珂校注：《山海經校注》（上海：上海古籍出版社，1980年），卷11，頁407； Loewe, *Ways to Paradise: The Chinese Quest for Immortality* (London: Allen & Unwin, 1979), p. 91。

次出現黃帝造訪或居住在「崑崙」：

> 黃帝遊乎赤水之北，登乎崑崙之丘而南望，還歸，遺其玄珠。……乃使象罔，象罔得之。(《莊子・天地》)
> 支離叔與滑介叔觀於冥伯之丘，崑崙之虛，黃帝之所休。(《莊子・至樂》)[26]

這兩則文獻暗示了崑崙的特別之處。第一則黃帝在崑崙之丘遺失了玄珠，司馬彪（240-306）將「玄珠」解作「道真」，後來「智慧」（知）和「言辯」（喫詬）都未能尋找到「道」，他們都離「真」愈遠，反而是無心的「罔象」得到了「道」。[27] 據此說明崑崙是一個與「道」相關的地方。與之類似，我們從成玄英（608-669）的疏證來理解第二則文獻：

> 言神智杳冥，堪為物長；崑崙玄遠，近在人身；丘墟不平，俯同世俗；而黃帝聖君，光臨區宇，休心息智，寄在凡庸。是知至道幽玄，其則非遠，故託二叔以彰其義也。[28]

黃帝於冥伯之丘、崑崙之墟休憩，其中崑崙之丘是一個遙遠之地，甚至是人死身歸渾沌之地。[29] 但這兩地又可在日常凡庸、人身之處找到，並且其中蘊

---

26 分見〔清〕郭慶藩：《莊子集釋》，卷5上，頁414；卷6下，頁615。這兩段文字中的「崑崙」，被梅維恆（Victor H. Mair）直接譯作"K'unlun"，見Mair, *Wandering on the Way: Early Taoist Tales and Parables of Chuang Tzu* (Honolulu: University of Hawai'i Press, 1998), pp. 105, 169。

27 〔清〕郭慶藩：《莊子集釋》，卷5上，天地，頁414–415。

28 〔清〕郭慶藩：《莊子集釋》，卷6下，至樂，頁616。

29 鍾泰將「冥伯之丘」解釋為「人死後的冥漠之丘」，而「崑崙」則意味人死後要身歸渾沌。鍾泰：《莊子發微》(上海：上海古籍出版社，2002年)，頁398。梅維恆將此句譯作："Nuncle Scattered and Nuncle Slippery were observing the mounds of the Earl of Darkness in the emptiness of K'unlun where the Yellow Emperor rested." Mair, *Wandering on the Way*, p. 169.

藏著「至道」。這意味著崑崙除了上文所述的一個關於天象的概念外，還是生命的終極歸所，與古人的生命觀密切相關。

《莊子・在宥》記載黃帝造訪「空同山」拜謁廣成子：

> 黃帝立為天子十九年，令行天下，聞廣成子在於空同之（上）〔山〕，故往見之，曰：「我聞吾子達於至道，敢問至道之精。吾欲取天地之精，以佐五穀，以養民人，吾又欲官陰陽，以遂群生，為之奈何？」（《莊子・在宥》）[30]

這裏有兩點需要特別說明：其一是空同之山的常駐神祇是廣成子，黃帝只是前來拜訪。這和前文提及黃帝過赤水之北登上崑崙之丘的敘述類似，即黃帝只是偶然在此。而廣成子被陸德明（550－630）和成玄英解釋為老子的別號。[31] 老子是大道的神格化，廣成子作為老子的別號也是大道的象徵。而黃帝此行的目的亦是求道。前文提及廣成子對道的描述文字可視作空同所呈現的狀態，種種跡象表現空同也是一個與道緊密相關的的詞彙。至此可知兩座山共有一位人皇——黃帝，並且兩山皆與「大道」相關。而崑崙和空同都與黃帝有關，是因為黃帝為中央之帝，位於中心，這與崑崙與空同作為為宇宙山相符，即處於世界中央。[32]

總之，從聯綿詞角度看，兩山之名的語義一致且語音相似；關涉人物皆為與道相關的中央黃帝；並且地理環境與位置所在高度相似。根據上述四點，筆者認為崑崙即空同，但也有細微差別。

---

30 〔清〕郭慶藩：《莊子集釋》，卷4下，在宥，頁379。
31 老子之名在不同時代的變遷情況可見吉岡義豐所列「老子變現圖」，其中黃帝時老子又名「廣成子」。吉岡義豐著：《道教と仏教（第一）》（東京：日本學術振興會，1959年），頁248。
32 黃帝被神格化、宇宙化為位於中心的皇帝，黃帝與崑崙關係的詳細論述見鐵井慶紀：〈崑崙傳說についての一試論〉，頁40–43。

## 二　空同地望：斗極之下

　　歷代對《莊子‧在宥》中「空同」一詞相對準確的解釋來自陸德明引晉人司馬彪的注釋。司馬彪認為「空同」為山名，「當北斗下山也」，[33] 即位於北斗之下的一座山。隨後陸德明引證《爾雅》云：「北戴斗極為空同。」《爾雅》中引述此句的原文語境為：

> 岠齊州，以南戴日為丹穴；北戴斗極為空桐；東至日所出為太平；西至日所入為太蒙。[34]

這段講述一些遠方之地，其中「丹穴」、「太平」、「太蒙」都與太陽有關，而最北之地則與「斗極」相聯。「斗極」的具體含義，據邢昺（932－1010）的疏證可知：

> 斗，北斗也。極者，中宮天極星。其一明者，泰一之常居也。以其居天之中，故謂之極。極，中也。北斗拱極，故云斗極。值此斗極之下，其處名空桐。[35]

這是說，北斗圍繞天球中心的天極星而動。天極星（北極星）是泰一（太一）的居所，也是地球地軸所正對的天穹中心，所有星星都圍繞圓心天極而動。[36]「空同」就是位於北斗所拱的天極之下的區域，而且此處呈山狀。

---

33　〔清〕郭慶藩：《莊子集釋》，卷4下，在宥，頁379。
34　〔晉〕郭璞注，〔宋〕邢昺疏：《爾雅注疏》，收入〔清〕阮元校刻：《十三經注疏》（北京：中華書局，2009年），卷7，〈釋地〉，頁5690。
35　〔晉〕郭璞注，〔宋〕邢昺疏：《爾雅注疏》，卷7，〈釋地〉，頁5691。本條文獻由北京大學中文系趙想博士提供，特此致謝。
36　薛愛華指出天穹的中心並沒有明顯的標記，但星星都圍繞這個焦點旋轉。Schafer, *Pacing the Void*, pp. 44–45. 現在的極星是小熊座α，而歷史上中國的天文觀測中充當極星的星星有很多。Joseph Needham（李約瑟）, *Science and Civilisation in China, Vol. 3:*

為了解釋空同是斗極下一座山，我們需要重新認識北斗。北斗前四星為「斗魁」，後三星則構成「斗杓」，[37] 見圖1，漢代緯書中對此有明確記載：

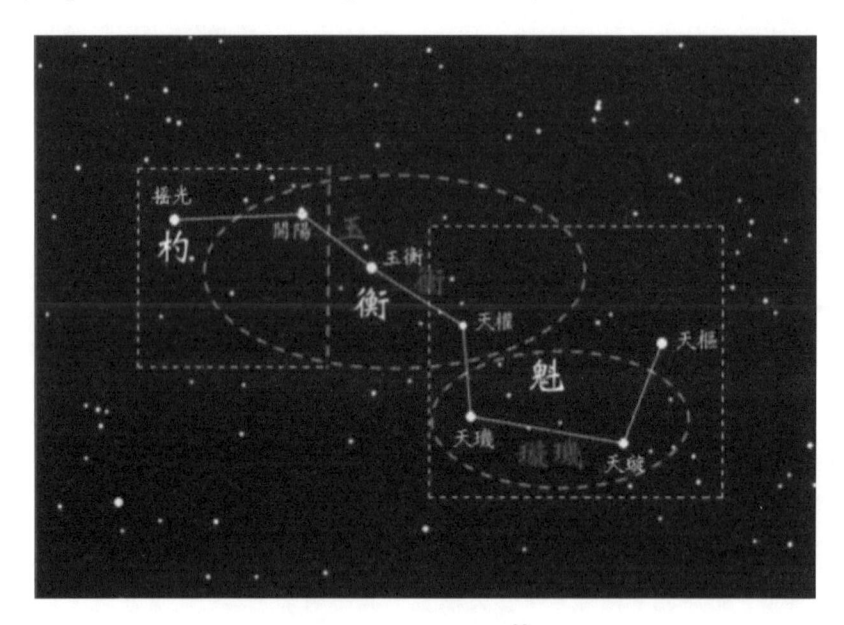

圖1　北斗示意圖[38]

---

*Mathematics and the Sciences of the Heavens and the Earth* (Cambridge: Cambridge University Press, 1954), pp. 259–261. 中譯本見李約瑟著，梅照榮等譯：《中國科學技術史（天文氣象）》（北京：科學出版社，2018年），頁200–206。馮時認為從字義來看，「天樞」的「樞」意為樞紐，很有可能天樞星曾充當過天極星。但隨著地球的不斷轉動，天樞星不再與真天極重合。馮時：《中國天文考古學》（北京：社會科學文獻出版社，2001年），頁89–91。

[37] 北斗七星名稱介紹見Gustave Schlegel（施古德），*Uranographie chinoise, ou, Preuves directes que l'astronomie primitive est originaire de la Chine, et qu'elle a été empruntée par les anciens peuples occidentaux a la sphère chinoise: ouvrage accompagné d'un atlas céleste chinois et grec*（La Haye: Nijhoff, 1875; Reprint, Taipei: Ch'eng Wen Pub. Co., 1967), vol. 1, pp. 502–503。

[38] 圖片原名〈杓、衡、魁與璇璣、玉衡圖〉，來自辛德勇：〈北斗自古七顆星〉，《澎湃新聞》，2021年12月24日。下載自澎湃新聞網站，2024年1月24日。網址：https://www.thepaper.cn/newsDetail_forward_15977427。

> 北斗七星，第一天樞，第二璇，第三機，第四權，第五玉衡，第六闓陽，第七瑤光。第一至四為魁，第五至第七為杓，合為斗。居陰布陽，故稱北。(《春秋運斗樞》)
>
> 斗者，天之喉舌。玉衡屬杓，魁為璇璣。(《春秋文曜鉤》)[39]

由此可知「斗魁」另名為「璇璣」，因為這一區域圍繞天極作周天旋轉（圖2）。

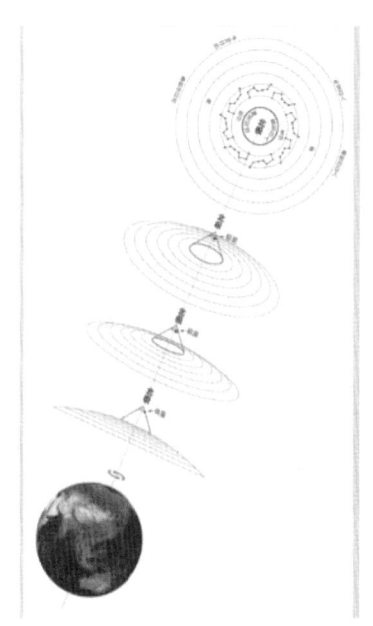

**圖2　璇璣的周天運動**[40]

---

[39] 安居香山、中村璋八輯：《緯書集成》（石家莊：河北人民出版社，1994年重印本），春秋編，《春秋運斗樞》，頁713；《春秋文曜鉤》，頁663。《春秋運斗樞》、《春秋文曜鉤》皆見於143年文獻，Jack Dull (杜敬軻), "A Historical Introduction to the Apocryphal (Ch'an-wei) Texts of the Han Dynasty," (PhD diss., University of Washington, 1966), p. 481。

[40] 圖片作者談晟廣，轉引自羅素質：〈從宇宙天極到人間秩序：三大上古符號揭秘華夏密碼〉，《劇談社｜翻譯藝術品》，第27期，2021年12月7日。下載自「小宇宙播客」網站，2022年11月14日。網址：https://www.xiaoyuzhoufm.com/episode/61af3e6782cdf82712002ccc。

成書於西漢的《周髀算經》多次記載了關於「北極璇璣」的論述，此書是關於「蓋天說」的重要著作：[41]

> 欲知北極樞，璇璣四極，常以夏卯至夜半時北極南游所極，冬至夜半時北游所極，冬至日加酉之時西游所極，日加之時東游所極，此北極璇璣四游，正北極璇璣之中，正北天之中，正極之所游……璇璣徑二萬三千里，周六萬九千里。[42] 此陽絕陰彰，故不生萬物。[43]

顯然「北極樞」與「璇璣」是兩個不同的區域，對此江曉原認為：「『璇璣』則是天地之間的一個柱狀空間，這個圓柱的截面就是『北極』——當時的北極星（究竟是今天的哪一顆星還有爭議）——作拱極運動在天上所畫的圓。至於『北極樞』，則顯然就是北極星所劃圓的圓心。」[44] 這個以「北極」作為橫截面的圓柱狀空間，在《周髀算經》中經常以「極下」來稱呼「璇璣」，二者是同義詞。書中對於「極下」之地，另有解釋：

> 極下者，其地高人所居六萬里，滂沲四隤而下。[45]

這說明在天極正下方，有一個高出人類居住地所在地平線六萬里的地方，並且從最高的尖端中心向四周逐漸下降增粗，到地平面時，像一個圓錐體。筆者認為這個地表上之凸起的高六萬里的圓錐體就是古書中常見的、司馬彪說

---

41 《周髀算經》成書於漢，Needham, *Science and Civilisation of China*, Vol. 3, p. 20。中譯本見李約瑟：《中國科學技術史（天文氣象）》，頁44。「蓋天說」將天視作一個大蓋子，來自古人最為樸素的觀察，天在上，地在下。天像車蓋，地像車底。後來發展為「天象蓋笠，地法覆槃」的蓋天體系。陳遵媯：《中國天文學史》（上海：上海人民出版社，2016年），下冊，頁1307–1311。
42 筆者按，《周髀算經》全書圓周率皆取3。
43 佚名撰，錢寶琮點校：《周髀算經》（北京：中華書局，2021年），卷下，頁54、56。
44 江曉原：〈《周髀算經》蓋天宇宙結構〉，《自然科學研究》第15卷（1996年），頁250。
45 《周髀算經》，卷下，頁53。

的「當北斗下山也」——「空同」,[46] 位於大地的中央。「蓋天說」的宇宙結構被人製作成以北極為中心的「七衡圖」(圖3),所有星辰都畫在平面上。北極為天蓋中心,正對之處就是地面中央——空同山。

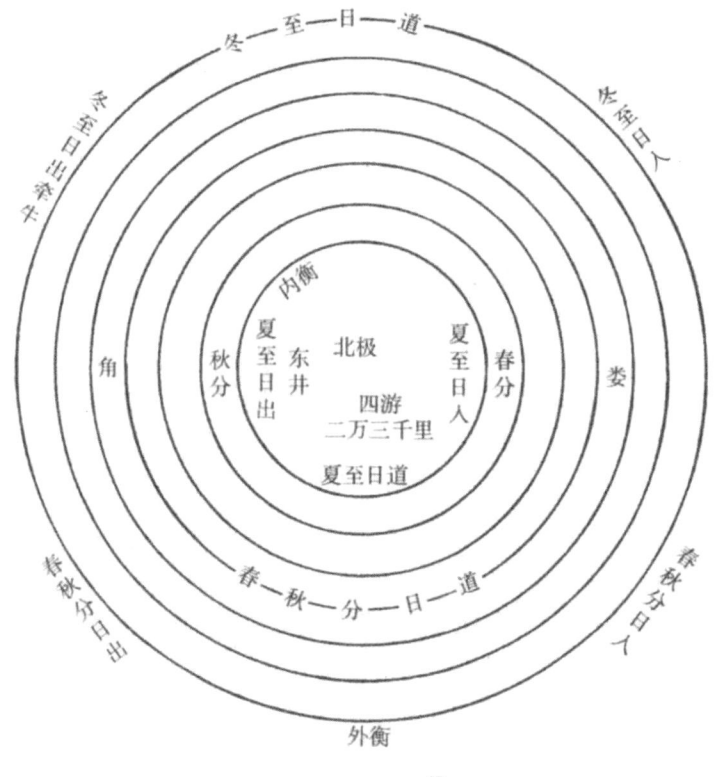

圖3　七衡圖[47]

空同是北極的地面對應,是生死混沌之地。空同所在之處沒有陽光照射,所以不生萬物,但又並非一片死寂。因為此處之上為北極星,北極星又

---

46 葛兆光也認為此處極下高地就是「空同」,見葛兆光:〈眾妙之門——北極與太一、道、太極〉,《中國文化》1990年第3期,頁50。
47 陳遵媯:《中國天文學史》,上冊,頁89。

是楚地神祇太一居所,[48] 太一又是「大道」的別稱。[49]「道」與「太一」皆是宇宙的本源,[50] 斗極之下蘊藏宇宙原始創生之力,但此刻生命尚未具形。這便可以解釋為何「空同」是指渾然一體,冥昧不明宇宙初創階段的狀態。葛兆光曾指出「北極」、「太一」、「道」與「太極」四個概念在語義上互通,從上述論述來看,筆者認為「空同」雖不等同上述四詞,但應作為相關概念列入其中。「空同」作為宇宙山,其地理位置是以位於其上的北極星在天穹中央的唯一位置而存在。空同這座位於北極星之下的神山就是米爾恰‧伊利亞德所說的在不同文明中經常出現的宇宙山(The Cosmic Mountain),山上閃耀著北極星。[51] 這一點正是崑崙與空同的細微差別。空同強調與星辰的關係,實則著眼於空同與道的關係,道是戰國時期後起的觀念。[52] 並且「道」

---

48 《史記‧天官書》:「中宮天極星,其一明者,太一常居也。」〔漢〕司馬遷著,〔劉宋〕裴駰集解,〔唐〕司馬貞索隱,〔唐〕張守節正義,中華書局編輯部點校:《史記》(北京:中華書局,1982年),卷27,頁1289。

49 〔秦〕呂不韋編,許維遹集釋,梁運華整理:《呂氏春秋集釋‧仲夏季》:「道也者,至精也,不可為形,不可為名。彊為之謂之太一。」(北京:中華書局,2009年),卷5,頁111。

50 有關太一研究有,錢寶琮認為「太一」最開始指道,後指星,再後來派生其他概念,見錢寶琮:〈太一考〉,1936年初刊,後收入錢寶琮:《錢寶琮科學史論文選集》(北京:科學出版社,1983年),頁207–234。葛兆光認為「太一」、「北極」、「道」、「太極」四者來源相同,是可以互換互釋的概念,見葛兆光:〈眾妙之門〉,頁46–65。李零用出土資料證明了葛兆光的觀點,「太一」在先秦時代就已經具有星、神、終極物三重概念,它們「同出而異名」,見李零:〈「太一」崇拜的考古研究〉,《中國方術續考》(北京:中華書局,2006年),頁158–181。

51 伊利亞德指出,蒙古族、卡爾梅克族、西伯利亞韃靼族、布里亞特族的宇宙山,山頂穿過北極星或山上拴著北極星,甚至印度宇宙學中梅魯山屹立在「世界中心」,山上閃耀著北極星。Mircea Eliade, *Shamanism: Archaic Techniques of Ecstasy,* trans. Willard R. Trask (Princeton, NJ: Princeton University Press, 2004), pp. 266–269. 中譯本見米爾恰‧伊利亞德著,段滿福譯:《薩滿教:古老的入迷術》(北京:社會科學文獻出版社,2018年),頁266–269。

52 周代的意識形態中出現「天」,到戰國諸子百家時代出現了「道」,「道」是價值之源。余英時著:《論天人之際:中國古代思想起源試探》(臺北:聯經出版事業公司,2014年),頁182–183。老莊對「道」的不同解釋見王叔岷著:《先秦道法思想講稿》(臺北:中央研究院中國文哲研究所,1992年),頁35–38、67–68。

又是宇宙的本源，為空同這座宇宙山提供神學支持。這一層意義上，空同與崑崙可以互釋。

## 三　崑崙地望：大地中央，帝之下都

目前涉及縱向空間中崑崙地望所在的最早資料見於《山海經》，[53] 此書各部分的成書時代目前學界尚存爭議，但至少各篇目成書不晚於漢代。[54] 可見相關材料如下：

> 西南四百里，曰崑崙之丘，是實惟帝之下都。（《西山經》）
> 海內崑崙之虛，在西北，帝之下都。（《海內西經》）[55]

其中「帝之下都」是《山海經》提供給我們的重要信息，對於「帝」，郭璞（276－324）的注釋為「天帝都邑之在下者」，郭璞認為「帝」乃「天帝」也。並且在《山海經圖讚‧崑崙丘》中有言：

> 崑崙月精。水之靈府。惟帝下都。西羌之宇。嶻然中峙。號曰天柱。[56]

這則讚語說明：至少郭璞當時所見崑崙丘圖中未能展示北斗、北極星（北辰）、太一、道的樣貌，或者說崑崙與北極的圖像關聯尚不可見。那麼郭璞所注的「天帝」究竟是誰？對此，袁珂認為是黃帝。[57] 但「帝」與「天帝」本就是內涵不斷變化的概念，郭璞和袁珂皆有以後代概念解釋前代概念之

---

53　為與上文述及的空同與北極星的縱向空間關係對應，本節同樣選取有關崑崙縱向性空間位置的文獻，崑崙位於中國何方的水平位置暫不討論。

54　Fracasso, "Shan hai ching," in *Early Chinese Texts*, ed. Loewe, pp. 359–361.

55　袁珂：《山海經校注》，卷2，頁47；卷6，頁294。

56　〔清〕嚴可均編：《全上古三代秦漢三國六朝文》（北京：中華書局，1958年），全晉文，卷122，頁2160b。

57　袁珂：《山海經校注》，卷2，頁48；卷6，頁295。

嫌，因此不能作為確鑿論斷。[58] 文獻成書時間與《山海經》更近的《淮南子》中，也有類似說法，此書將「帝」寫作「太帝」：

> 崑崙之丘，或上倍之，是謂涼風之山，登之而不死。或上倍之，是謂懸圃，登之乃靈，能使風雨。或上倍之，乃維上天，登之乃神，是謂太帝之居。[59]

「帝」與「太帝」究竟是誰？這一概念關乎我們如何理解崑崙的方位所在。商人的至上神為「上帝」或「帝」，他們所祭祀的神明還包含自然神與祖先神。然而商代晚期「上帝」狹窄化為祖先神，只保護商朝子民，並非為普遍信仰的至上神。[60]「天」則是周人的象徵，與「帝」對立，也是商人的仇視對象。自然天屬性的「天帝」具有地域性，主要在陝甘地區被祭祀，是周人固有的崇拜對象。[61] 上文提及出自《山海經》的兩則文獻分別為《西山經》與《海內西經》，前者屬於成書最早的《五藏山經》之一，斷代年限上至東周下至戰國晚期；後者則被認為成書於先秦至後漢，但亦有學者認為這一部分成書早於《山經》且是《海經》中成書最早的篇目。[62] 據此說明兩則文獻成書於以自然天為天帝的周代；至於《淮南子》中的「太帝」，也被注釋為「天帝」。[63] 漢初在繼承秦朝祭祀四帝（白、青、黃、赤）的基礎上，又增

---

58 劉屹著：《敬天與崇道：中古經教道教形成的思想史背景》（北京：中華書局，2005年），頁141–142。

59 〔漢〕劉安編，劉文典撰，馮逸、喬華點校：《淮南鴻烈集解》（北京：中華書局，2013年），卷4，墜形訓，頁135。

60 常玉芝著：《商代宗教祭祀》（北京：中國社會科學出版社，2010年），頁26–359。

61 《史記·殷本紀》、《史記·宋世家》中都記載了商人欲「射天」，是對周人仇視的體現。許倬雲著：《西周史（增補二版）》（北京：生活·讀書·新知三聯書店，2012年），頁120–125。

62 各家對《山海經》各部分成書時代的判定，見匯總表格Fracasso, "The Main Theories Concerning the Date and Place of Composition for Sections of the *Shan hai ching*," in *Early Chinese Texts*, ed. Loewe, p. 360。劉宗迪認為《海經》早於《山經》，劉宗迪著：《失落的天書：《山海經》與古代華夏世界觀》（北京：商務印書館，2006年），頁472。

63 劉文典：《淮南鴻烈集解》，卷4，墜形訓，頁135。

添了黑帝，共為五帝，五者皆為上帝，並沒有唯一的主神。[64] 但在《淮南子》的語境中，「太帝」應為唯一至上存在，所以筆者推測此條記載是劉安（前179－前122）門客依據前秦古籍抄錄而成，「太帝」即周人所信奉的「天帝」，其內涵尚未混入秦漢祭祀中的四帝（五帝）。[65] 以上「帝」與「太帝」皆指周代以自然天為原型的「天帝」。

　　至此，我們發現崑崙山雖然是自然天之天帝下都，但並不強調此山位於大地中央，而是在「中國」的西面。周朝沿襲商代的觀念，認為洛邑為「天下之中」。周人自西而來，攻克商人，治中國以授天命，成為中國的主人，從商人手中接過王權合法性，因為天命只降於居住在「中國」的王者。[66] 洛邑為承接天命的「地中」。「天中」與「地中」是一對關涉政權神學合法性的相輔相成概念。上述《山海經》、《淮南子》中的內容，皆未直接道明崑崙為大地中央，但可確定崑崙具有登天的神聖性，是神山；再則，我們依稀可辨《山海經》中的原文語境，每次強調崑崙在西時，似乎隱含洛邑為「天下之中」的觀念。所以除了洛邑外，承接天命、天帝的地方還有崑崙。那麼從東周至東漢，承天命的地點究竟是如何分化為人間都邑與宇宙神山？二者在何種程度上重合，又何時開始分化，精英與大眾各自如何面對神聖地點分化帶來的具體影響，特別是社會儀軌、墓葬建制等層面。這些問題待筆者日後再作專論。

　　目前所見崑崙為「地中」的記載多來自東漢之後的緯書，在此之前大多數古籍記載崑崙山位於中國西北。[67] 這裏涉及「地中」的位置轉移以及古人對於世界想像的放大，戰國末期鄒衍所提出的「大九州」學說就是明證。[68]

---

64　劉屹：《敬天與崇道》，頁166–167。
65　楚地保有獨尊北極為原型的太一信仰，戰國時已經從楚地擴散，西漢以楚人劉邦為主的政治集團入主中原後，太一信仰也一併影響西漢的意識形態，直到漢武帝末期才成為國家祭祀的主神。劉屹：《敬天與崇道》，頁168–170。「太帝」也可能是「太一」，但缺乏足夠證據。
66　許倬雲：《西周史》，頁112–114。
67　李夢：〈九州傳說演變考〉，《漢籍與漢學》2021年第2輯，頁108–109。
68　葛兆光著：《中國思想史（第一卷）：七世紀前中國的知識、思想與信仰》（上海：復旦大學出版社，2004年），頁150–151。

不少學者認為「大九州」包含崑崙為大地中央。[69]對於整體大地而言,崑崙位於大地中央,崑崙即地軸,「中國」所在的赤縣神州位於崑崙的東南方。[70]在鄒衍學說流行之前,時人普遍認為「天下之中」即洛邑,中原。因為《山海經》中雖然記載崑崙為「帝之下都」,但陳述崑崙方位時,依然將其視為西方神山。這裏的矛盾之處在於,存在兩個「天下之中」,[71]天帝在地表的對應空間有兩個——洛邑和崑崙。這種分裂最晚從戰國末開始一直持續到東漢,當時流行的緯書中記載了上述兩種有關中心地區的內容。顧頡剛、陳槃等人認為鄒衍之地理學被讖緯繼成,多見於《河圖括地象》(詳見後文)。[72]因此崑崙為大地中央的觀念,從戰國末期一直延續到東漢,不過這種觀念存在證據斷裂,西漢文獻和圖像皆沒有相呼應的依據可用來佐證。綜上,筆者認為以鄒衍的「大九州」學說為標誌,崑崙為地中的觀念最遲在戰國末期就已形成。

但是我們無法在「天帝」為自然天的觀念下,找到「帝之下都」——崑崙所在。因為周代「天帝」是無形無色無所居無定點的存在,那麼人們無法通過天空中的某一定點向下確定崑崙地望。甚至在此之前,人們如何在浩渺無形的天穹中找到神格化的「天帝」仍是問題?兩漢之際的緯書《河圖括地

---

[69] 陳槃著:《古讖緯研討及其書錄解題》(上海:上海古籍出版社,2010年),頁121–123。常金倉:〈鄒衍「大九州說」考論〉,《管子學刊》1997年第1期,頁26。王煜:〈崑崙、天門、西王母與天帝——試論漢代的「西方信仰」〉,《文史哲》2020年第4期,頁59。

[70] 《水經・河水注》:「崑崙之墟在西北,去嵩高五萬里,地之中也。」見〔後魏〕鄺道元注:《水經注》(據武英殿聚珍版本景印),《四部叢刊初編》,卷1,頁1a。小南一郎指出崑崙位於大地中央的觀念來自周代以來的都邑制度,周王朝的都城也佔據著大地中央。小南一郎著,孫昌武譯:《中國的神話傳說與古小說》(北京:中華書局,1993年),頁60–62。

[71] 這種變革「天下之中」的思想,在戰國諸侯爭霸「王天下」的觀念中並非獨有,《呂氏春秋》中記載了以「建木」為中心的「天下之中」。高建文:〈鄒衍「大九州」神話宇宙觀生成考〉,《民俗研究》2016年第6期,頁85–88。不過筆者懷疑崑崙為「天下之中」的說法,在鄒衍之前很可能就已存在,鄒衍大有可能將其吸納進「大九州」的觀念中。

[72] 陳槃:《古讖緯研討及其書錄解題》,頁119。

象》(最早見於公元25年的文獻)給出更確鑿的線索:[73]

> 地中央曰昆侖。
> 昆侖山為天柱,氣上通天。昆侖者,地之中也。[74]

以上兩則引文說明崑崙所在位置不再依靠垂直向度的「帝之下都」來辨認,而是依靠水平面的大地中心來確定。從傳世文獻看,崑崙作為西方神山可以追溯到《山海經》,但是明確記錄崑崙為「地之中」的觀念卻多見於東漢典籍,特別是緯書之中。進言之,崑崙為大地中央的觀念最晚可能上溯到戰國末期,而從東漢起變得成熟,並被更廣泛的接受。

在崑崙之前,一般被視作「地中」的是洛陽。中國在三代時期已經形成王者居「天下之中」的神聖政治都邑理念,特別是周代所營造的「地中」——洛陽,此地為人間權力秩序的中心,一國之政治首都;另外多處位於洛陽附近的地點,如陽城也被視作「地中」。[75] 政治中心的確定仰賴多種條件,如交通、商貿、地理空間等,[76] 但首要的天文學依據是土圭測影,《周禮·地官司徒·大司徒》曰:

> 以土圭之灋測土深,正日景,以求地中。日南則景短多暑,日北則景長多寒,日東則景夕多風,日西則景朝多陰。日至之景,尺有五寸,謂之地中。天地之所合也,四時之所交也,風雨之所會也,陰陽之所

---

[73] 杜敬軻指出公孫述(36年卒)曾引緯《括地象》,即《河圖括地象》,見Dull, "A Historical Introduction to the Apocryphal (Ch'an-wei) Texts of the Han Dynasty," pp. 209–210, 482。

[74] 安居香山、中村璋八:《緯書集成》,河圖編,《河圖括地象》,頁1089、1091。

[75] 李銳:〈清華簡《保訓》與中國古代「中」的思想〉,《孔子研究》2011年第2期,頁46–53。孫英剛:〈洛陽測影與「洛州無影」——中古知識世界與政治中心觀〉,《復旦學報(社會科學版)》2014年第1期,頁2–9。

[76] 李久昌:〈「天下之中」與列朝都洛〉,《河南社會科學》2007年第4期,頁115。

和也。然則百物阜安，乃建王國焉，制其畿方千里而封樹之。[77]

所謂「日至之景，尺有五寸，謂之地中」意為用土圭測景方式，當某地夏至影長為一尺五寸時，這裏為「地中」。[78]符合條件的「天下之中」是洛陽。而洛陽為「天下之中」的觀念直接影響了中國後代都邑的確定。但是政治首都為「天下之中」，與上文所述宇宙發生論中的天地之中「崑崙」不同。它們關係宇宙起源與人間政權兩個不同方面，特別是判定二者所在的天文觀測方式迥異。甚至不存在崑崙取代洛陽為天下之中的說法，因為發展至東漢，時人已經可以分辨出二者各自隸屬的範疇。最直接的證據依然來自緯書，除了上文所述《河圖括地象》中崑崙為地之中外，不少緯書甚至記載了土圭測影法，並說明洛陽為「天下之中」：

八方之廣，周洛為中，於是遂築新邑，營定九鼎，以為王之東都。（《孝經援神契》）

日立八尺竿于中庭，日中度其日晷。冬至之日，日在牽牛之初，晷長丈三尺五寸。晷進退一寸，則日行進千里，故冬至之日，日中北去周雒十三萬五千里。（《孝經緯》）

地與星辰四游，升降於三萬里之中，夏至之景，尺有五寸，謂之地中。（《尚書考靈曜》）[79]

---

77　〔漢〕鄭元注，〔唐〕賈公彥疏：《周禮注疏》，〔清〕阮元：《十三經注疏》，卷10，〈大司徒〉，頁1516–1517。

78　土圭測影與「七衡圖」一樣，都是《周髀算經》的內容，同屬於「蓋天說」天文觀。見陳遵媯：《中國天文學史》，下冊，頁1310。但孫英剛認為土圭測影並非「蓋天說」而是「渾天說」，見孫英剛：〈洛陽測影與「洛州無影」〉，頁5。

79　以上分見安居香山、中村璋八：《緯書集成》，孝經編，《孝經援神契》，頁961；《孝經緯》，頁1061；尚書編，《尚書考靈曜》，頁344。《孝經緯》未知，其餘兩部最早見於25、92年的文獻。見Dull, "A Historical Introduction to the Apocryphal (Ch'an-wei) Texts of the Han Dynasty," p. 481。

以上說明周代以洛陽為都邑的觀念一直延續到東漢，立竿測影之法依然是確定都邑的唯一天文觀測依據。

回望崑崙，在緯書中崑崙僅作為大地中央的神山存在，而非人間政權中心。其通天的神聖性與政治屬性剝離，越發強調崑崙的神學色彩，具體表現可見漢末道經《太平經》及六朝道籍。[80] 崑崙神聖性的解釋依據來自「蓋天說」，[81] 地軸正對天球極點——北天極，此點不動，所有星星圍繞天極旋轉，這個假想的北天極被稱為真天極。古人以臨近真天極的一顆星為北極星。但是古人以為不動的地軸，實則如陀螺般旋轉，大約26,000年轉旋轉一周，這就是「歲差」。[82] 然而在古人不知道歲差存在的情況下，以地軸為基點觀察天象，會發現天極周圍的星星發生位移，並且距離真天極最近的北極星也發生變化。[83] 在東晉虞喜發現「歲差」之前，古人者皆認為極星的更新是由於觀測失誤造成的。[84]

基於上述天文知識，可知天極點是地軸（自轉軸）與天球的交點，因此地軸旋轉必定伴隨天球的旋轉，天極點始終與地軸相對。所以通過地軸確定

---

80 羅燚英：〈崑崙神話與漢唐道教的世界結構〉，《雲南社會科學》2014年第1期，頁149–154。鄭燦山：〈崑崙與玉京：方士的仙鄉與道教的聖都〉，《東洋學》第59輯（2015年），頁35–50。汪桂平：〈昆侖與道教〉，《世界宗教文化》2022年第3期，頁165–172。

81 「蓋天說」的含義見本文注41所引內容，具體見陳遵媯：《中國天文學史》，下冊，頁1307–1311。

82 「地球是一個橢圓體，又由於自轉軸對黃道平面是傾斜，地球的赤道部分受到日月等吸引而引起地軸繞黃極作緩慢運動，大約26,000年移動一周，這就是歲周。即是說，經過一年後，冬至點並不回到原來位置，而是在黃道上大約每年西移50.2秒，就是71年8個月差一度，依中國古度就是70.64年差一度，所以叫歲差。」張聞玉著：《古代天文曆法講座》（桂林：廣西師範大學出版社，2008年），頁116。

83 薛愛華指出天穹的中心並沒有明顯的標記，但星星都圍繞這個焦點旋轉。Schafer, *Pacing the Void,* pp. 44–45. 現在的極星是小熊座α，而歷史上中國的天文觀測中充當極星的星星有很多。Needham, *Science and Civilisation of China, Vol. 3,* pp. 259–261; 中譯本見李約瑟：《中國理學技術史（天文氣象）》，頁200–206。馮時認為從字義來看，「天樞」的「樞」意味樞紐，很有可能天樞星曾充當過天極星。但隨著地球的不斷轉動，天樞星不再與真天極重合。見馮時：《中國天文考古學》，頁89–91。

84 馮時：《中國天文考古學》，頁87–88。

「帝」之所在，亦或通過斗極確定空同所在，是一樣的，因為他們都在同一條直線上。總之，崑崙所在以地測天，空同所在以天測地。二者差異首先在於各自觀測方向相反，因此在語義表達上造成它們各自擁有伊利亞德宇宙山學說的一半特徵，[85] 但實際上這兩個特徵是共生關係。再者，崑崙作為宇宙山的地位有歷史演進的軌跡，這條軌跡與周王室分崩諸侯欲王天下的政治動盪局面有關，亦和戰國出現了以崑崙為中心的「大九州」新地理想像牽涉。崑崙始終關乎大地，是地表之上的神山。相比之下，空同與天關係緊密，其形成與北天極、太一神、宇宙發生論密不可分。

崑崙地望特徵是位於大地中央，而無其他。從墓葬美術中，我們也可以發現被學界認定為崑崙的山形圖案亦有此特點。這些山形圖案的上方未曾有北極、太一、北斗等圖案，不曾標記出此山與星辰的垂直關係，但是它們一般位於畫面的中心，符合崑崙在大地中央的特質。比如西漢早期（前162稍後）的馬王堆一號漢墓朱地彩棺的頭擋和左側面上所繪的高山，學界普遍認為是崑崙山，見圖4、圖5。[86]

上述兩圖沒有畫出北極星、北斗、太一，因為當時並非以此確認崑崙，位於大地中央才是判斷崑崙山的第一標誌。筆者並不認為「崑崙」取代「洛陽」成為「地中」，而是認為當時與天意、天命、天帝所對應的「地中」出現分化，宇宙山與政治都邑是兩個不同概念，二者並行不悖。墓葬因為涉及

---

[85] 宇宙山可以使天空與大地交流，它位於世界中心，其上有北極星。Eliade, *Shamanism*, p. 266；米爾恰‧伊利亞德著，段滿福譯：《薩滿教》，頁266。

[86] 中國考古學家認為圖像中的山「可能是崑崙的象徵」，見湖南省博物館、中國科學院考古研究所編：《長沙馬王堆一號漢墓》（北京：文物出版社，1973年），上集，頁26。曾布川寬最早在其研究中提出馬王堆1號漢墓朱底漆棺的中部以及頭擋為崑崙山，見曾布川寬：〈崑崙山と昇仙圖〉，《東方學報》第51冊（1979年），頁152。巫鴻亦接受此說，見巫鴻著，施傑譯：《黃泉下的美術：宏觀中國古代墓葬》（北京：生活‧讀書‧新知三聯書店，2010年），頁227。曾藍瑩（Lillian Lan-ying Tseng）也認為圖1和圖2的山峰為崑崙，Tseng, *Picturing Heaven in Early China* (Cambridge, MA: Harvard University Press, 2011), p. 190。長沙砂子塘外棺漆畫中央部分也有與馬王堆朱底彩棺類似的山形圖案，曾布川寬認為也是崑崙山。見曾布川寬著：《崑崙山への昇仙：古代中國人が描いた死後の世界》（東京：中央公論社，1981年），頁23。

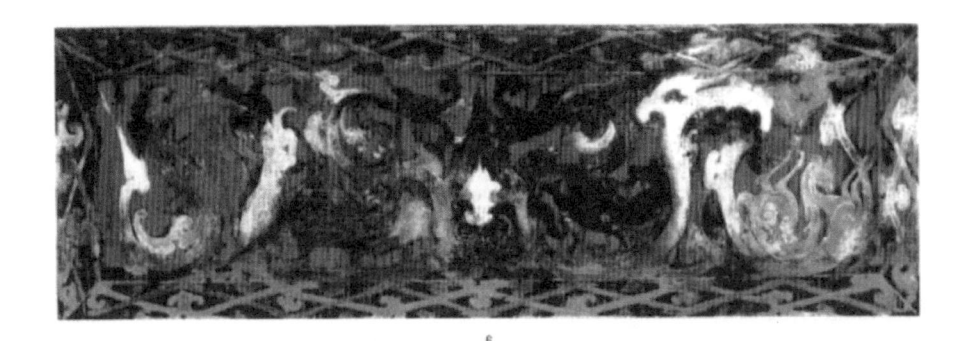

圖4　馬王堆1號漢墓朱地彩棺的左側棺面花紋，上為原圖，下為摹本。[87]

圖5　馬王堆1號漢墓的頭部擋版彩繪，左為原圖，右為摹本。[88]

---

87　Tseng, *Picturing Heaven in Early China*, p. 191.
88　Tseng, *Picturing Heaven in Early China*, p. 190.

死後之事，即生命的回歸、安頓，因此墓葬中所呈現的中心神山就是生命之源的宇宙山崑崙，而不會被認為此處代表政治中心洛陽。

## 四 自東漢起的崑崙「增義」

東漢墓葬圖像中出現了崑崙與太一共處的壁畫。2003年發掘的陝西定邊郝灘東漢早期墓藏，其墓室壁畫出現了〈西王母宴樂圖〉（圖6）。

圖6　1世紀陝西定邊郝灘東漢墓M1壁畫〈西王母宴樂圖〉[89]

圖7　局部西王母[90]

根據部分隨葬品判定此墓的下葬時間在新莽至東漢早期。[91] 此圖西王母並非位於圖像的中央（圖7），而是位於左側，坐在蘑菇形的山峰之上，三座橫向相連的山峰被視作崑崙三峰。[92] 而畫面正中央為神龍向西王母所在地飛

---

[89] 陝西省考古研究院編著：《壁上丹青——陝西出土壁畫集》（北京：科學出版社，2009年），頁76。

[90] 姜生著：《漢帝國的遺產：漢鬼考》（北京：科學出版社，2016年），頁323。

[91] 陝西省考古研究院：《壁上丹青》，頁47。

[92] 巫鴻總結墓葬中出現的山峰有三種，除了蘑菇形外，還有兩種：其一「山」字形山峰，其二將獸面、夔龍、鳳鳥轉化為抽象雲氣繚繞的山巒。巫鴻：〈漢代藝術中的「天堂」圖像和「天堂」觀念〉，原載《歷史文物》第6卷第4期（1996年），頁6–25。收入巫鴻

行，這與「昆侖之弱水中，非乘龍不得至」相吻合，[93] 只有龍蹻可抵崑崙。但這幅壁畫最值得注意的是畫面的正上方有一駕雲車，紅色的旌旟上寫有「大一坐」（圖8、圖9），就是「太一坐」。[94] 但「太一坐」的位置相對西王母而言居於畫面中央，這與「空同」（「崑崙」）處於太一或北極星又或北斗之下並不相符。

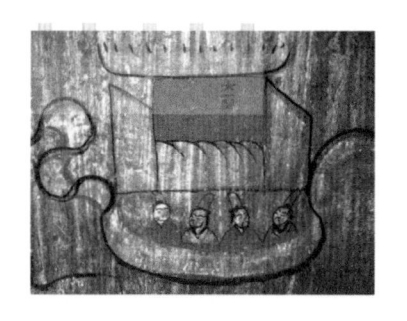

圖8　局部，「大（太）一坐」圖及榜題[95]　　圖9　「大（太）一坐」榜題[96]

　　西王母不處於太一的正下方，並非說明此圖與上文所述太一在宇宙山之上相矛盾，而是說明此時的西王母已經不再是兩性共具的絕對大神，不再具有統合宇宙陰陽兩種元素，只代表部分元素。西王母由位於中心的南北軸位置，轉為東西軸的一方——西軸。[97] 雖然處於東軸的東王公缺席，但是畫面

---

著：《禮儀中的美術：巫鴻中國古代美術史文編》（北京：生活・讀書・新知三聯書店，2005），上冊，據此援引，頁246–248。
[93] 安居香山、中村璋八：《緯書集成》，河圖編，《河圖括地象》，頁1092。
[94] 對〈西王母宴樂圖〉的解釋和「太一坐」與神坐的關係，見邢義田：〈「太一生水」、「太一出行」與「太一坐」：讀郭店簡、馬王堆帛畫和定邊、靖邊漢墓壁畫的聯想〉，《國立臺灣大學美術史研究集刊》總第30期（2011年），頁14–16。王煜亦認同「大一坐」即是「太一坐」，見王煜：〈漢代太一信仰的圖像考古〉，《中國社會科學》2014年第3期，頁186–187。
[95] 邢義田：〈「太一生水」、「太一出行」與「太一坐」〉，頁24，圖3。
[96] 邢義田：〈「太一生水」、「太一出行」與「太一坐」〉，頁24，圖4。
[97] 原來西王母是兩性共具，體現宇宙秩序的絕對者，具備二元要素，但東漢後變為只有一方即西方、月亮、女性等陰性要素，而代表東方、太陽、男性的東王公出場了。見小南一郎著，孫昌武譯：《中國的神話傳說與古小說》，頁112–116。

正中心的代表東方的游龍以及龍身上的東方之色——青綠色都在隱喻東方，東方之神並不真的缺席，正是青斑點點的游龍存在，從而使畫面達成平衡。「太一坐」位於中心南北軸的上方，這與太一的神學意義一致，即為天穹的中心，也是宇宙的中心，自然要佔據畫面中軸的上方——天極之位。這幅畫是西王母神性分裂後的體現，雖然不見太一位於西王母、崑崙上的正上方，但卻提供了「太一坐」這一重要的判定崑崙山的新依據。這座漢墓規格不高，不屬於王公貴族墓葬，墓主人應為普通民間百姓。這其中所畫太一，恰好印證東漢民間信奉以北極為原型的太一天帝。

太一位於崑崙之上，應與太一神格變遷有關。劉屹的研究表明「太一」自戰國中後期本為楚地最高神格，並且太一信仰在戰國後期由楚地擴散至其他地區。西漢建立後太一保持其星神原型，當時的國家祀典的主神是五帝，而在漢武帝末期太一才上升為國家祭祀主神。兩漢國家祀典所承認的「天帝」是原來的周代以自然天為原型的昊天上帝以及以星神為原型的太一的合體。兩漢之際太一逐漸淡出國家祭祀，民間巫俗神祠和鎮墓信仰中的「天帝」帶有星神太一的本色。[98] 郝灘漢墓中太一位於崑崙的右上方，正是太一信仰在東漢早期依然具有影響力的體現，也是自然天神被星神太一神取代，後者作為唯一主神「帝」的明證。這種圖像上的「增義」雖然在天文學層面是意義的重複（崑崙已經為地軸），但是從思想史的角度看，反映了兩漢之際太一曾作為最高主神出現在漢人的生活中。故而這種重複性的「增義」，事實上是思想觀念變遷的遺存。除了以題榜辨識太一，還存在「太一像」，但是這些「太一像」沒有與崑崙、西王母一起出現，故而無法藉此查找太一與崑崙的關係。[99] 因此郝灘東漢墓就顯得彌足珍貴。

---

98 劉屹：《敬天與崇道》，頁130–199。
99 劉屹指出「太一像」的特徵為：相對容易辨識的伏羲、女媧，還有星斗或四象等要素，但圖像中伏羲、女媧並非主角，他們被一個大神環抱，這位大神就是太一。劉屹所梳理的「太一圖像志」，共計11幅。見劉屹著：〈「象泰壹之威神」——漢代太一信仰的文本與圖像表現〉，《神格與地域：漢唐間道教信仰世界研究》（上海：上海人民出版社，2010年），頁41–47。羅世平認為馬王堆一號墓帛畫中的正上方人首蛇身形象為太一，但是此圖像是否為太一存在爭議。羅世平：〈關於漢畫中的太一圖像〉，《美術》1998年第4期，

文獻上的革新發生在東漢末,在《太平經》中,出現了崑崙之上為北極或其他暗示北極與崑崙相關的文字記載。如:

> 神仙之錄在北極,**相連崑崙**,崑崙之墟有真人,上下有常。真人主有錄籍之人,姓名相次。[100]

引文中記載神仙的名錄被置於北天極,北天極又與地表之上的崑崙墟相連。此處的「相連」為重點關係詞,因為東漢一些典籍中也會將北極與崑崙並置,卻不曾道明二者的語義關係,[101] 不可默認二者位於同一垂直線。這裏將北極與崑崙之間的天文乃至神學關聯納入太平道的神學體系內,並將它們賦予了新的神學意義——此乃命籍所歸之地。在此前提下,《太平經》中有關崑崙和天穹的互動關係皆與神仙、修仙之人的命籍、名錄有關:

> 天者以中極最高者為君長,地以崑崙墟為君長。
> 
> 惟上古得道之人,亦自法度未生有錄籍,錄籍在長壽之文,須年月日當昇之時,傳在中極。中極一名崑崙,輒部主者往錄其人姓名,不得有脫。
> 
> 然吾(筆者按:真人)統迺繫於地,命屬崑崙。今天師命迺在天,北極紫宮。[102]

---

頁72–76。除了上述兩篇外,筆者尋找太一圖像還依據如下研究:邢義田:〈「太一生水」、「太一出行」與「太一坐」〉,頁1–34、351;王煜:〈漢代太一信仰的圖像考古〉,頁181–203、208;王晨光:〈漢墓中太一升仙圖的母體溯源〉,《宗教學研究》2020年第2期,頁44–54。與本文關係的密切還有一幅「太一像」,即2世紀末東漢山東沂南北寨漢墓,其太一像位於東王公而非西王母之上,東王公坐下三山可能是蓬萊三山。

100 王明編:《太平經合校》(北京:中華書局,2014年),卷112,〈不忘誡長得福訣〉,頁598–599。

101 鄭玄曰:「天神則主北辰,地祇則主崑崙。」〔漢〕鄭元注,〔唐〕賈公彥疏:《周禮注疏》,卷18,〈大宗伯〉,頁1637。

102 以上三則分見於王明:《太平經合校》,卷93,〈方藥厭固相治訣〉,頁396;卷110,〈大功益年書出歲月戒〉,頁547;卷40,〈樂生得天心法〉,頁85。

崑崙的獨特地位在於它是地之君長，因此方能保有修真之人的錄籍。真人命屬崑崙，而天師命屬北極星紫微宮。這是將天之北極、地之崑崙的宇宙中心與太平道的命籍觀結合。[103] 此外，東漢的另一部道籍《老子想爾注》中有與《太平經》所載「崑崙之墟有真人，上下有常」內容相合的注文：[104]

　　一散形為氣，聚形為太上老君，常治崐崙。[105]

除了文意相近外，值得一提的是，本文第二節筆者曾指出居住或造訪崑崙與空同的人皇都是黃帝。但《莊子・在宥》中是老子在黃帝時的化身——廣成子居於空同之上。西王母信仰進入中國後，在兩漢時與崑崙信仰結合，這也是墓葬美術中學界多依據西王母判定某山為崑崙的原因。然而這一則出自《老子想爾注》的注文，卻將太上老君安置於崑崙之上，明顯繼承《莊子・在宥》中廣成子的設定。可謂是現有文獻中第一次說明老君（大道）常治崑崙，在文獻淵源上直承先秦道家思想。更重要的是，此乃道教將原本屬於空同的特質添加在崑崙上。造成增義的原因，一是太一神曾深刻影響兩漢官方與民間信仰，漢末道教延續了這一思想變遷；二是，道教形成以「道」為核心的信仰，道教徒將崑崙與「道」的關係藉由北極星表明。自此以後葛洪（284－364）《抱朴子・內篇》、王嘉《拾遺記》、上清經系的《上清外國放品青童內文》、《十洲記》、《大洞真經》中都涉及崑崙與北極甚至北斗的相關論述。[106]

---

103 羅燚英：〈崑崙神話與漢唐道教的世界結構〉，頁150。
104 施舟人（Kristofer M. Schipper）認為《老子想爾注》產生於東漢，Schipper, "Laozi Xiang'er zhu 老子想爾注," in The Taoist Canon: A Historical Companion to the Daozang, ed. Schipper and Franciscus Verellen (Chicago, IL: University of Chicago Press, 2003), p. 74。楠山春樹、小林正美考訂此書應出自東晉或劉宋，約4至5世紀問世。王卡著：《敦煌道教文獻研究：綜述・目錄・索引》（北京：中國社會科學出版社，2004年），頁171。
105 饒宗頤：《老子想爾注校證》（上海：上海古籍出版社，1991年），〈二　錄注〉，頁12。饒宗頤亦認為《太平經》與《老子想爾注》這兩則關於道與崑崙的關係的論述相合，〈八　《想爾注》與《太平經》〉，頁89。
106 羅燚英：〈崑崙神話與漢唐道教的世界結構〉，頁149–154；鄭燦山：〈崑崙與玉京〉，頁35–50；汪桂平：〈崑崙與道教〉，頁165–172。

在此需要對一則涉及「崑崙之上為北斗」的文獻做出說明，因為這則文獻幾乎是研究崑崙為宇宙山的學者大抵都會涉及的資料。這則資料保存在《尚書緯》中，但事實上載錄這則材料的原始文獻卻是隋代蕭吉的《五行大義》：

> 璇璣斗魁四星，玉衡拘橫三星，合七，齊四時五威。五威者，五行也。五威在人為五命，七星在人為七瑞。北斗居天之中，當崑崙之上，運轉所指，隨二十四氣，正十二辰，建十二月。又州國分野年命，莫不政之，故為七政。[107]

首先從文獻辨偽的角度，這則文獻僅保存在《五行大義》中，不見於其他文獻。其中涉及複雜的文獻雜鈔問題，有蕭吉吸納漢魏六朝以來的緯書之嫌，或其自作增衍刪刈，將非讖緯之文誤作讖緯。[108] 再者，就內容本身而言，這則資料的論述中心是北斗七星，指出北斗下方正對崑崙。但這與言說崑崙的緯書不同，這些緯書在陳述崑崙諸多特點時，皆不涉及北斗。這說明兩漢之際的儒生方士並未對崑崙在北斗之下形成共識，未將北斗位於崑崙之上當做崑崙的顯著特徵。最後，從出土圖像來看，東漢已降的墓葬藝術中發現了崑崙與太一共處一畫的圖像，但尚未有北斗畫於崑崙之上的圖像，文字記載亦無，表示漢人對二者之間的空間關係未有具體認識。故而筆者推斷這則文獻可能出自兩晉，因為《拾遺記》中才出現崑崙之上為北斗的記載。[109]

---

[107] 安居香山、中村璋八：《緯書集成》，尚書編，《尚書緯》，頁393。

[108] 黃復山對《五行大義》一書中的讖緯佚文做出討論，見黃復山：〈蕭吉《五行大義》與讖緯關係探微〉，《書目季刊》，第38卷第2期（2004年），頁29。但遺憾的是中村璋八、劉國忠、黃復山等人未對這則文獻做斷代考訂，其原因在於這條文獻為孤例，難以比對。中村璋八著：《五行大義の基礎の研究》（東京：明德出版社，1976年），頁236–238。中村璋八著：《五行大義校註》增訂版（東京：汲古書店，1998年），頁140。黃復山著：《漢代《尚書》讖緯學述》（臺北：花木蘭文化出版社，2007年），頁101–102。劉國忠著：《《五行大義》研究》（瀋陽：遼寧教育出版社，1999年），頁56–72。

[109] 「崑崙山者，西方曰須彌山，對七星之下，」〔晉〕王嘉撰，〔梁〕蕭綺錄，齊治平校注：《拾遺記》（北京：中華書局，1981年），卷10，頁221。

至於空同從戰國到兩晉的含義，一方面傳承空同為斗極下的一座存在於古人想像中的宇宙山，另一方面也被實存化為位於中國西北的一座名山，曾有黃帝至、司馬遷亦造訪。[110] 上清經的核心文本《真誥》中多有「空同之上」的記述以及此書載錄的降真詩中多有類似「擲輪空同津」的詩句；三部上清內傳將空同山作為傳法、獲得經訣的目的地。這都是對空同乃宇宙山的本質含義的繼承。[111] 但是與崑崙不同，空同並沒有吸納圍繞在崑崙之上的任何神話，即神獸、仙草、銅柱、玉石、靈藥乃至西王母都不曾被添加到空同的神話敘事中。

# 五　結語

本文緊扣宇宙山的特徵，發現崑崙即空同，但在東漢之前崑崙與空同恰好各自與大地、天穹的密切聯結。二者的細微差異在於：崑崙為大地中央之大山，空同乃北斗之下山也。由於大地中央是地軸所在，地軸與天球交點為天極，即斗極，因此縱使觀測宇宙山的方向相反，分別向天、向地，但因地軸與天軸重合，所以崑崙與空同地望也重合。不過，空同因為位於北斗之下，便與北極、太一、大道產生關聯。位於北極之下意味著空同是大道孕育新生、宇宙創生的空間。雖然從現代天文學看，這一空間並非真實存在，但卻存在於漢人的觀念中。空同的這一特質，可以解釋崑崙作為不死之山，宇宙之山的原因。相比之下，崑崙地望所在缺乏明確的位於天穹的定位點，只是以其地處大地中央作為錨定其位的依憑。究其原因在於，至遲在戰國末就已經形成了崑崙為大地中央的信仰，但那時至高神「帝」是以蒼茫無形的自

---

110 《史記・五帝本紀》中黃帝曾「西至于空桐，登雞頭」。司馬遷（前145—前1世紀）自言「余嘗西至空桐」。分見《史記》，卷1，頁6、46。
111 空同山在上清經中的體現以及在不同文本之間的互文性關係，見拙作：〈「空同」與「空山」：上清經中的互文性隱喻〉，發表於「第七屆魏晉南北朝文學與思想國際學術研討會」（臺南：成功大學中文系，2024年4月），刊於《臺大中文學報》第85期（2024年6月），頁47–90。

然天為原型。崑崙位於「帝之下都」，因「天」無形，故「帝」無所居，只能從大地中央向上確定「帝」之所在。太一原本是戰國楚地信仰，後短暫地進入西漢官方祀典，作為主神的歷史雖短，但卻對兩漢官方和民間都產生了一定影響。具體反映在東漢早期陝西定邊郝灘東漢墓 M1 壁畫〈西王母宴樂圖〉出現了崑崙之上為太一的圖像。如前所論宇宙山位於「大地中央」或「斗極之下」，實指結果看，只需提及一處即可，但這幅壁畫所體現的兩者兼具——對崑崙地望的「增義」，反映了思想史上太一神及道取代自然天的觀念變遷。直到東漢末年教團化道教出現後，道教徒延續圖像上的變化，在《太平經》中以文字的形式記載了太平道接續崑崙之上為北極的地望書寫，並用命籍的方式為崑崙與北極增添新的神學內涵。而空同不曾被添加某些屬於崑崙的表徵，始終保存其最原初的含義——北斗之下山也。此後，一直到東晉上清派的某些道籍中，依然可見空同作為宇宙山的原意。

# 《太平經》在早期對話體文本
# 傳統中的定位[*]

## 芭芭拉
## （Barbara Hendrischke）

悉尼大學中國研究中心
（China Studies Centre, University of Sydney）

　　在中國上古與中古時期知識分子的一般記述中，《太平經》多被排除在視野之外。不過，它宣揚一種獨特的教義，且合理地認為這些教義具有烏托邦式（utopian）的特徵，[1]並透過有條理、有系統的方式來加以宣揚。[2]它

---

[*] 李嘉浩譯。感謝匿名審稿人的支持與建議。

[1] 康德謨（Max Kaltenmark）、王平、黎志添以及郭艾思（Grégoire Espesset）曾分析《太平經》教義中的要素，見Kaltenmark, "The Ideology of the *T'ai-p'ing ching*," in *Facets of Taoism: Essays in Chinese Religion*, ed. Holmes Welch and Anna Seidel (New Haven, CT: Yale University Press, 1979), pp. 19–52；王平著：《《太平經》研究》（北京：大陸地區博士論文叢刊，1992年）；Lai Chi Tim, "The Daoist Concept of Central Harmony in the Scripture of Great Peace: Human Responsibilities for the Maladies of Nature," in *Daoism and Ecology: Ways within a Cosmic Landscape*, ed. N. J. Girardot, James Miller and Liu Xiaogan (劉笑敢) (Cambridge, MA: Center for the Study of World Religions, Harvard Divinity School, 2001), pp. 95–111; Espesset, "Revelation between Orality and Writing in Early Imperial China: The Epistemology of the *Taiping jing*," *Bulletin of the Museum of Far Eastern Antiquities* 74 (2002): pp. 66–100; "Criminalized Abnormality, Moral Etiology and Redemptive Suffering in the Secondary Strata of the *Taiping jing*," *Asia Major* 15.2 (2002): pp. 1–50; "Cosmologie et trifonctionnalité dans l'idéologie du *Livre de la Grande paix* (*Taiping jing*太平經)," (PhD diss.,

的教義既肯定當時社會與道德價值，又調整了兩者的比重。從結果以及邏輯推斷而言，它提倡了一種令人矚目的新社會規範。儘管《太平經》的創新之處引起學界關注，但關於它的文學形式之原創性則乏人問津。在此我們可將它定位至早期對話體或語錄體傳統，這個傳統可追溯至先秦學派之間的論爭，並以《論語》為其定型的標誌。[3]《論語》一書公認於公元前1世紀末已經存在，亦由此間接確立了對話體文類。[4] 揚雄（前53－18）曾說明其《法言》一書即模擬《論語》而作。[5] 漢末荀悅（148－209）所撰《申鑒》亦追

---

Université Paris 7/Denis Diderot, 2002)。鮑爾（Wolfgang Bauer）曾點出其烏托邦式面向，見Bauer, *China and the Search for Happiness: Recurring Themes in Four Thousand Years of Chinese Cultural History* (New York: Seabury Press, 1976)。

2　參看郭艾思：Espesset, "À vau-l'eau, à rebours ou l'ambivalence de la logique triadique dans l'idéologie du *Taiping jing* 太平經," *Cahiers d'Extrême-Asie* 14 (2004): pp. 61–94。

3　參看齊思敏（Mark Csikszentmihalyi），"Interlocutor Collections, the *Lunyu* and Proto-*Lunyu* Texts," in *Confucius and the Analects Revisited: New Perspectives on Composition, Dating, and Authorship*, ed. Michael Hunter and Martin Kern (Leiden: Brill, 2018), pp. 218–240。我們所知道的《論語》文本可能是生成於漢武帝時期（在位年：141–187）宮廷的文化政策，參看梅約翰（John Makeham）對《論語》成書緣起的考察，還有胡明曉（Michael Hunter）和柯馬丁（Martin Kern）更新近的見解。Makeham, "The Formation of *Lunyu* as a Book," *Monumenta Serica* 44 (1996): pp. 1–24; Hunter and Kern, eds., *Confucius and the Analects Revisited*; Hunter, *Confucius Beyond the Analects* (Leiden: Brill, 2017). 何莫邪（Christoph Harbsmeier）列出大量可靠理由來反對《論語》文本生成時間如此晚近之說，見Harbsmeier, "The Authenticity and Nature of the *Analects* of Confucius," *Journal of Chinese Studies* 68 (2019): pp. 171–233。本文所重在於該文本在公元前1世紀顯然存在。

4　齊思敏和Kim Tae Hyun證實了《論語》存在於漢代。齊思敏認為孔子於公元前1世紀的形象是一眾門生的老師，而非政治顧問。感謝齊思敏為我介紹其有關漢代孔子形象議題的新論。見Csikszentmihalyi, "Confucius and the *Analects* in the Hàn," in *Confucius and the Analects: New Essays*, ed. Bryan W. Van Norden (Oxford: Oxford University Press, 2002), pp. 134–162; Kim Tae Hyun and Csikszentmihalyi, "History and Formation of the *Analects*," in *Dao Companion to the Analects*, ed. Amy Olberding (Dordrecht: Springer, 2014), pp. 21–36; Csikszentmihalyi, "The Haihunhou Capsule Biographies of Kongzi and His Disciples," *Early China* 45 (2022): pp. 341–373。

5　參看《漢書·揚雄傳》中揚雄的自述，〔漢〕班固著，〔唐〕顏師古注：《漢書》（北京：中華書局，1962年），卷87下，頁3580。

隨這個傳統。以上兩個文本相對於《論語》而言，那些次要對話者在文本描述中並非某個群體，而是沒有個人特徵的無名氏。他們被引述為「或曰」，然後與主講者展開簡短對話。這些人物和他們所說的話是否有歷史背景，我們無從得知。他們作為作者的創造物出現在這些文本中，作者採用對話體的形式，將不同立場分配給不同發言者，由此避免層層推論，並使學說討論更加生動。這些文本透過創建次要對話者來引起讀者的興趣，並邀請讀者加入對話之中。因而對話體有助於達成作者的目的。

　　作為一種文類，對話也採取了「設論」的形式。這樣一個文本「以詩或韻文的形式，通常由主講者與想像中的對話者之間的對話組成，當中前者在回應後者的問題時，會使用政治與道德術語來論證自己行為的合理性。」[6] 該文本或許源於真實的公開指控。[7] 對話者以戲劇般直接的語言對主講者作出嚴厲的個人指控，主講者則就二人及其所述社會網絡均維護的某些道德與文化標準，作出一針見血的譴責以示回應。這種文類可以追溯到東方朔（前154－前92），而在揚雄與班固（32－92）手中成為著名的文類，並持續使用至2世紀。這些文本非比尋常的文學特質以及傳記色彩將其與《太平經》嚴格區分開來。然而即使在《太平經》當中，對話形式也被證明是用來公開應付重大爭議的方便法門。我們之後會回到這一點上。

　　我們可以假設《法言》與《申鑒》中的對話有真實事件作為基礎，只是細節從缺。[8] 主講者呈現出像揚雄與荀悅本有的著名學者與智者形象，並傾向於模仿孔子那樣在《論語》中以格言（aphorisms）來交流，這種說話形式

---

6　這是柯睿（Paul W. Kroll）對該術語的定義，見Kroll, *A Students Dictionary of Classical and Medieval Chinese* (Leiden: Brill, 2015), p. 405b。它跟戴麟（Dominik Declerq）對該文類的傑出翻譯與分析之間沒有抵觸，見Declerq, *Writing against The State: Political Rhetorics in Third and Fourth Century China* (Leiden: Brill, 1998), chapter 2: "Conventionality and Effectiveness: On the 'Hypothetical Discourse' as a Literary Genre," pp. 60–96。

7　Martin Kern, "Disengagement by Complicity: The Difficult Art of Early Medieval 'Hypothetical Discourses,'" *Chinese Literature: Essays, Articles, Reviews* 23 (2001): p. 142.

8　參看注27。在評估主講者與對話者之間的關係時，必須記住《法言》和《申鑒》中的主講者是作者，而《論語》及《太平經》的情況則並非如此。

無論在任何文化背景,都會形塑出一個被周遭視為相當明智及帶來啟發的人物。[9] 對話者的發言通常不超過一個提問,就像《論語》那樣。儘管如此,人們仍可將這些文本稱為哲學對話的修改版本,它具有從《莊子》以及其他先秦文本中發展出來的文類特徵,藉以展示其哲學探討。[10]

　　《太平經》A層文本是長度可觀的對話體文本。現今所見的文本大概129個章節中,有83個都採用這種寫作風格。[11] 從語言與教義而論,我們可假設其大部分內容源自東漢末年。許理和(Erik Zürcher)認為這個文本的語言接近於最早期的佛經譯本,尤其是考慮到當中的口語元素。[12] 對於中國語

---

[9] 如果我們相信Andrew Hui所採集的論據;關於孔子的格言,參看Hui, *A Theory of the Aphorism: From Confucius to Twitter* (Princeton, NJ: Princeton University Press, 2019), p. 32。

[10] 侯思孟(Donald Holzman)將這個對話傳統描述為中國哲學發展的一個獨特分支,自《論語》開始,延伸到朱熹(1130–1200)《朱子語類》與王陽明(1472–1529)《傳習錄》。這些對話讓讀者彷如親身接觸到思想家其人,並碰到「人生中具體而迫切的問題」("concrete and immediate problems of human life")。見Holzman, "The Conversational Tradition in Chinese Philosophy," *Philosophy East and West* 6.3 (1956): p. 229。戴卡琳(Carine Defoort)曾考察過《莊子》中對話的功用,見Defoort, "Instruction Dialogues in the *Zhuangzi*: An 'Anthropological' Reading," *Dao* 11 (2012): pp. 459–478。戴梅可(Michael Nylan)認為作者運用這種修辭手法來吸引讀者。她指出:對話體增加了文本主題的多樣性,以及有助於避免一篇結構嚴謹的文章所產生的片面性。其所分析的對話文例包含應劭(140–206)《風俗通義》(透過引述對方的意見來展開論戰)乃至王充(27–97)《論衡》(慣用「或曰」來另起段落)。我們在葛洪(283–343)《抱朴子》中亦可見到這類術語的隨意用法。見Nylan, "Han Classicists Writing in Dialogue about Their Own Tradition," *Philosophy East and West* 47.2 (1997): pp. 133–188。本文所理解的「對話」採取狹義,即真實人物相互交談之記述。

[11] 這項數據包含那些對話元素極少的章節,但並不包括那些在《太平經鈔》(9世紀對《太平經》的輯錄)中沒有轉引並顯示為對話的章節。

[12] 參看Zürcher, "Late Han Vernacular Elements in the Earliest Buddhist Translations," *Journal of the Chinese Language Teachers' Association* 12 (1977): pp. 177–203; "Vernacular Elements in Early Buddhist Texts: An Attempt to Define the Optimal Source Materials," *Sino-Platonic Papers* 71 (University of Pennsylvania, 1996): pp. 513–537。

言學家而言,《太平經》具備東漢語言的關鍵證據。[13] 現今所見之文本是6世紀版本,可能源於天師傳統。此新編文本幾乎與天師材料同時成為道教經典的一部分。[14]

《太平經》A 層文本由天師與一名(或多名但異口同聲的)弟子之間的對話組成。[15] 其創作過程在文學方面下了工夫。這些章節或由一句引言開始:「純稽首戰慄再拜。」[16] 在 A 層文本中,「純」是唯一知名之人。提問緊接於拜禮之後:

「今愚生舉言,不中天師心,常為重謫過,不冒過問,又到年竟,猶無從得知之。願復請問一言。」「平,道之,何所謙哉?不知而問之,是其數也。」[17]

"Now foolish as I am, I do not meet your feelings, Celestial Master, when I start speaking and always commit a serious offence. Were I not to commit the offence of asking, it is as if until the end of my days, I would have no

---

13 可對比參考高明:〈簡論《太平經》在中古漢語詞彙研究中的價值〉,《古漢語研究》2000年第1期,頁81–85;張梅玲:〈《太平經》介詞研究〉(南京:南京大學碩士論文,2017年)。

14 參看Kristofer Schipper (施舟人), "Taiping jing 太平經," in *The Taoist Canon: A Historical Companion to the* Daozang, ed. Schipper and Franciscus Verellen (傅飛嵐) (Chicago, IL: University of Chicago Press, 2004), pp. 17–19;以及Barbara Hendrischke, *The Scripture on Great Peace: The Taiping jing and the Beginnings of Daoism* (Berkeley, CA: University of California Press, 2006), p. 37。

15 自熊德基開始,《太平經》的通行版本通常被認為是由三層組成。它們可視作以天師為主講者的大A層;B層是靈魂之間以及靈魂與修行者之間的簡短對話;C層則是在風格和內容上與A層和B層不同的材料,包括上清經文。參看Espesset, "Cosmologie et trifonctionnalité dans l'idéologie du *Livre de la Grande paix* (*Taiping jing* 太平經)," pp. 71–74; Hendrischke, *The Scripture on Great Peace*, pp. 347–353。熊德基:〈太平經的作者和思想及其與黃巾和天師道的關係〉,《歷史研究》1962年第4期,頁8–25。

16 《太平經》,所據版本為王明編:《太平經合校》(北京:中華書局,1979年),卷51,頁187。

17 王明:《太平經合校》,卷97,頁434。

way of knowing. I would again like to raise a question."

"All right, speak up. Why so modest? When we don't know, we ask; that's the norm."

引文中的初始提問或包含敘事元素：

六方真人俱謹再拜,「前得天師教人集共上書嚴勒,歸各分處,結胸心,思其意,七日七夜。」[18]
Together, the Perfected from the six regions twice extended respectful greetings: "We have previously obtained the Celestial Master's strict order to instruct people to collect and submit writings jointly. When we each returned to our place, we kept thinking about it, pondering for seven days and nights what you had meant."

當天師開展對話時，或會指涉弟子的實際情況：

真人前,子共記吾辭,受天道文比久,豈得其大部界分盡邪？[19]
Step forward, Perfected. For quite a while, you have jointly recorded what I said and have received texts on heaven's Dao. Do you fully grasp their principal parts and subsections?

通常天師會提出具有實際影響的問題：

真人前,今凡人舉士,以貢帝王,付國家,得其人幾吉,[20] 不得其人

---

18 王明：《太平經合校》，卷86，頁312。
19 王明：《太平經合校》，卷96，頁405。
20 若果如王明或其他當代編者般依從《太平經鈔》的讀法,《太平經》的通行版本在「得其人」後中斷,並於大約360字後插入「是二大凶也」。《太平經鈔》或許保留了原文用

幾凶。[21]

Step forward, Perfected. Now, when the people select a scholar for recommendation to the sovereign and service to the country, how lucky would they be, were they to find the right person? How unlucky, if not?

A層文本將對話與演講相結合的文學風格頗為獨特。這種獨特性，只有在我們跨越佛經傳統中所呈現佛陀與弟子、其他覺者或尋求指導與淨化者之間的生動對話時，才能體現出來。孔茲（Edward Conze）說過：「大乘經典都是對話。」[22] 可是，在中國，當《太平經》始創與成型之際，這些佛經文本尚未成為文化實體，儘管中文譯本或許已經存在。[23] 大概以《論語》為中心的對話文本傳統才是唯一值得考量的背景。本文旨在探討《太平經》相對於《法言》、《申鑒》，以及定位於《論語》這個久遠背景之中，其所體現的對話特徵。重點在於這些文本如何描述主講者和對話者之間的關係。對話者始終作為主講者的辯友（sparring partner），但這就是對話者對問題探討的所有貢獻了嗎？學者已透過柏拉圖（Plato）的對話錄從不同角度思考過這個問

---

字，包括對話標示語（speech tag）。郭艾思認為對話標示語在《太平經鈔》部6、7和9的表現是一貫的。第178節位於部7。見Espesset, "The Date, Authorship, and Literary Structure of the *Great Peace Scripture Digest*," *Journal of the American Oriental Society* 133.2 (2013): p. 331。

21　王明：《太平經合校》，卷109，頁520。

22　原文為："The Sutras of the Mahayana are dialogues." Conze, *The Perfection of Wisdom in Eight Thousand Lines and Its Verse Summary* (Bolinas, CA.: Four Seasons Foundation, 1973), p. xii.

23　這個主題遠遠超出本文範圍。此外，佛教研究就對話體的關注程度而言，尚未引起很大的興趣，儘管這些文本看來，所有內容都是從對話夥伴之間的口頭交流中脫口而出的說話。參看Zürcher, "A New Look at the Earliest Chinese Buddhist Texts," in *From Benares to Beijing: Essays on Buddhism and Chinese Religions in Honour of Prof. Jan Yün-hua*, ed. Shinohara Koichi and Gregory Shopen (Oakville, Ontario: Mosaic Press, 1991), pp. 277–304。其中一個例子為安世高（活躍於約150–170）譯《人本欲生經》。參與者之間的配合比起《太平經》更加深入與個人化，他們顯然是夥伴而非師生，而且重要的是，佛陀的開示包含一系列虛構的對話。需要補充的是，《太平經》並不包含佛教術語。

題，但對於《論語》以及別處記載與孔子之間的對話則鮮有關注。[24] 在這一類的中文文本中，主講者總是一位地位超然的老師。揚雄與荀悅分別在《法言》與《申鑒》中描寫主講者向對話者的強勢稱呼方式，仿佛在證明自己智力和學識上的優越。相比之下，《太平經》的主講者總是透過提出問題、回應提問與異議來縮小弟子與其理解之間的差距。雖然孔子在《論語》中的角色頗為複雜，但他毫無疑問會關心弟子的學術與個人成長。[25] 顯然在 A 層文本中就如《論語》一樣，次要對話者充滿智慧能量，而且正處於學習、反思和自我修養的過程之中。讀者預期會對他們的成功頗感興趣。

對話者的角色涉及更廣泛的問題，即那些對話的作者打算達成什麼。作者總是在提出與捍衛其學說，從而宣揚其教義。他或許還想提倡其探究方

---

[24] Hermann Gundert認為，柏拉圖的辯證法記錄了哲學的具體相關性；它關乎我與你，亦只有透過我與你的虛擬對話才能打動那些讀者，讓他們無法置身事外。見Gundert, *Dialog und Dialektik: Zur Struktur des platonischen Dialogs* (Amsterdam: B.R. Gruener N.V., 1971), p. 5。John Beversluis展示柏拉圖如何將對話者設定為經常批評主講者的戲劇人物，見Beversluis, *Cross-Examining Socrates. A Defense of the Interlocutors in Plato's Early Dialogues* (Cambridge: Cambridge University Press, 2000), p. 12；亦可比較參考Henry Teloh, "The Importance of Interlocutors' Characters in Plato's Early Dialogues," *Proceedings of the Boston Area Colloquium in Ancient Philosophy* 2.1 (1986): pp. 25–38。韋禮文（Oliver Weingarten）研究《論語》與別處所見「孔子對話中的編輯策略和公式化話語」("editorial strategies and formulaic utterances in Confucius' dialogues")，以及「儒家指導情境」("Confucian scene of instruction")下的道德後果。見Weingarten, "The sage as teacher and source of knowledge: editorial strategies and formulaic utterances in Confucius dialogues," *Asiatische Studien* 68.4 (2014): pp. 1175–1223; "What Did Disciples Do? '*Dizi*' 弟子 in Early Chinese Texts," *Harvard Journal of Asiatic Studies* 75.1 (2015): pp. 29–75。樂唯（Jean Levi）對孔子形象的生動描述對於我們而言，或許過多地歸於《莊子》中的大師形象。然而這讓讀者意識到一個問題，即學者似乎被《論語》的哲學意義淹沒，卻甚少關注其文學特質。見Levi, *Le petit monde du Tchouang-tseu* (Arles: Philippe Picquier, 2010), chapter 2: "Confucius ou la pédagogie," pp. 39–68.

[25] 可參看Csikszentmihalyi, "Confucius," in *The Rivers of Paradise: Moses, Buddha, Confucius, Jesus, and Muhammad as Religious Founders*, ed. David Noel Freedman and Michael James McClymond (Grand Rapids, MI: William B. Eerdman's Publishing, 2001), pp. 122–308; Olberding, "Introduction," in *Dao Companion to the Analects*, p. 6。

法，就像柏拉圖那樣提倡一種生活方式，發展一套道德規範體系，又如《論語》那樣去完善知識論述，或簡單而言即，拯救世道。[26] 在深究幾個能彰顯次要對話者作用的典範選文之後，我們將重新回顧這些議題。

# 一　《法言》

揚雄《法言》的「言」是獨立的格言之間穿插著簡短對話。[27] 對話者對待主講者的態度好比人們對待獲得認可的學者那樣。以下交流可視為原型：

> 或問：「何如動而見畏？」曰：「畏人。」「何如動而見侮？」曰：「侮人。夫見畏之與見侮，無不由己。」[28]
> 
> Someone asked me how to act to be regarded with awe. "Regard others with awe." "And to be reviled?" "Revile others. As we all know, awesome authority and insults in all cases stem from one's own actions."

對話者設定討論主題，並用第二個問題刺激主講者，使其帶出恰當的結論。

---

[26] 關於《論語》可參看Csikszentmihalyi, "Interlocutor Collections, the *Lunyu* and Proto-*Lunyu* Texts," pp. 92–115; Weingarten, "The sage as teacher and source of knowledge," pp. 1175–1223; Wiebke Denecke（魏樸和）, *The Dynamics of Masters Literature: Early Chinese Thought from Confucius to Han Feizi* (Leiden: Brill, 2011), pp. 90–127。關於柏拉圖，參看Christopher Warne, *Arguing with Socrates: An Introduction to Plato's Shorter Dialogues* (London: Bloomsbury, 2013), chapter 2: "How Socrates argues," pp. 20–33; 以及Charles H. Kahn, *Plato and the Socratic Dialogue: The Philosophical Use of Literary Form* (Cambridge: Cambridge University Press, 1996), pp. 57–70。

[27] 下文所有由「或曰」開啟的對話，不論作者意圖如何，皆視為代表跟主講者一致的聲音。揚雄在其自序中提及：「故人時有問雄者，常用法應之。」(《漢書》，卷87下，頁3580；比照參考Esther Klein, *Reading Sima Qian from Han to Song: The Father of History in Pre-Modern China* (Leiden: Brill, 2018), p. 95。

[28] 《法言》8.23；Yang Xiong, *Exemplary Figures / Fayan*, trans. Michael Nylan (Seattle, WA: University of Washington Press, 2013), pp. 132–133。本文所引《法言》依照戴梅可的中文版本及翻譯，部分段落在其翻譯基礎上修改。

有時候，一名持懷疑與批判態度的對話者會成為揚雄復興儒學事業上的夥伴：

> 或問「命」。曰：「命者，天之命也，非人為也。人為不為命。」「請問人為。」曰：「可以存亡，可以死生，非命也。命不可避也。」或曰：「顏氏之子，冉氏之孫。」曰：「以其無避也。若立巖墻之下，動而徵病，行而招死。命乎！命乎！」[29]
>
> Someone asked about the Decree. "By 'Decree,' I mean heaven's Decrees, whatever is *not* due to human efforts. Whatever is achieved through human effort is not the 'Decree.'" "I beg to ask about human effort?" "Through effort one may preserve something or let it go, and determine who lives or dies. That is not the 'Decree.' The word 'Decree' refers to whatever cannot be avoided." Someone asked me, "But what of the Yan Huis and Ran Bonius?" "Their untimely deaths were due to something unavoidable. But 'if a person stands beneath a collapsing wall,' where any movement may bring injury and any step invite death, in what sense is *that* decreed? In what possible sense?"

對話者主導整個對話過程，並且最後提出一個問題，迫使主講者在開頭的定義中加入孟子的警示：履行法令之人必須小心避免意外。對話者以一個確鑿的事例反對之：顏回和冉伯牛兩位德高望重之人都英年早逝。主講者其後修正原初的定義作為回應。從而揚雄在對話者的配合下，建構出一段對話來展示如何超越自己先入為主的觀點。

---

[29] 《法言》6.11；Michael Nylan, *Exemplary Figures / Fayan*, pp. 90–91。關於顏回、冉伯牛或冉耕，參看《論語》6.3與11.3：〔清〕程樹德撰，程俊英、蔣見元點校：《論語集釋》（北京：中華書局，1990年），卷11，頁365；卷22，頁742。關於避免立於巖墻之下，參看《孟子》7A.2：〔清〕焦循：《孟子正義》（北京：中華書局，1987年），卷7上，第2條，頁880。

那些深植於主流意見的對話者,則沒有突破口可言。面對〈說難〉的作者韓非(前280－前233)因遊說技巧不足而死的說法,揚雄爭辯指這是由於韓非不識禮儀,只扮演演說家角色並投放過多精力來遊說統治者。對話者堅持道:

「說之不合,非憂耶?」[30]
"But when a persuasion piece does not meet with approval, should this *not* be a matter of grave concern?"

主講者回覆道:

曰:「說不由道,憂也;由道而不合,非憂也。」[31]
[The main speaker] replies: "If a persuasion piece is not in accord with the Way, *that* is a matter of grave concern. But if the ruler disagrees with a rhetorical piece that is in accord with the Way, *that* hardly qualifies as cause for concern."

儘管這個回答不切實際,但它記載了揚雄眼中他與其他人智識目標的差距。對話並非為了縮短這個差距而建構,然而它又落實至寫作中,因此可能也有起到這個作用。在這點上,人們會被誘導而辨識出一種柏拉圖式計劃(Platonic scheme):蘇格拉底可能無法說服對話者,但透過將其全部落實至寫作中,柏拉圖就或許能說服讀者。

我在《法言》文本中只找到一個由次要對話者發起並成為學說的對話,對話主題得到正式安排:

---

30 《法言》6.22;Nylan, *Exemplary Figures / Fayan*, pp. 96–97。
31 《法言》6.22;Nylan, *Exemplary Figures / Fayan*, pp. 96–97。

或曰：「使我紆朱懷金，其樂不可量也！」[32]
Someone said to me, "Were I to have crimson sashes and stores of gold, the pleasure would be infinite!"

主講者回應道，此樂不及孔子弟子顏回之樂，其為內在之樂（「顏氏子之樂也內，紆朱懷金者之樂也外」）。對話者反駁道：

或曰：「請問屢空之內。」[33]
I beg to ask about the inner happiness that you think comes from "repeatedly going hungry".

戴梅可提出，儘管「請問」一詞十分常見，但此處似有諷刺意味。主講者回應指，顏回雖然既窮苦又飢餓，但其主要煩惱在於自己永遠無法達到孔子般完美。對話者有點激動地總括道：

或人瞿然曰：「茲苦也，祇其所以為樂也與？」[34]
The interlocutor, in some agitation, concludes: "That particular form of trouble – was it not the very means by which Yan made himself truly happy?"

這個自相矛盾的結論讓對話者衝進主講者的思考領域中。他顯然明白主講者的立場，至於他是否接受則懸而未決。[35]

我們可以總結出《法言》包含一些對話，兩位講者共同創造了一套新穎

---

[32] 《法言》1.23；Nylan, *Exemplary Figures / Fayan*, pp. 20–21。

[33] 《法言》1.23；Nylan, *Exemplary Figures / Fayan*, pp. 20–21。

[34] 《法言》1.23；Nylan, *Exemplary Figures / Fayan*, pp. 20–21。關於「屢空」，參看《論語》11.19；〔清〕程樹德：《論語集釋》，卷23，頁779。

[35] 只有章節1.8與4.2以對話者接受主講者之立場收結。

的觀點和價值，並能充分展現揚雄所理解的孔子哲學。[36]

## 二 《申鑒》

儘管旨趣不同，但荀悅《申鑒》中包含對話的理由跟《法言》相似。兩個文本的主題都與學術交流以及道德行為議題相關，不過《申鑒》還論及管治政策。我們必須假設，部分對話者是經驗豐富的官員。他們提出了重要的問題和異議，而主講者則通過建議他們保持現狀來反駁之：

> 或問貨。曰：「五銖之制宜矣。」……曰：「錢散矣。京畿虛矣，……。」曰：「事勢有不得，……海內一家，何患焉？」曰：「錢寡矣。」曰：「……然後官鑄而補之。」……曰：「然則收而積之與？」曰：「通市其可也。」[37]

Someone inquired about the monetary [system]. I said: "The 5-*shu* coins are convenient." … Someone said: "The coins have been scattered. The region around the capital has been emptied of them." … I said: "Such a situation cannot be avoided. …within the four seas we are [like] a single family. What is there to worry about?" He said: "The coins have become rare." I said: "… the government should mint [new coins] to make up the deficit." … He said: "Then should we collect and store the coins?" I said: "No, we should circulate them through market transactions."

---

36 有關揚雄試圖修正孔子形象，參看 Jennifer Liu（劉羅潔敏）, "Painting the Formless and Strumming the Soundless: Yang Xiong's *Taixuan jing* as Expression of the Absolute" (PhD diss., University of Washington, 2019), p. 111。

37 參看〔漢〕荀悅撰，〔明〕黃省曾注，孫啟治校補：《申鑒注校補》（北京：中華書局，2012年），卷2，第13條，頁80。此處翻譯主要依照 Ch'en Ch'i-yün（陳啟雲）, *Hsün Yüeh and the Mind of Late Han China: A Translation of the Shen-Chien* (Princeton, NJ: Princeton University Press, 1980), pp. 139–141，部分段落在其翻譯基礎上修改。「五銖」於公元前118年推出。

主講者被對話者的觀察所刺激到,提倡採取自由放任政策。

關於學術主題,對話者或會提出異議,就像《法言》出現的情況,通過指出歷史人物的背景來反駁主講者的論點:

> 或問:「仁者壽,何謂也?」曰:「仁者內不傷性,外不傷物,……壽之術也。」曰:「顏、冉何?」曰:「命也,……。」[38]
> Someone inquired about why the virtuous live long. I said: "Virtuous people neither inwardly injure their nature nor outwardly damage things; ... This is the art of longevity." Someone said: "How about Yan Hui and Ran Boniu?" I said: "This is fate (*ming*)...."

從文學角度而言,《申鑒》這些對話有不錯的效果。它們將一些個別陳述聯繫起來,從而強化它們的主旨表達。當對話者在少有的表達意見的情景中,他們很少會改變主講者的論述思路;但以下例子顯示了對話者挑戰主講者關於社會和政治上的善惡的清晰劃分:

> 曰:「……升難而降易。善,陽也,惡,陰也,故善難而惡易。縱民之情,使自由之,則降於下者多矣。」曰:「中焉在?」[39]
> "... Ascent is difficult; descent is easier. Goodness is *yang* and badness *yin*. Therefore, it is difficult to be good and easy to be bad. If people's feelings are allowed free rein, there will be more falling into a lower state [of moral consciousness than those rising to a higher one]." Someone said: "Then where are the middle ones?"

---

[38] 參看〔明〕黃省曾注,孫啟治校補:《申鑒注校補》,卷3,第13條,頁134。關於顏回與冉耕,參看注30。此處翻譯在陳啟雲的翻譯基礎上修改,Ch'en, *Hsün Yüeh and the Mind of Late Han China*, p. 160。

[39] 參看〔明〕黃省曾注,孫啟治校補:《申鑒注校補》,卷5,第19條,頁211。比照參考 Ch'en, *Hsün Yüeh and the Mind of Late Han China*, p. 193。

主講者在之後的回應中修正他的學說,並回歸到法律與教育領域。如果兩個領域質素良莠不齊,國家亦會如此。

揚雄的推論和寫作與荀悅不同,但兩者對對話者角色的看法相似。[40] 他們讓對話者接觸主講者來尋求指導,以提高他的學術水平或解決實際問題。對話者沒有被授予任何超出其自我修養下產生心靈或社會後果的反思能力。作者興趣不在於形容自己熱衷於對話者自我意識上的重大改變。揚雄在駁斥異議時,有時會涉及步驟的問題,例如提及孟子的天命觀,但這種做法只是附帶而已。不管是他還是荀悅都沒有提及其探討過程。

## 三　《太平經》A 層文本

在《太平經》中,弟子受天界鼓動而求學,並遇到天界派遣、名為「天師」的教導者。雙方都保持匿名,但自始至終都大致相同。至少六名弟子持有道教真人位階且已研讀過道書材料。他們的意圖為雙向的,就如那些孔子弟子般。首先他們渴望獲得正式授職;其次,他們想成為天師那樣,特別是長生不死。雙方的會面被描述為真實的,旨在提升弟子之態度、技能與知識,以便他們能說服統治者與普羅大眾來發動改革,從而阻止將要發生的災劫。

「真人前,凡平平人有幾罪乎?」「平平人不犯事,何罪過哉?」「噫,真人何其暝冥也。」[41]

"Step forward, Perfected. What are the crimes an average person will commit?"

"An average person who does nothing wrong – what crimes should he or she commit?"

"Oh, how can you be so dumb!"

---

40 這兩篇對話文本反映了作者的興趣和特定的歷史環境。揚雄的及時批判和創新的哲學觀與荀悅對看似已經崩壞的漢代傳統的保守辯護大相逕庭。

41 王明:《太平經合校》,卷67,頁241。

天師對「罪」的理解是對普遍觀點的冒犯。人之六大「罪」從有道不肯力教涵蓋到有力不肯力作。如此解釋後，天師再次發出徵求：

> 「……真人前，其過責如此，寧當死有餘罪不？」「吾見天師說事，吾甚驚恢心痛，恐不能自愈。」[42]
> 
> "Step forward, Perfected. After so much misconduct, won't someone, when dead, not have crimes that he has not atoned for?"
> 
> "Now that we have heard what the Celestial Master has told us, we are in pain, deeply alarmed, and afraid we will find no way to be healed."

對話者的反應證明天師之說法當真不同凡響。如此反應乃有意為之。天師有意於背離對話者，揚雄也有時為之：因從對話者到眾人的觀點都需要徹底改變。只不過，天師亦不厭其煩地一步步引領弟子具備不同的視角。結果弟子對改變人民觀點及其所處世界都產生了個人興趣。可以說，就其強烈程度與相關程度而言，天師與對話者之間的交流更接近於某些先秦哲學對話，包括《論語》，而更勝於漢代對話文本。

以下是另一個例子：

> 「今愚生得天師文書，拘校諸文及方書，歸居閒處，分別惟思其要意，有疑不能解，願請問一事。」「言之。」「今天師拘校諸方言，十十治愈者方，使天神治之也。……」[43]
> 
> "Now, foolish as I am, I have received your writings, edited texts and recipes, have returned to a quiet place, analysed and considered their essential meaning, doubt my understanding and would beg to raise a question."

---

42 王明：《太平經合校》，卷67，頁252。
43 王明：《太平經合校》，卷93，頁383。

"Speak up."

"Now regarding the recipes you have edited, recipes that heal in ten out of ten cases let heaven's spirits do the healing."

不太成功的方書則涉及低階的天神。弟子總結道：

「……愚生以為但得其厭固可畏者，能相治也，不得其厭固者，不能相治也。」「善哉！真人言也，得其難意。……」[44]

"Foolish as I am, this is what I think: They can heal only because they instil fear by suppression and control. Without it, they cannot heal."

"What you have said is to the point. You have understood the problem."

天師解釋道，此萬二千物皆受制於眾生所畏之君長，天道就是如此來維持秩序的。弟子回應道：

「請問一疑，甚不謙順，豈不言哉？」「平行勿諱。」「今若盜賊劫人者，同服人耳，豈可以為天命君長邪？」「善哉！子之難也。……」[45]

"I beg to ask a quite pretentious question. Were it better I did not?"

"Go ahead. Don't be shy."

"Nowadays, should a bandit assault people, he brings everyone under his rule. How can we think of him as a chief under heaven's command?"

"This is an excellent question."

這個問題給天師一個機會來解釋盜賊劫人以及王者治服人之間的區別。對比於天師開頭所言，他以反對的方式作結：

---

44 王明：《太平經合校》，卷93，頁383。
45 王明：《太平經合校》，卷93，頁384。

「……行學者精之,亦無妄難問也,天且非人也。」[46]

"Concentrate on your studies without reckless questions. Heaven may reprove humans."

經文表明天師的聲音並非作者的聲音,作者乃以適當的勸導方式採取綜合進路。此處作者讓弟子提出一個看似對天界欠缺應有尊重的質疑說法。弟子實則更常為之。[47] 主講者不斷駁斥這些說法,但這些說法的出現標誌著《太平經》作者參與到更廣泛的漢末對話交流之中。他們的教導包括提出和反對另類觀點,哪怕是那些關於天界角色的觀點。弟子下一個問題順著同一脈絡延續下去,他請教:如果有人是掌管天地之君長,那會是誰?天師明智地稱其「深妙遠劇」,並二話不說帶出中極星與崑崙墟,這個答案無足輕重。

天師的對話策略是雙重的,一方面他讓弟子意識到這個世界需要修補,另一方面他展示如何為之。重點是此包含對弟子按部就班的要求,如隨後兩個處理「急(需要)」的部分所示。第一部分讓弟子意識到不急(想要)與急(需要)之別,由此提出人類除飲食、男女、衣著之外別無所急。第二部分自以下內容開始:

「真人前,蚑行之屬有幾何大急?幾何小急?幾何不急乎?」「然,各有所急,千條萬端。」「皆名為何等急?」「蚑行各有所志也,不可名字也。」「真人已愁矣昏矣,……」「實不及。……唯天師願為其愚暗解之。」「然!蚑行俱受天地陰陽統而生,亦同有二大急、一小急耳。……」[48]

"Perfected, step forward. How many big and how many small needs do animals have?"

---

46 王明:《太平經合校》,卷93,頁384。

47 參看Barbara Hendrischke, "Dialogue Forms in the *Taiping jing* (Scripture on Great Peace)," *Journal of the American Oriental Society* 137.4 (2017): pp. 719–736;王明:《太平經合校》,卷97,頁434–435;卷46,頁126。

48 王明:《太平經合校》,卷36,頁46–47。

"Well, each has its own needs, as if there were a thousand branches and ten thousand ramifications."

"What do we call these needs?"

"Each animal has its own aim; we can't give them names."

"It's a shame you are so stupid."

"I am no good. … If the Celestial Master would only explain things to me."

"Well, animals live as humans do. They also share the same needs."

如此天師讓弟子瞭解到以歸納作為探討技巧。

正如此處所示，對話可以傳達嚴重指控。天師經常提及弟子的愚暗與不夠專注是對天界的冒犯。[49] 如上所示，弟子指控天界聖化了當地的霸權統治。這些直接的語言某種程度上反映文人的假想論述中表露的激進風格與積極的個人參與。[50]

當弟子爭辯道，構建可靠的文本並不能保障更好的世界時，就會引發另一個方法論的問題。在回應中，天師重申弟子必須整理按主題收集的各種材料，以便內在的相互引證與關聯變得明瞭。他總結道：

> 然，能正其言，明其書者理矣；不正不明，亂矣。[51]
> Well, by aligning what has been said and explaining what has been written down, you create structure. Without alignment and explanation, there is turmoil.

因此，漢代知識分子所熱衷研習與套用的語文技巧可被視為具有救世主般的巨大影響。弟子必須掌握好這些技巧。

在定義術語方面，天師要求從具體情況中理解這些術語：

---

49 例如王明：《太平經合校》，卷44，頁104；卷47，頁142。

50 參看注6。

51 王明：《太平經合校》，卷51，頁187–188。

「行,真人來。天下何者稱富足,何者稱貧也?」「然,多所有者為富,少所有者為貧。」「然,子言是也,又實非也。」「何謂也?」「今若多邪偽佞盜賊,豈可以為富邪?今若凡人多也,君王少,豈可稱貧邪?」「愚暗生……不及有過。」[52]

"All right, come here. What do we mean by rich and poor?"

"Well, owning a lot is to be rich and owning little, poor."

"What you have said appears to be true but is, in fact, false."

"What do you mean?"

"Take someone who often cheats, deceives, flatters, steals and robs. How can we call him rich? Or take a situation where the people, in general, own a lot while the sovereign owns but little. How can we call him poor?"

"Foolish and stupid as I am…I am at fault."

如此交流之後,天師開始講授。學生偶爾會表示理解與同意,並提出追問。對話或以此作結:

「然。子可謂已知之矣。行去,有疑勿難問。」[53]

"All right. Let us assume you have understood. Go, but don't hesitate to ask when there is a question."

## 四 結論

以上三個文本的對話風格不同,它們的意圖亦不同。在《法言》與《申鑒》中,討論者依循著漢代主要書面材料中普遍的主題與風格。揚雄雖然從來不與對話者打成一片,但偶爾也會有人伴隨他至更遠的知識境界。這些對話記載了改進文本與哲學中普遍的分析手段的意圖,或許還有寄望於提高對

---

[52] 王明:《太平經合校》,卷35,頁29–30。
[53] 王明:《太平經合校》,卷42,頁96–97。

知識界的關注。相比之下，荀悅的意圖是保守的，同時其對話者在曹操（155–220）的影響下則勇於創新。荀悅展示出主講者的提議難以得到迴響，仿佛在記錄他的孤獨心境。在這兩個文本中，討論者針對一些問題來進行交流，這些問題讓文本作者感同身受，會對其身處之學術與政治競爭造成影響。他們的對話旨在引領思潮。

在《太平經》中，對話者學會共享天師的太平願望並追隨其腳步。他們有受過教育，但未及另外兩個文本中的人物之優良教育水平，亦未及我們所設想的那些人物身處之優越境況的水平，他們的語言運用亦使其與眾不同。與其他兩個文本所見之典雅用語截然不同的是，天師與對話者的交談用語更接近於2世紀末3世紀初洛陽的用語。他們談話中瀰漫的和合氛圍表明其對人倫關係的看法。儘管《太平經》慣常地將社會秩序視為基於階級成分，但它將這些成分描述為充滿著各種整合力量。[54] 社會差別被相對化，此反映作者堅信天道作為主宰，使尊卑、君臣之別相形見絀。《太平經》的對話風格體現這些平等主義的傾向。

就《論語》而言，揚雄與荀悅的對話者，就如孔子直接教授的弟子。他們都有相同的學術興趣和原則上相同的哲學觀點。然而，揚雄和荀悅的對話者身分卻無從知曉。在《論語》中，一些學生被賦予生平細節，甚至可能轉變角色來擔任老師。孔子非常瞭解他們，可以因應他們的具體需要來調整指導。他們之間的關係是私人的，表現為情感投入和語言使用。《太平經》的天師與其弟子同樣親近，儘管他們缺乏所有個人特徵。有時天師會將他們視為潛在的老師，稱讚他們的見解已超越自己。[55] 與孔子的弟子相比，他們還沒有體驗過公共事務。然而，這兩組學生都懷有對老師的崇敬、傳播教義的

---

54 一個絕佳的例子為天師與弟子如何討論君臣、父子、師生之間的正確關係。一名學生首先提出這個主題，並詳細描述等待作惡者的地府懲罰。天師以一種我們稱之為嘲諷式的關注（ironic attention）來聆聽之，詢問弟子其資訊來自何處，儘管其可能正確（王明：《太平經合校》，卷151，頁405–407）。天師強調這些教義不是他的。

55 例如王明：《太平經合校》，卷96，頁417；卷86，頁312。

意願和能力、自我實現的驅動力,很可能還有對社會政治改革的渴望。[56] 首先考慮這些共同特徵,然後考慮《論語》在漢代的突出地位,最後考慮更深一層文本相似度的罕見,或許可有理由認為《太平經》的文學風格植根於《論語》。甚至兩個文本的意圖也可能不像表面看來那麼不同。魏樸和對《論語》的描述與《太平經》所描述的情況幾乎沒有衝突:「當針對管治事件的討論從當代政治與社會結構中移除之時,《論語》的修辭形式就是一個相當適用的工具,用來宣揚師生對於另類社會的願景。」[57]

---

[56] 《太平經》含有源於《論語》的蛛絲馬跡。天師一再要求學生做筆記;漢代學者將筆記視為《論語》的起源。見Scott Cook(顧史考),"Confucius and the Analects Revisited, Revisited: A Review Article," *Chinese Literature: Essays, Articles, Reviews* 41 (2019): pp. 125–163。不管有意與否,據說孔子曾經採用「憤」這個詞語來表達求道態度,它在《太平經》中以相同意義出現,雖然在B層文本中包含一名內行者與幾名天界掌管者的簡短對話,其對話風格與強度都與A層文本不同(《論語》7.19:〔清〕程樹德:《論語集釋》,卷14,頁479;王明:《太平經合校》,卷110,頁530)。A層文本中,天師提醒弟子他們乃遠道而來,告誡他們要如孔子般懷有「謹」與「信」(〔清〕程樹德:《論語集釋》,卷1,頁27;以及王明:《太平經合校》,卷47,頁131、133、136)。

[57] "The rhetorical format of the Analects is a perfectly suited tool to propagate a vision of an alternative social community of a master and his disciples that, while discussing matters of governance, is removed from contemporary political and social structures." Denecke, *The Dynamics of Masters Literature*, p. 93.

# 大小之辯、道教存思與文學
# 神思的關係淺探

陳偉強

香港教育大學

## 一 引言

　　道教上清派的存思活動是該派特有的修煉方式。當中所述的修煉過程對於意象的構成和應用，與文學創作過程的思維活動十分相似，在原理和實踐上有共通之處。學界對存思活動在宗教方面的研究成果豐碩，但從文學角度作探討則尚有開發的空間。[1] 本文從存思修煉出現前的相關思想作論述，整合其理論框架，以此探討存思在晉代盛行前後的實踐概況，通過與當時的文學思想相對看，梳理這種宗教特有的思維活動與文學創作構思過程的各自和共有特點，藉以增進對二者在此一時期的發展道路上，如何推進意象建構在文學、宗教和藝術等領域，使他們邁向成熟。

　　簡而言之，宗教存思與文學神思的共通點在於思維活動在一定的虛擬場域中進行。存思是宗教導向的，旨在通過修煉把天界之神引入人身中，將之

---

[1] 例如張超然：〈六朝道教上清經派存思法研究〉（臺北：國立政治大學碩士學位論文，1999年）。筆者曾撰文討論《上清大洞真經》所述的存思與文學的關係，見拙文：〈意象飛翔：《上清大洞真經》所述之存思修煉〉，《中國文化研究所學報》第53期（2011年），頁217–248。

置於體內各處各神祇所轄之器官。[2] 文學神思則是文學導向的，旨在精思而進入意象世界，馳騁期間進行創作。

本文首先考察道教存思和文學神思的思維模式成型前的早期發展概況。通過分析這類模式，觀察道家思想體系如何為後來的道教和文學對於意象的建構和虛擬場域的構築，進行精思、修煉和創作，直接或間接啟導後來的相關理論和實踐。這種思維活動的另一個重要源頭是《楚辭》文學傳統中的天界神遊的描寫。[3] 雖然漢魏以前這些描寫都局限於天界，少有與人體相對應，但其飛昇遊仙的文學經驗卻為存思和神思的文本中可見的上天入地景象打下了重要基礎。[4]

其次是考察上清派存思的大小宇宙（marco-cosm and micro-cosm）結構的源流。[5] 通過分析統計早期關於召喚天界神祇進入體內的文獻記載，如《太平經》、《黃庭經》、《大洞真經》和葛洪（283－343）《抱朴子》等材料，梳理人體內在結構中的崑崙山以及各個器官的神祇與天神對應結構的原理及發展概況，[6] 從而斷定存思修煉思想為4世紀時期的特有產物，並肯定楊羲（330－386）等人的巨大貢獻。

---

[2] 關於存思的各家英譯及解說，見拙文：〈意象飛翔〉，頁231–232。

[3] 霍克思（David Hawkes）把這種天界神遊稱為 *itineraria*。原為巫師法術之旅，但在《楚辭》傳統中發展成詩人對腐朽現實和昏庸君主的失望，寄託了政治寓意的旅程。見 Hawkes, "Quest of the Goddess," in *Studies in Chinese Literary Genres*, ed. Cyril Birch (Berkeley, CA: University of California Press, 1974), pp. 59–63。這個文學傳統此後有發展變化，見竹治貞夫：〈楚辭遠遊文學の系譜〉，載小尾博士古稀記念事業會編纂：《小尾博士古稀記念中國學論集》（東京：汲古書院，1983年），頁23–38。

[4] 柯睿（Paul W. Kroll）師以〈遠遊〉為早期道家之作並影響了中世紀的道教詩歌中的飛昇主題。見Kroll, "Daoist Verse and the Quest of the Divine," in *Early Chinese Religion, Part Two: The Period of Division (220–589 AD)*, ed. John Lagerwey and Lü Pengzhi (Leiden: Brill, 2009), pp. 954–961。

[5] 馬伯樂（Henri Maspero）據道經所載，指出人體內有各樣的神，共二十位，並以大、小宇宙結構分析人體與天界的對應關係。見Maspero, *Le taoïsme et les religions chinoises* (Paris: Gallimard, 1971), pp. 381–383。

[6] 見Kristopher M. Schipper（施舟人）, *Le corps taoïste: corp physique — corps social* (Paris: Fayard, 1997), pp. 137–153；Maspero, *Le taoïsme et les religions chinoises*, pp. 471–472。

最後是探討文學理論中神思詩學的發展及其與存思思維方式的異同。《莊子》和早期有關內視和大小之辯的記載，不但為存思打下理論基礎，也成為陸機（261－303）〈文賦〉中構建其玄覽和神思理論的框架。然而神思與存思並沒有交叉發展。二者分別在文學和宗教上開拓了新穎而深刻的理論實踐，對後世的宗教和文學的相關理論和實踐產生了重要的影響。

## 二 「內視」與大小之辯

「內視」一詞雖早見於《莊子》，但這裏所採的是「內部視野」（"inner vision"）之意。[7]《莊子》之前已有關於體內「神」的設想和描述。《左傳》成公十年有如下關於晉景公的記載：

> 晉侯夢大厲，被髮及地，搏膺而踊，曰：「殺余孫，不義。余得請於帝矣！」壞大門及寢門而入。公懼，入于室，又壞戶。公覺，召桑田巫，巫言如夢。公曰：「何如？」曰：「不食新矣。」公疾病，求醫于秦，秦伯使醫緩為之。未至，公夢疾為二豎子，曰：「彼良醫也，懼傷我，焉逃之？」其一曰：「居肓之上、膏之下，若我何？」醫至，曰：「疾不可為也，在肓之上，膏之下，攻之不可，達之不及，藥不至焉，不可為也。」公曰：「良醫也。」厚為之禮而歸之。[8]

引文記述了晉景公兩個夢，分別把他的思慮和病況化成大厲和二豎子。如果

---

7 「內視」是修煉者用以召喚神話中的風景和仿佛的神祇，也可見到自己體內的內臟。這是一種「精神視象化」（"mental visualization"），伊利亞德（Mircea Eliade）所稱「創造性的想像」（"creative imagination"），或 Henri Corbin 的「動態想像」（"active imagination"）。見Isabelle Robinet（賀碧來），*Taoist Meditation: The Mao-shan Tradition of Great Purity*, trans. Julian F, Pas and Norman J. Girardot (Albany: SUNY press, 1993), pp. 29, 48–49。另見Maspero, *Le taoïsme et les religions chinoises*, pp. 471–472。

8 引文據洪業等編：《春秋經傳引得》（上海：上海古籍出版社，1983年，重印本），成公十年，第5段。

以佛洛依德（Sigmund Freud, 1856－1939）解夢的方法解之，這些夢境，以及夢中的人物，是由晉侯思緒的凝聚（condensation）和置換（displacement）的作用而形成的。[9]《左傳》這個記載尤其與存思相關的是二豎子的角色行動和位置。當然，沒有證據證明上清派存思起源於此；但至少這段早期記載反映了關聯思想（correlative thought）在人們把思想、慾望、恐懼等轉化成生動的形象的重要作用。

莊子一派發展了關聯思想中的兩個要素：寓意的指向性和大小之辯的視角。這兩個要素相輔相成，《莊子》書中的寓言十九，每多指向現實人生，這種譬喻修辭，能調動讀者的思維繼文本的實指飛昇到目的喻意的層面。此外，這些寓言又多借助神話故事，如書中所見的崑崙之虛，可謂是歷代神話之鄉，也是後來存術的一個重要部位（詳下）。

《莊子》書中記述莊子和惠施的大小之辯更是構建大小宇宙的重要思想框架。除了〈逍遙遊〉篇鯤鵬之大對比蜩與學鳩之小，〈齊物論〉尤其突出大小之辯，[10]為開發大小宇宙的關聯思想奠基。莊子對於大小之辯、「至大」和「至小」有以下論述：

一、至大无外，謂之大一，至小无內，謂之小一。（〈天下〉33/70－71）[11]

二、……鵬，……摶扶搖羊角而上者九萬里……斥鴳……騰躍而上，不過數仞而下。……此小大之辯也。（〈逍遙遊〉1/14－17）

---

9 Sigmund Freud, *The Interpretation of Dreams*, trans. James Strachey (New York: Avon Books, 1965), pp. 312–339, 634–635, 340–344, et passim.

10 參看A.C. Graham（葛瑞漢），"Chuang-tzu's Essay on Seeing Things as Equal," *History of Religions* 9.2–3 (Nov., Feb. 1969–1970): pp. 138–142。

11 《莊子》引文據引得編纂處編：《莊子引得》（上海：上海古籍出版社，1986年，重印本）。以下引文均據此，不另出注，括號內列出篇名、篇序號、行號。《管子・心術上》曰：「道在天地之間也，其大無外，其小無內。」是知這一概念為當時之共識。見〔清〕戴望：《管子校正》，《諸子集成》（北京：中華書局，1986年，重印本），第5冊，卷13，頁220。

三、自其異者視之，肝膽楚越也；自其同者觀之，萬物皆一也。（〈德充符〉5/7）

四、天下莫大於秋毫之末，而大山為小。（〈齊物論〉2/52–53）

引文第一段是惠施的論說，莊子以為謬誤並加以取笑。[12] 雖然如此，惠施對於大小、中央、遠近等方面的論述，不少與莊子的「相對主義」（relativism）相合。[13] 至如「氾愛萬物，天地一體」之說，李楨（1571年進士）注：「愛出於身而所愛在物，天地為首足，萬物為五藏。」[14] 這就把惠施的宇宙觀向漢魏時期《太平經》的「承負」說和阮籍（210–263）解讀《莊子》靠近。[15]

除了相對主義，也有從物理學角度對莊子所引述的這些論說作詮釋，以為他們已觸及了時空、動力、原子、粒子等理論學說。[16] 就本文的論旨而言，莊子這些關於大小、異同、有極無極等觀點，可視為道教上清派存思的大小宇宙結構出現之前的一個重要理論框架。「大一」、「小一」為兩個體積上有極端差異的世界，表面上作了區分，但實際上，二者都是「道」的屬性，用《老子》第一章的話講：「道」與「名」是「同出而異名」。這樣的大小視角，為《莊子・則陽》篇中所建構的一個「小一」世界提供了理據，其文曰：

---

12 〈天下〉33/74–87。譯文及相關論述參見 A.C. Graham, *Disputers of the Tao: Philosophical Argument in Ancient China* (Chicago and La Salle, IL: Open Court, 1989), p. 80。

13 葛瑞漢是較早提出莊子是相對主義和懷疑主義者（Sceptic），後又有 Chad Hansen（陳漢生）的反對意見。參見 Ewing Y. Chinn, "*Zhuangzi*: and Relativistic Skepticism," *Asian Philosophy* 7.3 (1997): pp. 207–220。

14 〔清〕郭慶藩：《莊子集釋》（北京：中華書局，1985年），卷10下，頁1105，注13。

15 見拙著，Timothy Wai Keung Chan, *Considering the End: Mortality in Early Medieval Chinese Literary Representation* (Leiden: Brill, 2012), pp. 76, 84。

16 較早的相關論述有李約瑟（Joseph Needham）及其團隊的研究，見 Needham, et al., *Science and Civilisation in China, Volume 4: Physics and Physical Technology, Part I: Physics* (Cambridge: Cambridge University Press, 1962), pp. 3–5, 55, 81。此外，又有：Georg Northoff and Kai-Yuen Cheng, "Level of Time in The *Zhuangzi*: A Leinizian Perspective," *Philosophy East and West* 69.4 (Oct. 2019): pp. 1–20。

> 有國於蝸之左角者曰觸氏，有國於蝸之右角者蠻氏。時相與爭地而戰，伏尸數萬，逐北旬有五日而後反。(〈則陽〉25/25－28)

寓言背後的道理不言而喻；我們關注的卻是作者的獨特視角和構思。只有在「大一」和「小一」的原理指導下，才能把人世間事物搬演至蝸角這樣「至小」的範圍裏；同理，它的構成、內容和屬性，也可以向「無極」、「無窮」方向擴大，形成大宇宙世界。[17] 事物的大小互通取決於作者的主觀想像所形成的獨特視角，故莊子能做到「天地與我並生」、「獨與天地精神往來」(分別見〈齊物論〉2/52－53,〈天下〉33/65－66)，與後來的道教存思術中的大小宇宙互通的原理一致。在這兩者之間，漢代以來除了《楚辭》文學傳統的神遊天地的書寫外，還普遍流行著壺中天地傳說，透視了時人的這個獨特宇宙觀。[18] 其中一個派生故事記載費長房有「縮地脈」的法術，也是由大小之辯的視角衍化而來的。[19]

上述《莊子·德充符》關於肝膽臟的引文，可視為作者對體內結構的瞭解。結合書中其他地方，即見作者對「神」如何運行的論述。引文所述的人體內臟，雖為譬喻，但以闡述對於事物異同觀點，涉及了道之至大的思想：從小宇宙的角度看，人體五臟即裝載著大宇宙的一切。因此，這個視角正好體現了〈天道〉所說的：

---

17 廣成子與黃帝對話，涉及「無窮」、「有極」、「無極」的概念和境界。見〈在宥〉11/40–43。

18 壺中天的故事傳統主要見於費長房師事壺公的故事，參看〔南朝宋〕范曄撰，〔唐〕李賢等注：《後漢書》(北京：中華書局，1987年)，卷82下，頁2744。Rolf A. Stein, *The World in Miniature: Container Gardens and Dwellings in Far Eastern Religious Thought*, trans. Phyllis Brooks (Stanford, CA: Stanford University Press, 1990), 58–91.

19 見〔唐〕歐陽詢編撰，汪紹楹校：《藝文類聚》(上海：上海古籍出版社，1986年)，卷72，頁1243引曹丕《列異傳》；〔宋〕李昉等編：《太平廣記》(北京：中華書局，1986年)，卷12，頁82引《神仙傳》。相關討論見拙著，Timothy Wai Keung Chan, *Fantasy in the Grotto: Otherworldly Adventures in Classical Chinese Literature* (Leiden: Brill, 2025), pp. 30–34, 47.

> 夫道，於大不終，於小不遺，故萬物備。廣廣乎其无不容也，淵乎其不可測也。(〈天道〉13/60－61)

《莊子》的作者是如何做到對人體內臟的細緻瞭解的？〈養生主〉篇中的經典論述——庖丁解牛——展示了一幅詳細的「解剖圖」。庖丁向文惠君解說他的解牛技術：

> 臣以神遇而不以目視，官知止而神欲行。(〈養生主〉3/6)

庖丁能做到遊刃有餘，是因為他「不以目視」，而是提升到「神行」的境界。

道家觀「道」的大小視角原是哲學思考，卻構成了獨特的宇宙觀。這個視角在後世存思術的發展起了重大作用。其原理可以古典希臘哲學中的模仿（mimēsis）作理解：道是原型，人世間的生活是道的體現，蝸角之國即是對道的模仿和扮演，是對現實（道）的第三次複製。[20] 這個理解方式可作為下一節所述的存思修煉的理論基礎。

## 三　《太平經》存思體內神之法

成書大約在2世紀的《太平經》是較早而較具體記述存思修煉的文獻。[21] 書中有關體內神的記載，大抵亦以養生治病為目的，但「神吏」的形象並不

---

[20] 見Plato（柏拉圖），*The Republic*, trans. Desmond Lee, second edition (revised) (London: Penguin Books, 1987), pp. 362–363, lines 597b, e.

[21] 芭芭拉（Barbara Hendrischke）指出：《太平經》的觀點雖早已被納入道教體系之內，但更準確地看，此經應被視為早期中國的「普通宗教」("common religion") 與後來的道教傳統的銜接點。她也指出今日所見《太平經》的文本為6世紀所編，但其語言、思想等皆屬於2世紀那個時代。見Hendrischke, *The Scripture on Great Peace: The Taiping jing and The Beginnings of Daoism* (Berkeley, CA: University of California Press, 2006), pp. 3, 31, 39。姜守誠以為《太平經》反映的思想和歷史是王莽執政時期而成。見姜守誠著：《太平經研究——以生命為中心的綜合考察》（北京：社會科學文獻出版社，2007年），頁54–76。

如後來上清派的鮮明。經中所述存思的原理之一是：人體在某季節中對應某種「德」和「氣」，人應據此而存思適當的神吏，如：

> 春分已前，盛行少陽之氣，微行太陽之氣，以助少陽……立夏日……神吏赤衣守之，百鬼去千里。……夏至之日，盛德太陽之氣，中和之氣也，其神吏思之可愈百病。……瞑目還觀形容，容象若居鏡中，若闚清水之影也，已為小成。[22]

這個較早期的存思活動階段已涉及瞑目內視，但還必須借助懸像觀圖進行。經中對此有具體記載，特別強調人體內臟之色與四時氣相應：

> 夫人神乃生內，反遊於外，遊不以時，還為身害，即能追之以還，自治不敗也。追之如何？使空室內傍無人，畫象隨其藏色，與四時氣相應，懸之窗光之中而思之。[23]

存思的要旨是將出遊體外的五臟神召回體內，達到保健養生的目的。所用的方法，是懸像存想，藉眼前畫像將修煉者的意念，從視覺轉入想像，從神遊天界轉入神遊體內，卻又二者互通。具體方法是：

> 其先畫像於一面者，長二丈，五素上疏畫五五二十五騎，善為之。東方之騎神持矛，南方之騎神持戟，西方之騎神持弓弩斧，北方之騎神持鑲楯刀，中央之騎神持劍鼓。思之，當先睹是內神已，當睹是外神也。或先見陽神而後見內神，睹之為右。此者，無形象之法也。亦須得師口訣示教之。[24]

---

[22] 王明編：《太平經合校》（北京：中華書局，1960年），卷154–170，頁721–722。
[23] 王明：《太平經合校》，卷18–34，頁14。
[24] 王明：《太平經合校》，卷72，頁293。

陳偉強：大小之辯、道教存思與文學神思 ❖ 235

存思所用的圖像講究形似，加上「口訣」，通過唸誦口訣，把修煉者的注意力引領到特定的方向。「無形象之法」謂：存思既依靠形象引導，見到神靈後便不再依靠，是為「人與內外神達到高度融合的境地」。[25]

《太平經》存思的另一個重要意旨在於教化。該書卷100至102以〈東壁圖〉及〈西壁圖〉解說「承負」導致的「天災變怪」，並示以衣之顏色如何與五行陰陽人事相合。[26] 其作用是以圖示善惡之行及其果報。《太平經》的圖像最與意象有關的是《太平經鈔》己部的一幅圖。此圖是神人教導真人如

圖1　《太平經鈔》己部插圖[27]

---

25 楊寄林譯注：《太平經今注今譯》（石家莊：河北人民出版社，2002年），頁681。
26 王明：《太平經合校》，卷100，頁455；卷101，頁457，圖見下冊附頁。
27 圖見《太平經鈔》，己部，《太平經》（HY 1093），卷6，頁18a/b。本文引用的道經版本根據〔明〕張宇初、邵以正、張國祥編纂：《正統道藏》（臺北：新文豐出版公司，1985年，據上海涵芬樓影印本）。

何在人間「孝順事師，道自來焉……努力思善，身可完全」，然後，「於此畫神人羽服，乘九龍輦升天，鸞鶴小真陪從，彩雲擁前，如告別其人意。」[28]

這一「套」圖文所表達的主要是說教，也是意象建構的兩種表意手段結合之例。[29] 圖中騰雲乘鶴意象所建構的意境，是善行的果報。在表現藝術上，是傳統騷賦文學神遊主題的畫像化再現。

從這些記載看，大、小宇宙的構成在漢代已十分成熟。雖然《太平經》的修煉思想基礎和理論根據難以尋溯，但從荀悅（148–209）《申鑒‧俗嫌》中所說「歷藏內視」，[30] 以形容道家修煉，又有《周易參同契》所批評「是非歷臟法，內視有所思」，[31] 已知內視存思的在漢代的流行程度。只是這個階段仍需依賴觀圖，幫助修煉者建立腦海中的精神意象，引入天界之神至人體內臟中。是故，文字所建構的存思場景，並沒有達到較高的文學水平。

存思文學之能達致更高水平，必須摒除對觀圖的依賴。這方面則由《黃庭經》將之帶進新的高度。然而，《黃庭經》和上清經系的存思身中神的概念及具體神譜，則奠基於東漢時期成書的《老子中經》。[32]

---

[28] 此段文字出自《太平經鈔》己部，王明將之插在卷102，見《太平經合校》，卷102，頁467。讀者乃以為此文為卷99附圖〈乘雲駕龍圖〉的說明。只要核對文字內容，就知道所說的並非〈乘〉圖，而是本文所引。見俞理明：《太平經正讀》（成都：巴蜀書社，2001年），頁323–333。

[29] 《太平經》另有屬於今日所謂的「幾何圖」、「集」、「統計圖」一類的示意系統，又有「復文」四篇，也屬於圖符示意系統。有關討論可參看楊寄林：〈太平經綜論〉，《太平經今注今譯》，頁14–15。

[30] 〔漢〕荀悅：《申鑒》，《諸子集成》，第8冊，俗嫌第三，頁17。

[31] 《周易參同契註》（HY 996），卷上，頁13a。

[32] 《太上老君中經》（HY 1160）；此經以《老子中經》之名，見引於《雲笈七籤》（HY 1026），卷18、19。施舟人此經定為後漢時期著作，見Kristofer M. Schipper, "The Inner World of the *Lao-Tzu chung-ching*," in *Time and Space in Chinese Culture*, ed. Chun-chieh Huang and Erik Zürcher (Leiden: Brill, 1995), pp. 118–119；施舟人：〈關於《老子中經》〉，《道家文化研究》第16輯（北京：生活‧讀書‧新知三聯書店，1999年），頁205–210。關於此經對《黃庭經》和《上清大洞真經》所述的存思系統的論述，參見劉永明：〈醫學的宗教化：道教存思修煉術的創造機理與淵源〉，《蘭州大學學報（社會科學版）》第32卷第5期（2004年），頁40–42。該文也探討了《黃帝內經》和《太平經》在存思發展史上的地位，見頁38–41。

## 四　《黃庭經》的文學圖景

　　賀碧來把存思的境界稱作「形象世界」（"world of image"）。[33] 這個定義最能在《黃庭經》中體現。由於《黃庭經》的版本歷史和成書年代頗有爭議，也有意見認為該經所載的存思思想顯然受上清經系思想的影響，[34] 又或是從上清經改編而成，筆者則較傾向於王明和施舟人的繫年，認為《黃庭經》約成於3世紀中葉，較上清諸經之出世為早。[35] 以下論述及引文根據施舟人校本之餘，[36] 特別注重較最早的王羲之小楷抄本。王抄本寫於永和十二年（356），較楊羲降真受經早八年。[37]

---

[33] Isabelle Robinet, *Taoism: Growth of a Religion*, trans. Phyllis Brooks (Stanford, CA: Stanford University Press, 1997), pp. 122–124.

[34] 這是柯睿師的見解。見Kroll, "Body Gods and Inner Vision: The Scripture of the yellow Court," in *Religions of China in Practice*, ed. Donald S. Lopez, Jr. (Princeton, NJ: Princeton University Press, 1996), p. 149。柯睿師並指出此經展示了七言詩最為純熟使用運用的實例。見Kroll, "Daoist Verse and the Quest of the Divine," p. 963。

[35] 《黃庭經》的成書年代，一般認為是在魏晉時期。王明曰：「魏晉之際，《黃庭經》似已有秘藏草本。」王氏將魏華存得《黃庭內景經》之年，繫於太康九年（288）左右。又認為《外景》「繼踵《黃庭內景篇》問世」。王明：〈《黃庭經》考〉，《道家和道教思想研究》（北京：中國社會科學出版社，1984年），頁335–337、361。施舟人則將《內景》繫於東晉，並認為它與上清天啟活動有密切關聯；而《外景》即原本《黃庭經》，成書更早，在公元255年以前。Schipper, "*Taishang huangting neijing yujing* 太上黃庭內景玉經," "*Taishang huangting waijing yujing* 太上黃庭外景玉經," in Schipper and Verellen, *The Taoist Canon*, pp. 184–185, 96–97. 此論首見於施舟人早年著述，Kristofer M. Schipper, "Introduction," *Concordance du Houang-T'ing King: Nei-king et Wai-king* (Paris: École Française d'Extrême-Orient, 1975), pp. 1–11. 另見賀碧來對此經的綜合介紹：Isabelle Robinet, *La révélation du Shangqing dans l'histoire du taoïsme*, tome second (Paris: École Française d'Extrême-Orient, 1984), pp. 253–257。此外，又見柯恩（Livia Kohn）的簡介，Kohn, *The Yellow Court Scripture, Volume One, Text and Main Commentaries* (St. Petersburg, FL: Three Pines Press, 2023), pp. 1–17。此書為《黃庭經》及主要注解的最新英譯本。

[36] Schipper,《上清黃庭外景經》, *Concordance du Houang-t'ing King*, pp. 1–3.

[37] 楊羲降真受經的最早日期是興寧二年（364）。司馬虛（Michel Strickmann）據《真誥》所載，理由上清經系作品成書和傳授始末。見Strickmann, "The Mao Shan Revelations: Taoism and the Aristocracy," *T'oung Pao* 63.1 (1977): pp. 1–64. 司馬虛又指出：王羲之卒

《黃庭經》中所見文學圖景生動豐滿，得力於作者對修煉構成的精心營構。全文所展現的環境，是由道教神祇遊歷天界這個大宇宙，經由道門內部盛行的修煉思想的共識，轉化成人體內的遊歷過程。這個遊歷是一次教導性的實驗過程，敘事的視點（point of view）和語氣（voice）是屬於修煉導師的，也就是全程由他帶引、說明和教導所呈現的是全知視角（omniscient narration）。[38]

　　這樣的遊歷雖與傳統神遊文學一脈相承，但其內視（internal vision）為這種遊歷注入了新的活力。[39] 作者通過對場域的構建、神祇形象的塑造，由敘事者的流動視角出發，流轉和飛昇，呈現出一幅神遊人體，走訪五臟神的流動風景圖。開篇首先布置宏觀結構：黃庭、關元、命門、神廬等（1/3－5），為各個內臟的守衛神設定場景，這些神祇的衣飾打扮、名諱各有不同。修煉導師帶引遊歷到各處而構建起這個體內的風景。歷經玉池、玉樹、靈臺（1/12、29、31）等。必須強調的是：這些風景和神祇並非人人可見，而是修煉達到某水平才能見到。因此，這些景物中的神祇的出現，標誌著修煉的成功。例如：

---

　　於361年，較楊羲受《黃庭內景經》早三至四年，見同文，頁10，注14。中田勇次郎蒐羅了歷代《黃庭經》抄本，對於麥谷邦夫指出楊羲等人據《外景經》而增衍成《內景經》之說，具有重大意義。見中田勇次郎：〈黃庭經諸本鑑賞記〉，《中國書論集》（東京：二玄社，1974年），頁87、121；大野修作：〈中田勇次郎『黃庭經諸本の研究』を読みなおす〉，《書法漢學研究》第23期（2018年），頁39，引麥谷邦夫：〈『黃庭內景経』試論〉，《東洋文化》第62期（1982年），頁29–59。本文所據王羲之抄本據趙孟頫舊藏心太平本，收入《魏晉唐小楷集》，《中國法書選11》（東京：二玄社，1990年），頁25–31。

38 Wayne Booth 認為狂熱的模仿（passionate mimesis）會為敘述產生不止兩種語氣（voices）——靜默的作者和獨立的角色的，而也有第三種語氣，即上述二者的合唱（chorus）語氣。此外，「開放」文本使宇宙呈現價值空虛，從而暗示了一位最令人有深刻印象的全知作者；或者這文本的終極空虛正是我們認識神的性質的最佳線索。見 Booth, *The Company We Keep: An Ethics of Fiction* (Berkeley, CA: University of California Press, 1988), pp. 446–447, 67。

39 柯恩引述各家之說，指出《黃庭經》的宇宙觀來自傳統，如《道德經》和見於《太平經》和《老子中經》等漢代的身體宇宙觀；而《內景》較《外景》又提昇了層次。見 Kohn, *The Yellow Court Scripture*, p. 23。

> 子欲不死修崑崙。絳宮重樓十二級，宮室之中五采集，赤城之子中池立，下有長城玄谷邑。長生要妙房中急。……正室之中神所居，洗身自治無敢汙。歷觀五藏視節度，六腑脩治潔如素。（1/38－43；1/53－56）
> 象龜引氣致靈根，中有真人巾金巾。（3/7－8）

這些景象結構，有利於突出神人出場的威嚴性。在遊仙詩中多有此技法，如郭璞（276－324）〈遊仙詩〉的「清谿千餘仞，中有一道士」，「中有冥寂士」，以至後來李白（701－762）的「中有不死丹丘生」、白居易（772－846）的「中有一人字太真」等，與此一脈相承。[40] 除此之外，諸神會合的景象，既上承〈離騷〉等神遊文學傳統，也與步虛文學中的百神聚會於玉京山的場景相類，[41] 如：

> 下于喉嚨何落落，諸神皆會相求索。……專守心神傳相呼。觀我諸神辟除邪，脾神還歸依大家，藏養靈根不復枯。（3/57－64）

引文中的崑崙、宮室等地點並非固有，而是經過「修」（修煉）而出現。一旦「修」成，當中的守護神也就顯現其間；而崑崙的周遭景物也隨之而嚴整矗立。這種大小宇宙的關聯思想的產物既如此構成，經中的「五藏」、「六府」的「藏」、「府」二字，便必須去掉「肉」部，以符合大宇宙景物。這個雙關景物描寫，有力地印證了為何「歷藏內視」的「藏」字不寫作「臟」。

---

[40] 郭璞：〈遊仙詩〉其二、三，見〔南朝梁〕蕭統編，〔唐〕李善注：《文選》（北京：中華書局，1977年），卷21，頁23b、24b。李白：〈西嶽雲臺歌送丹丘子〉，白居易：〈長恨歌〉。見〔清〕彭定求等編：《全唐詩》（北京：中華書局，1960年），卷166，頁1717；卷435，頁4818。蕭馳在討論郭璞二例及其他「招隱」和「遊仙」作品時，指出：「道教和神仙家的世界是……更富敘事情調和人物化的世界。」見蕭馳：〈大乘佛教之受容與晉宋山水詩學〉，《中華文史論叢》第72輯（上海：上海古籍出版社，2003年），頁61。
[41] 見《洞玄靈寶玉京山步虛經》（HY 1427），頁1a。

《黃庭經》的內視敘述為中古詩歌的造景開拓了新的模式。經中常用手法是先設立一個場景，當敘述者視點到達此處，常以「中有某某神」交代場景細節，如：

九源之山何亭亭。中有真人可使令。（2/22－23）

諸神有時結集，但各有司職，各有所主。修煉者能「見」之即能保長生。然而，這些神祇並無具體的名諱，更無詳細介紹，至上清經籍中方有所發展，形成一部完整的神譜。這一點似乎可用作區分《黃庭經》與上清經系作品的一個準則。

## 五　上清經傳的「瞑目內視」

上清經在繼承和發展存思術的貢獻至鉅。此派所作的努力，使存思成為了他們的標誌性修煉工夫，後無來者。李豐楙對上清派存思的來源和發展脈絡，作了細緻精要的梳理。他引述傅飛嵐（Franciscus Verellen）的「內向性超越」（"the beyond within"）的論述框架，[42] 尋溯存思如何從內視到「內觀」的發展，「使精神性的內修法進而結合實踐的內修法，就成功地結合了洞府內觀與洞房內觀」。所論的除了本文上述的內視功夫之外，更結合了其他因素：

治國之道即將輿圖職掌於內府；而職掌中央作為治理四境的地理知識，被類比為治身如治國，務使身體內部成為秩序化的內部空間，然後才能發展為存想洞府中的各個身神。……
由於對這種身體探秘、揭密的興趣，轉用了洞天的遊觀經驗，所歷所觀的也被移轉用於體內世界，就進而使用了「內觀」一詞，深化了傳

---

[42] Franciscus Verellen, "The Beyond Within: Grotto-Heavens (*Dongtian* 洞天) in Taoist Ritual and Cosmology," *Cahiers d'Extrême-Asie* 8 (1995): pp. 265–290.

統的「內視」,……[43]

　　李氏的論說,頗具啟發。為我們考察內視、內觀和存思的機理,提供了清晰的脈絡和框架。以下專就存思活動的思維模式及文學成就作探討,主要聚焦於《上清大洞真經》和《紫陽真人內傳》所載有關體內神的名諱和文學表現。

　　《上清大洞真經》為上清派眾經之首,讀之萬遍即可成仙。[44] 正是因為此經的唸誦性質,經文中收集了祝、咒等文字供修煉時唸誦,故體內神的名諱顯得格外重要。修煉者唸誦經文時按身體不同部位,從天界召喚不同神祇進入體內,從而達到內外為一,修得飛昇之道。據張超然考證,「大本」《大洞真經》,除《大洞玉經》引文,以及「天上內音、地上外音」外,均為後加成分。[45] 那麼,「小本」的簡單描述,難以重構仙真來歷及其司職。例如無英公子,《大洞真經》引《大洞玉經》只言「玄玄叔大王」,注云「元父」。[46] 《大洞真經》此章據道門內之知識,寫成:

　　謹請左無英公子玄充叔,字合符,常守兆腋之下,肝之後戶死炁之門,使左腋之下,常有玉光,引神明上入兩眼睛之中。[47]

　　如據《大洞真經》,玄充叔應是玄玄叔之誤,此後無英之字皆作玄充叔;只有《上清大洞真經玉訣音義》注文指出:「一本作玄元叔。」並列出《雌一玉檢五老經》為佐證。[48]

---

43 李豐楙:〈洞天與內景:西元二至五世紀江南道教的內向遊觀〉,載劉苑如主編:《體現自然:意象與文化實踐》(臺北:中央研究院文哲研究所,2012年),頁58–64。
44 朱自英:〈《上清大洞真經》序〉,見《上清大洞真經》(HY 6),序,頁3a。
45 見張超然:〈系譜、教法及其整合:東晉南朝道教上清派經的基礎研究〉(臺北:國立政治大學博士學位論文,2008年),頁238–243。
46 《上清大洞真經》,卷2,頁20a。
47 《上清大洞真經》,卷2,頁8b。
48 《上清大洞真經》,卷2,頁9a/b。此外,《大洞玉經》又作「玄无叔」、「玄上叔」。見《大洞玉經》(HY 7),卷上,頁4b、5a/b。按:「无」當是「元」字之誤。

《上清大洞真經》的「大本」加入了圖像和說明文字，如下：

圖2　存思無英公子[49]

次思玉光從兆泥丸中入兆口，吸神雲，咽津三過，結作三神，一神狀如秀士，青錦袍，玉束帶。二神侍立，下入右乳，穿絳宮，入左膀胱，上穿絳宮，入左乳內，過肝之後戶，順時吐息。[50]

這段體內神遊的描述，既是「大本」內容，當是據「小本」之核心成分即《大洞玉經》作敷演，用以表述插圖（應是後加成分）所不能詳敘的細節。如只讀《大洞真經》原詩，而不從修煉（小宇宙）方向理解，展現眼前的就是一首遊仙（大宇宙）作品：

---

49 《上清大洞真經》，卷2，頁9a。
50 該傳文的法譯及其內視的解說，見Maspero, *Le taoïsme et les religions chinoises*, pp. 474–475。

> 太冥絕九玄，洞景寄神通。玉帝乘朱霄，綠霞煥金墉。上館雲珠內，仰接無刃峰。靈關太漠下，霧沫鏡中空。冥化混離子，玄玄叔火王。瑋寂高同生，無極保谷童。圓塗無凝滯，綺合有九重。……[51]

因此，「大本」的各成分，以圖文方式把原本表面似只敘寫大宇宙之遊的這首詩，作小宇宙修煉之遊的注解。除無英公子外，白元君、中黃老君等神祇，在《大洞真經》大、小本均有同樣的「經傳」結構。《大洞玉經》的這些表面看似「大宇宙」之遊的簡短敘述，透露了一個訊息：道門之內都熟知這些體內神的來歷、地位和司職，因此毋須詳述，只要按修道者心中理解存之，引入體內即能達到養生目的。

可是，道門以外或初學道之人如何得知各神祇品位及其所轄內臟？除了後出的《洞玄靈寶真靈位業圖》的簡單列示，最重要的是從《紫陽真人內傳》一類敘述文字中學會大小宇宙的關聯。

傳文講述紫陽真人學仙、遇仙和煉仙的始末。其中所述傳主周義山（前80生）學仙和遇仙是現實世界的境遇，屬大宇宙，這些片段成為周君煉仙即存思活動的文學素材，亦即上文引述柏拉圖模仿理論中所言的現實的一次複製，在體內用瞑目內視的方法將之再次呈現。後人修煉時又據周君在現實中遇仙經歷，努力存想，把仙真召入自己的冥想世界中來，是為對周君遇仙的第三次複製。以下摘取一些較典型的引文，重構大小宇宙的關聯性：

> 紫陽真人本姓周，諱義山，字季通，汝陰人也。……自陳少好長生，唯願登仙度世。夙夜靜思，願與真人相遇……雖服此藥以得其力，不得九轉神丹金液之道，不能飛仙矣。為可延年益壽，不辟其死也。君按次為之，服食求五年，身生光澤，徹視內見五藏，乃就仙人求飛仙要訣。……君再拜受教，退齋，沐浴五香，七日七夜不寐，但危坐接手，存念至道。乃以平旦燒香，北向再拜，服此神芝。五年之間，視

---

51 《上清大洞真經》，卷2，頁9b–10a；《大洞玉經》，卷上，頁5a/b。

見千里之外。身輕，能超十丈，日步行五百里。能隱能彰，坐在立亡。能巡行名山，尋索仙人。聞有樂先生者，得道在蒙山，能讀《龍蹻經》，乃追尋之。……乃退登幡冢山，遇上魏君，……登嵩高山，入洞門，遇中央黃老君遊觀丹城，潛行洞庭，合會仙人在嵩高山太室洞門之內，以紫雲為蓋，柔玉為床，鳳衣神冠，佩真執節，左帶流金之鈴，右帶八光之策，神虎俠洞門，靈狩衛太室，左侍者清真小童，右侍者太和玉女，各百餘人，捧神醴之琬，詠《大洞真經》三十九章，誦《大有妙經》二十四章，修《太上素靈》二十一曲。……黃老君曰：子存洞房之內，見白元君耶？君對曰：實存洞房，嘗見白元君。黃老君曰：子道未足矣，且復游行，受諸要訣，當以上真道經授子也。子見白元君，未見无英君，且復行也。……夫至思神見得為真人。若見白元得為下真，壽三千；若見无英，得為中真，壽萬年；若見黃老，與天相傾，上為真人，列名金臺。君既見之，乃再拜頓首，乞丐上真要訣。黃老君可還視子洞房中。君乃瞑目內視，良久果見洞房之中有二大神，无英、白元君也。……[52]

白元、無英和中黃老君在此傳文中的角色和作用，為《大洞真經》的相關記述提供了最佳註解。實際上，應該是《紫陽真人內傳》中的題材內容，為《大洞真經》片段式存思描述提供了框架。有趣的是，《傳》中所見的一個母雞與雞蛋的問題：紫陽真人既受《大洞真經》三十九篇，[53] 自然懂得大小宇宙的聯繫；此經的流行，以至於衍生其他經籍，並成為上清派眾經之首，主要是基於存思的理論和實踐。

## 六　內視反聽與收視反聽

內視既是道教存思活動中至為關鍵的方法，也是文學創作中構建虛擬場

---

52　《紫陽真人內傳》（HY 303），頁1a–11b。
53　《紫陽真人內傳》，頁11b–12a。

域和意象的重要手段。陸機在〈文賦〉中雖然用「收視」而非「內視」,但其思維模式同受道家尤其是莊子的啟導,與同時期盛行的道門修煉雖未必有交集,但也體現了4世紀初宗教和文學兩種類似思維模式的各自發展,在兩個領域中對形象思維的開拓和實踐情況。

如前述,內視存思自漢以還已有長足發展。「內視」一詞較早見於《莊子‧列禦寇》:

> 賊莫大乎德有心而心有睫,及其有睫也而內視,內視而敗矣。(〈列禦寇〉32/38)

郭象(252–312)注謂「偽已甚」;俞樾(1821–1907)曰:「內視者,非謂收視返聽也,謂不以目視而以心視也。」[54] 俞氏特以「收視返聽」注此,強調此「內視」並非虛靜修煉,而是指人們判斷事物不以目見為憑而以主觀臆斷,[55] 故「敗矣」。

「內視」修煉工夫,自漢以來皆指與神明溝通之法。《太平經》即有「瞑目內視,與神靈通」、「眩目內視,以心內理」之說,並解釋:「陰明反洞於太陽,內獨得道要猶火令明照來,不照外也。」[56] 魏代嵇康(223–262)則言:「若比之內視反聽,愛氣嗇精,明白四達。」戴明揚注:「反聽之謂聰,內視之為明。」[57] 嵇康借道家養生論之,見解更接近於陸機。

陸機〈文賦〉構建一個玄虛場域為文學創作的大圖景。其旨在教人摒除世間雜念,開篇即曰:「佇中區以玄覽。」[58] 借用〈老子〉第十章「滌除玄

---

54 〔清〕郭慶藩:《莊子集釋》,卷10上,頁1058,注2。
55 梅維恆(Victor Mair)將引文中第二個「睫」字譯為"mind's eye",「內視」譯"look[ing] inward"。見Mair, *Wandering on the Way: Early Taoist Tales and Parables of Chuang Tzu* (New York: Bantam Books, 1994), p. 330, #10。
56 分別見王明:《太平經合校》,卷53,頁193;卷137–153,頁709。
57 〔魏〕嵇康:〈答難養生論一首〉,見戴明揚校注:《嵇康集校注》(北京:人民文學出版社,1962年),卷4,頁179,注引《史記‧商君列傳》趙良注。
58 〔南朝梁〕蕭統編,〔唐〕李善注:《文選》,卷17,頁2a。以下引〈文賦〉在正文以括號標示卷、頁號。

覽」之意。河上公曰:「心居玄冥之處,覽知萬物。」[59] 陸機以此開篇,實際上是要營造一個神思的境界,故其下文所敘的《典》《墳》、萬物、臨雲、遊林府等都在這個密閉「玄冥」空間發生,馳騁想像於古今四時。[60] 故下段云云。

道家的視界不單為存思服務,在文學理論與批評更起了重大的作用。陸機的同時代人葛洪在這兩個領域皆有相關論述。其《抱朴子內篇》論存思曰:

> 道術諸經、所思存念作,可以卻惡防身者,乃有數千法……思見身中諸神,而內視令見之法,不可勝計,亦各有效也。[61]

在葛洪那個時代,存見諸神之法之多,反映了時人相信內視的作用。這種思潮促進了上清存思術在3、4世紀的蓬勃發展。

葛洪「內視」存神之說,用在文學創作的原理。《西京雜記》載:

> 賦家之心,苞括宇宙,總覽人物,斯乃得之於內,不可得而傳。[62]

「得之於內」即道家的「形象世界」的建構。陸機的「收視反聽」給他的構思範圍限制在意識知覺之「內」,在此進行「耽思傍訊」(17.2b)。李善(630–689)解說為:創作者通過「不視不聽」,「靜思而求之」,[63] 在「玄覽」的環境活動中,才不會被限制於視、聽等知覺世界裏,才能在藝術想像中「精鶩八極,心遊萬仞」,遊於宇宙之表。

---

59 《老子道德經》,《景印文淵閣四庫全書》(臺北:臺灣商務印書館,1985年),卷上,頁6a。

60 宇文所安(Stephen Owen)也把這個空間視為小宇宙(micro-cosm)。見Owen, *Readings in Chinese Literary Thought* (Cambridge, MA: Council on East Asian Studies, Harvard University, 1992), p. 88。

61 〔晉〕葛洪著,王明校釋:《抱朴子內篇校釋》(北京:中華書局,1985年),卷18,頁324。

62 〔晉〕葛洪:《西京雜記》,《景印文淵閣四庫全書》,卷2,頁58。

63 〔南朝梁〕蕭統編,〔唐〕李善注:《文選》,卷17,頁1b。

這階段相當於存思活動中的存見體內神。這時陸機所構建的世界漸而清晰、熱鬧起來。與存思不同的是，陸機在尋求文學手段進行意象建構，而不是直接建立神的形象。因此，「情瞳曨而彌鮮，物昭晰而互進」二句狀寫的是文學構思中的描寫對象的「自不明而至鮮明」的進程，[64] 雖沒有特指是甚麼意象，但「互進」一詞所述的動感、場景，與存思中的眾神會集，「雲車羽蓋，千乘萬騎」、「飛仙散花旋繞」或《楚辭・九歌・湘夫人》的「九嶷繽兮並迎，靈之來兮如雲」的景象，[65] 原理如出一轍。由於〈文賦〉所述的目的產物是「文」，而不是召請神祇進入意識之中，故對於語言、意象和修辭等方面所作的構思設計的努力，尤為突出。故曰：「罄澄心以凝思，眇眾慮而為言」（17.3b），借助大小之辯的視角而成就「籠天地於形內，挫萬物於筆端」（17.3b），以及「函緜邈於尺素，吐滂沛乎寸心」（17.4a）等，通過耽思、凝思，引發靈感、錘鍊語言以建構意象，經過高度的典型化過程而形諸筆端。是為陸機討論文學創作的原理與存思體內神的宗教活動的異同。

## 七　結語

早期道家思想和神遊文學傳統為後世的宗教和文學創意思維的先導。雖然沒有明顯的直接繼承關係，但先秦時期的這些思路，已為中國文藝和宗教思想關於意象建構的探討和實踐，打下了基礎。

漢晉時期是道教存思和文學神思的發展高峰期。兩種文本中所見的大小之辯、玄遊天外及體內等修煉原理，二者頗為一致。〈文賦〉所述游魚、翰鳥，朝華、夕秀等都是藝術形象（17.2b－3a），它們在這玄境中區浮現，乃是詩人「耽思傍訊」的產物。由於詩人的思維活動沒有受時空限制，故能「觀古今於須臾，撫四海於一瞬」（17.3a）。這個創作主體的視點，與道家玄

---

64 張少康：《文賦集釋》（北京：人民文學出版社，2002年），頁40，注3，引李周翰注。張並以為：「此指藝術形象之逐漸形成。」

65 分別見《紫陽真人內傳》，頁6a；《洞玄靈寶玉京山步虛經》，頁1a；〔宋〕洪興祖：《楚辭補注》（北京：中華書局，1986年），卷2，頁68。「千乘萬騎」一詞，道經屢見。

遊的帶引者一樣：只要進入存思境界，自能召集天界神祇進入人體。

　　道家大小之辯的視角為存思者和文學創作者提供了無窮的視野。「課虛無而責有，叩寂寞而求音」二句（17.4a）所建構的境界，呼應了前文的「玄覽」之境，實際上已是作者據大宇宙設計成的小宇宙，從中探求，建立意象。[66] 這個過程與道家從早期的解牛觀照、懸像觀圖，至後來存思無英、白元、日月等，都依循著各自的目的，從大宇宙這個事物原型（archetype），進行運思而創制成各自的小宇宙。

　　二者雖然在原理上有共通處，但其異者則「肝膽楚越」。由於目的、方法和效果上各有不同，所生成的意象屬於截然不同的產物。概言之，二者均通過觀象、觀圖等手段作運思，構建一個思維上的虛擬場域，在這個過程中，宗教活動有靜室精思、燒香、叩齒、咽液、唸咒等；這些在文學活動則闕如，而更多的是與外物的互動。後來劉勰（約465－約522）所述：

> 是以獻歲發春，悅豫之情暢；滔滔孟夏，鬱陶之心凝；天高氣清，陰沈之志遠；霰雪無垠，矜肅之慮深；歲有其物，物有其容；情以物遷，辭以情發。一葉且或迎意，蟲聲有足引心。況清風與明月同夜，白日與春林共朝哉！
> 
> 夫神思方運，萬塗競萌，規矩虛位，刻鏤無形；登山則情滿於山，觀海則意溢於海，我才之多少，將與風雲而並驅矣。[67]

　　劉勰的這兩段論述中的思想，是陸機創作論的進一步開拓。陸機發論，正處於道教存思的發軔至高峰期，宗教與文學思想共享了一些形象思維的方法而各自發展。有論者以為孫綽（314－371）的〈遊天台山賦〉的序文與存思實踐相關，[68] 可視為兩個領域對於形象思維的融合實踐。但到了劉勰的時

---

66 參看宇文所安對二句的解讀。Owen, *Readings in Chinese Literary Thought*, pp. 118–119.

67 〔南朝梁〕劉勰撰，范文瀾註：《文心雕龍註》（北京：人民文學出版社，1961年），卷10，物色第四十六，頁693；卷6，神思第二十六，頁493–494。

68 佐竹保子：〈「天台山に遊ぶ賦」序文の檢討：「存思法」との關わり〉，《東北大學中國語學文學論集》第10期（2005年），頁168–188。

代,文學神思與道教存思已各自成家,分道揚鑣。然而,回看歷史,知大小之辯的視角,自先秦起已成為文學創作的重要思想框架,但只有到了陸機、劉勰手中,才有理論概括。而文學理論上的神思,與宗教存思的發展可謂是同步推進,異名同謂。

道教存思與文學神思原理雖一致,但由於目的不同而各自的產物也不同。一以圖像為主,一以文字為主,但二者均屬意象,只因修煉途徑不同而結果迥異。這些異同,可歸納於下表:

| 比較項 | 道教存思 | 文學創作 |
| --- | --- | --- |
| 大宇宙 | 神祇之道 | 文學素材 |
| 意象建構（小宇宙） | 歷藏內視,瞑目存思 | 佇中區以玄覽,收視反聽 |
| 成品 | 存思詩、圖、咒、訣 | 文學作品 |
| 重構大、小宇宙的方法 | 觀圖、唸咒、誦經、存思,與圖像、文本互動 | 閱讀作品,與文本互動 |

表1 道教存思與文學創作構思比較

# 〈女史箴圖〉「家庭」場景之圖文關係再探[*]

費安德
（Andrej Fech）
香港浸會大學

## 一　前言

　　本文討論〈女史箴圖〉畫卷中「家庭」場景之圖文關係。〈女史箴圖〉公認為中國視覺藝術史上重要畫作之一，在各領域均已有豐富的研究成果。該畫卷跟文學作品〈女史箴〉的關係也受到學者的關注。關於本研究的主題——「家庭」場景，目前普遍看法是，〈女史箴圖〉描繪的充其量只是篇幅稍長的〈女史箴〉文本中的一小部分。因此，〈女史箴圖〉複雜的視覺構圖似乎主要源自繪者的想像，脫離了原來的文本。這使解讀〈女史箴圖〉變得困難，從目前關於這幅畫卷的分析有著各式各樣的觀點，便可見一斑。

　　本文的看法與主流意見相反，旨在證明這些「家庭」場景中蘊含了緊密且複雜的圖文關係。筆者認為，繪者注意到文本的複雜性，以及其中大量（多是隱晦的）對應早期作品的用典，且能將其蘊含的思想透過精妙的繪畫表現出來。〈女史箴〉最早的注釋由李善（630－689）所撰，並收錄在其於658年完成的《文選》注中，注釋細緻地記述了大部分〈女史箴〉的引用出處。因此，本文將基於李善注分析畫卷中的圖像。當然，〈女史箴圖〉圖像

---

[*] 陳樂恩譯。

與《文選》注之間的相互關係，說明〈女史箴圖〉，或至少是本文研究的場景，可能是在〈女史箴〉經李善注釋且在中國名聲遠揚後繪製的。

筆者將於下節簡單介紹〈女史箴〉文本與〈女史箴圖〉圖卷。

## 二　圖、文為箴：〈女史箴〉、〈女史箴圖〉的創作與版本

〈女史箴圖〉基於博學的晉朝官員張華（232－300）所撰同名作品繪製而成。據《晉書》記載，張華的〈女史箴〉以賈后（257－300）為寫作對象，是出於「懼后族之盛」。[1] 確實，《晉書》以非常負面的形象描寫賈后，使她成為適合箴諫和訓斥的對象。正如《晉書》所載，本名賈南風的賈后，早在年輕時已因妒忌心強而臭名昭著。[2] 受妒忌心驅使的賈后，據稱親手謀害了丈夫懷孕的側室。[3] 晉后誕下四個女兒卻未能為晉惠帝（在位年：290－307）誕下嗣子，於是她涉嫌密謀迫使身為繼子的太子自殺。[4] 這些冷酷無情的舉動使得一些晉朝貴族與其對立，並於公元300年策劃了一場對抗賈后的政變。[5] 始終忠於賈后的張華，在賈后倒臺後不久便被處決。[6]

儘管創作年份並未辨明，目前一般認為張華在晉惠帝執政的第三年（292）撰寫〈女史箴〉，正值晉后勢力尤其強盛之時。[7] 這個普遍為人接受的觀點受方博源（J. Michael Farmer）辯駁，他提出公元290年為創作年份，且寫作對象為楊太后及其外戚。[8] 儘管此一問題並非目前研究的重點，以下

---

[1] 〔唐〕房玄齡等：《晉書》（北京：中華書局，1974年），卷36，頁1072。

[2] 《晉書》，卷31，頁955。

[3] 《晉書》，卷31，頁964。

[4] 《晉書》，卷31，頁955。

[5] Anna Straughair, *Chang Hua: A Statesman-Poet of the Western Chin Dynasty* (Canberra: Australian National University, Faculty of Asian Studies, 1973), p. 5.

[6] 《晉書》，卷36，頁1074。

[7] 姜亮夫著：《張華年譜》（上海：古典文學出版社，1957年），頁57–58。

[8] J. Michael Farmer, "On the Composition of Zhang Hua's 'Nüshi Zhen,'" *Early Medieval*

觀點仍值得注意,以評估〈女史箴〉在張華所有作品中的重要性。首先,張華撰寫了數篇「箴」,[9]但《晉書・張華傳》僅提及了〈女史箴〉。其次,「箴」文體在漢代蓬勃發展,以揚雄(前53－18)及其他士人所著的一系列箴文為首,[10]其中張華的同僚裴頠(267－300)亦有參與書寫。[11]最後,張華部分作品,如〈中宮歌詩〉,[12]在內容甚至詞彙上都跟〈女史箴〉相似。[13]基於上述背景,〈女史箴〉的撰寫似乎並非張華在文學以及仕途上的特殊事件,與《晉書》的描述有異。如欲解釋這個現象,或可從唐代史官的角度出發:《晉書》是在房玄齡(579－648)主持下編纂的,由於〈女史箴〉作為《文選》(書成於530年)中唯一一篇「箴」文體的代表作,使得《晉書》需要在〈張華傳〉中將〈女史箴〉與張華其他著名作品並列。無論張華起初撰寫〈女史箴〉的預設對象是誰,賈后於後世史官而言,或許更適合作為這篇箴文的箴戒對象,皆因她的舉動引起極其嚴重的後果,最終導致晉朝的滅亡。[14]總括而言,《晉書》的傳記展現了「將張華描述為理想儒家士大夫的努力,或

---

*China* 10–11.1 (2004): p. 170, https://doi.org/10.1179/152991004788305765; "Zhang Hua," in *Dictionary of Literary Biography Volume 358: Classical Chinese Writers of the Pre-Tang Period*, ed. Curtis Dean Smith (Detroit, MI: Gale, 2011), p. 314. 有關其他觀點的概述,見 Farmer, "On the Composition of Zhang Hua's 'Nüshi Zhen,'" pp. 151–175; "Jia Nanfeng," in *Biographical Dictionary of Chinese Women: Antiquity Through SUI, 1600 B.C.E.–618 C.E.*, ed. Lily Xiao Hong Lee and A. D. Stefanowska (New York & London: M.E. Sharpe, 2007), pp. 306–307。

9 姜亮夫:《張華年譜》,頁72。

10 〔漢〕揚雄著,張震澤注:《揚雄集校注》(上海:上海古籍出版社,1993年),頁313–314。

11 Farmer, "On the Composition of Zhang Hua's 'Nüshi Zhen,'" p. 175.

12 《晉書》,卷22,頁691。

13 山崎純一:〈張華「女子箴」をめぐって—後漢後期魏晉間後宮女性訓考〉,《中國古典研究》總第29期(1984年),頁23–24。

14 Damien Chaussende(喬森德), "Chapter 4: Western Jin," in *The Cambridge History of China, Volume 2: The Six Dynasties, 220–589*, ed. Albert E. Dien and Keith N. Knapp (Cambridge: Cambridge University Press, 2019), p. 93; 王仲犖著:《魏晉南北朝史》(上海:上海人民出版社,2020年),頁212–217。

源於史官希望能以他作為文學天才的地位，與其政治聲譽協調一致」。[15]

至於這篇箴文挪用的職官「女史」，在西晉時已不復存在。因此，透過選擇這個職官稱謂，作者或嘗試使人記起經過理想化的昔日的行事作風，正如他在《初學記》所引錄的〈大司農箴〉應亦有如此做法。[16] 女史掌管「後宮的文書工作」。[17] 她們有時也作為專通《詩經》之人為人提及。[18] 儘管如此，張華僅在箴文的末句提及女史箴諫仕女的職責。

在《文選》之外，〈女史箴〉亦作為「箴」文體的代表作，收錄於大量唐宋選集及類書中。[19]〈女史箴〉錄入這些選集，反映它在作成以後仍然作為具影響力的文本並持續許多個世紀。除了出於文本優秀的文學價值，這也是因為仕女，即文本的寫作對象，貫穿整個中國帝國史始終維持著具影響力的政治力量。鑒於她們人數眾多，以及「後宮競爭激烈，⋯⋯那裏的女性被認為特別容易變得善於操縱和狡詐，因此皇帝必須保持警惕，以免受其影響」。[20] 於是，如〈女史箴〉一類試圖控制和管理仕女的行為舉止的作品具有現實意義。

接下來將焦點轉向〈女史箴圖〉，目前仍未知〈女史箴圖〉的確切創作

---

[15] Farmer, "Zhang Hua," p. 316: "efforts to depict Zhang as an ideal Confucian bureaucrat may stem from a desire on the part of the historians to harmonize his political reputation with his status as a literary genius."

[16] 〔唐〕徐堅等著：《初學記》（北京：中華書局，1962年），卷2，頁303。

[17] Charles O. Hucker (賀凱), *A Dictionary of Official Titles in Imperial China* (Taipei: Southern Materials Center, 1985), p. 357: "paperwork in the establishment of the ruler's wives, consorts and concubines."

[18] 〔漢〕班固著，〔唐〕顏師古注：《漢書》（北京：中華書局，1962年），卷97，頁3985；Julia K. Murray, "Who was Zhang Hua's 'Instructress'?," in *Gu Kaizhi and the Admonitions Scroll*, ed. Shane McCausland (London: The British Museum Press, 2003), p. 102.

[19] 有關這些文本的概述，參見劉殿爵、陳方正、何志華主編：《張華、張載、張協集逐字索引》（香港：中文大學出版社，2003年），卷2，頁20、19、5–6。

[20] Patricia Buckley Ebrey (伊沛霞), *Women and the Family in Chinese History* (London: Routledge, 2003), p. 180: "the level of competition in the harem, [...] women there were seen as particularly likely to become manipulative and scheming, and emperors therefore had to be on their guard, lest they fall under their influence."

時間。今有兩個〈女史箴圖〉版本傳世：分別是大英博物館藏本及北京故宮博物院藏本。[21] 關於這兩個藏本，大英博物館藏本普遍被認為創作時期較早，且具有遠超於另一個藏本的藝術價值。關於大英博物館藏本特點及創作時期的觀點，有些學者認為這個藏本最初是由顧愷之（345－406）或其弟子創作；[22] 有些學者則推斷這是先唐時期的原創作品；[23] 還有其他學者稱這是唐（或後）的摹本（追溯至先唐時期甚至顧愷之當時），並指作品中包含了一些後期的元素。[24] 然而，也有專家視為後唐時期的作品，並模仿了早期的

---

21 關於大英博物館藏本的代表性研究，可參閱Arthur Waley（韋利），*An Introduction to the Study of Chinese Painting* (New York: Grove Press, 1958), pp. 50–60; Michael Sullivan, "A Further Note on the Date of the Admonitions Scroll," *The Burlington Magazine* 96.619 (1954): pp. 306-309; Basil Gray, *Admonitions of the Instructress of the Ladies of the Palace: A Painting Attributed to Ku K'ai-Chih* (London: British Museum, 1966); Shih Hsiao-yen, "Poetry Illustration and The Works of Ku K'ai-chih," *Renditions* 6 (1976): pp. 9–15; Shane McCausland, *First Masterpiece of Chinese Painting: The Admonitions Scroll* (New York: George Braziller, Publishers, 2003); Jan Stuart（司美茵）, *The Admonitions Scroll* (London: British Museum, 2014); Chen Pao-chen（陳葆真）, "From Text to Images: A Case Study of the Admonitions Scroll in the British Museum,"《國立臺灣大學美術史研究集刊》12 (2002): pp. 35–61; Chen, "The Admonitions Scroll in the British Museum: New Light on the Text-Image Relationships, Painting Style and Dating Problem," in *Gu Kaizhi and the Admonitions Scroll*, ed. Shane McCausland, pp. 126–137; 陳葆真：《圖畫如歷史：中國古代宮廷繪畫研究》（杭州：浙江大學出版社，2019年）；關於故宮博物館版本的研究，可參閱Yu Hui, "The Admonitions Scroll: A Song Version," in *Gu Kaizhi and the Admonitions Scroll*, ed. Shane McCausland, pp. 146–167。

22 Richard M. Barnhart, "Concerning the Date and Authorship of the Admonitions Handscroll," in *Gu Kaizhi and the Admonitions Scroll*, ed. Shane McCausland, p. 88.

23 Wu Hung（巫鴻）, "The Admonitions Scroll Revisited: Iconology, Narratology, Style, Dating," in *Gu Kaizhi and the Admonitions Scroll*, ed. Shane McCausland, p. 99; Yang Xin, "A Study of the Date of the Admonitions Scroll Based on Landscape Portrayal," in *Gu Kaizhi and the Admonitions Scroll*, ed. Shane McCausland, p. 43; McCausland, *First Masterpiece of Chinese Painting*, p. 12.

24 Waley, *An Introduction to the Study of Chinese Painting*; Sullivan, "A Further Note on the Date of the Admonitions Scroll," p. 309; Kohara Hironobu（古原宏伸）, *The Admonitions of the Instructress to the Court Ladies Scroll* (London: University of London, Percival David

繪畫風格。[25] 他們對畫卷創作時期的觀點不一，對於作品的創作動機，以至其預設對象的認知亦顯然不同。[26] 同時，這幅作品未有記載於顧愷之早期的繪畫記錄中，而最早提出這幅畫作由顧愷之所繪的觀點，出自米芾（1051－1107）的《畫史》。[27] 因此，我們基本上不能否定〈女史箴圖〉作為唐代或後唐時期仿顧愷之作的可能性。有趣的是，另外兩幅據稱為顧愷之作畫的畫卷，〈列女仁智圖〉和〈洛神賦圖〉的最早版本，都是宋代的作品。[28]

大英博物館藏本分為九個場景，故宮博物院版本則有十二個場景，且其中最初三個場景都沒有可對應大英博物館藏本的部分。雖說故宮版本基於工藝和藝術表現，一般被視為非常差的版本，[29] 但它受維護的程度相對較好。因此在處理大英博物館藏本褪色或受破壞的部分時，故宮版本可派上用場。由於「家庭」場景（大英博物館版本的6號，及故宮版本的9號）正是最受影響的部分，故筆者將會一併參考兩個版本。

---

Foundation of Chinese Art School of Oriental and African Studies, 2000), p. 50; 駒井和愛：〈女史箴図卷考〉，《東方學》總第43期（1972年），頁9; Max Loehr, *The Great Painters of China* (Oxford: Phaidon, 1980), p. 18; Chen, "The Admonitions Scroll in the British Museum," p. 134.

[25] Audrey Spiro, "Creating Ancestors," in *Gu Kaizhi and the Admonitions Scroll*, ed. Shane McCausland, pp. 53–64.

[26] 根據方聞及陳葆真的觀點，圖卷或是由孝武帝（在位年：373–396）或其繼任者安帝（在位年：396–418）所委託製作的。楊信在2003年的著作指出，為人討論的帝王是孝文帝（在位年：471–499）。參閱 Fong Wen C., "Introduction: The Admonitions Scroll and Chinese Art History," in *Gu Kaizhi and the Admonitions Scroll*, ed. Shane McCausland, p. 22; Chen, "The Admonitions Scroll in the British Museum," p. 135。另一方面，姜斐德（Alfreda Murck）認為11世紀的社會政治背景適合創作此圖卷，見 Murck, "The Convergence of Gu Kaizhi and Admonitions in the Literary Record," in *Gu Kaizhi and the Admonitions Scroll*, ed. Shane McCausland, p. 142。

[27] Murck, "The Convergence of Gu Kaizhi and Admonitions in the Literary Record," p. 143.

[28] Wu Hung, "Art and Visual Culture," in *The Cambridge History of China, Volume 2*, ed. Albert E. Dien and Keith N. Knapp, pp. 691, 694.

[29] Kohara, *The Admonitions of the Instructress to the Court Ladies Scroll*, pp. 37–38.

## 三 〈女史箴〉及〈女史箴圖〉的內容與人物

從主題上而言,〈女史箴〉可分為三大部分。它一開始描寫宇宙分化過程,即從太古原始的合一狀態,到出現二元對立之間所確立的階級秩序,如男／女、君／臣等。接續張華以四個歷史上品行端正的夫人為例。她們展現了無論作為最重要的正室或地位較低的側室,都應有的舉止之理想典範。這樣的編排似乎強調了統治者所有的妃嬪,無論地位高低,對帝王的行動都具有影響力。最後,箴文進入箴諫的部分,其中敦促了(匿名的)書寫對象要依據宇宙法則來行動,即作為女性的舉止必須謙遜且順從。文章對應到畫卷中的「家庭」場景的部分,出於此一箴諫部分。

在這三個部分中,可見〈女史箴〉具有通過頻繁地引用其他作品的特徵。例如李善辨析出其中有多達58個與其他作品相似和用典之處,當中亦包括注釋部分。[30] 同時,僅有兩個文本透過其名稱得到辨認(見下)。考慮到〈女史箴〉有336字且主要為四言句式,近三分之二的句子都有具互文性(intertextuality)的情況。顯然,如欲準確理解文本,對這些用典的知識是必不可少的。

〈女史箴圖〉也跟其他早期繪畫有一些可對應之處,這在對應〈女史箴〉歷史部分尤為明顯。譬如大英博物館藏本的場景2,跟司馬金龍(484卒)墓出土的漆屏所繪圖像有很相似的部分。一些學者推斷前者或許影響到後者,[31] 惟筆者認為,它們更有可能都基於「當時流行的主題」或普遍的「繪畫慣例」。[32] 然而屬於「箴諫」部分的場景6,卻沒有任何跟其他著名畫

---

30 小尾郊一、富永一登、衣川賢次著:《文選李善注引書攷證》(東京:研文出版,1990–1992年),第2冊,頁287–288。

31 Chen, "The Admonitions Scroll in the British Museum," p. 133.

32 Wu Hung, "The Origins of Chinese Painting (Paleolithic Period to Tang Dynasty)," in *Three Thousand Years of Chinese Painting*, ed. Richard M. Barnhart, et al. (New Haven & London: Yale University Press, 1997), p. 48; Maxwell K. Hearn, "Section of a Painted Screen" (Catalogue Item 69), in *China: Dawn of a Golden Age, 200–750 AD*, ed. James C. Y. Watt, et al. (New York: Metropolitan Museum of Art, 2004), p. 160.

作相對應的部分。下文將論證的是,我們有理由推斷它是以張華〈女史箴〉的特定段落為基礎而作的。

## 四 （大英博物館藏本）場景6中的圖像與題辭

場景6的題辭出現在繪畫的右方,如同可見於大英博物館藏本中的大部分情況。[33] 這些題辭的功能之一,是在獨立場景之間建立分界,使整幅畫卷分成一個個單獨的「界格」。[34] 在大英博物館藏本中,題辭共長三行半欄,佔據了整個場景約六分之一的部分。這個場景的題辭是全幅畫卷中最長的。

圖1　大英博物館藏本的場景6之圖文編排[35]

---

[33] 關於所有場景的構圖公式,參閱Chen, "The Admonitions Scroll in the British Museum," p. 129。

[34] Wu, "Art and Visual Culture," p. 82.

[35] 〈女史箴圖〉,下載自「Google Arts & Culture. *Admonitions Scroll*」網站,2023年09月21日。網址：https://artsandculture.google.com/asset/admonitions-scroll/nwE-8S72ewLhIA?hl=en。下文引用之大英博物館藏本圖像皆出自此處,恕不一一下注。

由於橫式圖卷是從右至左觀看，在這種編排中，文字則放在最先閱讀的位置。繪圖提供文字（或其中一部分）的視覺呈現（至少理論上是如此），這種觀看圖卷的次序使觀者可準備與圖像互動，從而在理想的情況下促進觀者對圖像的理解。文字嚴謹地擺放於此處，與其他相傳是顧愷之的繪畫之情況有異，在後者中題辭或出現在繪畫中的任何一邊。[36]

題辭很可能是在作畫完成後才加上的，皆因有些文字寫於人物之上（例如第三行的「鑒」字）。此外，第四行結尾亦反映了書法家試圖避免進一步妨礙到畫像。換言之，在第四行首四個字緊密地湊在一起，對比前三行的同一位置，均只寫了三個字。另外，最後一個字「類」似乎為了避免觸碰到衣服飾帶的線條而寫歪。

這些不規則的書法也涉及到字體大小的明顯變動。第二行的「響」字與第三行的「墜」字比其他字尤其不同，它們的高度幾乎是其他字的雙倍。實際上，因為「響」字太大以致書法家為此而減少了一個字，使慣例的一行十六字改成了十五字。從這些不規則的情況來看，便不難理解何以題辭的質素大受批評。對韋利而言，這似乎是「馬虎且粗糙的草稿（"careless rough draft"）」，[37] 而古原宏伸則同意這是由很一般的筆跡寫成。[38]

這段充其量只是平庸之作的題辭，與優雅、表現精確且細緻的圖像形成鮮明對比。[39] 這說明繪圖與題辭很大可能出自不同人的手筆，亦源自不同時期。確實，有數位知名學者認為畫卷上的圖、文分別屬於不同的時代。[40] 在這個情況下，目前書法的排列是否能對應到繪畫的最初設計（或繪者所想的理念）則是很重要的問題，以及若未能對應，則兩者的差異為何？筆者將於下文論證，圖像與大部分文本之間實際上可建立緊密的聯繫。

---

36 例如，見McCausland, *First Masterpiece of Chinese Painting*, p. 28。
37 Waley, *An Introduction to the Study of Chinese Painting*, p. 52.
38 Kohara, *The Admonitions of the Instructress to the Court Ladies Scroll*, p. 32.
39 Loehr, *The Great Painters of China*, p. 18.
40 Kohara, *The Admonitions of the Instructress to the Court Ladies Scroll*, p. 31; 駒井和愛：〈女史箴圖卷考〉，頁8–9。

## 五　題辭與《文選》版本的〈女史箴〉

場景6的題辭，與李善《文選》版本的張華〈女史箴〉對應部分，並列如下：

| | 《文選》 | 韻 | 大英博物館藏本 | 韻 |
|---|---|---|---|---|
| 1 | 夫出言如微， | 微 | 夫言如微， | 微 |
| 2 | 而榮辱由茲。 | 之 | 榮辱由茲。 | 之 |
| 3 | 勿謂幽昧， | 物 | 勿謂玄漠， | 鐸 |
| 4 | 靈監無象。 | 陽 | 靈鑒無象。 | 陽 |
| 5 | 勿謂玄漠， | 鐸 | 勿謂幽昧， | 物 |
| 6 | 神聽無響。 | 陽 | 神聽無響。 | 陽 |
| 7 | 無矜爾榮， | 耕 | 無矜尔榮， | 耕 |
| 8 | 天道惡盈。 | 耕 | 天道惡盈。 | 耕 |
| 9 | 無恃爾貴， | 物 | 無恃尔貴， | 物 |
| 10 | 隆隆者墜。 | 質 | 隆々者墜。 | 質 |
| 11 | 鑒于〈小星〉， | 耕 | 鉴于小星， | 耕 |
| 12 | 戒彼攸遂。 | 質 | 戒彼攸遂。 | 質 |
| 13 | 比心〈螽斯〉， | 支 | 比心螽斯， | 支 |
| 14 | 則繁爾類。 | 物 | 則繁尔類。 | 物 |

表1　《文選‧女史箴》與題辭對照表[41]

---

[41] 〔南朝梁〕蕭統編，〔唐〕李善注：《文選李善注》（上海：上海古籍出版社，1986年），卷56，頁2405。大英博物館藏本見陳葆真：《圖畫如歷史》，頁17–18。韻部的重構是基於許思萊（Axel Schuessler），*Minimal Old Chinese and Later Han Chinese: A Companion to Grammata Serica Recensa* (Honolulu: University of Hawai'i Press, 2009)。

透過對比這兩個文本的具體例子，我們可找到一些差異，以粗體標示。首先，兩者有一些同音同義詞：題辭中的「尔」和「鑒」，對比《文選》中的「爾」（行7、9及14）和「監」（行4）。其次，「出」與「而」字都未見於題辭書法中（行1及2），因此整篇題辭都維持四言。此外，題辭以重文號（々）代表第10行「隆」字，而《文選》則直接重複。最後，「幽昧」和「玄漠」這兩個概念分別的對應位置改變了（行3及5）。[42] 由於它們在語義上很相近，故並未構成意義上的重大偏離，不過它們各自的押韻情況則有更大差異。亦即是說，題辭中「昧」字（行5）和「貴」字（行9）（均屬物韻）相較《文選》中（相隔六行）所處位置更近（相隔四行），故構成更顯而易見的押韻。大英博物館版本的題辭並未見於任何其他出處。[43] 因此，應可合理推測，比起如實地遵循某一未知版本的箴文，至少在當下的實例中，謄寫員有修改文本的權力。[44] 筆者認為書法家的動機主要出於對空間的考量，且他對藝術作品在視覺與聽覺上的個人見解在此亦起了一定作用（伴隨著出現疏忽與其他錯漏的可能性）。

## 六　相關段落的結構與意義

從主題上而言，這一小節主要可分為兩大部分。[45] 開首透過發語詞「夫」介紹通則來展開。[46] 這是整部作品中唯一的通則，由此突顯其重要性。這個原則說明人所吐之言對他們的命運有著決定性的影響。「出言」這個主題以及押韻（之韻）使其與先前與此一韻腳息息相關的文字相聯繫（並

---

42　駒井和愛同樣注意到此點，見其〈女史箴図卷考〉，頁8。
43　對讀文本見〔南朝梁〕蕭統編，〔唐〕李善等注：《六臣注文選》（北京：中華書局，1987年），卷56，頁3a。
44　駒井和愛：〈女史箴図卷考〉，頁8。
45　從另一觀點看，見陳葆真：《圖畫如歷史》，頁18，20–21。
46　關於上述「夫」的功能，見Rudolf G. Wagner（瓦格納），"A Building Block of Chinese Argumentation: Initial *Fu* 夫 as a Phrase Status Marker," in *Literary Forms of Argument in Early China*, ed. Joachim Gentz and Dirk Meyer (Leiden: Brill, 2015), pp. 62–65。

對應到場景5）。[47] 因此，張華是否將當前的文字視為一篇獨立的單元實際上值得懷疑。此段文字的其餘部分較為一致，因它們被視為一系列指向不特定寫作對象的箴文。其中首四組（行3至10）以否定祈使句的表達方式構成（行3及5的「勿」，行7及9的「無」），在整部作品的語境中是獨特的。相應地，一個人無論如何都應盡力避免參與在隱匿的權力鬥爭中，亦不要誇大自身的地位與成就。最後，兩個結尾的箴諫（行11至14）以正面積極的方式表達，即是人應當努力去做之事。人應當以「小星」（行11）為鑒自省，並將自己的心比作「螽斯」（行13），以確保家族日後枝繁葉茂。

目前最新的研究中，場景6的圖像普遍被視為只跟文本的最後一行有所對應，尤其以「螽斯」的圖像最為顯著：「比心螽斯，則繁爾類」。[48] 關於「螽斯」，有時被視為強盛生育能力的隱喻。[49] 除了生育及繁多後代的說法外，「沒有描述其他內容，因抽象的思想太難轉化為圖像」。[50] 下一節，筆者將先歸納關於相關主題的前行研究，即是將圖像幾乎完全抽離於文本之外。隨後筆者將引用李善對該段落的註釋，並以此為基礎來分析圖像。筆者的預期成果是，與目前主流論點相反，在此一場景中實有多元且複雜的圖文關係。在此，筆者只想指出，李善所辨認到的《周易》與《毛傳》，在此分析中尤其重要。

---

47 關於此處以及相鄰段落的韻腳組合，見陳葆真：《圖畫如歷史》，頁18。

48 Kohara, *The Admonitions of the Instructress to the Court Ladies Scroll*, p. 21; Chen, "From Text to Images," p. 43; Fong, "Introduction," p. 19; McCausland, *First Masterpiece of Chinese Painting*, p. 72.

49 McCausland, *First Masterpiece of Chinese Painting*, p. 72; Stuart, *The Admonitions Scroll*, p. 49.

50 Chen, "From Text to Images," p. 43: "nothing else is illustrated, because the abstract ideas are too complicated to convey pictorially." 陳葆真維持對第一和第三組的觀點，並指出詩歌的首五句以理解第二組。參閱陳葆真：《圖畫如歷史》，頁26–27。不過，她沒有解釋為何其詮釋出現了變化。

## 七　場景 6 中不同人物之分析

　　場景6描繪了十位人物，是〈女史箴圖〉中第二多人物的場景，僅次於描繪十一位人物的場景2。不過，在場景2之中，中心人物並不超過三位，而其他人則作為主線故事的附屬部分（且他們的存在有時候只能被猜測）。因此，場景6可說有著最多人物，且他們都清晰可見，並傳達了明確的訊息。逆時針觀看圖像時，他們依以下次序呈現：

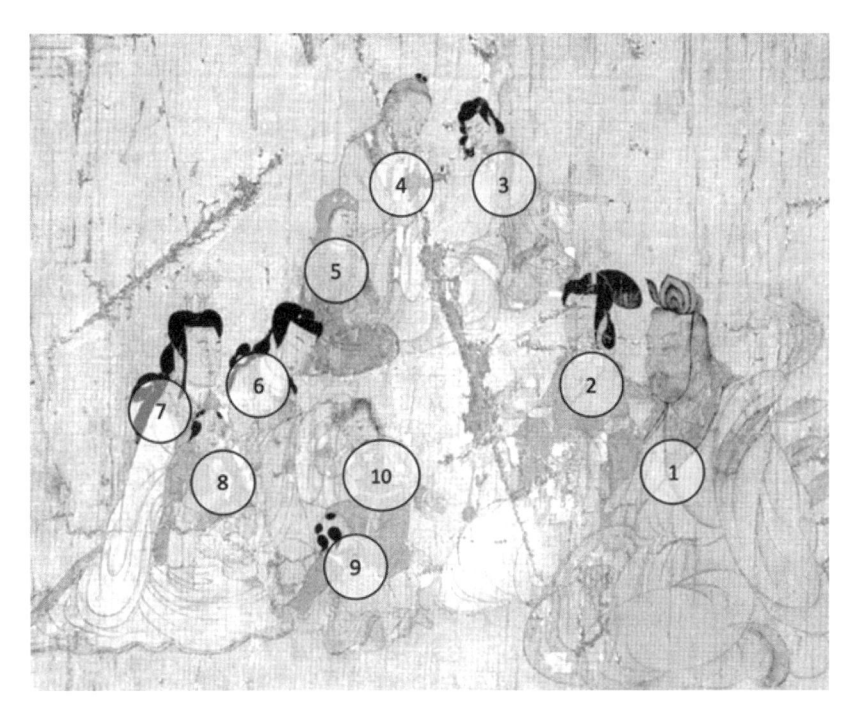

**圖2　場景6的十位主角**

　　如圖中所見，此十人可分為三組，並構成一個等腰三角形。這三組分別包括了兩人（人物1、2）、三人（人物3至5）及五人（人物6至10）。

　　關於這幅圖畫的構圖特點已有人討論過。首先，學界基本上均有共識，認為此繪畫跟從中國早期繪畫的慣例，透過每個人各自在畫中的大小來反映該人物的社會地位。這就是為什麼，例如人物1——很可能是一家之主——被

視為畫得最大的人物。[51] 同時，一些學者注意到，這幅作品透過將人物安排在與觀者之間的不同遠近距離，以達到景深的印象。[52] 在這種做法之下，人物1似乎處在距離觀者最近的地方，人物3則在距離最遠的位置。河野道房基於這個特點而提出人物3和4是此一場景中地位最高之人（作為人物1、2的家長），而他們相對較小的尺寸只是源於他們與觀者之間的相對距離較遠。[53] 另一個常為人討論的特點是人物之間的三角布局，即有時被認為包含由三組人組成的三個三角形。[54] 古原宏伸認為，這個三角布局促使觀者無可避免地依照某個觀看次序，即是從第1組到第2組，最後再到第3組。[55] 另有學者將這個金字塔形狀視為穩定性的象徵，或是「穩定性、和諧性與階級性（"stability, harmony and hierarchy"）」的組合體。[56] 此外，馬嘯鴻（Shane McCausland）將此形狀視為與其他場景建立關聯的方式，尤其是「狩獵場景」（"hunting scene"）。[57] 其次，馬嘯鴻指出，儘管「從表面上來看，三角形象徵穩定性」，惟「三角形之中的人物之間在心理上存在明顯的緊張關係」。[58] 這種緊張關

---

51 Kohara, *The Admonitions of the Instructress to the Court Ladies Scroll*, p. 22; McCausland, *First Masterpiece of Chinese Painting*, p. 72; Chen, "The Admonitions Scroll in the British Museum," p. 129; Stuart, *The Admonitions Scroll*, p. 49；河野道房著：《中国山水画史研究：奥行き表現を中心に》（東京：中央公論美術出版，2018年），頁62。

52 Shih, "Poetry Illustration and The Works of Ku K'ai-chih," p. 14; McCausland, *First Masterpiece of Chinese Painting*, p. 73；河野道房：《中国山水画史研究》，頁62。

53 河野道房：《中国山水画史研究》，頁62。

54 Kohara, *The Admonitions of the Instructress to the Court Ladies Scroll*, p. 22; McCausland, "Intermediary Moments: Framing and Scrolling Devices across Painting, Print and Film in China's Visual Narratives," in *Image – Narration – Context: Visual Narration in Cultures and Societies of the Old World*, ed. Elisabeth Wagner-Durand, Barbara Fath, and Alexander Heinemann (Heidelberg: Propylaeum, 2019), p. 165.

55 Kohara, *The Admonitions of the Instructress to the Court Ladies Scroll*, p. 22.

56 Chen, "The Admonitions Scroll in the British Museum," p. 128; Stuart, *The Admonitions Scroll*, p. 49.

57 McCausland, *First Masterpiece of Chinese Painting*, p. 72.

58 McCausland, *First Masterpiece of Chinese Painting*, p. 73: "outwardly, the triangle symbolizes stability"; "there are evident psychological tensions between the individuals within the form."

係透過眼神在人們之間傳達。舉例而言，可見「帝王與其坐在對面、美豔得驚人的夫人有著情慾的眼神交流」。[59]

由於十位被描繪的人物均沒有在文本中被提及，故他們的可能身分仍構成詮釋上的問題。一些學者多次討論這個議題，有時會修改起初觀點。就這種情況，筆者會提及兩種詮釋，並以斜槓（／）劃分。相關討論之成果請見下表：

| 人物 | 兩代 ||||||  三代 |||
|---|---|---|---|---|---|---|---|---|---|
|  | Gray 1966, 4 | 陳葆真 2002, 43/ 2019, 26 | 馬嘯鴻 2003, 72*/ 2019, 165* | 高居翰 2011 | 司美茵 2014, 49* | Lesbre 2021, 26* | 古原宏伸 2001, 22* | 河野道房 2018, 62, 78* | 森橋なつみ 2022, 57* |
| 1 父親 | 帝王 | 帝王 | 男士 | 帝王 | 帝王 | 一家之主 | 夫婦 | 老年夫婦 ||
| 2 公主 | 妃子 | 其中一個妻子／皇后 | 正室 | 最高地位的夫人 | 妻子 | 妻子 |||
| 3 長女 | 孩子／最年長的女兒 | 女孩／公主 | 長子之妻 | 女兒 | ? | 較年長的女孩 | 1 的家長 | 女性 |
| 4 年輕男士 | 老男人／長子 | 老師／教師 | 長子 | 教師 | 教師 | 老人 || 男性 |
| 5 兒子 | 兒女／兒子 | 較年輕的男孩／皇子 | 次子 | 兒子 | ? | 較年長的男孩 | 女僕人 | 小孩 |
| 6 女子 | 妃子 | 女子／仕女 | 妃子 | 10 的母親 | 女士 | 侍婢 | 侍女 | 女兒（或女兒與侍女） |
| 7 | | 女子／仕女 || 8 的母親 |||||

---

59 McCausland, "Intermediary Moments," p. 166: "the erotic charge of eye contact between the emperor and the astoundingly beautiful consort seated opposite him."

|    |     | 兩代 |           |        |       | 三代 |           |           |
|----|-----|------|-----------|--------|-------|------|-----------|-----------|
| 8  | 女孩 | 年輕的兒女 | 小孩／7的小孩 | 兩個男孩[60] | 7的兒子 | ?[61] | 年輕的兒女（1, 2的子孫） | 1, 2的兒女（3, 4的孫子） | 1, 2的孫子[62] |
| 9  | 男孩 |      | 小孩／2的小孩 |        | 2的兒子 |       |          |           |           |
| 10 | 小孩 |      | 小男孩／6的小孩 |       | 6的兒子 |       |          |           |           |

**表2　場景6中十位主角的身分**

顯然，學者之間就主角身分的解讀不盡相同。爭議從圖中有多少代人便已開始了。日本學者一般視之為三代人（方聞也緊貼三代觀點，惟未有進一步解釋他的立場）。[63] 儘管如此，這些學者對於家族內的個別人物身分仍存在分歧。例如古原宏伸和河野道房對於最年長及中間一代身分的認知截然不同。此外，確認場景中包括僕人的情況中（有相關說法者，在表格中以星號「*」標示），日本學者對於誰是僕人也有所分歧。河野氏認為人物5、6、7是僕人，而古原氏認為是人物6、7，至於森橋氏則認為圖中若有僕人，則是人物6或7其中一位。

支持圖中為兩代人的學者，有所異議之處主要在於女性人物2的身分（正室或側室）、男性人物4的身分與年齡（年老師長或家庭中的兒子），以

---

60 高居翰認為左邊組別中只出現了兩個小孩子，即兩個男孩。顯然，他忽略第三個孩子。見UC Berkeley Events: Lecture 3 – Six Dynasties Painting and Pictorial Designs, 2011年5月1日。網址：https://www.youtube.com/watch?v=HpZ2bi4hoG4&list=PLdwCuEoZ_6l6ZmRhv6QPsxNKKW1w75dhI&index=3&t=4302s。

61 Lesbre將場景中的所有孩子判斷為三個少男和一個少女，並未說明他們在圖畫中的確實位置，但在她的解析中，似乎所有子女都由人物1和2撫養。見Emmanuelle Lesbre and Liu Jialong, *La Peinture Chinoise* (Paris: Hazan, 2021)，頁26。

62 森橋氏認為場景中有九個人。她依從數字1至7逐一提及所有人物，惟她似乎忽略了左邊組別其中一個小孩子。見森橋なつみ：〈女史箴図が語るもの〉，收入水野裕史編：《儒教思想と絵画：東アジアの勧戒画》（東京：勉誠社，2022年），頁57。

63 Fong, "Introduction," p. 19.

及小孩8、9、10的性別。透過確定人物4為教師（同樣以星號「＊」標示），會導致圖畫出現「外人」，或至少出現並非主要人物之直系親屬的人物。與日本學者相比，這種解析之中並未見侍婢。取而代之的是，學者們大多將人物6和7解釋為妾。

筆者再度強調，上述解析主要基於圖像上的線索及學者們的個人詮釋。這或導致非常分歧且相互衝突的觀點，尤其涉及個別人物的身分時更是如此。其中一種化解這種分歧的方法，或至少縮小分歧範圍的方法是，證明對應的詩句，以及更為重要的、其中引用的作品，皆深深影響了圖像。這便是筆者於下文欲論證之事。透過展示這些互文情況，亦能有助我們解決一個棘手的重要問題，即是，哪個人物是繪者心目中的繪畫對象？換句話說，在場景5和7中，分別作為家庭圖像的先與後，僅有一位女性主角出現。

圖3　大英博物館藏本中場景5、6和7的主角

因此，我們有理由推斷，對繪者而言，這兩位女性應該是文本描述的主要人物。那麼，場景6之中，焦點落在哪裏？焦點是一個單獨的人物，還是一個包括數人的群組？

## 八　李善注視角下的互文情況

如上所述，〈女史箴〉大量用典，在目前探討的此一段落亦是如此。在李善對〈女史箴〉的注釋中，他辨認出以下互文例子：

|  | 張華 | 李善注 |
|---|---|---|
| 1 | 夫出言如微， | |
| 2 | 而榮辱由茲。 | 《周易》曰：言行君子之樞機，樞機之發，榮辱之主。 |
| 3 | 勿謂幽昧， | |
| 4 | 靈監無象。 | |
| 5 | 勿謂玄漠， | |
| 6 | 神聽無響。 | |
| 7 | 無矜爾榮， | |
| 8 | 天道惡盈。 | 《周易》曰：鬼神害盈而福謙。 |
| 9 | 無恃爾貴， | |
| 10 | 隆隆者墜。 | 揚雄〈解嘲〉曰：炎炎者滅，隆隆者絕。 |
| 11 | 鑒于〈小星〉， | |
| 12 | 戒彼攸遂。 | 〈毛詩序〉曰：〈小星〉，惠及下也。《詩》曰：嘒彼小星，三五在東。《周易》曰：無攸遂。王弼曰：盡婦人之正義，無所必遂也。 |
| 13 | 比心〈螽斯〉， | |
| 14 | 則繁爾類。 | 《毛詩》曰：螽斯羽，詵詵兮！宜爾子孫，振振兮！ |

表3　〈女史箴〉與李善注[64]

如表中可見，此一段落包含了多達七個可能的互文關係，來自四個不同的出處。在此最常用典的來源文獻是《周易》。有三個互文關係分別來自〈繫辭上〉（行2）；《象傳》中的第15卦「謙」卦（行8）；以及對第37卦「家人」卦的第二爻的爻辭（行12）。而「家人」卦的爻辭再加上了王弼（226－249）的解釋。這些引用反映了張華（及李善）對於《周易》各種注釋很是熟悉。其次，以上可見直接引用《詩經》中的〈小星〉（《毛詩》第21首）和〈螽

---

64 〔南朝梁〕蕭統編，〔唐〕李善注：《文選李善注》，卷56，頁2405。

斯〉(《毛詩》第5首)。這是〈女史箴〉中唯一直接提及其他文學作品題目的孤例,由此可見它們在整部作品的語境中相當重要。在引用〈小星〉時,李善也從其〈小序〉引用了一句話。最後,李善亦發現揚雄的作品〈解嘲〉有可對應的部分(行10)。張華對揚雄作品之熟悉並不限於〈解嘲〉,因其〈女史箴〉部分藝術特色與揚雄所用過的相似,而揚雄公認為善於諷刺的大師,亦曾撰寫一些具影響力的箴文。

## 九　張華用典視角下的場景 6 圖文關係

　　先擱置最後一個出處,筆者在本節將聚焦在兩部古代中國的基礎經典,亦是李善指出〈女史箴〉中有所運用的《詩經》及《周易》。下文先討論《詩經》。

### (一) 場景 6 與《毛傳》

　　在一定程度上,〈女史箴〉中出現《詩經》,與相傳作者的身分「女史」相貼切。如上文所示,對《詩》的知識與詮釋能力乃女史的才能之一。在宋代之前,最具影響力的《詩》注是《毛傳》。李善在其注釋中大量引用《毛傳》,而張華與圖像的匿名繪者亦無疑受到《毛傳》對〈小星〉和〈螽斯〉這兩首詩之解釋影響。因此,在引用〈小星〉和〈螽斯〉全文之前,筆者會先論及這兩首詩各自的小序。

　　〈小星〉內文如下:

　　　　嘒彼小星,三五在東。
　　　　肅肅宵征,夙夜在公,寔命不同。

　　　　嘒彼小星,維參與昴。

肅肅宵征，抱衾與裯，寔命不猶。[65]

〈小星〉以典型的方法，將自然界中以三五成群的「小星」形象，與人類世界的情況並列。如同《詩經》中的大部分詩歌，這首詩也存在不同的解讀。[66] 然而《毛傳》採用一種相當典型的解讀方式，[67] 將此詩放在統治者與其妻妾的關係的語境下：

〈小星〉，惠及下也。夫人無妒忌之行，惠及賤妾，進御於君，知其命有貴賤，能盡其心矣。[68]

因此，理想的妃嬪應不懷妒忌心，並推舉地位較低的妻妾來侍奉她的丈夫。[69] 值得注意的是，這首詩並沒有提及嫉妒的問題。

另一方面，〈螽斯〉三節如下：

螽斯羽，詵詵兮。

---

[65] 〔漢〕毛亨傳，〔漢〕鄭玄箋，〔唐〕陸德明音義，孔祥軍點校：《毛詩傳箋》（北京：中華書局，2018年），卷1，頁27。

[66] 《韓詩外傳》的序文視這首詩為低級官員的牢騷抱怨。見〔漢〕韓嬰撰，許維遹校釋：《韓詩外傳集釋》（北京：中華書局，1980年），卷1，頁1。至於這首詩的兩種主流觀點對比，見周振甫譯注：《詩經譯注》（北京：中華書局，2022年），卷1，頁31。

[67] 關於《毛傳》中「以女性為中心的視點」("women-centered focus")」，參閱Anne Behnke Kinney, "The Mao Commentary to the *Book of Odes* as a Source for Women's History," in *Overt and Covert Treasures: Essays on the Sources for Chinese Women's History*, ed. Chen Jo-shui, et al. (Hong Kong: The Chinese University of Hong Kong Press, 2012), pp. 64–66。

[68] 〔漢〕毛亨傳，〔漢〕鄭玄箋，〔唐〕陸德明音義：《毛詩傳箋》，卷1，頁27。

[69] 根據理雅各（James Legge）的說法，這段文字的第二部分展現了妾對妻態度的反應：「只要她們不嫉妒，其他人就不羨慕（"as they were not jealous, the others were not envious"）」。參閱Legge, *The Chinese Classics: With A Translation, Critical and Exegetical Notes, Prolegomena, and Copious Indexed, Volume IV– The She King, or The Book of Poetry* (Hong Kong: Lane, Crawford & Co., 1871), p. 32。

宜爾子孫，振振兮。

螽斯羽，薨薨兮。
宜爾子孫，繩繩兮。

螽斯羽，揖揖兮。
宜爾子孫，蟄蟄兮。[70]

儘管文本顯然關注子孫後代繁多的主題，《毛傳》把它放在有無嫉妒心的語境下解讀：

〈螽斯〉，后妃子孫眾多也。言若螽斯不妒忌，則子孫眾多也。[71]

正如〈小星〉的情況，此處亦是告誡君主的妻子應避免嫉妒，皆因惟有如此才能確保君主的血脈流傳下去。我們可見兩首為張華引用的詩歌，經過作為權威的《毛傳》解釋後，都是以正室的妒忌心問題為中心。

在此一背景下，則可合理推斷即坐在一家之主右邊的人物2，代表一家之主的正室，而人物6和7描繪的是他的側室。這個結論雖跟一些學者的結論相似，但是筆者的結論是以文本線索為基礎。筆者下文將會論證，〈女史箴〉與《周易》的聯繫當亦能支持這個觀點，且亦影響了繪者的創作。

## （二）場景6與《周易》

根據李善所言，「戒彼攸遂」一句（表3行12）改述了《易經》第37卦爻辭第二行的「無攸遂」。這個卦跟本研究有相當緊密的關係，正因接下來要討論的這個卦名為「家人」。結合爻辭的解釋如下：

---

[70] 〔漢〕毛亨傳，〔漢〕鄭玄箋，〔唐〕陸德明音義：《毛詩傳箋》，卷1，頁9。
[71] 〔漢〕毛亨傳，〔漢〕鄭玄箋，〔唐〕陸德明音義：《毛詩傳箋》，卷1，頁9。

上九：有孚，威如，終吉。
九五：王假有家，勿恤，吉。
六四：富家，大吉。
九三：家人嗃嗃，悔厲，吉；婦子嘻嘻，終吝。
六二：无攸遂，在中饋，貞吉。
初九：閑有家，悔亡。[72]

我們看到張華在〈女史箴〉引用的句子是在第二爻，亦是陰爻。在注釋這一爻時，李善引用了王弼的說法，王弼認為第二爻及其後的爻辭說明了婦人（wife）的職責。[73] 值得注意的是，陰爻的位置能夠對應到畫中的人物位置（如同丈夫的位置能夠對應第一爻陽爻的位置）。

就如王弼那般，早期的注釋強調第37卦的家族的重要意義。根據《彖傳》，這個卦象的主要訊息是，唯有「父父，子子，兄兄，弟弟，夫夫，婦婦」，秩序才能在這個世界得以確立。[74]〈雜卦傳〉對這個卦的理解是象徵著向「內」（"inward"）。[75] 繪畫中的不同家庭成員的臉龐都朝向三角形的內部，或許是受了這些想法的啟發。而透過轉向內側，不同的家庭成員能夠跟彼此緊密互動（透過行動和眼神）。三角形各側的人數分別是三人和七人：

---

72 黃壽祺、張善文撰：《周易譯注》（上海：上海古籍出版社，2001年），下經，卷5，頁302–307。

73 〔魏〕王弼著，樓宇烈校釋：《王弼集校釋》（北京：中華書局，1980年），周易注，下經，家人，頁402。

74 黃壽祺、張善文：《周易譯注》，下經，卷5，頁302。

75 黃壽祺、張善文：《周易譯注》，卷10，頁657。

圖4　三角形中的家庭成員分布

這個特定的人物編排也許出於慮及「家人」卦的數字，即37。儘管中國在早期所用的卦排序並不一樣，然而《十翼》中的〈序卦〉反映目前所用的排序早在漢代便已盛行。[76] 因此，在後漢時期，「家人」卦必定已跟數字37有關聯。甚至可以認為場景中的人物總數（10）正是數字3和7相加而成（3+7=10）。如上所述，基於這個布局，兩組家庭成員呈現面對面的狀態。這種安排除了可能源於上述的算術運算，還有其他意義嗎？筆者認為，答案是肯定的，皆因繪者將妻和妾分別放在三角形的兩半，似乎是基於《毛傳》呈現的緊張關係而如此繪畫。因此，右邊（亦是第一部分）的三角形代表的是家庭的核心，其中包括了丈夫、他的妻子和妻子所生的小孩（在這個例子中，即是女性人物3）；而左邊（亦是第二部分）的三角形則代表家庭的延伸圈，包括了妾和妾所生的孩子。有趣的是，這個解釋可以對應到關於晉惠帝在歷史上的事跡，即是他的嗣子實際上是由妾所生的庶子，皆因賈后沒有辦法誕下兒子。

---

76 黃壽祺、張善文：《周易譯注》，上經，卷1，頁12。

此外,若提到《周易》,則進入中國早期宇宙觀的領域,相關觀點深受宇宙中兩股相對的力量——即一般所稱「陰」與「陽」之間的平衡、和諧思想影響。筆者認為這個場景在數個層次上都受到這種和諧觀念啟發。首先,值得一提的是三角形的上角是由一男一女組成。若我們將此一男一女分別視為陽和陰的原則,且將每個角落的相應部分連結起來,畫中的陰陽分布將如下圖所示:

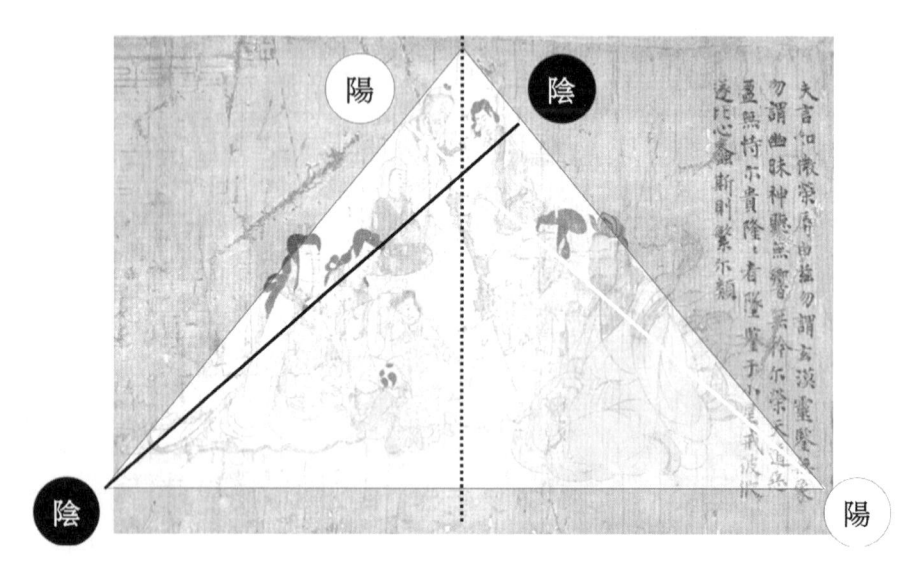

**圖5　三角形中的陰陽分布**

　　無疑,這個三角形受到陰陽力量的對稱排列啟發。除此之外,每組亦代表不同的陰陽比例:第一組的比例是1/1,第二組是1/2,第三組則是4/1。從這種方式來看,則有一組是陰陽平衡的比例,而有兩組則是其中一種力量為主導。這也是宇宙構成力量在家庭框架之中的呈現。

　　另外,這個場景尚有一個主角佔據了這個三角形中最突出的位置,卻從未為人論及。這個主角便是三組之間的空間,而它佔據的位置是正中心。

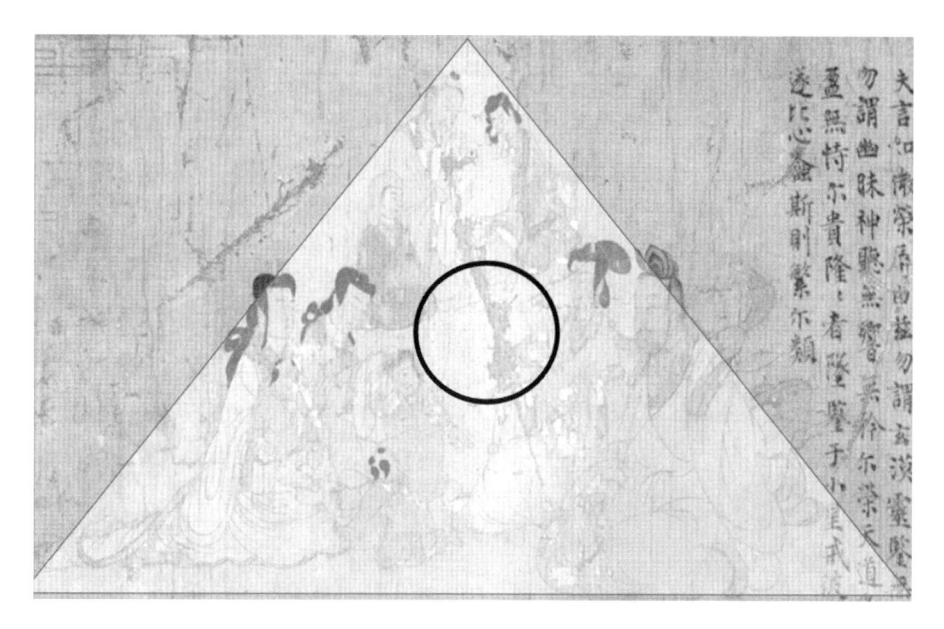

圖6　三角形中心的空間

空間的存在能用不同方法解釋。這可以是「天道惡盈」（表3行8）這句話的呈現，李善將這句話理解為《象傳》中第15卦「謙」卦的化用：「鬼神害盈而福謙」。[77] 實際上，畫中描繪的家庭和諧只能在中心維持空的狀態才能實踐。這個以空為中心的圖像暗示了謙遜的態度，尤其在君主與他的正室本來按照習俗理應佔據這個位置的情況之下。

筆者在上文已論證繪者受到數個張華〈箴〉引用的典故啟發。基於這些典故，應可合理推斷這幅本文探討的圖像，旨在展現家庭之中具有潛在衝突的各方如何實現和諧關係（妻對妾；核心家庭對延伸家庭）。為論證這個結論，並解答關於這幅圖像的剩餘問題，例如其他人物的身分問題，筆者將在下文研究每個群體的構成。筆者會依照他們的出現次序來討論，這對應到他們成員的總數。

---

77　黃壽祺、張善文：《周易譯注》，上經，卷3，頁137。

## 十 〈女史箴圖〉的三個組別

### （一）第一組分析

　　本節討論的第一組包含了兩位人物，1和2。鑒於大英博物館藏本的破損狀態，筆者將故宮版本一同並列如下：

大英博物館　　　　　　　　　　北京故宮

圖7　「主要夫婦」（人物1、2）[78]

　　關於女性人物2的身分，顯然除了因她與男性人物的距離之近使其突出，[79] 亦因她的髮型，以及衣衫有著更為精細的細節和豐富的色彩（色彩部分顯然僅見於大英博物館藏本中）。[80] 這清楚地表明，繪者試圖強調她作為其左邊男

---

78　〈女史箴圖〉，下載自「北京故宮博物院」網站，2023年9月21日。網址：https://www.dpm.org.cn/dyx.html?path=/Uploads/ tilegenerator/dest/files/image/8831/2009/1271/img0002.xml。下文引用之故宮版本圖像皆出自此處，恕不一一下注。
79　正如司美茵所言，見Stuart, *The Admonitions Scroll*, p. 49。
80　關於〈女史箴圖〉中的兩種女性髮型，參閱Chen, "The Admonitions Scroll in the British Museum," p. 134；以及Cheng Wen-chieh, "The Pictorial Portrayal of Women and Didactic Messages in the Han and Six Dynasties," *Nan Nü* 19 (2017): p. 199。

性人物之正室的崇高地位,並對應到《毛傳》對〈小星〉的解釋。[81]

相較大英博物館版本中保持挺直姿態,故宮版本的兩位人物似乎稍微向前低頭。君主較為友善和相對不那麼具有「威嚴」的外表,形成了跟對面的人之間有更大程度的參與感和／或有更親密互動的印象。除此之外,兩個版本的人物表現似乎是一致的。這對夫妻跪坐著,男人的右手臂放在腿上,而他的左前臂(可從衣服之下的四根手指來辨認)剛剛舉起,從左袖子的飄動便可知。[82] 他的妻子似乎用右手拿著一個玩具,並將其往下放(這個動作也能從捲曲的飾帶得知)。她的左前臂看似在空中停留,像在向某人揮手。這些手勢將在下文討論。

儘管這個場景看來簡單,卻傳達了動態的對立感、多樣感和統一感。對立感基於這兩個人物有不同的性別,且做著相反方向的動作;多樣感是因為他們的手臂全都維持不同的角度,並正在做不同的活動;最後的統一感,則是因為他們看來互補彼此。

## (二)第二組

接下來的一組包括三位成員。在此,筆者依然考慮到大英博物館藏本的狀態不佳,故並列兩個傳世版本的畫卷如下:

---

81 在先前的「臥室」場景中,一個女性穿著類似的紅色長袍,梳著相似的髮型,被視為自信地在自己的「女性空間("feminine space")」中生活。參閱巫鴻著:《中國繪畫中的「女性空間」》(北京:生活・讀書・新知三聯書店,2019年),頁87。若這確實是同一個人,透過擁有私人空間,這個女性顯然在畫中會較其他女性人物突出。

82 關於這個男人右手臂位置的另一詮釋,見McCausland, *First Masterpiece of Chinese Painting*, p. 72。

大英博物館　　　　　　　　　北京故宮

圖8　手持卷軸的孩子（人物3至5）

從以上圖像可見，兩個版本的主要差異在於身處中央的人物4。大英博物館藏本呈現了一個外表成熟的男士，似乎蓄了髭鬚，並戴著（紅色的）帽（很可能是他的地位象徵），而故宮版本則展現了一個年輕男士，帶著有點天真和一點點困惑的表情。[83] 哪個版本較接貼繪畫的原始設計（如有）？這位男士又是誰？在嘗試解答這些問題前，筆者欲提出這個人物與其左邊的女性人物之間互動的重要細節。不像場景中的成年仕女一般，她沒有佩戴頭飾，很可能反映了她尚未成年。現在，如同故宮版本中能看到的，這位年輕女性正在觸摸這個男人左膝之上的腿部。被這樣觸摸的男人應不是之於女性的權威對象，例如師長。若跟老師交流，這種（至少可視之為）若無其事的手勢會被視作不尊重的行為，從早期的中國畫作中便可見，師生之間會建立一種尊重的距離感。[84] 同樣地，這三個人物都坐得距離彼此很近，形成一條直線，

---

83 在中國歷史早期，這種髮型專屬兒童，但自魏晉後，成人也開始梳這種髮型。參閱沈從文：《中國古代服飾研究》（北京：商務印書館，2011年），頁93。
84 關於中國早期繪畫中對莊重的老師之描繪，參閱Julia K. Murray, "Didactic Art for Women: The *Ladies' Classic of Filial Piety*," in *Flowering in the Shadows: Women in the History of Chinese and Japanese Painting*, ed. Marsha Weidner (Honolulu: University of Hawai'i Press, 1990), p. 34。

並面向大致相同的方向，亦說明了這個人物應當不是老師。反而，若視他為他們的兄弟則看似合理，尤其最可能是作為他們的長兄。若是如此，他便會是他的父親，即人物1的嗣子。如何解釋兩幅畫卷的差異呢？筆者推測，故宮版本的作者或刻意使人物4看起來比較年輕，以消除大英博物館藏本中使人猜疑的模糊情況。若前者確實如一些學者所說成於宋朝，[85] 這一舉動則對應到當時普遍傳統守舊的傾向。

這兩個藏本另一個差異是坐在左邊的小男孩的頭飾。他的帽子，在大英博物館藏本中，跟所謂「觀音兜」（見圖9）有些形似。

大英博物館　　　　　　〈長春百子圖〉（北宋）

圖9　〈女史箴圖〉及〈長春百子圖〉中的「觀音兜」[86]

或許可以提出，故宮博物館版本或出於思想上的原因，試圖減少大英博物館藏本中呈現的佛教元素。

如同上一組的情況，這個場景也具有對立感、多樣感和統一感。三個人物有不同的性別（對立感），惟三個人物都被描繪成手持卷軸的模樣，很可能都正在學習的階段（統一感）。不過他們實踐這個行動的方法都很不一樣（多樣感）。左邊的小男孩用合起來的雙手（或在他的左手臂之下）握住他捲起來的卷軸，他的哥哥打開卷軸並抓住兩端，而他們的姊妹則將尚未開啟

---

85　Yu, "The *Admonitions* Scroll," p. 161.

86　〔宋〕蘇漢臣繪：〈宋蘇漢臣長春百子圖〉，下載自「國立故宮博物院」網站，2023年9月21日。網址：https://digitalarchive.npm.gov.tw/Painting/Content?pid=14366&Dept=P。

的卷軸握在左手之中。這組成員的表情與視線的方向同樣全都不同。這些引人入勝的細節有不同詮釋的空間。[87] 筆者認為最好的詮釋是，考慮到這組所有人都有他們各自的卷軸，即是有他們各自需學習的功課。以此為前提，女孩費力地看著哥哥的課本，而非閱讀自己的卷軸，這件事或被視為少女有問題的舉止。她的兄長雖溫和但帶輕微指責意味的眼神，或是在告誡她莫要忽視自己的學業。[88] 若她打開她的卷軸，或會發現其中有類似〈女史箴〉記載的戒律，或是解釋不同女性舉止（品行端正的、道德敗壞的之類）的女圖。[89] 儘管如此，畫中呈現人物的年齡與性別的差異，或說明在兒童和青年時期，無論性別與地位，都必須為持續提升自我修養而努力。

## （三）第三組

最後一組的人數最多，包含五名人物。故宮版本仍作為參考，皆因它能幫助我們看清人物的原始輪廓：

---

[87] Gray認為中間的男子正向其他人講課，見 Admonitions of the Instructress of the Ladies of the Palace, p. 4。司美茵認為這個場景描繪女孩在學習功課，而馬嘯鴻推測我們看到女孩未有履行其學習的情況。見Stuart, The Admonitions Scroll, p. 49; McCausland, First Masterpiece of Chinese Painting, p. 73。

[88] 注意故宮本中，人物3和4均看著卷軸。因此，兄長帶有告誡意味的「注視」在此本中未見。

[89] 馬嘯鴻推斷此組所有成員都在閱讀同一部作品，亦即〈女史箴圖〉的觀者當下所看著的。見McCausland, "Intermediary Moments," p. 166。森橋氏推斷此組人員正在閱讀〈小星〉。見森橋なつみ：〈女史箴図が語るもの〉，頁57。

圖10　集體育兒（人物6至10）

此處描繪的兩位仕女（人物6及7）穿著風格近似的裙子，髮型與髮簪的風格亦相似，這突顯了她們的地位相若，風格且似乎較人物1簡約。綜上所述，推測他們是君主的妾應無問題。

至於幼童們的性別問題——作為學術界的爭議之一——人物8和9之間的差異，以及人物10之間的差異非常引人注目。前者有著相同的髮型，更為明顯的是兩人都在額頭和臉頰塗上粉色化妝品。在大英博物館藏本中，化妝是女性的特權，故推測我們目前的是兩個小女孩則很合理。她們可愛友善的表情似乎印證了這個推測。與她們不同，這組最後一個人物並沒有任何化妝上的修飾，但呈現了相當淘氣和頭髮亂糟糟的模樣，故這個小小的家庭成員很可能是一個調皮的男孩。因此，這組出現在場景中左下角的孩子，包括了兩個女童和一個年齡稍大一些的男孩。

這個場景同樣擅長表現動態的對立感、多樣感和統一感。每個孩子都正受周遭成人關愛和照顧，並從事不同的活動。坐在左邊女子膝上的女孩，她的左手似乎拿著一塊餅乾。她跪坐著的妹妹，右手拿著一個玩具（跟皇后所拿的相類似）。她的動作展示她正向她的姊姊移動（哪個孩子能抵抗餅乾的

誘惑？），她的頭則轉向了皇室夫婦的方向。最後，男孩似乎正經歷由另一位女子梳頭髮的不愉快過程。[90] 這些人物象徵了三種成人必須為幼童提供的基本需求：營養、衛生和以遊戲為形式的娛樂。

## （四）三組的相互關係

總括三組的分析而言，我們可看到一個包括（男性）一家之主、他的妻子、兩個妾侍和六個子女：三個兒子和三個女兒的家庭。他們看起來全都以唯一的成年男性人物為父親，惟他們母親的身分並不明確。在場景中的整體男女比例是四比六，展示了皇室家庭中女性的重要性。跟〈螽斯〉提到的皇室夫婦的兩代人不一樣，畫中僅呈現了一代子女，但他們之間有著明顯的年齡差距，因此可能由此反映了《詩經》的影響。

這三組分別表現了包括夫與妻的家庭核心之首要性（第一組），堅決教育的重要意義（第二組），以及集體育兒的重要性（第三組）。最後一個主題透過跨組別的互動而進一步強調，具體例子為皇室夫婦以手勢吸引小孩的注意。小女孩的頭部姿勢（人物9），以及試圖伸出左手臂的、正在遭受折磨的男孩（試圖抓住紅色玩具？），意味著該對夫婦確實成功了。此外，第一和第三組之間的聯繫也因左邊的側室直接凝視著君主而加強了。[91] 實際上，這對人物各自身在三角形中相應的底角，構成家庭的基礎，突顯了妾侍以及她們順利地融入了（皇帝的）家庭結構之重要性。

如上所述，等腰金字塔形狀可分為兩個對稱的直角三角形。這樣的分割似乎受到第37卦，以及妻妾之間的緊張關係啟發，為解讀這幅繪畫提供進一步的線索，其中有一部分在上文已經提及。換言之，在分隔線各側的人物，在帝王家庭中或隸屬不同組別。若我們重視這個線索，那麼皇后正欲吸引其

---

90 司美茵認為男童的頭是在被抓蝨子。見Stuart, *The Admonitions Scroll*, p. 49。

91 馬嘯鴻提及這兩個人物之間的情慾氛圍（erotic charge）。然而，這種「氛圍」僅見於大英博物館版本，因故宮博物院版本中的人物7將視線投向地面。見McCausland, "Intermediary Moments," p. 166。

注意大的小女孩（人物9），實際上並不是皇后的女兒（通常如此假設）。透過跟這個女孩玩耍，皇后展示了她對於所有其丈夫的孩子的安康都有所貢獻，不論那些孩子的地位與出處。此外，將金字塔形狀分為兩半，或會對人物3和4互動的解讀提供額外的細微差別。因此，少女相對分心和不認真的態度，可能源自她作為皇室夫婦唯一的子女而生的優越感有關。考慮到她幾乎坐在她的家長後面，在家長看不見她的地方，令人不禁想繪者或利用她的位置和動作來展現警告，表達箴文中段的告誡，即是一個人的過錯並不會一直被保密。無論如何，筆者期望已提出充分證據，證明場景的主要人物是人物2。

## 十一　結語

　　在本文中，筆者嘗試展示〈女史箴圖〉的「家庭」場景構成，實際上受多個來源和想法啟發。繪者似乎熟知（多是微妙且間接的）早期文本與其注釋的化用。此外，以上分析亦提出畫卷的最初作者應熟悉賈后的生平情況。無疑，這位作者對中國哲學、文學和歷史都有著深厚的了解，乃文人畫家之先驅。另一個可能性，則是繪者熟悉李善對〈女史箴〉的注釋。這當然暗示了畫卷只能在658年後作成，即李善將《文選》上呈朝廷之時。當然，隨著李善的五位同代後人在718年完成進一步的注釋，欲瞭解張華的文章（以及他的引用來源）應變得更為容易。[92] 雖然這個看法與大多數學者的觀點相牴觸，但圖卷受張華〈女史箴〉注釋影響的可能性值得認真考慮。當然，為了證明這一點，必須探究〈女史箴圖〉其他場景的圖文關係。不過，目前可以確定的是，在唐代，尤其經歷過武則天（在位年：665–705）惡名遠播的統治之後，並不乏相關事件，促使貴族與地位高的人委託藝術創作，用以告誡仕女更加謹守傳統習俗中的女性舉止準則。

---

[92] David R. Knechtges (康達維), "The *Wen xuan* Tradition in China and Abroad," *Bulletin of the Jao Tsung-I Academy of Sinology* 2 (2015): p. 212.

# 「中空」與「洞照」：
# 道教存思經典的視覺化隱喻模式探源

王嘉凡

北京大學中國語言文學系

## 一 引言

　　存思是道教特有的宗教體驗，它以冥想或幻覺的形式發生，通過對體內宇宙或神靈進行主觀意義上的視覺化處理塑造出「內景」。賀碧來（Isabelle Robinet）就曾用「視覺化」（visualization）描述這一實踐過程。[1] 不同於一般意義上的視覺圖像製作，存思更接近想像、夢境等意識領域的精神活動，即便信仰者並不視其為「想像」，而是當做某種客觀發生的「事實」。

　　存思具有高度個體化的神秘主義特質。由存思實踐落實為存思經典，或者基於存思經典展開存思實踐，都不免面臨個體經驗與集體儀軌、實踐與文本難以完全同一的雙重矛盾。因此，隱喻——包括隱喻性的文字符號和表現形式——便成為存思經典突破載體限制、充分喚起視覺體驗的有效憑介。與日常經驗中的單一隱喻不同，存思更強調存思對象的徵實性與存思經驗的連貫性，這就對經典的書寫提出了更高的要求。為了達到最大程度的視覺化或者說圖像化效果，基於一系列隱喻意象和隱喻模式的有序組織應用，存思經

---

[1] Isabelle Robinet, "Visualization and Ecstatic Flight in Shangqing Taoism," in *Taoist Meditation and Longevity Techniques*, ed. Livia Kohn (Ann Arbor, MI: Center for Chinese Studies, University of Michigan, 1989), pp. 159–191.

典建立起了一整套視覺化表達系統。隱喻本身便具有重建語言圖像性的功能，[2] 而存思經典的表達系統不僅能與真正的圖像相互適配，[3] 還能獨立引導存思實踐，允許經文脫離圖像，甚至反過來指導新一輪的圖像製作。[4] 這成為存思經典區別於其他道派乃至儒釋教經典的重要表徵。

存思經典的視覺化表達具有詩性的審美意蘊。但與文學創作不同的是，這一表達系統有賴於某種基本隱喻模式運作——即本文所謂「中空」與「洞照」這一隱喻組合，它不僅奠定了經文的書寫邏輯，還直接關聯存思這一儀式行為的內在本質。學界對道教「洞天」說、上清派的內在超越性、早期道教的圖文關係等討論較多，[5] 但對「洞」的隱喻模式在道教神學體系內的發展演變關注尚不夠。這成為本文討論的切入點。

---

[2] 張沛著：《隱喻的生命》（北京：北京大學出版社，2004年），頁113。

[3] 中古道書尤其是存思經典本身或即配有經圖。如葛洪（284-364）《抱朴子內篇·雜應》云：「若乃不出帷幕而見天下，乃為入神矣。……或用明鏡九寸以上自照，有所思存，七日七夕則見神仙……或縱目，或乘龍駕虎，冠服彩色，不與世同，皆有經圖。」見〔晉〕葛洪撰，王明校釋：《抱朴子內篇校釋》（北京：中華書局，1985年），卷15，頁272-273。又《老子中經》自稱《神仙玄圖》，見〔宋〕張君房編，李永晟點校：《雲笈七籤》（北京：中華書局，2003年），卷19，頁455。施舟人（Kristofer Schipper）認為此經原本配有相應的神仙圖以供存想。見施舟人講演：《中國文化基因庫》（北京：北京大學出版社，2002年），頁104-105。《雲笈七籤》，卷43，頁951-966還收有〈老君存思圖十八篇〉等。這都能說明經文的視覺化表達與圖像之間的相互適配性。

[4] 明代《正統道藏》中收錄的早期存思經典多被後人配上經圖（如《上清大洞真經》〔HY 6〕），說明文字與圖像的黏合關係並不固定，並且在流傳過程中經文的穩定性較圖像更強。

[5] 如李豐楙：〈六朝道教洞天說與遊歷仙境小說〉，《小說戲曲研究》第1集（臺北：聯經出版事業公司，1988年），頁3-52；〈洞天與內景：西元二至四世紀江南道教的內向遊觀〉，《東華漢學》第9期（2009年），頁157-197。傅飛嵐（Franciscus Verellen）：〈超越的內在性：道教儀式與宇宙論中的洞天〉，《法國漢學》第2輯（北京：清華大學出版社，1996年），頁50-75。謝世維：〈真形、神圖與靈符——道教三皇文視覺文化初探〉，《興大人文學報》第56期（2016年），頁23-57。

## 二　先秦道家體道準則的隱喻模式

存思的目標是達到「內景」的視覺化，讓神靈得以在其中顯現和安置，這意味著存思術須以「瞑目內觀」的修煉方式和體內神觀念為基礎。施舟人《道體論》一書將「內景」譯作「體內景觀」（The Inner Landscape），[6]然而「景觀」一詞顯然不能囊括「內景」之「景」的全部內容。程樂松指出，「景」有自然光照之意，因而「內景」的第一層含義在於洞徹朗照的身體狀態。[7]這種基於「內明」和「內觀」的修煉方式乃至隱喻模式與先秦道家內通徹視的體道準則存在深刻的淵源關係。

老莊哲學都注重使用「光明」意象。[8]《莊子‧內篇‧大宗師》云：「已外生矣，而後能朝徹；朝徹，而後能見獨。」[9]成玄英疏曰：「死生一觀，物我兼忘，惠照豁然，如朝陽初啟，故謂之朝徹也。」[10]「朝徹」即以日光朗照喻指通明了悟的精神境界，此種光明並非由外物給予，而是從幽微茫眇的心靈深處向外映射。在《莊子》中，要達到這種境界，須完成自外而內的視覺轉向，令官能體感內聚於心：「瞻彼闋者，虛室生白，吉祥止止。夫且不止，是之謂坐馳。夫徇耳目內通而外於心知，鬼神將來舍。而況人乎！」（〈人間世〉）[11]「內通」意味著以向內探求達到身心和諧融洽的完滿狀態，「虛室生白」正是「內通」的隱喻表達。「白」本是質樸素潔義，在道家語境中有真樸自然的哲學意涵：「機心存於胸中，則純白不備」、「明白入素，无為復朴，體性抱神」（〈天地〉）。[12]「明白入素」一句將明淨朗徹與質素粹

---

6　Kristofer Schipper, *The Taoist Body*, trans. Karen C. Duval (Berkeley, CA: University of California Press, 1993), pp. 100–112.
7　程樂松著：《身體、不死與神秘主義：道教信仰的觀念史視角》（北京：北京大學出版社，2017年），頁184–185。
8　可參鄧聯合：〈老莊哲學中的光明意象釋義〉，《哲學研究》，2021年第12期，頁44–52。
9　〔清〕郭慶藩撰，王孝魚點校：《莊子集釋》（北京：中華書局，2012年），卷3上，頁258。
10　《莊子集釋》，卷3上，頁259。
11　《莊子集釋》，卷2中，頁155。
12　《莊子集釋》，卷5上，頁439、443。

白兩種語義對舉,說明二者有相通之處,而「虛室生白」正是以「白」喻指光明徹照的內在狀態,以「生白」指代由知通心會而漸悟的變化過程,猶如解除陰影的遮蔽,令光芒照入暗昧的心靈空間。成玄英疏云「虛其心室,乃照真源,而智惠明白,隨用而生」,[13] 也沿用了「照白」之喻。《莊子》「照白」所喻內視通明的體道狀態,與其「真人」、「真知」之說擁有共同的觀念模式。于雪棠指出,「真」有充實、盛滿與密藏義,《莊子》中的「真人」可理解為以道與德充實身心之人,「真知」則是「內通心徹」的整全性感知。[14] 換言之,「真人」意味著全部身心為道覆載、貫通、近於合一的境界,而「被道充實」的成真過程正與「照白」所喻類同,「白」或「明」便成為「道」和「被道充實的狀態」的隱喻。成玄英以為「白,道也」,[15] 也是注意到了這一點。

無論「虛室生白」、「朝徹」還是「和其光」的觀念表達,都隱含了一個重要前提:只有在曠眇空廓的「虛」中,「內通心徹」的狀態才能實現。「虛」是老莊哲學思想的基本概念之一,它既是道體的特性,又是事物發展變化的關竅,更是體道、得道的要訣。《老子》所云「虛而不屈,動而俞出」,「谷神不死,是謂玄牝。……綿綿若存,用之不勤」,「致虛極,守靜篤。萬物並作,吾以觀其復」等,[16] 重在描述「虛」變動不居、深藏無窮的生成性,且隱含了內收與外放兩個過程之間的動態循環。《莊子》則以「虛」作為體道的根本準則:「氣也者,虛而待物者也。唯道集虛。虛者,心齋也。」(〈人間世〉)[17] 意即令身心保持等待被充實和豐盈的中空狀態,才能為道貫通完滿。而「照白」喻又特別強調自內而外的光輝散射,則這種映照必然有一個作為「中心」的原點,在身體結構中它正指涉心靈的所在,因此

---

13 《莊子集釋》,卷2中,頁156。
14 于雪棠:〈詞源學視角下「真」「真人」「真知」意蘊發微〉,《清華大學學報(哲學社會科學版)》2022年第1期,頁178–186。
15 《莊子集釋》,卷2中,頁156。
16 朱謙之:《老子校釋》(北京:中華書局,1984年),頁24、25、27、64–65。
17 《莊子集釋》,卷2中,頁152。

「虛室生白」一語即有「中空」與「洞照」雙重隱喻並舉之意。這種二元結構也出現在〈齊物論〉對是非紛亂的辨思中:「彼是莫得其偶,謂之道樞。樞始得其環中,以應无窮。是亦一无窮,非亦一无窮也。故曰:莫若以明。」[18] 郭象注曰:「環中,空矣。」[19] 成玄英疏曰:「中者,真空一道。」[20]「道樞」即是無窮無盡的虛空之「中」,以中空之靜定漠然環應萬物即為「明」,同樣將「中空」與「洞照」作為一組關聯隱喻使用,「莫若以明」正是一個完整的「照白」狀態。又〈徐無鬼〉云:「盡有天,循有照,冥有樞,始有彼。」[21] 也暗含了同樣的隱喻。

雖然「洞」此時尚未成為自明的概念,但「內景」蘊涵的「洞徹朗照的身體狀態」之義,在老莊哲學尤其是《莊子》「內通心徹」的思想體系中已經得到了比較完整的呈現;不僅如此,老莊哲學所使用的基於「光明」衍生的「朝徹」、「照白」喻本身就具有視覺化的表達效果,「中空」與「洞照」成為一組基本隱喻結構,也由此奠定了自「內視」至「內觀」、「存思」這一體道修煉準則的視覺化表達的核心邏輯。

不過,老莊哲學的「內通」強調精神或心靈體悟,與中古道教的存思內景並不完全相同。黃老道家尤其是稷下學派「精氣說」的提出,才將「內通」向身體層面的修煉實踐推進了一大步,並基於氣化宇宙論形成了原始的體內神觀念。

在稷下學派的宇宙論中,「氣」的本原意義得到了進一步強化。《管子》的〈心術〉上下及〈內業〉篇十分典型地體現了氣化宇宙論的觀念。萬事萬物皆生於氣、皆由氣構成,「氣」成為人身與天地自然同構同源的依據,它能賦予身體與宇宙齊同的神聖性:「氣意得而天下服,心意定而天下聽。搏氣如神,萬物備存。」[22] 在此基礎上,《管子》提出了以氣內充的「內得」

---

18 《莊子集釋》,卷1下,頁71。
19 《莊子集釋》,卷1下,頁74。
20 《莊子集釋》,卷1下,頁74。
21 《莊子集釋》,卷8中,頁866。
22 黎翔鳳撰,梁運華整理:《管子校注》(北京:中華書局,2004年),卷16,頁943。

說：「內藏以為泉原，浩然和平，以為氣淵，淵之不涸，四體乃固。……徧知天下，窮於四極，敬發其充，是謂內得。」[23]「內得」包括內收與外放兩個過程，即先將氣收斂蘊藏入於氣淵，使其長久存續而不止涸，才能源源不斷地向外擴散流布，達到內部充實、完滿、和諧運轉的「心全」，再由「心全」至於「形全」、由「內通」至於「外窮」的「神」化狀態。與《老子》類似，《管子》也強調道「無藏」、「無形」、「不屈」的「虛」的特性；[24]不僅如此，「虛」還是神氣內充的關鍵：「虛其欲，神將入舍。掃除不潔，神乃留處。」(〈心術上〉)[25]「入舍」即「留處」義，身心空虛無欲方能為「神」提供留居之所，「掃除不潔」正是「純白」的同義表述，換言之，體內的中空與潔淨才是「內得」發生的先決條件，「內得」的結果就是形成了氣化的體內神。與《莊子》的「內通」相比，《管子》體道的重心已從精神認知轉移到身體修煉，不過《管子》並未強調光明徹照的「內視」之義。直到《太平經》的「洞照說」，才將上述內容完全綜合起來。

值得一提的是，早期的「內景」、「外景」之說，描述的正是「清」與「濁」或「含氣」與「吐氣」兩種自然狀態。《荀子》云：「濁明外景，清明內景。」[26]唐人楊倞注：「景，光色也。濁，謂混迹；清，謂虛白。」[27]意即「內景」有清白明澈之謂。《淮南子》云：「天道曰圓，地道曰方。方者主幽，圓者主明。明者，吐氣者也，是故火曰外景；幽者，含氣者也，是故水曰內景。」(〈天文訓〉)[28]以氣的噓吸流動區分「幽」與「明」兩種收與放、光與暗、靜與躁的自然狀態，正建立在氣化宇宙論的基礎上，從中亦可看出「洞照」喻的雛形。不過此處的「內景」、「外景」與道教的「內景」說

---

23 黎翔鳳：《管子校注》，卷16，頁938–939。
24 黎翔鳳：《管子校注》，卷13，頁767–770。
25 黎翔鳳：《管子校注》，卷13，頁759。
26 〔清〕王先謙撰，沈嘯寰、王星賢點校：《荀子集解》（北京：中華書局，1988年），卷15，頁403。
27 〔清〕王先謙：《荀子集解》，卷15，頁403。
28 〔漢〕劉安編，劉文典撰，馮逸、喬華點校：《淮南鴻烈集解》（北京：中華書局，1989年），卷3，頁80。

還不完全相同，而《荀子》和《淮南子》對「內景」、「外景」光與暗的理解恰好相反，說明這一觀念尚未完全成型。

## 三 漢代關聯型宇宙論與《太平經》「洞照說」

　　學界一般認為真正意義上的道教（指具有教團形態的組織）誕生於漢末，最早的道教經典如《太平經》、《周易參同契》、《老子想爾注》等亦出於這一時期。這些經典雖然出現了早期道教神學的基本內容，但其思想體系仍深受漢代知識觀念的影響。

　　漢代的學術與思想都在走向綜合。稷下學派的精氣說為氣化宇宙論思想的奠定了基礎，而系統化的「身國同構」觀也成為漢代黃老道學以及神仙、醫藥、養生等方術的理論來源。[29]《淮南子・本經訓》云：「天地之合和，陰陽之陶化萬物，皆乘人氣者也。……由此觀之，天地宇宙，一人之身也；六合之內，一人之制也。」[30]《呂氏春秋・有始覽》云：「天地萬物，一人之身也，此之謂大同。」[31]這種「天道」、「世道」、「人道」之間的同源互感結構關係到整個漢代觀念背景和知識系統的根本立足點。漢學家進一步提出了「關聯型宇宙論」的概念，用以描述古代中國將天地／自然、人和倫理要素以特定對立轉化關係和數字結構比配並構成整體的獨特思維方式。[32]這種

---

[29]「身國同構」是源出《老子》並為漢代道家及道教發揚的一種天人論式的政治哲學，《老子》認為治國與治身同理，漢代道家進一步指出了「身」與「國」在結構上的對應關係，認為「道」在其中一以貫之，因而「身」與「國」彼此相通，並發展出對應的養生學、醫學理論。學界很早就注意到道家的「身國同構」觀。胡孚琛對此有精要概括：「道學是一種『身國同構』的學說，道的原則既可用於治身，也可用於治國，推而至於天下，故倡導天人同構，身國一理。」見胡孚琛著：《道學通論》（北京：社會科學出版社，2004年），頁25。

[30] 劉文典：《淮南鴻烈集解》，卷8，頁249。

[31] 〔秦〕呂不韋編，許維遹集釋，梁運華整理：《呂氏春秋集釋》（北京：中華書局，2009年），卷13，頁283。

[32] 趙益：〈清華簡《五紀》與關聯式宇宙論〉，《古典文獻研究》，總第25輯下（2022年），頁1–6。

「關聯型宇宙論」廣泛地體現在包括早期道教經典在內的漢代文獻中。

由於「道」在體內宇宙與體外宇宙間一以貫之的聯通性，人體的運作和修煉也受制於天道的運行規律：「天地之間，六合之內，其氣九州九竅，五藏十二節，皆通乎天氣。」[33]落實到文本表達中，就體現為二者所使用的闡釋結構逐漸趨同，以「三」、「四」、「五」、「七」、「八」、「九」等神聖數字展開的宇宙圖式同樣被運用在體內小宇宙的形成機制中。賀碧來指出，五藏是人與自然、身體的小宇宙與自然的大宇宙之間的象徵性連接點，[34]揭示了道教身神系統的創造路徑。基於關聯型宇宙論，道教依據由「五行」衍生而來的「五方」、「五色」等自然結構安置身體與身神結構，如《黃帝內經》所云「中央黃色，入通於脾，開竅於口，藏精於脾」，[35]「脾者土也，治中央，常以四時長四藏」。[36]《太平經》云：「五藏，心在南方為君。君者，法當衣赤，火之行也。」[37]《太上三五正一盟威籙》「太上正一四部禁炁籙品」云：「次思五方炁……次思中央黃炁……次思五藏炁」，「黃炁歸脾中，主黃老君」。[38]《太上老君內觀經》云：「所以五藏，藏五神也。魂在肝，魄在肺，精在腎，志在脾，神在心，所以字殊，隨處名也。心者，火也，南方太陽之精主火，……」[39]雖然不同道派和道書中體內神譜系並不一致，但其對宇宙圖式和身體結構對應的處理卻是相似的，這對存思術的誕生具有根本性的奠基意義。「存思」本質上是「道」的超越性在身體內部的顯現。存思內景並不單單止於身體內部的洞徹，更需要與整個外在大宇宙產生同構性聯結，進而與自然天道同化，這才是道教成真乃至成神的根本邏輯。因此只有

---

33 〔清〕張志聰集注：《黃帝內經集注・素問》（北京：中醫古籍出版社，2015年），頁10。
34 Isabelle Robinet, *Taoist Meditation: the Mao-shan Tradition of Great Purity*, trans. Julian F. Pas and Norman J. Girardot (Albany, NY: State University of New York Press, 1993), p. 63.
35 〔清〕張志聰：《黃帝內經集注・素問》，頁22。
36 〔清〕張志聰：《黃帝內經集注・素問》，頁161。
37 王明編：《太平經合校》（北京：中華書局，1979年），卷69，頁271。
38 《太上三五正一盟威籙》（HY 1199），收入《道藏》（北京：文物出版社；上海：上海書店；天津：天津古籍出版社，1988年），第28冊，卷6，頁461c、462a。
39 《雲笈七籤》，卷17，頁404。

在「身國同構」宇宙論和體內神觀念的基礎上，道教的「洞照」說才得以完全成型。

《太平經》吸收了漢代陰陽五行、天人感應以及讖緯災異說的基本觀念，首次系統地解釋了「洞」這一概念，並提出了建立在養生修煉基礎之上的「洞照」說，是為道教存思術之近源。

「洞」的本義是水疾流貌，引申為洞達、洞壑義，音同；又與「迵」互訓，為通達義。[40]《淮南子·原道訓》云：「與天地鴻洞。」高誘注云：「鴻，大也。洞，通也。」[41] 王充《論衡·超奇篇》云：「上通下達，故曰洞歷。」[42]《釋名·釋言語》云：「通，洞也，無所不貫洞也。」[43] 可以看出，「洞」的含義比較穩定地集中於「通」、「達」兩個方面。道教經典對「洞」的解釋亦建立在此基礎上。如《雲笈七籤》引《道門大論》云：「洞言通也。」[44]「通」即「通玄達妙」，意即無所不包、無所不容的周覽遍及。

《太平經》使用了諸如「洞洽」、「洞達」、「洞極」的表述：「洞者，其道德善惡，洞洽天地陰陽，表裏六方，莫不響應也」，[45]「夫道迺洞，無上無下，無表無裏，守其和氣，名為神」，[46] 賦予「洞」類似「道」載天覆地、通明萬物的本體性特徵，以及「道德善惡」的倫理內涵，並以之作為聖人或神人「洞極六遠八方」的標準。聖人與道同化不僅表現為精神認知上的博通，更表現為對天道運作規律的領悟與內化：「心在裏，枝居外。夫內興盛，則其外興，內衰則其外衰。故古者皇道帝王聖人，欲正洞極六遠八方，反先正內。……枝主衰盛，體主規矩。部此九神，周沕天下，上下洞極，變

---

40 〔漢〕許慎撰，〔清〕段玉裁注：《說文解字注》（上海：上海古籍出版社，1988年），11篇上2，頁8b；2篇下，頁12b。
41 劉文典：《淮南鴻烈集解》，卷1，頁28。
42 〔漢〕王充著，黃暉撰：《論衡校釋》（北京：中華書局，1990年），卷13，頁614。
43 〔漢〕劉熙撰，〔清〕畢沅疏證，〔清〕王先謙補，祝敏徹、孫玉文點校：《釋名疏證補》（北京：中華書局，2008年），卷4，頁111，第17條。
44 《雲笈七籤》，卷6，頁86。
45 王明：《太平經合校》，卷41，頁91。
46 王明：《太平經合校》，卷68，頁267。

化難睹。」[47]因此，體道的重心就落實在了「反先正內」的身體修煉上：

> 道有九度，分別異字也……其上〔起〕第一元氣無為者，念其身也，無一為也，但思其身洞白，若委氣而無形，常以是為法，已成則無不為、無不知也。故人無道之時，但人耳；得道則變易成神仙，而神上天，隨天變化，即是其無不為也。其二為虛無自然者，守形洞虛自然，無有奇也；身中照白，上下若玉，無有瑕也。為之積久久，亦度世之術也，此次元氣無為象也。三為度數者，積精還自視也，數頭髮下至足，五指分別，形容身外內，莫不畢數，知其意，當常以是為念，不失銖分，此亦小度世之術也，次虛無也。四為神游出去者，思念五藏之神，晝出入，見其行游，可與語言也；念隨神往來，亦洞見身耳，此者知其吉凶，次數度也。[48]

《太平經》完全襲用了《莊子》的「照白」喻，並將其進一步發展為「洞照」。在本章所提及的九重道法中，前四種「元氣無為」、「凝靖虛無」、「數度」、「神游出去而還反」都涉及身體的「洞照」，且依次由「洞白」、「洞虛」、「照白」、「積精自視」、「思念」、「洞見」形成差序結構。「洞白」顯然是最為澄澈通明的狀態，指人體內部純粹淨徹、神氣腑臟清晰可見，也是無為得道、登仙成神的先決條件。「洞虛」稍次於「洞白」，強調中空無瑕之義，也包括「身中照白」的特徵，久行亦可度世，但還不能由無為而無不為、無不知，因此遜於前者。自此以下，「自視」、「思念」、「洞見」都只停留在視覺化的「內觀」層面，要麼對身體結構的認知達到肌理入微、纖毫畢現的程度，要麼能思見體內神並與之同遊，雖然不能成神，但亦可求長生、延年壽。由此可見，《太平經》的「洞照」說並非單一的修煉法則，而是具有參差序列的神學理論，其核心邏輯在於對身體的洞徹悉察，這即是中古道教存思術的雛形。《太平經》還細化了「洞照」的視覺內容，將其推衍至

---

[47] 王明：《太平經合校》，卷68，頁268；卷69，頁271。
[48] 王明：《太平經合校》，卷71，頁291–292。

「形容身外內，莫不畢數……不失銖分」、「思念五藏之神……可與語言也」的精微程度，為中古道教存思術極力豐富體內神譜系、刻畫內景宇宙的表現方式奠定了基礎。「洞照」也由此成為中古道教視覺化表達的一個重要範例，是道教以「洞」為核心構建神學理論及隱喻系統的基點。

## 四　《黃庭經》的視覺化「內景」

《太平經》之後，將「中空」與「洞照」的圖像化表達結合運用於存思術的重要經典是《黃庭經》。《黃庭經》出於魏晉之間，是中古道教存思術最早的代表作之一；《黃庭經》有《內景經》與《外景經》之分，學界一般認為《外景》先出，《內景》後出；[49] 《外景經》的成書時間約在魏晉之間，比《上清大洞真經》等早期上清經還要更早。由於《外景經》與《內景經》在「黃庭」理解上存在區別，加之《內景經》摻入上清派道法甚多，因此本文重點討論《黃庭外景經》（以下簡稱《黃庭經》）。

作為《黃庭經》的隱喻核心，「黃庭」一詞指向十分模糊甚至混亂，為歷來注家的理解造成了困難。唐代梁丘子、務成子兩種《黃庭經》注本對後人影響甚大，這其中就包括對「黃庭」義的討論。[50] 梁丘子《黃庭內景玉經

---

[49] 對於《外景經》和《內景經》的成書先後，學界爭議頗多，具體可參王明：〈《黃庭經》考〉，見王明著：《道家與道教思想研究》（北京：中國社會科學出版社，1984年），頁324–371；虞萬里：〈黃庭經新證〉，《文史》，第29輯（1988年），頁385–408；陳攖寧：〈黃庭經講義〉，收入圓明整理：《坤樂集要》（北京：華夏出版社，2019年），頁297–314；楊立華：〈《黃庭內景經》重考〉，收入楊立華著：《匿名的拼接：內丹觀念下道教長生技術的展開》（北京：北京大學出版社，2002年），頁170–201等。本文從《外景經》先出之說。

[50] 歷代注家對「黃庭」的解釋，主要有以下幾種：其一，認為指人身之「中央」，並對應到具體的器官，如唐代諸多學者從其說，或在其基礎上加以發揮，如以為「黃庭」為五藏之中，或指脾，或指目；其二，認為「黃庭」為人身之「中空」，並非具體器官，而只在體內空竅處，如陳攖寧認為黃庭即表中空之義：「神仙口訣，重在胎息。胎息者何？息息歸根之謂。根者何？臍內空處是也。臍內空處，即『黃庭』也。」又杜琮、張超中認為「黃庭」或指脾宮，亦名中宮，是天地、心腎、陰陽交會之所，只是取脾屬

注》序云:「黃者,中央之色也。庭者,四方之中也。外指事,即天中、人中、地中。內指事,即腦中、心中、脾中,故曰黃庭。」[51] 又務成子注《太上黃庭外景經》云:「黃者,二儀之正色。庭者,四方之中庭。近取諸身,則脾為主,遠取諸象,而天理自會。」[52] 梁、務二注都未將「黃庭」視作單一實指,而是理解為對「中央」這一抽象概念的彈性隱喻,這種解釋的寬泛正說明了《黃庭經》自身隱喻系統的複雜性。事實上,以「中央」理解「黃庭」的思路也有偏頗。《黃庭經》一開始便提示了「中央」所在:「上有黃庭,下有關元。前有幽闕,後有命門。」[53] 上下之間,前後之內,即一「中」位,則內視的立足點正為體內中央。此「中央」並非「黃庭」,「黃庭」指涉處其實在這一視點上方。又下文緊承「噓吸廬外,出入丹田」,則此視點實乃體內空洞之處,可以包孕精氣,使之流轉含藏,這才是《黃庭經》內景視覺化的起點:「中央空洞處」。「黃庭」實處於體內「中空」向四方上下延伸路徑的重要節點。

以「中空」視點為基準,《黃庭經》展開了對行氣煉養以及存思體內身神之法的詳細描寫。在「黃庭經」的體內宇宙中,基於「中空」衍生的視覺化隱喻隨處可見。如開篇描寫在黃庭、關元、丹田、玉池中行氣遊走、灌養靈根的文字,再一次出現了「中空」視點:「黃庭中人衣朱衣,關門壯籥蓋兩扉,幽闕俠之高巍巍,丹田之中精氣微。」由「黃庭」至「關門」(關元之門),正是在中空處自上而下一氣貫通,「蓋兩扉」即雙闕高聳之義,下句

---

土、位居中央的特性以喻黃庭樞機;其三,認為「黃庭」為虛指,或僅為演說中虛之道,並無實存,如劉一明《黃庭經解》云:「黃庭出於先天,藏於後天,本無形象,亦無名字。」許多注家對《黃庭經》的理解會受到後世內丹學的影響,偏離其本意。具體可參杜琮、張超中注譯:《黃庭經今譯太乙金華宗旨今譯》(北京:中國社會科學出版社,2004年),頁5–7。

51 《雲笈七籤》,卷11,頁197。
52 《雲笈七籤》,卷12,頁282。
53 本文所用《黃庭經》,以上海圖書館藏《宋拓晉唐小楷九種》本《黃庭經》為底本,本節《黃庭經》引文皆出自上海圖書館編:《上海圖書館藏珍本碑帖叢刊 晉唐小楷九種》(上海:上海古籍出版社,2015年),頁6–14,下文不再一一出注。

「幽闕俠」正是借仰望層巒間隙狹窄暗示視點所在之處已經從上方的「黃庭」轉移至「幽闕」之下，最後沉入丹田氣海。這一「中空」並非封閉所在，而是開放貫通、視野闊大的小天地，體內宇宙正以此為基準向四面八方逐漸鋪展，鋪展的過程又正是「內景」逐漸顯明的「內視」過程。

與之類似，後文還提及隨行氣而漸見身體上、中、下三部分的器官構造，如「中池有士服赤朱」、「赤神之子中池立，下有長城玄谷邑」、「脾中之神舍中宮，上伏命門合明堂」等，都是以「中空」延展至「上下」，最終形成「上中下」的縱向身體結構：「我神魂魄在中央，隨鼻上下知肥香」、「精神上下開分理，通利天地長生草」，這一結構的「貫通」是《黃庭經》後半部分著力強調的修煉要訣，「通利」與「上」、「下」表述的反覆出現正應和「以中貫之」的存思路徑，其目的是要達到身體的「內通」。梁注所云「三黃庭」之說，或即是對《黃庭經》這一特點的概括總結。

《黃庭經》的「中空」隱喻還頻繁見於對身神居所的描述中，這一描述又暗含「洞照」說的原理。除前文「中池」、「中宮」外，還有「神廬之中務修治」、「宅中有士常衣絳」、「玉房之中神門戶」、「宮室之中五采集」、「正室之中神所居」、「我神魂魄在中央」等。《黃庭經》是早期存思經典，其身神譜系並不發達，諸神沒有身分姓字、鄉籍治所，更無所謂淵源關係，只有簡單的服色與形容描寫，實質上更接近《管子》以及《太平經》中氣化宇宙論影響下的身神觀念，即這些神靈都是「氣」或「精」的一種具象化顯現，它們或本來就存在於體內，或須以恰當的方式引至體內相對封閉的空竅處（故多稱室、房、宮、宅、廬），然後令其長存久居，以示「中空」與「閉藏」之義，這便是保證人體健康長壽的核心要義。正如《管子》所云「掃除不潔，神乃留處」，[54]《太平經》所云「身中照白，上下若玉，無有瑕也」，[55]身體的潔淨純粹是神靈留居的必要條件，故《黃庭經》亦云：「洗心自治無敢汙」、「六府修治潔如素」，正是取「洞照」中的「洞白」一義，即必須先清掃身心的濁垢，使之空明虛清，方能納神於內。經文中還提到身神能「出

---

54 黎翔鳳：《管子校注》，卷13，頁759。
55 王明：《太平經合校》，卷71，頁291。

入二竅舍黃庭」,意即「黃庭」與「二竅」性質相同,均為空洞可居之處,更證實了「黃庭」之「中空」的本義。

《黃庭經》還有以中央俯瞰體內宇宙的描寫:「靈臺通天臨中野」、「明堂四達法海員」、「常存玉房視明達」、「立於明堂臨丹田」、「隱在華蓋通六合」……這同樣是「內通」的一種表現,但與「通利上下」的縱向結構不同,其用意在於表達「明達四方」的身體洞徹狀態,這是一種橫向擴展,兼取「洞照」中周流四方的「洞洽」與光明徹視的「照白」義。而「明達」的基點又往往在「靈臺」、「明堂」、「華蓋」等所謂「三黃庭」中的「腦中」／「天中」,再以此照臨五臟六腑、丹田氣穴、靈根精海,這正是「中空」與「洞照」並舉的「環中道樞」式的隱喻表達。經文又云:「璇璣懸珠環無端……載地玄天迫乾坤。」中央懸珠以應周環無窮、載覆天地,同樣是「環中道樞」隱喻的變體。經文還有「道自守我精神光」、「羅列五藏生三光」的「光明」喻,意即身體內通洞達的狀態宛如神光由內而生,亦可視作「洞照」說的表現。梁丘子注「關元」一句云:「關元在臍下三寸,元陽之門在其前,懸精如鏡,明照一身不休。」[56] 梁注以此為精室,能旺人精氣、全人形神,他所使用的「懸鏡照身」實際上也是「洞照」喻的變體。陳攖寧〈黃庭經講義〉認為人體的精氣神如同燈油一般,油亮充足則火焰熾盛、光亮倍明,能使人內在充實而生命長存,以此喻指《黃庭經》的長生之道,[57] 這些注解實際都是對《黃庭經》視覺化隱喻模式的延伸擴充。

《黃庭經》遵循以「中空」而「貫通」、「明達」的內在邏輯,將「中空」與「洞照」結合並生發出「精氣內充」、「腑臟生光」、「精神朗徹」、「通明四達」、「合和天道」等修煉境界;在人體上、中、下的三重結構中,又分別表現為「上通神明」、「中治腑臟」、「下固氣淵」,其最終目的仍在於返老還童、長生久視。整體來看,《黃庭經》對「中空」與「洞照」這組視覺化表達的運用並不局限於單個的隱喻,它對「存思內景」的宗教體驗展開了極

---

[56] 〔唐〕梁丘子注解:《修真十書黃庭外景玉經注》(HY 406),《道藏》,第4冊,頁869c。
[57] 陳攖寧:〈黃庭經講義〉,頁313。

為精妙細緻的刻畫，系統地將「中空」由大而小、由抽象而具體地切分為多重隱喻意象，建立起一個根本性的內觀視點「中央」，再以此為基準，伴隨行氣內遊的路徑，依次從縱向（上下）和橫向（四達）兩個脈絡結構對體內宇宙進行了動態化呈現。經文中「黃庭」不僅有實指，同時也是人體內部中空氣穴的抽象隱喻，此即《黃庭經》的題中之義。

從書寫策略的角度看，《黃庭經》以「遊觀」的行程線索替換內視行氣的修煉過程，運用高度隱喻性的表達技巧，使經文具備超出一般文字符號表意能力的視覺效果。這套語法不僅包含特定的隱喻形式，還涉及顏色、大小、形狀、明暗、空間結構與位置關係等信息，基於此，《黃庭經》完成了對人體宇宙圖景的結構化、圖像化表達，「中空」與「洞照」也在《黃庭經》的隱喻系統中完成了有機融合。梁丘子釋「內景」云：「景者，象也。外象諭即日月星辰雲霞之象，內象諭即血肉筋骨藏府之象也。」[58] 可以看出，《黃庭經》中「內景」的含義已由「洞徹朗照」昇華為一種秩序化的宇宙圖景——「象」。除此之外，《黃庭經》罕見地採用了七言韻文為主的文體形態，進一步強化了文本的整飭感與韻律感，是一種文學性上的突破；《黃庭經》在中古文人群體中影響深遠，也極大地得益於此。

## 五 存思的理論化與「洞」喻的神學術語化

雖然《黃庭經》較為系統地使用了「中空」與「洞照」的視覺化隱喻模式，但相較於六朝上清經，甚至僅與《黃庭內景經》相比，《黃庭經》的神學體系遠未成熟，也未將存思術上升至更抽象的理論高度。這一工作要到六朝上清經中才初步完成。

隨著六朝道教經教體系的發展，隱含了「中空」與「洞照」隱喻模式的「洞」這一隱喻意象逐漸衍生出一系列重要的神學概念，如「空洞」、「洞房」、「洞天」，「洞」本身也作為一個整體性的觀念術語被神學化。

---

58 《雲笈七籤》，卷11，頁197。

上清仙傳《紫陽真人內傳》對「空」、「洞」、「房」的含義作出了解釋：「天無謂之空，山無謂之洞，人無謂之房也。山腹中空虛，是為洞庭；人頭中空虛，是為洞房。是以真人處天、處山、處人，入無間，以黍米容蓬萊山，包括六合，天地不能載焉。唯精思存真，守三宮，朝一神，勤苦念之，必見无英、白元、黃老在洞房焉，雲車羽蓋，既來便成。真人先守三一，乃可遊遨名山，尋西眼洞房也，此要言矣。」[59] 換言之，「空」、「洞」、「房」本質上皆源於「無」，表現為「空虛」，只是在「天」、「地」、「人」三位一體的結構中獲得了不同的指稱，而三種指稱又可以相互組合。有趣的是，根據傳文表述，「空」、「洞」、「房」並非一組單純的對等概念，其意義層是參差交疊的。就「天無謂之空，山無謂之洞，人無謂之房」一句來看，「空」、「洞」、「房」似乎彼此並列，然而細究其義，「空」一詞最為抽象，它可以直接關聯到「虛」、「無」，換言之，「空」是「無」這一本體的直接體現，是內在於「洞」、「房」的本質特徵，而「洞」、「房」則是「空」在相對封閉的空間結構中表現出來的具體形式，它同時包括「中空」與「界限」雙重含義，意即有邊界限制的「空」；同時，「洞」的含義自《太平經》以來已頗為豐富，在最抽象的層面它無限接近於「空」，「空」、「洞」之間其實可以相互替換或直接並舉。故《紫陽真人內傳》下一句所云「山腹中空虛，是為洞庭；人頭中空虛，是為洞房」，正是以「洞」替代「空」作為修飾語，實際表示的仍是「空虛」之義。而唯有「房」是最具象的表達，它與《黃庭經》中的「神宅」喻類似，仍屬視覺化表達的一種變體，無法單獨抽離語境表達「空」或「洞」的含義，必須以「洞房」的形式出現。從中可看出，「洞」的神學觀念意義得到了進一步強化，已經接近甚至齊同於「虛」、「無」這一具有本體意義的哲學概念。

在這一基礎上，《紫陽真人內傳》詳細闡述了成真的要訣：能同時立足「地」與「人」兩個結構的「空」，並以適當的方式（遊歷名山、存思冥想）在「洞庭」、「洞房」中謁見諸神，得受經典，便能體道成真。傳文還特別提到：「君按次為之服食術五年，身生光澤，徹視內見五藏，乃就仙人求

---

[59] 《紫陽真人內傳》（HY 303），《道藏》，第5冊，頁546a。

飛仙要訣。」[60] 再次證明洞照內視是飛升成仙的必要條件。比《黃庭經》更進一步的是,《紫陽真人內傳》中「遊」與「思」兩種行為的性質、意義甚至實踐空間已經完全同一,體內小宇宙的腑臟器官與體外大宇宙的自然地理完成了本質上的相互對應,成為一體兩面的鏡像關係。神靈同時存在於兩個宇宙結構中,因此修道者也必須在兩個宇宙中得見神靈,才有被授真道的機會。不過這一傳記式經典中的身神譜系仍不夠完善,相較之下,《老子中經》更加系統地展現了身神與兩大宇宙之間關聯。

　　學界對《老子中經》成書年代頗有爭議。本文從劉屹之說,認為其出於東晉。[61]《老子中經》中二重宇宙結構已經高度對應,並且形成了極為嚴整的神聖秩序,神靈不僅在自然世界中身居要職,有自己的姓字籍貫,也同樣在人身中主宰一藏或一宮,「道」的實踐也正在其中展開:「萬道眾多,但存一念子丹耳。……子丹者,吾也。吾者,正己身也,道畢此矣。」[62] 在眾多道術中,存思術被賦予了唯一且絕對的合法性,由此實現了理論意義的昇華。《老子中經》還延續了《黃庭經》的觀念:「常念身中小童子,衣絳衣,在心中央,中央即神明也。」[63] 又云:「能合三元氣,以養其真人小童子,則列然徹視矣。」[64] 它將《黃庭經》的核心義理簡化為「中央即神明」、「列然徹視」,正是抽繹其「中空」與「洞照」之喻,再以適當的表述方式納入自身的神學體系。

　　《太上老君內觀經》進一步從理論的高度為存思術作出了更本質的解釋。該經先敘述天地陰陽精氣自一月至十月生成人身的過程,從精血、胞胎化成魂魄、五藏、六腑,到「七精開竅」之時,便可「通光明也」;[65] 人身

---

60　《紫陽真人內傳》,頁543c。
61　劉屹:《敬天與崇道:漢唐間道教信仰世界研究》(上海:上海人民出版社,2011年),頁78-94。
62　《雲笈七籤》,卷19,頁443。
63　《雲笈七籤》,卷19,頁445。
64　《雲笈七籤》,卷19,頁443。
65　《雲笈七籤》,卷17,頁403。

通明淨徹，方能「八景神具，降真靈也」；[66] 人身百骸九竅中都有神靈居存和護佑，「所以周身，神不空也。……所以神明，形固安也」，[67] 只有全部「空洞」都被神靈充實，才能達到形神相安的效果；而在所有神靈之中，心神的地位尤其重要：「明照八表，暗迷一方。但能虛寂，生道自常。永保無為，其身則昌。」[68] 心為五藏之主，因而能制五藏神，進而制一身臟腑，所以心神有「明照八表」的「洞照」意義，是保一身清明澄淨的核心。《太上老君內觀經》認為，人始生之時都是身心澄澈的，但在成長過程中難免受到五色五味、七情六欲的漸染，遮蔽了心靈原本的淨白之色，故而要「內觀己身，澄其心也」。[69] 只有虛其心靈，使心清淨，才能令道與神存居其中：「人常能清淨其心，則道自來居。道自來居，則神明存身。神明存身，則生不亡也。」[70] 此處所謂的「神明」，即是「由神以明」之意：「道以心得，心以道明。心明則道降，道降則心通。神明之在身，猶火之在卮……所以謂之神明者，眼見耳聞，意知身覺，分別物理，微細悉知。由神以明，故曰神明也。」[71] 通過這種解釋，「中空」就具象化為五藏之主「心」，「洞照」的基點也被確定為「心」，道與神降於心的過程，就是解除遮蔽心靈的暗昧，使之生發光明、澄淨身體、洞照精微的過程，而人的感官認知能力也將在這一過程中達到極致。在這一理論中，存思被抽象為一種根本性的「以心洞照」的體道實踐，「心」的重要性得到了進一步強調。

值得一提的是，存思理論發展到一定程度後，又表現出對老莊哲學內通徹視的體道準則及其隱喻方式的回歸。《太上老君內觀經》的「以心洞照」說已有此端倪，更晚的《老君存思圖十八篇》則云：「存思之功，以五藏為盛。藏者何也？藏也成也。潛神隱智，不炫耀也。智顯慾動，動慾曰耀。耀

---

66　《雲笈七籤》，卷17，頁403。
67　《雲笈七籤》，卷17，頁404。
68　《雲笈七籤》，卷17，頁404。
69　《雲笈七籤》，卷17，頁405。
70　《雲笈七籤》，卷17，頁407。
71　《雲笈七籤》，卷17，頁407。

之則敗，隱之則成。光而不耀，智靜神凝，除慾中淨，如玉山內明。」[72] 以「潛神隱智」、「不炫耀」解釋「藏」，以「光而不耀」、「智靜神凝」解釋「明」，正與《老子》之說相合，可為《老子》「光而不耀」、「明道若昧」、「和其光，同其塵」、「用其光，復歸其明」等說之注腳。這或許是對存思進行高度理論化闡釋所帶來的必然結果。

經由魏晉南北朝道教與道教經典體系的迅速發展，「洞」逐漸演化為道教神學體系的一般性概念。如「三洞」之說，《雲笈七籤》引《道門大論》云：「三洞者，洞言通也。通玄達妙，其統有三，故云三洞。」[73] 又釋《太上素靈洞玄大有妙經》云：「洞者，洞天洞地，無所不通也。」[74] 皆取「洞」的「通達」、「周洽」之義。而「洞天」之說的成型，更是「洞」喻普遍應用於道教神聖地理系統的結果。又「空洞」一詞，亦被廣泛使用。如《靈寶無量度人上品妙經》中的「空洞自然靈章」，[75]《元始五老赤書玉篇真文天書經》形容五篇真文皆「空洞自然之書」，「生於元始之先，空洞之中」，[76]《元始天尊說變化空洞妙經》則直接將「空洞」寫入題名，另外贊頌類文本中「空洞」也作為一種意象大量被書寫：「三炁結空洞，太虛生中心」、[77]「玉女空洞吟，青童步虛歌」。[78] 又《雲笈七籤》釋「空洞」云：「元氣於眇莽之內，幽冥之外，生乎空洞。空洞之內，生乎太無。太無變而三氣明焉。三氣混沌，生乎太虛而立洞，因洞而立無，因無而生有，因有而立空。」[79]「空洞」正式進入道教宇宙創生論的敘述語境，與「虛無」、「自然」、「元氣」、「太虛」等概念的性質趨同。在這一過程中，「洞虛」、「洞照」、「洞洽」、「洞明」等諸多含義都內化在「洞」這一根本性的喻體中；

---

72 《雲笈七籤》，卷43，頁958。
73 《雲笈七籤》，卷6，頁86。
74 《雲笈七籤》，卷8，頁148。
75 《靈寶無量度人上品妙經》（HY 2），《道藏》，第1冊，卷1，頁4b。
76 《元始五老赤書玉篇真文天書經》（HY 22），《道藏》，第1冊，卷上，頁774b。
77 〈青童九炁君頌〉，收入《三洞讚頌靈章》（HY 314），《道藏》，第5冊，卷上，頁779c。
78 《太上洞淵神咒經》（HY 335），《道藏》，第6冊，卷15，頁58a。
79 《雲笈七籤》，卷2，頁17。

「洞」也完全突破了原本的隱喻意象範疇，作為道教神學的基本術語之一被固定下來。

## 六　結論

　　內在空間的視覺化表達是道教存思經典的一大特徵，也是其「文學性」的重要表現。道教存思術的「瞑目內觀」與道家的「內通徹視」具有相似的觀念淵源，二者會觸發某種圖像化的精神意念，並在義理性的文本中通過隱喻形式表達出來，在此基礎上形成的視覺化表達能充分發揮文字符號的意象功能，精細入微地描繪人身與自然世界的神聖宇宙圖景，最大化地喚起讀者腦海中的視覺性體驗。這不僅是經典造製過程中書寫者形式技巧自然演進的表現，更是存思術內在原理和實踐需求共同推動的結果。

　　雖然存思術的具體內容在不斷複雜化和理論化，但其核心原理甫一開始便已確定：以瞑目遊觀的方式完成對體內小宇宙和身神的視覺化顯現，這是實現身體內部超越性的一種途徑。「中空」與「洞照」正是這一觀念的基本隱喻模式。通過對這一基本隱喻模式及其衍生的「洞白」、「黃庭」、「洞房」、「空洞」等隱喻意象的運用，道教存思經典將「存思內景」這一高度個人化的宗教體驗以文本的形式固定下來，還能兼顧符號與形象、閱讀與想像之間的有機聯繫。把握了這一原理，就能一以貫之地考察不同存思經典的表現策略及其演變過程，發掘其與先秦以來道家觀念之間的內在淵源，甚或反思道教與文學的有機互動關係。當然，本文只揭示了其中的一個側面，對於存思經典研究，尤其是經典文本與儀式實踐這一議題，還有許多問題尚待進一步思考。

# 從田園、遊仙到詩教比興

## ——論陶淵明〈讀山海經十三首〉對宗教圖像的發揮與改造

劉衛林

香港城市大學

## 一　引言

　　《山海經》允為古籍中最瑰奇俶儻之作，前人多以其不特為史地之權輿，亦為神話之淵府，其圖經之中保存大量神話材料，於宗教研究至具意義。陶淵明（約365－427）〈讀山海經十三首〉自《山海經圖》發詠，因讀圖經而於詩中抒發感喟與宏論，其作影響後世至為深遠。本文從析論陶淵明〈讀山海經十三首〉入手，除申明宗教圖像如何得以深刻影響文學創作之外，並從詩歌創作角度闡析宗教圖像對於文學藝術營構所具備的重大意義，及藉著詩歌創作對於宗教圖像的發揮與改造，而在成就具備藝術深度作品的同時，又得以切實體現傳統詩教意義等問題。

## 二　《山海經》與《山海經圖》的流傳

　　流傳自先秦的《山海經》，篇幅雖僅有三萬一千餘字，然而包含了山川、地理、部族、鳥獸、草木、物產、醫巫、祭祀、風俗等各方面的不同內容。宋本《山海經》於《海外東經》及《海內東經》卷末均標注：「建平元年四月丙戌，待詔太常屬臣望校治，侍中光祿勳臣龔，侍中奉車都尉光祿大

夫臣秀領主省。」[1]「臣秀」即西漢經學家劉歆（前50－23），劉歆，字子駿，後改名秀。由以上知其於哀帝建平元年（前6）嘗與其他大臣一起校訂《山海經》。劉歆在〈上《山海經》表〉內提到整理《山海經》的具體做法：

> 侍中奉車都尉光祿大夫臣秀領校、祕書言校、祕書太常屬臣望所校《山海經》凡三十二篇，今定為一十八篇，已定。[2]

據此知劉歆等人除校訂之外，並將原有三十二篇的《山海經》編定為十八篇。至於《山海經》的來源及性質，劉歆在〈上《山海經》表〉內便指出：

> 《山海經》者，出於唐虞之際。……禹別九州，任土作貢；而益等類物善惡，著《山海經》。皆聖賢之遺事，古文之著明者也。其事質明有信。[3]

便以為《山海經》一書出自唐虞之世，由大禹及伯益所著，並稱其書「皆聖賢之遺事，古文之著明者也。其事質明有信」，是信實的紀述風土異物之作。由於書中除記錄不少古代史地材料之外，更保存了大量古代神話傳說，令後人以為當屬山川地志或博物纂紀以外，又多以為其書實為古之巫書，或荒誕不經的神怪之說。[4] 正因《山海經》不特為史地之權輿，亦為神話之淵府，其圖經之中保存大量神話材料，是以於宗教研究方面事實上至具意義。

---

1 見袁珂校注：《山海經校注》（上海：上海古籍出版社，1980年），卷4及卷8卷末標注，頁266、335。
2 〔漢〕劉歆：〈上《山海經》表〉，載袁珂：《山海經校注》，附錄，頁477。
3 〔漢〕劉歆：〈上《山海經》表〉，頁477。
4 《山海經》在《漢》卷30〈藝文志〉內列入數術略「大舉九州之勢以立城郭室舍形」的形法家，見〔漢〕班固著，〔唐〕顏師古注：《漢書》（北京：中華書局，1962年），卷30，頁1775；《隋書・經籍志》則歸入史部的地理類；《舊唐書・經籍志》與《新唐書・藝文志》都歸入地理類；《四庫全書總目》則歸入子部的小說家類。魯迅於《中國小說史略》內則以為屬古之巫書。

## 三 陶淵明〈讀山海經十三首〉與《山海經》的宗教圖像

　　如以上所述,《山海經》內容上包括山川地理與神話風俗等各種豐富內蘊,故前人歸類不一,然而其中保存豐富的古代神話傳說,則普遍受到研究神話學與宗教學的學者重視。現時學者或就其內容及性質,分別自宗教、哲學、歷史、社會、科學角度,論其神話意義,[5] 或以為其中神話與原始宗教本源於一體;[6] 或從《山海經》所載論證神話淵源於宗教,故神話與宗教密切關聯而不可分割;[7] 更有藉《山海經》內神話進一步論證指出上古神話與宗教兩者根本無所區別。[8] 正如鄭志明在《宗教神話與崇拜的起源》一書中,總論現時神話研究趨勢時所指出:

> 神話不只是與原始宗教同源,也與原始藝術同源。這種同源說又擴大了神話研究的範疇,在宗教、神話、藝術等三者渾然同體下,也可以經由各種原始藝術來觸及到神話研究。[9]

從神話與宗教同源以至渾然同體的角度而言,《山海經》內所載從上古神話而來的各種圖像,除可稱之為「神話圖像」之外,若準之以上述神話學及宗

---

5　見鄭德坤:〈山海經及其神話〉,收入鄭德坤著:《中國歷史地理論文集》(臺北:聯經出版事業公司,1981年),頁13。
6　詳見白崇人:〈試論神話與原始宗教的關係〉,《中南民族學院學報》1981年第2期,頁73–79;及潛明茲:〈神話與原始宗教源於一個統一體〉,《北京師範大學學報》1981年第2期,頁15–21、51。
7　詳見袁珂著:《中國神話傳說》(北京:世界圖書出版公司,2012年),第2章〈神話和宗教的關係〉內有關論證。
8　詳潛明茲著:《中國神話學》(銀川:寧夏人民出版社,1994年),〈神話與古代宗教研究〉綜述學者及其對上古神話與宗教關係論述,頁20–21。
9　鄭志明著:《宗教神話與崇拜的起源》(臺北:大元書局,2005年),第1章〈神話研究趨勢總論〉,頁6。

教學研究學者所論的話，便同時也可視之為「宗教圖像」。[10] 本文中「宗教圖像」一詞主要指《山海經圖》中與上古神話相關的圖像。之所以採用「宗教圖像」而不以「神話圖像」稱之，在於相信前者較通行而已。

關於《山海經》的流傳，前人每以為其先原以圖像傳世。郭璞（276－324）注《山海經》的同時，便又另有圖贊之作。《舊唐書》卷46《經籍志》地理類，開首錄有「《山海經》十八卷郭璞撰。《山海經圖讚》二卷郭璞撰。《山海經音》二卷」[11]。故知到唐代時猶流傳郭璞所撰圖贊。前人對《山海經圖》的流傳不乏考訂及說明，郝懿行（1757－1825）在〈《山海經》箋疏敘〉內對此便有詳論：

> 古之為書，有圖有說。……陶徵士讀是經詩亦云：「流觀山海圖」：是晉代此經尚有圖也。……然郭所見圖，即已非古，古圖當有山川道里。今考郭所標出，但有畏獸仙人，而於山川脈絡，即不能案圖會意，是知郭亦未見古圖也。[12]

郝氏從「古之為書，有圖有說」，結合文獻及陶詩論證晉代時《山海經》尚有圖在，並從郭璞僅標出畏獸仙人，而不及山川脈絡與道里一事，推論郭璞亦未見古圖。袁珂在《山海經校注》內對《山海經》圖像與文字間的關係有以下的具體說明：

> 《山海經》海外各經已下文字，意皆是因圖以為文，先有圖畫，後有

---

10 「宗教圖像」一詞指具備宗教符號意義的形象，現時學者或從宗教美學觀點出發，理解為宗教文化中的造像藝術，劉千美在〈宗教圖像藝術之美學意義探微〉（《哲學與文化》第32卷第4期〔2005年〕，頁73–88）一文中即如此詮釋。然而「圖像」一詞傳統以來其實主要指圖畫，傅咸（239–294）〈卞和畫像賦〉「既銘勒於鐘鼎，又圖像于丹青。」便可以證明。〔清〕嚴可均編：《全上古三代秦漢三國六朝文》（北京：中華書局，1958年），全晉文，卷51，頁1753a。
11 〔後晉〕劉昫等著：《舊唐書》（北京：中華書局，1975年），經籍志上，卷46，頁2014。
12 袁珂：《山海經校注》，附錄，〈山海經敘錄〉，頁484。

>   文字，文字僅乃圖畫之說明。故郭璞注此，屢云「畫似仙人也」。……陶潛《讀山海經詩》，亦有「流觀《山海圖》」之語，知本以圖為主，而以文字為輔。[13]

以上袁氏便舉郭璞注中屢有提及《山海經》內圖畫，及陶淵明讀《山海經》詩內「流觀《山海圖》」一句為證，加上經中依圖畫順序而擬的標題，證明《山海經》海外各經以下，都是因圖以為文，先有圖畫，後有文字，文字僅乃圖畫之說明。

正如以上所述，歷來論《山海經圖》諸家，多援引陶淵明讀《山海經》詩的「流觀《山海圖》」，證明直到晉代時《山海經》尚有圖流傳在世。陶淵明讀《山海經》詩這句，原出自〈讀山海經十三首〉的第一首。篇中提到「泛覽《周王傳》，流觀《山海圖》。俯仰終宇宙，不樂復何如？」[14]便明確點出曾披覽過「《周王傳》」和「《山海圖》」二者。其中所稱「《山海圖》」即《山海經圖》，「《周王傳》」即《穆天子傳》。

詩中雖將《周王傳》與《山海圖》並稱，然而僅〈讀山海經十三首〉第二首內「高酣發新謠」一句，[15]因觀《山海經圖》中西王母像而稍涉及《穆天子傳》而已，故詩題僅作「讀山海經」而不及「周王傳」，大抵即因一系列組詩主要集中寫觀《山海經圖》而賦之故。

此外從「流觀《山海圖》」一句不稱「山海經」而稱「山海圖」，亦可以得知詩人所觀覽的應當是以圖畫為主的《山海經圖》，此所以歷來論者都以陶淵明本篇證明《山海經》其先當有圖流傳，甚至其先所流傳的當以圖畫為主。

以現存《山海經》對照於陶淵明〈讀山海經十三首〉的話，便可見陶詩各篇內不乏針對所閱覽《山海經》圖像而落筆的地方，如〈讀山海經十三首〉其三中所寫：

---

[13] 袁珂：《山海經校注》，海外南經，頁185。
[14] 〔東晉〕陶潛著，龔斌校箋：《陶淵明集校箋》（上海：上海古籍出版社，1996年），卷4，頁334–335。
[15] 龔斌：《陶淵明集校箋》，卷4，頁337。

> 迢遞槐江嶺，是謂玄圃丘。西南望崑墟，光氣難與儔。亭亭明玕照，落落清瑤流。恨不及周穆，託乘一來游。[16]

篇中提到的「迢遞槐江嶺」一段，寫的是《山海經》內的「槐江之山」：

> 又西三百二十里，曰槐江之山。丘時之水出焉，而北流注于泑水。其中多蠃母，其上多青雄黃，多藏琅玕、黃金、玉，其陽多丹粟，其陰多采黃金銀，實惟帝之平圃。……南望昆侖，其光熊熊，其氣魂魂。……爰有淫水，其清洛洛。[17]

對照之下可見陶詩「亭亭明玕照」的描寫，將琅玕映照的明亮美好具見於筆下，已屬視覺所見範疇，顯然屬於見圖而作的結果。此外詩中的「西南望崑墟」一句，與《山海經》內所指出的「南望昆侖」，之所以會在方向上明顯地頗有出入，也可用第一首「流觀《山海圖》」的說明，解釋兩者差異當在於陶淵明不過觀《山海經圖》而賦，故會與《山海經》的說明文字未盡一致。

此外在〈讀山海經十三首〉其五內，陶淵明寫到《山海經》內《西山經》「三危之山」的三青鳥：

> 翩翩三青鳥，毛色奇可憐。朝為王母使，暮歸三危山。我欲因此鳥，具向王母言。在世無所須，惟酒與長年。[18]

《山海經》內多處均提到三青鳥，但僅在《大荒西經》「西王母之山」內具體刻劃三青鳥的形象：

---

16 龔斌：《陶淵明集校箋》，卷4，頁341。
17 見袁珂：《山海經校注》，西山經，頁45。
18 龔斌：《陶淵明集校箋》，卷4，頁341。

> 有三青鳥，赤首黑目，一名曰大鶩，一名少鶩，一名曰青鳥。[19]

除以上一段內「赤首黑目」的描述外，《山海經》內各處均並未對三青鳥形象有任何說明。也就是說，陶詩中對三青鳥「翩翩三青鳥，毛色奇可憐」的描述，並非依據《山海經》內說明文字而有。詩中對三青鳥的高舉輕疾與毛色奇瓌可愛的描述，相信是作者在「流觀《山海圖》」之際，因望見圖像生動璀璨，遂於筆下勾勒出所見三青鳥毛色的瑋燁可愛，及飛行之際輕疾高舉的形象。

在陶詩〈讀山海經十三首〉其七當中，也可見望圖而賦的相類情況：

> 粲粲三珠樹，寄生赤水陰。亭亭凌風桂，八幹共成林。靈鳳撫雲舞，神鸞調玉音。雖非世上寶，爰得王母心。[20]

本篇詠三珠樹。三珠樹又作「三株樹」，[21] 原見於《山海經》的《海內南經》，原來對此的描述為：

> 三株樹在厭火北，生赤水上，其為樹如柏，葉皆為珠。一曰其為樹若彗。[22]

另外篇中「亭亭凌風桂，八幹共成林」兩句寫《海內南經》的「桂林八樹」，《山海經》內記：

> 桂林八樹，在番隅東。[23]

---

[19] 袁珂：《山海經校注》，大荒西經，頁399。
[20] 龔斌：《陶淵明集校箋》，卷4，頁344。
[21] 「珠」字《山海經》作「株」。郝懿行箋疏：「《初學記》二十七卷引此經作『珠』，《淮南墬形訓》及《博物志》同。」袁珂：《山海經校注》，頁192。
[22] 袁珂：《山海經校注》，海外南經，《海經新釋》卷1，頁192。
[23] 袁珂：《山海經校注》，海外南經，頁268。

郭璞注:「八樹而成林,信其大也。」[24] 陶詩「八幹共成林」直接用郭璞注內所述,而非《山海經》內的說明文字。加上詩中「亭亭凌風桂」,這一對桂樹高聳形象的描述,亦當屬觀圖而賦,綜此故得推論陶淵明所觀《山海圖》,當是有郭璞注的《山海經圖》,甚或所觀的便是郭璞的《山海經圖贊》。

## 四 《山海經》內宗教圖像對陶淵明〈讀山海經十三首〉的影響

陶淵明〈讀山海經十三首〉,首篇敍讀《山海經》始末及所得,實為十三首組詩的綱領。第一首原文為:

> 孟夏草木長,繞屋樹扶疏。眾鳥欣有託,吾亦愛吾廬。既耕亦已種,[25]時還讀我書。窮巷隔深轍,頗迴故人車。歡然酌春酒,摘我園中蔬。微雨從東來,好風與之俱。泛覽《周王傳》,流觀《山海圖》。俯仰終宇宙,不樂復何如?[26]

本篇是一系列流觀《山海圖經》組詩的第一首,全篇寫在「泛覽《周王傳》,流觀《山海圖》」中,而深得「俯仰終宇宙」之樂。〈讀山海經十三首〉其餘的十二篇,主要寫在流觀《山海經圖》之際所引發的各種所思所感。十二篇全屬觀《山海經圖》而發詠,涉及的地理山川與仙人畏獸神木奇珍等頗多,茲表列如下以便說明:

---

24 袁珂:《山海經校注》,海外南經,頁269。
25 「亦」字一作「且」,袁行霈箋注本篇校勘內稱:「亦:一作『且』,亦通。」〔晉〕陶潛著,袁行霈箋注:《陶淵明集箋注》(北京:中華書局,2003年),卷4,頁393。
26 龔斌:《陶淵明集校箋》,卷4,頁334–335。

|  | 地理山川 | 仙人畏獸神木奇珍 |
| --- | --- | --- |
| 其二 | 崑崙丘之玉山 | 西王母、周穆王 |
| 其三 | 槐江之山、玄圃丘、崑墟、瑤水 | 周穆王、琅玕 |
| 其四 | 峚山 | 軒皇、丹木、白玉、瑾瑜 |
| 其五 | 三危山 | 西王母、三青鳥 |
| 其六 | 蕪（無）皋、暘谷、丹池（甘淵） | 羲和、扶（榑）木 |
| 其七 | 赤水 | 西王母、鸞、鳳、三珠（株）樹、桂林八樹 |
| 其八 | 赤泉、員丘 | 不死民、不死樹 |
| 其九 | 虞（禺）淵、鄧林 | 夸父 |
| 其十 |  | 女娃、精衛、刑天 |
| 其十一 |  | 危、欽䲹、窫窳、祖（柤）江、鵕、䳅 |
| 其十二 | 青丘之山 | 鴟、鵨 |
| 其十三 |  | 舜、共工、鯀 |

表1　陶淵明〈讀山海經十三首〉所詠《山海經圖》所見

從上表中可見陶淵明〈讀山海經十三首〉所賦詠內容，由崑崙山的玉山開展，隨視線轉移至東北槐江之山與玄圃，一路迤邐至於瑤水、峚山、三危山、暘谷、赤水、員丘，遠至虞淵、鄧林與青丘之山。在這十二首作品內，作者將《山海經圖》中所展現山川地理，與其中所見的仙人畏獸以至神木異物，一一繪形繪聲地生動摹描於筆下。正如組詩首篇所指出，陶淵明因「流觀《山海圖》」而得以寫成〈讀山海經十三首〉，從這一系列觀圖而作的詩歌，在內容上包攬了上述種種仙人畏獸神木奇珍等光怪陸離事物於筆下一事，正說明了《山海經圖》中所展現的各種宗教圖像，不但豐富了陶淵明寫作詩歌的題材內容，更有助陶淵明田園詩與遊仙之作的融合無間。

李善（630－689）在《文選》遊仙類收錄郭璞〈遊仙詩〉七首的解題下，便指出遊仙詩所具備的特點：

> 凡遊仙之篇，皆所以滓穢塵網，錙銖纓紱，餐霞倒景，餌玉玄都。[27]

在陶淵明〈讀山海經十三首〉之中，便大量出現李善所提到「滓穢塵網，錙銖纓紱，餐霞倒景，餌玉玄都」等屬於遊仙詩的內容。像〈讀山海經十三首〉其二即如此：

> 玉臺凌霞秀，王母怡妙顏。天地共俱生，不知幾何年。靈化無窮已，館宇非一山。高酣發新謠，寧效俗中言。[28]

篇中寫西王母館宇於崑崙丘玉山，居處「玉臺凌霞秀」，而得以「怡妙顏」及「天地共俱生」，正是遊仙詩「餐霞倒景，餌玉玄都」的具象寫照。詩中提到西王母的「高酣發新謠，寧效俗中言」，亦是「滓穢塵網，錙銖纓紱」的具體表現。在〈讀山海經十三首〉其八中，也有遊仙詩服食求仙的描述：

> 自古皆有沒，何人得靈長？不死復不老，萬歲如平常。赤泉給我飲，員丘足我糧。方與三辰游，壽考豈渠央。[29]

陶詩中所寫追求「自古皆有沒，何人得靈長」，冀能遠遊崑崙玄圃，得以如不死民般「赤泉給我飲，員丘足我糧」，最終可以不老不死上與三辰遊，以至壽考無央的情景，完全便是遊仙詩一直嚮往「滓穢塵網」而「餐霞倒景，餌玉玄都」的理想境界呈現。蘇軾（1037－1101）在〈和陶讀山海經〉詩中

---

[27] 〔梁〕蕭統編，〔唐〕李善注：《文選》（北京：中華書局影印胡克家刊本，1977年），卷21，頁306下。
[28] 龔斌：《陶淵明集校箋》，卷4，頁337。
[29] 龔斌：《陶淵明集校箋》，卷4，頁345。

稱「淵明雖中壽，雅志仍丹丘」，[30] 點出陶淵明讀《山海經》而雅志遊仙之外；又在〈和陶讀山海經引〉中提出「淵明讀山海經十三首，其七首皆仙語。」的說法，[31] 便是指出陶淵明讀《山海經》而雅志丹丘之外，又進一步點出其〈讀山海經十三首〉與遊仙之作這一密切關係。

## 五　陶淵明〈讀山海經十三首〉對宗教圖像的發揮與改造

　　以上提到蘇軾於〈和陶讀山海經引〉中指出「淵明讀山海經十三首，其七首皆仙語。」當中所稱的「其七首」陶詩，當指〈讀山海經十三首〉內其中七篇作品。如上文析論，除首篇屬十三篇綱領之外，從第二首到第八首的七篇作品，都屬抗志遠離塵網，登陟崑崙玄圃，追跡周穆王與西王母，希冀餌瑾瑜、飲赤泉而上與三辰遊的遊仙之作。然而其餘由第九首到第十三首五篇，從內容上可以考見其性質與前七篇頗為不同，是以蘇軾才會專指其中七篇「皆仙語」，而非將十三篇組詩一概而論。

　　〈讀山海經十三首〉後五篇有別於其先八篇的地方，最明顯處就在於內容上從先前的遊仙方外一變為回歸世俗。篇中將關注焦點從超然出世於仙境，一改而為重返人世，重新關注塵網中的人事與世務。像〈讀山海經十三首〉其九，便是將《山海經圖》中所見，從神話傳說世界再折返人間的一篇作品：

> 夸父誕宏志，乃與日競走。俱至虞淵下，似若無勝負。神力既殊妙，傾河焉足有？餘迹寄鄧林，功竟在身後。[32]

---

30　王文誥輯注，孔凡禮點校：《蘇軾詩集》（北京：中華書局，1982年），卷39，頁2131。
31　王文誥：《蘇軾詩集》，第7冊，卷39，頁2130；「其七」一作「其七首」。因下文有「皆」字，故據《東坡七集》本改。參見蘇軾：《蘇東坡全集》（北京：中國書店，1986年，影印世界書局1936年版《蘇文忠公全集》），頁82。
32　龔斌：《陶淵明集校箋》，卷4，頁346。

夸父故事見於《山海經》的《海外北經》：

> 夸父與日逐走，入日。渴欲得飲，飲于河渭；河渭不足，北飲大澤。未至，道渴而死。弃其杖，化為鄧林。[33]

此外在《山海經》的《大荒北經》亦具載夸父追日其事：

> 大荒之中，有山名曰成都載天。有人珥兩黃蛇，把兩黃蛇，名曰夸父。后土生信，信生夸父。夸父不量力，欲追日景，逮之於禺谷。將飲河而不足也，將走大澤，未至，死於此。[34]

歷來論神話中夸父，多以不自量力稱其與日競走的愚不可及，然而陶詩不以其存亡論成敗，轉而著眼於夸父身後影響。詩中「餘迹寄鄧林，功竟在身後」兩句，寫其身後之功，嘉其宏志長存不朽。各篇中立意與此相同者，尚有〈讀山海經十三首〉其十：

> 精衛銜微木，將以填滄海。刑天舞干戚，[35] 猛志固常在。同物既無慮，化去不復悔。徒設在昔心，良晨詎可待？[36]

本篇所詠分別是《山海經》內所載精衛及形天[37]故事。精衛事見於《北山經》所載：

> 又北二百里，曰發鳩之山，其上多柘木。有鳥焉，其狀如烏，文首、

---

33 袁珂：《山海經校注》，海外北經，頁238。
34 袁珂：《山海經校注》，大荒北經，頁427。
35 此句其先曾集紹熙三年本陶集作「形天無千歲」，現依《山海經》及曾紘說改。
36 龔斌：《陶淵明集校箋》，卷4，頁347。
37 「形天」一詞古書中或作「刑天」、「邢天」、「形天」，詳袁珂《山海經校注》內《海經新釋》卷2內綜述及析論，頁214。

白喙、赤足，名曰精衛，其鳴自詨。是炎帝之少女名曰女娃，女娃游于東海，溺而不返，故為精衛，常銜西山之木石，以堙于東海。[38]

有關形天的神話傳說故事，則見之於《海外西經》記載：

形天與帝至此爭神，帝斷其首，葬之常羊之山，乃以乳為目，以臍為口，操干戚以舞。[39]

本篇承接上篇「功竟在身後」之意而來，藉《山海經圖》所見宗教圖像，詠精衛與刑天雖俱已物化，然而猛志常在，身後仍一無所悔地奮力抗爭。有別於前七篇是，這兩篇並非因觀圖而有出世之心的遊仙之作，兩首作品都屬見宗教圖像而想其事功，然後於筆下嘉其志節的作品。上述兩篇的最大特色，是既基於觀《山海經圖》所見仙人畏獸而開展所詠，但又進而一下從奇特絕俗的宗教圖像中抽離，轉而著意於人世間事功的評論。

另一方面，在本篇收筆時所提出的「徒設在昔心，良晨詎可待？」這一反問，本屬於陶淵明觀《山海經圖》後有感於精衛與刑天猛志長存，回想平素志氣抱負所起感慨。除自遠遊崑崙玄圃中折返人間，因觀圖而抒發一己感喟外，在其後三篇作品當中，陶淵明更轉而論治亂興衰之理。在〈讀山海經十三首〉其十一內便可見這一轉變：

臣危肆威暴，[40] 欽䲹違帝旨。窫窳強能變，祖江遂獨死。明明上天鑒，為惡不可履。長枯固已劇，[41] 鵕鶚豈足恃？[42]

---

38 見袁珂：《山海經校注》，北山經，頁92。
39 見袁珂：《山海經校注》，海外西經，頁214。
40 「臣危」曾集紹熙三年本陶集作「巨猾」，「猾」字下注「一作危」。現依《山海經》改。
41 「枯」一作「楛」，見丁福保：《陶淵明詩箋注》（臺北：大方出版社，影印民國十六年刊本，1979年），頁170。
42 龔斌：《陶淵明集校箋》，卷4，頁350。

所提到的臣危與窫窳,見《山海經》內《海內西經》所載:

> 貳負之臣曰危,危與貳負殺窫窳,帝乃桔之疏屬之山,桎其右足,反縛兩手與髮,繫之山上木。[43]

欽䲹與祖江,[44] 則見於《山海經》的《西山經》內:

> 又西北四百二十里,曰鍾山,其子曰鼓,其狀如人面而龍身,是與欽䲹殺葆江于昆侖之陽,帝乃戮之鍾山之東曰瑤崖。欽䲹化為大鶚,其狀如雕而黑文白首,赤喙而虎爪,其音如晨鵠,見則有大兵;鼓亦化為鵕鳥,其狀如鴟,赤足而直喙,黃文而白首,其音如鵠,見則其邑大旱。[45]

本篇藉《山海經》中所見危與貳負殺窫窳,及鼓與欽䲹殺祖光兩事,申明「明明上天鑒,為惡不可履」的道理。歷來多有以為本篇實影射劉裕篡晉,[46] 其事雖尚待商榷,然而借此諷喻晉宋之際,權臣悍將視君上為無物而肆意攻殺之弊,則當可據詩意肯定。

這種從閱讀宗教圖像而抒發遊仙之趣,一下轉變成為筆下針對政治得失的諷喻,在〈讀山海經十三首〉其十二中尤為明顯可見:

> 鴟鵂見城邑,[47] 其國有放士。念彼懷王世,當時數來止。青丘有奇

---

[43] 袁珂:《山海經校注》,海內西經,頁285。

[44] 「祖光」《山海經》作「葆光」,郭璞本條注:「葆或作祖」。袁珂:《山海經校注》,西山經,頁43。

[45] 袁珂:《山海經校注》,西山經,頁42–43。

[46] 如陶澍注本篇,即以為「此篇為宋武弒逆作也。」〔晉〕陶潛撰,〔清〕陶澍注,戚煥塤校:《靖節先生集》(香港:中華書局,1973年),卷4,頁27。

[47] 「鴟鵂」,陶集作「鵃鵂」或「鵃鵝」,今據《山海經》改。

鳥，自言獨見爾。本為迷者生，不以喻君子。[48]

鴸鵃見於《山海經》內《南山經》「柜山」條：

> 有鳥焉，其狀如鴟而人手，其音如痺，其名曰鴸，其名自號也，見則其縣多放士。[49]

青丘奇鳥則載於《南山經》「青丘之山」條內：

> 有鳥焉，其狀如鳩，其音若呵，名曰灌灌，佩之不惑。[50]

本篇從觀《山海經圖》中神鳥，因其殊力而聯想到屈原（前339－前278）見放於楚懷王（前296卒），而以青丘鳥獨見一事譏諷人主之執迷不悟。這種藉著讀《山海經》所見宗教圖像，而帶出諷喻在上位者的筆法，又見諸〈讀山海經十三首〉其十三之中：

> 巖巖顯朝市，帝者慎用才。何以廢共鯀，重華為之來。仲父獻誠言，姜公乃見猜。臨沒告飢渴，當復何及哉！[51]

據《山海經》載加刑於鯀與共工之臣者均無關乎舜，[52] 而且遭誅者是相柳而非共工。詩中稱共與鯀之廢因「重華為之來」，所依據的其實是《尚書·舜典》內記載：

---

48 龔斌：《陶淵明集校箋》，卷4，頁352。
49 袁珂：《山海經校注》，南山經，頁9。
50 袁珂：《山海經校注》，南山經，頁6。
51 龔斌：《陶淵明集校箋》，卷4，頁353。
52 《山海經·海外北經》稱「禹殺相柳」。又依學者考論，殺鯀於羽郊的應是黃帝，詳袁珂《山海經校注》內本條注二考證。袁珂：《山海經校注》，海內經，頁472。

> 流共工于幽洲，放驩兜于崇山，竄三苗于三危，殛鯀于羽山，四罪而天下咸服。[53]

其事又見於《孟子‧萬章上》內：

> 舜流共工于幽州，放驩兜于崇山，殺三苗于三危，殛鯀于羽山，四罪而天下咸服，誅不仁也。[54]

由此可見陶詩中「何以廢共鯀，重華為之來」兩句，依據的是《尚書》與《孟子》等儒家典籍，而非直接來自《山海經》之中。詩中這種漸次偏離「流觀《山海圖》」，從宗教圖像閱覽興詠開始，其後改弦易轍為詠史以至於論治道的做法，在本篇後四句內更清楚可見。「仲父」與「姜公」即管仲（前645卒）與齊桓公（前643卒），其人其事均未載於《山海經》中，詳述其事的其實是《史記‧齊太公世家》：

> 管仲病，桓公問曰：「群臣誰可相者？」管仲曰：「知臣莫如君。」公曰：「易牙如何？」對曰：「殺子以適君，非人情，不可。」公曰：「開方如何？」對曰：「倍親以適君，非人情，難近。」公曰：「豎刀如何？」對曰：「自宮以適君，非人情，難親。」管仲死，而桓公不用管仲言，卒近用三子，三子專權。[55]

詩中「臨沒告飢渴，當復何及哉」兩句，實出自《呂氏春秋‧先識覽》所載：

---

53 〔漢〕孔安國傳，〔唐〕孔穎達等正義：《尚書正義》，收入《十三經注疏》（北京：中華書局影印世界書局縮印阮元校刻本，1980年），卷3，頁128下。
54 〔宋〕朱熹集注：《四書章句集注》（北京：中華書局，1983年），萬章上，頁310。
55 〔漢〕司馬遷撰，〔南朝宋〕裴駰集解，〔唐〕司馬貞索隱，〔唐〕張守節正義：《史記》（北京：中華書局，1982年），卷32，頁1492。

易牙、豎刁、常之巫相與作亂,塞宮門,築高牆,不通人,矯以公令。有一婦人踰垣入,至公所。公曰:「我欲食。」婦人曰:「吾無所得。」公又曰:「我欲飲。」婦人曰:「吾無所得。」公曰:「何故?」對曰:「常之巫從中出曰:『公將以某日薨。』易牙、豎刁、常之巫相與作亂,塞宮門,築高牆,不通人,故無所得。」……公慨焉歎,涕出曰:「嗟乎,聖人之所見,豈不遠哉!若死者有知,我將何面目以見仲父乎?」蒙衣袂而絕乎壽宮,蟲流出於戶。[56]

故知本篇在內容上已偏離《山海經圖》所見,另自經子與史書等諸典籍中取材放論;而「仲父獻誠言,姜公乃見猜。臨沒告飢渴,當復何及哉!」四句,亦等同史家評定千秋功過之史論。以此而論,陶淵明〈讀山海經十三首〉這系列因「流觀《山海圖》」而有的組詩,從發揮《山海經圖》所見而抒發列仙之趣;到睹宗教圖像在欽敬前脩之餘而想事功志業,興撫今追昔之慨;再轉而至於託物寄興,借宗教圖像諷諭當世;以至進一步從刑政與用人,以史識卓見論定政治興衰的千秋功過得失,這一系列在詩歌中對宗教圖像的發揮與改造,在陶淵明的〈讀山海經十三首〉當中便可說是灼然可見。

## 六 總結

陶淵明詩一向予人印象在集中寫田園隱逸之作,正如游國恩等在《中國文學史》中所稱,陶淵明開創田園詩一體,為古典詩歌開闢了一新境界,[57]是以文學創作上專寫田園生活為題材的田園詩,便以陶淵明所作為代表。鍾嶸(518卒)在《詩品》中提到陶淵明其人其詩,更有這樣的評語:

---

56 陳奇猷校釋:《呂氏春秋校釋》(上海:學林出版社,1984年),先識覽,卷16,頁969–970。

57 游國恩等編著:《中國文學史》(北京:人民文學出版社,1963年),第1冊,第3編,魏晉南北朝文學,頁251。

宋徵士陶潛詩，其源出于應璩，又協左思風力。文體省靜，殆無長語。篤意真古，辭興婉愜。每觀其文，想其人德。世歎其質直，至如「歡言酌春酒」、「日暮天無雲」，風華清靡，豈直為田家語耶？古今隱逸詩人之宗也。[58]

以上鍾嶸《詩品》對陶詩所評，除點出其「文體省靜，殆無長語。篤意真古，辭興婉愜」等「世歎其質直」的特色外，又針對其「歡言酌春酒」等「豈直為田家語」的田園詩作，而評其為「古今隱逸詩人之宗」。鍾嶸以上所論，足以彰明陶淵明田園詩能成就隱逸於田園的這一最大特色。[59]

觀乎同於遊仙之作的〈讀山海經十三首〉，這一系列從「流觀《山海圖》」而來的十三篇作品，對陶淵明詩以至傳統詩學而言，其中最大意義就在於打破傳統詩歌田園詩與遊仙詩兩者的明確區分，能自然地融合田園詩與遊仙詩於一體。在〈讀山海經十三首〉的首篇之中，陶淵明寫出歸隱田園，以「窮巷隔深轍，頗迴故人車」的杜絕人事；與處身田園中「歡然酌春酒，摘我園中蔬」的嘯詠林藪；而有「微雨從東來，好風與之俱」的出乎塵表之外超然胸次。〈讀山海經十三首〉首篇既寫出田園隱逸生活之樂，又在「泛覽《周王傳》，流觀《山海圖》」中神遊崑崙玄圃而撫宇宙於一瞬。在〈讀山海經十三首〉其二到其八中，陶淵明在各篇內從觀圖發詠，藉宗教圖像於詩歌想像中進入遊仙世界。其筆下所抒發翩然高舉遠離塵俗境界，既是遊仙詩要寫的「滓穢塵網，錙銖纓紱」理想宗旨；亦正是鍾嶸推崇「歡言酌春酒」等田園詩，所一直歌詠藉託身田園躬耕隱逸，以此遠離塵累的高趣。此所以陶淵明在〈讀山海經十三首〉中，能藉觀《山海經圖》而寓遊仙之趣於田園詩中，得以將兩者極其自然地融合而為一。

後世讀陶淵明〈讀山海經十三首〉而深受感動者雖多，然而能真切體會這一特色者則少，如李白（701－762）的〈贈閭丘處士〉：

---

58 〔梁〕鍾嶸著，曹旭集注：《詩品集注》（上海：上海古籍出版社，2011年），卷中，頁336–337。

59 陶淵明之先言隱逸者多逃乎山林，傾向於在山水詩中呈現隱逸高趣。詳王瑤〈論希企隱逸之風〉所論，載《中古文學論集》（上海：上海古籍出版社，1982年），頁49–68。

賢人有素業，乃在沙塘陂。竹影掃秋月，荷衣落古池。閑讀《山海經》，散帙臥遙帷。且耽田家樂，遂曠林中期。野酌勸芳酒，園蔬烹露葵。如能樹桃李，為我結茅茨。[60]

又如蘇轍（1039－1112）〈子瞻和陶公讀山海經詩欲同作而未成夢中得數句覺而補之〉詩：

此心淡無著，與物常欣然。虛閑偶有見，白雲在空間。愛之欲吐玩，恐為時俗傳。逡巡自失去，雲散空長天。永愧陶彭澤，佳句如珠圓。[61]

可見雖俱有感於陶淵明讀《山海經》詩，然而或賞其佳句，或嚮往詩中所寫田園意趣，而未及詩中大量藉宗教圖像構建高蹈於塵外的超逸境界，亦可見對陶淵明詩得以體現田園隱逸旨趣於遊仙之作中的詩學上開拓意義，事實上後世真能深會於此者可謂鮮矣。

陶淵明〈讀山海經十三首〉諸篇從圖中所見落筆，針對各種仙人畏獸奇珍異木等宗教圖像賦詠。在詩內繪影繪聲的生動描述當中，藉《山海經圖》中所見各種圖像而託物寄興，利用所見圖中事物以婉轉附物筆法，極其委婉曲折地帶出對上位者執迷不悟，不知用人而放廢忠良，聽信小人而不納忠諫，甚至世俗不知仁義禮信的可貴等的多方面諷刺。這種藉圖像起興的婉轉附物筆法，傳承的是《詩經》的比興傳統。孔穎達（574－648）在《禮記正義》內解釋詩教的「溫柔敦厚」之義時便指出：

詩依違諷諫，不指切事情，故云：「溫柔敦厚，是詩教也。」[62]

---

60 〔唐〕李白撰，瞿蛻園、朱金城校注：《李白集校注》（上海：上海古籍出版社，1980年），第2冊，卷12，頁801。

61 〔宋〕蘇轍撰，陳宏天、高秀芳點校：《蘇轍集》（北京：中華書局，1990年），《欒城後集》，第2冊，卷2，頁892。

62 〔漢〕鄭玄注，孔穎達等疏：《禮記正義》，《十三經疏證》，經解，下冊，卷50，頁1609下。

歷來推許這種依違諷諫，深於託興而得詩教之旨的詩歌創作，向以《楚辭》中屈原的〈離騷〉為代表。王逸在《楚辭章句》內對〈離騷〉作法有如下評論：

> 〈離騷〉之文，依《詩》取興，引類譬諭，故善鳥香草以配忠貞，惡禽臭物以比讒佞；靈脩美人以媲於君，宓妃佚女以譬賢臣；虬龍鸞鳳以託君子，飄風雲霓以為小人。其詞溫而雅，其義皎而朗。[63]

所謂「依《詩》取興，引類譬諭」，便是點出〈離騷〉能以引類譬喻筆法，體現詩教的比興傳統。

倘以〈離騷〉與〈讀山海經十三首〉相比較的話，便知陶詩的比興運用，其實遠較「依《詩》取興」的〈離騷〉更要深婉曲折得多。如在〈讀山海經十三首〉其十二中，詩中刻劃集中在《山海經圖》中所見的鴟鴸和青丘鳥。作者筆下完全不涉任何評論，篇中所寫不過從兩者的出現而聯想到與之相關特質，再在兩者關乎放士與迷悟的特質上簡單地聯繫於人事。其一篇大旨，雖然與屈原〈離騷〉中諷刺懷王的「聽之不聰也」其實一致，[64] 然而陶詩僅寫《山海經圖》中見則「其國有放士」的鴟鴸，由此聯想到懷王時曾數見此鳥（「念彼懷王世，當時數來止」），曲折地點出懷王時屢有放士，而影射忠臣屈原的見放於當日；再加上下文點出《山海經圖》所見能佩之不惑的青丘鳥，而懷王卻無視此鳥（「自言獨見爾」），在兩相對照下即見出懷王昏庸愚騃而終不能一悟。相對於〈離騷〉的直寫「哲王又不寤」，[65]〈讀山海經十三首〉這種層層曲折地帶出諷喻之旨的委婉筆法，無疑是更能體現「依《詩》取興，引類譬諭」的詩歌傳統。從〈讀山海經十三首〉中，正可明確見出陶詩能善於運用宗教圖像以發揮詩教比興，深得詩教「依違諷諫，不指切事情」的溫柔敦厚之旨。

---

[63] 王逸：〈離騷經序〉，〔漢〕王逸章句，〔宋〕洪興祖補注：《楚辭補注》（北京：中華書局，1982年），卷1，頁2-3。

[64] 司馬遷在〈屈原賈生列傳〉中稱：「屈平疾王聽之不聰也，讒諂之蔽明也，邪曲之害公也，方正之不容也，故憂愁幽思而作離騷。」《史記》，卷84，頁2482。

[65] 洪興祖：《楚辭補注》，〈離騷經章句〉，卷1，頁34。

# 謝靈運詩歌中的無常之象[*]

魏　寧
(Nicholas Morrow Williams)
亞利桑那州立大學
(Arizona State University)

　　自從20世紀初現代詩興起，西方學界便在詩學批評上相當重視意象（image，在某些語境下理解為「圖像」、「影像」，兩者均可對應古漢語的「象」）的問題，意象主義詩潮（imagism）固然是其佼佼者，但新批評（New Criticism）以來的文評亦深受影響。[1] 結果是，複合而非單一、具心理和象徵意義的意象被普遍視為原創詩作的代表元素。這種觀點當然可以用來研究當代詩，但也可套用到文學傳統的發展史上——不單止是西方的文學傳統，中國的詩學傳統亦同樣適用。無獨有偶，現代西方詩歌與中國文學的匯同合流最能見於費諾羅薩（Ernest Fenollosa, 1853－1908）與龐德（Ezra Pound, 1885－1972）合撰的小書《作為詩歌媒介的漢字》（*The Chinese Written Character as Medium for Poetry*）。[2] 與此同時，「意象」逐漸成為今人研究中國古典文學的

---

[*] 陳竹茗譯。
[1] 肯納（Hugh Kenner）的《龐德時代》（*The Pound Era*）以詩人龐德（Ezra Pound）為中心，對當時的重要人物及其所受的思想影響作了扼要的概述，見Hugh Kenner, *The Pound Era* (Berkeley, CA: University of California Press, 1971)。
[2] 該書近年出版了詳注本，參見Fenollosa, *The Chinese Written Character as a Medium for Poetry: A Critical Edition*, ed. Jonathan Stalling, Lucas Klein, and Haun Saussy (New York: Fordham University Press, 2008)。

一大焦點，余寶琳（Pauline Yu）頗具影響力的論著《解讀中國詩歌傳統中的意象》(*Reading of Imagery in the Chinese Poetic Tradition*) 是相關研究的代表作。[3] 一方面，文學意象也許跟作者的個體經驗或詩中傳達的情感與想像狀態有莫大的共鳴，但從另一方面看，意象本身在歐洲與中國的文學傳統裏擔當著另一個頗為顯要的角色，也就是在哲學與宗教語境底下，意象所象徵的並不是任何現實、具象的存在，而是我們所經歷之現實的虛幻非真；這種本質在梵文中稱作 *śūnyatā*，即一切我們自以為知道之事情的「空性」。本文通過研讀大詩人謝靈運（385–433）的詩作，探究作家如何通過意象的運用揭示人類經驗的虛空本性。下文將會把謝詩置於佛教思想背景下加以分析，但作為他山之石，我想以西方哲學傳統中對意象的討論發端，因為早在柏拉圖（Plato）談論語言和現實的辯證關係時，意象已然扮演關鍵的角色。

## 一　跟柏拉圖思考影像

柏拉圖在《理想國》(*Republic*) 裏談到模擬（mimesis）在言語與文化中的作用，將詩人的話語比況為工匠仿照實物來製作工藝品。在另一部對話錄《詭辯者》(*Sophist*，通譯《智者篇》) 中，柏拉圖亦十分重視模擬在言語中的作用，不過側重點有所不同。當中蘇格拉底（Socrates）僅僅扮演次要的角色，主角是泰阿泰德（Theaetetus），他向一位來自愛利亞的客人（Eliatic Stranger）請教詭辯者（sophist）是甚麼樣的人，也就是愛在人前搬弄概念辯證法卻始終無法探知真理的偽哲學家。然而，對話錄的目的並非單純批評某些三流思想家的不是，因為詭辯者的毛病大有可能是人類言語的通病，所以柏拉圖藉此探討邏輯分析的普遍局限。儘管個別哲學家能夠超越這些限制，一般知識人日常遇到的處境其實很貼近詭辯者的窘境。看清意象背後的真相誠非容易，需要我們成功駕御「原本與意象之間的戲劇」("drama of original

---

[3] Pauline Yu, *The Reading of Imagery in the Chinese Poetic Tradition* (Princeton, NJ: Princeton University Press, 1987).

and image"），[4] 換言之，識破詭辯者似是而非的悖論。

　　針對上述的問題，客人對詭辯者加以抨擊，比喻為除了幾尾魚之外一無所獲的釣魚翁。但隨著論辯一步步深化，客人對詭辯者的批評亦隨之深入，比擬為只能模仿具象的肖像畫家，也就是「影像」或「幻象」（semblance，直譯為相似物，源於古希臘文 εἴδωλον）的製造者：

客人：　　所以，如果我們斷定他擁有某種幻象術，那麼他會輕易地利用我們的論證，反過來攻擊我們。我們說他是影像製造者，他就會問我們講的影像到底表示甚麼。所以，泰阿泰德，我們必須考慮用甚麼來回答這個頑固的傢伙的問題。

泰阿泰德：我們顯然會說水中或鏡子中的各種影像，還有畫像或雕像，以及其他這一類東西。[5]

泰阿泰德所舉的詭辯式意象為水中或鏡中的倒影，又或是通過藝術手段的再現，而這些類比物之所以貼切正正由於其脆弱與無常。不過它們只是言辭或知識的虛假性質的芸芸例子之一，更具意義的例子實為：「客人所指的問題最顯而易見的層次，實即意象的本體論狀態（ontological status of images）。」[6]

　　客人和泰阿泰德都認為這樣定性詭辯者的論辯是合適的，但問題出在如何將上述概念套用到其言辭之上，原因是對方或會否定兩者之間存在共通之處。從二人接下來的對話可以看到何謂典型的詭辯式論辯：

---

4　此語借自羅森（Stanley Rosen）的論著 *Plato's Sophist: The Drama of Original and Image* (New Haven, CT: Yale University Press, 1983)，一語中的地揭示對話錄的深刻底蘊，但本文只能一語帶過，無法詳析。

5　〔古希臘〕柏拉圖著，王曉朝譯：《柏拉圖全集（增訂本）》（北京：人民出版社，2017年），第7冊，智者篇，頁208（柏拉圖著作標準頁239e–240b）。

6　Rosen, *Plato's Sophist*, p. 176.

客人： 泰阿泰德，你顯然從來沒有見過智者。他會讓你覺得他閉著眼睛，或者根本沒有眼睛。

泰阿泰德： 怎麼了？

客人： 他會讓你覺得他閉著眼睛，或者根本沒有眼睛。

泰阿泰德： 怎麼會呢？

客人： 你如果提到鏡子中的東西或者某種仿造品，他會嘲笑你的論證。一旦你說他在看的時候，他會裝作不知道鏡子、水甚至一般意義上的視覺，而只問你那個用語言表達的東西。

泰阿泰德： 甚麼東西？

客人： 那個貫穿你提到的所有事物的東西，你已經宣稱這些東西都可用影像這個名稱來稱呼，好像它們全都是一個東西。所以，請你把它說出來，然後保護自己，不要向那個人讓步。

泰阿泰德： 客人，我們一定會把影像說成是被造得與真的東西相似的另一個這類東西，難道不是嗎？

客人： 你把另一個這類東西說成真的東西嗎？不然的話，你把這類東西說成甚麼？

泰阿泰德： 這類東西決不是真的，而是相仿的。

客人： 真的東西表示真的在者，對嗎？

泰阿泰德： 對。

客人： 那麼不真的東西是真的東西的相反者嗎？

泰阿泰德： 的確。

客人： 所以，如果你把相仿者說成不真的東西，你也就把它說成了不真的在者。[7]

---

[7] 柏拉圖：《柏拉圖全集（增訂本）》，第7冊，智者篇，頁208（柏拉圖著作標準頁239e–240b）。

即使詭辯者的回應是假想出來的,「意象」這一概念仍然有其用處,因為它點出了縱使意象非真,卻非常貼近某一實物。換句話說,水中或鏡中的影像不但類似某一存在物,這些影像本身正好說明有時候我們需要講一些並不實際存在的東西。這恰恰是全本對話錄的一大關注點,即如何方能正面地談論「無有」(nonbeing),或者說在現實裏沒有直接對應物的話題。因此,即便意象本身並不真實存在,它卻揭示了深層的意義,指向任何哲學求索的真正價值所在。

事實上,客人在這方面有更深入的討論,亦即肯定了虛假意象的價值。在對話將近結束時,他提出在區別原本與意象的同時,我們更需要把世上的一切事物分為兩大類:由神靈創造的和人類製作的。出乎意料的是,自然的意象被歸類為神的創作:

客人: 　 我們知道,一方面,我們、其他動物以及形成自然物的東西,亦即水、火及其同類都是神的產物,是神的作品,不然怎樣?

泰阿泰德: 　 就這樣吧。

客人: 　 另一方面,它們各自的影像與之相伴出現,這些影像不是它們自身或原本,也由神靈的機巧所產生。

泰阿泰德: 　 有哪些?

客人: 　 睡夢中的幻象,以及被說成是自發的日光中的幻象,其中之一是陰影,也就是光明後面的黑暗;還有一種情況,就是自身的和別處的兩重光在平滑和光潔的表面會聚到一時出現的映象,給出一種與通常視覺相反的感覺。

泰阿泰德: 　 的確有這兩種神工的產物,事物的原本和伴隨著每個事物的影像。[8]

因此即使是稍縱即逝的影像,譬如說魅影或夢中的幻象,無非是現實世界的

---

[8] 柏拉圖:《柏拉圖全集(增訂本)》,第7冊,智者篇,頁244–245(標準頁266b–c)。

虛幻碎片,但它們本身就是「神工的產物」,與自然界的萬事萬物沒有二致,都出自造物主的同一手筆。

我們知道,認清理念(Ideas)的真諦是柏拉圖一向念茲在茲的問題。雖則理念並不隨時而變,但人類無法透過直觀經驗把握理念,因此他發現我們幾乎必須通過間接手段加以體會,哪怕是短暫的東西、甚至是假象。在這個求知的總框架下,即便是最具欺騙性、轉瞬即逝的東西,例如倒影、夢境和影子,也因著其為神工的產物而各自流露出顯要的信息,最起碼也揭示了我們一切感觀所得,其本質無非是虛幻的。《詭辯者》一書的中心命題是如何談論不是甚麼,而種種影像的虛假性質正好說明問題,提醒我們必須不斷區分原本與影像、真實與虛假。到頭來,影像的虛無性質恰恰肯定了談論非真實是可能的。鑑於影像的重大哲學意義,難怪泰阿泰德明確肯定了即使夢中所見的影像也跟一切造化之物同樣神聖。

從柏拉圖的角度看,意象總是與相對恆久的真理載體相提並論、相形見絀而備受抨擊。但他發現,求真之路往往從這些下真實一等的代替品出發,這亦是我們需要認清的。

## 二 跟郭璞書寫意象

本文引述柏拉圖《詭辯者》有關意象之雙重角色的討論,即其為次等的相似物與非真實的神聖像徵,並非借以闡釋某些西方哲學話語中的關鍵概念,而是用來昭示中國中古早期文學與宗教上對意象的討論,焦點尤其落在針對種種視覺影像的贊(encomium;字亦作「讚」,是其後起分化字,以下除題目原來如此外一律寫作「贊」)。雖則贊被南朝梁劉勰(約465-約522)視為頌體的次文類,[9] 但在東漢後期似已成為獨立文類,其中一篇最早的存世作品即出於蔡邕(132-192)手筆。[10] 儘管該贊實為悼文,近於後來的墓

---

9 〔梁〕劉勰著,范文瀾註:《文心雕龍註》(臺北:學海出版社,1984年),卷2,頌讚第九,頁156–175。

10 後人題作〈議郎胡公夫人哀讚〉,可見不單是贊,準確而言是哀贊;見〔清〕嚴可均編:

誌銘（entombed epitaph），但整體而言後出的贊文大抵沿襲其書寫進路，以讚頌某一人物（如歷史英雄）為主題。

不過這個情況很快改變，題畫或描述造型（ekphrastic）的贊詩應運而生，早期的代表作當推郭璞（276–324）為訓詁學辭書《爾雅》與地理學奇書《山海經》所作的一系列圖贊。[11] 郭璞是一位著作等身的作家與學者，對語文和藝文多個領域有深遠影響，因此改造贊體大有可能是其首創之功，但需要指出的是，我們在漢代的壁畫和各式畫像中早已可看到韻文題詞，好像著名的武梁祠畫像。[12] 郭璞〈爾雅圖贊〉（嚴可均輯本）的開篇以人所熟知的鼎為讚頌對象，在六行四言詩的有限篇幅中依然自出機杼：

| 九牧貢金 | The Nine Superintendents contributed their metal,[13] |
| 鼎出夏后 | The tripods appeared for the Sovereign of Xia. |
| 和味養賢 | Melding the flavors to nurture talents, |
| 以無化有 | Using nothingness to transform being. |
| 赫赫三事[14] | How grand and glorious the Three Businesses, |

---

《全上古三代秦漢三國六朝文》（北京：中華書局，1958年），全後漢文，卷79，頁5b–6a。就文體分類而言，同樣出自蔡邕手筆的〈赤泉侯五世像贊〉其實更為貼合本研究，可惜原文已佚，只存題目；見《全上古三代秦漢三國六朝文》，全後漢文，卷74，頁3b。

11 〔晉〕郭璞〈爾雅圖贊〉及〈山海經圖贊〉，分別收入〔清〕嚴可均：《全上古三代秦漢三國六朝文》，全晉文，卷121，頁5a–11a，及卷122，頁1a–卷123，頁13b；後者另參〔晉〕郭璞著，王招明、王暄譯注：《山海經圖贊譯注》（長沙：嶽麓書社，2016年）。

12 參見巫鴻（Wu Hung）著，柳揚、岑河譯：《武梁祠——中國古代畫像藝術的思想性》（The Wu Liang Shrine: The Ideology of Early Chinese Pictorial Art）（北京：生活·讀書·新知三聯書店，2006年）。筆者亦在尚未出版的〈天問〉研究專著 Dialogues in the Dark: Interpreting "Heavenly Questions" across Two Millennia (Cambridge, MA: Harvard University Asia Center, forthcoming 2025) 中談及這個問題。

13 儘管其他文獻亦有談及貢金，但本句近乎明引《左傳》楚莊王問鼎故事中的「貢金九牧」，只是語序稍為改易，詳見下文的討論。

14 三事見於《左氏春秋》（又名《春秋左氏傳》，以下簡稱《左傳》）文公七年晉郤缺對趙宣子說的言辭，即正德、利用、厚生，與六府合稱九功；見楊伯峻編著：《春秋左傳注（修訂本）》（北京：中華書局，1990年），頁564–565。六府三事亦見於偽古文《尚書·大禹謨》篇中帝舜對禹的褒美之詞。

鑒于覆䔩[15]　And how we reflect upon the overturned viands.[16]

鼎在中國文化史中舉足輕重，談鼎的詩哪怕再短也自然是典故紛紜，而其中一個故實尤其意味深長，值得詳釋。首句「九牧貢金」典出《左傳》宣公三年，楚子（即楚莊王〔前591卒〕）向周定王的來使探問九鼎之大小輕重，周天子的大夫王孫滿回答道：

> 在德不在鼎。昔夏之方有德也，遠方圖物，**貢金九牧**，鑄鼎象物，百物而為之備，使民知神、姦。[17]

有鑑於此，當郭璞引用《左傳》有關鼎的故事時，他聯想到的不止是鼎作為

---

[15] 䔩（sù，上古漢語擬音*sôk；擬音方案採自許思萊（Axel Schuessler）的Minimal Old Chinese「最簡上古漢語」，據Schuessler, *Minimal Old Chinese and Later Han Chinese* [Honolulu: University of Hawai'i Press, 2009]，下同），《全晉文》作「䔩」，此處從《藝文類聚》（見注16），當為「餗」（sù，上古漢語擬音*lhôk）的異體，因此本贊最後二字「覆餗」是暗引《易‧鼎卦》的爻辭：「九四：鼎折足，覆公餗，其形渥。凶」；見〔魏〕王弼注，〔唐〕孔穎達疏，盧光明、李申整理，呂紹綱審定：《周易正義》（北京：中華書局，2000年），卷5，頁244。孔穎達據舊注云「餗，糝也」，理解為羹類食品，未必正確。按：餗，意謂美饌（但不限於菜，可以兼肉），䔩則是菜餚，二字雖然語源不同，但由於訓釋相關、讀音相近，自古以來經常混為一談。如鄭玄《周易注》全書雖佚，但據南宋王應麟的輯本，鼎卦第四爻下鄭注云：「餗之為菜也」（陸德明輯《經典釋文‧周易音義》亦於「餗」字下注曰：「鄭云菜也」），王氏校語並說：「餗，一作䔩」；見〔漢〕鄭玄注，王應麟纂輯：《周易鄭康成注》（北京：北京圖書館出版社，2006年；《中華再造善本》據中國國家圖書館藏元至元六年〔1340〕年慶元路儒學刻本影印），頁17b–18a。這條重要材料由陳竹茗先生提供，謹此致謝。

[16] 〔晉〕郭璞著：〈爾雅圖贊‧釋器‧鼎〉，〔清〕嚴可均：《全上古三代秦漢三國六朝文》，全晉文，卷121，頁5b；原文輯自《藝文類聚》，僅最後一字稍異，《全晉文》作從竹之「䈞」（《集韻》「篩也」），《藝文類聚》作從艸之「䔩」（《爾雅‧釋器》「菜謂之䔩」，原來或為《詩‧大雅‧韓奕》「其䔩維何」的釋語），見〔唐〕歐陽詢輯，汪紹楹校：《藝文類聚》（上海：上海古籍出版社，1982年），卷99，頁1720。按：二字皆讀作速（sù）而混同，但在這一語境下當作䔩，詳見注15。

[17] 楊伯峻：《春秋左傳注》，宣公三年，頁669–670。

治世與國德象徵的政治意義，亦包括鼎（以及其他青銅器具）的傳統功能，以至器身所飾以的萬物形象（「鑄鼎象物」），特別是龍和饕餮等象徵德行和威權的圖像。圖贊本身是《爾雅》鼎圖的題畫詩，充滿自反意味地指向圖中鼎上的紋飾圖案。由此可見，郭璞不僅用贊體來描寫圖像，更從首句起將描述主題化。

毋庸待言，郭璞在這個主題中尋繹出道德意義，借用鼎卦的第四爻爻辭點出覆鼎的不祥之兆。饒有深意的是他在末句中所用的鑒字：作為名詞，鑒固然指向另一充滿象徵意義的青銅器——鏡；但作為動詞，鑒暗示人們對過去和經歷的反思鑒戒，借助前車之鑒指導今後的行為準則。因此本詩的一大命題是鼎所發揮的道德權威功能，在立足遠古的同時不斷影響將來。

首尾兩聯固然談及鼎的社會與道德意義，但郭璞不忘在中間一聯點出這種器具的基本功能，即在煮食過程中調和眾味。這點看似平平無奇，偏偏發揮出鼎最大的作用：「以無化有」。此處引出無有之辨，自然讓我們想到王弼（226－249）等玄學大家的妙論。誠然這一句可以簡單地解讀為「當其無，有鼎之用」，食材通過鼎的中空轉化為餚饌；但也可以理解為聖人倚仗潛藏的道化育萬民。王弼於《老子》第40章「天下萬物生於有，有生於無」句下云：「天下之物，皆以有為生，有之所始，以無為本。將欲全有，必反於無也。」[18] 不過歸根究柢，無有之辨並不始於玄學，而是道家學說一直關注的命題，因為《老子》經文早已提出「大象無形」。[19]

因此，郭璞這首有開創之功的圖贊打破了贊詩的早期傳統，不再以個別人物為對象，轉而提出與意象本質相關的關鍵問題。意象可以發揮啟蒙和指導的作用，亦可以當作歷史明鑒來指引我們將來的行為。然而在某種意義上，意象全因其不具體存在才能發揮上述作用，因為物象一如千斤重鼎，必須利用不再然（what no longer is）或不可能（what cannot be）去轉化世上的已然之物（what already is）。

---

18 〔魏〕王弼注，樓宇烈校釋：《老子道德經注校釋》（北京：中華書局，2018年），頁110。

19 語出第41章，見樓宇烈：《老子道德經注校釋》，頁113。

## 三　佛（像）的問題

　　在儒道兩家的思想背景下，郭璞詩引出了好些擲地有聲的問題。弔詭的是，跟不少中國中古早期（東漢、魏、晉、南北朝）的現象一樣，新興的圖贊雖然出現早於佛教的東傳，卻好像給後者預為之設，當佛教最終傳入後兩者一拍即合，契合無間。[20]

　　佛教對於視覺呈現的取態及不同時期的轉變，已有韋曼（Alex Wayman）和謝凱（Dietrich Seckel）兩部出色的研究專著作了全面的剖析，部分結論與本文相關，值得參考。[21] 據兩位學者所勾勒的歷史，在不同時期佛家對於藝術描繪有不同取態，大致可以分為三期。第一期反偶像化（aniconism），反對為佛作畫或立像，創作者透過描繪法輪和菩提樹等具象徵物間接表達佛陀的覺悟，但盡量避免直接描繪佛陀或菩薩。第二期情況有變，出現了為佛陀和其他佛教人物作畫造像，風格逼真寫實，正如韋曼所觀察：「佛理教義強調身為人（the human state）是開悟的必經狀態，因此理應認同為佛立像」。[22] 換句話說，佛教的靈性思想與人身的形體之間並無內在矛盾。

　　不過之後還有第三期，謝凱視之為反偶像化的再興。此一階段的佛教徒對佛陀的諸種示相不無懷疑，認為無非是外相的複製和不完全的模擬：「即使是後世的佛教，避免立像的趨勢與象徵貴於具象的傾向已成了大原則，深深扎根於佛教的宗哲信念與冥想體驗裏。」[23] 中國佛教藝術雖則在公元首五百年大放異彩，但隨後很長時間內反造像的思潮一直存在。謝凱提及反偶像

---

20　最令人嘖嘖稱奇的例子莫過於玄學，儘管其自身發展與佛教相輔而行，彼此並無因果關係，卻仿佛為闡釋佛教義理而生。

21　Alex Wayman, "The Role of Art among the Buddhist Religieux," in idem, *Buddhist Insight: Essays by Alex Wayman*, ed. George R. Elder (Delhi: Motilal Banarsidass, 1984), pp. 287–306. Dietrich Seckel, *Before and Beyond the Image: Aniconic Symbolism in Buddhist Art*, trans. Andreas Leisinger, ed. Helmut Brinker and John Rosenfield (Zürich: Artibus Asiae Publishers, 2004).

22　Wayman, "The Role of Art among the Buddhist Religieux," p. 295.

23　Seckel, *Before and Beyond the Image*, p. 58.

的象徵主義有眾多形式，佼佼者如密宗的曼荼羅和手印（mudrā）所代表的幾何象徵主義，而這股思潮最終歸結為禪宗藝術對一切視覺相似性的否定。

韋曼和謝凱勾勒的歷史軌跡固然富於說服力，但他們也不忘指出即使在同一時期，佛教內部對於佛像的不同態度和趨勢其實是並行不悖。就此，我們大可借用佛教對於視覺的傳統義理來譬況意象理論的複雜性。韋曼於另一篇文章提到，「『三眼』在巴利文文學裏為人所熟知，指肉眼（maṃsacakkhu）、天眼（dibbacakkhu）與慧眼（paññācakkhu）」。[24] 三眼分別對應自我修為的不同階段，由最初只看到塵世之物的肉眼，進而到察見更高層次的天眼，及至最終取得參透般若智（巴利文 paññā，梵文寫作 prajñā）、無所不見的慧眼。換言之，因應眾生參差不齊的洞察力，藝術描繪有必要作出調整以照顧不同信眾的需要，以免曲高和寡。由此看來，為佛造像與反偶像化的象徵主義各自滿足佛教不同的目的，兩者並無矛盾。

在中國中古早期，為佛陀造像與不立佛像的兩種主張同樣具影響力。一方面產生出千姿百態的佛教造像，繪製形塑的對象不局限於歷史上的釋迦牟尼，還包括祂的一眾弟子，以至先於其成佛的燃燈佛（梵文 Dīpaṃkara，一譯提槃迦羅），題材極為豐富多樣。[25] 另一方面，反偶像化思潮在中國有其理論支撐，佛教徒信手拈來便能援引道家「大道無形」、「道不可道」等思想證成己說。因此，當稍後於郭璞的東晉、南北朝作家開始援贊入佛，他們的佛像贊也隱約地對造像本身的合理性提出質疑。這個現象早在東晉已然出現，

---

24 Wayman, "The Buddhist Theory of Vision," in idem, *Buddhist Insight*, p. 155.
25 有關諸種佛教造像的分析，參見索珀（Alexander C. Soper）的權威之作：Soper, *Literary Evidence for Early Buddhist Art in China* (*Artibus Asiae. Supplementum* 19) (Ascona: Artibus Asiae, 1959)。有一則關於燃燈佛的著名故事，說有一個年輕人為了使祂不用弄髒雙腳，甘願將自己的頭髮散在地上讓其踐踏，燃燈佛便預言此人將會成佛，亦即後來的釋迦牟尼；見前揭書，頁178–180，另參 Eric M. Greene（葛利尹）, "The 'Religion of Images'? Buddhist Image Worship in the Early Medieval Chinese Imagination," *Journal of the American Oriental Society* 138.3 (2018): pp. 455–484。葛利尹成功論證自5世紀後期起佛教方蒙上「像教」（Religion of Images）的污名，換言之，在本文所探討的一切文本之後。

具體例子是當時名僧支遁（314–366）所撰的一系列佛像與菩薩贊。[26] 支遁的〈釋迦文佛像贊〉與〈阿彌陀佛像贊〉篇幅宏大並附以長序，尤為重要，但他另外創作了多首短贊，如〈諸菩薩贊十一首〉，對象包括文殊、彌勒、維摩詰等菩薩，亦為東晉于法蘭及其高足于道邃、翻譯僧竺法護（Dharmarakṣa，約229–306）等高僧作贊。[27] 整體而言，支遁以佛道雜糅的方式處理主題，熟讀其時玄學詩文的讀者相信不會感到陌生，但值得指出的是，他對塑像的取態流露出對外在形像本身的不信任。舉例說，支遁在〈釋迦文佛像贊〉卒章寫道：

| | |
|---|---|
| 生如紛霧 | By nature like the shifting fog, |
| 曖來已晞 | Already vanishing in the indistinct haze: |
| 至人全化 | The supreme man causes total transformation, |
| 跡隨世微 | And his traces are intangible in the world. |
| 假云泥洹 | If one should speak of *nirvāṇa*, |
| 言告言歸[28] | It is to tell of one's return. |
| 遺風六合 | Bequeathing his manner throughout the Six Corners, |
| 佇方赤畿 | He paused in place here in the Crimson Precinct. |
| 象罔不存[29] | Imageless no longer exists, |

---

26 支遁的佛贊與菩薩贊現存十七首，柯睿（Paul W. Kroll）最近作了精到的評析，見Kroll, "Li Bo and the *zan*," *T'oung Pao* 108.1–2 (2022): pp. 100–101。

27 荷蘭漢學家許理和（Erik Zürcher）扼要地概括出法護的生平和譯經活動，見許理和著，李四龍、裴勇等譯：《佛教征服中國——佛教在中國中古早期的傳播與適應》（*The Buddhist Conquest of China: The Spread and Adaptation of Buddhism in Early Medieval China*）（南京：江蘇人民出版社，2003年），頁64–69；有關于法蘭、于道邃師徒的事蹟，見同書，頁92，注135。

28 此處襲用《詩‧周南‧葛覃》第三章成句，原意為婦人歸寧父母，支遁巧妙（也許過於巧妙）地挪用到佛教語境之中。原典見毛亨傳，〔漢〕鄭玄箋，〔唐〕孔穎達疏，龔抗雲、李傳書、胡漸逵、肖永明、夏先培整理，劉家和審定：《毛詩正義》（北京：北京大學出版社，2000年），卷1之2，頁40。

29 象罔的典故出自《莊子‧天地》，詳見下文相關討論。

誰與悟機　　So with whom may I attain insight into the mechanism?
鏡心乘翰　　With mirror-like mind, wielding the brush,
庶覿冥暉　　I hope to distinguish between darkness and illumination.[30]

贊末的措辭傳達出朦朧、模糊、難以名狀的形貌，但同時超越一切形相與貌似之物。引文第二句的「晞」字應與《老子》第十四章的「希」字通，意思亦貼近下句的「微」字（希、微二字叶韻）。[31] 支遁在倒數第四句引用了《莊子》一則著名的寓言，原文為：

黃帝遊乎赤水之北，登乎崑崙之丘而南望，還歸，遺其玄珠。使知索之而不得，使離朱索之而不得，使喫詬索之而不得也。乃使象罔，象罔得之。黃帝曰：「異哉！象罔乃可以得之乎？」[32]

這則故事的含義隱晦，破解關鍵在於象罔的名字，因為他成功為黃帝索回玄珠。象字有圖像、形象、象徵之意，因此象罔可以理解為「無象」（absence of images）或「象外」（beyond images），英文的話我提議翻譯成 Imageless（無象）或 Shapeless（無形），甚至還可譯作 Sightless（無明），暗合道家去除五感的干擾以求道真的主張；但無論如何，「象」字用於象罔一名是不爭的事實。[33] 現今校點本《莊子》一般正作「象罔」，但部分舊刻本倒乙為

---

30 〔東晉〕支遁撰，張富春校注：《支遁集校注》（成都：巴蜀書社，2014年），卷下，頁371。
31 「視之不見，名曰夷；聽之不聞，名曰希；搏之不得，名曰微」，見樓宇烈：《老子道德經注校釋》，頁31。「夷」，或為無相之意；「希」，模糊不清；「微」，無形。
32 〔清〕郭慶藩撰，王孝魚點校：《莊子集釋》（北京：中華書局，2016年），卷5上〈外篇・天地第十二〉，頁422。梅維恆（Victor Mair）的英譯見：Mair, trans., *Wandering on the Way: Early Taoist Tales and Parables of Chuang Tzu* (New York: Bantam Books, 1994), p. 105. 梅維恆把喫詬譯成Trenchancy（尖刻），我主張改譯為Shameless（無詬），陳竹茗認為或可譯作Shame-eater（食詬者）。
33 梅維恆將象罔譯作Amorphous（無形）固然無誤，但Imageless（無象）似更貼切。

「罔象」，好些古代作家引用時亦如此；由於罔通無，罔象似乎更好理解，可以乾脆直譯為「無象」。[34]「無象」的深層涵義當然很複雜，例如唐代成玄英的疏認為罔象即「無心」之意，可以延伸到說心裏摒除一切雜念，與道家所謂的「自然」也很接近。但是「無象」這個關鍵詞意味著我們得懷疑形象本身，而這種暗示已經開拓了通往「色即是空」的理路，換句話說，很容易被佛教的中道（madhyamaka）思想吸收。總括而言，在一首禮讚佛陀形象、歌頌其大德和高潔的作品裏，支遁偏偏反覆回到「象」的問題，不禁令人想到佛像即使再可貴，最多不過是通往大徹大悟之道上的途轍軌跡或暫留之地。

支遁雖則援贊入佛，用來書寫佛教題材，但仍然自覺遵從贊體在世俗文學的寫作規範，顯然當時為名流作贊與作畫之風相互並行。值得論及的問題是，中古時期是否存在一種同樣叫「贊」的佛教韻文。太史文（Stephen F. Teiser）認為傳統上稱為「梵唄」、四言體並可供吟誦的頌詩即為專屬佛教文學的「贊」，但這個觀點似是而非，純屬臆斷。早在佛教流行以前中國已有作贊的傳統，後來即便為信佛的作家改造以適應當時需要，但不等同於中國的贊直接對應天竺的近似文體或創作方式。[35] 不過退一步說，贊詩的功能與梵唱（stotra）確實有一定的共通之處，部分作品甚至直接受後者啟發。[36]再者，贊往往用作宗教詩伽陀（梵文 gāthā）的同義詞，尤其常用於「雜贊」一詞，如竺法護於公元285年完成翻譯的《生經》其中一章便題作「佛說雜讚經」。[37] 他一生譯作等身，有一部作品名為《光讚經》，雖是《大品般

---

34 這一點王叔岷早已論及，見方勇、陸永品編：《莊子詮評（增訂新版）》（成都：巴蜀書社，2007年），頁366注引。

35 Teiser, *The Scripture on the Ten King and the Making of Purgatory in Medieval Chinese Buddhism* (Honolulu: University of Hawai'i Press, 1994), pp. 168–170.

36 參見望月信亨著，塚本善隆增訂：《望月佛教大辭典（增訂版）》（京都：世界聖典刊行協會，1954–1958年），「讚」字條釋義，頁1450c–1451a。

37 〔晉〕竺法護譯：《生經》（T 154），收入高楠順次郎、渡邊海旭等監修：《大正新脩大藏經》（東京：大正一切經刊行會，1924–1932年，全85冊，以下簡稱《大正藏》），第3冊，卷5〈佛說雜讚經第四十九〉，頁103b18–c27；另參余泰明（Thomas Mazanec）的相

若經》(*Pañcaviṃśatisāhasrikā prajñāpāramitā*) 的眾多譯本之一，[38] 但顧名思義，法護的譯名側重於本經的功能，即向佛陀的智慧之光獻上讚頌。

由此可見，在思想脈絡和目的上，中國古典文學裏佛教主題的贊與此前已存在的古印度贊類文學有一定疊合之處，但整體上仍然不失原有世俗文學裏的文類範式，至少就大詩人謝靈運的贊詩而言，用這套框架去加以評析是適切的。謝康樂以詩歌名世，留下大量五言詩作，對山水詩發展的深遠影響已有定評。然而，他的韻文創作絕不局限於山水詩一隅，同時兼多種文類，其〈山居賦〉等賦作便極具氣魄，備受學者關注。除了留下大量的五言詩作，謝靈運現存的四言詩數量也甚多，重要性不容小覷。在南朝宋文帝元嘉二年（425）前後，范泰（355–428）把自己創作的佛像贊寄給謝靈運，謝靈運收到後便與之唱和，寫下〈和范光祿祇洹像贊三首（并序）〉，[39] 篤信佛教的范泰在作贊之前有一豪舉，施捨住宅後的一大幅土地修建祇洹精舍（即序中所言「道場」）。[40] 靈運在詩序中交代創作緣起：

范侯遠送像贊，[41] 命余同作。神道希微，願言所屬，輒總三首，期之

---

關討論：Mazanec, "The Medieval Chinese *Gāthā* and Its Relationship to Poetry," *T'oung Pao* 103.1–3 (2017): p. 105。

38 〔晉〕竺法護譯：《光讚經》(T 222) 十卷，《大正藏》，第8冊，頁147–216。《大品般若經》一名《二萬五千頌般若》，比較貼近梵文原意，但普羅信眾更熟悉其別稱《摩訶般若波羅蜜經》。

39 光祿大夫一職，賀凱（Charles O. Hucker）的《中國古代官名辭典》譯作"Grand Master for Splendid Happiness"（Hucker, *A Dictionary of Official Titles in Imperial China* [Stanford, CA: Stanford University Press, 1985], p. 288），畢漢斯（Hans Bielenstein）英譯為"Imperial Household Grandee"，似更勝一籌(Bielenstein, *The Bureaucracy of Han Times* [Cambridge: Cambridge University Press, 1990], p. 25)。

40 J. D. Frodsham, *The Murmuring Stream: The Life and Works of the Chinese Nature Poet Hsieh Ling-yün (385–433), Duke of K'ang-lo* (Kuala Lumpur: University of Malaya Press, 1967), vol. 1, p. 51.

41 范泰〈佛讚〉今存一首，收入〔唐〕釋道宣：《廣弘明集》（上海：商務印書館，1936年，《四部叢刊》本，明汪道昆影印本），卷15，頁205a。但不肯定謝靈運是唱和這一首還是整組贊詩。

道場。

Lord Fan sent me from far off his encomium to the Buddha, and ordered me to compose my own. The way of the spirits is faint and indistinct, but I hope to achieve the task enjoined upon me, and thus have completed these three verses, and devote them to the place of worship.

值得一再指出的是，在描寫佛像外形的獨特語境之下、一組像贊的序文之中，詩人襲用《老子》第14章的語言來表達「神道希微」，若隱若現、難以言狀的旨趣。[42] 他的三首像贊正好放到相關脈絡中加以詮釋：

## （一）佛
On the Buddha

| 惟此大覺 | Verily has the greatly enlightened one |
| 因心則靈 | By following his own mind become numinous. |
| 垢盡智照 | When contamination is eliminated, wisdom shines forth; |
| 數極慧明 | When accounts are finished, insight grows lucid. |
| 三達非我[43] | With threefold awareness and lack of self, |
| 一援群生 | Wholly aiding the myriad creatures: |
| 理阻心行 | The principle is blocked by the mind's activity, |
| 道絕形聲 | The path to enlightenment goes beyond form and sound. |

---

42 希、微二字前文已述，見注31。
43 三達（一譯「三明」，分別在於言佛或言菩薩），源自梵文tisro vidyāh，是三種神通力，即天眼、宿命、漏盡（梵文āsrava-kṣaya），能知一個人的前生、生死因果，以及如何斷盡「諸漏」（漏是煩惱的意思）。

## （二）菩薩
### On the Bodhisattva

| | |
|---|---|
| 若人仰宗 | This man revered the source, |
| 發性遺慮 | Developing his nature and discarding worry. |
| 以定養慧 | He nourished wisdom by means of concentration, |
| 和理斯附 | And beyond this found harmony with right principle. |
| 爰初四等 | In the beginning there were the four types of [mind], |
| 終然十住[44] | In the end are the ten abiding stages [of the mind]. |
| 涉求至矣 | All that he hunted for and pursued was the ultimate, |
| 在外皆去 | Whatever lay outside it he rejected. |

## （三）緣覺聲聞合
### On the Pratyekabuddha and Śrāvaka Combined

| | |
|---|---|
| 厭苦情多 | Full of the feeling of hatred for suffering, |
| 兼物志少 | But lacking in the ambition to be one with other things; |
| 如彼化城 | Just as with the conjured city, |
| 權可得寶[45] | For a brief time one can obtain the treasure. |
| 誘以涅槃 | Lured on by the prospect of nirvana, |

---

[44] 佛有四等心，即慈（梵文maitrī）、悲（karuṇā）、喜（muditā）、捨（upekṣā；一作護），如〔晉〕瞿曇僧伽提婆譯：《增壹阿含經》（T 125）卷19曰：「如來恒行四等之心……云何為四等？如來恒行慈心，恒行悲心，恒行喜心，恒行護心」；見《大正藏》，第2冊，頁646b3–6；另參蘇慧廉（William Edward Soothill，舊譯蘇特喜爾）：《漢英佛學大辭典》（*A Dictionary of Chinese Buddhist Terms*）（臺北：成文出版社，1968年）相關詞條。十住（又稱十地）是成為菩薩所必經的十個階段，見於不少佛經，最著名的是鳩摩羅什（344–413）所譯的《十住經》（T 286），《大正藏》，第10冊，頁503a10–535a20。

[45] 見〔後秦〕鳩摩羅什譯：《妙法蓮華經》（T 262），《大正藏》，第9冊，卷3，化城喻品第七，頁22a–27b。

| 救爾生老 | Saving yourself from life and old age; |
| 肇元三車 | What were in the beginning the Three Vehicles, |
| 翻乘一道[46] | Instead now ride upon a Single Path.[47] |

佛與菩薩自然是眾所周知，毋庸辭費；緣覺（梵文 pratyekabuddha，又譯作獨覺、辟支佛，在佛法未明之世獨自修行而證悟者）與聲聞（梵文 śrāvaka，聽聞佛的聲教而證果者）是三車（又名三乘）的前兩者，為第三乘的菩薩乘所超越。在早期中國佛教藝術，緣覺的造型特徵是「髮髻呈圓錐狀，為此一時期用來辨認緣覺的關鍵；他們追求一己的救贖，不顧眾生」。[48] 聲聞（及其門徒）是佛祖的重要弟子，如著名的摩訶迦葉（Mahākāśyapa）和目犍連（Maudgalyāyana）等，在中國中古早期藝術中經常出現。[49] 靈運於後二贊中強調覺悟之路如何漫長，在達到目的之前必須排除萬難。他亦提到修成菩薩的十個階段（「十住」），以及《妙法蓮華經》中的化城之喻，即化城的蜃景給予信徒希望，幫助他們完成穿越沙漠的艱苦旅程。

相較而言，第一首贊（亦應為全組作品中最重要的一首）以〈佛〉為題，詩人想表達的是「道絕形聲」，不可名狀，這或許昭示我們如何解讀這組贊詩，甚至如何觀察佛像本身。借用文學理論大家費什（Stanley Fish）的

---

46 據《妙法蓮華經》等大乘佛典，三車無非是佛法的方便法門，最終殊途同歸於一道。
47 李運富編注：《謝靈運集》（長沙：嶽麓書社，1999年），頁333–336；顧紹柏校注本亦收這一組詩，題作〈和范特進祇洹像讚〉，繫於劉宋景平二年（424），見顧紹柏校注：《謝靈運集校注》（臺北：里仁書局，2004年），頁437–438。以上為筆者的英譯，另參陳偉強（Timothy Wai Keung Chan）此前的譯文，見Chan, *Considering the End: Mortality in Early Medieval Chinese Poetic Representation* (Leiden: Brill, 2012), p. 139。
48 Soper, *Literary Evidence for Early Buddhist Art in China*, p. 134, n. 51.
49 Soper, *Literary Evidence for Early Buddhist Art in China*, pp. 235–236. 汪悅進（Eugene Yuejin Wang）對諸多佛教人物造像的思想背景詳加闡釋，見Wang, *Shaping the Lotus Sutra: Buddhist Visual Culture in Medieval China* (Seattle, WA: University of Washington Press, 2005)。響堂山北齊石窟曾發現多尊緣覺及佛弟子造像（現藏美國賓夕法尼亞大學博物館），部分可於芝加哥大學「響堂山石窟項目」（Xiangtangshan Caves Project）網站看到，網址：https://xts.uchicago.edu，最後檢視日期為2024年5月31日。

名言,這些佛像無非是「自我消費的工藝品」(self-consuming artifacts)。[50] 鑑於象是追求無象的工具,而道是不可言傳,無法圖畫,物質的求索之路最終必然引向抽象之道,這與《老子》反覆申論的道不可道等思想旨意相通,但不容忽視的是謝靈運刻意將「道」與「理」對立起來,而後者在早期漢傳佛教語境中往往用來對應梵文的 prajñā(音譯為般若,意譯為慧)。[51]

這三首贊固然是謝靈運對佛像最簡約而完整的論述,但宜與其著名的〈佛影銘〉對讀並觀。[52] 據大旅行家法顯(337-422)的記錄(見於傳世的《佛國記》),那揭國(Nagarahāra,今阿富汗境內)城南一處石室留有佛影。[53] 晉朝高僧廬山釋慧遠(334-416)聞訊,隨即委託工匠前往繪製帛畫以誌紀念,給佛影真蹟留下一個副本。據文獻所載,天竺僧人佛陀跋陀羅(Buddhabhadra, 359-429)似曾幫助他築臺供奉佛影圖。[54] 慧遠率先為佛影作銘,並

---

[50] Stanley Fish, *Self-Consuming Artifacts: The Experience of Seventeeth-Century Literature* (Berkeley, CA: University of California Press, 1972).

[51] 郝理庵(Leon Hurvitz)曾撰文詳論支遁的般若觀,見Hurvitz, "Chih Tun's Notion of *Prajñā*," *Journal of the American Oriental Society* 88.2 (1968): pp. 243–261。

[52] 謝靈運〈佛影銘〉至少有傅樂山(J.D. Frodsham)和汪悅進兩家的英譯,分別見Frodsham, *The Murmuring Stream*, vol. 1, pp. 178–183, "Appendix IV",以及Eugene Wang, "The Shadow Image in the Cave: Discourse on Icons," in *Early Medieval China: A Sourcebook*, ed. Wendy Swartz, Robert Ford Campany, Yang Lu, and Jessey J. C. Choo (New York: Columbia University Press, 2014), pp. 419–426。令人費解的是,兩家譯文都沒有顧及原詩的押韻方式,因而沒有跟隨換韻而分章。馬瑞志(Richard Mather)雖然沒有把銘文全部譯出,但其討論頗具參考價值,見Mather, "The Landscape Buddhism of the Fifth-Century Poet Hsieh Ling-yün," *Journal of Asian Studies* 18.1 (1958): pp. 76–78。陳偉強指出謝靈運這些詩文認同普覺(universal enlightenment)眾生的教義,因為連「信不具」的闡提(梵文 icchantika)也認為具備佛性,有覺悟的可能,見Chan, *Considering the End*, pp. 140–141。

[53] Frodsham, *Murmuring Stream*, vol. 1: pp. 19–20; Wang, "The Shadow Image in the Cave," pp. 405–410;許理和:《佛教征服中國》,頁270–271。

[54] 佛陀跋陀羅曾於罽賓(今喀什米爾)遊學,因此有學者猜測他曾親身拜訪留有佛影的石室。加拿大學者陳金華披閱大量相關研究後得出的結論是,佛陀跋陀羅即便參與了慧遠繪製佛影圖和築臺之事,他本人也應當無法親身訪洞;見陳金華:〈佛陀跋陀共慧遠構佛影臺事再考〉,收入李四龍主編:《佛學與國學——樓宇烈教授七秩晉五頌壽文集》(北京:九州出版社,2009年),頁55–64。

邀請謝靈運等同道仿傚。[55] 慧遠於東晉義熙八年五月一日（412年5月27日）在新立之臺供奉佛影圖，並為之作銘，但刻之於石則遲至翌年九月三日（413年10月13日）方完成，因此謝銘似乎不得早於此時。[56] 誠如汪悅進所揭示，他們對畫像崇敬備至，背後的主要緣由已見於佛陀跋陀羅翻譯的《（佛說）觀佛三昧海經》（T 643），[57] 其中說道：「若欲知佛坐者，當觀佛影；觀佛影者，先觀佛像」。[58]

儘管為佛影作圖有如此這般的歷史背景，慧遠的圖贊一開始卻說：

| 廓矣大象[59] | Immeasurable indeed is the Great Image, |
| 理玄無名 | Whose pattern is profound and beyond names, |
| 體神入化 | Embodying the spirit and entering transformation, |
| 落影離形 | Discarding shadow and transcending form... |

索珀對這樣的開篇不無困惑，批評其語言「極其模糊而玄虛」（impossibly vague and high-flown）。[60] 要知道他的本意是通過贊文推敲原來佛影的具體形相，慧遠抽象的書寫自然無甚幫助，卻可能反映作者本人的中心信息。儘管下文不乏對圖像的直接頌讚，慧遠將圖贊置於道家的思想脈絡下，認同大道超越形體，不可言傳、圖畫或形塑。

---

55 慧遠〈佛影銘〉（一名〈萬佛影銘〉）的英譯有許理和、汪悅進兩家，分別見：Erik Zürcher, *The Buddhist Conquest of China* (Leiden: Brill, 1972), pp. 242–243（按：許理和把《高僧傳・釋慧遠傳》全譯成英文，〈萬佛影銘〉即在其中；中譯本刊落了英譯，只保留注釋，見頁306–308），以及Wang, "The Shadow Image in the Cave," pp. 415–419。

56 詳見慧遠〈佛影銘〉並序及後記，全文見《廣弘明集》，卷15，頁201a–202b。另參：Frodsham, *The Murmuring Stream*, vol. 1, p. 20，以及陳金華：〈佛陀跋陀共慧遠構佛影臺一事再考〉，頁59。

57 〔東晉〕佛陀跋陀羅譯：《佛說觀佛三昧海經》（T 643），《大正藏》，第15冊，卷7，頁681b15–16；英譯見：Wang, "The Shadow Image in the Cave," pp. 412–415。

58 《佛說觀佛三昧海經》，卷7，頁681b；英譯見：Wang, "The Shadow Image in the Cave," p. 414。

59 「大象」典出《老子》第35章，意為道之大象。

60 Soper, *Literary Evidence for Early Buddhist Art in China*, p. 32.

謝靈運的〈佛影銘〉是其又一力作，值得另行撰文詳論，此處只想探討一下第四節，其中申述了幾種與象直接相關的喻說（trope）：

| 偽既殊塗 | While dissimulation is a divergent path, |
| 義故多端 | The proper meaning has many aspects. |
| 因聲成韻 | Following the sound we find resonance, |
| 即色開顏 | Enjoying the senses, we smile in delight. |
| 望影知易 | Observing the shadow, knowledge is easily attained; |
| 尋響非難 | Seeking the echo, it is no longer difficult. |
| 形聲之外 | But beyond form and beyond sound, |
| 復有可觀 | There is yet more to be observed.[61] |

這篇銘雖作於〈和范光祿祇洹像贊〉之前，但同樣主張利用影像並加以超越之，當中體現的辯證思維並無二致，可以說是謝靈運的核心思想，縱使他書寫的對象是所謂佛陀的形跡具相。詩人非但沒有否定文章藝術帶來的愉悅，反而大加肯定，為其聽覺上的「韻」（既是韻律之韻，又是韻腳之韻）和其他感觀的享受所傾倒。聲色之娛雖則可樂，畢竟有其自身的局限，開悟才是終極的目標；相較之下，一如柏拉圖所發現，虛幻不實的影子與回響更能引導我們達至根本的真理——超於一切形相聲色的「空」。

## 四 十象贊

在這一章節，我想把謝靈運的〈維摩詰經中十譬讚八首〉（以下簡稱〈十譬讚〉）放到上述的哲學與宗教思想脈絡中加以剖析。[62] 李雁將這一組

---

61 李運富：《謝靈運集》，頁347，以及森野繁夫編著：《謝康樂文集》（東京：白帝社，2003年），頁487。

62 中、日學者的兩個注本尤其值得參考，分別是李運富：《謝靈運集》，頁336–342，以及森野繁夫：《謝康樂文集》，頁454–466。

贊歸類為「不繫年作品」無疑十分謹慎,[63] 但顧紹柏推斷其作於劉宋景平元年（423）秋至元嘉三年（426）春、謝靈運退居始寧別墅期間亦不無見地,並繼而推測「時石壁精舍初建,四方僧人及隱者輻輳,靈運與諸友談佛論道,乘興作讚,似有可能」,[64] 而此情此景已為詩人寫進〈石壁立招提精舍〉一詩。[65] 理論上,〈十譬讚〉作於詩人一生中不同時期都有可能,因為他十五歲那年便跟慧遠學佛,皈依釋門,不過照道理應在鳩摩羅什（Kumārajīva, 343－409或413卒）的譯作流傳到長安以後。[66]

鳩摩羅什翻譯的《維摩詰所說經》（*Vimalakīrti sūtra*,406年完成）應為〈十譬讚〉的一大靈感泉源,更重要的是,他似乎是第一個想到作詩頌讚十種譬喻的人,並留下一首〈十喻詩〉。鳩摩羅什在詩中雖未明言十喻出自何典,但很可能想到體大精思的《大智度論》（梵文書名應作 *Māhāprajñāpāramitāśāstra*）的同名篇章。該書第11篇釋論的題目為〈十喻〉,先引「經」（按即《摩訶般若波羅蜜經》〔T 223〕）云:「解了諸法如幻、如焰、如水中月、如虛空、如響、如犍闥婆城、如夢、如影、如鏡中像、如化」,接著龍樹菩薩的「論」闡釋道「是十喻,為解空法故」。[67] 附帶

---

63　李雁:《謝靈運研究》（北京:人民文學出版社,2005年）,頁179。
64　顧紹柏:《謝靈運集校注》,頁446,注1。
65　顧紹柏:《謝靈運集校注》,頁162–163:原詩僅見於《藝文類聚》,卷76,頁1294。按:招提（梵文cāturdiśa）不同於一般寺廟,並不屬於單一的宗派,四方僧人都可前來寄住,謝靈運的招提精舍即建於其別業之內。
66　鳩摩羅什於後秦弘始四年（402）為姚興禮聘至長安,隨後便開始與慧遠定期通信,見許理和:《佛教征服中國》,頁272–275。
67　龍樹菩薩造,〔後秦〕鳩摩羅什譯:《大智度論》（T 1509）,《大正藏》,第25冊,卷6,頁101c8–9、10。《大智度論》的法文譯者拉莫特（Étienne Lamotte）將十喻譯作 "Les dix comparaisons"（十種比擬物）,並以梵文upamāna（漢文音譯為優波摩,意譯為譬喻）為語源,見Lamotte, *Le Traité de la grande vertu de sagesse de Nāgārjuna (Mahāprajñāpāramitāśāstra)*, vol. 1 (Louvain: Université de Louvain, Institut Orientaliste, 1944), p. 357。我認為「喻」在英文宜譯作 "simile"（明喻）,方能清晰表示該字眼的重點落在「空」的最終所指。

一提，十喻絕非僅見於《大智度論》一書，在佛教傳統裏流衍不絕。[68] 齊藤隆信雖指出十喻的另一早期來源為《摩訶般若波羅蜜經》（即前述《大品般若經》）鳩摩羅什譯本，但經中並未明言其為「空」的譬喻。[69] 因此論中說十喻是用來「解空法」，應當視為鳩摩羅什詩作的直接啟發。其詩原文如下：

## 十喻詩
### Poem on the Ten Similes

| | |
|---|---|
| 一喻以喻空 | One simile to resemble emptiness: |
| 空必待此喻 | Emptiness must then rely on this simile. |
| 借言以會意 | Borrowing words to meet the sense, |
| 意盡無會處 | When the sense is gone there is no more place to meet. |
| 既得出長羅 | Once you have departed from the vast net, |
| 住此無所住 | Abiding here you have no place to abide. |
| 若能映斯照 | If you can reflect this illumination, though, |
| 萬象無來去 | The myriad phenomena no longer come or go.[70] |

這首詩一說為鳩摩羅什弟子僧叡（《華嚴經疏注》尊稱為叡公）所作。[71] 考慮到上詩缺乏鳩摩羅什的譯經所呈現的哲學深度，確實有可能出於其漢人親傳

---

68 「十喻」在後世的佛經注釋中不斷擴充，在藏傳佛教裏尤其如此，早已超出一十之數，韋斯特霍夫（Jan Westerhoff）的相關研究極富啟發，見Westerhoff, *The Twelve Illusions* (Oxford: Oxford University Press, 2010)。

69 經文與《大智度論》所引幾乎全同，僅「犍闥婆城」（梵文gandharvas）之「犍」作「揵」，見〔後秦〕鳩摩羅什譯：《摩訶般若波羅蜜經》（T 223），《大正藏》，第8冊，卷1，頁217a22。

70 逯欽立輯校：《先秦漢魏晉南北朝詩》（北京：中華書局，1983年），晉詩，卷20，頁1084；另參齊藤隆信：《漢語仏典における偈の研究》（東京：法藏館，2013年），頁404–409，談及現存的鳩摩羅什漢詩，〈十喻詩〉見引於頁406。

71 澄觀述，淨源錄疏注經：《華嚴經疏注》（X 234），收入河村照孝編集：《卍新纂大日本續藏經》（東京：國書刊行會，1975–1989年，全90冊），第7冊，卷73，頁773c。

或私淑弟子手筆。齊藤隆信亦指出此詩押韻,而《大智度論》所錄的詩例不叶韻。無論作者誰屬,這首作品代表了佛教徒以漢詩回應十喻的早期嘗試。

如前所述,謝靈運〈十譬讚〉所據的佛典並非《大智度論》,而是後出的《維摩詰所說經》,[72] 即第二品一大段有關身體比喻的長文。該文詳細交代了十種譬喻各自的立論根據,而共通之處則在於同樣揭示人身的脆弱與速朽。這十譬充滿想像力而精準入微,相信是吸引謝靈運拈出來加以詩歌化推衍的原因。支謙(活躍於223–253)的譯本雖然早出,但很有意思,值得先行列出(為方便討論,中間的十譬會分行開列,下同):

> 諸仁者!是身無常,為無強,為無力,為無堅,為苦,為老,為病,為多痛畏。諸仁者!如此身,明智者所不怙。
> 是身如聚沫,澡浴強忍;
> 是身如泡,不得久立;
> 是身如野馬,渴愛疲勞;[73]
> 是身如芭蕉,中無有堅;
> 是身如幻,轉受報應;
> 是身如夢,其現恍惚;
> 是身如影,行照而現;
> 是身如響,因緣變失;
> 是身如霧,意無靜相;
> 是身如電,為分散法;
> 是身無主,為如地;是身非身,為如火;是身非命,為如風;是身非

---

72 《維摩詰所說經》的研究可參考:Étienne Lamotte, trans., and annot., *L'Enseignement de Vimalakīrti (Vimalakīrtinirdeśa)* (Louvain: Université de Louvain, Institut Orientaliste, 1962),以及Robert A.F. Thurman, *The Holy Teaching of Vimalakīrti: A Mahāyāna Scripture* (University Park, PA: Pennsylvania State University Press, 1976)。

73 支謙用「野馬」譯「炎(或焰)」非常耐人尋味,顯然受到《莊子・逍遙游》「野馬也,塵埃也,生物之以息相吹也」一語啟發:見〔清〕郭慶藩:《莊子集釋》,卷1上,內篇,逍遙遊第一,頁5。

人，為如水；是身非有，四大為家；是身為空，無我無性無命無人；是身無我，我者轉離；是身如束薪，筋纏如立；是身非真，但巧風合；是身為荒，不淨腐積；是身為虛偽，而復速朽，為磨滅法；是身為災，一增百病；是身老為怨，以老苦極；是身為窮道，為要當死。[74]

一經比較，顯然鳩摩羅什的譯本更好地對應謝贊的十譬（特別是第三譬「野馬」改譯為「炎」，第九譬「霧」改為「浮雲」）：

> 諸仁者！是身無常、無強、無力、無堅、速朽之法，不可信也！為苦、為惱，眾病所集。諸仁者！如此身，明智者所不怙。
> 是身如聚沫，不可撮摩；
> 是身如泡，不得久立；[75]
> 是身如炎，從渴愛生；[76]
> 是身如芭蕉，中無有堅；[77]
> 是身如幻，從顛倒起；[78]
> 是身如夢，為虛妄見；
> 是身如影，從業緣現；[79]

---

74 〔三國吳〕支謙譯：《佛說維摩詰經》（T 474），《大正藏》，第14冊，卷上〈善權品第二〉，頁521a29–b14。我的英譯嘗試傳達出謝靈運所熟悉的佛經行文風格，翻譯時參考了以下兩種著作：Lamotte, *L'Enseignement de Vimalakīrti*, pp. 132–138, 以及Thurman, *The Holy Teaching of Vimalakīrti*, p. 22。

75 「聚沫」（phenapiṇḍa，意譯為「泡沫之球」）與「泡」（budbuda，「水泡」）二詞在梵文裏有分別，但在漢語裏幾乎無別，因此謝靈運合為〈聚沫泡合〉一贊。

76 「炎」在梵文原作marīci（音譯摩利支，意譯陽炎、陽焰），英文可譯作mirage。

77 「中無有堅」，梵文原作asāra，意謂「無樹液的」。芭蕉的特徵是葉面大而寬，下部看似由一根粗莖支撐，實質上是葉鞘重疊而成，散開後是中空的。緊隨其後為「器具」一喻，但兩種早期漢譯均省去。

78 顛倒，拉莫特法譯作 "méprises"（誤會），所據為梵文viparyāsasamutthita（「源於誤會、怠忽職守、顛倒」）。

79 「影」，對應梵文pratibimba（影像），其詞根bimba有「像」之意，但多了前綴prati-「倒影」一重意思。

是身如響，屬諸因緣；

是身如浮雲，須臾變滅；

是身如電，念念不住；

是身無主，為如地；是身無我，為如火；是身無壽，為如風；是身無人，為如水；是身不實，四大為家；是身為空，離我、我所；是身無知，如草木瓦礫；是身無作，風力所轉；是身不淨，穢惡充滿；是身為虛偽，雖假以澡浴衣食，必歸磨滅；是身為災，百一病惱；[80] 是身如丘井，為老所逼；[81] 是身無定，為要當死；是身如毒蛇、如怨賊、如空聚，陰、界、諸入所共合成。[82]

拉莫特指出以上諸喻其實並非維摩詰最早提出，其源頭甚至不是大乘佛教（Mahāyāna Buddhism）典籍，而可以上溯至「相應」（Saṃyutta）佛典。[83] 現今學者對於佛經傳衍的豐富知識與歷史意識自非古人所能企及，但當時鳩摩羅什的長安譯場源源不絕譯出新的佛經佛論，對謝靈運肯定帶來莫大的刺激和啟發。他自覺地利用八首八行五言詩的形式進一步闡釋十譬，在中國組詩的傳統裏面佔了可觀的地位。[84] 以下是謝贊的原文和英譯：

---

80 細較而言，四大元素各自帶來一百零一種病惱，故總數應為四百零四。
81 據鳩摩羅什自注，丘井之喻指不慎跌進枯井的人將飽受苦難，直至蜜糖從樹上流下來方才得救，詳見拉莫特的注解：Lamotte, *L'Enseignement de Vimalakīrti*, pp. 135–36 n。
82 〔後秦〕鳩摩羅什譯：《維摩詰所說經》（T 475），《大正藏》，第14冊，卷上〈方便品第二〉，頁539b17、20。兩種漢文譯本都省去梵文yantra（器具）一喻。
83 Lamotte, *L'Enseignement de Vimalakīrti*, pp. 133 n；所引《相應部》典籍包括《雜阿含經》（T 99）（求那跋陀羅譯，卷10，第265則）、《五陰譬喻經》（T 105）（安世高譯）、《佛說水沫所漂經》（T 106）（竺曇無蘭譯）等等，分別收入《大正藏》第2冊，頁69a；頁501b；頁502a。
84 謝靈運的〈擬魏太子鄴中集詩八首〉也是類似的傑作。參見梅家玲：〈論謝靈運〈擬魏太子鄴中集詩八首并序〉的美學特質——兼論漢晉詩賦中的擬作、代言現象及其相關問題〉，《臺大中文學報》總第7期（1995年），頁155–216。關於組詩的問題，可以參考Joseph R. Allen, *The Chinese Lyric Sequence: Poems, Painting, Anthologies* (Amherst, NY: Cambria Press, 2020)。

## 維摩詰經中十譬讚八首
Encomia to the Ten Similes in the *Vimalakīrti sūtra* (Eight Poems)

1  聚沫泡合[85]

On the Mass of Foam and Bubble, Combined

| | |
|---|---|
| 水性本無泡 | The nature of water is such that originally it has no bubbles. |
| 激流遂聚沫 | In a violent torrent it then forms masses of foam. |
| 即異成貌狀 | According to the differences, it forms various shapes; |
| 消散歸虛壑[86] | But dissolving it returns to the crevice of nothingness. |
| 君子識根本 | A noble man recognizes the roots of things; |
| 安事勞與奪 | And does not strive to labor or to steal. |
| 愚俗駭變化 | The foolish and the vulgar are startled by change; |
| 橫復生欣怛 | And incessantly experience delight and distress. |

2  焰

Mirage

| | |
|---|---|
| 性內相表狀 | The nature inside resembles the appearance on the surface: |
| 非炎安知火 | If not for the flame how would you know there's fire? |
| 新新相推移 | New things pass on and replace on another in turn; |
| 熒熒非向我 | Flicking and flickering, yet they do not point towards the self. |
| 如何滯著人 | How can a man who is mired in attachments? |
| 終歲迷因果[87] | Be bewildered all these years by cause and effect? |

---

[85] 或許因為沫和泡在中文是極其相似的概念，所以謝氏將兩個比喻寫入同一首讚。

[86] 虛壑，《大正藏》本《廣弘明集》(T 2103) 原作「虛谿」(見第52冊，頁204 b2)，此從顧紹柏說校改，見顧紹柏：《謝靈運集校注》，頁447，注3。

[87] 本讚少了一聯，應為早期傳抄時脫漏。

## 3 芭蕉
## Plantain

| | |
|---|---|
| 生分本多端[88] | The fate of a man's life is manifold from the start, |
| 芭蕉知不一 | Through the plantain one can know its inconstancy. |
| 合萼不結核 | Combining the calices it forms no solid core; |
| 敷花何由實 | Spreading out its blossoms, how does the fruit ripen? |
| 至人善取譬 | The ultimate man excels at drawing out comparisons, |
| 無宰誰能律 | But without any master, who can maintain control?[89] |
| 莫昵緣合時 | Don't rely on the moment when fate allows you to be joined, |
| 當視分散日 | But look instead to the day of separation. |

## 4 聚幻
## Composite Illusions

| | |
|---|---|
| 幻工作同異 | The illusionist makes things look similar or different, |
| 誰復謂非真 | So who can say they are not real? |
| 一從逝物過 | As soon as the passing things have gone, |
| 既往亦何陳 | Once they are past how can one still describe them? |
| 謬者疑久近 | The benighted are confused by the ancient and the new,[90] |
| 達者皆自賓 | But the perceptive identify themselves as transient in this world. |
| 勿起離合情 | Don't let any feelings stir in response to partings or to meetings, |
| 會無百代人 | For no man will endure a hundred ages. |

---

88 「生分」一詞為佛教漢語的術語，意思為生下來就有的命分，梵文aupapattyaṃśika 或 upapattyaṃśika，直譯為英文的pertaining to birth。

89 謝靈運可能想到《莊子・齊物論》:「若有真宰，而特不得其朕」;見〔清〕郭慶藩:《莊子集釋》，卷1下，頁62。

90 俗人以為時間是真實的存在而非人為的概念，久遠和最近的事物有差別。「久近」在佛教文本裏面是常見術語。

## 5 夢
## Dream

| | |
|---|---|
| 覺謂寢無知 | Upon waking you say that in sleeping you were unconscious; |
| 寐中非無見 | But while sleeping you were not without perception. |
| 意狀盈明前[91] | Thoughts and shapes fill your vision; |
| 好惡迭萬變 | Good and bad alternate in their myriad variations. |
| 既悟眇已往 | Even while perceiving they have vanished far off, |
| 惜為浮物戀 | Once still cherishes an attachment to these transitory things. |
| 孰視娑婆盡 | Who perceives that this *sahā* cosmos, extinguished, |
| 寧當非赤縣[92] | Must be something beyond this Crimson Prefecture? |

## 6 影響合[93]
## Image and Echo, Combined

| | |
|---|---|
| 影響順形聲 | Image and echo match the form and sound. |
| 資物故生理 | According to the object, they produce the same pattern. |
| 一旦揮霍去[94] | As soon as they depart in flickering flight, |
| 何因得像似 | How can one recover that resemblance? |

---

91 顧紹柏校注本和《廣弘明集》(《四部叢刊》本) 作「眼前」，此處從《廣弘明集》《大正藏》本，作「明前」，見頁200b 16。

92 尾聯將佛家的「娑婆」(梵文sahā，表面上指世界，實暗含三千大千世界總和之意) 與先秦世界觀中的「赤縣」相提並論，概念甚為複雜。赤縣全稱「赤縣神州」，源於鄒衍 (《史記》作騶衍) 的大九州說，見〔漢〕司馬遷撰，〔南朝宋〕裴駰集解，〔唐〕司馬貞索隱，〔唐〕張守節正義：《史記》(北京：中華書局，2013年)，卷74，頁2834。

93 正如第一首，謝氏將兩個類似的比喻寫成一首共同的贊。「影」和「響」在中文常會合併為一詞 (合義複詞)，例如偽古文《書經・大禹謨》：「惠迪吉，從逆凶，惟影響。」〔宋〕蔡沈撰，王豐先點校：《書集傳》(北京：中華書局，2018年)，頁26。

94 這一聯的文句尤其酷似陸機〈文賦〉「體有萬殊，物無一量，紛紜揮霍，形難為狀」(第99–102行)。〔晉〕陸機著，張少康集釋：《文賦集釋》(北京：人民文學出版社，2006年重印)，頁99。

| | |
|---|---|
| 群有靡不然 | Of all the myriad beings none are not such as this, |
| 昧漠乎自已[95] | In the opaque obscurity they terminate of their own accord.[96] |
| 四色尚無本 | The four Forms have never had any origin; |
| 八微欲安恃[97] | How can one rely on the Eight Infinitesimals? |

### 7 浮雲
### Drifting Clouds

| | |
|---|---|
| 泛濫明月陰 | Flooding forth in the shade of the moonlight; |
| 蒼蔚南山雨 | Hanging heavily in the rain on the southern hills: |
| 能為變動用 | They can serve for change and movement, |
| 在我竟無取 | But for the self they cannot be accepted. |
| 俄已就飛散[98] | In an instant they have flown away and dissolved, |
| 豈復得攢聚 | Then how can they be gathered back together? |
| 諸法既無我 | Since all the dharmas have no self within them, |
| 何由有我所 | How can there be any place for a self? |

### 8 電
### Lightning

| | |
|---|---|
| 倏爍驚電過 | Fulgently flickering, the lightning beam abruptly passes; |

---

95 「呼」,《藝文類聚》卷76等作「乎」,此處從李運富的校改。

96 「昧漠」為雙聲連綿辭,中古音為məjʰ-mak。見 Edwin G. Pulleyblank, *Lexicon of Reconstructed Pronunciation in Early Middle Chinese, Late Middle Chinese, and Early Mandarin* (Vancouver: UBC Press, 1991), q.vv.。

97 「四色」與「四大」同義,即地、水、火、風等四大元素。李運富和森野繁夫皆釋「八微」為「八正道」,不確,此詞已見於沈約代作的〈南齊南郡王捨身疏〉,篇首云:「三世若假,八微終散」,見《廣弘明集》(《四部叢刊》本),卷28上,頁431b。「八微」似由更常見的「四微」推衍而來(或行文避重複),後者為色法的元素,即色、香、味、觸;四大即依四微而成,互相對應。

98 上引《維摩詰所說經》已說浮雲的特徵為「須臾變滅」。

| 可見不可逐 | It can be seen but cannot be pursued. |
| 恆物生滅後 | After enduring objects have been born and perished, |
| 誰復覈遲速 | Who can further investigate their slowness or haste? |
| 慎勿留空念 | Be careful not to let futile ideas linger; |
| 橫使神理怩 | For that will only make divine principles ashamed. |
| 廢己道易孚[99] | Eliminating the self, the Way will soon flourish; |
| 忘情長之福 | Forgetting passions, you will proceed ever towards blessings.[100] |

說這組譬喻之贊缺乏個性，也許不無道理；但反過來說，真實個性的寂滅正是贊詩所要傳達的信息之一。作品劈頭便說「水性本無泡」，可以理解為「三法印」中「諸法無我」（〈浮雲〉已逕直說「諸法既無我」）的變調：「法」（dharma）為眾生有情的根本，以「無我」為最高境界，相化之下人的意識猶如法海中的泡沫，速生而速滅。同樣，人的愛憎喜怒一如自然界的閃電，無非對「神理」構成干擾，而此一命題在謝靈運的山水詩一再出現。換言之，這組充滿哲理的贊歌看似主張消卻個性，實應理解為詩人長期內心交戰的真實紀錄，反映他如何抑制性情以服從神理，最終在自然山水中得到覺悟。

〈十譬贊〉從多個視角書寫同一主題，正好與謝靈運模擬建安詩風的〈擬魏太子鄴中集詩八首（并序）〉稍作比較。[101] 讀者通過後一組詩，仿佛聽到鄴宮之內的吟歌詠詩不絕盈耳，談笑之聲迴盪於屋梁椽柱之外，但與此同時清晰意識到這些建安風流人物早已作古，即便上距謝靈運的時代也有兩

---

99　《大正藏》本《廣弘明集》作「廢己」，但其他文獻所引謝詩或作「發己」（「己」又或誤作「巳」）。此處跟從森野繁夫的意見仍作「廢己」（我英譯為"Eliminating the self"），見森野繁夫：《謝康樂文集》，頁464。

100　顧紹柏：《謝靈運集校注》，頁444–447；李運富：《謝靈運集》，頁336–342；森野繁夫：《謝康樂文集》，頁454–467。

101　我已在研究江淹的專著中討論過這一組詩，見Williams, *Imitations of the Self: Jiang Yan and Chinese Poetics* (Leiden: Brill, 2015), pp. 114ff。

百年之久。理智儘管提醒我們一切歡愉都是短暫的,但人生在世,「惜為浮物戀」仍在所難免。石室牆上交錯的像與影,幻象與夢境中隱現的輪廓,在在提醒我們人間歡愉的虛幻不真——死亡的象徵(memento mori)早已深深植入五感之中——但活著的人仍然感到刺痛,全因為對歡愉還有一份留戀。換言之,佛經的十種譬喻之所以發人深省,不單因為所代表的喻體(tenor),很大程度上亦源於喻依(vehicle)本身,對謝靈運而言如此,對鳩摩羅什亦如此。意象是深奧哲理的浮淺荃蹄,但正因為浮淺,作為表達方式的荃蹄方能行之有效。

## 五　結語

以上討論集中在謝靈運較鮮為人知的作品,但即使其膾炙人口的山水詩也絕不止山水一個面向,而是具有多重意涵,因此我深信佛教哲理對正確而全面地評析謝詩至為關鍵。誠然詩人在四言、五言詩中甚少暢談佛理,但佛理在其所謂世俗詩中俯拾皆是。在文章結束前我想舉一首山水詩為例,用以證明本文探討的意象與無常之間的辯證關係,對我們理解詩意不無裨益。[102]

元嘉七年(430),謝靈運仍在始寧墅過著隱居生活,不料與會稽太守孟顗交惡,被對方上告其有異心,幸未獲罪;翌年被派往臨川(今江西撫州市臨川區西面)出任內史一職,又被有司劾奏為怠忽職守。由於拒捕,進一步被罰遠徙南海(今廣州),在當地再次被指控謀反作亂,最終被處以棄市之刑。但謝靈運遭遇這一連串厄難以前,仍在始寧的湖光山色中終日流連之時,用其一向的詩風創作了以下一首瑰瑋的山水詩,借用《楚辭》的辭藻描寫其在崇山峻嶺之間的漫遊,以哀傷的筆調表達對朋友們的思念,尤其渴望「智者」的相伴,因為只有對方才足以抵掌共論詩末所表達的玄意:

---

[102] 謝詩充滿佛理,我這方面的理解除了受益於前引馬瑞志的文章(Mather, "The Landscape Buddhism of the Fifth-Century Poet Hsieh Ling-yün," pp. 67–79),更大大得益於陳偉強專著中「謝靈運論開悟」("Xie Lingyun on Awakening")一章,見Chan, Considering the End, pp. 127–158,以及其論文〈石壁精舍,江中孤嶼——謝靈運的頓悟山水〉,收入劉楚華編:《中國文學風景》(香港:匯智出版,2018年),頁80–93。

## 石門新營所住四面高山迴溪石瀨茂林脩竹
On All Four Sides of My New Habitation at Stone Gate Were High Mountains, Winding Streams, Rocky Rapids, Dense Woods, and Slender Bamboo

| | |
|---|---|
| 躋險築幽居 | Hurdling over danger, I built this residence in remoteness; |
| 披雲臥石門[103] | Mantled in clouds, I recline at Stone Gate. |
| 苔滑誰能步 | Over this slippery moss who can tread? |
| 葛弱豈可捫 | How to keep a grip on flimsy kudzu vines? |
| 嫋嫋秋風過 | Soughing and sighing, the autumn wind passes by; |
| 萋萋春草繁[104] | In verdant profusion the spring grasses thrive. |
| 美人遊不還 | The Fair One has journeyed off and does not return; |
| 佳期何由敦[105] | How can we meet at the auspicious hour? |
| 芳塵凝瑤席 | Your sweet-smelling traces are fixed on the jasper mats; |
| 清醑滿金罇 | Ethereal liqueurs fill the gilded goblets. |
| 洞庭空波瀾 | The waves churn needlessly on Lake Dongting; |
| 桂枝徒攀翻 | I cling to cinnamon branches without result. |
| 結念屬霄漢[106] | Collecting my thoughts that stray far as the Milky Way, |
| 孤景莫與諼 | In this lonely scene I have no way to forget them. |
| 俯濯石下潭 | Looking down I bathe in the pool beneath the rocks, |

---

103 石門山（今浙江嵊州市）距離謝靈運位於始寧（今浙江上虞附近）的別墅不遠。

104 典出淮南小山（西漢淮南王劉安的門客）所作〈招隱士〉，句云：「王孫遊兮不歸，春草生兮萋萋」（"The prince who has gone wandering – will not return, / while grasses of spring flourish – dense and verdant."）英譯參見Nicholas Morrow Williams, trans., *Elegies of Chu: An Anthology of Early Chinese Poetry* (Oxford: Oxford University Press, 2022), p. 85。

105 敦，此處讀作團（*tuán*），與《詩・大雅・行葦》「敦彼行葦」之敦音義皆同，毛傳訓為「聚貌」，見《毛詩正義》，卷17之2，頁1268。

106 此句費解，傅德山譯作"I long for someone far off as the Milky Way"（意謂所期之人在霄漢之遠），顯然不確（Frodsham, *Murmuring Stream*, vol. 1, p. 136）；相較而言，李運富的注釋值得參考（《謝運集》，頁95）。

| | |
|---|---|
| 仰看條上猿 | Above see the gibbons on the branches. |
| 早聞夕飇急 | First I listen to the evening gale rushing past; |
| 晚見朝日暾 | Later I see the dawning sun blaze. |
| 崖傾光難留 | The cliffs leaning over us, light cannot easily be stayed; |
| 林深響易奔 | Deep in these woods the echoes readily flee. |
| 感往慮有復 | Though my affections have gone, my worries reappear; |
| 理來情無存 | The pattern once obtained, passions are not preserved. |
| 庶持乘日用[107] | If only I could only enjoy the free use of sunlight, |
| 得以慰營魂[108] | Then I could ease my skysoul and earthsoul. |
| 匪為眾人說 | This is not something you can speak of to the many; |
| 冀與智者論 | I only hope to discuss it with the wise ones.[109] |

---

[107] 此句典出《莊子》的一則寓言，其中牧馬童子說有一位長者教他：「若乘日之車而遊於襄城之野」；見〔清〕郭慶藩：《莊子集釋》，卷8中，雜篇，徐无鬼，頁833。南宋尤袤（1127–1194）據此誤改「用」字為「車」。見顧紹柏：《謝靈運集校注》，頁260–261，注23引《文選考異》。但原意不外乎說趁陽光普照（即謝贊所言「乘日之用」）外出郊遊。

[108] 李善（630–689）於本句下注引《楚辭・遠遊》：「載營魄而登霞兮，掩浮雲而上徵」（"Sustained by skysoul and earthsoul I ascend the auroras — / concealed in drifting cloud I complete my climb"）。按：《老子》第十章河上公章句云「營魄，魂魄也」，我據此譯為 "skysoul"（魂）和 "earthsoul"（魄），見Williams, *Elegies of Chu*, p. 78；王卡點校：《老子道德經河上公章句》（北京：中華書局，1993年），卷1，頁34；Eduard Erkes, "Ho-shang-kung's Commentary on *Lao-tse*," *Artibus Asiae* 8.2–4 (1945): pp. 141–142。不過，我們難以完全否定謝靈運受到王弼《老子注》的影響。王注云：「營魄，人之常居處也」，林理彰（Richard John Lynn）據此譯為 "where your earthsoul is protected"（魄受保護之所）；見樓宇烈：《老子道德經注校釋》，頁22；Lynn, trans., *The Classic of the Way and Virtue: A New Translation of the* Tao-te ching *of Laozi as Interpreted by Wang Bi* (New York: Columbia University Press, 1999), p. 67。王弼從營字的本義（營地；軍壘）出發，將營魄理解為「靈魂的領域」，但謝靈運只視營魄為可以慰藉安撫者，並無處所、領域的含意，因此他的理解或許更接近河上公。

[109] 顧紹柏：《謝靈運集校注》，頁256。最後兩個詞在胡克家本《文選》作「脩竹茂林」，見〔南朝梁〕蕭統編，〔唐〕李善注：《文選》（上海：上海古籍出版社，2019年第二版），卷30，頁1427–1428。

這首詩充滿雄奇瑰麗的自然界意象，完整呈現詩人的世界觀和對宇宙的聯想。一如不少山水詩，謝靈運在末段轉入哲思，回到他最愛談的萬事萬物之「理」（今人研究往往蔑稱「玄言尾巴」，視為多餘）。[110] 本詩跟從上文所論支遁的做法，將「理」與般若智等同起來。近年有研究詳細論證謝氏在始寧時期以降的主要作品中「理」無疑是一大關鍵詞，反映他從孫綽（314–371）等前代詩人身上繼承了玄言詩傳統，只是青出於藍，將美學體驗融入詩歌方面遠比前人高明。[111] 再者，謝氏在與緇流論辯「頓悟」時亦談及「理」（詳見其〈辨宗論〉），[112] 因此即使沒有明引釋家教義，以一個「理」字表達得到佛理般若，這番言外之意已呼之欲出。

在譯詩裏，我選擇用英語 pattern（模式；方式；典範）一詞表達「理」，一來暗示通往佛教深刻哲理和真實的門徑，二來保留其在古書中的字義，即「道理」或「條理」。由此看來，謝氏山水詩確實沿襲支遁本人和其他玄言詩人的論辯傳統，在作品中融入佛理哲思的同時，刻意沿用古典漢語的詞彙。[113] 落實到本詩裏，詩人最主要的體悟是深感宇宙萬事萬物的息息相關，這跟中國人自古以來對於「文」的理解，即視人文和文化之「文」與經典所載之「文」為宇宙與自然之「文（紋）」的直接反映可謂一脈相承。謝詩流露出一種得道的滿足感，源於他悉心觀察種種自然現象，最終察

---

110 這並非謝靈運特立獨行，而是遵循支遁的進路，詳見前說。

111 有關謝詩的發展，見蔡瑜：〈重探謝靈運山水詩——理感與美感〉，《臺大中文學報》第37期（2012年），頁89–128。我曾撰文討論謝靈運和陶淵明固然天才橫溢、充滿原創性，二人的詩作實繼承和發揚玄言詩的傳統，見Nicholas Morrow Williams, "The Metaphysical Lyric of the Six Dynasties," *T'oung Pao* 98 (2012): pp. 65–112。

112 參見牧角悅子：〈謝靈運詩における「理」と自然——「弁宗論」及び始寧時代の詩を中心に〉，九州大學文學部編：《文學研究》第85期（1988年），頁35–66；中譯本見牧角悅子撰，宋紅譯：〈謝靈運詩中的「理」與自然——以〈辨宗論〉及始寧時代的詩為中心〉，收入宋紅編譯：《日韓謝靈運研究譯文集》（桂林：廣西師範大學出版社，2001年），頁127–150。

113 蘇源熙（Haun Saussy）在近著中對這種「翻譯作為引用」（translation as citation）的思維模式多所發明，見Saussy, *Translation as Citation: Zhuangzi Inside Out* (Oxford: Oxford University Press, 2017)。

覺出物象之下的深層道理。〈十譬讚〉引入大乘佛教精細的概念，固然體現謝靈運對大乘佛理的深湛認識，但其山水名篇之所以取得更高的成就，正正在於詩人對觀感體驗之虛幻本質的妙悟不落言筌，而是蘊藏於意象之中讓讀者自行領略。

　　本詩末聯與《詭辯者》等柏拉圖著作不無相似之處，雙方都嚴格區分面向普羅大眾的學說與只有真正的哲學家方能領會的哲理。就連柏拉圖以對話錄的形式談論哲學，謝靈運似乎也心有靈犀，因為詩中正正表達出朋友間的談話是明辨真理的不二法門。謝靈運與柏拉圖的終極追求即使分屬不同世界，至少可說都在近似的層理面進行探索。其實不單是哲學目標，就連其中一條求索之路也令人聯想起《詭辯者》。在進入抽象玄思以前的最後一聯寫道：

　　　　崖傾光難留　　The cliffs leaning over us, light cannot easily be stayed;
　　　　林深響易奔　　Deep in these woods the echoes readily flee.

此前詩人花了大量創意和精力鋪排景物，用極具感染力的語言描繪景色，及至此聯卻筆鋒一轉，指向風景所帶來視聽印象。綻放的花枝這一刻還閃閃泛光，下一刻便被陰影籠罩；人聲回響與天籟之音飄然而至，彈指之間便闃寂無聲。這番光景讓詩人陷入沉思之中——對別業四周景色的鍾愛著迷，偏偏引發他思考萬事萬物皆有盡時。周遭生命律動的過眼影像驅使他進入更深層的沉思，哪怕日後在官場無法取得片刻的安寧，此際卻對恆久的平安有所覺悟。

# 圖像與傳記：中古佛教製讚作傳傳統及其僧傳文體呈現[*]

劉學軍

江蘇第二師範學院文學院

## 一 《高僧傳》「讚」體價值重估之必要性

學界對於慧皎（497－554）編撰的《高僧傳》諸科「讚」文相對缺乏應有之關注，筆者目力所及迄今尚無一篇論文專門討論《高僧傳》「讚」體的形式特徵和內容特色。人們傾向於強調傳文部分的史料價值，卻忽視了篇幅並不佔優勢的「論」、「讚」，而這顯然與慧皎本人的看法不侔——一方面，慧皎對於「論」、「讚」特別重視，這體現在他與王曼穎通信中，面對後者指出皎傳傳文與此前眾人所撰傳記作品有相似處，作為一種對於「質疑」的回應，慧皎覆信聲言「十科」之分類乃是自己這部傳記作品的特色，並順將「所著贊論十科」寄呈曼穎，[1] 顯然這是慧皎自詡傳記特色與價值之所在；另一方面，慧皎有著一種非常明確的辨體意識，他認為「讚」和「論」存在

---

[*] 本文最初版本收入拙著《張力與典範：慧皎《高僧傳》書寫研究》（北京：商務印書館，2022年）中，此為修訂版。小文在修訂過程中，曾利用不同會議場合，聆聽過張伯偉、陳懷宇、劉苑如、吳光正等先生的寶貴評議意見。此外，本論文集的兩位匿名評審專家也惠予了很好的修改建議。此一併致謝！

[1] 〔南朝梁〕慧皎撰，湯用彤校注，湯一玄整理：《高僧傳》（北京：中華書局，1992年），卷14，頁553–554。

一個通常的文體規範（「恆體」），但他卻有意要突破常規，將傳記前面的「序」和後面的「議」結合在一起，置於「一科之末」，並總稱為「論」。[2]

　　此外，由於慧皎自言撰作《高僧傳》取法的對象是由司馬遷（前145生）《史記》所代表「正史」傳統（「用簡龍門」），所以大家一般均將「論」、「讚」看作是對每科傳記內容的概括或議論；而就「論」、「讚」關係來說，則認為「讚」從屬於「論」，惟採用四言駢體韻文形式、更富於文采而已。事實上，這種對於《高僧傳》「論」、「讚」關係的認定是存在問題的。筆者曾專文分析過《高僧傳》之「論」、「讚」，發現：《高僧傳》實際的取法對象是范曄（398－445）《後漢書》，具體體現為「論讚」文體的引入和駢儷形式的呈現兩方面；但《高僧傳》之「讚」卻不像「論」那樣效法「正史」書寫傳統，以「約事」和「張理」（劉知幾〔661－721〕《史通‧論讚》）功能為主。它借鑑了漢譯佛典「佛讚」（偈頌）文體，同時又賦予其新質，即一方面「讚」辭讚頌的對象由佛轉向了普通的高僧個體及其個體行為，另一方面「讚」辭的內容由對佛教義理的反覆言說轉向了佛教現實處境的議論，而關注視野向普通高僧個體轉移、論理焦點集中於佛教現實處境，正是一種帶有褒貶意味的歷史意識，這是最能體現慧皎之創意的地方。[3]

　　因此，從文體學角度上說，我們對於《高僧傳》「讚」的取法對象須有更為切近情理的判定，對「讚」體的價值也應予以重估。

## 二　唐代「譯經圖紀」之啟示

　　檢閱中古僧傳材料，可以注意到「譯經圖紀」這樣一類文獻的存在。其中，最具代表性的是唐代靖邁（約645－650）所編撰的《古今譯經圖紀》（T 2151）和智昇（730年前後在世）所編撰的《續古今譯經圖紀》（T 2152）。

　　靖邁，是玄奘法師（602－664）慈恩寺譯場綴文九大德之一。《古今譯經圖紀》（四卷）是配合慈恩寺翻經院堂壁所繪歷代譯經法師畫像而作的繪

---

2　此見之於〔南朝梁〕慧皎：〈高僧傳序〉，《高僧傳》，卷14，頁524–525。
3　詳見劉學軍：《張力與典範》，頁67–91。

像題記彙編。這些題記在內容上，先敘述譯人傳記，後羅列該譯人所翻經典及其卷數。從文體上看，它介於「僧傳」和「經錄」兩種形式之間。其中，譯人傳記部分，基本依照費長房《歷代三寶記》（T 2034）（除隋達摩笈多〔619年卒〕、唐波羅頗迦羅〔565－約633〕和玄奘三人外），而《歷代三寶記》所未載之隋至唐初時期譯經法師的傳記，則由靖邁自撰。[4]

半個多世紀以後，鑒於靖邁《古今譯經圖紀》所收唐譯經法師只有波羅頗迦羅和玄奘兩人，不及其他，智昇遂續撰了智通、伽梵達摩（尊法）、阿地瞿多（無極高）以至戍婆揭羅曾訶（善無畏）、跋曰羅菩提（金剛智）等二十一位譯匠的傳記，[5]以示補闕。

智昇在《續古今譯經圖紀》序言中，如此交代了撰作緣起：

> 譯經圖紀者，本起於大慈恩寺翻經院之堂也。此堂圖畫古今傳譯緇素，首自迦葉摩騰，終于大唐三藏。邁公因撰題之于壁。自茲厥後，傳譯相仍，諸有藻繪，無斯紀述。昇雖不敏，敢輒讚揚，雖線麻之有殊，冀相續而無絕，幸諸覽者無貽誚焉。[6]

而在此書跋尾，智昇又補充道：

> 前紀所載，依舊錄編，中間乖殊，未曾刪補。若欲題壁，請依《開元釋教錄》。除此方撰集外，餘為實錄矣。[7]

---

4 見曹仕邦著：《中國佛教史學史——東晉到五代》（臺北：法鼓文化事業股份有限公司，1999年），頁280–281；陳士強著：《大藏經總目提要・文史藏》（上海：上海古籍出版社，2008年），第1冊，經錄部，頁54–59。

5 見曹仕邦：《中國佛教史學史——東晉到五代》，頁307–309；陳士強：《大藏經總目提要・文史藏》，經錄部，頁66–68。

6 〔唐〕智昇：《續古今譯經圖紀》（T 2152），《大正新脩大藏經》（臺北：新文豐出版公司，1983–1985年，以下簡稱《大正藏》），第55冊，頁367c26–368a2。

7 〔唐〕智昇：《續古今譯經圖紀》，頁372c7–8。

由此兩段引文，我們不難獲知這樣兩個信息：其一，從序言表述可以看出，智昇自述撰作之直接動因乃在於靖邁編撰《古今譯經圖紀》後，仍然有譯經法師圖像產生，然而卻沒有相應之題記（「諸有藻繪，無斯紀述」），於是智昇自荷此任，編撰這些譯經法師傳記，並以讚辭形式予他們成就以表彰（「讚揚」）。其二，從跋尾表述可以看出，智昇顯然對圖像題記（即譯經法師傳記）特別重視，他既指出了「前紀」（靖邁《古今譯經圖紀》）存在「乖殊」處，又希望能夠控制今後繪像題記文本（主要是譯經法師傳記），使之更「規範化」，即以《開元釋教錄》（T 2154）作為製作標準（「若欲題壁，請依《開元釋教錄》」）。[8]

　　如將序言和跋尾兩部分提示信息合觀，則可見兩者共同之處在於均涉及到僧人圖像與傳記關係問題，即無論靖邁還是智昇，他們之「譯經圖紀」皆為配合先此存在之譯經人圖像才編撰了相應的傳記。而這似乎在提醒我們思考中古僧人傳記之編撰、讚辭之造作，是否與僧人的圖像之間存在某種聯繫？就像靖邁在慈恩寺翻經堂所實施的行為那樣，抑或如智昇「規範化」題寫內容背後所暗示並在此後其他寺院所開展的那樣——譯經法師之圖像促成了傳記和讚辭的製作。

## 三　《高僧傳》所記載之「像讚」

　　實際上，唐代「譯經圖紀」所揭之僧人圖像與製讚作傳關係，在《高僧傳》中有明確提到，即慧皎在傳文中頻繁提及之「像讚」文體。以下迻錄其中一些，便於下文分析：

---

8　曹仕邦對「若欲題壁」的解釋是：「《續圖紀》中所言『若欲題壁』者，緣於靖邁書本來是慈恩寺翻經堂中壁上所繪翻經者畫像的說明，而慈恩寺在玄奘身後再非譯場所在，大抵奘公身後的譯人未再繪像於壁，也就再不必對壁上題字作說明，故昇公因發此語，說若將來作畫像而題壁的話，則應採《開元錄》之所載。」見曹仕邦：《中國佛教史學史——東晉到五代》，頁308。

卷1〈康僧會傳〉：「於寺東更立小塔，遠由大聖神感，近亦康會之力，故圖寫厥像，傳之于今。孫綽為之贊曰：『會公蕭瑟，寔惟令質。心無近累，情有餘逸。屬此幽夜，振彼尤黜。超然遠詣，卓矣高出。』」[9]

卷1〈竺法護傳〉：「言訖而泉涌滿澗，其幽誠所感如此。故支遁為之像贊云：『護公澄寂，道德淵美。微吟窮谷，枯泉漱水。邈矣護公，天挺弘懿。濯足流沙，領拔玄致。』」（頁23）

卷4〈朱士行傳〉：「士行遂終於于闐，春秋八十。依西方法闍維之，薪盡火滅，屍猶能全，眾咸驚異，乃呪曰：『若真得道，法當毀敗。』應聲碎散，因歛骨起塔焉。後弟子法益，從彼國來，親傳此事，故孫綽〈正像論〉云：『士行散形於于闐。』此之謂也。」（頁146）

卷4〈支孝龍傳〉：「時竺叔蘭初譯《放光經》，龍既素樂無相，得即披閱，旬有餘日，便就開講。後不知所終矣。孫綽為之贊曰：『小方易擬，大器難像。桓桓孝龍，剋邁高廣。物競宗歸，人思効仰。雲泉彌漫，蘭風肸嚮。』」（頁149－150）

卷4〈康法朗傳〉：「後還中山，門徒數百，講法相係。後不知所終。孫綽為之讚曰：『人亦有言，瑜瑕弗藏。朗公問問，能韜其光。敬終慎始，研微辯章。何以取證？冰堅履霜。』」（頁154）

卷4〈竺法乘傳〉：「後終於所住。孫綽《道賢論》以乘比王浚沖，論云：『法乘、安豐少有機悟之鑒，雖道俗殊操，阡陌可以相準。』高士李顒為之贊傳。」（頁155）

卷4〈竺法潛等傳〉：「凡此諸人，皆潛之神足，孫綽並為之贊，不復具抄。」（頁158）

卷4〈于法蘭傳〉：「至交州遇疾，終於象林。沙門支遁追立像贊曰：『于氏超世，綜體玄旨。嘉遁山澤，馴洽虎兕。』」（頁166）

卷4〈于法威傳〉：「開有弟子法威，清悟有樞辯，故孫綽為之贊曰……年六十卒於山寺，孫綽為之目曰：『才辯縱橫，以數術弘教，其在開公乎。』」（頁168）

---

9 〔南朝梁〕慧皎：《高僧傳》，卷1，頁18。以下出自此書之引文後用括號標出頁碼。

卷4〈于道邃傳〉：「後隨蘭適西域，於交趾遇疾而終，春秋三十有一矣。郗超圖寫其形，支遁著銘贊曰：『英英上人，識通理清。朗質玉瑩，德音蘭馨。』」（頁170）

卷5〈釋道安傳〉：「孫綽為《名德沙門論》目云：『釋道安博物多才，通經名理。』又為之贊曰：『物有廣贍，人固多宰。淵淵釋安，專能兼倍。飛聲汧隴，馳名淮海。形雖草化，猶若常在。』」（頁184－185）

卷5〈竺法汰傳〉：「以晉太元十二年卒，春秋六十有八。烈宗孝武詔曰：『汰法師道播八方，澤流後裔，奄爾喪逝，痛貫於懷。可贈錢十萬，喪事所須，隨由備辦。』孫綽為之贊曰：『淒風拂林，鳴弦映壑。爽爽法汰，校德無怍。』」（頁193）

卷5〈竺法曠傳〉：「元興元年卒，春秋七十有六，散騎常侍顧愷之為作贊傳云。」（頁206）

卷5〈竺道壹傳〉：「後暫往吳之虎丘山，以晉隆安中遇疾而卒，即葬於山南，春秋七十有一矣。孫綽為之贊曰：『馳詞說言，因緣不虛。惟茲壹公，綽然有餘。譬若春圃，載芬載譽。條被猗蔚，枝幹森疎。』」（頁208）

卷7〈釋曇鑒傳〉：「至明旦，弟子慧嚴依常問訊，見合掌平坐，而口不言，迫就察之，實乃已卒。身體柔軟，香潔倍常，因申而殮焉。春秋七十。吳郡張辯作傳並贊，贊曰：『披荔逞芬，握瑾表潔。渾渾法師，弗淄弗涅。暐暐初辰，條蔚暮節。神游智往，豈伊寶訣。』」（頁274）

卷9〈單道開傳〉：「有康泓者，昔在北間，聞開弟子敘開昔在山中，每有神仙去來，遒遙心敬挹。及後從役南海，親與相見。側席鑽仰，稟聞備至，泓為之傳讚曰：『蕭哉若人，飄然絕塵。外軌小乘，內暢空身。玄象輝曜，高步是臻。餐茹芝英，流浪巖津。』晉興寧元年，陳郡袁宏為南海太守，與弟穎叔及沙門支法防，共登羅浮山。至石室口，見開形骸及香火瓦器猶存。宏曰：『法師業行殊群，正當如蟬蛻耳。』泓為讚曰：『物俊招奇，德不孤立。遼遼幽人，望巖凱入。飄飄靈仙，茲焉游集。遺屣在林，千載一襲。』」（頁362）

卷10〈釋保誌傳〉：「至天監十三年冬，於臺後堂謂人曰：『菩薩將去。』未及旬日，無疾而終。屍骸香軟，形貌熙悅。臨亡然一燭，以付後閣舍人吳慶，慶即啟聞，上嘆曰：『大師不復留矣，燭者將以後事屬我乎？』因厚加殯送，葬於鐘山獨龍之阜，仍於墓所立開善精舍。敕陸倕制銘辭於塚內，王筠勒碑文於寺門。傳其遺像，處處存焉。」（頁397）

卷11〈帛僧光傳〉：「處山五十三載，春秋一百一十歲。……至宋孝建二年，郭鴻任剡，入山禮拜，試以如意撥胸，颯然風起。衣服銷散，唯白骨在焉。鴻大愧懼，收之於室，以塼壘其外而泥之，畫其形像，于今尚存。」（頁402）

卷12〈釋僧瑜傳〉：「其後旬有四日，瑜房中生雙梧桐，根枝豐茂，巨細相如，貫壤直聳，遂成連樹理，識者以為娑羅寶樹。剋炳泥洹，瑜之庶幾，故現斯證，因號為『雙桐沙門』。吳郡張辯為平南長史，親睹其事，具為傳贊。贊曰……」（頁452）

以上提及「像讚」之19條傳記片段，其所反映的史實可概括為：

其一，中古僧人死後，往往有圖像之慣例，如卷1〈康僧會傳〉所謂的「圖寫厥像」、卷10〈釋保誌傳〉所謂的「傳其遺像，處處存焉」，所指即此。

其二，有「像」必有「讚（贊）」，兩者一般同時存在，如卷1〈竺法護傳〉所謂的「支遁為之像贊」、卷4〈于法蘭傳〉所謂的「沙門支遁追立像贊」、卷4〈于道邃傳〉所謂的「郗超圖寫其形，支遁著銘贊」。

其三，與「讚」相伴隨的還有「傳」，如卷4〈竺法乘傳〉所謂的「高士李顒為之贊傳」、卷5〈竺法曠傳〉所謂的「散騎常侍顧愷之為作贊傳」、卷7〈釋曇鑒傳〉所謂的「吳郡張辯作傳並贊」、卷9〈單道開傳〉所謂的「乃為之傳贊」、卷12〈釋僧瑜傳〉所謂的「吳郡張辯為平南長史，親睹其事，具為傳贊」。

此外，如果細繹慧皎所抄錄或親自調查所得的這些讚文，亦不難體味它們與《高僧傳》諸科「讚」語之間的相似性：首先，這些「讚」與「傳」之

間是相互配合的關係，在表達內容上具有相關性；其次，「讚」的文體功能以讚頌為主，不涉及議論說理；最後，這些「讚」是四言駢體韻文的形式。

總之，由於慧皎對「像讚」屢屢提及，以及「像讚」所關涉之特殊儀式情境，中古佛教追亡儀式很自然地浮現在我們面前。此外，鑒於「像讚」讚辭與《高僧傳》「讚」文之間所具有的上述相似性，則又不禁使人聯想，它們兩者是否具有某種值得關注的聯繫？而這是否可以為探究《高僧傳》「讚」文之起源提供線索？

## 四　中古佛教追亡儀式與製讚作傳傳統

佛教傳入中土以來，為僧人圖像的做法早已有之，此可證之以畫史材料和佛教史傳文獻。檢視歷代畫史材料，常可見僧圖像（包括塑像）之記載。以下僅以《歷代名畫記》、《寺塔記》、《益州名畫錄》和《宣和畫譜》為例，略加展示——

《歷代名畫記》卷3「記兩京外州寺觀畫壁」：「（薦福寺）西南院佛殿內東壁及廊下行僧，并吳畫，未了」，[10]「（慈恩寺）中間及西廊，李果奴畫行僧」（頁49），「（資聖寺）南北面，吳畫高僧」（頁50），「（興唐寺）西院，韓幹畫一行大師真，徐浩書贊（頁50），「（景公寺）東廊南間壁畫行僧，轉目視人」（頁51），「（千福寺）北廊堂內南岳智顗思大禪師法華七祖及弟子影（弟子壽王主簿韓幹敬貌遺法，[11]弟子沙門飛錫撰頌并書）」（頁53），「（總持寺）堂內李重昌畫恩大師影」（頁57），「（長壽寺）佛殿兩軒行僧，亦吳畫」（頁58），「（敬愛寺）禪院門外道西行道僧（並神龍後王韶應描、董忠成）……大院紗廊壁行僧中門內已西（并趙武端描，惟唐三藏是劉行臣描，亦成），中門內已東五僧（師奴描），第六僧已東，至東行南頭第二門已南

---

10 〔唐〕張彥遠撰：《歷代名畫記》（杭州：浙江人民美術出版社，2019年），卷3，頁48。以下出自此書的引文後用括號標出頁碼。

11 「貌」即「邈」，指邈真、寫真。關於此二字之間的關係，請參蔣禮鴻：《敦煌變文字義通釋》（增補定本）（上海：上海古籍出版社，1997年），頁145–147。

（并劉行臣描），已北（并趙武端描，或云劉行臣描）」（頁60），「會昌五年，武宗毀天下寺塔，兩京各留三兩所，故名畫在寺壁者，唯存一二。當時有好事或揭取，陷於屋壁。已前所記者，存之蓋寡。先是宰相李德裕鎮浙西，創立甘露寺，惟甘露不毀，取管內諸寺畫壁，置於寺內，大約有：……韓幹行道僧四壁，在文殊堂內；陸曜行道僧四壁，在文殊堂內前面……吳道玄僧二軀，在釋迦道場外壁」（頁62）。卷5載史道碩有〈梵僧圖〉（頁94）。卷6載陸探微（48卒）繪有〈釋僧虔像〉、〈天安寺惠明板像〉、〈靈基寺瑾統像〉（頁102），顧寶先有〈瑾公像〉（頁103），宗炳有〈惠持師像〉（頁105），袁倩有「東晉高僧白畫」（頁107），顧駿之有「嚴公等像，並傳於代」（頁108）；卷7載惠秀有〈胡僧圖〉（頁117），梁元帝蕭繹（在位年：552－554）「嘗畫聖僧，武帝親為讚之」（頁117），張僧繇（519卒）曾「畫天竺二胡僧，因侯景亂，散坼為二」（頁120），聶松繪有〈支道林像〉（頁122）。

《寺塔記》卷上載「長樂坊安國寺」有「禪師法空影堂」，[12]「大同坊靈華寺」佛殿西廊「立高僧一十六身，天寶初，自南內移來，畫蹟拙俗」（頁10）；卷下「光宅坊光宅寺」有「禪師影堂」（頁19），「宣陽坊靜域寺」東廊「樹石嶮怪，高僧亦怪」（頁23），「崇義坊召福寺」西南隅有「僧伽像」（頁25），「永安坊永壽寺」有支姓僧人畫像，[13]「崇仁坊資聖寺」中門窗間有「吳道子畫高僧，韋述贊，李嚴書」（頁29）。

《益州名畫錄》卷上載范瓊在「會昌滅佛」後、唐宣宗再興佛法時，圖畫牆壁不輟，多繪「天王佛像、高僧經驗及諸變相」；[14]盧楞伽在大慈恩寺大殿東西廊下「畫行道高僧數堵（三堵六身），顏真卿題，時稱二絕」，後趙德齊將此三堵繪像依樣移繪於院門之南北及觀音堂後（頁7－9）；高道興善畫佛像高僧，彼時大慈寺中兩廊下高僧六十餘軀是其手筆（頁14－15）；常

---

12 〔唐〕段成式著，秦嶺雲點校：《寺塔記》（北京：人民美術出版社，2016年），卷上，頁6。以下出自此書的引文後用括號標出頁碼。
13 〔唐〕段成式：「卷上論題筆，畫中僧姓支」，《寺塔記》，卷下，頁28。
14 〔宋〕黃休復著，秦嶺雲點校：《益州名畫錄》（北京：人民美術出版社，2016年），卷上，頁3–5。以下出自此書的引文後用括號標出頁碼。

重胤曾於大聖慈寺興善院寫泗州和尚真（頁21）。卷中載李文才在大聖慈寺三學院經樓下寫西天三藏和定惠國師真（頁38）；杜措在翠微寺寫禪和尚真（頁43）；杜弘義在寶曆寺西廊下繪行道高僧十餘堵（頁43）。卷下載宋藝在大聖慈寺玄宗御容院墻壁上摹寫禪僧一行（673－727）、沙門海會等像；丘文曉於淨眾寺延壽禪院繪「天王祖師及諸高僧竹石花名二十餘堵」（頁59）。

《宣和畫譜》「道釋門」載宋徽宗（在位年：1100－1135）御府藏有：張僧繇繪〈十高僧圖〉一幅，[15] 盧楞伽繪〈智嵩笠渡僧像〉一幅、〈渡水僧圖〉一幅、〈高僧像〉四幅（頁53），范瓊繪〈高僧圖〉一幅（頁55－56），朱繇繪〈高僧像〉一幅（頁70），貫休（832－912）繪〈高僧像〉一幅、〈天竺高僧像〉一幅（頁77），孫知微繪〈智公真〉一幅、〈衲衣僧〉一幅（頁80），王齊翰繪〈高僧圖〉一幅、〈智公像〉一幅、〈花岩高僧像〉一幅、〈岩居僧〉一幅（頁83），侯翌繪〈智公傳真像〉一幅（頁86）。[16]

除歷代畫史材料記載外，還可直接在佛教史傳文獻中找到例證。慧皎《高僧傳》外，道宣（596－667）《續高僧傳》（T 2060）和贊寧（919－1001）《宋高僧傳》（T 2061）中也不乏此類記載，試各舉兩例：

道宣《續高僧傳》卷9〈釋寶海傳〉：「時年八十，謂門人法明曰：『吾死至矣。一無前慮，但悲去後圖塔湮滅耳，當露屍以遺鳥獸。』及建武之年果被除屏，今院宇荒蕪，惟餘一堂，容像存焉。」[17] 卷18〈釋法純傳〉：「卒於淨住寺，春秋八十有五，即仁壽三年五月十二日也。葬於白鹿原南，鑿龕處之，外開門穴，以施飛走。後更往觀，身肉皆盡，而骸骨不亂。弟子慧昂等率諸檀越追慕先範，乃圖其儀質，飾以

---

15 〔宋〕趙佶等編，俞劍華標點注譯：《宣和畫譜》（北京：人民美術出版社，2017年），卷1，頁31。以下出自此書的引文後用括號標出頁碼。

16 匿名評審專家認為盧楞伽〈智嵩笠渡僧像〉、〈渡水僧圖〉，王齊翰繪〈花岩高僧像〉是一種文人寫意畫，與本人所談寫真像有別。此意見值得重視，但限於學力，此處且存疑，今後進一步探討。

17 〔唐〕道宣撰，郭紹林點校：《續高僧傳》（北京：中華書局，2014年），卷9，頁677。

丹青，見在淨住。沙門彥琮褒美厥德，為《敘讚》云。昂少所慈育，親供上行，為之碑文。」[18]

贊寧《宋高僧傳》卷4〈窺基傳〉：「太和四年庚戌七月癸酉，遷塔於平原，大安國寺沙門令儉檢校塔亭，徙棺，見基齒有四十根不斷玉如。眾彈指言是佛之一相焉。凡今天下佛寺圖形，號曰百本疏主真，高宗大帝制讚。一云玄宗。」[19]卷14〈道宣傳〉：「爾後十旬，安坐而化，則乾封二年十月三日也，春秋七十二，僧臘五十二。累門人窆于壇谷石室，其後樹塔三所。高宗下詔，令崇飾圖寫宣之真相，匠韓伯通塑續之，蓋追仰道風也。」[20]

此外，亦可通過僧人的塔銘文字材料獲得最直接的證明，試舉寶山靈泉寺嵐峰山47號唐貞觀十四年（640）〈光天寺故大比丘尼僧順禪師散身塔〉銘文為例——「（僧順）春秋八十有五，以貞觀十三年二月十八日卒於光天寺……廿二日送柩於尸陀林所，弟子謹依林葬之法，收取舍利，建塔於名山。乃刊石圖形，傳之於歷代。乃為銘曰：心存認惡，普敬□宗，息緣觀佛，不欄秋冬，頭陀苦行，積德銷容，捨身林葬，鐫石紀功。」[21]

上述諸材料中，有三個具有相關性的概念，需略作辨析，即「真」、「影」、「像」。「真」和「影」一般指的是真堂和影堂。鄭炳林依據出土敦煌寫本邈真讚文書以及傳世詩文材料，認為從指涉對象上說，「真堂」既指佛家教團中禪門專用於供奉祖師真影的堂所，也指一般百姓和貴族供奉先祖的殿堂，「影堂」同「真堂」所指；從設置的地點及功用上看，中古時期真堂主要設置地點有寺院設置、道觀設置、陵墓設置和家廟住宅設置等情況，其中墳墓陵寢所致真堂主要供奉先祖影像和死者個人遺像，住宅家廟中供養的是先祖遺像，只有寺院中設置的影堂情況比較特殊，影堂中既可以供奉出家

---

18 〔唐〕道宣：《續高僧傳》，卷18，頁677。
19 〔宋〕贊寧撰，范祥雍點校：《宋高僧傳》（北京：中華書局，1987年），卷4，頁66。
20 〔宋〕贊寧：《宋高僧傳》，卷14，頁329。
21 李裕群：〈鄴城地區石窟與刻經〉，《考古學報》1997年第4期，頁471。

已故僧尼，也可以供奉俗家信徒或官宦皇室，甚至皇帝本人死後都在寺院設置影堂供奉。真堂或影堂中皆陳列有邈真像，此類像一般都是繪製在綿帛上或粉壁上。[22] 鄭弌在一項關於中古敦煌邈真的研究中，進一步將邈真這種禮儀類圖像按照施用場所，細分為喪儀類邈真、祭儀類邈真和家窟類邈真三類；此外，他還認為邈真圖像相對固定的儀式指向（用於喪儀和祭儀），加上尊崇死者的文化心理，使得邈真畫法趨於程式化和理想化。[23] 因此，上述材料中所謂的「真」，指的其實就是真堂（影堂）中所供奉的死者繪像；而「影」指的也是「影堂」中所供奉的死者繪像。這些真堂（影堂）中所陳列的死者肖像繪畫，也就是所謂的「像」（又被稱作「寫真」）。但這裏的「像」亦並非專指死者的肖像，有時它也指「生前寫真」。

總之，由如上所列諸材料不難見出：首先，至遲到晉宋之際，僧人圖像就已經開始出現（如史道碩、陸探微之作品），此後為僧人圖像儼然成為一種傳統（「譯經圖紀」所關涉之僧人圖像活動亦屬此類）；其次，被圖像僧人（像主）的身分不一定如《古今譯經圖紀》和《續古今譯經圖紀》所收錄的那些譯匠顯赫，他們可能一方面在譯經事業上並不出眾，甚至並不涉及譯經（如寶亮、道宣等人），另一方面聲名也並不那麼出眾（如僧順）；第三，僧人之圖像有的是像主生前就繪就的（如慧遠〔334－416〕），更多的卻是僧人死後官方和弟子們的一種表示慎終追遠的儀式行為。

明確了中古時期存在僧人圖像寫真傳統，還須留意這樣一種現象，即僧人圖像過程中，還可能伴隨著製讚和作傳的行為。上引《歷代名畫記》載興唐寺西院「韓幹畫一行大師真，徐浩書讚」（卷3）、梁元帝蕭繹「嘗畫聖僧，武帝親為讚之」（卷7），《寺塔記》載「崇仁坊資聖寺」中門窗間有「吳道子畫高僧，韋述讚，李嚴書」（卷下），皆明確指示僧人圖像寫真同時，還伴有製讚行為。而如果再聯繫之前所舉《高僧傳》例證，似可表明與製讚作

---

22 鄭炳林：〈敦煌寫本邈真讚所見真堂及其相關問題研究──關於莫高窟供養人畫像研究之一〉，《敦煌研究》總第6期（2006年），頁64–73。
23 鄭弌：《中古敦煌邈真論稿》（北京：科學出版社，2019年），頁2–29。

傳兩種活動在僧人死後紀念儀式中，是密切關聯、不能分開的。[24]

## 五 《高僧傳》「讚」與「像讚」之關聯性

既然中古佛教追亡儀式中圖像與製讚作傳彼此結合，那麼伴隨儀式而產生的「像讚」又具有何種特徵呢？敦煌文獻中的「邈真讚」文本，[25]可作為直接證據加以分析。試以一件唐代「邈真讚」寫本為例加以說明——

〈金光明寺故索法律邈真讚並序〉
河西都統京城內外臨壇供養大德兼闡揚三教大法師賜紫沙門悟真撰
鉅鹿律公，貴門子也。丹〔墀〕之遠派，親怩則百從無疏。撫徒敦煌，宗盟則一族無異。間生律伯，天假聰靈；木秀於林，財（材）充工用。自從御眾，恩與春露俱柔；勤恪忘疲，威與秋霜比嚴。正化無暇，兼勸桑農。善巧隨機，上下和睦。冀色力而堅久，何夢奠而來侵。鄰人叕（輟）舂，聞者傷悼。讚曰：
堂堂律公，稟氣神聰。行解清潔，務勸桑農。練心八解，洞曉三空。平治心地，克意真風。燈傳北秀，導引南宗。神農本草，八術皆通。奈何夢奠，交禍所鐘。風燈運捉（促），瞬息那容。繢像真影，睛盼邕邕。請宣毫兮記事，想歿後兮遺踪。

---

[24] 寫真也存在生前為之的情況，但正如姜伯勤所論證的那樣，這種生前寫真往往屬「於生前預寫而又供祭奠用」，如敦煌文書〈閻公生前寫真讚並序〉所說：「乃召匠伯，預寫生前。丹青繪像，留影同先。」援引自姜伯勤：〈敦煌的寫真邈真與肖像藝術〉，收入姜伯勤著：《敦煌藝術宗教與禮樂文明——敦煌心史散論》（北京：中國社會科學出版社，1996年），頁80。所以，這種生前寫真亦可算作死後寫真之另一版本。另，誠如匿名評審專家指出，漢地僧人寫真除用作追亡儀式外，還可能具有旌功示敬、莊嚴道場的效用。此為另一話題，本文只就追亡儀式中的僧人圖像傳統立論。

[25] 這類材料可參：Chen Tsu-lung (陳祚龍), Éloges de Personnages éminents de Touen-houang sous Les T'ang et les Cinq Dynasties (Paris: École française d'Extrême-Orient, 1970)；項楚、姜伯勤、榮新江合著：《敦煌邈真讚校錄並研究》（臺北：新文豐出版公司，1994年）；鄭炳林、鄭怡楠輯釋：《敦煌碑銘讚輯釋》增訂本（上海：上海古籍出版社，2019年）。

于時文德二年（889）歲次己酉六月廿五日記[26]

這篇「邈真讚」顯然是圖像寫真、製讚作傳活動的文本呈現。文中所謂「繢像真影，睛盼邕邕」，指的就是圖像寫真，而第二段「堂堂律公，稟氣神聰」云云，則是製讚之成果。最關鍵的是首段「鉅鹿律公，貴門子也」云云，雖名為「序」，但從其內容上講，則是一篇簡略的傳記——除去交代索法律家庭出身（「鉅鹿律公，貴門子也」）、家族譜系（「撫徒敦煌，宗盟則一族無異」）外，還提及其個人性情與仕宦功績，這是典型的人物傳記筆法。

這裏需要說明的是，前述諸材料中所謂的「作傳」，實際上是就內容而言的，而非特指「傳」這一文體形式。以這篇〈金光明寺索法律邈真讚並序〉來講，第一段文字在形式上稱作「序」，而就內容來說，則承擔了「傳」的功能。作此理解的原因是，在上述材料所示圖像寫真、製讚作傳的追亡儀式情境中，顯然不會單單只撰寫一篇傳記，它一定要附著在某一種特定的物質實體上（「讚」亦是如此），而這只能是亡者的繪像（繪製在綿帛或粉壁上）。《高僧傳》卷8〈釋智順傳〉中載傳主死後「弟子等立碑頌德，陳郡袁昂制文，法華寺釋慧舉又為之墓誌」，[27] 這裏袁昂（461–540）所製之「文」，極有可能就是「邈真讚」這種集「傳」和「讚」為一體的內容，因其采用駢體韻文的形式，故以「文」目之。

據此篇「邈真讚」（或云「像讚」）文本，不難見出如下兩個特徵，而它們與《高僧傳》「讚」文之間竟如此相似——

首先，在形式層面，〈金光明寺索法律邈真讚並序〉的「讚」辭是四言駢體韻文的形式，這與《高僧傳》諸科之「讚」風格相同，此至為明顯。

其次，在內容層面，〈金光明寺索法律邈真讚並序〉「讚」與傳文（名為「序」）之間的關係是，傳文篇幅較小，其中除家庭出身、家族譜系這種傳記書寫的「格套」內容外，其餘僅止於敘述亡者的個人性情與仕宦功績

---

26 鄭炳林、鄭怡楠輯釋：《敦煌碑銘讚輯釋》，頁360–363。
27 〔南朝梁〕慧皎：《高僧傳》，卷8，頁336。

（「自從御眾，恩與春露俱柔；勤恪忘疲，威與秋霜比嚴。正化無暇，兼勸桑農。善巧隨機，上下和睦」），而這些內容則完全包括在「讚」辭中（即「行解清潔，務勸桑農」）；相反，「讚」辭中的內容，比如「燈傳北秀，導引南宗」、「神農本草，八術皆通」，卻在傳記中得不到任何體現。因此，在這篇「像讚」文本中，傳文完全是從屬於「讚」的。而仔細分析《高僧傳》諸科「傳」、「讚」之內容，其實也可以發現這種「傳從屬於讚」的書寫模式，以下試稍做說明：

慧皎在《高僧傳》序言中，已將「傳」與「讚」關係做了提示。照其本人說法，「十科」所敘述傳記內容，皆採自此前各家傳記，如曇宗《京師寺記》、僧祐（445－518）《出三藏記集》（T 2145）等（「十科所敘，皆散在眾記」），他如今所做只是「刪聚一處」、「述而無作」的工作，即將原始材料加以刪節並按一定的原則（「十科」）加以聚合。這樣做的目的是省去讀者翻檢之勞，通過《高僧傳》便可把握此前眾家傳記的要點（「俾夫披覽於一本之內，可兼諸要」）。[28] 而相對來說，「讚」、「論」則是在「傳」的基礎上，揭示源流、概述史實、頌美德行，這相當於是對傳記材料的一種昇華，是對編撰者觀念的一種集中表達，自然也更為重要。所以在《高僧傳》整部書的架構體系中，就原創性和功能性而言，「傳」是從屬「讚」的。

此外，從文本實態層面觀察《高僧傳》「傳」、「讚」之關係，可以得到這樣一個比較鮮明的印象，即諸科傳記對高僧生平事跡的記敘，並非像《史記》、《漢書》、《後漢書》那些所謂的「正史」一樣面面俱到，即從出生到死亡，一生重大事件皆予以記載。此外，觀察《高僧傳》對傳主生平事跡和言語行為的記敘，相對於「正史」來說，顯然更為「臉譜化」，即服從於所在「科」目的道德表達。[29] 試以《高僧傳·義解》中的〈慧遠傳〉為例說

---

28 〔梁〕慧皎：〈高僧傳序〉，《高僧傳》，卷14，頁525。
29 《高僧傳》傳記部分大多抄自《名僧傳》等既有眾家傳記，故在討論《高僧傳》傳記文本時，實際是舉《高僧傳》以代表整個中古僧傳。又因此處只就整體記敘風格做出說解，故可忽略《高僧傳》與之前諸家傳記之間的細節差異。當然在對具體問題的玫辨時，則需要特別注意。

明。[30] 慧遠傳記的敘述，[31] 除去一頭一尾，按照史書的模式交代生卒年、籍貫、著述等信息外，主體部分其實包括了「問學道安」（其中包括捐棄儒道、不廢俗書、與師分道等）、「創舍廬峰」、「銘讚佛影」、「奉請神像」、「蓮社法會」、「抗俗卻貴」、「交往羅什」、「影不出山」、「沙門不敬王者論辯」等九個記敘單元。除「問學道安」這一單元與〈道安傳〉形成「互見」關係、並不屬重點表現內容外，其餘八個單元，有詳有略，詳者（如「蓮社法會」、「交往羅什」、「影不出山」、「沙門不敬王者論辯」）交代前因後果、備載人物對話和往來書信，略者（如「創舍廬峰」、「銘讚佛影」、「奉請神像」、「抗俗卻貴」）僅敘述事件過程。表面上看，〈慧遠傳〉之記敘模式，與「正史」傳記（以《後漢書》為代表）記述沒顯著區別。但深入到每一記敘單元，便能見出：首先，此九個單元之間並非如「正史」按編年順序排布，它們會在敘述中根據需要插入一段時間跨度較長的事件，且事件起止之時間不一定剛好介於前後兩單元敘述時間之中；此外，它不像「正史」敘述那樣是對背景的揭示和說明，而僅起調節敘述節奏作用，比如在「抗俗卻貴」與「影不出山」兩單元間插入「交往羅什」這一內容（以「初」這樣的時間副詞加以標示），從而與前後單元之間構成一種有規律的敘述節奏，即「熱」（蓮社法會）→

---

30 選擇此例的原因是，在慧皎《高僧傳》「十科」書寫體系中，雖然「譯經科」的順序排在第一（因為譯經在中國佛教發展史上的地位也是無與倫比的），但就皎公的實際編撰用意來說，可能他最看重的還是「義解」這一科，因為「譯經科」所收錄的大多是外國沙門，他們在中國佛教發展過程中的作用，僅在於將佛教經典從異域帶到中國並將之譯介，這為漢地瞭解佛教思想打開了大門，所以，此科的設置只是一種對歷史的尊重，從時間上講，將其排在「十科」第一位，也正在情理中。但「義解科」則有所不同，這一科所收錄的都是漢地的義學僧人，他們生平際遇、道德風標和義學著作，都彰顯了漢地政治、思想、文化與佛教這樣一個來自異域的宗教之間的碰撞與交流，因此更具現實意義。還有一點是從篇幅上考慮，〈慧遠傳〉是《高僧傳》中少數幾則篇幅甚長的傳記（多數篇幅較短），它與「譯經科」鳩摩羅什傳篇幅相當，略遜於「神異科」佛圖澄傳的篇幅。事實上，《高僧傳》傳記篇幅的長短，不光是由編撰所依據材料的多寡決定，更是有鑒於傳主的身分和地位——慧遠在中國佛教史上地位之崇高，是毋庸贅述的。

31 〔南朝梁〕慧皎：《高僧傳》，卷6，頁211–222。

「冷」（抗俗卻貴）→「熱」（交往羅什）→「冷」（影不出山）。[32] 其次，各敘述單元內部，傳主在面臨重大人生選擇時，並不見「正史」傳記敘述常見之矛盾、糾結和掙扎心態，相反，《高僧傳》所記敘傳主之選擇，往往是富有使命感、毫不猶豫的，比如在「抗俗卻貴」、「影不出山」、「沙門不敬王者論辯」這樣一些涉及僧權與王權「博弈」的情境，處於弱勢地位的佛教，衝突矛盾自然難免，但在《高僧傳》敘述中卻不能見出些許痕跡，敘述者顯然把這些給抹平了，只留下義無反顧、振法之將頹的遠公形象。復次，「正史」敘述是將傳主的個人事跡放在社會、政治、文化的結構中加以安置，這就決定了要研究「正史」中的人物，就必須結合社會、政治和文化的背景，才能獲得一個比較清晰的認識；而《高僧傳》對於傳主事跡的記述，似乎弱化了對這種背景的鋪陳與交代，看上去每則傳記似乎只是一個孤立的關於傳主生平和道德的介紹，我們很難據此瞭解高僧與高僧之間在社會結構層面上的關聯（除了關於對傳主傑出弟子予以交代外），比如「蓮社法會」作為慧遠一生最為後人所知的事跡，其發生的背景是什麼？此行為與其思想之間的關聯何在？參與者的反應如何？這些問題在傳文均無明確交代，「蓮社法會」儼然成了「嵌」慧遠傳記面板上的一顆珠子，看不到其與整體敘述之間的有機性。之所以如此，可能的原因在於，「正史」常用之「互見法」在《高僧傳》的敘述中完全沒有佔據優勢，並發揮出勾連不同傳主事跡並彰顯背景的效能。[33]

總之，《高僧傳》〈慧遠傳〉關於傳主記敘的特徵便是：在一種有別於「正史」敘述的模式下，弱化背景，聚焦傳主單面角色特徵，串聯一則則故事，摹寫編者所力圖呈現之道德觀念；這種以個體為中心的敘事，又與其他

---

32 此處所謂的「熱」和「冷」，指的是〈慧遠傳〉在相應記敘單元所體現出來的傳主與不同對象交際時所呈現的情感強度。

33 《高僧傳》中並非沒有「互見法」，但僅見三例：卷2，頁73〈佛陀跋陀羅傳〉涉及共法顯（337–422）翻譯《僧祇律》（T 1425）事，謂「語在顯傳」；卷13，頁486〈釋法意傳〉提及之前〈杯度傳〉的情節並謂「語在度傳」；卷13，頁520〈釋法鏡傳〉謂法鏡是前面〈慧益傳〉中慧益燒身時「啟帝度二十人」之一。

傳主的敘述共同配合，凸顯它們所在「科」目「讚」辭所宣示和讚頌的那種德行。

如前所云，〈慧遠傳〉是《高僧傳》中為數不多長篇傳記之一，其敘述特徵具有足夠的代表性。事實上，如果去看那些篇幅較短的傳記，顯然更能體現上述特徵。故就《高僧傳》傳記部分內容而言，「傳」從屬「讚」的特徵益發明顯。

「像讚」與《高僧傳》「讚」辭間這種相似性，並非偶然巧合，它實際上表徵著慧皎在編撰《高僧傳》時，不光親眼見識過一些前代僧人的繪像（追亡儀式的衍生產品），如卷11〈帛僧光傳〉就提到「畫其形像，于今尚存」（頁402）——這位晉代高僧如果其像是被銘刻在貞石上的話，如卷10〈釋保誌傳〉所載保誌死後那樣，那麼可以推測，慧皎在觀瞻繪像的同時，也看到了與像相配合的讚文。又，卷5〈道安傳〉所載孫綽（314－371）〈名德沙門論〉對道安的評價以及其為道安所撰作的「讚」辭，皆為僧祐《出三藏記集》所無。以僧祐之博學多識以及其優越之編撰條件，對如道安這樣一位著名僧人的傳記材料勢必網羅無遺，如今慧皎竟然在祐錄基礎上又有新材料附益，那極有可能表明皎公確曾親眼看到道安「像讚」之實物載體（碑刻、綿帛或粉壁等）。此外，它還暗示了慧皎實際上曾大力利用過這些高僧繪像之上的「讚」文，比如《高僧傳》經常提及的孫綽為諸高僧所撰之讚文，就是他編撰過程中利用到的重要參考文獻，卷4〈竺法潛等傳〉說：「凡此諸人，皆潛之神足，孫綽並為之贊，不復具抄。」（頁158）這便意味著慧皎抄寫了很多孫綽的讚文。這些讚文應是結集後的成果（否則不便抄錄），而《隋書·經籍志》史部「雜傳類」所著錄之孫綽〈至人高士傳讚〉二卷，[34] 可能就是此「讚」文的合集（中古時期，僧侶亦被視作為「至人高士」）。[35]

---

34 〔唐〕魏徵等撰：《隋書》（北京：中華書局，1973年），卷33，頁975。
35 熊明在《漢魏六朝雜傳集·兩晉雜傳》卷23孫綽〈至人高士傳讚〉解題中亦持此種推測，見熊明輯校：《漢魏六朝雜傳集》（北京：中華書局，2017年），兩晉雜傳（下），卷23，頁2058。

## 六 「讚傳」與「傳讚」之區別

既明確《高僧傳》「傳從屬於讚」書寫模式及其中古佛教追亡儀式製讚作傳傳統之背景，尚需進一步究明此種「讚」、「傳」關係產生的原因和背景。

對《高僧傳》所涉「像讚」傳文做進一步分析，可發現一值得注意之細節，即這樣一部同一作者在相對集中時間段編撰之傳記作品中，竟存在「讚傳」與「傳讚」兩種表述，如卷4〈竺法乘傳〉作「讚傳」（「高士李顒為之贊傳」）、卷5〈竺法曠傳〉同之（「散騎常侍顧愷之為作贊傳」），而卷9〈單道開傳〉作「傳讚」（「乃為之傳讚」）、卷12〈釋僧瑜傳〉同之（「吳郡張辯為平南長史，親睹其事，具為傳讚」）。鑒於諸版本《高僧傳》在此處並無異文，故可說明在慧皎本人甚至前人（因《高僧傳》傳文多襲自此前各種傳記）理解中，「讚傳」和「傳讚」是兩種有別之文體，或云兩種不同的「讚」、「傳」組合關係。

「讚傳」和「傳讚」有何區別？此種區別能夠說明什麼問題？常璩（約291–361）這位距離慧皎生活時代不遠的作者，其所編撰《華陽國志》中的傳記材料，可以作為解答此疑問的憑藉。

關於《華陽國志》之成書背景、編撰體例、史學價值等，學界已有諸多論述，[36] 此不贅論。我們關注的是這樣一部有影響力的歷史地理著作（范曄編撰《後漢書》曾大量採用其文）所涉及的地方人物傳記內容，即卷10的〈先賢士女總讚論〉和卷11〈後賢論〉。

這兩卷內容，從文體上說，都是「讚」與「傳」的結合。以下試各舉兩例，加以展示——

卷10〈先賢士女總讚論〉：

---

36 較為重要的研究成果如劉琳：〈《華陽國志》簡論〉，《四川大學學報（哲學社會科學版）》1979年第2期，頁82–87；劉固盛：〈《華陽國志》的史料價值〉，《史學史研究》1997年第2期，頁47–51；陳曉華：〈從《華陽國志》看常璩的史學思想〉，《史學月刊》2003年第11期，頁94–100；張勇：〈常璩《華陽國志》研究概述〉，《中國地方志》2016年第4期，頁21–26、63。

長卿彬彬，文為世矩。司馬相如，字長卿，成都人。游京師。善屬文。著〈子虛賦〉而不自名，武帝見而善之，曰：「吾獨不得與此人同世。」楊得意對曰：「臣邑子司馬相如所作也。」召見相如，相如又作〈上林賦〉。帝悅，以為郎。又上〈大人賦〉以風諫，制〈封禪書〉，為漢辭宗。官至中郎將。世之作辭賦者，自揚雄之徒咸則之。[37]
蠻夷猾擾，倡亂南壃。子恭要傳，醜穢于攘。楊竦，字子恭，成都人也。元初中，越巂、永昌夷反，殘破郡縣，眾十萬餘。刺史張喬以竦勇猛，授從事，任平南中。竦先以詔書告喻。不服，乃加誅。煞虜三萬餘人，獲生口千五百人，財物四千萬。降夷三十六種。舉正奸濁。長吏九十人，黃綬六十人，南中清平。會被傷，卒。喬舉州吊贈。列畫東觀。（頁537）

卷11〈後賢論〉：

衛尉、散騎常侍文立廣休
散騎穆穆，誠感聖君。
文立，字廣休，巴郡臨江人也。少游蜀太學，治《毛詩》、《三禮》，兼通群書。州刺史費禕命為從事，入為尚書郎。復辟禕大將軍東曹掾。稍遷尚書。蜀並於魏，梁州建，首為別駕從事。咸熙元年，舉秀才，除郎中。晉武帝方欲懷納梁、益，引致儁彥，泰始二年，拜立濟陰太守。武帝立太子，以司徒李憙為太傅，齊王、驃騎為少傅，選立為中庶子。……遷衛尉，猶兼都職，中朝服其賢雅，為時名卿。連上表：年老，乞求解替，還桑梓。帝不聽。咸寧末卒。帝緣立有懷舊性，乃送葬於蜀，使者護喪事，郡縣修墳塋。當時榮之。初，安樂思公世子早沒，次子宜嗣，而思公立所愛者。立亟諫之，不納。及愛子

---

[37] 〔晉〕常璩撰，任乃強校注：《華陽國志校補圖注》（上海：上海古籍出版社，1987年），卷10上，頁534。以下出自此書的引文後用括號標出頁碼。

立,驕暴。二州人士皆欲表廢。……凡立章奏,集為十篇;詩、賦、論、頌,亦數十篇。同郡毛楚、楊宗,皆有德美,楚牂柯,宗武陵太守。(頁623－624)

漢嘉太守司馬勝之興先
漢嘉克讓,謙德之倫。
司馬勝之,字興先,廣漢緜竹人也。學通《毛詩》,治《三禮》,清尚虛素,性澹不榮利。初為郡功曹,甚善綱紀之體。州辟從事,進尚書左選郎,徙秘書郎。時蜀國州書佐望與郡功曹參選,而從事伴臺郎;特重察舉,雖位經朝要,還為秀孝,亦為郡端右。景耀末,郡請察孝廉。大同後,梁州辟別駕從事,舉秀才。歷廣都、新繁令,政理尤異。以清秀徵為散騎侍郎,以宗室禮之。終以疾辭去職。即家拜漢嘉太守,候迎盈門,固讓,不之官。閒居清靜,謙卑自牧。常言:「世人不務求道德,而汲汲於爵祿。若吾者,可少以為有餘榮矣。」訓化鄉閭,以恭敬為先。年六十五,卒於家。子尊、賢、佐,皆有令德。(頁628)

以上所列四則材料,從形式上看十分相似,皆有「讚」有「傳」,「讚」、「傳」間呈一一對應關係,「讚」辭為四言駢體韻文(如讚楊竦〔119卒〕之辭),「傳」亦採用「正史」傳記常見書法,交代姓字、籍貫、子嗣及一生重要事跡等。但如果進一步觀察,則不難看出卷10〈先賢士女總讚論〉傳文在篇幅上普遍不及卷11〈後賢論〉諸傳;再進一步,從「讚」與「傳」之關係看,還可以留意到〈先賢士女總讚論〉之「傳」文似是緊緊按照「讚」辭來組織傳主事跡,比如司馬相如之「傳」文,並沒有完全按照「正史」模式記述傳主各方面事跡,它只是凸顯了相如「善屬文」、「為漢辭宗」之特徵或事實,這也正是「讚」辭所頌美之內容(「長卿彬彬,文為世矩」)。相較而言,〈後賢志〉之「傳」文則顯得更加全面,「讚」辭只道及傳主德行的某一方面,比如文立的「讚」辭只強調了他以誠感君的一面(「散

騎穆穆，誠感聖君」)，與「傳」提及之文立應對安樂思公繼嗣問題的事跡根本沒有任何關係。

　　常璩在卷10〈先賢士女總讚論〉序言中自陳撰作命意：「故《耆舊》之篇，較美《史》、《漢》。而今志，州部區別，未可總而言之。用敢撰約其善，為之述讚。因自注解，甄其洪伐，尋事釋義，略可以知其前言往行矣」（頁521）。任乃強在校注此卷內容時，十分敏銳地捕捉到了「因自注解，甄其洪伐，尋事釋義，略可以知其前言往行矣」這句話所透露出來的信息。他結合宋人刊印《華陽國志》時將前面「傳」文內容由雙行小注升格為大字之事實，斷言：「《華陽國志》之〈先賢士女總讚〉一卷，原以讚語為正文，注語為小字，雙行夾注於讚文間，如陳壽《三國志‧楊戲傳》之〈季漢輔臣讚注〉之例。其小字只當稱『注』，系為讚語作解之文，與〈後賢志〉之人各為傳，別作讚語者不同。注文針對讚語，讚所未及者即不載之。傳文則當綜敘其人生平諸事，雖亦有讚，但讚其行業之某特點，不必包其全面。此先賢、後賢兩卷體裁之大別也。」（卷10上，頁523）這種從關係視角觀察《華陽國志》這兩卷「讚」、「傳」關係的做法，洵為有識。此外，他還點出了這兩卷內容兩種不同「讚」、「傳」關係模式的源自，即「〈先賢志〉以讚為主，小傳為注，仿陳壽〈季漢輔臣讚注〉例也。〈後賢志〉承陳壽《益部耆舊》而作，以傳為主，讚語不必賅括全傳事義，但總結其生平言行特點，如正史列傳例也」（卷11，頁624），這也是很有啟發性的。

　　照此理解，則《華陽國志》這相鄰兩卷的內容就呈現出兩種形式的「讚」、「傳」關係：一種是以「讚」為主、以「傳」為輔（只起注釋作用），一種是以「傳」為主、以「讚」為輔（只起總結作用）。體現在卷名上，「讚」主「傳」輔的情況，就會強調「讚」這個字眼——如卷10的名稱〈先賢士女總讚論〉，各家刊本在刻此卷標題的時候均刪去「論」字，或即認為此卷內容沒有涉及議論之處，但不管有無此字，此卷內容總是以「讚」為主（「讚」字位於書名中心語的第一位，如陳壽〔233－297〕〈季漢輔臣讚注〉那樣）；而「傳」主「讚」輔的情況，則該把「傳」（或與「傳」同義的詞，比如「志」）放在第一位——如卷11名稱〈後賢志〉中的「志」，按照常

璩的理解，乃是效法「史遷之《記》」與「班生之《書》」、講究「述而不作」的「正史」傳記寫法，所以此卷的名稱改作「後賢傳」或「後賢傳讚」也許更為妥當。事實上，中古時期的「雜傳」作品，有的即便正文已經亡佚，但只要通過它們的名稱（書名中心語排最前的是「讚」，抑或「傳」？），就可以大體推測它們的書寫樣態。

總之，循此理路，我們可以對「讚傳」與「傳讚」這兩種文體形式做出一個大概的勾勒——所謂的「讚傳」，實際上指的是「讚」為主「傳」為輔的書寫形式，即「讚」在前、主頌美，「傳」在後、以傳記的形式注解「讚」語；而所謂的「傳讚」，實際上指的是「傳」為主「讚」為輔的書寫形式，即「傳」在前，全面展示傳主生平事跡（如「正史」傳記那樣），「讚」在後，總結議論「傳」文的某方面內容。就「讚」而言，雖然為「讚傳」與「傳讚」所共有，但前者中的「讚」發揮的應是頌美的功能，後者則是發揮總結論議功能。

至此，可以明白慧皎《高僧傳》所謂之「讚傳」與「傳讚」它們各自的體式特徵了。季顒和顧愷之（345-406）所作之「讚傳」，以「讚」為主、以「傳」為輔，「傳」之篇幅可能不會太長，起著注解「讚」辭的作用，此外傳主一定是前代之人（竺法乘和竺法曠皆是晉代人）；而張辯為所作之「傳讚」，則以「傳」為主、以「讚」為輔，「讚」可能是對「傳」中事跡之議論與評價，此外傳主距離作者時代為近（「吳郡張辯為平南長史，親睹其事，具為傳贊」）。

理清了中古時期「讚傳」與「傳讚」文體性質上的差異，接下來要追問：是什麼因素導致了如此這般之差異？我們可以從《華陽國志》卷10和卷11所記載人物群體的差異性上找到答案。

事實上，正如這兩卷傳記的題目所示，卷10所記載的是對常璩來說屬先代的「賢士女」，而卷11所記載的則是當代賢達。常璩在卷11序言中說自己之所編撰〈後賢志〉的原因是：「會遇喪亂軋構，華夏顛墜，典籍多缺。族祖武平府君，愍其若斯，乃操簡援翰，拾其遺闕。然但言三蜀，巴漢為列，又務在舉善，不必珍異。揆之《耆舊》，竹素宜闡。今更撰次損益，足銘後

觀者，凡二十人，綴之斯篇。雖行故墜沒，大較舉其一隅。」（頁621）也即，他是鑒於當時巴蜀之地社會動盪，導致典籍喪缺，地方人物之美無法彰顯，而族祖先前所作的拾遺工作又偏在一隅，所以自己才編撰此卷。從這個意義上講，卷11〈後賢傳〉之所以「傳」文部分特別詳備，就是因為編撰者在社會動亂中有拾遺彰美之強烈動機——那些傳主多聲名不著，相關事跡也極易湮滅無聞，所以寧可詳備一些；相較而言，卷10〈先賢士女總讚論〉則不過是因地理書之慣例，在山川地理、典章制度之外，「順帶」陳列地方賢達事跡，以顯示地方文教之盛。由於本卷中所記諸人此前已經備載於各種《耆舊傳》中，所以常璩的工作只是，一方面將這些傳記材料從之前「州部區別」的零散狀態總合在一起（「總而言之」），另一方面掘發每位傳主的德行，撰成讚辭加以表彰，又恐讀者不明讚辭的意思，遂又自加注解，以「傳」的形式「甄其洪伐，尋事釋義」，俾能「知其前言往行」。

總之，是傳主的生活時代（前賢往聖或當代高賢），決定了在書寫他們時所採用的記敘風格（或詳或略，或全面或舉隅），而這也是決定了「讚傳」與「傳讚」的區別。

## 七　圖像追亡傳統與「像讚」

《華陽國志》這兩卷內容中，還有一處值得關注的地方，即卷10〈先賢士女總讚論〉傳文部分經常會提及傳主死後被圖像之細節，如上引楊竦傳便提到傳主生前降夷有功，死後倍享哀榮，「列畫東觀」。除此之外，該卷這樣的例子很多，以下略舉若干：

> 文寺代君。　李磬，字文寺，嚴道人也。為長章表主簿。旄牛夷叛，入攻縣，表倉卒走。鋒刃交至，磬傾身捍表。謂虜曰：「乞煞我，活我君。」虜乃煞之。表得免。太守嘉之，<u>圖像府庭</u>。（卷10上，頁538）

> 二姚見靈。　廣柔長郫姚超二女，姚妣、饒，未許嫁，隨父在官。值

九種夷反，殺超。獲二女，欲使牧羊，二女誓不辱，乃以衣連腰，自沈水中死。見夢告兄慰曰：「姊妹之喪，當以某日至溉下。」慰寤哀愕。如夢日得喪。<u>郡縣圖像府庭</u>。（卷10上，頁551）

長伯撫遐，聲暢中畿。析虎命邦，綽有餘徽。　鄭純，字長伯，鄭人也。為益州西部都尉。處地金銀、琥珀、犀象、翠羽所出，作此官者，皆富及十世。純獨清廉，毫毛不犯。夷漢歌嘆，表聞，三司及京師貴重，多薦美之。明帝嘉之，乃改西部為永昌郡，以純為太守。在官十年，卒，<u>列畫頌東觀</u>。（卷10中，頁561）

平仲淑道，殆乎庶幾。　王佑，字平仲，鄭人也。少與雒高士張浮齊名，不應州郡之命。司隸校尉陳紀山名知人，稱佑天下之高士。年四十二卒。弟獲，護志其遺言，撰《王子》五篇。東觀郎李勝，文章士也，作誄，方之顏子。<u>列畫學宮</u>。（卷10中，頁561－562）

紀配斷指，以章厥貞。　紀配，廣漢殷氏女，廖伯妻也。年十六適伯。伯早亡。以己自有美色，慮人求己，作詩三章自誓心，而求者猶眾。父母將許。乃斷指明情。養子猛終義。<u>太守薛鴻圖像府庭</u>。（卷10中，頁579）

正流自沈，玉潔冰清。　正流，廣漢李元女、楊文妻也。適文，有一男一女而文沒。以織履為業。父欲改嫁。乃自沈水中。宗族捄之，幾死，得免。<u>太守五方為之圖像</u>。（卷10中，頁579）

李餘殘身。　李餘，涪人。父早世。兄夷，煞人亡命。母慎，當死。餘年十三，問人曰：「兄弟相代，能免母不？」人曰：「趣得一人耳。」餘乃詣吏，乞代母死。吏以餘年小，不許。餘因自死。吏以白令。令哀傷，言郡。郡上尚書。天子與以財葬，<u>圖畫府廷</u>。（卷10下，頁613）

　　相比之下，卷11〈後賢論〉卻沒有一處這樣的記述。此差異能說明什麼問題呢？是常璩所處時期社會已不再流行圖像追亡了嗎？答案顯然是否定的，事實上，這樣的儀式傳統一直延續至今，每個時代均不乏其例，中古時

期更是如此。既如此,常璩為何在卷10中頻繁記述,卻在卷11中不著一字呢?是否僅為一種巧合?

我們認為常璩在以記載先賢為內容的卷10〈先賢士女總讚論〉中頻繁提及圖像追亡細節,與此卷「讚」、「傳」之書寫樣貌間,存在必然聯繫。同樣,卷11〈後賢志〉之所以沒有出現這一細節,也正可由「傳」、「讚」之書寫特徵中尋出端倪。

「圖像追亡」之傳統可追溯至先秦時期,剔除一些傳說性質材料,周勛初認為至遲到春秋時期就已經存在一種繪畫古聖賢的制度。[38]《韓非子·用人》載:「君人者不輕爵祿,不易富貴,不可與救危國。故明主厲廉恥,招仁義。昔者介子推無爵祿而義隨文公,不忍口腹而仁割其肌,故人主結其德,書圖著其名。」[39]講的就是晉文公(前697－前628)因為感念介子推之德行而用「書圖」予以著錄。又,《孔子家語·觀周》載:「孔子觀乎明堂,睹四門墉有堯、舜之容,桀、紂之象,而各有善惡之狀,興廢之誡焉。又有周公相成王,抱之負斧扆,南面以朝諸侯之圖焉。」[40]雖然此書是後出之書,所記述之先秦制度未必完全可信,但參合《韓非子》說法,似也無法否定這種記載之可靠性。此後這項制度沿承至漢代,圖畫功臣、孝子、列女等事跡屢見於史書。西漢時期,圖畫功臣最有名例子是漢宣帝(前91－前49)畫功臣於麒麟閣,此事最為有名,不煩詳述。圖畫孝子最有名之例是丁蘭事跡,《初學記》引孫盛(302－374)《逸人傳》載丁蘭雕刻木像以代亡父母,凡事須徵得木像同意後方行,後此像為鄰人所損,丁蘭遂怒殺此鄰。當丁蘭被官差帶走與木像告辭前,木像垂淚。後來「郡縣嘉其至孝,通於神明,圖其形象於雲臺」。[41]圖畫列女最有名之例是劉向(前77－前6)、劉歆(23卒)父子編撰《列女傳》並圖畫於屏風事跡,《初學記》載劉向自述:「臣向

---

38 周勛初:〈說圖像〉,《周勛初文集》(南京:江蘇古籍出版社,2000年),卷1,頁342–344。
39 〔清〕王先慎撰,鍾哲點校:《韓非子集解》(北京:中華書局,1998年),卷8,頁206。
40 〔三國魏〕王肅注:《孔子家語》(上海:上海古籍出版社,1990年),卷3,頁29a–b。
41 〔唐〕徐堅等:《初學記》(北京:中華書局,1962年),卷17,頁422。

與黃門侍郎歆所校《烈女傳》，種類相從為七篇，以著禍福榮辱之效，是非得失之分，畫之於屏風四堵」[42]。到了東漢時期，此風愈盛，一則圖畫功臣的數量和規模都大為增加，最有名的是漢明帝（28－75）即曾於永平年間（58－76）在南宮雲臺為三十二人圖繪寫真；[43]二則圖畫人群之種類日漸豐富，除孝子、列女外，還有義士、文學之士，甚至一些具有負面特徵之人。王延壽〈魯靈光殿賦〉曾在描繪靈光殿北壁人物圖繪時說：「下及三后，媱妃亂主。忠臣孝子，烈士貞女。賢愚成敗，靡不載敘。惡以誡世，善以示後。」[44]山東嘉祥的武梁祠四壁和屋頂上的壁畫，便是很好的考古實物證明。[45]總之，兩漢時期圖畫人物一般出於表彰德行、勸善誡惡目的，道德說教意味甚濃。

「圖像追亡」不光要有「像」，還需要與之相配合的「讚」。蕭統（501－531）〈文選序〉謂：「美終則誄發，圖像則讚興」，[46]可見「讚」與「像」兩者關係緊密，有「像」必有「讚」。關於「像讚」之研究，學界已有很多積累。[47]現在大家一般認為「像讚」之起源雖然可以根據劉勰（466－538）、

---

42 〔唐〕徐堅等：《初學記》，卷20「屏風」，頁599。
43 〔南朝宋〕范曄撰，〔唐〕李賢等注：《後漢書》（北京：中華書局，1965年），卷86，頁2854。
44 〔清〕嚴可均校輯：《全上古三代秦漢三國六朝文》（北京：中華書局，1965年），全後漢文，卷58，頁790b。
45 學界對此已有很好的研究成果，此不贅述。參見巫鴻著，柳揚、岑河譯：《武梁祠——中國古代畫像藝術的思想性》（北京：生活・讀書・新知三聯書店，2006年），第5章，頁161–227。
46 〔南朝梁〕蕭統編，〔唐〕李善注：《文選》（北京：中華書局，1977年），頁2。
47 代表性研究成果如周錫䪖：〈論「畫讚」即題畫詩——兼談《先秦漢魏晉南北朝詩》與《全唐詩》的增補〉，《文學遺產》2000年第3期，頁18–24、142；賀萬里：〈儒學倫理與中國古代畫像讚的圖式表現〉，《文藝研究》2003年第4期，頁116–124；郗文倩：〈漢代圖畫人物風尚與讚體的生成流變〉，《文史哲》2007年第3期，頁86–93；高華平：〈讚體的演變及其所受佛經影響探討〉，《文史哲》2008年第4期，頁113–121；張偉：〈漢魏六朝畫讚、像讚考論〉，《海南師範大學學報（社會科學版）》2013年第11期，頁82–88；傅元瓊：〈畫傳的起源及漢晉時期「頌」「讚」與圖像的關係〉，收入王邦維、陳明主編：《文學與圖像》（北京：北京大學出版社，2019年），頁22–35。

蕭統的說法，將之追溯至先秦時期，但作為一種文體，其具有成熟之形態，還得要等到兩漢之際。應劭《漢官儀》介紹漢代職官云：「尹，正也。郡府聽事壁諸尹畫贊，肇自建武，訖於陽嘉，注其清濁進退，所謂不隱過、不虛譽，甚得述事之實。」[48] 可見東漢光武帝（在位年：25－57，「建武」）到順帝（在位年：125－144，「陽嘉」）這百年間，於郡縣府廳為歷任執政者圖像製讚已是慣例。又，范曄《後漢書・應劭傳》載：「初，父奉為司隸時，並下諸官府郡國，各上前人像贊，劭乃連綴其名，錄為《狀人紀》。」[49] 足見彼時「像讚」撰作已興盛到需要結錄成冊程度。東漢末，又出現新的發展趨勢，一是「像讚」撰作之主體從官府擴展到了民間，開始出現世俗化、個人化傾向；二是「像讚」之功能從之前的勸善誡惡兼具，發展為側重勸善一端。《後漢書・趙歧傳》載其生前自作墓室，並在其中「圖季札、子產、晏嬰、叔向四像居賓位，又自畫其像居主位，皆為讚頌」，[50] 可證這兩種趨勢之明顯。東漢後期以至魏晉，由於社會之變動、玄學思想之興盛、地方士族政治之日益成熟以及品評人物社會風氣之流行，郡書、家傳、別傳與各種雜傳開始大量出現，[51] 在「像讚」之外，還有一類「人物讚」，如曹植（192－232）〈畫讚〉中對上古以來三十多位聖賢人物的讚辭，[52] 又如《隋書・經籍志》「雜傳」類所收錄的一些「人物讚」，如〈陳留先賢像讚〉、〈會稽先賢像讚〉、〈東陽朝堂像讚〉、〈桂陽先賢畫讚〉等——這類「人物讚」承繼了「像讚」頌美之功能，只不過其所頌美之對象由此前比較抽象的道德轉向更為具體的個人德行。而在「人物讚」發展之同時，又出現一種「傳讚」（或云「述讚」），它們缺乏「像讚」與「人物讚」那種借圖像來幫助表現人物生平事跡之優勢，只能採用「正史」傳記形式，先以「傳」或「述」來承擔此前

---

48 〔清〕嚴可均：《全上古三代秦漢三國六朝文》，全後漢文，卷35，頁670a。
49 《後漢書》，卷48，頁1614。
50 《後漢書》，卷64，頁2124。
51 參胡寶國：《漢唐間史學的發展》修訂本（北京：北京大學出版社，2014年），頁121-172；逯耀東著：《魏晉史學的思想與社會基礎》（北京：中華書局，2006年），頁71-121；仇鹿鳴：〈略談魏晉的雜傳〉，《史學史研究》2006年第1期，頁38-43。
52 〔清〕嚴可均：《全上古三代秦漢三國六朝文》，全三國文，卷17，頁1145-1147。

圖像的功能，敘述人物生平事跡，然後再用「讚」之形式加以頌揚，這一時期大量出現的以「傳讚」命名的雜傳作品皆屬此類，如《隋書‧經籍志》「雜傳」類中所收錄之〈徐州先賢傳讚〉、〈楚國先賢傳讚〉、〈長沙耆舊傳讚〉、〈聖賢高士傳讚〉、〈至人高士傳讚〉、〈列女傳頌〉、〈列女傳讚〉、〈列仙傳讚〉等。

上述背景有助於我們解釋常璩《華陽國志》卷10頻繁提及繪像細節而卷11卻不著一字的做法：首先，《華陽國志》一書正是在魏晉郡書、雜傳等興起之背景中產生的，故完全可以將之放在「人物讚」與「傳讚」兩種文體興替的生態中加以解釋。其次，卷10〈先賢士女總讚論〉之所以頻繁提及圖像追亡細節，其原因即在於該卷所有傳記，都屬典型之「人物讚」寫法，即尚未擺脫圖像制約，「讚」之內容上仍以頌美德行為主，「傳」輔助於「讚」，僅起注解作用。最後，卷11〈後賢志〉之所以沒有提及圖像追亡細節，乃因該卷所有傳記皆屬「傳讚」寫法，已然擺脫圖像限制，單純以文字敘述揭示人物生平事跡，進而傳達褒貶的態度，因此「傳」地位最高，「讚」不過起補充輔助作用，此時已看不到「像讚」之影響痕跡了。

總之，圖像追亡儀式傳統及其所派生出來的「像讚」文體，是理解中古時期雜傳文體書寫特徵的重要「立足點」與參照「坐標」。如果這點得不到確定，我們對中古時期雜傳文體將缺乏深切之理解。

## 八　「像讚」之發展演變與文化內涵

如前所概述，「像讚」文體在歷史上並非一成不變。漢至魏晉六朝，從「像讚」這個「母體」中衍化出「人物讚」和「傳讚」兩種次文體；而「人物讚」與「傳讚」兩者雖然在時間上有交叉，但相對而言，一方面「人物讚」要早於「傳讚」，另一方面「傳讚」是在「人物讚」的基礎上綜合新質（「正史」書寫之因素）而成，所以也不妨認為是「人物讚」孕育了「傳讚」。

郗文倩在解釋「像讚」到「人物讚」轉變的過程時，認為：

像贊最初應圖像而生時，更近似於圖像說明書，像、贊二者是一種共生的關係。圖畫形象這一形式本身就體現出褒美紀念的鮮明意圖，像贊只需要進行簡單說明即可，甚至文字越簡單明瞭越好；而當它逐漸從這種共生關係中剝離出來並以獨立的文本形式存在時，圖像贊頌的功能也被它攜帶而出，並轉而成為自身的文體功用。特別是人物贊失去圖像的幫助，自身成為主角，褒讚之意只能借文字闡發，故文字內容也就相應地發生了變化，從像贊平靜客觀的陳述到人物贊熱情洋溢的稱美，修辭的變化背後有諸種複雜因素，我們甚至也可以說這是文本從原有的功能實踐中剝離出來時，自身所進行的一種「機能補償」，這也可以看作是文體生成的一途。[53]

這是頗具洞見和富於啟發性的理解，因為它從文體動態生成角度界定了「像贊」和「人物贊」書寫風格之變化。但與此同時，這種將「像」和「贊」截然兩分，從而在「像贊」和「人物贊」之間絕然劃出一條「分界線」的做法，又未免失之於武斷，因為只要看看魏晉時期的「人物贊」作品，就可以發現它們其實還未切斷與「像」（圖畫）之聯繫，不然它們為何還被冠以「××像贊」或「××畫贊」之名稱呢？此外，不光「像贊」到「人物贊」有變化，從「人物贊」到「傳贊」也有變化，那麼這些變化背後的動因是什麼呢？

我們認為從「像贊」到「人物贊」再到「傳贊」，是「贊」體發展的三個相對階段，它們各自擁有相對獨立的屬性，而如果將此三個階段屬性連綴為一，則可以見出一種歷史意識之發展演變線索：

（一）「像贊」文體階段。時間上大約為西漢至東漢中期。這一時期「像贊」之文體特徵，正如桓範（249卒）《世要論・贊象》所謂：「夫讚象之所作，所以昭述勳德，思詠政惠，此蓋《詩》頌之末流矣。宜由上而興，非專下而作也。世孜之導，實有勳績，惠利加于百姓，遺愛留于民庶，宜請

---

[53] 郗文倩：〈漢代圖畫人物風尚與贊體的生成流變〉，頁91。

于國,當錄于史官,載于竹帛,上章君將之德,下宣臣吏之忠。若言不足紀,事不足述,虛而為盈,亡而為有,此聖人之所疾,庶幾之所恥也。」[54] 這是一種理想型的史學書寫模式,它強調了道德之至上性(「昭述勳德,思詠政惠」),而這種道德具有自上而下符合天道理想的性質(由上而興)。所以,「像讚」中的「像」,圖繪的一般是上古帝王、歷代賢聖;其中的「讚」,一般也以正面頌揚為正格(「蓋《詩頌》之末流」)。此外,由於它屬理想型史學書寫模式,這就導致「像讚」書寫對象固化為一種抽象形象,因此也就失去了個體應有之時間性,空間性反而成了它的特色。

(二)「人物讚」文體階段。時間上大約為東漢中後期。這一時期「人物讚」之文體特徵是「像」與「讚」關係開始鬆動,正如王充(27-97)在《論衡・別通》中所議論的那樣:「人好觀圖畫者,圖畫所畫,古之列人也。見列人之面,孰與觀其言行?置之空壁,形容具存,人不激勸者,不見言行也。古賢之遺文,竹帛之所載粲然,豈徒墻壁之畫哉!」[55] 圖像及其背後理想型的史學書寫模式開始受到人們的質疑。伴隨著「人物讚」書寫之世俗化、個人化,人們開始有意識地在事件中展現傳主之性格和德行,「像」的情節性越來越強,「讚」也開始相應地加入一些對「像」所表現事件情節的提示(固然對德行的頌美依舊居主)。山東武梁祠壁畫中一些具有情節性的畫像和讚辭,便是最好的例子。總之,情節性的出現,賦予了「人物讚」書寫時間性的特質。

(三)「傳讚」文體階段。時間上大約為東漢後期至魏晉。這一時期「傳讚」的文體特徵是擺脫了「像」之局限,人們開始借用史書「傳」、「述」的方式來代替此前「像」的功能,圖像之直觀呈現開始讓位於文字之靈活多樣,主體更加多元,現實指向性日益明顯,書寫者也開始漸漸由「幕後」走到「臺前」,他們開始對原先與「像」相配合的「讚」之內涵加以抽離,並賦予其新質,即在記述人物事跡基礎上又加以議論品評。

---

54 〔清〕嚴可均:《全上古三代秦漢三國六朝文》,全三國文,卷37,頁1263a–b。
55 〔漢〕王充著,黃暉校釋:《論衡校釋》(北京:中華書局,2004年),卷13,頁259。

將上述三者通貫起來看，從「像讚」到「傳讚」的發展過程，其實是史學意識日漸明晰之過程──首先，從「像讚」道德理想型的書寫模式，到「人物讚」情節性之表現，再到「傳讚」現實指向性的凸顯，這個過程其實意味著「像讚」所具有的那種儀式之神秘性已經開始慢慢地被淡化，道德理想被賦予了一種現實關懷意味。其次，從「人物讚」開始直到「傳讚」，立體而多元化的人物開始進入史學書寫範疇，並日漸被設定成為推動歷史發展之動力。第三，道德理想的賦予和立體多元性人物的彰顯，合力標誌出一種具有人文色彩的史學書寫新模式的產生。

# 身體觀新論
## ——易卦象、圖像與《文心雕龍》文論之關係

鄭吉雄

香港教育大學

## 一 身體象徵的圖象表現：從古文字到《易》卦

　　三十年前楊儒賓著《儒家身體觀》，[1] 集中討論儒家學說中德性修養方法理論聚焦於身體的特點，引起儒學研究者的注意。實則「身體觀」出現可追溯至殷周時期亦即西元前一千多年，甲骨文「天」字，以一放大的人頭象徵上天，已經王國維（觀堂、靜安，1877－1927）〈釋天〉一文揭示。[2] 古今學界，「釋天」實為大題目，可上溯至《爾雅》，除王國維外，顧立雅（Herrlee G. Creel，1905－1994）於1935年在《燕京學報》發表〈釋天〉，[3] 筆者於2015年亦發表〈釋天〉，[4] 除引《周易》卦象論證「天」字實為「天人交通／天人合一」最佳示例外，並將王觀堂的論點與馮友蘭（芝生，1895－1990）《中國哲學史》所提出「天之五義」作比較，[5] 指出馮氏循義理，王氏論訓

---

[1] 楊儒賓著：《儒家身體觀》（臺北：中央研究院中國文哲研究所，1996年）。
[2] 王國維：〈釋天〉，《觀堂集林》（北京：中華書局，1999年），卷6，頁10a。王氏下文接著討論「天」字另一構形上筆為一橫劃，究屬指事抑或象形的問題。
[3] 顧立雅：〈釋天〉，《燕京學報》總第18期（1935年），頁59–71。
[4] 鄭吉雄：〈釋天〉，《中國文哲研究集刊》總第46期（2015年），頁63–99。
[5] 馮友蘭：「在中國文字中，所謂天有五義：曰物質之天，即與地相對之天。曰主宰之天，即所謂皇天上帝，有人格的天，帝。曰運命之天，乃指人生中吾人所無奈何者，如孟子所謂『若夫成功則天也』之天是也。曰自然之天，乃指自然之運行，如《荀子・天論》篇所說之天是也。曰義理之天，乃謂宇宙之最高原理，如〈中庸〉所說『天命之為

詁，二者竟無交集，導致中國古代天人合一的例證湮沒而不彰，甚為可惜。我在〈釋天〉中正是引《周易》卦象多以足部（或足部之動作如履、蹢躅）譬喻初爻，以頭部（或頭部之器官如輔頰舌）譬喻上爻，說明「身體觀」作為一種衍義的「方法」，實早於卦爻辭撰著時即已出現，且普遍存在於先秦時期典籍思想與文化，而非僅僅局限於儒家道家學說。

《周易》經傳的身體觀推擴至宇宙天地萬物，本不局限於人體。這在經文信而有徵。拙文〈釋天〉列二十七卦，指陳其中初爻及上爻引喻「足、首」部位，就不限於人身。如〈大壯〉卦上六「羝羊觸藩，不能退，不能遂」，以羝羊之角喻上爻，與〈晉〉卦上九「晉其角，維用伐邑」、〈姤〉卦上九「姤其角」，均指牲畜之首而非人首，其意相同。而〈既濟〉、〈未濟〉二卦初爻均繫以「濡其尾」，上爻均繫以「濡其首」，均屬於狐狸之首尾。〈未濟〉卦辭「小狐汔濟」可證。這是動物身體的喻象。

至於〈鼎〉卦初爻「鼎顛趾」即鼎足，九二「鼎有實」即鼎內之實物，九三、六五「鼎耳」、上九之「玉鉉」則是鼎的上部。〈鼎〉的卦體即是「鼎」的具體形象。《彖傳》「鼎，象也」意指該卦即取「鼎」之形象以成。這是器物的本體。

綜合而觀，《易》卦身體取象，以人體最多，因「人」屬三才，居天、地之中，至為尊貴；[6] 但進一步推展，既論自然之理，亦不能侷限於「人」而忽略萬物。這也是《說卦傳》以八卦喻人體部位以外，亦喻動物、八卦方位的緣故，正提醒我們《周易》經傳作者包羅天地寰宇的胸懷。

關於拙撰〈釋天〉及《易》之身體觀，分見於期刊及拙著《周易鄭解》，[7] 在這裏就不複述了。

---

性』之天是也。《詩》、《書》、《左傳》、《國語》中所謂之天，除指物質之天外，似皆指主宰之天。《論語》中孔子所說之天，亦皆主宰之天也。」詳馮友蘭著：《中國哲學史》（臺北：臺灣商務印書館，1996年），上冊，頁55。

6 故《禮記・禮運》：「故人者，其天地之德，陰陽之交，鬼神之會，五行之秀氣也。」〔漢〕鄭玄注，〔唐〕孔穎達疏：《禮記正義》，收入《十三經注疏》整理委員會整理：《十三經注疏（整理本）》（北京：北京大學出版社，2000年），第6冊，卷22，頁799。

7 鄭吉雄著：《周易鄭解》（臺北：聯經出版事業公司，2023年）。

## 二　近取諸身，遠取諸物：《說卦傳》到清華筮簡諸圖

當我們領悟到中國古代文化中的「身體觀」並不局限於儒家學說，就能更全面地認識中國古代思想的真貌。《繫辭下傳》：

> 古者包犧氏之王天下也，仰則觀象于天，俯則觀法于地，觀鳥獸之文，與地之宜。近取諸身，遠取諸物，于是始作八卦，以通神明之德，以類萬物之情。[8]

這段文字說明「象」的範疇，至為重要，歷代《易》家均有不同的解釋。漢代象數《易》家只雜引《說卦傳》所載象數學說，[9] 惜拘守太過，跡近於笨拙，渾忘了《繫辭上傳》「法象莫大乎天地」一語。唯韓康伯（3世紀中葉）《注》、孔穎達（574－648）《疏》發展出精審的見解（詳下）。世傳唐代呂巖所著《易說》，以圖象觀念闡說，立論精審，久被學者所忽略。[10] 宋儒擅長義

---

[8] 〔魏〕王弼注，〔唐〕孔穎達疏：《周易正義》，《十三經注疏（整理本）》，第1冊，卷8，頁350–351。

[9] 李鼎祚《周易集解》主要引荀爽及《九家易》，「仰則觀象於天」下荀爽曰：「震、巽為雷、風，離坎為日月也。」「俯則觀法於地」下引《九家易》曰：「艮、兌為山、澤也。地有水火五行、八卦之形者也。」「觀鳥獸之文」下引荀爽曰：「乾為馬、坤為牛、震為龍、巽為雞之屬是也。」又陸績云：「謂朱鳥、白虎、蒼龍、玄武四方二十八宿，經緯之文。」「與地之宜」下引《九家易》：「謂四方四維八卦之位，山澤高卑五土之宜也。」「近取諸身」引荀爽曰：「乾為首，坤為腹，震為足，巽為股。」「遠取諸物」下引荀爽曰：「乾為金玉、坤為布釜之類是也。」〔唐〕李鼎祚撰，王豐先點校：《周易集解》（北京：中華書局，2016年），卷15，頁450–451。

[10] 《易說》首先以圖象釋陰陽順逆以象天法地說之，接著指出易理不盡限於「圖」，也就是不盡限於「方圓之定象」，說：「伏羲當結繩之世，始畫八卦，蓋以原測淑清，剖判大宗矣，而歲運月節，終始之故。後人起而分之，當日亦未嘗條示於忘言之民也。且易原不待圖而後見也。《大傳》曰：『神无方而易无體。』卦散六十四，可圓可方，一泥於方圓之定象，必有曲而不該者。故散圖以為卦，而卦義全紐；卦以為圖，而卦體局。故天道遠，人道邇。天者，聖人所獨得；而人者，聖人所以告人也。故聖人之作易，凡所謂深微悠忽之理，舉皆推之庸言庸行之中。始於乾，而終於未濟，圖書之燦然者，莫是過

理思維,卻仍沿漢魏《易》家舊途徑,多引《說卦》、《繫辭》關於「象」之解釋,推求義理尚不深入。如蘇軾(1037－1101)《東坡易傳》解說《繫辭傳》此「觀象于天,觀法于地」,強調「以義求之則不合,以象求之則獲」,[11]以今日觀之,「義」與「象」可分別而論嗎?張載(1020－1077)《橫渠易說》、[12] 司馬光(1019－1086)《溫公易說》稍佳,[13] 均各有特見,既歸本於《說卦傳》,又常常提醒勿局限於有形之圖像。呂祖謙(1137－1181)《周易繫辭精義》則引楊萬里(1127－1206)《誠齋易傳》,強調「乾不止言天,坤不止言地」。[14] 此二語極有見地。古書之中「天、地」一類字詞常見,但取

矣。是故精於易者,精於圖書者也。」〔唐〕呂岩:《易說》(據清光緒三十二年成都二仙庵刊《道藏輯要》本影印),收入嚴靈峯主編:《無求備齋易經集成》(臺北:成文出版社,2010年),第13冊,頁123上。這段話不盡為解說「觀象于天,觀法于地」而言,但論說所及,則認為圖書價值,在於闡發聖人獨得而眾人不能得的深微悠忽之理,而轉以將此理以庸言庸行昭示於眾人之前,而其方法莫備於圖象。這種於圖書理念能入能出的理論,甚具啟發性。詳閱其立論,似將朱子《本義》聖人治世授民的思想融貫。《易說》後文則以《說卦傳》的文字解說「觀鳥獸之文,與地之宜」二語。

11 「易有聖人之道四焉,以制器者尚其象。故凡此皆象也。以義求之則不合,以象求之則獲。」〔宋〕蘇軾著:《東坡先生易傳》(據明萬曆二十五年刊《兩蘇經解》本影印),《無求備齋易經集成》,第16冊,卷8,頁417。

12 如張載《橫渠易說》:「此皆是聖人取之於糟粕也。『地之宜』,如『為黑、為剛鹵、為大塗』。」〔宋〕張載:《橫渠易說》(據通志堂藏板影印),《無求備齋易經集成》,第13冊,卷3,頁262。

13 《易說》:「成象之謂乾,效法之謂坤。鳥獸之文,若的顙黔喙之類。地之宜,若剛鹵之類。情雖萬端,而聚之不過健順、動入、麗陷、止說。」〔宋〕司馬光:《溫公易說》(據清乾隆四十六年《武英殿聚珍叢書》本影印),《無求備齋易經集成》,第14冊,卷6,頁281–282。

14 其文曰:「『乾豈止言天,坤豈止言地。』又問:『乾坤不止言天地,而乾卦多言天,坤卦多言地。何也?』曰:『本乎天者親上,本乎地者親下,則各從其類也。乾卦言天,坤卦言地,只為語其類爾。如《說卦》於乾雖言天,又言為金、為玉、以至為駁馬、為良馬、木、果之類,豈盡言天?故《繫辭》曰:伏羲『始作八卦,以通神明之德,以類萬物之情。』若此者,所謂類萬物之情也。只如《說卦》所類,亦不止此為之。每發其端,使後學者觸類而求之,亦善作易者。……故孔子推明之,曰,此於觀天文地理,則為某物;於鳥獸草木,則為某物;於身於物,則為某物。各以例舉,不盡言也。學者觸類而求之,則思過半矣。不然《說卦》何所用之?」〔宋〕呂祖謙撰:《周易繫辭精義》

義卻不同，如郭店楚簡〈太一生水〉「水反輔太一，是以成天」的「天」表述的是行雲布雨的「天」；「天反輔太一，是以成地」的「地」表述的是物種繁茂之「地」。[15] 而張根（吳園，1061–1120）《吳園周易解》解釋「與地之宜」說：

> 地，植物也。[16]

其意和我詮解〈太一生水〉「是以成天……是以成地」之「天、地」意思差近，但只說「植物」，忘記了動物甚至礦物（如金、土之類）皆與植物互相依存的原理，亦失於拘守。至於朱熹（1130–1200）《周易本義》竟沒有針對「近取諸身，遠取諸物」二語提出解說，令人不解且失望。諸說之中，唯韓康伯《注》說得好：

> 聖人之作《易》，无大不極，无微不究，大則取象天地，細則觀鳥獸之文，與地之宜。[17]

韓氏著眼於「取象」，而注意到用「无大不極，无微不究」，顯然並沒有忘記《繫辭上傳》「法象莫大乎天地」一語，故將《繫辭下傳》此節義理推極天地萬物，而不拘守某一文獻紀文或某一物類品種。這才呼應了《繫辭傳》的哲學手段。孔穎達《疏》在韓的基礎上講得更清楚，說：

---

（據清光緒十年《古逸叢書》景元至正九年積德堂刊本影印），《無求備齋易經集成》，第15冊，頁360–361。

15　拙文：「『是以成天』的『天』是指能普降甘霖潤澤萬物之自然之天，並非講述宇宙星象之『天』；『地』是指承載雨露霜雪繁育萬物，生機盎然的大地，而非講述砂石土壤之『地』。」鄭吉雄：〈太一生水釋讀研究〉，《中國典籍與文化論叢》第14輯（2021年），頁149。

16　〔宋〕張根撰：《吳園周易解》（據清同治七年錢儀吉刊《經苑》本影印），《無求備齋易經集成》，第19冊，卷8，頁311。不過該書在「近取諸身，遠取諸物」下並無注解。

17　《周易正義》，卷8，頁350。

云「仰則觀象於天，俯則觀法於地」者，言取象大也；「觀鳥獸之文，與地之宜」，言取象細也。大之與細，則无所不包矣。[18]

又釋「近取諸身，遠取諸物」說：

正義曰：「近取諸身」者，若耳目鼻口之屬是也；「遠取諸物」者，若雷風山澤之類是也。舉遠近則萬事在其中矣。[19]

首先推極於天地，所宣示的範疇至為廣大：「觀象于天」、「觀法于地」，意即以天、地為法象；[20]「鳥獸之文，與地之宜」即指天地之間的一切有機無機的物種，前者如《文心雕龍‧情采》所謂「虎豹無文，則鞹同犬羊；犀兕有皮，而色資丹漆」，[21] 後者如《文心雕龍‧定勢》「雖復契會相參，節文互雜，譬五色之錦，各以本采為地矣」及〈事類〉所謂「姜桂同地，辛在本性」，[22] 意指天覆地載，萬物均以天地為法象，而獲各種文采，也就是孔穎達所謂「舉遠近則萬事在其中矣」。《後漢書‧天文志》亦說：

觀象於天，謂日月星辰；觀法於地，謂水土州分。[23]

不過就舉例而言，孔穎達所舉之例，實在無法和筆者所體會的相提並論。試看拙著〈釋天〉所引王國維以人首「顛頂」之義喻指「天」的例子，指

---

18 《周易正義》，卷8，頁351。
19 《周易正義》，卷8，頁351。
20 韓康伯《注》說：「大則取象天地，細則觀鳥獸之文，與地之宜也。」《周易正義》卷8，頁350。可見「象、法」二字互訓：法即象，象即法。
21 〔南朝梁〕劉勰著，范文瀾註：《文心雕龍註》（臺北：學海出版社，1988年），情采第三十一，頁537。
22 《文心雕龍註》，定勢第三十，頁530；事類第三十八，頁615。
23 〔南朝宋〕范曄撰，〔唐〕李賢等注，中華書局編輯部點校：《後漢書》（北京：中華書局，1965年），天文上，頁3213。

「天」而以人體的「顛頂」（頭顱）為喻，這是「近取諸身」的極致；以「身」喻「物」，而推極於「天、道」，這是「遠取諸物」的極致，「雷風山澤之類」亦未足以究極，因《道德經》云：

> 道之為物，唯恍唯惚。忽兮恍兮，其中有象；恍兮忽兮，其中有物。有物混成，先天地生。寂兮寥兮，獨立不改，周行而不殆，可以為天下母。[24]

老子提醒我們：推而極之，「天、道」也是「物」。亦唯有推極於天、道，以之為「物」，才算得上是「遠取」。而據此「近取諸身，遠取諸物」的觀念，我們才能看清楚《說卦傳》中的取象學說體系：

> 乾為首，坤為腹，震為足，巽為股，坎為耳，離為目，艮為手，兌為口。[25]

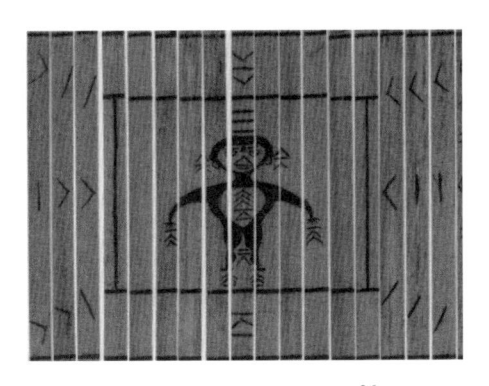

圖1　《筮法》縮略圖[26]

---

24 〔魏〕王弼注，樓宇烈校釋：《老子道德經注校釋》（北京：中華書局，2008年），二十一章，頁52；二十五章，頁62–63。
25 《周易正義》，卷9，頁388。
26 清華大學出土文獻研究與保護中心編：《清華大學藏戰國竹簡（肆）》（上海：中西書局，2013年），下冊，頁76–77。

而清華簡肆「筮簡」人體卦象圖即體現此種《易》卦身體觀。

第二十四節「卦位圖、人身卦」從未見於任何出土竹簡文獻。卦位和後天八卦方位相比，如上文所說，僅「坎」與「離」南北互換。人身各部位亦以八卦標示，和《說卦傳》第九章「乾為首、坤為腹、震為足、巽為股、坎為耳、離為目、艮為手、兌為口」原則上相合，只有「離」位置在腹部下方，與《說卦傳》不同。這一點，釋讀者李先生有說，此暫不贅述。而《說卦傳》與「筮簡」的人體卦象方位分布，與天地方位分布實相對應。《說卦傳》：

> 帝出乎震，[27] 齊乎巽，相見乎離，致役乎坤，說言乎兌，戰乎乾，勞乎坎，成言乎艮。萬物出乎震，震，東方也。齊乎巽，巽，東南也。齊也者，言萬物之絜齊也。離也者，明也，萬物皆相見，南方之卦也。聖人南面而聽天下，嚮明而治，蓋取諸此也。[28] 坤也者，地也，萬物皆致養焉，故曰「致役乎坤」。兌，正秋也，萬物之所說也，故曰「說言乎兌」。戰乎乾，乾，西北之卦也，言陰陽相薄也。坎者，水也，正北方之卦也，勞卦也，萬物之所歸也，故曰「勞乎坎」。艮，東北之卦也，萬物之所成終而所成始也，故曰「成言乎艮」。[29]

---

[27] 《甘石星經》：「北斗星謂之七政，天之諸侯，亦為帝車。」皇帝坐著北斗七星視察四方，定四時，分寒暑。把北斗星斗柄方向的變化作為判斷季節的標誌之一。古籍《鶡冠子》記載：「斗柄東指，天下皆春；斗柄南指，天下皆夏；斗柄西指，天下皆秋；斗柄北指，天下皆冬。」黃懷信：《鶡冠子校注》（北京：中華書局，2014年），環流第五，頁70。

[28] 《楚辭‧遠遊》：「飡六氣而飲沆瀣兮，漱正陽而含朝霞。」王逸《注》：「夏食正陽。正陽者，南方日中氣也。」《廣雅‧釋天》以南方為正陽，西方為淪陰。〔宋〕洪興祖撰，白化文等點校：《楚辭補注》（北京：中華書局，1983年），遠遊章句第五，頁166。

[29] 夏含夷（Edward L. Shaughnessy）〈「八卦人身圖」性別考〉（夏含夷：《三代損益記》〔上海：上海古籍出版社，2020年〕，頁195–196）認為清華簡這個人身圖雙股之間的「巽」卦是單數，故並非喻指兩腿，而是其中的生殖器官。鑑於「巽」為長女，初爻兩劃張開就是女性「陰唇」之象。按夏含夷有〈說乾專直、坤翕辟象意〉一文（刊《文史》第30期〔1988年〕，頁24），論證「專直」與「翕辟」分別形容男女生殖器官性交時的形態，與二十世紀初流行的生殖器崇拜觀念頗相呼應。夏說經反駁，見廖名春：《〈周

而《清華簡》亦有相同的思想,「筮法」述說第二十節人形周邊的八卦方位,與《說卦傳》「後天八卦方位」比較,只有「坎」北、「離」南互換,李先生稱為「水火相見在下」卦象。[30] 其餘三組共六個卦方位均和《說卦傳》相同:西北「乾」、東南「巽」、正東「震」、正西「兌」、東北「艮」、西南「坤」。這和第二十節「四季吉凶」所講的四季方位亦呈現一致。方位圖式如下:

```
        坎
   巽        坤
   震        兌
   艮        乾
        離
```

學者如將八卦比附人體部位的意象,與八卦比附天地方位的意象結合而觀,則能明白這種學說提醒我們「天地」如人體一樣,也是一個有機的生命體。八卦分布於人體各部,正如其分布於天地各方位。這正如上古以五穀為

---

易‧繫辭傳》乾專直新釋〉,收入鄭吉雄編:《周易經傳文獻新詮》(臺北:國立臺灣大學出版中心,2010年),頁113–123。廖文網站「哲學史」("zhexueshi.com")後增「附記」,記劉彬告知,楊樹達於1952年2月22日寫成一文〈釋攸〉,論《繫辭傳》「男女構精,萬物化生」及「夫乾,其靜也專……」一節,謂「此所謂乾坤者,非指男女生殖器官言之耶?」廖認為當是夏說的先導。廖名春:〈《周易‧繫辭傳》乾專直新釋〉,《哲學史》,日期不詳。下載自「哲學史」網站,2024年5月1日。網址:http://www.zhexueshi.com/paper/1366。雄按:夏含夷之說,不能說全無道理,因《易》象本包含「具象」與「抽象」,如《繫辭傳》稱「易者,象也」當指無形可見的普遍見諸萬物之原理(抽象);如〈頤〉卦體象口頤,〈噬嗑〉卦體象口頤齧合一物(九四),皆屬身體個別器官之形象(具象)。今夏氏以兩股之間「巽」為女性陰唇之象,持之有故,言之成理,不可遽以為非。先秦經典中提及性器官者亦有他例,如《老子》第五十五章「未知牝牡之合而全作,精之至也」,郭店甲本作「未智牝戊之合而朘怒,精之至也」。廖名春、劉釗等均釋「怒」為雄性生殖器的勃起,認為此句指男嬰未知牝牡交合,生殖器有時亦勃起,是精氣充盈極致的表徵。見彭裕商、吳毅強:《郭店楚簡老子集釋》(成都:巴蜀書社,2011年),頁337。筆者認為,以「具象」指清華簡作者將「巽」卦置於兩股之間象「女陰」或可以備一說;但論「乾專直/坤翕辟」描述性器官動情交合的形態,則似乎難以找到相同的例子,不能視為碻不可移的定論。考證古典,沒有碻確的旁證,難服人心。

30 清華大學出土文獻研究與保護中心編:《清華大學藏戰國竹簡(肆)》,下冊,頁95。

「毛」,[31] 不啻將土地視為肌肉。故《管子・水地》開宗明義說：

> 地者，萬物之本原，諸生之根菀也。美惡賢不肖愚俊之所生也。水者，地之血氣，如筋脈之通流者也。[32]

由此可知古人觀念中，天地實為一生命體，與人體或動物軀體無異。由此而論，「近取諸身，遠取諸物」想表達的，人體、動物軀體、[33] 天地整體俱在其中，且相互間具有感應關係。這種感應，亦即筆者近年宣講《易》哲學五大法則中的「相互關聯性」（interconnectivity），強調的是萬物彼此之間的神祕關係。這種關係，恰好也反映於新出土清華簡之中，如清華簡拾壹〈五紀〉的「天紀圖」：[34]

---

[31] 《左傳・昭公七年》：「封略之內，何非君土？食土之毛，誰非君臣？」〔周〕左丘明傳，〔晉〕杜預注，〔唐〕孔穎達正義：《春秋左傳正義》，《十三經注疏（整理本）》，第7冊，卷44，頁1424。

[32] 黎翔鳳撰，梁運華整理：《管子校注》（北京：中華書局，2004年），卷14，水地第三十九，頁813。

[33] 如《說卦傳》「乾為馬。坤為牛。震為龍。巽為雞。坎為豕。離為雉。艮為狗。兌為羊」之類。《周易正義》，卷9，頁388。

[34] 清華大學出土文獻研究與保護中心編：《清華大學藏戰國竹簡（拾壹）》（上海：中西書局，2021年），下冊，頁98。

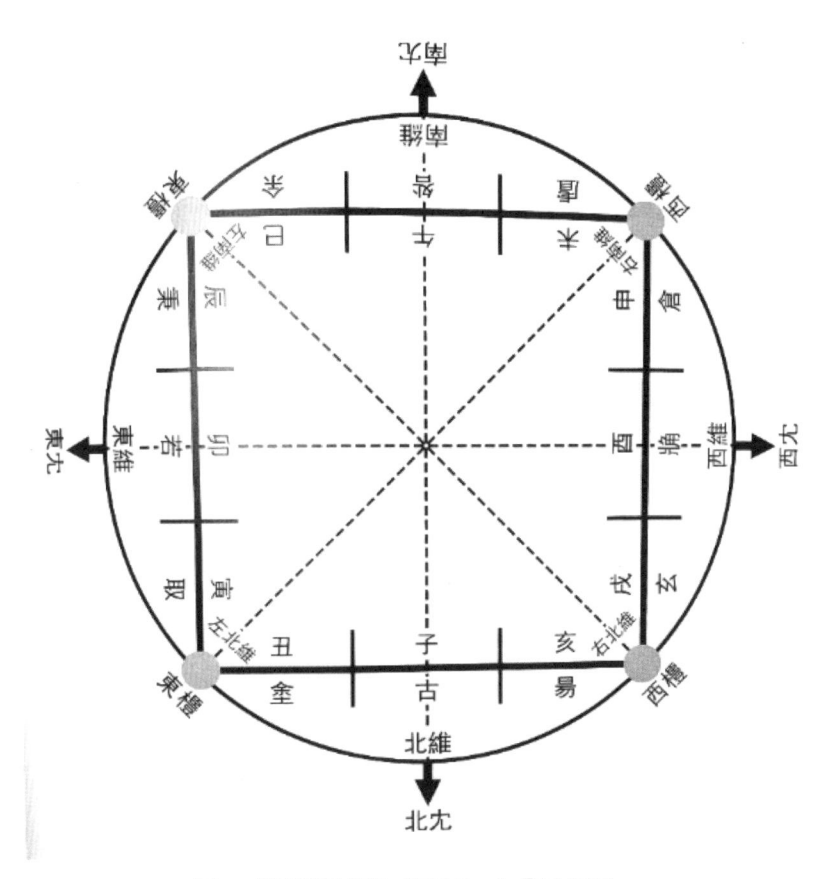

圖1　清華簡拾壹〈五紀〉之「天紀圖」

以「尢」為四正，「樞」為四隅，以十二地支顯示宇宙方位。又有「人體推擬圖」：[35]

---

35　《清華大學藏戰國竹簡（拾壹）》，下冊，頁119。

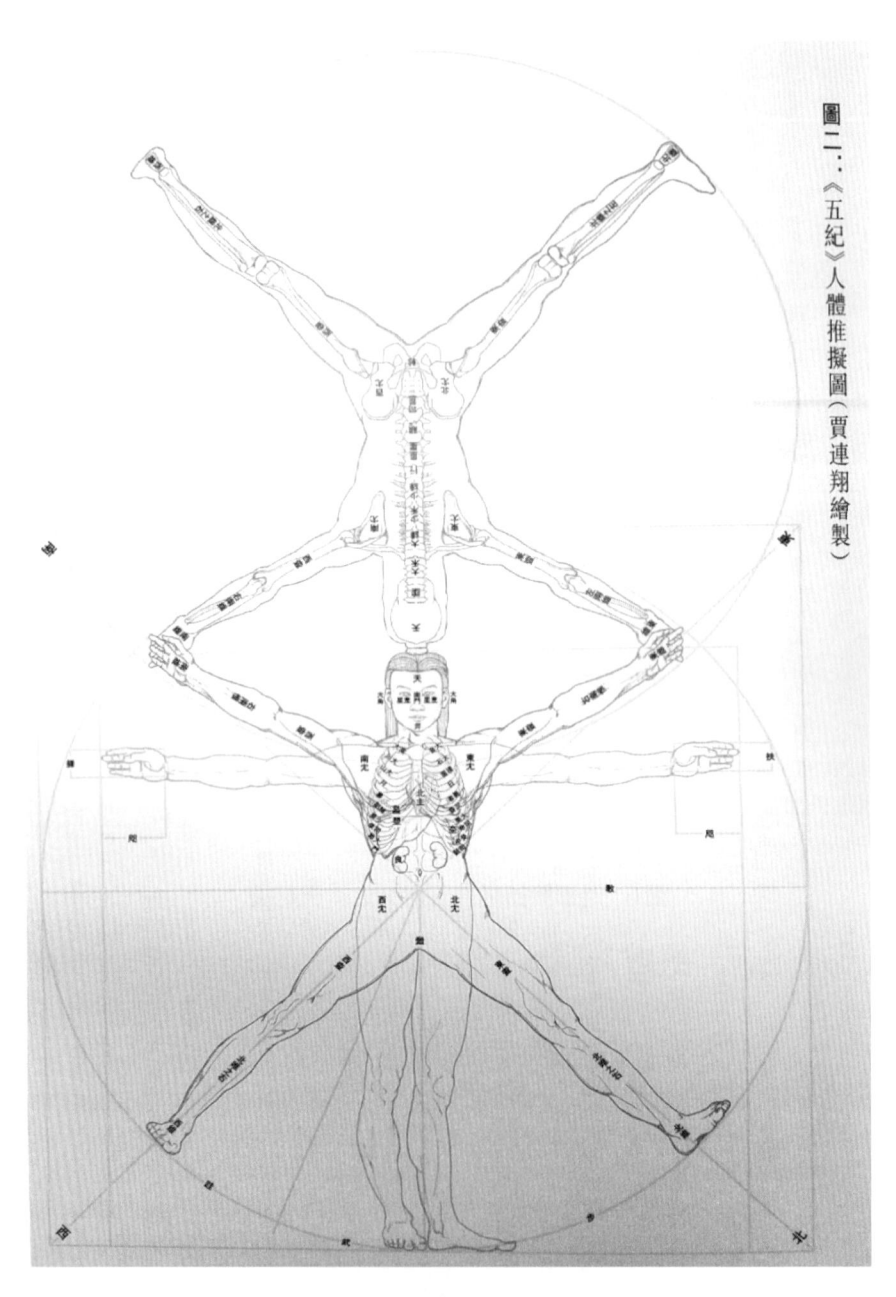

圖2　《五紀》人體推擬圖（賈連翔繪製）

釋文「說明」：

〈五紀〉藉托「后」，論述五紀（日、月、星、辰、歲）與五算相參，建立常法；在此曆算基礎之上，將禮、義、愛、仁、忠五種德行，與星辰曆象、神祇司掌、人事行用等相配，從而建構了嚴整宏大的天人體系。[36]

簡文：

是唯大神，掌大骨十二，十辰有二是司。
大角為耳，建星為目，南門之間為鼻，箕為口，北斗為心，晶壁為肺肝，狼為腎，伐為胺，軫為尻，奎為櫨，甲午之旬是司。[37]

注十六說：

十神皆屬星宿，除南門、北斗外，其餘八神取四方宿之首、尾兩宿，所司十個人體部位似由九竅和五臟組成，其中耳、目、鼻、口、胺、尻為九竅，心、肺、肝、腎屬五臟，疑「櫨」指脾。[38]

注十七：

雙手、雙足各有十指，故可各司一旬。手、臂相連，足、骸相連，故以「四維」相配。[39]

---

36 《清華大學藏戰國竹簡（拾壹）》，下冊，頁89。
37 《清華大學藏戰國竹簡（拾壹）》，下冊，頁116。
38 《清華大學藏戰國竹簡（拾壹）》，下冊，頁118。
39 《清華大學藏戰國竹簡（拾壹）》，下冊，頁118。

此圖亦是以九竅、五臟、十指、與十神、十旬、四維相配,其中尤其凸顯臟腑與星宿的對應,故整理者命名為「人體推擬圖」,屬於典型天人合一之圖式。這種觀念與《易》經傳中卦體與人體、萬物之體及天地八方的對應,完全一致。

## 三　《易》卦取象流衍：從道教丹圖到太極圖

　　《易傳》繼承了《易經》卦象的身體觀,發展出經天緯地、包羅萬物的思想體系。而此一體系也被後世所繼承發展,思想史就這樣環環相扣地綿延展開。在轉入討論文學批評的經典《文心雕龍》以前,本節先討論儒家與道教對於《易》身體觀的接受情形。

　　古今學者都知道《易》卦構形,特點有二。其一,一卦六爻,自下而上,即《說卦傳》所謂「易,逆數也」。其二,「非覆即變」。《序卦傳》孔穎達《疏》：

> 今驗六十四卦,二二相耦,非覆即變。覆者,表裏視之,遂成兩卦,屯、蒙,需、訟,師、比之類是也。變者,反覆唯成一卦,則變以對之,乾、坤、坎、離、大過、頤,中孚、小過之類是也。[40]

「覆」者五十六卦（二十八種形體）,「變」者八卦,孔穎達解釋甚清楚。由此可知,六十四卦不能一卦一卦孤立閱讀,而應該兩卦合讀,既觀察一卦之內自下而上之發展,亦觀察兩卦之間覆變的關係,尤其「覆」卦之關係,一卦之上爻,變而為另一卦之初爻,以《易》主變之理觀之,各爻之變實為動態永續、永不中斷的狀態。後人以圖表之法清楚展現者,莫過於吳仁傑《易圖說》的「爻位相應之圖」：

---

40　《周易正義》,卷9,頁394。

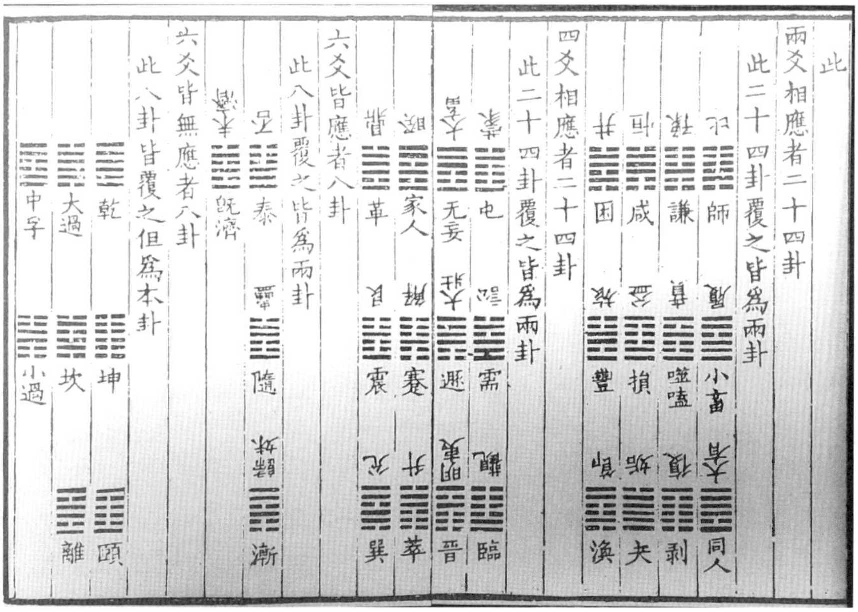

圖3　吳仁傑《易圖說》之「爻位相應之圖」

此圖「兩爻相應」、「四爻相應」、「六爻皆應」均屬「覆」；圖左一欄「六爻皆無應」則屬「變」。以上覆、變關係所呈現兩卦相互依存的關係，影響了後世道教內丹學理論。內丹理論，可上溯《周易參同契》。唐宋以後，始以圖表表述。[41] 南宋蕭應叟注《元始无量度人上品妙經內義》「太極妙化神靈混洞赤文圖」：[42]

---

[41] 例如收入《正統道藏》（臺北：新文豐出版公司，1988年）第11冊的《上方大洞真元妙經品》（HY 436）有「上方大洞真元妙經圖」，其圖形即與流行於元明的「太極圖」式相似，最高一圓形並非「無極而太極」而是「陰靜」。該書前有唐明皇御製〈序〉，似撰於唐代，但考覈中國文獻源流，《道藏》所收宋以前道書，多難考覈其真偽。

[42] 〔宋〕蕭應叟注：《元始无量度人上品妙經內義》（HY 90），《正統道藏》，第3冊，頁228。

408 ❖ 中國文學與宗教的言、意、象

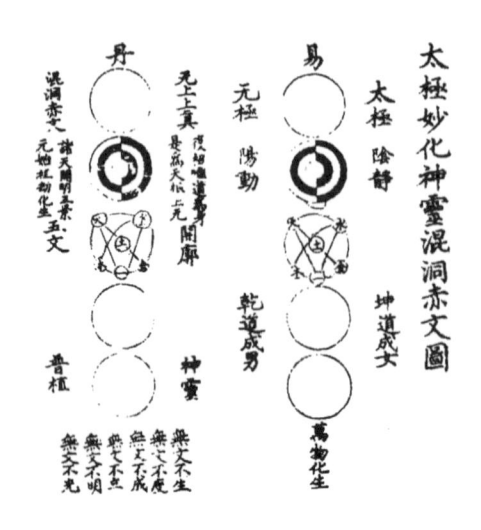

圖4　太極妙化神靈混洞赤文圖

又如元陳致虛（觀吾，1290－？）《上陽子金丹大要》「太極順逆圖」：[43]

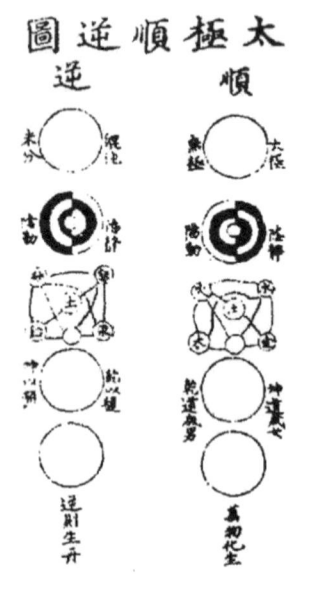

圖5　太極順逆圖

---

43　〔元〕陳致虛：《上陽子金丹大要》（HY 1059），《正統道藏》，第9冊，頁104。

此類講述內丹之圖表，閱讀方法，右側「順圖」自上而下，體現的是「順則生人」：萬物生命皆源出於最高之「太極／無極」，依陰陽五行氣化流行變化，乾道坤道交感（copulation）而化生萬物；左側「逆圖」自下而上，由小周天至大周天，水火交感而丹成，乃復歸於混沌未分。因此圖表呈現的構形，實即從《易》卦覆變相依、爻位逆數原理而來。[44] 而周敦頤（濂溪、茂叔，1017－1073）傳誦千古的「太極圖」：

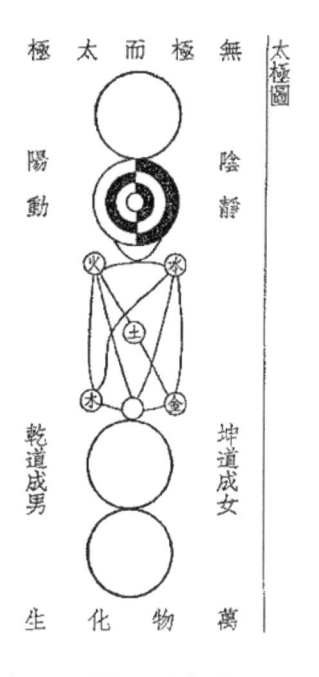

圖6　太極圖

實僅取道教丹圖的右半，以「推一理二氣五行之分合，以紀綱道體之精微」。[45]

---

44　詳參拙著：《易圖象與易詮釋》（臺北：臺大出版中心，2004年），頁171-173。
45　語出朱熹〈周子通書後記〉：「獨此一篇（指《通書》），本號《易通》，與《太極圖說》並出，程氏以傳於世。而其為說，實相表裏，大抵推一理二氣五行之分合，以紀綱道體之精微，決道義文辭祿利之取舍，以振起俗學之卑陋。」參郭齊、尹波點校：《朱熹集》（成都：四川教育出版社，1996年），第7冊，頁4209。

## 四　《文心雕龍》身體取象原理溯源

　　《文心雕龍》與《周易》的關係，因劉勰開宗明義以「大衍之數」解釋其全書五十章的結構，已是盡人皆知的事實。過去研究者討論二者之關係亦甚多，[46] 如鄧仕樑〈易與文心雕龍：易經文學理論之一〉發表於1969年，[47] 將內容一網打盡，從〈原道〉、〈徵聖〉、〈宗經〉、〈祝盟〉、〈論說〉、〈詔策〉、〈奏啟〉、〈議對〉、〈神思〉、〈體性〉、〈風骨〉、〈通變〉、〈定勢〉、〈情采〉、〈鎔裁〉、〈聲律〉、〈章句〉、〈麗辭〉、〈比興〉、〈夸飾〉、〈事類〉、〈練字〉、〈隱秀〉、〈附會〉、〈總術〉、〈時序〉、〈物色〉、〈才略〉、〈程器〉、〈序志〉，將其中引用或櫽括《周易》經傳內容的文字一一勾出討論，而且不是

---

46　據筆者管窺，楊儒賓1996年《儒家身體觀》一書實掀起臺灣學界探討「身體觀」的熱潮，惜此書集中考察儒家，未能上溯《周易》，亦未能偵知本文所論卦象、卦體、人體、動物身體，天地萬「物」之體……諸範疇並指明其內在關聯。審查人之一提示的幾位學者與著作，如顏崑陽：《詩比興系論》（臺北：聯經出版事業公司，2017年），蔡英俊：《游觀、想像與走向山水之路：自然審美感受史的考察》（臺北：國立政治大學華人文化主體性研究中心，2018年），鄭毓瑜：〈身體時氣感與漢魏抒情詩——漢魏文學與楚辭、月令的關係〉（《漢學研究》第22卷第2期〔2004年〕，頁1–34）以及中山大學陳秋宏所著多篇談比興與身體的文章，皆有所論述，實皆沿楊氏之思路，進而發揮至自然山川、藝文審美等各方面，但著眼於文學批評中「人與自然環境」之密切關係，立意與拙文截然不同，但貢獻俱在，讀者詳參可也。筆者謹藉此向審查人申致謝忱，並說明一二，以廣其意。文學批評「身體觀」之論，筆者早在上世紀八十年代從廖蔚卿師「六朝文學專題討論」及吳宏一師「清代文學專題討論」兩課程略聞緒論，課後旁蒐文獻，一一徵驗，恍然明白此實屬老輩文學家常識，飲水思源，討論身體觀，不但應討論顏、蔡諸先生，更應上溯廖、吳兩先生緒論。然本文主體，在於強調易卦、圖象、出土文獻、道教圖式與《文心雕龍》五者之間相承接、相貫通之線索，並確立「天地亦一物」的最高原則，以說明《文心雕龍》身體觀源遠而流長。筆者夙不治文學理論，亦無意與文學領域學友論是非、較長短，倘旁蒐詳述，大違賅簡之旨，徒貽笑於大方之家。故本文以五千餘字申述劉勰之意，略參亞洲、英、美學者論說，申明題旨即止。立言有本，費辭無益，謹補充如上，除銘誌蔚卿師、宏一師之教導外，亦藉以回應審查人之質正。讀者幸識之。

47　鄧仕樑：〈易與文心雕龍：易經文學理論之一〉，《崇基學報》總第9卷第1期（1969年），頁72–83。

機械地僅止於語詞比對，而是盡量深入內在語義。當然鄧氏的方法，寧濫毋缺，故如論〈才略〉篇「剛中」一詞，引《彖》、《象》二傳指涉爻位「剛中」以為說，二者實無交集，無可比擬。就學術論文而論，包括之意有餘，精審則尚有不足。不過鄧文周延，讀者得檢索便利，引用者不可掠美。然而游觀全文，鄧氏並未注意到劉勰承繼了《周易》身體觀，以描述人體及動物身體的方式暢論文藝賞析之道，未免失之交臂。[48] 其後半世紀，中文學界研究《文心雕龍》的汗牛充棟，不遑列舉。已有不少注意到劉勰受《易》象影響，因〈原道〉已開宗明義指出：

人文之元，肇自太極，幽贊神明，《易》象惟先。[49]

然而由於《易》象有具象、有抽象，[50] 本不易言。〈徵聖〉說：

書契決斷以象夬，文章昭晳以象離，此明理以立體也。[51]

固已直言書契文章皆源出於《易》象，而擴大推衍，《易》卦身體的象徵，及其後世的發展演變，故不容易連類推廣，以解釋全書所用涉及身體的概念，遂令當世學者鮮能諳識。而身體之主體，莫過於「心」，此概念在此書實至為重要，因其書即以「文心」為題，而「心」在於《易》則為〈復〉卦

---

48 如上引鄧仕樑論文論〈原道〉「易象為先」，案語云：「此數句重申易本自然之象，文實天地之心。」(《易與文心雕龍：易經文學理論之一》，頁73) 泛言「自然之象」。又論〈詔策〉引〈姤〉卦《象傳》「易之姤象，后以施命誥四方。誥命動民，若天下之有風矣」而案語云：「夫風行草偃，天下莫不從，詔策之用，於斯為大。文心此論，全取易象。」亦泛言〈姤〉卦卦象 (頁74)。凡此類例子可見，鄧氏並不深入掌握《文心雕龍》所繼承《易》「象」兼有具象與抽象兩層意義均涉及身體觀的事實。
49 《文心雕龍註》，原道第一，頁2。
50 《易》象本包含「具象」與「抽象」，前者如〈頤〉卦體象口頤，〈噬嗑〉卦體象口頤齧合一物 (九四)，皆屬身體個別器官之形象，即「具象」；後者如《繫辭傳》稱「易者，象也」當指無形可見的普遍見諸萬物之原理，即「抽象」。
51 《文心雕龍註》，徵聖第二，頁16。

《彖傳》：

> 復，其見天地之心乎！[52]

以「天地」大生命的觀念看，對應於「人」，則是人心，亦即莊子所說的「真君」或「真宰」（見《莊子・齊物論》）。[53] 故當世讀《文心雕龍》的歐美學者，常將「文心」與「雕龍」拆開翻譯，中間以"and"作為聯繫，[54] 皆因未能真切體會「文心」之「心」，實取《易傳》與《莊子》之故。筆者發表"The Philosophy of Change and the Metaphor of Body: From the *I Ching* to *Wenxin diaolong*"一文，[55] 時將《文心雕龍》譯為"Carving the Dragon with a Literary Heart"強調以文心雕琢龍德之意。掌握「文心」的原義，實有助於我們明瞭劉勰對於「象」的施用。

---

[52] 《周易正義》，卷3，頁132。

[53] 郭《注》以「自然」釋「真宰」，而郭慶藩《疏》「真君」則說「直置忘懷，無勞措意，此即真君妙道，存乎其中矣。又解：真君即前之真宰也，言取捨之心，青黃等色，本無自性，緣合而成，不自不他，非無非有，故假設疑問，以明無有真君也。」〔清〕郭慶藩撰，王孝魚點校：《莊子集釋》（北京：中華書局，1961年），頁58–59。又按：章太炎《齊物論釋定本》於這一段文字有詳細推論，主要以大乘佛學彼我皆空以為說，而以心體中的「阿羅邪識」（即唯識學「八識」中之「阿賴耶識」）為「真宰」，「心體」則僅為載體，故後文太炎以鐵縷傳電而非電、腦髓神經傳知覺而非知覺為譬喻。章太炎著：《齊物論釋定本》（臺北：廣文書局，1970年）。

[54] 如 "The Literary Mind and the Carving of Dragons" (e.g., Zong-qi Cai, "Wen and the Construction of a Critical System in *Wenxin Diaolong*," *Chinese Literature: Essays, Articles, Reviews* 22[2000]: pp. 1–29)或 "Patterning the Heart and Carving the Dragon" (e.g., Bernhard Fuehrer, "Glimpses into Zhong Hong's Educational Background," *Bulletin of the School of Oriental and African Studies* 67.1 [2004]: pp. 64–78)。順帶一提：學者翻譯書名，"dragons"常用複數，可能是〈乾〉卦用九「群龍无首」的緣故，其實「群龍无首」在《易》亦屬於特殊狀態，將「龍」視為大人君子，實只有一「龍」，故應該用單數，正如韓愈〈雜說〉「龍噓氣成雲，雲固弗靈於龍也……」全篇所述，「龍」亦非複數。

[55] Kat Hung Dennis Cheng, "The Philosophy of Change and the Metaphor of Body: From the *I Ching* (*The Classic of Changes*) to *Wenxin Diaolong* (*Carving the Dragon with a Literary Heart*)," *Literature and Theology* 37.2 (2023): pp. 121–131.

## 五　《文心雕龍》的人體到物體

　　《文心雕龍》涉及人體的引喻，在卷六例子尤多，莫近於神思、體性與風骨三者。而這三篇所述，則已與上文〈原道〉、〈徵聖〉、〈序志〉等聚焦於理論基礎的發揮不同，是具體落實到作者的形體作用（functions of the physical body）進而影響到構思、修辭、摛藻、謀篇等等問題，與〈原道〉〈序志〉等相對實屬另一層次。故《文心雕龍》所申論的「道體→人體→物體」其實存在至少兩個層次，不可以一概而論。

　　「神思」者之「神」，以「心」為本，故篇首即言「形在江海之上，心存魏闕之下」，意指文章之思致固不離於形體而亦不局限於形體：

> 故寂然凝慮，思接千載；悄焉動容，視通萬里；吟詠之間，吐納珠玉之聲；眉睫之前，卷舒風雲之色；其思理之致乎！[56]

吟詠的聲音出自口齒，而眉睫的表情顯示面龐。當藉由口齒、眉睫體現的聲音朗然成為珠玉、文辭將眉睫的顏色展現為風雲，這些都最終脫離形體的限制，「思接千載」也就發生了。故後文說「神居胸臆，而志氣統其關鍵」。馭文謀篇的發端，必須先凝煉內在的心神志氣，發而在外，則投射於山水也好，虛空也罷，無所不到。由此則點出「修養心性→陶鈞文思」的因果：

> 陶鈞文思，貴在虛靜，疏瀹五藏，澡雪精神。[57]

最後心性神思投射在外，則心神與境物合一：

> 登山則情滿於山，觀海則意溢於海。我才之多少，將與風雲而並驅

---

56　《文心雕龍註》，神思第二十六，頁493。
57　《文心雕龍註》，神思第二十六，頁493。

矣。[58]

意指人心之境界與客觀之境界相融。再進一步，則討論到構思之始，「氣」常常激越，然後下筆之際，方寸則轉趨困頓的自然過程：

> 方其搦翰，氣倍辭前，暨乎篇成，半折心始。何則？意翻空而易奇，言徵實而難巧也。[59]

富有創作經驗的人都明白，構思時蘊蓄「不得不寫的衝動」是推動下筆必須要的力量，但落筆以前的憑空構想，避開落筆的滯重，意境才能拓闊，此所謂「意翻空而易奇」。要知道這種「翻空」並非負面，正是驅動文筆的原動力。及至下筆撰寫，經營語言文字，徵實地鏤刻辭藻，作者就要克服凝滯困頓的險阻。

其次是「體性」。《文心雕龍》的「體」亦有兩層次，其一是天地的本體也就是萬物個別之「體」的來源，這就是〈原道〉所說的：

> 夫玄黃色雜，方圓體分。[60]

其次是個別之體，作動詞用就是卷二〈銓賦〉所謂「鋪采摛文，體物寫志」，語義即「體察」，強調身體的感受、想像和代入。在於〈體性〉則先強調撰作者自身身體的準備：

> 夫情動而言形，理發而文見。蓋沿隱以至顯，因內而符外者也。然才有庸俊，氣有剛柔，學有淺深，習有雅鄭，並情性所鑠，陶染所凝，

---

58 《文心雕龍註》，神思第二十六，頁493–494。
59 《文心雕龍註》，神思第二十六，頁494。
60 《文心雕龍註》，原道第一，頁1。

是以筆區雲譎，文苑波詭者矣。[61]

劉勰一貫地強調作者自身在才、氣、學、習、情性、陶染等各方面深厚的積累和儲備，是為撰著的基礎。因為「才」不能「翻」，「氣」不能「改」，「學」不能「乖」，「習」不能「反」。[62] 然後展現則有八體：

> 一曰典雅，二曰遠奧，三曰精約，四曰顯附，五曰繁縟，六曰壯麗，七曰新奇，八曰輕靡。典雅者，熔式經誥，方軌儒門者也；遠奧者，馥采典文，經理玄宗者也；精約者，覈字省句，剖析毫釐者也；顯附者，辭直義暢，切理厭心者也；繁縟者，博喻釀采，煒燁枝派者也；壯麗者，高論宏裁，卓爍異采者也；新奇者，擯古競今，危側趣詭者也；輕靡者，浮文弱植，縹緲附俗者也。[63]

這八體是展現的結果，也就是所謂「總其歸途，則數窮八體」。八者之間實為不同的表現，彼此不相重疊：

> 故雅與奇反，奧與顯殊，繁與約舛，壯與輕乖，文辭根葉，苑囿其中矣。[64]

換言之，不同的文章體裁均取決於作者自身的體性包括才、氣、學、習等，而有不同之展現。這就是該篇「贊曰」所說的：

> 才性異區，文體繁詭，辭為肌膚，志實骨髓。[65]

---

61 《文心雕龍註》，體性第二十七，頁505。
62 《文心雕龍註》，體性第二十七，頁505：「故辭理庸儁，莫能翻其才；風趣剛柔，寧或改其氣；事義淺深，未聞乖其學；體式雅鄭，鮮有反其習。」
63 《文心雕龍註》，體性第二十七，頁505。
64 《文心雕龍註》，體性第二十七，頁505。
65 《文心雕龍註》，體性第二十七，頁506。

劉勰將文辭與情志視為人類身體內外兩部分，充分展現其吸收《易》身體觀以後審視文辭賞鑑的特殊觀點。

「風骨」也是《文心雕龍》展現身體觀的篇章中具有代表性的一篇。「風」源出《詩經》國風。參以《莊子・齊物論》說，「大塊噫氣，其名為風」，吹於眾竅而有不同之呺號，引申於人類，則不同之心知而有不同之是非之言。故後文云：

> 大知閑閑，小知閒閒；大言炎炎，小言詹詹。……夫言非吹也。言者有言，其所言者特未定也。果有言邪？其未嘗有言邪？其以為異於鷇音，亦有辯乎，其無辯乎？[66]

莊子意謂：有閑閑之大知者，始能作淡淡之大言；閒閒之小知者，必作詹詹之小言。[67] 而「言」終究與「吹」有別，「吹」則出於自然，而「言」則「所言者特未定」，此即所謂「未成乎心而有是非」。故「風」在於自然則有飄風、厲風之類，而在於人則有不同之鄉音，不同之言論，衍發而成不同之是非。由此知「風」不離於人體。故〈風骨〉開篇即謂：

> 《詩》總六義，風冠其首，斯乃化感之本源，志氣之符契也。是以怊悵述情，必始乎風，沈吟鋪辭，莫先於骨。[68]

由此而知，劉勰之「風」源出身體之「氣」，而為述情的開始，下文所謂「情之含風，猶形之包氣」即是此意。「骨」即文章之結構，而思想之充實、主題之聚焦、意旨之顯明、論證之力量皆有以致之。故劉勰言：

---

[66]〔清〕郭慶藩：《莊子集釋》，頁51。

[67]「炎」當讀為「淡」，即平淡無味之言。說參錢穆：《莊子纂箋》（臺北：東大圖書公司，1985年），頁9。近乎《道德經》所謂「大辯若訥」。

[68]《文心雕龍註》，風骨第二十八，頁513。

故練於骨者，析辭必精；深乎風者，述情必顯。[69]

有精練的辭藻，文章結構方能剛健；而志氣的融貫，決定了述情的顯朗。故說：

捶字堅而難移，結響凝而不滯，此風骨之力也。若瘠義肥辭，繁雜失統，則無骨之徵也。[70]

「捶字堅而難移」是為「骨」的準則，「結響凝而不滯」是為「風」的要求，故合二者則為風骨之力。要注意這個「力」兼風骨而言，因氣凝則易滯，用語深入述情卻過於重滯不通，而骨堅而不移，則結構主旨集中，言無虛發，感染力必強。反過來說，劉勰仍用身體之喻，所謂「瘠義肥辭」，用形容人類體態肥瘦來形容「義」（內涵）「辭」（辭采），可見身體觀的運用，在劉勰已是深植於思想之中，故發而為言，無往而不達。而〈情采〉云：

夫水性虛而淪漪結，木體實而花萼振，文附質也。虎豹無文，則鞹同犬羊；犀兕有皮，而色資丹漆，質待文也。[71]

上文指出《易》卦象所指涉身體觀並不限於人體，而及於動物身體及器物本體。劉勰以水性之虛而有淪漪，木體之實而振花萼，即屬自然之物的「體」外發的作用；而「虎豹無文，則鞹同犬羊；犀兕有皮，而色資丹漆」之喻，實出自《易》〈革〉卦：

九五，大人虎變，未占有孚。上六，君子豹變，小人革面，征凶，居

---

69 《文心雕龍註》，風骨第二十八，頁513。
70 《文心雕龍註》，風骨第二十八，頁513。
71 《文心雕龍註》，情采第三十一，頁537。

貞吉。[72]

《象傳》：

> 九五，大人虎變，其文炳也。上六，君子豹變，其文蔚也。小人革面，順以從君也。[73]

故〈情采〉即用《周易》〈革〉卦大人君子、虎變豹變之辭，說明「質待文」的自然之理。此一節非謹限於「語典」，而是直接襲用〈革〉卦取象。鄧仕樑文章通蒐《文心雕龍》全書，竟失之交臂，而未納入討論，頗令筆者不解。故謹在此提出，以質正於方家，蓋此亦可證劉勰觀念中天地人萬物的「象」實可相通也。

## 六　結論

學問之道，術業有專攻，其利在於專精深入，其弊在於相互不通。中國古代文明中之身體觀，影響及於後世，在不同領域思想均可尋覓此一觀念的痕跡，涉及古文字、《周易》經傳、儒道思想、道教內丹、文學鑑賞理論等等。研究者往往但知其一，不知其二，無法以通貫的眼光，將遍及於各領域的身體觀念一一勾稽比較，進而遊觀全局，甚為可惜。

本文首先揭示甲骨文字及《易》卦象者之身體觀，並從「具象」與「抽象」說明《說卦傳》各章所涉及人身部分、物類象徵及天地八方方位等互相結合並觀，才能得先秦時期天人合一思想的梗概。儒家、道家身心修養的種種理論，均屬後起。本文也指出，後世道教內丹學諸圖式中的順逆之圖，實受《易》卦逆數及非覆即變的結構影響，而閱讀之法，一自下而上，一自上

---

72　《周易正義》，卷8，頁240。
73　《周易正義》，卷8，頁240。

而下,合成一相對循環。北宋周敦頤〈太極圖〉示一理二氣五行之分合,紀綱道體之精微,亦不過剌取道教丹圖之半而為之。文學方面,則《文心雕龍》受《周易》影響最深,故身體觀亦貫串全體,視天地間之辭采為人類身體德性氣習才力充盈而後發揮的藝術成果,並多方用身體語言為象徵,說明文學作品構成之各種元素的關係,由此而奠立劉勰文學賞鑑理論的內在準則。

# 從山林圖像到雙樹龕像：
# 試論六朝山水文化與鄴城遺址造像之關係[*]

王敏慶

中國社會科學院文學研究所

　　2012年，由中國社會科學院考古研究所和河北省文物研究所聯合組成的鄴城考古隊，在河北臨漳北吳莊即古鄴城故地發現了一處佛教造像埋藏坑。該埋藏「地點位於東魏北齊鄴南城內城東城牆東約3公里處，即鄴城考古隊研究推測的東外郭城區內。」[1] 經考古發掘，「測量編號的佛教造像共2,895件（塊），另有大量造像碎片，總數量近3,000塊（片），出土造像絕大多數為漢白玉質，極少數為青石和陶質。」[2] 埋藏坑中的佛造像很多都帶有時間題記，歷史跨度從北魏延續到隋唐。這些造像中以東魏、北齊造像的藝術水準最高，其中有一類被稱之為「龍樹背龕式造像」，工藝繁縟、造型華美，尤為引人注目。但這種形制獨特的佛教造像卻未見有經典出處，而本文所要嘗試討論的正是這種造像究竟是如何形成的。

---

[*] 本文為國家社會科學基金一般項目「中古中國單層方形覆缽塔研究」階段性成果，批准號22BZJ021。

[1] 朱岩石、何利群、沈麗華、郭濟橋：〈河北鄴城遺址趙彭城北朝佛寺與北吳莊佛教造像埋藏坑〉，《考古》2013年第7期，頁51。

[2] 朱岩石等：〈河北鄴城遺址趙彭城北朝佛寺與北吳莊佛教造像埋藏坑〉，頁51。

## 一　雙樹背龕式造像

　　這種「龍樹背龕式造像」（以下簡稱「龍樹龕像」）大約出現在西元6世紀中葉，目前所見時間最早且有明確紀年的此類造像是藏於美國大都會博物館（Metropolitan Museum of Art）的武定二年（544）半跏思惟菩薩像。龍樹龕像主要見於古河北地區，地域特徵明顯，重要的考古發現有曲陽修德寺、臨漳北吳莊、成安南街寺院遺址、蠡縣、槁城及邢台南宮後底閣等處。此外在山西太原華塔村以及河南新鄉時代華庭遺址，也有少量此類造像出現。[3] 其中，河北臨漳北吳莊埋藏坑出土的龍樹龕像及曲陽修德寺出土的龍樹龕像數量多且精，是兩處比較集中的此類造像的產地。

　　龍樹龕像之所以有「龍樹」之名，主要是因為此類龕像的造像題記上有「龍樹」字樣，例如故宮博物院藏曲陽出土的劉白仁造菩薩像，題記為「天保九年（558）十月八日高貴安妻劉白仁為亡息高市興造龍樹坐像一區上為國家右為邊地亡者生天見令德富」。[4] 在探討「龍樹」一詞含義的過程中，有學者推測龍樹是否與龍華樹亦即彌勒相關，李靜杰教授在其〈定州白石佛像藝術中的半跏思維像〉一文中則認為「此像式的諸造像記也不見與彌勒關聯的內容。可以說龍樹與龍華樹即彌勒無關。那麼龍樹究竟是什麼，筆者發現，銘記龍樹題材的半跏思維像背屏上均刻有盤龍雙樹，這應是龍樹的原意。」[5] 關於「龍樹」一詞的來源，姚遠與李靜杰教授觀點一致，認為「銘文中『龍樹』一詞的出現，應是人們在觀察這些圖像時產生了『龍』、『樹』的視覺印象，造像主或工匠從這種直觀的視覺形象出發，簡稱這些造像為『龍樹』造像。」[6] 筆者也認同這種觀點，即「龍樹」一詞是源於造像上的視

---

[3] 郭勇：〈山西太原西郊發現石刻造像簡報〉，《文物參考資料》1995年第3期，頁79。河南省文物考古研究院新鄉市文物考古研究所：〈河南新鄉時代華庭遺址H37發掘簡報〉，《華夏考古》2016年第3期，頁40。

[4] 馮賀軍：《曲陽白石造像研究》（北京：紫禁城出版社，2005年），頁183。

[5] 李靜杰：〈定州白石佛像藝術中的半跏思維像〉，《收藏家》1998年第4期，頁35。

[6] 姚遠：〈曲陽白石半跏思惟像題材、源流及流行原因〉，《藝術設計研究》2017年第3期，頁18。

覺印象，而不是有著什麼直接的經典來源。鄴城與曲陽作為此類造像的兩大產地，但也有各自的特點，同為雙樹龕式，龍盤於樹幹上的樣式在曲陽十分常見，但在鄴城雖然偶有但不多，正如蘇鉉淑所說：「東魏北齊時期雙樹和盤龍紋結合的新形式，雖然在定州地區極為盛行，鄴城地區和河南一帶卻不太流行。」[7] 同時他還指出「鄴城白石像極有可能是在當地製作，而新題材的出現時間要比定州地區早，先在鄴城流行然後逐漸傳播到定州地區。作為都城所在地，鄴城樣式主導了北齊佛教藝術。」[8] 的確，鄴城作為東魏北齊的都城、政治和文化中心，自是有能力產生新樣式，這也正是筆者選擇鄴城遺址北吳莊出土的此類造像探究其樣式產生的原因，在北吳莊出土的造像中，能提供一個這類造像相對完整的發展脈絡。

下面是幾件造型成熟的龍樹龕像。北吳莊出土北齊天保元年（550）法悵造像（圖1），正面為一佛二弟子二菩薩的鋪相組合，佛穿袒右袈裟，袈裟的衣邊搭在右肩，右手上舉持施無畏印，左手持與願印。佛為交腳坐姿，腳下有二童子捧佛足。佛像左右的二弟子二菩薩分別立於四個蓮臺上。五尊像的身後是一個長圓形背屏，由扇面形樹葉構成樹冠，枝幹的地方鏤空雕刻。

圖1　法悵造像　北齊天保元年（550）[9]　　圖2　彌勒七尊像　北齊[10]

---

7　蘇鉉淑：〈東魏武定年間白石半跏思惟像研究〉，《考古》2017年第9期，頁102。
8　蘇鉉淑：〈東魏武定年間白石半跏思惟像研究〉，頁105。
9　筆者攝。
10　筆者攝。

圖3　趙美造像　北齊武平五年（574）[11]

佛像上部是兩兩相對的四尊飛天，最上面兩個合力雙手捧持著一座單層方形小塔。從正面看去，上部的飛天就像鑲嵌在半圓形樹冠上。基座部分為香爐對獅和二力士。造像的背面可以清楚的看到枝幹纏繞在一起的對稱式雙樹造型，兩樹間三角區域是一朵寶珠蓮花，兩個樹幹的底部各雕有一尊禪定僧，基座部分是四尊神王像。

　　另一件彌勒七尊像整體造型與法悵造像（圖2）大同小異，例如主尊變為倚坐菩薩裝的彌勒，兩側的脅侍有六尊，龕像上部正中的小塔也變成了禪定佛像，造像背後雙樹的樹幹處各雕有一個直身站立的世俗男子像等細節的變化。上文提及之所以稱為「龍樹背龕式造像」，是因為這類造像上有龍出現。此「彌勒七尊像」，龍便出現在脅侍弟子和菩薩的所踏的蓮臺之下。鄴城地區的「龍樹背龕式造像」中龍出現的位置並不固定，「彌勒七尊像」中的龍便是幾種形式之一種，有時龍也會出現在龕上部的中間位置等。有的龍樹背龕式造像上也並不出現龍，例如北齊晚期武平五年（574）的這件「趙美造像」上便沒有龍出現（圖3），這一現象似乎也說明了「龍」與「樹」並不是一個有著某種經典或圖像依據的固定搭配。

　　總之，在「龍樹龕像」中，龍的形象似乎處於從屬地位，時有時無，而

---

11　筆者攝。

樹的形象則一直存在且在不斷被強化，出現了雙層樹冠的華美龕式，故而本文將這種造像稱之為「雙樹龕像」。

北齊晚期的「雙樹龕像」製作的越發華麗精美，工藝的難度也越高。這件「趙美造像」出現了雙層樹冠，佛像前出現了帶有完整龕楣龕柱的小龕，使佛像位於一個小的半開放空間中，而不是像早期「雙樹龕像」那樣，佛菩薩等像完全處於一個開放的空間中，雕刻難度可想而知，但雙層樹冠的設計也使樹的意象更為強烈。

## 二 樹下思惟菩薩像

這種「雙樹龕像」並無經典依據，[12] 有研究者認為「龍樹龕像」的出現與樹下思惟菩薩有關，筆者也認同這一觀點。思惟菩薩像在中原地區至少在十六國北魏時就已經出現，如雲岡二期第10窟前室佛龕，在交腳彌勒的兩側鏡像式對稱出現了樹下思惟菩薩的形象（圖4）。思惟菩薩坐於高坐具——筌蹄之上，半跏姿態，一腳著地，一腿的腳踝橫搭於另一腿的膝蓋之上；一手撫足，另一手支腮，做思維狀。裝束是頭戴寶冠的菩薩裝。在菩薩的旁邊是一棵樹，樹冠向一側傾斜，呈半弧形遮蔽於菩薩的頭頂之上。這種坐姿的思惟菩薩像，早在貴霜時代（30－375）的犍陀羅地區就已經出現，如日本私人收藏的一件禮拜菩薩的浮雕造像（圖5），又如藏於白沙瓦博物館（Peshawar Museum）的一件「樹下觀耕」浮雕造像（圖6）。關於「思惟菩薩像」的具體身分是釋迦太子還是彌勒菩薩，學界有不同的說法。像白沙瓦博物館的這件「樹下觀耕」浮雕，因為有牛等相關故事情節的出現，很明顯展現的是釋迦太子像。在中原內地，北吳莊出土的北齊造像中，有的思惟菩薩像旁邊出現白馬前腿跪地吻菩薩足的形象，也很明確的顯示出這是《佛傳》中白馬吻別太子的場景。當然，在河北曲陽修德寺出土的白石造像中，有不少都直接刻出題記，稱這類菩薩像為太子思惟像。有題記和明確故事情節的，可以準

---

12 何利群：〈北齊「龍樹背龕式」造像的技術傳承和構圖特徵〉，《中原文物》2017年第4期，頁74。

確確定思惟菩薩的身分,但有些思惟像是沒有的,如上文提到的日本私人收藏的那件犍陀羅浮雕造像。又如,雲岡第10窟前室佛龕中鏡像對稱的思惟菩薩像,沒有題記,沒有具明確指向性的故事情節,但他們與交腳彌勒菩薩組合在一起(完全統一在一個大屋頂下),這似乎說明這種思惟像又屬於彌勒系統。而在日本和韓國的這種思惟菩薩像,一般就是彌勒像。可見思惟菩薩

圖4　雲岡第10窟前室佛龕　雲岡二期[13]

圖5　思惟菩薩像　犍陀羅　日本私人藏[14]

圖6　樹下觀耕　犍陀羅　白沙瓦博物館藏[15]

---

13　筆者攝。
14　宮治昭著,李萍、張清濤譯:《涅槃和彌勒的圖像學——從印度到中亞》(北京:文物出版社,2009年),頁273。
15　宮治昭:《涅槃和彌勒的圖像學》,頁272。

像的具體身分並不唯一，即便都是表現釋迦太子思惟像時，也有「樹下觀耕」和「白馬吻別」等不同場景中的太子思惟像。當然，對於本文而言，思惟菩薩究竟是誰並不重要，本文主要討論的是「樹下思惟菩薩像」的圖式。

犍陀羅應是「樹下思惟菩薩像」的最早出處，上文提到的兩件犍陀羅浮雕板上的「樹下思惟菩薩像」坐姿基本相同，菩薩頭頂上的樹冠如傘蓋，位於菩薩頭頂正上方，在這個圖式中並沒有出現樹幹。這種在佛菩薩頭頂只出現一團如傘蓋的樹冠的圖式，在新疆佛教石窟中常見，並影響到內地早期石窟壁畫中的佛像，如炳靈寺169窟西秦壁畫中的佛像，頭頂一簇樹冠的樣式，就是源自新疆石窟的影響。但樹以傾側的姿勢出現在思惟菩薩的身旁，在新疆石窟中就已經出現，如克孜爾38窟主室窟門上方兩側的思惟菩薩（圖7）。思惟菩薩的坐姿基本與犍陀羅的相同，只是樹不是在頭頂而是在身旁，樹冠向菩薩一側傾斜，而且樹不止一棵，也不一定都在思惟菩薩的身後。但是在進入中原，特別是進入北魏之後，「樹下思惟菩薩像」的形式較為固定，基本樣式就是菩薩單跏趺坐在筌蹄上，一手支腮，做思維狀，身後有一棵樹，樹冠向菩薩的頭上方彎曲傾側。北魏趙安香造一佛二菩薩像（圖8）

窟門上方左側思惟菩薩　窟門上方右側思惟菩薩　　圖8　趙安香造一佛二菩
圖7　思惟菩薩像　克孜爾38窟主室窟門上方兩　　　　薩像背面　北魏
　　　側[17]　　　　　　　　　　　　　　　　　　　　河南博物院藏[16]

---

16 筆者攝。
17 新疆維吾爾自治區文物管理委員會、拜城縣克孜爾千佛洞文物保管所、北京大學考古學

背面的「樹下思惟菩薩」相較雲岡刻畫的更為細膩，樹也表現的更為生動，畫面的最下部似有線刻表示山石，但不明顯。

西元534年北魏分裂為東魏和西魏，東魏遷都鄴城（今河北臨漳），西魏定都長安（今西安）。北魏「樹下思惟菩薩」的樣式仍然在東西魏流行著，尤其是東魏。在鄴城遺址北吳莊埋藏坑出土了多件在造像背光後面或雕刻或繪畫「樹下思惟菩薩」的造像。東魏天平四年（537）法敬造菩薩像的背面是一幅線刻「樹下思惟菩薩」，場景為「白馬吻別」（圖9）。東魏天平四年即西元537年，也就是北魏剛剛分裂後的第三年。河南博物院所藏的一件北魏後期趙安香造一佛二菩薩像背面也刻有一幅「白馬吻別」場景的「樹下思惟菩薩」，只是畫面上還多了一些侍者、供養人及大象和御象者等其他形象（圖8）。儘管如此，從兩幅圖上仍可看出在「樹下思惟菩薩」像上東魏對北魏的繼承。此外，圖10和圖11兩件北吳莊出土的東魏造像的背面也都是「樹下思惟菩薩」，只是樹下只有思惟菩薩，無其他人物或動物形象。以上幾件造像上「樹下思惟菩薩」中的樹均是單樹，位於思惟菩薩的身後。而東魏末年，武定四年（546）王元景造彌勒像（圖12）和武定五年（547）弄女等造彌勒像（圖13）背面的「樹下思惟菩薩」則已經是「雙樹」，其中武定四年王元景造彌勒像背面「樹下思惟菩薩」的雙樹還帶有幾分自然界中樹林的意態，但武定五年弄女等造彌勒像背面的「樹下思惟菩薩」中的雙樹已經是左右對稱，樹梢纏繞在一起的經過匠師設計規範化的雙樹形態，這樣的雙樹，離突破造像背光的壁面，從背後走到前面僅一步之遙。當然，北吳莊出土的一件武定二年（544）的半跏思惟像，已經是一件成型的雙樹龕像，[18] 上邊所列舉東魏造像背面的樹下思惟菩薩圖，從單樹變為雙樹的過程，可以說展示的是雙樹龕像的一個逐漸發展的設計構思過程，受資料的局限，造像背面已經出現雙樹的思惟菩薩像，可能在武定二年之前已經有了。「雙樹龕像」就其造像樣式的發展過程而言，「樹下思惟菩薩」最初有相當一段時間都是

---

系編著：《中國石窟：克孜爾石窟》第1卷（北京：文物出版社，2016年），圖版87、88，頁93–94。

18 蘇鉉淑：〈東魏武定年間白石半跏思惟像研究〉，頁95、97。

處於背光式造像的背面，有些雕刻的也是相當精美，原本這種像式也可以止步於此。但匠師為何要將背光鏤空，讓雙樹從背後顯示到像前？其雕刻難度

圖9　法敬造菩薩像　東魏天平四年（537）[19]

圖10　菩薩三尊　東魏──北齊[20]

圖11　菩薩立像背面　東魏[21]

圖12　王元景造彌勒像　東魏武定四年（546）[22]

圖13　弄女等造彌勒像　東魏武定五年（547）[23]

---

19　筆者攝。
20　筆者攝。
21　筆者攝。
22　筆者攝。
23　筆者攝。

大大提升，所消耗的財力物力以及雕刻的精力遠勝於前。就古代工匠自身而言，他並沒有主動創造佛教造像新樣式的內在動力，那麼究竟是什麼力量使這類佛教造像如此執著於對樹的表現？使樹從「幕後」走到「幕前」？

從上文提到的圖9至圖13的樹下思惟菩薩圖像上看，它們有一個共同的特徵，那就是不論是單樹還是左右雙樹的思惟菩薩圖像，在畫面的最下部都是形體較小層疊的群山或山石，中景也就是畫面主體部分是人物和樹。而在雲岡二期北魏較早時候的「樹下思惟菩薩」以及新疆石窟壁畫乃至犍陀羅地區的樹下思惟像，是沒有畫面最近處的群山或山石的。在法敬造菩薩像的「樹下思惟菩薩」圖像的下部，不僅有山石，還有依山石而生的較為低矮的草木，特別是畫面右側的一叢，互生的草葉較寬，根部還有圓形石子三枚，好似蘭草。這些小景物的添加，讓人物完全置身於山林之中。儘管只是細節上的一點點變化，但這種表現手法與西域、新疆的只有樹的表現手法明顯來自不同的文化系統和圖像系統。另外一件王元景造彌勒像背後的「樹下思惟菩薩」圖像則山林意味更濃。在這幅「白馬吻別圖」上我們看到，半跏思惟菩薩坐在筌蹄之上，白馬前蹄跪臥吻菩薩足，菩薩與白馬之間是一個頭梳雙抓髻掩面而泣的小童。畫面最近處是山石，其上生有一株枝葉茂密的大樹，婆娑的枝葉彎曲如傘蓋籠罩在菩薩的頭上方。在白馬的身後還有一株樹，很明顯這株樹生在稍遠一些的地方，它的樹冠豎長，為適合畫面構圖略成弓背式的彎曲狀，向上延伸到畫面的最上方。從山石樹木的位置安排上不難看出，匠師所營造的是一個有遠近空間的山林景象，是對山林景物再現式的自然描摹。當「龍樹背龕式造像」的雙樹模式固定後，我們依然可以在透雕的立體的雙樹樹根部位看到山石的存在，如圖14思惟菩薩像和圖15造像殘件背面雙樹的樹根部，都雕刻著層疊的山巒，這是「樹下思惟菩薩」還作為平面圖像時樹與山石的組合關係所留下的深刻印記。不唯是「雙樹龕像」，北吳莊出土的一件單層方形覆缽式造像小石塔上，每一面拱形龕兩側的雙樹樹幹底部都雕刻著層疊山巒（圖16），可見這種樹石（山）組合關係的穩定性，而樹根部的層疊山石，猶如一個符號，指示著山林的存在。促成這種樹石關係穩定結構的背後，必然有其強大的原因，而本文認為這個原因就是六朝山水文學的興起及其圖像。

圖14　思惟菩薩像　北齊[24]　　圖15　造像殘件背面　北齊[25]

圖16　覆鉢式造像塔　北齊[26]

---

24　筆者攝。
25　筆者攝。
26　筆者攝。

## 三　山水文學及其圖像

　　六朝時期非常重要的一次文學變革就是山水文學的興起,所謂「宋初文詠,體有因革。莊老告退,而山水方滋。」[27] 這是我們看文學史時最常見到的一句話(本文中「山林」和「山水」二詞可以互換,二者所指內容相同,都是自然界中的草木山水樹石等物色,只是因為傳統的使用習慣、具體使用情況不同而用詞不同而已)。關於山水詩或山水文學的出現,曹道衡先生在〈也談山水詩的形成與發展〉中已有精闢論述。魏晉玄學興盛、老莊思想盛行,士人面對殘酷現實,政治理想無法實現,歸隱情緒濃重等等,都是山水詩出現的社會條件。其中曹先生特別提出山水詩產生的經濟基礎是莊園制度的興起,「從東漢以後,莊園制度日漸興起,魏晉時代則更為興盛,成為當時封建剝削的主要形式。這種莊園經濟的生活促使地主們遊山玩水的風尚大為盛行。」[28] 此外他還指出最初寫文描述山水景物或山水詩的作者也往往是那些達官顯貴、世家高門。[29] 莊園位於城外,佔地面積龐大,含括的是自然界中的溪澗川澤,當然也有開墾的農田種植的果園以及人工建築,非宋明以後的城市園林可比。悠遊林下、宴客送別、聚會雅集,是他們的生活常態。著名的如西晉石崇(249－300)的金谷園,東晉末劉宋初謝靈運(385－433)的始寧墅等均是大型莊園。石崇在〈金谷詩序〉中寫道:「有別廬在河南縣界金谷澗中,去城十里,或高或下,有清泉茂林,眾果、竹、柏、藥草之屬,金田十頃羊二百口。雞豬鵝鴨之類。莫不畢備。又有水碓、魚池、土窟,其為娛目歡心之物備矣。時征西大將軍祭酒王詡當還長安,余與眾賢共送往澗中,晝夜遊晏,屢遷其坐,或登高臨下,或列坐水濱。時琴、瑟、笙、筑,合載車中,道路並作;及住,令與鼓吹遞奏。」[30] 這篇詩序中描述

---

27　[南朝梁]劉勰撰,王志彬譯注:《文心雕龍》(北京:中華書局,2022年),頁65。
28　曹道衡:〈也談山水詩的形成與發展〉,《文學評論》1961年第2期,頁28。
29　曹道衡:〈也談山水詩的形成與發展〉,頁28–29。
30　[清]嚴可均編:《全上古三代秦漢三國六朝文》(北京:中華書局,1958年),全晉文,卷33,頁1651a。

了園中景物及他們的宴飲遊樂活動。《宋書‧謝靈運傳》記載:「靈運父祖並葬始寧縣,并有故宅及墅,遂移籍會稽,修營別業,傍山帶江,盡幽居之美。與隱士王弘之、孔淳之等縱放為娛,有終焉之志。」[31] 又記他「靈運既東還,與族弟惠連、東海何長瑜、潁川荀雍、泰山羊璿之,以文章賞會,共為山澤之遊,時人謂之四友。」[32] 劉勰(466－538)《文心雕龍‧明詩》中總結式地寫道:「暨建安之初,五言騰躍。文帝、陳思,縱轡以聘節;王、徐、應、劉,望路而爭驅。並憐風月,狎池苑,述恩榮,敘酣宴,慷慨以任氣,磊落以使才。」[33] 所以現實生活是山水文學產生的一個物質基礎。而與文學一向聯繫緊密的繪畫藝術在此時也同步發展,山水畫開始作為獨立的畫種列於繪畫藝術的畫科之中。東晉顧愷之(345－406)的〈畫雲臺山記〉雖只是一篇談山水畫的構思文章,但已開先河,之後宗炳(375－443)的〈畫山水序〉則是一篇正式的山水畫論。當然,此時的山水畫,還不是宋以後那種意義上的山水畫,石守謙先生認為將其「直接以後世之『山水畫』稱之,也不見得恰當。」[34] 所以,本文將這一時期或繪畫或雕刻的山水形象稱為「山水圖像」。從目前所見的考古資料及傳世的繪畫作品來看,魏晉南北朝時期含有山水圖的繪畫多是人物畫的背景,或者說是人物畫所處的場景。但不管怎樣,達官顯貴、士族高門的這種「狎池苑」、「敘酣宴」的林間宴樂活動,在當時的繪畫中是可以尋其蹤跡的。

　　石崇〈金谷詩序〉中說:「或高或下,有清泉茂林,眾果、竹、柏、藥草之屬,金田十頃羊二百口。雞豬鵝鴨之類。莫不畢備」,又說:「晝夜遊晏,屢遷其坐,或登高臨下,或列坐水濱。時琴、瑟、笙、筑,合載車中,道路並作;及住,令與鼓吹遞奏。」這種山林間的遊宴場景,我們在南朝畫像磚中可見其一二。例如河南鄧縣學莊出土的「南山四皓」(商山四皓)畫

---

31 〔梁〕沈約撰:《宋書》(北京:中華書局,1974年),卷67,謝靈運傳,頁1754。
32 《宋書》,卷67,頁1774。
33 王志彬:《文心雕龍》,頁63。
34 石守謙著:《山鳴谷應:中國山水畫和觀眾的歷史》(上海:上海書畫出版社,2020年),頁6。

像磚（圖17），如果不是畫面左側的「南山四皓」四字，告訴我們這是漢初的四位隱士高人，是四位對南朝人而言也是歷史上的人物，那麼把這四人認作於山林間，臨流而坐，或吹奏樂器，或濯足溪澗，散淡逍遙的魏晉南北朝時期的士人也並無不妥。四個人物置於山林之間，畫面最低端，也就是近景處是山巒溪流，左下角的山上還有幾株林木。中景是畫面主體，四個重要人物，所佔的畫面空間也最大，在他們身後是連綿的群山及山上樹木。從遠山的排列構圖看，群山是將四人環抱於山間。此外在湖北襄陽一帶出土屬於南朝時期的「騎馬出行畫像磚」（圖18）、「親嘗湯藥（或侍飲）」畫像磚（圖19）、「鼓吹奏樂」畫像磚（圖20），也彷彿是石崇描繪的林間遊宴場景的一個個分鏡頭，畫面構圖格局基本相同，都是突出中景人物，近景的群山或山石較小，「親嘗湯藥（或侍飲）」畫像磚的近景是草木山石，遠景也是這類草木山石，處理的方式與其他畫像石略有差異，但總體格局基本一致。「鼓吹奏樂」畫像磚近景群山，被安排在人物的兩側，山上有林木，遠處群山山上無林木，這種構圖方式這可能與畫面欲突出四個吹奏樂器的人物有關。

以上南朝山水人物圖像受磚塊載體限制多是單幅構圖形式，由於南朝存留至今的山水圖像不多，篇幅較大、構圖較複雜的山水圖像可以成都萬佛寺

圖17　南山四皓畫像磚　南朝　河南鄧縣學莊出土[35]　　圖18　騎馬出行畫像磚　南朝[36]

---

35　筆者攝。
36　襄陽市博物館、襄陽市文物考古研究所、谷城縣博物館編：《天國之享：襄陽南朝畫像磚藝術》（北京：科學出版社，2016年），頁151。

圖19　親嘗湯藥（或侍飲）畫像磚　　　圖20　鼓吹奏樂畫像磚　南朝[38]
南朝[37]

出土的兩件佛教殘碑上的經變圖為參考。圖21和圖22中的殘碑均出土於四川成都萬佛寺，表現的均是《法華經》中〈觀世音菩薩普門品〉的經變內容（下文簡稱〈觀音經變〉）。圖21為殘碑拓片（殘碑 a），石碑雕刻於西元425年，時處劉宋初年。畫面是一整幅山水圖像，人物場景蘊含於山林之間；圖22中的殘碑時間約為6世紀上半葉（殘碑 b），畫面很明顯分為兩部分，上部為說法圖，中間明顯以蓮池為分界線，下部以山水為環境背景的〈觀音經變〉，構圖方式與殘碑 a 相同，只是人物情景不及殘碑 a 細緻豐富。這兩幅經變山水圖，均是多場景多人物的，不同場景之間以山林樹木自然分割。如果我們將經變中的個別場景單獨拿出來，便不難看出它與畫像磚上山水圖像的共通之處。圖23和圖24分別是殘碑 a 中的場景，人物或坐或立於樹下。其中圖23中，一個人跪坐於方毯之上，身側有兩株樹，一個是高大的芭蕉，一個是一棵木本植物，樹種不明。在這個人面前有一個人似是跪在他面前禮拜。此場景人物與圖19中「親嘗湯藥」的人物構圖設置十分類似，只是人物朝向不同，不過畫像磚上的形象不及經變畫精緻，樹木不高只是位於身側，也不似經變圖那樣能將人物籠罩於樹下。此外，殘碑 a 拓片上部是群山環抱著湖泊中一艘大船的場景，此處的群山形式與圖17南山四皓畫像磚中群山環抱四位高士的山體形式十分相似。通過這些不同性質來源的山水圖像資料，經過一些細節對比，我們大致可以窺見南朝山水影像特徵之一斑。

---

37　襄陽市博物館等編：《天國之享》，頁143。
38　襄陽市博物館等編：《天國之享》，頁157。

圖21　石碑a背面〈觀音經變圖〉拓片　成都萬佛寺出土[39]

圖22　石碑b背面〈觀音經變圖〉成都萬佛寺出土[40]

圖23　萬佛寺出土〈觀音經變圖〉拓片局部[41]

圖24　萬佛寺出土〈觀音經變圖〉拓片局部[42]

---

39　汪悅進：〈靈異山水：從「東漢之圖」到「西域之變」〉，載吳欣主編：《山水之境：中國文化中的風景園林》（北京：生活・讀書・新知三聯書店，2015年），頁76。
40　汪悅進：〈靈異山水：從「東漢之圖」到「西域之變」〉，頁78。
41　汪悅進：〈靈異山水：從「東漢之圖」到「西域之變」〉，頁76。
42　汪悅進：〈靈異山水：從「東漢之圖」到「西域之變」〉，頁76。

相較於現實世界中人物樹木與山的比例，南朝山水圖像中人物樹木與山巒相較是比較大的，不論是在獨幅畫面形式的畫像磚上，還是在經變圖中，樹下人物的形象都十分顯眼。特別是在獨幅的畫像磚上樹與人的組合形象佔了畫面的絕大部分空間，而最下端近景山巒或最上端遠景山巒則像邊角紋飾一樣。河南鄧縣學莊出土的南朝王子喬吹笙引鳳和浮丘公的畫像磚（圖25），其畫面最下部的山巒只兩三筆線條帶過，所佔面積很小，而兩位仙人及身後之樹則佔主體地位，二仙人中間是一隻鳳鳥，這與圖18「騎馬出行畫像磚」下部的連綿群山作用是一樣的，都暗示了人物所處的山林位置。鄧州彩色畫像磚墓出土的南朝彩色「郭巨埋兒」畫像磚上沒有出現近山及遠山形象（圖26），其構圖，是以不同的樹木將人物、器物相隔，人位於樹下，此類沒有山巒的山林景象似乎格外強調樹與人。這種樹下人物圖像以南京西善橋宮山墓出土的「竹林七賢與榮啟期」拼鑲磚畫像最為著名（圖27），具有相當高的藝術水準。畫面似長卷式構圖橫向展開，以不同品種的樹木將一個個坐於樹下的高士隔開。這種構圖形式在萬佛寺出土殘碑〈觀音經變圖〉中也有出現（圖24），只不過樹下人物為立姿，根據故事情節的需要，人物動態不同，樹木隔開的也是或一人或三人不等。但樹木的屈曲之姿，有的樹木為一本雙木的外觀特徵則都十分相似。西善橋宮山墓的時代與成都萬佛寺425年佛造像殘碑的時間相近，是在「劉宋中後期」。[43]

圖25　畫像磚　南朝　河南鄧縣學莊出土[44]　　圖26　「郭巨埋兒」畫像磚　河南博物院藏[45]

---

43　韋正：〈南京西善橋宮山「竹林七賢」壁畫墓的時代〉，《文物》2005年第4期，頁83。
44　筆者攝。
45　張慶華、唐新：〈再現南朝：鄧州南朝彩色畫像磚墓〉，《美成在久》2022年第1期，頁54。

圖27　南京西善橋宮山墓竹林七賢與榮啟期拼鑲磚畫像[46]

通過上述南朝山林圖像的分析，可以初步總結出南朝單幅山林圖像的一些基本圖式特徵，即畫面中部的人物或人物樹木佔較大面積，佔主體地位，畫面最下部或最上部的連綿峰巒如同花邊紋飾一樣，佔據較小面積，居次要地位。而根據成都萬佛寺出土兩件佛教殘碑上的山水圖像推測，那種只有人物與樹的圖像（樹下人物圖），或許很有可能是從帶有山巒的山水圖像中抽離出來格外加以強調的。簡言之，這個山林圖式可概括為三段，畫面最下端的山巒，畫面中部佔較大面積的樹木人物（還包括屋宇等，詳見下文），以及畫面最上端的山巒，它以平遠山水的形式出現居多。當然，這三個部分除中間主體部分外，上下的山巒不一定同時出現，有時只出現一種，有時根據畫面的需要，山巒也會出現在畫面的兩側，情況不一。而樹下人物圖，這裏不妨姑且看做山林圖式的一種特殊形式，因為它也影響到了北朝的山水圖像。

北魏於西元439年統一北方，雖然南北對峙，但文化交流一直都存在，尤其是南朝文化向北朝的傳播，儘管交流方式不一定都是和平友好的。戰爭堪

---

[46] 鄭岩著：《魏晉南北朝壁畫墓研究》增訂版（北京：文物出版社，2016年），頁59。

稱是最直接也是最野蠻的一種文化傳播方式。獻文帝（在位年：465－476）皇興三年（469），北魏大將慕容白曜（470卒）攻克東陽，自此青州地區納入北魏治下。與此同時還將青州民眾及世家豪族遷往代郡。他們對南朝文化的傳播起到了促進作用，著名者如崔光（451－523）、蔣少遊（501卒）等。

在北魏統治中原北方地區政局相對穩定時，南朝則是政權更迭頻繁，一些南朝士人迫於政治壓力逃亡北方，例如東晉的高官顯貴司馬楚之（390－464），他於泰常四年（419）降魏。其子司馬金龍（484卒）的墓葬於1965年發現於大同城郊，[47] 北魏當時都平城（今大同），其墓葬中出土的漆屏風人物畫，便具有典型的南朝特徵，屏風上人物形象特徵與東晉大畫家顧愷之的人物畫風格十分相似。孝文帝（在位年：471－499）遷都洛陽後，在洛陽城裏還專有一個地方，以居住從南方來到北地的投化者。據《洛陽伽藍記》所載：「孝義里東，即是洛陽小寺（市）。北有車騎將軍張景仁宅。景仁，會稽山陰人也。正光（景明）年初，從蕭寶夤歸化，拜羽林監，賜宅城南歸正里，民間號為吳人坊，南來投化者多居其內。近伊洛二水，任其習御。里三千餘家，自立巷寺。」[48] 當然，北魏對南朝文化的學習，最重要的一次便是北魏孝文帝的漢化改革，以及遷都洛陽。這場改革是全方位的，而本文比較關注的文化藝術方面，則首推上文提及從青州入北魏的蔣少遊，他親身參與了這場改制，為了向南朝學習，蔣少遊還作為使臣出使南朝，《魏書‧蔣少遊傳》有載。[49] 在視覺方面，最顯著的便是衣冠制度的改革，這種改革也體現在佛教造像上，北魏原本雄渾健碩的造像風格，被「褒衣博帶」、「秀骨清像」所取代，這在雲岡石窟中可清晰看到，相關研究成果也頗多，此不贅述。西元534年北魏分裂，高歡（496－547）將都城從洛陽遷往鄴城（今河北臨漳），洛陽人文盡入鄴都，是為東魏。次年（535）宇文泰（507－556）

---

47 山西省大同市博物館、山西省文物工作委員會：〈山西大同石家寨北魏司馬金龍墓〉，《文物》1972年第3期，頁20–33。

48 〔北魏〕楊衒之撰，范祥雍校注：《洛陽伽藍記校注》（上海：上海古籍出版社，2018年），卷2，頁117。

49 見〔北齊〕魏收撰：《魏書》（北京：中華書局，1997年），卷91，頁1970–1971。

擁立元寶炬於長安稱帝，是為西魏，而不久之後，這兩個北方政權又分別被北齊和北周所取代。西魏至北周時期，最初與南朝接觸較少，但西魏末期隨著南梁江陵政權的覆滅，整個南梁書畫典籍等文物精華盡入長安，庾信（513－581）、王褒（約513－約576）等人的先後入關，也標誌著南朝的文化精英進入北朝。而東魏─北齊與南朝的關係，雖也有矛盾衝突，但整體而言交流較多，關係較好，如《北史‧李崇附李諧傳》云：「梁使每入，鄴下為之傾動，貴勝子弟盛飾聚觀，禮贈優渥，館門成市。宴日，齊文襄使左右覘，賓司一言制勝，文襄為之抃掌。魏使至梁，亦如梁使至魏。」[50] 在這樣的歷史背景下，南朝的山林圖像也影響到了北朝，特別是在北魏實行漢化改革之後。

在成都萬佛寺出土的那幅〈觀音經變圖〉上，我們看到了一處建於山林中的屋宇，屋內有人物活動，室外列植芭蕉及其他樹木（圖28），其實如果忽略整幅圖中人物的宗教身分，不去管頭光和蓮座這些明顯的神祇身分標識，那麼這幅〈觀音經變圖〉儼然就是一幅南方的龐大莊園圖，遠處的河湖船隻也是這莊園的一部分。謝靈運在〈山居賦〉中說：「古巢居穴處曰岩棲，棟宇居山曰山居，在林野曰丘園，在郊郭曰城傍，四者不同，可以理推。」[51] 山林中建有棟宇房屋以供居住，此為山居，這也是南北朝時期士人們比較喜歡的一種生活方式。經變中處於山林中的屋宇，若抽離宗教背景，儼然也是一幅「山居圖」。而這種「山居圖」，在北朝的山林圖像中也可以看到。一件北朝的刻有「奇辱黠母」故事的石圍屏（圖29），由三塊單幅畫面組合而成，不難看出整個畫面描繪的是處於山林中的屋宇場景。近處是起伏的山巒，山上有樹，但此樹卻並不是枝葉分明，而是一種遠觀效果，樹冠被抽象成扇面的形狀。中景是高大屋宇建築或茅屋之屬，其中有人物活動，遠景是鋸齒狀的遠處山巒。抽離「奇辱黠母」的故事情節，這無疑稱得上是謝靈運所說的「棟宇居山」的山居了。洛陽出土北魏時期的寧懋石室後牆外壁

---

50 〔唐〕李延壽撰：《北史》（北京：中華書局，1974年），卷43，〈李崇附李諧傳〉，頁1604。

51 《宋書》，卷67，頁1754。

圖28　萬佛寺出土殘碑拓片局部[52]　圖29　「奇辱黷母」石圍屏　北朝[53]

的「庖廚圖」畫像（圖30），也是位於山林中，一樣的近景山巒樹木，中景帷帳中忙碌庖廚的侍女，帷帳外有兩棟屋宇，屋後是各色雜樹，遠景也是鋸齒狀連綿不斷的群峰。山林中設庖廚，且有屋宇建築，山居圖像的可能性則更大了。

　　洛陽孝子石棺左右兩側的畫像也是一種山林圖像（圖31），由於位於石棺兩側的擋板上，所以它不是單幅畫面，而是猶如長卷般橫向構圖，將多個孝子故事組織在一個畫面中，雖然有多個故事情節，但構圖上也考慮到整體的藝術效果。石棺左側的擋板，整體構圖從下往上基本也是三段式的，畫面最底部的近景為山巒，中部是佔據畫面最大空間的、置於山林間的故事場景，如樹下人物、環繞於山石、林間的屋宇等，最上部的遠景是起伏的山巒，以平遠山水的形式表現。但出於對整個畫面的把控，最下的山巒和最上部的遠景山巒，並不是從右至左一以貫之，而是只在擋板右端最寬的部位刻出下部近景山巒，後邊變窄，則直接刻畫中景，高大樹木的根部直抵在畫面的最下端。最上部遠景山巒也是間斷出現，其間插入雲氣飛鳥，以使畫面顯得自然生動。畫面中高大的樹木起到分割場景的作用，但樹木的位置經營得十分巧妙，既起到分割場景的效果，又使畫面蔚然山林，渾然天成。右擋板的構圖安排方式與左側基本相同。這種以樹木分割人物或場景的手法與南京

---

52 汪悅進：〈靈異山水：從「東漢之圖」到「西域之變」〉，頁76。
53 吳強華、趙超編著：《翟門生的世界：絲路上的使者》（北京：文物出版社，2022年），頁288–289。

西善橋「竹林七賢與榮啟期拼鑲磚畫像」十分相似，正如鄭岩教授所言：「洛陽北魏晚期葬具的畫像還明顯反映出一些來自南方的影響，如升仙畫像中仙人駕馭龍虎的題材應與南京一帶南朝墓葬中仙人引導龍虎的題材有一定關係，屏風式的構圖可能也表現出南方文化的因素，而以大量的樹木裝飾畫面似乎也與南朝的竹林七賢與榮啟期畫像有所聯繫。」[54] 北魏正光五年（524）元謐（523卒）石棺上所刻的「丁蘭事木母」孝子故事圖完整體現了北魏樹下人物圖式的山林圖像（圖32）。[55] 畫面最下部是山巒，山上有帶有扇形樹冠的遠樹，中部是跪坐於樹下的木母及其對面跪於身前的丁蘭，最上部遠景是鋸齒狀遠山。另一件洛陽出土北魏時期的石棺床欄板畫像（圖33），近景山巒，中景是高大樹木襯托下的屋宇，屋內有人物活動，畫面最上部無遠景山巒。

上述這些北朝的石棺、石圍屏或石室的畫像中，山林圖像一般是以近、中、遠景三段式的構圖出現，中景變化較為豐富，或是樹下人物或是屋宇建築中有人物活動等情況，可以根據需要變更內容，但作為背景的樹則是一直存在；而近景和遠景的山巒則基本沒有什麼變化。當然，近、中、遠三景不一定全部同時具備，有時遠景會缺失，有時近景的群山不太明顯，或只出現在畫面下部的一角，也偶有近景和遠景都沒有的情況，只表現了樹下的人物。但不論如何變化，這種山林近、中、遠景三段式的基本構成要素是穩定的，可見北朝的「山林圖式」與南朝的大致相似，只是在北魏晚期葬具的畫像上，三段俱全的情況相對較多，特別是畫面最底部近景的山巒，多數情況下都會表現出來，形成一種常態。

---

54 鄭岩：《魏晉南北朝壁畫墓研究》增訂版，頁95。
55 同墓出土了元謐墓誌，現藏明尼阿波利斯美術館（Minneapolis Institute of Art）。網址：https://collections.artsmia.org/art/739/epitaph-cover-of-prince-yuan-mi-china，最後檢視日期為2024年5月16日。

王敏慶：從山林圖像到雙樹龕像 ❖ 443

圖30　庖廚圖　寧懋石室後牆外壁畫像[56] 　　圖32　元謐石棺（局部）[57]

左擋板

右擋板

圖31　洛陽孝子石棺左右兩側的石刻故事　北魏[58]

---

56 黃明蘭編著：《洛陽北魏世俗石刻線畫集》（北京：人民美術出版社，1987年），圖版110，頁100。
57 黃明蘭：《洛陽北魏世俗石刻線畫集》，圖版44，頁39。
58 黃明蘭：《洛陽北魏世俗石刻線畫集》，圖版5–10，頁3–8。

444 ❖ 中國文學與宗教的言、意、象

圖33　石棺床欄板畫像　北魏[59] 　　圖34　康業墓圍屏線刻右側第1、2幅[60]

　　山林圖式的山水圖像不僅出現在漢地的葬具上，也同時影響到從西域來華的粟特人的葬具上。圖34是北周天和六年（571）康業墓石圍屏上的線刻山水圖像，這兩幅圖與石崇〈金谷詩序〉中「有清泉茂林」、「或列坐水濱」等詞句堪稱十分契合。圖中的圍屏線刻模本是右側的第一幅和第二幅，畫面近景山石，有清泉激蕩，中景是坐於水濱床座上的男女主人公，周圍侍女環繞，人群身後是高大的樹木及山石，可辨識的樹木植物有柳樹、芭蕉，及落葉喬木之屬，最上部遠景是雲霧遠山。學者林聖智提出康業墓圍屏線刻圖像粟特宗教文化因素較弱，更接近北魏石刻線畫傳統，同時他也注意到其樹葉結組的疏密變化，「已逐漸脫離北魏式的圖案化」，而之所以出現這種變化，是因為西魏建立了新的文化鏈結，即西魏於承聖二年（553）攻克益州，認為「康業墓圍屏中樹葉的特殊表現，可能就是益州文化於關中地區產生影響的例證。」[61] 我們注意到康業墓圍屏線刻圖上有芭蕉出現，而成都萬佛寺兩

---

59　黃明蘭：《洛陽北魏世俗石刻線畫集》，圖版89，頁81。
60　西安市文物保護研究所：〈西安北週康業墓發掘簡報〉，《文物》2008年第6期，頁33。
61　林聖智：〈北周康業墓圍屏石棺床研究〉，收入榮新江、羅豐主編：《粟特人在中國：考古發現與出土文獻的新印證》（北京：科學出版社，2016年），頁237–263；林聖智著：《圖像與裝飾：北朝墓葬的生死表像》（臺北：國立臺灣大學出版中心，2019年），頁299–300。

塊殘碑上的經變圖中芭蕉也是頻繁出現的，或在屋宇旁，或在人物之側。洛陽孝子石棺左欄板上屋宇旁邊也有一樹芭蕉，這或許是北朝山水圖像有著南朝影響的一個小證明。此外，西魏不僅僅是在553年攻克益州，次年（554）便攻陷了江陵，自此南梁覆滅，宇文泰立蕭詧（在位年：555－562）為梁主，資以江陵一州之地，是為後梁。但整個政權只不過是西魏—北周的附庸。[62] 據《歷代名畫記》所載，于謹（493－568）在灰燼中所得之書畫頗豐，「于謹等於煨爐之中，收其書畫四千餘軸，歸於長安。故顏之推〈觀我生賦〉云：『人民百萬而囚虜，書史千兩而煙颺。史籍已來，未之有也。溥天之下，斯文盡喪。』陳天嘉中，陳主肆意搜求，所得不少。及隋平陳，命元帥記室參軍裴矩、高熲收之，得八百餘卷。」[63] 在攻陷江陵的過程中，西魏不僅帶走了戰火餘燼中剩下的書畫典籍，還帶走了南朝的人，「汝南王大封、尚書左僕射王褒以下，並為俘以歸長安。乃選百姓男女數萬口，分為奴婢，小弱者俱殺之。」[64] 王褒，南梁的高門士族，堪稱文化領袖。此外，在繪畫藝術方面最不可忽視的一位畫家便是鄭法式（約514－594），[65] 他原本在南朝，大約應該也是在江陵陷落前後進入西魏北周。《歷代名畫記》記載他「取法張公，備該萬物，後來冠冕，獲擅名家。在孫尚子上。李云：『伏道張門，謂之高足，鄭幾睹奧，具體而微，氣韻標舉。風格遒俊。麗組長纓，得威儀之樽節，柔姿綽態。盡幽閒之雅容。至乃百年時景。南鄰北里之娛，十月車徒，流水浮雲之勢。則金張意氣，玉石豪華，飛觀層樓，間以喬林嘉樹，碧潭素瀨，糅以雜英芳草，必曖曖然有春臺之思，此其絕倫也。江左自僧繇已降，鄭君自稱獨步。」[66] 鄭法式師從張僧繇（519卒）「鄰幾睹奧」，才名張僧繇之後，江左獨步。這樣的一個畫家在進入長安之後，勢必

---

62 〔唐〕令狐德棻等撰：《周書》（北京：中華書局，1971年），卷48，〈蕭詧傳〉，頁859。
63 〔唐〕張彥遠撰：《歷代名畫記》（浙江：浙江人民美術出版社，2019年），卷1，〈敘畫之興廢〉，頁6-7。
64 〔唐〕李延壽：《南史》（北京：中華書局，1975年），卷8，〈梁本紀〉，頁245。
65 鄭法式生卒年考證可參見王敏慶著：《北周佛教美術研究——以長安造像為中心》（北京：社會科學文獻出版社，2013年），頁64-70。
66 〔唐〕張彥遠：《歷代名畫記》，卷8，頁130。

會給西魏—北周的繪畫藝術帶來深刻影響。

康業墓這兩幅圍屏線刻，近景山石及遠景山巒筆者用深灰色標出，由此可更清晰地看出，畫面內容雖然豐富，但構圖格式仍不改近景山石中景人物樹木，遠景遠山的布局。儘管在技法上或局部的空間布局上發生了變化，但三段式的山林圖式仍依然保留著。

儘管我們所使用的例子，除萬佛寺的兩幅經變外，餘者多是墓葬中的圖像，而且多是孝子故事、歷史人物，似乎離現實較遠。但是，雖然歷史人物故事已遠，山林景物、人物活動於山林之間卻是有著現實依據的。創造「山林圖式」的山水畫家不會專門為墓葬去設計圖像，最可能的情況是墓葬工匠使用了生活中畫家繪製的山水圖像。以墓葬中最常出現的孝子圖為例，范懷賢就曾畫過〈孝子屏風〉，《貞觀公私畫史》記載：「隋朝官本范懷賢畫〈孝子屏風〉一卷（注：梁太清目作弘景畫）」。[67] 此外，不少畫家也都畫過與山水相關的畫作，如「梁元帝畫〈遊春苑圖〉二卷」、「隋朝官本戴逵畫〈吳中溪山邑居圖〉」、「隋朝官本戴勃畫〈九州名山圖〉（注：梁太清目所有）」、「夏侯瞻畫〈吳山圖〉（注：梁太清目作馬瞻，疑非是，二卷皆無）」等。[68]

此外，我們也注意到一個有趣的現象，就是在石棺的孝子故事畫面中，有些場景不一定是發生在野外山林中的，但圖像的製作者也會把它安置在山林中，比如圖31洛陽孝子石棺左側的「孝子蔡順」的故事，因鄰居失火，殃及蔡順家，因火勢無力挽救，蔡順抱棺痛哭。鄰家失火殃及自家，這種情況多是發生在人員居住密集的村落城鎮，但石棺上的蔡順家卻是在有著遠山近水地廣人稀的山林之間，可見這種山林圖像在當時的影響之大。

## 四　山林圖式與雙樹龕像

上節內容主要討論了北魏時期石棺上的山水圖像，總結了北朝三段式

---

67 〔唐〕裴孝源撰：《貞觀公私畫史》，載安瀾：《畫品叢書》（上海：上海人民美術出版社，1982年），頁37。

68 〔唐〕裴孝源：《貞觀公私畫史》，頁33、34、37。

「山林圖式」的特徵。根據資料情況看，北魏的山林圖式依據其具體的表現內容，大致可分為兩大類，A類是中景為樹木襯托下的屋宇人物，B類是樹下人物，不論具體什麼樣的屋宇，樹下人物是坐是臥是站是立，都可歸為這兩大類中。圖35是A類山林圖式線圖，此圖無最上部遠景山巒，僅用深色顯示近景山巒；圖36是B類山林圖式線圖，深色顯示出近景、遠景的山巒，以及中景高大的樹木。圖37是東魏—北齊的樹下思惟菩薩線圖；圖38是北齊雙樹龕像背面思惟菩薩的線圖。這兩尊造像最下部的山巒用深色標出。通過四張圖的對比，明顯可以看出兩尊思惟菩薩圖像的構成顯然屬於B類山林圖式，東魏末北齊初的菩薩三尊像背面線圖的思惟菩薩，最下部是連綿的山巒，其上是樹下人物，亦即半跏坐於樹下的菩薩，這其實就是將B類山林圖式中跪坐的人物形象置換成了半跏思惟菩薩，這種坐姿具有顯著的宗教特徵。由於是單體造像，不適合表現最上部的遠景山巒，將之省略，亦符合山林圖式的規範。最後一幅線圖中雙樹龕像的背面，其兩個樹幹下還緊緊包裹著連綿的山巒，這是山林圖式為適應圓雕造像而做出的調整。雙樹的兩根樹幹如同柱子，需要支撐上面半圓形交疊在一起的樹冠，兩根樹幹是立體的圓柱狀，下部的山巒只能包裹住樹根部位，以表示近景連綿的山巒。雙樹中間的思惟菩薩，也是一個樹下人物，只是這兩棵樹為了適合造像背屏的形狀，進行了軸對稱式的圖案化設計。所以這件雙樹龕像的思惟菩薩，也屬於B類的山林圖式，樹根部包裹的山巒是近景，中景是對稱的雙樹及樹下人物——思惟菩薩及二弟子。如此，這山林圖式便從世俗題材轉換成了宗教題材。雙樹龕像樹根下的山巒提示著這種造像與山林圖式，與南北朝時的山林（水）文學及其圖像的關聯。

圖35　A類山林圖式[69]　　　　圖36　B類山林圖式　東魏末北齊初[70]

圖37　菩薩三尊像背面線圖　北齊[71]　　圖38　思惟菩薩像線圖[72]

此外我們看到了一個有趣的現象，這就是東魏武定元年（543）〈李道贊率邑義五百餘人造像〉（圖39）和西魏〈比丘法和造像碑〉（圖40）上「文殊問疾圖」的明顯差異。「文殊問疾圖」典出《維摩詰所說經・文殊師利問疾品第五》，原文如下：

---

69　筆者繪。
70　筆者繪。
71　筆者繪。
72　筆者繪。

圖39 〈李道贊率邑義五百餘人造像〉拓片局部　武定元年（543）　原碑藏美國大都會博物館[73]

圖40 比丘法和造像碑（局部）西魏大統三年（537）　西安博物院藏[74]

> 爾時佛告文殊師利。汝行詣維摩詰問疾……於是文殊師利與諸菩薩大弟子眾及諸天人恭敬圍繞入毘耶離大城。爾時長者維摩詰心念。今文殊師利與大眾俱來。即以神力空其室內。除去所有及諸侍者。唯置一床以疾而臥。文殊師利既入其舍。見其室空無諸所有獨寢一床。時維摩詰言。善來文殊師利。不來相而來。不見相而見。[75]

　　經文中明確記述，維摩居士居住於毘耶離大城，是在城市之中，而非山林或郊區。文殊與維摩詰會面的地點是維摩居士家中的居室內，而非室外。且房中清空了所有，只留一床維摩抱疾而臥。但我們在東魏武定元年〈李道贊率邑義五百餘人造像碑〉（以下簡稱〈李道贊造像碑〉）中的「文殊問疾圖」上卻看到，分別處於床帳和華蓋之下的維摩與文殊二人，儼然位於山林之中，床帳和華蓋之上有葉如扇面的樹冠，似乎處於較遠的位置。畫面正中，在兩個站立的人物之間有一棵根部長在一起，雙樹幹幾乎平行而生的大樹，即一本雙木之樹，樹冠葉片也呈扇面形。如果說床帳和華蓋上出現的樹

---

73　筆者攝。
74　筆者攝。
75　〔姚秦〕鳩摩羅什譯：《維摩詰所說經》（T 475），收入《大正新脩大藏經》（臺北：新文豐出版公司，1983–1985年），第14冊，卷中，頁544a26、b7–14。

冠,還可以勉強解釋為透過窗子可見到的遠樹,那麼位於居室正中的一本雙木的大樹卻是如何也無法解釋的。唯一合理的解釋就是,圖像的設計者沒有遵照經典進行製作,而是將室內景象置換成了山林景觀,這倒不一定是匠師臨場發揮的創作,而是他手中早有粉本,亦或是在沒有現成粉本的情況下,將手中描繪世俗場景的山林人物圖像,置換成了佛教的內容。相比之下,西魏大統三年(537)的〈比丘法和造像碑〉的「文殊問疾圖」則更接近佛經原典,儘管維摩居士跟文殊菩薩一樣是坐在蓮座上而不是臥於床榻之上,但事件發生的地點是在室內而非室外這一基本情況與原典相符。之所以會出現這種現象,當與東魏北齊文化藝術更加活躍有關。〈李道贊造像碑〉上,「文殊問疾圖」畫面中央,相對而立的兩人之間的一本雙木之樹,在南朝畫像磚上亦有相類圖像,如湖北襄陽城南柿莊墓地M15出土的南朝郭巨埋兒畫像磚(圖41),圖中郭巨與他妻子之間也正有著這樣一株雙幹(一本雙木)之樹,樹幹彎曲的姿態,與〈李道贊造像碑〉一樣也是平行的。這幅「郭巨埋兒圖」也是一個標準的「山林圖式」,近景層疊群山,中景是人物與樹木,遠景是遠山。我們注意到,前邊提及洛陽孝子石棺左右兩側的畫像中,很多樹的形態也是一本雙木的樣式。河北臨漳北吳莊和臨漳鄴城遺址出土的兩件雙樹龕像,從造像背面看,這兩件雙樹龕像每一側的樹幹都是一本雙木的形式,而且一本雙木的樹幹下是層疊的山巒(圖42)。其中一件鄴城遺址出土的雙樹龕像,一本雙木的樹幹(圖中以紅圈標出)和樹冠保存的都非常完整,使我們得見其原貌。雙樹龕像中呈對稱分布的兩個樹幹以單木居多,一左一右位於主尊兩側,而有的龕像主尊兩側的樹則從單木變為雙木,其圖像顯然來自於山水圖像中一本雙木的樹木形象,這也是自然界中常見的樹木形象。基於常識我們知道,樹幹雙木的雕刻形式,尤其是圖42中的這種圓雕,不論技藝難度還是人工費用都要高於單木雕刻形式,這種情況下仍要雕出雙木的形式,專注營造出林木豐茂華滋的藝術效果,再結合樹木根部層疊的山巒,然也是在盡力表現著當時流行的山林圖式。

圖41　郭巨埋兒畫像磚　南朝[76] 　　圖42　一本雙木的雙樹龕像　北齊北吳莊出土[77]

　　由此更可證明，雙樹龕像與「山林圖式」的密切關聯。當然，雙樹龕像兩側樹木的樹冠交疊糾纏在一起，整個形成一個半圓形，是經過圖案化的設計的結果，它需要被設計成一種適合紋樣，以適合龕像的整體外形，而不可能雕刻成一種相對自然形態下的樹。

　　「山林圖式」在南北朝有著如此強盛的生命力，與山水文學的推動是密不可分的，山水文學直至唐代不衰且盛。且不論當年石崇金谷園邀請的「二十四友」均是當時文學名士，不少人都寫過與山水相關的詩歌，再入南朝之後，山水文學的勃興，更是出現了大量的山水詩文。西晉左思（250－305）〈三都賦〉成，一時間令「洛陽紙貴」；晉末宋初山水文學的代表性人物謝靈運更是「每有一詩至都邑，貴賤莫不競寫，宿昔之間，士庶皆徧，遠近欽慕，名動京師。」[78] 可見文學的影響力和感召力。那麼與山水文學密切相關的山水圖，也就自不必多言了。

---

76　襄陽市博物館等編：《天國之享》，頁142。
77　河北省博物院編：《北朝壁畫　曲陽石雕》（北京：文物出版社，2014年），頁207、217。
78　《宋書》，卷67，頁1754。

## 五　關於樹下人物

在魏晉南北朝品藻人物的風氣中，往往有以樹來形容人的，《世說新語》中便有多處，如「嵇康身長七尺八寸，風姿特秀。見者歎曰：『蕭蕭肅肅，爽朗清舉。』或云：『肅肅如松下風，高而徐引。』山公曰：『嵇叔夜之為人也，巖巖若孤松之獨立；其醉也，傀俄若玉山之將崩。』」[79]如「庾子嵩目和嶠：『森森如千丈松，雖磊砢有節目，施之大廈，有棟梁之用。』」[80]又如「王戎云：『太尉（筆者按：王夷甫）神姿高徹，如瑤林瓊樹，自然是風塵外物。』」[81]所以在圖像中，以樹配先賢高士便是很自然的事情，典型代表當屬「竹林七賢和榮啟期像」。「竹林七賢和榮啟期像」中只有人物及身旁的高樹，無層疊的近處山巒及畫面最上部的遠山。但這並不意味著這種樹下高士圖像是獨立產生，相反它其實是從「山林圖式」中的樹下人物圖像抽離出來的。人物換成了高士，還在每個人的旁邊題刻上名字。

宗炳在〈畫山水序〉中說「山水以形媚道」，[82]「道」含於天地山水之間，菩薩於山林間樹下思維的狀態，頗與士人於山水間參玄悟道的形象相契合，如果忽略菩薩的神祇身分，這其實也是樹下人物圖，屬於「山林圖式」。佛教造像中的「樹下思惟菩薩像」，從北魏晚期到東魏，多見的是繪畫或淺浮雕形式的「山林圖式」中的「樹下思惟菩薩像」。北齊後，在背光式造像的樣式中發展出透雕形式的雙樹龕像，主尊兩側的樹幹由單木又演變為一本雙木，致此雙樹又由造像的背後走到了幕前，使造像從正面看去，華美的雙樹成為整個造像的背景，而樹下的神祇形象，也從半跏思惟菩薩，發展出一菩薩（立姿）二弟子二脅侍菩薩、一佛二弟子二菩薩、一佛二弟子四菩薩等多種鋪像組合。正如上文所提到的，在有的雙樹龕像的樹根部位，層疊

---

79　〔南朝宋〕劉義慶撰，〔南朝梁〕劉孝標注，余嘉錫箋疏：《世說新語箋疏》（北京：中華書局，2022年），卷下之上，〈容止第十四〉，頁716。
80　余嘉錫：《世說新語箋疏》，卷中之下，〈賞譽第八〉，頁506。
81　余嘉錫：《世說新語箋疏》，卷中之下，〈賞譽第八〉，頁508。
82　〔清〕嚴可均：《全上古三代秦漢三國六朝文》，全宋文，卷20，頁2545b–2546a。

的山巒還依然存在著,「山林圖式」最基本的組合,在立體的造像中依然被保留。同樣,如果忽略佛、菩薩的神祇身分,「雙樹龕像」也可以說是樹下人物圖。

在世俗的圖像中我們看到,西安市長安縣韋曲南里王村唐墓出土的樹下侍女壁畫(圖43),和唐咸亨三年(672)陝西禮泉縣煙霞鎮東坪村燕妃墓出土的樹下人物圖(圖44),二墓出土的壁畫均為屏風式,王村唐墓出土的侍女壁畫,近景有山石,中景是畫面的主體人物與樹,無遠山。燕妃墓出土的樹下人物圖,有近景山石、中景人物與樹,遠景遠山,只是遠山已經抽象簡化成小三角形和直線。儘管畫面的人物風格已經發生很大變化,但「山林圖式」卻未變,這種圖式延續到唐代。

強大的「山林圖式」自出現之日起便一直存在於中古時期。在神聖宗教世界中催生了北齊的「雙樹龕像」,而在世俗的世界中,至唐代,則又出現了樹下美人等形象。

圖43　樹下侍女壁畫　西安市長安縣韋曲南里王村唐墓出土　陝西歷史博物館藏[83]

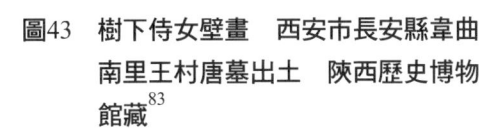

圖44　樹下人物圖　唐咸亨三年（672）　陝西禮泉縣煙霞鎮東坪村燕妃墓出土[84]

---

[83] 《中國出土壁畫全集》編委會:《中國出土壁畫全集7・陝西(下)》(北京:科學出版社,2012年),頁393、395、398。

## 六　結語

　　南北朝晚期的東魏──北齊時期，佛教造像中出現了一種「雙樹龕像」的造像樣式。這種造像形成於東魏末，之後很快成為以鄴城為中心的、北齊中後期佛像造像的典型樣式。這種新的造像樣式出現於鄴都，與534年高歡遷都，徙洛陽40萬戶入鄴關係密切。東魏最初雄厚的經濟文化實例全賴洛陽。前文在分析北朝「山林圖式」時所使用的洛陽北魏石刻資料，與造像背面處於山林間的思惟菩薩以及雙樹龕像所體現出來的「山林圖式」高度契合。人們將「山林圖式」中景部分的樹下人物，置換成來自西域的坐在筌蹄上的半跏思惟菩薩，從而完成了北朝這類山林圖像從世俗向神聖的轉換。南北朝時期山水文學及其圖像蓬勃發展。在山水文學的推動下，山水圖像中的「山林圖式」可謂影響深遠，並最終激發了佛教造像中「雙樹龕像」的生成。而在世俗圖像中，直至唐代墓葬屏風畫中的樹下美人圖等都可見「山林圖式」的延續。東魏—北齊的「雙樹龕像」可稱是山水文學視覺呈現的一種形態形態之一種。

　　最後還需補充兩點：一是佛教經典本身對於山林的描寫就很多，人物往往活動其中，菩提樹、娑羅樹……，佛陀的成道、涅槃等等也多與樹相關。當佛教進入中國，又遇魏晉南北朝山水文學博興，最終「雙樹龕像」的產生似乎就像兩種文化相遇一拍即合，相互生發的結果。另外一個則是，在討論北魏「山林圖式」時，所用多是墓葬石刻材料，似有所遺憾。但墓葬中能如此多的使用這種山林圖像，亦說明在世俗的日常生活中，此類圖像很可能也是十分流行的，結合這一時期的繪畫著錄，或能幫助說明這一點。

---

84　《中國出土壁畫全集》編委會：《中國出土壁畫全集7・陝西（下）》，頁235、237。

# 迹從倚伏：
# 《集神州三寶感通錄》的靈像敘事[*]

劉苑如

中央研究院中國文哲研究所

## 一　前言

> 自法移東漢，教漸南吳，佛像靈祥，充牣區宇。而群錄互舉，出沒有殊，至於瑞跡，蓋無異也。今依敘列，而罕以代分。何者？或像陳晉代而曆表隋唐，或感化在人而迹從倚伏，故不獲銓次於錄而辯集之。
> ——《集神州三寶感通錄》卷中〈靈像序〉[1]

　　靈蹟（miracle）是諸多宗教中的重要概念，既是神明存在，也是神恩臨

---

[*] 本文為國科會專題計畫「宗教感應敘事與真實：唐代三部佛、道靈驗記研究與數位文本標記」（MOST 109-2410-H-001 -052 -MY3）的部分成果。最初以〈靈像感通：《集神州三寶感通錄》的圖文敘事〉為題，於香港浸會大學「宗教圖像與中國文學」國際研討會（2023年5月13–14）上宣讀，後經諸位討論人與匿名審查人意見，以及謝薇娜教授惠賜資料，大幅修改，最初發表於《中國文哲研究通訊》第34卷第1期，頁19–42，蒙貴單位同意轉載，謹致謝忱。

[1] 〔唐〕道宣：《集神州三寶感通錄》（T 2106，簡稱《三寶感通錄》），收入《大正新脩大藏經》（東京：大藏出版株式會社，1988年，簡稱《大正藏》），第52冊，卷中，頁413a5–9。以下引用皆同，該書引文直接標注頁數。

現的證據。[2] 儘管所指涉的概念總是有所不同，特別在結合泛靈信仰的東亞宗教，無論是否具有被崇祀的神格，諸靈皆可以透過超自然的靈感、靈現，與人們互動。在中國中古時期，神、靈等概念又受到中國傳統氣化的宇宙觀影響，與「氣」構成宇宙的元素結合，形成與天地自然循環共通的思想，表現在神話傳說與宗教經注之中。佛教傳入中國之後，面對漢地的文化衝擊，必須經過與傳統「感應」思想的格義，乃能與形、神、情、識、智等觀念複合，而有神化圓應、「有情於化，感物而動」、「數無定像，待感而應」、「靈虛響應，感通無妨」、「物感應機」、「照緣而應，應必在智」、「神機冥著，釋迦府應，乃至推論到「佛為萬感之宗」的說法。另一方面，也由中國傳統感通觀，即可以感通上下鬼神之意，進而衍生出「通變」無方，觸及神秘性的「神通」世界。[3] 從宗教學的角度來說，也即是伊里亞德（Mercia Eliade）在《聖與俗》所提及：「藉由顯聖的記號、事件讓某一同質性的空間中斷，揭示創世的『那個時候』（illo tempore）」[4]，亦可說聖與俗在時空下遇合而顯聖（Hierophany）。

在佛教的傳播中，法、教、像常常結合在一起，緣於佛陀既是法的修證者，也是法的教導者，儘管在他離世之後，世人皆苦於生不值佛，然可透過象徵佛身之「像」，繼續受到其通感教化。《法苑珠林》即曰：

---

[2] 參見David Basinger, "What is a Miracle," in *The Cambridge Companion to Miracles*, ed. Graham H. Twelftree (Cambridge and New York: Cambridge University Press, 2011), pp. 19–35。

[3] 中國感通觀念研究，成果頗多，Robert Sharf對由感應到感通的歷史淵源有詳細的探討，然較集中於佛身觀的面向，探討「感佛」、「感如來」的內涵；或如James Benn將中國的感應觀分為三個層次：上位回應下位、天人關係、佛與眾生的關係，第三種關係特別強調《法華經》等大乘佛典中，佛與菩薩以各種化身回應眾生需求的情節，說明佛教的感應觀乃是以中國原有的感應觀為基礎，進行轉化與新詮。參Robert H. Sharf, *Coming to Terms with Chinese Buddhism: A Reading of the Treasure Store Treatise* (Honolulu: University of Hawai'i Press, 2005), pp. 75–133; James A. Benn, *Burning for the Buddha: Self-Immolation in Chinese Buddhism* (Honolulu: University of Hawai'i Press, 2007), p. 7。

[4] 伊利亞德（Mercea Eliade）著，楊素娥譯：《聖與俗：宗教的本質》（臺北：桂冠圖書公司，2000年），頁300。

> 法身凝然不變故常，……故釋迦云：「吾今此身即是法身。」由是法身所依持故，如泥木靈像造有所表，敬誠殷禮，獲福無量。輕心毀謗，招罪彌殃。[5]

換言之，在法身為諸佛根本的教理基礎上，即使泥木金石所造像，既以法身為根基，就當皈依禮敬，同時可具有各種靈祥瑞跡，作用無窮。[6]

律宗領袖道宣（506－667）延續律師勤於整理佛教歷史、文獻的傳統，在《三寶感通錄》一書中，廣泛徵引了南朝以下諸多釋氏史傳和輔教之書，包括《宣驗記》、《幽明錄》、《冥祥傳》、《僧史》、《三寶記》、《高僧傳》、《名僧傳》、《續高僧傳》、《徵應傳》、《搜神錄》、《旌異記》、《冥報記》、《內典博要》、《法寶聯璧》、《述異誌》……等，並且包括親自走訪集錄的古老傳說，對於早期塔、舍利、像、寺和神僧等靈驗傳說進行大規模、系統性的收集和整理。[7] 其中卷中收錄了50則佛像靈驗故事，遍及佛陀、菩薩、護法神和聖僧四大類，其中以佛陀像最多，又可細分為釋迦（釋迦像、旃檀像、阿育王像）、過去佛（惟衛、迦葉）、盧舍那佛、無量壽佛（阿彌陀），以及近30尊

---

[5] 〔唐〕道世：《法苑珠林》（T 2122），《大正藏》，第53冊，卷20，〈致敬篇〉，頁433a15–16，a18–20。

[6] 有關佛身與造像間的關係，最早可追溯至《道行般若經》，常啼向曇無竭問道，涉及關佛陀身體的本質，及製作佛陀形象的基本原理。其中論及佛陀的身體是由前世善行業力結果所產生的身體。而在佛陀涅槃後，按照其形象所創造的像，讓人持鮮花和香來禮拜供養，歡欣鼓舞，但佛陀的靈魂並不在其間，卻可使人獲得功德。見〔後漢〕支婁迦讖譯：《道行般若經》（T 224），《大正藏》，第8冊，卷9，〈摩訶般若波羅蜜道行經隨品〉，頁472。相關研究可參見Lewis R. Lancaster, "An Early Mahayana Sermon about the Body of the Buddha and the Making of Images," *Artibus Asiae* 36.4 (1974): pp. 287–291; Zhu Tianshu, *Emanated Buddhas in the Aureole of Buddhist Images from India, Central Asia, and China* (New York: Cambria Press, 2018)。

[7] 《三寶感通錄》，卷下，431a21–25。Robert F. Campany, *Signs from the Unseen Realm: Buddhist Miracle Tales from Early Medieval China* (Honolulu: University of Hawai'i Press, 2012). 該書指出，佛教神蹟故事的流行與接受，為佛教中國化進程提供了許多見解，描繪了佛教概念如何被中國翻譯與消費，以及佛教徒如何自我認同，構想自己與其世界。（頁12）

未注明尊名的金、銀、銅、石、木佛，[8]或連材質也不明者；其次為菩薩，可分太子思惟、觀音、彌勒、文殊和不明菩薩，而護法則有梵天、帝釋天、四天王等天龍八部各種類型，涉及歷史上實際存在、後又大部分湮滅的靈像超過50尊，其中既有造像，也有圖像，甚至只是佛跡。分布範圍遍及華夏，甚至遠至高麗（參見附圖1），堪稱集中古早期佛像靈驗故事之大成。該書輯錄多方佛像靈驗事蹟，計有飛行、發光、發聲、綻香、流涕、流汗、流淚、身首異處、火燒不壞等肉身化、神祇化的表徵，其中以發光21條最為普遍：在靈顯方式則有移像（動與不動）、自來自去、改變姿勢、自然出像、風雨雷電等，[9]又以自然出現9條為最多；在與人互動模式則有夢感、預言政治清濁興衰、祈求降雨、賜子、止嫁、扶傾、避禍和懲惡等功能，其中最常見者有見夢感有13條、預言政治有6條、懲惡有5條（參見附件1）。誠如前引卷中

---

[8] 蔣家華：《中國佛教瑞像崇拜研究——古代造像藝術的宗教闡釋》（濟南：齊魯書社，2016年），頁194言：「未注明尊名與材質的瑞像（視為釋迦瑞像）。」儘管《三寶感通錄》有些未注尊名的像，然可以從文本，或其他文獻中得知其類型，比如〈東晉會稽木像香瑞緣九〉有言：「高平郄嘉賓撮香呪曰：若使有常，將復睹聖顏。如其無常，願會彌勒之前」，可見該木像為彌勒；又〈梁楊都光宅寺金像緣二十九〉附「剡縣石像」，《高僧傳》卷13〈釋僧護〉：「於是擎爐發誓願，博山鑴造十丈石佛，以敬擬彌勒千尺之容……疏鑿移年，僅成面樸。頃之，護遘疾而亡。……後有沙門僧淑，纂襲遺功，而資力莫由，未獲成遂。……勅遣僧祐律師專任像……像以天監十二年春就功，至十五年春竟。坐軀高五丈，立形十丈。」可見應為彌勒佛。由此可見蔣說並不能完全成立。見《三寶感通錄》，卷2，頁416c19–20；〔梁〕慧皎：《高僧傳》，《大正藏》，第50冊，卷13，頁412a13–14、a16、a18–19、b2、b10–11。

[9] 有關佛像靈驗的類型，可參見劉亞丁：《佛教靈驗記研究——以晉唐為中心》（成都：巴蜀書社，2006年），頁55–92；蔣家華：《中國佛教瑞像崇拜研究》，頁55–61。關於瑞像的神顯性，包括預言讖兆、放光騰空、感夢、因果報應和其他，以及瑞像的功能性，包括護國、護法和護身。至於佛教靈驗中的經本靈驗，如《觀世音經》（T 2898）、《法華經》靈驗和《金剛經》靈驗，或是舍利、塔寺，或是僧人神通，乃至地獄淨土等靈驗故事，則非本文討論重點。本文則是關注佛像靈驗敘事，而相關靈驗敘事研究成果有劉苑如：〈重繪生命地圖——聖僧劉薩荷形象的多重書寫〉，《中國文哲研究集刊》總第34期（2009年3月），頁1–51；〈神遇：論《律相感通錄》中前世今生的跨界書寫〉，《清華學報》第43卷第1期（2013年3月），頁127–170；〈追憶與交通——六朝三種觀世音應驗記敘事研究〉，《清華中文學報》總第28期（2022年12月），頁101–144。

〈靈像序〉，在敘述中往往有明確的歷史時間和人物，而成為論述中國中古佛教的資料來源之一。儘管其中不少為佛教傳說，與歷史事實有所出入，甚至連道宣都承認「群錄互舉，出沒有殊」，但仍常被用以探究有關佛像、塔寺形制、源流和信仰，特別是其所寓含的宗教與政治意義。[10] 如肥田路美在考察佛像的歷史，便常使用該書的材料，論證其所反映教義與信仰相關佛陀觀的變化。該文集中在從北魏、歷經初唐，到五代、北宋時期的番和瑞像的論述，明確指出了所謂的「瑞像」或「靈像」的兩個必要條件：首先必須是具有特定起源、實際存在於信仰活動之中的像，[11] 其次則是要具有預示性的靈驗故事。這些靈像不僅作為一種宗教的象徵，具有預示吉凶的功能，被認為能滿足現世的利益，還能安撫邊境地區的民心，成為統治民眾的一種工具，

---

[10] 《三寶感通錄》近年來受到學界頗多關注，除了肥田路美之外，黃東陽在《承平與世變——初唐及晚唐五代敘事文體中所映現文人對生命之省思》（臺北：臺灣學生書局，2021年），建立專章，在第二章〈高僧之空間詮釋——《集神州三寶感應錄》之「神聖空間」之文化與宗教論述〉從神聖空間的角度，注意到聖物如何重構佛教空間神聖性，透過阿育王建塔環結與中國文化的關係，藉由描述具文化象徵之環境及現象，並連結既有靈山福地、演繹佛法和祥瑞示現之間的意義等，見頁53–106。又如童嶺在〈開皇神光與大業沸騰——道宣《集神州三寶感通錄》的隋代書寫〉一文，雖然也是集中該書隋代書寫，但已從成書意旨立論，注意到道宣作為一個律宗的學問僧，該書成書於晚年之際，建立在其律學著作，以及《廣弘明集》（T 2103）、《續高僧傳》等諸多歷史事蹟著作的基礎上，運用了其歷史學的視野與方法，亦寄託了他最後的深意，隱含了他對唐高祖武德沙汰令的否定以及末法危機感，也蘊含了他對唐高宗、武則天護法的希望。見童嶺：〈開皇神光與大業沸騰〉，《社會科學戰線》2022年第2期，頁93–103。在西方則有Nelson Elliott Landry, "Monastics and the Medieval Chinese Buddhist Mythos: A Study of Narrative Elements in Daoxuan's *Ji shenzhou sanbao gantong lu* (Collected Record of Miracles Relating to the Three Jewels in China)," *Religions* 14.4 (Apr. 2023), pp. 1–29。網址：*https://doi.org/10.3390/rel14040490*，最後檢視日期：2024年2月15日。從探討該書的文獻來源為始，試圖由此證明道宣如何透過靈驗故事集所呈現的集體形象，形成可驗證的歷史先例；同時提及該書在五個動機下展開，包括說服、傳教、吸引聽眾、連續性，以及個人經驗。由此證明從過去、現在與未來，佛教在中國不可移易的地位。

[11] 肥田路美引用稻本泰生所說的「現此實存」，可作為補充。見肥田路美著，顏娟英譯：《雲翔瑞像：初唐佛教美術研究》（臺北：國立臺灣大學出版中心，2018年），頁315。

而被視為當時政治和文化的一部分。[12] 而這種「靈驗故事與造型的相互交涉與展開」，正是運用了圖像學的重要方法。根據潘諾夫斯基（Erwin Panofsky, 1892–1968）的圖像學研究，他認為圖像分析不只是題材，而是涉及了意象、故事與寓言，就是除了從實際經驗獲得對事件與物體的熟悉之外，還需要更多知識作為前提，通過有目的的閱讀和對口頭傳說的掌握，熟悉原典中記載的各種特定主題和概念，以正確理解在不同歷史條件下用來表現對象和事件的各種形式。[13] 因此，在此與其探討靈像相關的歷史事實，不如說是在解析在什麼樣的歷史條件下靈像傳說亟欲傳達的訊息。

本文試圖從圖像與敘事兩個角度予以闡釋，儘管該書言及的佛圖、佛像，甚至有些到了道宣的時代，都已不復存在，但由於佛教造作標準和形制既有其延續性和固定性，也有其地域性，[14] 依然可以跟後來的佛教圖像比對。另一方面從後敘事學的觀點來說，敘述文本並非一個封閉系統，不僅考察其中人物和事件的「再現」（representation），更嘗試從認識論重新界定敘述性，加入語用學、接受等理論，強調讀者與語境在詮釋時的重要性；然又與 Nelson Elliott Landry 的論述有所不同，他認為這些來自不同文獻來源的神蹟故事不僅被當作可驗證的歷史先例，更投射出一個具有從過去、現代當未來，具有連續性的佛教東方（Buddhist East）的敘事。[15] 綜言之，本文旨不在探討圖像的形制與表現，而是反過來利用圖像史研究的觀念、方法與成果，藉由形象形成所憑藉的諸多概念和歷史條件，反證在《三寶感通錄》卷中的50則靈像故事中，究竟「像」與「錄」之間有何關係？而此一「集」的動作，在宗教圖像敘事上有何意義？又與該書卷中〈靈像序〉所強調的「瑞

---

12　見肥田路美：《雲翔瑞像》，頁320。
13　參見歐文・潘諾夫斯基（Erwin Panofsky）著，戚印平、范景中譯：《圖像學研究：文藝復興時期藝術的人文主題》（上海：上海三聯書店，2011年），〈中譯本序〉，頁4。
14　蔣家華：《中國佛教瑞像崇拜研究》，頁48–55，61–68。
15　Nelson Elliott Landry在連續性上的論述，意謂編纂者正在參與一種傳統，既是通過提及過去的歷史來證明其存在，同時借鑒佛教敘事文學傳統中的其他作品；甚至涉及轉世。見Landry, "Monastics and the Medieval Chinese Buddhist Mythos," p. 14；而所謂"Buddhist East" 應即是「三寶神州」的另一種說法（p. 3）。

跡無異」、「罕以代分」如何辯證?最終如何形成「迹從倚伏」的敘事特色,歸結出「感化在人」的感通體證。

## 二　滅與不滅:靈像「傳記」

靈像感通靈驗故事早在魏晉南北朝史傳、筆記和地志中時有所見,然而無論在道宣在該書卷下明列的南朝以下諸多釋氏史傳和輔教之書,或他沒有提及的北朝地理書《水經注》、《洛陽伽藍記》,其中的靈像記載往往都是個別單一的故事,[16] 分散在不同的人物、地方、水域或伽藍等敘述之中。而《三寶感通錄》卷中的不僅首開一次匯集了古今50則靈像故事的先例,同時打破靈像敘事的時空界線,將每一尊靈像敘述視為一個「緣」(Pratyaya)。緣,最初有攀緣之意,可引申為所依附者及其過程。而諸緣既構成一個有時間流動的序列敘事,也即誠如前引〈靈像序〉所言:「今依敘列」;卻又「罕以代分」,也即是整卷雖看似依照朝代順序排列,從東漢一直記到唐龍朔中,但每一則敘述往往是跨時間,甚至跨地域,經由道宣有意識地將零散的、片段的材料進行有機的組合。或可說每一個靈像都被視為具有獨立的生命週期,藉由過去與現在交織的情節敘述,進行有社會文化意義的傳記書寫。[17]

---

16 如〔北魏〕楊衒之著,范祥雍校注:《洛陽伽藍記校注》(上海:上海古籍出版社,1978年)所記靈像靈異事,卷1願會寺南宜壽里,段暉宅放光得金像二菩薩,盜者欲竊此像,像與菩薩合聲喝賊(頁55–56);卷2「平等寺」,寺門外金像常有神驗,國之吉凶,先炳祥異;寺外石像,無故自動,低頭復舉(頁104–105)。卷4開善寺南陽人侯慶銅像,取其兒以償鍍金之誓願(頁205)。

17 這裏借用了伊戈爾・科比托夫(Igor Kopytoff)在物質文化研究中所提出的「物的傳記」概念,見Arjon Appadurai, ed., *The Social Life of Things: Commodities in Cultural Perspective* (Cambridge: Cambridge University Press, 1986), pp. 64–92。最初在人類學範疇的討論,偏重在商業化及交換的社會價值等面向的討論。然而,物品除了作為商品之外,還可以各種不同方式的流通,如以禮物的方式,進入不以營利為目的的收藏;或如本文則是討論佛像由於信仰、政治等因素而在不同文化與階層間流動,形成各自不同物的生命傳記。

該卷始於〈東漢雒陽畫釋迦像緣〉，敘述一開頭，就指出資料來源，徵引了南齊王琰（479–502）《冥祥記》，[18] 而漢明帝（在位年：57–75）夢神人較早的來源出於後漢迦葉摩騰）與法蘭同譯的《四十二章經・序》；另外根據僧祐（445–518）《弘明集》的記載，則推至流傳於三世紀中葉以後的《牟子理惑論》。[19]

| 《冥祥記》 | 《四十二章經・序》 | 《弘明集・理惑論》 |
|---|---|---|
| 漢明帝夢見神人：形垂二丈，身黃金色，項佩日光。以問群臣。或對曰：「西方有神，其號曰佛，形如陛下所夢，得無是乎？」於是發使天竺，寫致經像，表之中夏。自天子王侯，咸敬事之。聞人死精神不滅，莫不懼然自失。初使者蔡愔，將西域沙門迦葉摩騰等齎優填王畫釋迦佛像；帝重之，如夢所見也。乃遣畫工圖之數本，於南宮清涼臺及高陽門顯節壽陵上供 | 昔漢孝明皇帝夜夢見神人，身體有金色，項有日光，飛在殿前，意中欣然，甚悅之。明日問群臣：「此為何神也？」……於是上悟，即遣使者張騫、羽林中郎將秦景博士弟子王遵等十二人，至**大月支國寫取佛經四十二章**。在第十四石函中。登，起立塔寺，於是道法流布，處處修立佛寺。遠人伏化願為臣妾者，不可稱數，國內清寧，含識之類，蒙恩受賴于今不絕 | 問曰：漢地始聞佛道，其所從出耶？牟子曰：昔孝明皇帝夢見神人，身有日光，飛在殿前，欣然悅之。明日博問群臣，此為何神？有通人傅毅曰：臣聞天竺有得道者，號曰佛，飛行虛空，身有日光，殆將其神也。於是上寤，遣中郎蔡愔、羽林郎中秦景、博士弟子王遵等十八人，於**大月支寫佛經《四十二章》**，藏在蘭臺石室第十四間。時於洛陽城西雍門外起佛寺，於其壁畫千乘萬騎，繞塔三 |

---

18 〔南齊〕王琰撰：《冥祥記》，「漢明帝夢見神人」，收於魯迅輯著：《古小說鉤沈》（香港：新藝出版社，1967年），頁451。

19 見〔梁〕僧祐撰：《弘明集》（T 2102），《大正藏》，第52冊，卷1，〈牟子理惑論〉，頁4c–5a。有關《牟子》的考證極多，方便參考者為許理和（Erik Zürcher）著，李四龍、裴勇等譯：《佛教征服中國——佛教在中國中古早期的傳播與適應》（南京：江蘇人民出版社，2003年），頁12–14。

| 《冥祥記》 | 《四十二章經‧序》 | 《弘明集‧理惑論》 |
|---|---|---|
| 養。又於白馬寺壁，畫千乘萬騎遶塔三匝之像，如諸傳備載。[20] | 也。[21] | 匝。又於南宮清涼臺及開陽城門上作佛像。明帝時，豫修造壽陵曰顯節，亦於其上作佛圖像。時國豐民寧，遠夷慕義，學者由此而滋。[22] |

比較三種文本可知，《冥祥記》敘事的主軸，在於以夢感佛身而得以畫「像」；《四十二章經‧序》則重在《四十二章經》的由來，而後才及立塔建寺等建設，促成佛法流布，根本沒有提及圖像；至於《牟子理惑論》意在問答漢地佛道之始，故將敘述分散在寫經、立寺而後作佛圖像，由此帶動學佛者日益增加。因此第一組敘事才符合「像緣」的體例，將釋迦像如何歷經夢感、探問、尋求、確認到擬寫傳播的過程完整鋪寫而出。

其次，值得注意的是在《冥祥記》與《牟子理惑論》的敘述中，其實包含了兩幅圖像，一是釋迦畫像，一幅是白馬寺壁畫「千乘萬騎繞塔三匝之像」。尤為特殊的是，《冥祥記》將釋迦畫像與世間最早製作的佛像——優填王栴檀瑞像的圖像結合在一起。學者基本上都已經認定這種說法並不符優填王像進入中國的史實，[23] 然而卻有文化社會的現實意義，肥田路美即指出：

> 優填王像是史上最初的佛像，不只是寫取生身釋迦三十二相的瑞像，更代表親受釋迦囑咐，在中國救渡眾生的事實，故此像以釋迦正統者

---

[20] 〔南齊〕王琰：《冥祥記》，頁451。

[21] 〔後漢〕迦葉摩騰、法蘭譯：《四十二章經》（T 784）,《大正藏》，第17冊，〈序〉，頁a14–23。

[22] 〔梁〕僧祐：《弘明集》，卷1,〈牟子理惑論〉，頁4c26–5a8。

[23] 相關研究頗多，中文容易參考者，如肥田路美：《雲翔瑞像》，頁127–157；尚永琪：〈優填王旃檀瑞像流布中國考〉，《歷史研究》2012年第2期，頁163–173；蔣家華：《中國佛教瑞像崇拜研究》，頁207–236。

繼任而受信仰。對中國人來說，是印度國王所制作，如釋迦預言從印度來到中國的尊像。因此，像容的「印度風」不可或缺。[24]

相傳為優填王依照釋迦生前樣貌所造之像，[25] 也是傳入中土的第一幅佛像，而被稱為「眾像之始」。[26] 相較於流傳於三世紀中葉以後的《牟子理惑篇》，亟欲建構佛教在中國傳播的合法性，到了五、六世紀之交的《冥祥記》，不僅清楚定位佛教受到皇家肯定的時間點，同時藉由「優填王像」特殊的形象符號，包括具有真容的寫實性、見佛的急切性、天竺的本源性，以及釋迦預言的準確性等，由此證成漢地佛教來源的正統性。而此類透過佛、道等宗教符瑞與預言，以強化分裂政權新天命的手法，正是南北朝政權不斷上演的戲碼。[27]

另一幅類似讚詠禮敬的禮塔畫。從佛教藝術來說，佛陀的象徵圖像，暗示佛陀塵世生活的某一瞬間，諸如蓮花瓶、球狀樹、法輪和窣堵波（stūpa）

---

[24] 肥田路美：《雲翔瑞像》，頁156。

[25] 佛教經典中多有記載，如《增壹阿含經》（T 125）卷28：「是時，波斯匿王、優填王至阿難所，問阿難曰：『如來今日竟為所在？』阿難報曰：『大王，我亦不知如來所在。』是時，二王思睹如來，遂得苦患。爾時，群臣至優填王所……群臣白王云：『何以愁憂成患？』其王報曰：『由不見如來故也。設我不見如來者，便當命終。』是時，群臣便作是念：『當以何方便，使優填王不令命終，我等宜作如來形像。』是時，群臣白王言：『我等欲作形像，亦可恭敬承事作禮。』時王聞此語已，歡喜踊躍……優填王即以牛頭栴檀作如來形像高五尺……波斯匿王聞優填王作如來形像高五尺而供養。是時，波斯匿王復召國中巧匠，而告之曰：『我今欲造如來形像，汝等當時辦之。』……波斯匿王純以紫磨金作如來像高五尺。爾時，閻浮里內始有此二如來形像。」見〔東晉〕瞿曇僧伽提婆譯：《增壹阿含經》，《大正藏》，第2冊，卷28，頁706a2–6、a7–13、a17–21、a24–26。

[26] 〔唐〕道世：《法苑珠林》卷33，〈興福・修造部〉引《外國記》：「佛上忉利天為母說法，經九十日。波斯匿王思欲見佛，刻牛頭栴檀作如來像，置佛坐處。佛後還入精舍，像出迎佛，佛言：『還坐。吾般涅槃後，可為四部眾作諸法式。』像即還坐。此像是眾像之始。」見頁540b21–25。

[27] 相關研究頗多，劉苑如〈嵩山受璧／長安開霸——劉裕英雄試煉與創業神話敘述〉一文則是論述劉宋與北魏之間百年戰爭中佛、道所扮演的角色，見《道教研究學報：宗教、歷史與社會》總第10期（2018年1月），頁87–123。

塔等形象,皆更早於釋迦造像,特別是存放遺骨舍利的窣堵波,不僅是一座墳墓,更象徵時間和空間、生命與死亡,[28] 寓含了此一宗教的生死關懷。

由此進一步比較《冥祥記》與《牟子理惑論》論及寫致經像的效益,前者指出「自天子王侯,咸敬事之。聞人死精神不滅,莫不懼然自失」,在此引進「人死精神不滅」連續循環的生命觀,描述漢地君臣直對生死輪迴和因果報應觀念的巨大衝擊;後者則以「時國豐民寧,遠夷慕義,學者由此而滋」作結,視其為寫經、立寺和造像的福德,將中國本土的酬報觀念連結上「興福」的思想架構。雖然兩者都涉及佛教信仰的基本內涵,但從佛教思想發展史來說,神滅神不滅的論題,早在南朝末期已達到巔峰;而造像興福的觀念則從南北朝一直延續到唐代,方達到另一個高峰。因此,道宣《三寶感通錄》看似一種倒退,反其道竟將「精神不滅」作為本卷的開篇。此一特殊的現象的敘事安排和用意不可輕輕放過。

在圖像研究時,一如文本研究,往往要探索文本之間的互文關係,也即是文本間的系譜關係。親自見佛和漢明帝感夢祈法相關圖像的記載,還可見於卷中〈隋釋明憲五十菩薩像緣三十七〉,其文曰:

> 一佛五十菩薩各坐蓮花,在樹葉上。菩薩取葉,所在圖寫,流布遠近。漢明感夢,使往祈法,便獲迦葉摩騰等至洛陽。後騰姊子作沙門,持此瑞像,方達此國,所在圖之。未幾齎像西返。而此圖傳不甚流廣。魏晉已來,年載久遠,又經滅法(按:574－578),經像湮除。此之瑞迹,殆將不見。隋文(按:581－604在位)開教,有沙門明憲,從高齊道長法師所得此一本,[29] 說其本起,與傳符焉。是以圖寫流布,遍於宇內。時有北齊(按:550－577)畫工曹仲達者,本曹

---

28 吳黎熙(Helmut Uhlig)著,李雪濤譯:《佛像解說》(北京:社會科學出版社,2010年),頁31–33。
29 根據《續高僧傳》(T 2060)卷11,〈釋志念傳〉曰:「有道長法師精通智論,為學者之宗。」見〔唐〕道宣撰:《續高僧傳》,《大正藏》,第50冊,卷11,頁508c1–2。在北齊後主隆化元年(576)時尚健在,生存年代相近,未知是否為同一人。

國人,善於丹青,妙盡梵迹。傳模西瑞,京邑所推,故今寺壁正陽,皆其真範。[30]

這裏記載的為「阿彌佛陀與五十菩薩圖」,[31] 在佛教藝術中,通常被視為三類阿彌陀淨土變相中的一類。[32] 從藝術風格來說,展現北齊畫家曹仲達帶入中亞衣薄而透明的粟特風格,形成「曹衣出水」的曹家樣,[33] 不僅風靡一時,而且延續至唐代;但由於圖像內容只有一佛五十菩薩各坐蓮花,相對於有繁複樓閣、聖眾、寶樹、飛天等構成繁複情節和宏大場面的的淨土相,屬於比較素樸的樣式,學者因而判斷應該是道綽(562–645)提倡阿彌陀信仰之前的圖像。[34] 儘管現在沒有留下實物,卻在唐代京都成為一種流行。

---

30 《三寶感通錄》,卷中,頁421a21–b3。
31 歷來許多學者都關注到一佛五十菩薩的研究,方便參考者如王惠民:〈一佛五十菩薩圖源流考〉,收入蘭州大學敦煌學研究所、麥積山石窟藝術研究所編:《麥積山石窟藝術文化論文集》(蘭州:蘭州大學出版社,2004年),頁529–545;張同標:〈阿彌陀佛三尊五十菩薩像源流考〉,《民族藝術》2012年第3期,頁98–105,主要為探源研究;于向東:〈阿彌陀佛五十菩薩圖像與信仰——兼論其與西方淨土變的關聯〉,《南京藝術學院學報(美術與設計版)》2014年第6期,頁1–15,則是從圖像探討到中古淨土信仰的變化。朱天舒:〈「一佛五十菩薩圖」新探〉,收入陝西師範大學歷史文化學院、陝西歷史博物館編著:《絲綢之路研究集刊》第三輯(北京:商務印書館,2019年),頁109–121,肥田路美:《雲祥瑞像》,頁369–373,都曾從圖像學的角度,探討該像的印度來源與做圖像元素的比對。
32 陳清香指出,流傳到中國,形成變相者,計有三類:一為西方淨土變相,是依《觀無量壽佛經》(T 365)、《無量壽經》(T 360)、《阿彌陀經》(T 366)等內容所創作的極樂世界,亦稱阿彌陀淨土變相、或觀經變相等。二為藥師淨土變相,是依《藥師如來本願功德經》(T 449)等內容所創作的淨琉璃世界,亦即東方淨土,其教主為藥師琉璃光如來,左右脅侍稱日光菩薩和月光菩薩。三為為彌勒淨土,亦稱兜率內院,是依《彌勒上生經》(T 1773)等內容而創作的變相。見陳清香:〈西方淨土變的源流及發展〉,《東方宗教研究》第2期(1988年9月),頁72。
33 參見金維諾:〈曹家樣與楊子華風格〉,《美術研究》1984年第1期,頁39–40。
34 參見陳清香、陳守強、朱宇琴:〈敦煌的淨土變相〉,《金色蓮花》總第34期(1995年10月),頁40–50。有關敦煌332窟一佛五十菩薩的介紹見頁45;肥田路美:《雲翔瑞像》,頁370–372。

又據《續高僧傳》所載，隋代慧海（541－609）即曾見此圖，[35] 而《法苑珠林》卷15則詳記其原委，曰：

> 隋江都安樂寺釋慧海，俗姓張氏，清河武城人也。善閑經論，然以淨土為業，專精致感。忽有齊州僧道銓，齎無量壽像來云：「是天竺雞頭摩寺五通菩薩，乘空往彼安樂世界，圖寫儀容。既冥會素情，深懷禮懺，乃睹神光焜爍，慶所希幸。」於是模寫懇苦，願生彼土，沒齒為念。至夜忽起，依常面西，禮竟跏趺，至曉方逝，顏色怡和，儼如神在。[36]

從圖像敘事來說，該則故事補充了道宣沒有提及的信息，主要建安樂寺（北周大象二年，580年）至慧海大業五年（609）卒，應是齊州僧人道銓將圖像交由安樂寺的慧海模寫禮拜的時間斷限，是否意謂著北周已有一佛五十菩薩像的流傳？而不同於道宣的記載，認為該圖像在隋復興佛教之後才開始流傳。然孫明利研究指出，開皇元年（581）與北周大象二年（580）僅相差一年，可見圖像開始流行的時間並無不同。[37] 但從涉及的地域來說，至少已經有道長所在的鄴下，道銓的齊州（濟南）、慧海的江都（揚州）和曹仲達的京邑（長安）。另外，還有本文未能討論到，卻是現存實例最多的四川地區。[38]

從佛教史或佛教藝術史的角度來說，如塚本善隆等諸多學者都認為，通過道宣和道世所傳述「西域天竺瑞像」緣起，可證明在隋朝的佛教復興時期，流傳著一種印度風的淨土圖，並成為淨土信仰的對象。[39] 從佛教信仰的

---

35 見〔唐〕道宣：《續高僧傳》，卷12，〈慧海傳〉，頁515c15–19。
36 〔唐〕道世：《法苑珠林》，卷15，〈敬佛篇・彌陀部〉，頁401b5–12。
37 參見孫明利：〈阿彌陀佛五十菩薩像文獻考辨〉，收入湛如、陳金華主編：《石蘊春秋：中亞與東亞佛教碑銘的製作、保存與解讀》（新加坡：世界學術出版社，2021），頁98–143。
38 相關研究頗多，可參前注文得其概要。本文主要就道宣文本的脈絡考察，岔出的線索也就不再旁及。
39 塚本善隆著，李大川譯：〈淨土變史概說〉，《敦煌研究》2007年第1期，轉引自「五明學

角度來說,這兩則敘述更真切的意旨,在於一方面強調阿彌陀的真容,及其在場的恆常性,另一方面則用婆娑世界圖像的物質性作為對比,凸顯物的生命有其週期性,故時而「流布遠近」,時而「不甚流傳」,甚至面臨「又經滅法,經像湮除」;然而只要有人「專精致感」,則又會不預期的出現,進而「圖寫流布,遍於宇內」。凡此生滅起伏的靈像流傳過程,正可謂是〈靈像序〉所言「迹從倚伏」的一種方便示現。

事實上,在《三寶感通錄》的佛像故事中,這種成、住、壞、滅循環的敘事絕非偶見,另一個無量壽佛造像生滅的故事正巧與其前後呼應,也即是卷中〈東晉襄陽金像遊山緣六〉(頁413a15),事起於襄陽檀溪寺沙門釋道安於郭西精舍鑄造丈八金銅無量壽佛,既歷經高僧嚴飾成就,爾後因東晉大吏鎮軍將軍雍州刺史郄恢(335－361)贊擊福門,擴建為金像寺,梁武帝(蕭衍,在位年:502－549)更在普通三年(522)佛誕之際,為其鑄金銅花趺,齊集當時最負甚名的文學家劉孝儀(劉潛,484－550)文,以及書法家蕭子雲(字景齊,488－549)書,立碑頌德,從婆娑世界的眼光來看,天下稱最;然而在北周武帝滅佛之際,被襄州副鎮將上開府長孫哲志鳩工毀像,用繩子繫住佛像的脖子,增至五百多人,終於倒落,道宣極寫時人的情緒反應,或「哀號盈路」,或「人皆悚慄」。[40] 然在像毀之後,方才發現金像腋下銘文曰:「晉太元十九年歲次甲午月朔日次,比丘道安於襄陽西郭造丈八金像一軀。此像更三周甲午,百八十年當滅。」[41] 原來此像的生滅早已注定。在《續高僧傳》對此有更明晰的詮釋,其曰:「興廢悉符同焉,信知印手聖人崇建容範,動發物心,生滅之期,世相難改,業理之致,復何虛矣!」[42] 相傳道安「生而便左臂有一皮,廣寸許……上有通文,時人謂之印手菩薩」,[43]

---

佛網」網站,2023年4月2日。網址:http://www.wmxf.net/nr/1/6889.html。另外如賈發義:《淨土信仰與中古社會》(北京:中國社會出版社,2012年),頁185;肥田路美:《雲翔瑞像》,頁372。

40 《三寶感通錄》,卷中,頁415a4, a8–9。
41 《三寶感通錄》,卷中,頁415a12–14。
42 見〔唐〕道宣:《續高僧傳》,卷29,〈僧明傳〉,頁693a26–28。
43 見〔梁〕慧皎:《高僧傳》,卷5,〈道安傳〉,頁354a3–4, a5–6。

他鑄造佛像讓人們能夠瞻仰大聖之容,以為軌範,觸動人心,然即使範金為像,歷經朝代屢遷的180年漫長歲月,終究有其生滅之期,然在人看似必然消逝的生命,並非死如燈滅,實難脫業報之理。

凡此實與被後世尊為淨土初祖慧遠(334－416)的彌陀信仰密切相關,其思想的基礎即在三世因果及神靈不滅。[44] 由於他與同信深感生死之苦、輪迴之痛,故一聞彌陀淨土法門,便專注期生彌陀淨土,誠如其蓮友劉遺民所撰發願文所言:「夫緣化之理既明,則三世之傳顯矣。遷感之數既符,則善惡之報必矣。推交臂之潛淪,悟無常之期切。審三報之相催,知險趣之難拔。此其同志諸賢,所以夕惕宵勤,仰思攸濟者也。」[45] 既表達對人生之苦聚無常的解悟,促使其對於所在的世界,以洞燭幽微的智慧而有所絕斷,入於俗而不從俗,維持一種既出離而又靠近的關係,又能進而致力求取彌陀救度,渴望往生兜率天的淨土思想。

由此可見,佛像作為佛陀生身的象徵,透過道宣《三寶感通錄》中的靈像敘事,從此卷一開篇,他就溯本求源,非常重視靈像的來源,甚至上探至釋迦在世的古老年代,強力證明當前信仰的正統性;另一方面,他又帶領讀者直面金石土木佛像的物質性,無論年代何其久遠,歷經人世卓越風華,終究還是有其起伏生滅的「生命」週期性,只是佛陀無數示現之「迹」的一個片段。換言之,他期待透過這些靈像作為「物」的生命傳記,觸動作為「人」對永恆不滅精神的認知與嚮往,方為其「實」。然而,究竟在怎樣的歷史社會下「物」與「人」交織感通?在下節有更多的討論。

## 三 感化在人:靈像應驗

在《三寶感通錄》卷中的50則靈像故事,首篇〈東漢雒陽畫釋迦像緣一〉,始於來自天竺西域的栴檀畫像,已於上節討論此像表徵真容的寫實

---

44 見〔東晉〕慧遠:《沙門不敬王者論》之〈形盡神不滅第五〉和〈三報論〉,收於《弘明集》,《大正藏》,第52冊,頁31b–32b、34b–c。

45 見〔梁〕慧皎:《高僧傳》,卷5,〈釋慧遠傳〉,頁358c27–359a2。

性、見佛的急切性、天竺的本源性,以及釋迦預言的準確性;而終篇止於〈唐遼口山崩自然出像緣五十〉,以來自東極高句麗的石像畫本作結,除了時間序列的意涵之外,是否有更多的指涉?有待進一步分析。其曰:

> 唐龍朔(661-663)中有事遼左,行軍將薛仁貴(薛禮,614-683)行至隋主討遼古地,乃見山像,空曠蕭條,絕於行往,討問古老,云是先代所現,便圖寫傳本京師云云。[46]

這則石佛像故事的敘事簡單而隱晦,即使可知靈祥所在,就在於「山崩自然出像」,看似又是一則佛像的政治預言故事,然這則敘述中的五個敘事單元,包括薛仁貴征遼(也即是高句麗)、隋主征遼、山像荒蕪、先代出像、圖寫傳送京師等,其實多指涉不明。究竟薛仁貴何時征遼?隋主意指文帝(楊堅,在位年:581-604)或煬帝(楊廣,在位年:604-618)?薛仁貴征遼又與隋主征遼有何異同?山像出現的「先代」何指?原因為何?又誰使山像荒蕪?以及圖寫傳模的意涵為何?都還有待更多的考證。

　　首先透過本則的擬題,可以聯繫到「山崩出像」的母題,而此一母題,最受著名的故事就是本卷的〈元魏涼州石像山裂出現緣十四〉(頁413a23),也即是劉薩訶(或作劉薩何,或是釋慧達,345-436)預言番禾石像出現的故事。事起於劉薩訶在完成江南禮遇王塔之後,途經御谷山,對其遙禮,說道:「此山崖當有像出。靈相具者,則世樂時平;如其有缺,則世亂人苦。」[47]稍後果然在北魏孝明帝正光元年(520)出現丈八的無首石像,與北魏衰滅局勢相驗;至北周元年(557)突然在不遠處發現像首,並有燈光流照,鐘聲飛響之瑞兆,於是順利安裝佛首;又於保定元年(561)修立瑞像寺;然到了武德年間將廢佛之際,佛首又落;直至隋復興佛法,文帝開皇年間順利重修瑞像寺,大業五年(609)煬帝西征吐谷渾大勝,亦曾躬往禮觀,並改為感通道場,一直留存至道宣的時代。最後補充說明,欲圖寫石像的人很多,像的法

---

46　《三寶感通錄》,卷中,頁415a12-14。
47　《三寶感通錄》,卷中,頁417c10-12。

量卻始終不定，難以真實摹寫。誠如前所述，學者大都將這種靈驗敘事看作政治預言，認為靈像出現與完具與否，皆可作為政治興衰和征戰成敗之讖，也關係到佛法的興衰；同時強調靈像有其自主權，不可隨意摹寫，並草率地當作觀測吉凶的工具。

相對於番禾石像準確紀年和預言敘事，與道宣生存年代相同的遼口石像，卻只有一個模糊的「先代」出像，以及「龍朔中」的歷史紀年。綜觀隋、唐兩代征伐高句麗，其實都付上很大的代價，然唐代歷經二十餘年的征戰，高宗最終在668年平滅高句麗，相較而言，隋代則一無所獲，開皇十八年（598）文帝命漢王楊諒率大軍30萬，分水陸兩路進攻高句麗，隋軍十之八九的人陣亡；[48] 隋末煬帝三征高麗，也以慘敗作結，被俘虜了大量的物資與人口。[49] 童嶺研究指出：「相對於一般的史書對隋煬帝高句麗遠征的批判，道宣更多從遠征導致佛法不興、佛像蕭條的角度出發，間接表達他對隋煬帝這一軍事行動的遺憾」，[50] 他將佛像蕭條（象徵佛法不興）歸因於煬帝遠征失敗所致，但佛像蕭條，應與高句麗長期飽受戰爭踐躪而社會經凋敝，更有直接的關係。[51] 唐代侍御史賈言忠曾在乾封三年（668）向唐高宗分析歷代征遼的得失，曰：

> 昔隋主親率六軍，覆於遼東者，人事然也。煬帝無道，軍政嚴酷，舉國皆役，天下離心，元感一倡，狼狽而返，身死國亡，自取之也。及先帝親征問罪，所以不得志者，高麗未有釁也。今高麗已失其政，人心不附，……以國家富強，陛下明聖，將士盡心，滅之必矣。[52]

---

48 〔唐〕魏徵等撰：《隋書》（北京：中華書局，1995年），〈帝紀〉第二·開皇十八年：「以漢王諒為行軍元帥，水陸三十萬伐高麗。……。九月己丑，漢王諒師遇疾疫而旋，死者十八九。」見卷2，頁43。
49 見《隋書》，卷81，〈東夷·高麗〉，頁1817。
50 見童嶺：〈開皇神光與大業沸騰〉，頁100。
51 楊秀祖：《高句麗戰爭史研究》（長春：吉林大學出版社，2020年），頁150–152。
52 〔北宋〕王溥：《唐會要》（北京：中華書局，1960年），卷95，〈高句麗〉，頁1708，1709。

換言之，當時人都已經清楚認知到隋文帝、煬帝征遼均以失敗告終的歷史教訓，也不得不承認唐太宗未能伏滅高句麗的現實，然還是預測高宗最終將覆滅高句麗。另一個耐人尋味之處是，唐代大將薛仁貴一生多次參與遠征高句麗，個人戰績輝煌，最初在太宗貞觀十八年（644）嶄露頭角；後又在高宗顯慶三年（658）貴端城（今遼寧渾河）擊敗高句麗軍而立功；並於總章元年（668）以少勝多，攻拔扶餘四十多城；同年後又被任命為安東都護，總兵二萬人鎮高麗。恤孤老儉約，盜賊有幹者，隨才任使，忠孝節義，咸加旌表。高麗人莫不欣然慕化。[53] 啟人疑竇的是，凡此都與「龍朔中」這個歷史紀年不符。換言之，薛仁貴在顯慶三年，輔助營州都督兼東夷都護程名振，抵遼東赤烽鎮（今遼寧撫順市東）戰場時，毀滅了今渾河上貴端城；而道宣在麟德元年（661）完成《三寶感通錄》時，乾封三年全面圍攻高句麗的時機還沒有到來。無論如何，在道宣的觀念中，佛像不會說謊，不妨先探究道宣眼中的隋唐佛教。

東晉釋道安曾說：「不依國主則法事難立。」[54] 故學者往往認同中古時期佛教的盛衰，往往繫於統治者的支持及相關政策。隋代文帝與煬帝兩位帝王利用佛教厚植國家統治基礎，[55] 多方尊崇佛教，道宣在《釋迦方志》詳細記載了其具體的建樹：「隋代二君三十七年，寺有三千九百八十五，僧尼二十三萬六千二百，譯經八十二部」；在造像方面，文帝造十萬六千五百八十軀，煬帝則治故像一十萬一千軀。造新像三千八百五十。[56] 更重要的是，兩人在

---

53 〔後晉〕劉昫：《舊唐書》（北京：中華書局，1975年），卷83，〈薛仁貴傳〉，頁2780–2782。

54 〔梁〕僧祐：《出三藏記集》（T 2145），《大正藏》，第55冊，卷15，〈道安法師傳〉，頁108a27。

55 隋文帝利用佛教，可參看Arthur F. Wright著，段昌國譯：〈隋代思想意識的形成〉，中國思想研究委員會編：《中國思想與制度論集》（臺北：聯經出版事業公司，1976年），頁77–122。至於煬帝在揚州十年，成立四大道場，網羅天下名僧，為日後角逐太子之位而奠定其民間威望與勢力。其與佛教的關係，可參看藍吉富：《隋代佛教史述論》（臺北：臺灣商務印書館，1998年），頁27–50。

56 〔唐〕道宣：《釋迦方志》（T 2088），《大正藏》，第51冊，卷下，〈教相篇〉，頁974c24–26、20–21、23。

心態上皆以佛弟子自稱，如文帝在各州建塔，皆銘曰：「維年月，菩薩戒佛弟子大隋皇帝堅，……蒙三寶福祐，為蒼生君父……」，[57] 煬帝在〈行道度人天下勅〉亦云：「大業三年正月二十八日，菩薩戒弟子皇帝……弟子階緣宿殖，嗣膺寶命，臨御區宇……」，[58] 並將自己位居九鼎，都歸因於三寶護祐之故。相對來說，初唐的三位皇帝唐高祖、唐太宗與唐高宗，一方面在「人冀當年之福，家懼來生之禍」的隨俗心理下，[59] 亦是祈佛造福，造寺設齋，然而《釋迦方志》卻說：「皇唐啟運弘敞，釋門功業崇繁，未可勝紀，故難敘出」。[60] 事實上，唐代大致延續了隋代的佛教建設，不僅建寺、度僧、造像和譯經都有更進一步的發展，教學佛教與民眾佛教都進入一個興盛的時代；然另一方面，唐主在建國之初即確定「道先佛後」的地位，同時都訂定了一定程度的抑制佛教政策。[61] 如武德四年（621）李世民進入洛陽城後，擔心反對勢力潛藏到寺院，「廢諸道場，城中僧尼，留有名德者各三十人，餘皆返初」；[62] 武德九年（626）四月，唐高祖接受太史令傅奕廢除佛法的建議，下詔沙汰僧尼，儘管因遽逝而事不行；[63] 而後太宗則以社會秩序為由，貞觀十一年（637）頒布〈道僧格〉作為掌控僧道的律，令加強對僧道管理；[64]

---

57 〔唐〕道宣：《續高僧傳》，卷26，〈道密傳〉，頁667c29，668a1–2。
58 〔唐〕道宣撰：《廣弘明集》，《大正藏》，第52冊，卷28，頁328b25、328c3。
59 唐太宗貞觀十一年春正月詔曰：「至如佛教之興，基於西域，爰自東漢，方被中華。神變之理多方，報應之緣匪一。暨乎近世崇信滋深，人冀當年之福，家懼來生之禍。由是滯俗者，聞玄宗而大笑，好異者望真諦而爭歸，始波涌於閭里，終風靡於朝庭。」見〔唐〕彥琮撰：〈唐護法沙門法琳別傳〉（T 2051），《大正藏》，第50冊，卷中，頁203c12–17。
60 〔唐〕道宣：《釋迦方志》，卷中，頁974c27–975a1。
61 有關唐高祖和唐太宗與佛教，可參見湯用彤：《隋唐佛教史稿》（北京：中華書局，2016年），第2章，頁65–77。
62 見〔宋〕司馬光編著，〔元〕胡三省音注：《資治通鑑》（北京：中華書局，1956年），卷189，〈唐紀〉，〈高祖神堯大聖光孝皇帝中之中·武德四年〉，頁5918。
63 見《舊唐書》，卷1，〈高祖紀·武德九年〉，頁16–17。
64 參見陳登武：〈從內律到王法：唐代僧人的法律規範〉，《政大法學評論》總第111期（2009年10月），頁10–14。

唐高宗基本上延續高祖與太宗的政策，在玄奘離世之後，即解散譯經團隊，終止國家對譯經的贊助，嚴禁私入道，並且敕令道士、女冠、僧、尼等，不得為人療疾和卜相，試圖切斷與民眾連結的重要管道，並在龍朔二年有所謂的三教「致拜君親」事件，企圖用世俗法律和倫理限制佛教發展，又在其臨終前的〈改元弘道大赦詔〉中，大規模的置觀度道。[65] 由此可見，到了唐代佛教的發展已經翻轉過來，逐漸由閭里風靡到朝廷，而帝王為維持平衡，將佛教的管理提升到整個國家政治的運作之中。

若從道宣的佛像靈瑞敘述來看，亦可見其間的差異，在隋主的記載往往敘述隋代兩主復興佛教的具體作為，如：

1.「隋高聞之，勅送入京，大內供養，常躬立侍」[66]
2.「大隋闡教，還重光顯」、「隋氏啟運，如前開復」[67]
3.「隋祖開運，重搆斯迹」[68]
4.「隋文開教……說其本起，與傳符焉。是以圖寫流布，遍於宇內」[69]
5.「煬帝鎮於揚越，廣搜英異」[70]

相對來說，有關唐主的書寫，固然也有「太宗嘗往禮事，嫌非華飾，乃捨物莊嚴。永徽年中，改宮立寺」、「敕令圖寫」，或「下勅令會昌寺僧會賾往五臺山修理寺塔」之類獎掖行動，然更值得注意的是，唐主對於佛像靈異的「有敕覆檢」、「上……敕……往審」、「重覆依審」等官方檢查，對於靈驗

---

65 有關唐高宗與佛教的關係，可參見劉勇：〈試論唐高宗時期的佛教政策——以相關詔敕為中心分析〉，《乾陵文化研究》2015年1期，頁297–303；周玫觀：〈王教視域下「三教論蟻」之類型分析：從「龍朔論議」談起〉，《彰化師大國文學誌》總第20期（2010年6月），頁205–232。
66 《三寶感通錄》，卷中，頁414c11–12。
67 《三寶感通錄》，卷中，頁417b2–3，420c2。
68 《三寶感通錄》，卷中，頁420c14。
69 《三寶感通錄》，卷中，頁421a27–28，a29–b1。
70 《三寶感通錄》，卷中，頁421b7–8。

事蹟有高度監察意識。[71]

　　再回到遼口石像的故事，遼口既是隋、唐、高句麗長年征戰的煉獄，也是石佛出像的聖域。儘管征戰互有勝負，但實際上戰爭沒有真正的贏家，與其強解出像與征戰勝負的關係，或是斷言究竟哪朝佛教比較興盛，不如回歸到出像最原初的宗教意涵，就是在於象徵佛的臨在，可帶動佛法的傳播。因此，本則敘述中的薛仁貴，不妨視為唐、麗戰爭中的箭垛人物，肩負著終結戰爭的期望；而「龍朔中」的歷史時間，則是由世俗轉入神聖時間的一個小小的介質，也即是感通發生的臨界點。而這種佛的臨在，既可以發生在身在洛陽的漢明帝夢感金人，也可以在遙遠的遼左，隨著山崩自然而出；或如往昔高麗聖王雲中感遇阿育王塔（頁409a25－b4），也正如〈靈像序〉所言：「佛像靈祥，充物區宇」（頁413a5）。

　　更重要的是，靈像靈祥之所以「迹從倚伏」（413a8），其根本的原因不完全在興佛的政治舉措，而是「感化在人」（413a8）。回到《三寶感通錄‧總序》，其曰：

> 靈相盼嚮，群錄可尋；而神化無方，待機而扣，光瑞出沒，開信於一時；景像垂容，陳迹於萬代。或見於既往，或顯於將來，昭彰於道俗，生信於迷悟。[72]

道宣試圖從大歷史的角度立論，用「機」來解釋三寶靈瑞的發生，而機又與「時」密切相關。也就是說，他認為信毀肇因於前業，而感應靈蹟隨之扣機而生，激勵眾人之心，故不僅可開信於一時，也會在過去、未來隨心、業流轉，反覆再現。根據研究，《三寶感通錄》深層結構的理論可溯自《易傳》知機、研機的傳統，也受益於竺道生（434卒）與智顗（538－597）道感相交的機感論影響，聚合了既有的宗教與文化資源，卻也各其時代議題，而道

---

71　《三寶感通錄》，卷中，頁420c18–20、422c4、422c9–10、421c24、422b29、c1、422c4。

72　《三寶感通錄》，卷上，頁404a12–15。

宣巧妙地連接「鑑往知來」的歷史時間，以及隨機遇合佛教時間，並將根機與業報觀緊密接軌，乃成為其詮釋佛教興衰、歷史命運的理論基礎。[73]

道宣承繼智顗以來「機」的看法，誠如安藤俊雄所分析，機微意謂個人不同根器所潛存善的可能性；機關則指眾生無論善惡，即使不信佛的眾生，都可以成為引發聖人慈悲的因素。[74]是以神應固必須緊扣在「人」之機感，而即使不同階級、地域，甚至宗教素養的眾生，緣於聖人慈悲之故而都有得到感應的機會，正是宗教普傳不可移的前提。是以兩個面向都不可偏廢。

若說涼州石像與遼口石像乃是從不同地域眾生的佛法機緣與國家政權興衰的關係立論，另一方面道宣也廣蒐個人佛像靈驗的經驗，在其壯年曾熱心於尋師訪道，參訪靈跡。[75]在《三寶感通錄》中即曾提及親往唐雍州鄠縣尋苻秦王慧韶所造金像事（頁422b15–20），以及遊歷沁部山林勝地，石龕佛像事，然而村人可見，大慈恩寺僧玄秀亦見光明，如火流飛出沒，而道宣的貞觀遊歷，卻不睹其瑞，他歸因於個人「障源」（頁422c8）。而更顯著的例子，在〈隋京師日嚴寺瑞石影像緣三十八〉，言及隋煬帝蒐集的八楞紫石英瑞影，原本供奉在道宣所居的日嚴寺，京邑僧眾常來瞻睹，由於「石中金光晃晃，疑似佛像」，故所見互說不同，他最後歸納了瑞跡的原則，說：

> 一睹之間，或定或變。雖惡善交現，而善相繁焉。故來祈者，咸前發願，往作何形，來生何處，依言為現，信為幽塗之業鏡者也。[76]

他將靈瑞比喻成「幽塗之業鏡」，見與不見乃是「依言為現」，也即是根據個

---

[73] 詳見拙作：〈機與時：道宣《集神州三寶感通錄》的歷史感通〉，曾在2023年9月26日中研院文哲所舉辦「中國佛教觀念與社會」研討會上宣讀，經修改後將刊登在《佛學研究》2024年7月「中國佛教觀念與社會專輯」，頁129–145。

[74] 見安藤俊雄：〈法華經と天台教學〉，收於橫超慧日編：《法華思想》（京都：平樂寺書店，1986年），頁501。

[75] 可參見拙作：〈隱藏的僧傳：《續高僧傳》中道宣的五十自敘〉，《政大中文學報》第37期（2022年6月），頁89–134。

[76] 《三寶感通錄》，卷中，頁421b21–24。

人所發之願，而有變現為各種不同的瑞相。因此，所謂像瑞，都是一種暫時可變的現象，最後又回歸至生而即在，死而不滅，感化由人的「業」。

儘管本文主要從道宣編輯敘述靈像故事立論，然而他在本書不僅是文本外的編述者，必須擔負起傳遞、宣傳與說服讀者的任務，喚起讀者神聖臨在的真實感受；另一方面他還是從久遠至近世諸般靈驗傳說的接受者，也是文本層內靈像感通事件的參與者。誠如 Robert F. Campany 曾探討《法華經》神蹟故事的力量本質，他指出經文的意義並不存在於文本中，而是在讀者與文本的相遇中創造的。茲此，其權威在於人們如何看待與接受它，故常透過文字將人們的反應轉化為意義和力量的儲存庫。[77] 同樣道宣《三寶感通錄》中「感化由人」的靈像敘事，若要發揮應驗起信的果效，歷來靈像的編輯敘述，並不只是傳授教義的工具，或是一個固定的容器，乃是道宣與古今造像、禮像者，乃至毀像者，活生生宗教實踐的自我陳述，藉由追憶、編排與布局，重新召回與神聖接觸的感動，形成「活」的信仰網絡。

## 四 結論

在婆娑世界中，見佛的宗教體驗，為芸芸眾生非常直覺的需求。中國中古佛教的傳播，佛教圖像並非只是一種靜態的存在，而是配合了經典和靈驗故事流傳於世，成為一種「活」的像傳。

道宣《三寶感通錄》卷中的50則靈像故事，首開一種像傳的體例，打破南北朝以降史傳、地志和志怪中以個別靈像故事為單位的敘事模式，在資料彙編之外，也包括個人親自集錄和親身經歷，全卷首尾不是簡單的依序排列，而是以一位佛教史學家的眼光，透過「集」的動作，開展其有明確宗教意識與目的的敘事安排，每一像緣既有其成、住、壞、滅的生命循環，還兼具一種「迹從倚伏」歷時、跨域的敘事，而緣與緣間在依照時序排列之外，

---

77 Robert Ford Campany, "Miracle Tales as Scripture Reception: A Case Study Involving the *Lotus Sutra* in China, 370–750 CE," *Early Medieval China* 24 (2018): p. 26.

彼此亦可遙相呼應，以歷觀古今佛教興衰，直探佛教「神不滅」的生死教義，刻意編排成有機結構，展現文心和史筆。

同時作為一個信仰者，他承繼竺道生與智顗道感相交的機感論影響，而別有時代的關懷。他在機感的基礎上，更著重信毀肇因於前業，企圖打破直線反饋的功德報應模式，認為信行所至，感應靈蹟隨之而生，然眾生機緣的積累，亦將匯集成集體的共業。由此欲激勵眾人之心，佛教不僅可開信於一時，也會在過去、未來隨心、業流轉，反覆再現。因此，靈像不僅有其物質性，還有其信仰性和思想價值，透過《三寶感通錄》的圖像與故事探討，在說明中土靈像的本源和傳播等相關歷史事實之外，並且更進一步闡明不同歷史條件下靈像傳說亟欲傳達的宗教訊息。

從另一個角度來說，這些靈驗故事所提供的證據，以及被接受的方式，其權威性在於其啟動讀者對神聖臨在的真實感受，而不在於虛構與否的論辯。儘管有時靈像也會面臨毀滅和遺逸，故事也會中斷和湮滅，並不完全具有歷史的延續性，然從宗教永恆時間來說，其意義在於被視為活生生的自我陳述，也寓含了佛永恆的承諾。

## 附錄1 《集神州三寶感通錄》卷中佛像／佛跡感通

| 篇名 | 佛像／佛跡名稱 | 01夢感 | 02預言 | 03祈求 | 04懲罰 | 05瑞相異徵 |
|---|---|---|---|---|---|---|
| 東漢陽畫釋迦像緣一 | 釋迦像 | 夢感 | | | | |
| 南吳建鄴金像從地出緣二 | 建鄴金像 | | | | 以劇痛懲辱像者 | 平地出像 |
| 西晉吳郡石像浮江緣三 | 吳郡石像（惟衛、迦葉） | | | | | 海中出像、立水上 |
| 西晉泰山七國金像瑞緣四 | 泰山七國金像 | | | | | 常有雲廕 |
| 東晉楊都金像出渚緣五 | 金像 | 夢感 | 政治預言 | 祈雨 | | 放金光 |
| 東晉楊都金像出渚緣五 | 阿育王像 | | | 祈退兇徒 | | 發光、發聲、像身動搖 |
| 東晉楊都金像出渚緣五 | 阿育王像 | | | | | 發光 |
| 東晉楊都金像出渚緣五 | 阿育王像 | | | | | 朝向不變 |
| 東晉襄陽金像遊山緣六 | 丈八金銅無量壽佛 | 夢感 | | | 以死懲毀佛像者 | 自來自去、移像而不動 |

| 篇名 | 佛像／佛跡名稱 | 01夢感 | 02預言 | 03祈求 | 04懲罰 | 05瑞相異徵 |
|---|---|---|---|---|---|---|
|  | 婆羅門僧像、金銅彌勒像、五十九尺大像 | 夢感 |  |  |  | 天陰雲布、雨花如李 |
|  | 安師古像 |  |  |  |  | 感天樂天花 |
| 東晉荊州金像遠降緣七 | 荊州金像 |  | 政治預言 | 祈雨 |  | 流汗、發光、自來自去、火燒不壞、移像而動、登船改變船輕重、颯然輕舉、刀擊不壞、流淚、雲氣四布、甘雨滂流 |
| 東晉吳興金像出水緣八 | 吳興金像 | 夢感 |  |  |  | 發光、不動、像毀光在、水中出像 |
| 東晉會稽木像香瑞緣九 | 無量壽佛木像 |  |  |  |  | 芳煙直上雲際、餘芬俳佪 |
| 東晉吳郡金像傳真緣十 | 釋迦文一丈六尺金像 |  |  |  |  | 見白龍、降細雨、聞香氣、有花六出 |
| 東晉東掖門金像出地緣十一 | 東掖門金像 |  |  |  |  | 發光、從地出像 |

| 篇名 | 佛像／佛跡名稱 | 01夢感 | 02預言 | 03祈求 | 04懲罰 | 05瑞相異徵 |
|---|---|---|---|---|---|---|
| 東晉徐州太子思惟像緣十二 | 吳寺太子思惟像 | 夢感 | | | | 發光 |
| 東晉廬山文殊金像緣十三 | 文殊師利菩薩像 | | | 祈閣樓復正 | 以刀刺賊懲惡 | 移像不動、海中出像、發光、發聲、火熾水清、生青蓮花、黑雲密布、雷電四繞 |
| 元魏涼州石像山裂出現緣十四 | 涼州石像 | | 政治預言 | | | 身首異處、大雷雨、出光 |
| 北涼河西王南崖素像緣十五 | 河西王南崖素像 | | | | | 千變萬化、自來自如 |
| 北涼沮渠丈六石像現相緣十六 | 丈六石像 | | | | | 涕淚橫流 |
| 宋都城文殊師利金像緣十七 | 文殊師利金像 | | | | | 發光 |
| 宋東陽銅像從地出緣十八 | 東陽銅像 | | | | | 火燒不近、從地出像 |

| 篇名 | 佛像／佛跡名稱 | 01夢感 | 02預言 | 03祈求 | 04懲罰 | 05瑞相異徵 |
|---|---|---|---|---|---|---|
| 宋江陵金像出樹光照緣十九 | 江陵彌勒金像 | | | | | 發光 |
| 宋浦中金像光現及出緣二十 | 浦中金像 | | | | | 有雜色光、浦中出像 |
| 宋江陵上明澤中金像緣二十一 | 金菩薩坐像 | | | | | 火燒不近、草叢出像 |
| 宋荊州壁畫像塗卻現緣二十二 | 荊州菩薩圖壁畫 | | | | | 畫像徹見 |
| 宋江陵小金像誓志緣二十三 | 江陵小金像 | | | 祈不出嫁 | | |
| 宋湘州桐盾感通作佛光緣二十四 | 栴檀像 | 夢感 | | | | |
| 齊番禺石像遇火輕舉緣二十五 | 番禺石像 | | | | | 飄然而起、有神光 |
| 齊彭城金像汗出表祥緣二十六 | 彭城金像 | | 政治預言 | | | 流汗 |

| 篇名 | 佛像／佛跡名稱 | 01夢感 | 02預言 | 03祈求 | 04懲罰 | 05瑞相異徵 |
|---|---|---|---|---|---|---|
| 齊楊都觀世音金像緣二十七 | 觀世音金像 | 夢感 | | | | 放光照 |
| 梁荊州優填王栴檀像緣二十八 | 三藐三佛陀金毘羅王像 | 夢感 | | | | 頂放光、降微細雨、有異香、發甲冑聲、鐘聲 |
| 梁楊都光宅寺金像緣二十九（剡縣石像附） | 丈八金像 | | | | | 送銅造像 |
| 梁楊都光宅寺金像緣二十九（剡縣石像附） | 剡縣大石像 | 夢感 | | | | 山崩佛現 |
| 梁高祖等身金銀像緣三十 | 等身金銀像 | | | | 懲毀佛者穿皮露骨而死 | |
| 元魏定州金觀音像高王經緣三十一 | 觀音金像 | 夢感 | | 救刑殺 | | 刀砍而斷 |
| 陳重雲殿并像飛入海緣三十二 | 重雲殿之像 | | | | | 飛行入海、大雨雷電、上騰 |

| 篇名 | 佛像／佛跡名稱 | 01夢感 | 02預言 | 03祈求 | 04懲罰 | 05瑞相異徵 |
|---|---|---|---|---|---|---|
| 周晉州靈石寺石像緣三十三 | 晉州靈石寺石像 | 夢感 | 政治預言 | | | 流汗、指痛 |
| 周宜州北山鐵礦石像緣三十四 | 宜州北山鐵礦石像 | | | | | 光明、流下 |
| 周襄州峴山華嚴行像緣三十五 | 盧舍那佛 | | 政治預言 | 祈子 | | 流淚 |
| 隋蔣州興皇寺焚像移緣三十六 | 丈六金銅大像并二菩薩 | | | | 夾腕懲盜 | 像移、火燒不壞 |
| 隋釋明憲五十菩薩像緣三十七 | 阿彌陀佛五十菩薩像 | 夢感 | | | | 發聲、坐蓮花 |
| 隋京師日嚴寺瑞石影像緣三十八 | 日嚴寺瑞石影像 | | | | | 現來生形狀、現金光 |
| 隋邢州沙河寺四面像緣三十九 | 沙河寺四面像 | | | | | 移像、發光 |
| 唐坊州石像出山現緣四十 | 坊州石像 | | | | | 掘鹿所止處得像、鹿聚一處不離 |

| 篇名 | 佛像／佛跡名稱 | 01夢感 | 02預言 | 03祈求 | 04懲罰 | 05瑞相異徵 |
|---|---|---|---|---|---|---|
| 唐簡州佛跡神光照緣四十一 | 簡州三學山佛跡 | | | | | 神燈自空而至 |
| 唐涼州山出石文有佛字緣四十二 | 山出石文有佛字 | | | | | 有佛字 |
| 唐渝州相思寺佛跡出石緣四十三 | 佛跡十二枚 | | | | | 出蓮花形、擎出如涕、入水成花 |
| 唐循州靈龕寺佛跡緣四十四 | 佛跡三十餘 | | | | | 放光明 |
| 唐撫州降潭州行像緣四十五 | 降潭州行像 | | | 祈雨 | | 移像不動、飄然應接 |
| 唐雍州藍田金像出石中緣四十六 | 藍田金像 | | | | | 石中出像、水火不侵 |
| 唐雍州鄠縣金像出澧緣四十七 | 鄠縣金像 | | | | | 放光明、發聲 |
| 唐沁州像現光明常照林谷緣四十八 | 沁州古佛龕中三鋪石像 | | | | | 放光 |

| 篇名 | 佛像／佛跡名稱 | 01夢感 | 02預言 | 03祈求 | 04懲罰 | 05瑞相異徵 |
|---|---|---|---|---|---|---|
| 唐岱州五臺山像變聲現緣四十九 | 文殊師利像 | | | | | 像變聲現、聞異香、時隱時顯 |
| 唐遼口山崩自然出像緣五十 | 遼口山崩自然出像 | | | | | 自然出像 |

# 附圖 1　滴水空明數位空間[*]

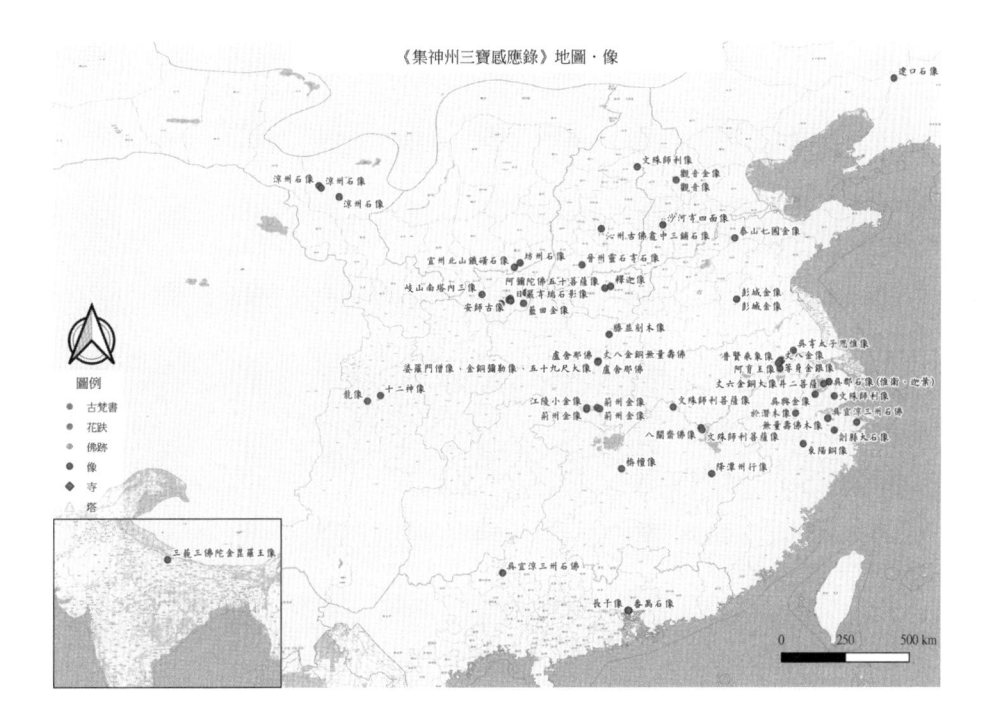

《集神州三寶感應錄》地圖・像

---

[*] 江佩純製圖。

# 司馬承禎洞天學說的形成及
# 其與李白詩作的關係

土屋昌明

專修大學國際交流學院

## 一　序言

　　唐代著名道士司馬承禎（643－735）對同時代的思想文化產生過巨大影響，關於這點前人已有論述。司馬承禎提出了洞天學說，此後洞天學說被唐玄宗（在位年：712－756）所採用，將之作為國家祭祀理論根據。因此可以說，司馬承禎對同時代社會的影響主要來自道教的洞天思想。也可以推想，玄宗周圍的詩人對洞天思想懷有濃厚的興趣。本論文首先整理洞天學說及其在唐代的發展，然後在舊文〈李白與司馬承禎的洞天思想〉的基礎上，[1]進一步闡釋李白詩作與洞天學說之間的內在關聯。

## 二　洞天學說的傳統

　　首先需要對南北朝時期的洞天學說加以整理。洞天學說認為，中國各地名山的洞穴深處均有洞天，洞天裏居住著上清真人，洞天由地下通道相互連

---

[1] 拙論〈李白與司馬承禎之洞天思想〉，收入陳偉強主編：《道教修煉與科儀的文學體驗》（南京：鳳凰出版社，2018年），頁344–357。

結。這種思想最晚在四世紀中葉已經存在。筆者稱之為「洞天思想」，將文本稱做「洞天學說」。司馬承禎將洞天思想體系化，並著有洞天學說二卷，原本雖已逸失，但可見於歷代目錄。如《雲笈七籤》卷25中可以見到比較完整的文本。從洞天思想產生，一直到司馬承禎時代，關於洞天思想的文獻記載大致如下：

有關洞天的完整記述，最早可以追溯到梁代陶弘景編纂的《真誥》。[2] 據記載，東晉哀帝（在位年：361－365）興寧二年（364），道士楊羲在今南京郊外的茅山遇神仙口授；《真誥》的原始材料來自許謐（305－376）、許翽（341－370）父子筆錄的真人誥諭。按《真誥》所述，茅山內部有神仙居所，即洞天；經過地下通道可以通往別的洞天。《真誥》中有如下描述：

> 大天之內有地中之洞天三十六所，其第八是句曲山之洞，週迴一百五十里，名曰金壇華陽之天。洞墟四郭，上下皆石也。上平處，在土下正當十三、四里而出上地耳。東西四十五里，南北三十五里，正方平，其內虛空之處一百七十丈，下處一百丈，下墌猶有原阜壠堀，上蓋正平也。其內有陰暉夜光，日精之根，照此空內，明並日月矣。陰暉主夜，日精主晝，形如日月之圓，飛在玄空之中。……含真台，洞天中皆有，非獨此也。[3]

據上文所述，茅山腹內有華陽洞天，洞天內有日光和月光，也有神仙居住的宮殿。從《真誥》陶弘景的注釋可知，以上引文部分的內容基於茅君的傳記。因此，關於洞天的描述應似基於茅君的顯跡記錄。茅君傳記的逸文可

---

2 日本學者最早闡釋洞天問題是三浦國雄：〈洞天福地小論〉，《東方宗教》第61號（1983年5月），頁1–23；另收入三浦國雄：《風水：中国人のトポス》（東京：平凡社，1995年），頁84–131。另，Franciscus Verellen（傅飛嵐），"The Beyond Within: Grotto-Heavens (*dongtian* 洞天) in Taoist Ritual and Cosmology," *Cahiers d'Extrême-Asie* 8 (1995): pp. 265–286, 288–290。

3 〔南朝梁〕陶弘景撰，趙益點校：《真誥》（北京：中華書局，2011年），卷11，頁195；卷13，頁227。

以在各種文獻中拾遺，一定程度上能夠得到復原。[4]但是傳世的記載紛雜繁多。[5]在這之後的文獻中，十洞天見於北周《無上秘要》卷4「洞天品」中所引《道迹經》。可見，洞天思想到了南北朝末期已經在道教界廣泛為人所知。以下是《無上秘要》「山洞品」中的相關記述。

> 五嶽及名山皆有洞室。王屋山洞周迴萬里。委羽山洞周迴萬里。西城玉山洞周迴三千里。青城山洞周迴二千里。西玄三山洞周迴千里。羅浮山洞周迴五百里。赤城丹山洞周迴三百里。林屋山洞周迴四百里。句曲山洞周迴一百里。括蒼山洞周迴三百里。右出道迹經。[6]

這裏稱「五嶽及名山皆有洞室」，但並沒有提及五嶽當中的任何一座山。由此可知，這段記述中的「十洞天」其實是十大洞天，有別於包括五嶽在內的其他洞天。

此外，王屋山的王褒（前36生）傳記《清虛真人王君內傳》中也有關於洞天的描述。這篇傳記成書緣起不甚明瞭，但清虛真人與上清經典的產生有關。在道教上清派神話中，清虛真人是魏華存（252－334）的老師，魏華存興寧三年（365）降楊羲。[7]《隋書·經籍志》有記載《清虛真人王君內傳》，[8]所以筆者認為《清虛真人王君內傳》的成書時間大約為魏華存所在時

---

4 張超然：〈系譜、教法及其整合：東晉南朝道教上清經派的基礎研究〉（臺北：國立政治大學中國文學系博士學位論文，2008年），頁89–112。

5 小南一郎：〈「漢武帝內傳」の成立〉，收入小南一郎著：《中國の神話と物語り：古小説史の展開》（東京：岩波書店，1984年），頁237–434。

6 周作明點校：《無上秘要》（北京：中華書局，2016年），卷4，頁42–43。《道迹經》如果與顧歡所編的《真迹經》相同的話，它的內容就也是與《真誥》一致的。其實《道迹經》與《真迹經》的一致性恐怕似是而非，《道迹經》的文本未必能夠完全反映東晉中期的內容。見廣瀨直記：〈六朝道教上清派再考——陶弘景を中心に〉（東京：早稻田大學博士學位論文，2017年），頁104–107。

7 〔宋〕李昉等編：《太平廣記》（北京：中華書局，1961年），卷59，頁359。

8 〔唐〕魏徵等撰：《隋書》（北京：中華書局，1973年），卷33，頁979。

期或者茅山啟示的興寧三年以後，不至於隋代。[9]

《太平御覽》卷674有以下記錄。

> 《清虛真人王君內傳》曰：委羽山洞，周迴萬里，名曰大有空明天。司馬季主在其中。
>
> 又曰，西域玉山洞，周迴三千里，名大玄惣真天，司命君之所處也。[10]

以上是《太平御覽》卷674所載的兩段逸文。前者認為司馬季主住在委羽山洞裏，這一說法在《真誥》中也有提及。而司馬承禎則認為委羽山的主宰是青童君。其實《真誥》所說的委羽山主宰是司馬季主，兩者並不一致。[11] 以上兩段逸文的差異，或許恰好反映了早期洞天學說的樣貌。由此可以推測，司馬承禎根據這些洞天傳說改編並製作了《天地宮府圖》。

《太平御覽》卷40有云：

> 《太素真人王君內傳》曰：王屋山有小天，號曰小有天，周迴一萬里，三十六洞天之第一焉。[12]

此文所說的三十六洞天包括王屋山在內，與《無上秘要》所引《道迹經》對照起來可知，三十六洞天的第一到第十正是司馬承禎主張的「十大洞天」，早期的三十六洞天包括十大洞天在內的，因此可知其他二十六洞天加

---

9　關於魏華存是實際存在的人物，這點有篇論文根據1998年出土〈劉媚子墓誌〉來考證這塊墓誌所提示的劉氏系譜與《魏夫人內傳》一致，因此可以相信魏華存的實在性。可參考拙作〈第一大洞天王屋山的成立〉，收入土屋昌明、高萬桑（Vincent Goossaert）共編：《道教の聖地と地方神》（東京：東方書店，2016年），頁133–159。

10　〔宋〕李昉等撰：《太平御覽》（北京：中華書局，1960年），卷674，頁3005a。

11　大形徹：〈洞天における山と洞穴——委羽山を例として〉，《洞天福地研究》第1號（2011年），頁10–30。

12　〔宋〕李昉等撰：《太平御覽》，卷40，頁190a。

以另外十個洞天，成為「三十六小洞天」。[13]

上述引用文中，後者《太素真人王君內傳》可能是《清虛真人王君內傳》的別名。關於這一書名，根據《真靈位業圖》第二右位說「右輔小有洞天太素清虛真人四司三元右保公王君」，陶弘景注云「諱褒，魏夫人師，下教矣」。[14] 可知「清虛」與「太素」都是王褒的別號。兩段逸文風格一致，是同一文本的可能性極大。

此外，《太平御覽》卷663所錄《名山記》逸文《王君內傳》。

> 《名山記》曰：岳洞方百里，在終南太一閒。或名桂陽宮，多諸靈異。王屋山洞周迴萬里，名曰小有清虛天。按《王君內傳》云，在河內沁水縣界，濟水所出之源也。北有太行，東南有北邙嵩山。內洞天□，日月星辰，雲氣草木，萬類無異矣。宮闕相映，金玉鏤飾，皆地仙所處。即清虛王君所居也。[15]

在此《王君內傳》的記錄較《太平御覽》卷40中《太素真人王君內傳》的記錄更為詳細。

《名山記》為何書？通過搜集逸文可知《名山記》在北宋以前的存世情況。

《真誥》卷13云「《名山記》云所謂崗山者也」，[16] 一文解釋了茅山的鬱岡山。這句《名山記》逸文與《真誥》卷11「《名山內經福地誌》曰：『伏龍之地在柳谷之西，金壇之右，可以高樓。』」有極大關聯，[17] 可以推定為《名山內經福地記》的逸文。兩段逸文均描述茅山中的山峰。還有《太平御覽》卷667的《名山記》逸文云：

---

13　三浦國雄：〈洞天福地小論〉，《風水：中国人のトポス》，頁116。
14　〔南朝梁〕陶弘景纂，〔唐〕閭丘方遠校訂，王家葵校理：《真靈位業圖校理》（北京：中華書局，2013年），頁58。
15　〔宋〕李昉等：《太平御覽》，卷663，頁2959b。
16　〔梁〕陶弘景：《真誥》，卷13，頁240。
17　〔梁〕陶弘景：《真誥》，卷13，頁194。

《名山記》曰，大茅山有小穴口石填之。但精心齋戒，可得而遊。中茅山東亦有小穴，穴口如狗竇，劣容人入耳。愈入愈闊。外以盤石掩塞穴口，故餘小穿如杯大，使山靈守衛之。此磐石亦時開發。若勤懇齋戒尋之，得從而入，易於常洞口。好道者欲求神仙，宜預齋戒，則三茅君於句曲見之，授以要道，入洞門。句曲有五門。立志齋戒三月，尋登此門者可入矣。[18]

上述引文與《真誥》卷11「稽神樞」的茅君誥文一致。由此可知《真誥》卷13、卷11、《太平御覽》卷667所提的3處《名山記》都是有關茅山的文本，與《茅君內傳》一個時代的，名為《名山內經福地記》，其源頭都是茅君誥文。

上述《太平御覽》卷663所提的《名山記》，雖然講述洞天學說，但其文本內容與《名山內經福地記》並不一致。[19] 理由如下：第一，它不是講述茅山，而是講述別的洞天。第二，「或名桂陽宮」提到或說，體例不一致。「多諸靈異」就是將神仙事蹟說成靈異，不像道教徒的行文風格。

以上雖說是王屋山仙人王褒的傳記，但是《太平御覽》的出典並不可靠。傳記內容本身可在《雲笈七籤》卷106看到，但沒有看到《太平御覽》所載逸文。僅根據《太平御覽》所載逸文，無法確認它們是否屬於六朝以來王褒的傳記。

關於三十六洞天，初唐茅山道士王遠知（528–635）的碑文〈唐國師升真先生王法主真人立觀碑〉中記載「茅山華陽，即三十六洞天之第八也」。[20] 該碑文是貞觀16年（642）由江旻所制。王遠知的後繼者王軌（579–667）

---

18 〔宋〕李昉等：《太平御覽》，卷667，頁2978a。
19 其他逸文（例如《太平御覽》卷674所載青城山以及赤城丹山洞的記述，見頁3005a–b）應該視為某一個類型的唐代洞天學說的局部性內容，可另行討論。
20 〔元〕劉大彬編撰：《茅山志》（HY 304），收入《道藏》（北京：文物出版社；上海：上海書店；天津：天津古籍出版社，1988年），第5冊，卷22，頁1a–11a；陳垣編纂，陳智超、曾慶瑛校補：《道家金石略》（北京：文物出版社，1988年），頁52。

的碑文〈桐柏真人茅山華陽觀王先生碑〉記載「案《真誥》云，華陽，第八洞天之名也」。[21] 可見這兩位茅山道士的時代都沿用三十六洞天的說法。王軌升天時，司馬承禎24歲。可見司馬承禎年輕的時候茅山道士還是用三十六洞天的說法。從此可以推斷，根據南北朝時期以來的洞天學說，以十洞天為十大洞天，其他二十六洞天再加十個洞天為新的三十六小洞天，該補充和創作工作是由司馬承禎完成的。同時七十二福地的說法在此之前也沒有出現。所以，七十二福地的說法也應出自司馬承禎。新的洞天學說的提出年代應該在王軌仙去（667）至武則天或者玄宗開元年間（713－742）。

之後的洞天學說，如唐末五代的杜光庭（850－933）《洞天福地嶽瀆名山記》以及北宋李思聰（活躍於1023－1064年間）的《洞淵集》，都是在繼承司馬承禎的洞天學說的基礎上稍加改變。

## 三　洞天學說在唐代的演變

從北周（556－581）《無上秘要》以降至杜光庭以前唐代共存在4種洞天學說。

### （一）《茅君內傳》

《茅君內傳》唐代流行，比如《白氏六帖》中有關於洞天解釋的詳細記載。

> 茅君內傳，大天之內有元中之洞三十六所。
> 第一王屋山之洞，周回萬里，名曰小有清虛之天。
> 第二委羽之洞，周回萬里，名曰大有空明之天。

---

21　〔唐〕于敬之撰：〈桐柏真人茅山華陽觀王先生碑〉，〔元〕劉大彬：《茅山志》，卷22，頁15b；陳垣：《道家金石略》，頁59。這塊碑的成立年代不明，文中有記載王軌乾封二年（667）昇天的故事。

第三西域土（城玉？）山之谷，周回三千里，名曰太元捴眞之天。
第四西方元三山之谷，周回千里，名曰三元極眞之天。
第五青城之洞，周回二千里，名曰寶仙九室之天。
第六赤城丹山之洞，周回三百里，名曰上酒（清）平之天。
第七羅浮山之洞，周五百里，名曰朱明曜眞之天。
第八句曲山之洞，周一百五十里，名曰金壇華陽之天。
第九林屋山之洞，周四百里，名曰左神幽墟之天。
第十括蒼之洞，周回三百里，名曰成德隱元之天。
凡此十洞，皆仙人靈眞之陰天內宮也。
其八海之中，昆侖，蓬萊，方丈，瀛洲，滄波，白山，八停之神山，山皆有洞宮，或有方千里，五百里，非名小天之例，不在三十六天之洞數也。
五嶽及名山洞室，或三十里，二十里，十里，難併合神仙之言（宮），又非小天之數。
（五）嶽洞萬里。其岱宗山之洞，周三千里，名曰三宮空洞之天。羅酆山之洞，周一萬五千里，名曰北帝死生之天。皆死神所治，五帝之官考謫之府也。鬼神所治，又有二十八小洞天之陰宮，或地官所在者，不能一一記。其洞山之名，畧標其大者耳。其餘有六洞天陰宮，山皆夷狄異類，鬼所不治。犬戎，鳥獸，蠻裸夷之種也。匈奴之天下，北戎之善山，南越之拘屢是也。[22]

這段文字與《真誥》所記載的茅君傳記基本一致，可以認為是唐代《茅君內傳》的代表之一。雖然提及三十六洞天，但是只有十洞天的記述。那

---

22 〔唐〕白居易撰，神鷹德治、山口謠司解題：《白氏六帖事類集》（東京：汲古書院，2008年，景印日本靜嘉堂所藏北宋末刊本），頁76。參看廣瀨直記：〈二許與洞天〉，收入《2019年第一屆洞天福地研究與保護國際研討會論文集》（北京：科學出版社，2021年），頁162–172。

麼，為何當時茅君的傳記對其他26所洞天沒有記載？[23] 元代《大滌洞天記》曰：「茅君傳云：第三十四洞天，名大滌玄蓋之天」，[24] 由此可知《茅君內傳》中很可能已有第三十四洞天的記錄了。此外，通過《淵鑒類函》卷28的記載「茅君內傳曰：廬山洞，名山靈詠真之天」。[25] 《茅君內傳》中可能記錄了十所洞天以外的內容。

## （二）《天地宮府圖》（《雲笈七籤》卷27所收）[26]

《天地宮府圖》是司馬承禎講述洞天的著作，提及「十大洞天」、「三十六小洞天」、「七十二福地」等內容。如以下記載與「十大洞天」相關。

> 太上曰：十大洞天者，處大地名山之間，是上天遣群仙統治之所。
> 第一王屋山洞。周迴萬里，號曰小有清虛之天，在洛陽河陽兩界，去王屋縣六十里，屬西城王君治之。
> 第二委羽山洞。周迴萬里，號曰大有明空之天，在台州黃巖縣，去縣三十里，青童君治之。
> 第三西城山洞。周迴三千里，號曰太玄惚真之天，未詳在所。《登真隱訣》云：「疑終南太一山是。」屬上宰王君治之。
> 第四西玄山洞。周迴三千里，號三元極真洞天，恐非人跡所及，莫知其所在。

---

23 《白氏六帖》逸文以及《天地宮府圖》、《洞天福地嶽瀆名山記》、《洞淵集》的十大洞天，其順次與名稱都有差異。因此有前人認為在司馬承禎之前沒有關於三十六洞天完整的記錄。見石青：〈茅山降神與十大洞天說之起源——以《茅君內傳》為線索〉，《文史》2022年第1輯，頁60。
24 〔元〕鄧牧：《大滌洞天記》（HY 781），《道藏》，第18冊，卷中，頁149b。
25 〔清〕張英、〔清〕王士禎等奉敕纂：《御定淵鑒類函》，收入《景印文淵閣四庫全書》（臺北：臺灣商務印書館，1985年），第982冊，卷28，頁651b。
26 〔宋〕張君房編，李永晟點校：《雲笈七籤》（HY 1026）（北京：中華書局，2003年），卷27，頁608。

第五青城山洞。周迴二千里，名曰寶仙九室之洞天，在蜀州青城縣，屬青城丈人治之。
第六赤城山洞。周迴三百里，名曰上清玉平之洞天，在台州唐興縣，屬玄洲仙伯治之。
第七羅浮山洞。周迴五百里，名曰朱明輝真之洞天，在循州博羅縣，屬青精先生治之。
第八句曲山洞。周迴一百五十里，名曰金壇華陽之洞天，在潤州句容縣，屬紫陽真人治之。
第九林屋山洞。周迴四百里，號曰左神幽虛之洞天，在洞庭湖口，屬北嶽真人治之。
第十括蒼山洞。周迴三百里，號曰成德隱玄之洞天，在處州樂安縣，屬北海公涓子治之。[27]

　　從時間維度來看，司馬承禎洞天學說的影響不僅限於唐代，在洞天學說的影響之下，唐代以降，洞天之地成為適合修行的道教聖地。此外，洞天學說的影響範圍不僅限於道教徒，也在很大程度上影響了歷代詩人。

　　《天地宮府圖》中似有幾處後人加工痕跡。

　　第一，《雲笈七籤》所載《天地宮府圖》云：「銀青光祿大夫真一先生司馬紫微集」。[28]「銀青光祿大夫」是司馬承禎在開元23年（735）升仙以後玄宗所下賜的官名，[29]因此《天地宮府圖》很可能在司馬承禎死後由後人加以修改。第二，大洞天第三西城山洞云：「未詳在所。《登真隱訣》云：『疑終南太一山是。』」「《登真隱訣》云」以下看起來是注釋。《登真隱訣》通行本

---

27 〔宋〕張君房：《雲笈七籤》，卷27，頁609–611。
28 〔宋〕張君房：《雲笈七籤》，卷27，頁608。
29 見〔後晉〕劉昫等：《舊唐書》（北京：中華書局，1975年），卷192〈司馬承禎傳〉，頁5127–5129；玄宗：〈贈司馬承禎銀青光祿大夫制〉，收入〔清〕董誥等編：《全唐文》（北京：中華書局，1983年），卷22，頁257。

中找不到這句話，而且不像《登真隱訣》本文的體例。[30] 前述《太平御覽》卷663所引《名山記》「岳洞方百里，在終南太一閒」一文即是這句逸文。因此可以推斷這句話的出處並非司馬承禎。第三，福地第十四靈墟云：「在台州唐興縣北，是白雲先生隱處」。[31] 司馬承禎自號「白雲子」，人稱「白雲先生」，但司馬承禎本人不會自稱「先生」，所以這句話也應該出自司馬承禎後學之手。

那麼《天地宮府圖》原本究竟何時成書？筆者認為是司馬承禎的晚年。根據〈賜白雲先生書詩並禁山勅碑〉，[32] 司馬承禎所住持的王屋山陽臺觀天尊殿內有壁畫，由司馬承禎本人參與創作，在壁畫完成以後司馬承禎於開元23年上疏玄宗並贈送《事蹟題目二卷》。「事蹟」一詞即指壁畫內容中洞天的事蹟。《天地宮府圖》序文也將《天地宮府圖》稱成「圖經」，卷數為「二卷」，與〈賜白雲先生書詩並禁山敕碑〉中內容一致。因此可知《事蹟題目二卷》即《天地宮府圖》，至少可說兩者內容差距不大。[33]

## （三）司馬承禎《洞玄靈寶五嶽名山朝儀經》

先行研究往往忽略《洞玄靈寶五嶽名山朝儀經》。司馬承禎的著作主要體現在《茅山志》卷9所引的鄭樵（1104－1162）《通志》「藝文略，茅山道書目」云：「《修真秘旨事目歷》一卷，《修真養氣訣》一卷，《靈寶五嶽名山朝儀經》一卷」，都由「已上司馬真人所撰」。[34]《崇文總目》卷9、《道藏闕經目錄》卷上又有《洞玄靈寶五嶽名山朝儀經》但是均「闕」。[35] 吳受琚編

---

30 《登真隱訣》逸文參看〔南朝梁〕陶弘景撰，王家葵輯校：《登真隱訣輯校》（北京：中華書局，2011年），頁137。
31 〔宋〕張君房：《雲笈七籤》，卷27，頁621。
32 〈賜白雲先生書詩並禁山勅碑〉，陳垣：《道家金石略》，頁182。
33 拙論〈李白與司馬承禎之洞天思想〉，頁348－349。
34 〔元〕劉大彬：《茅山志》，卷9，頁595a，595b-c。
35 〔宋〕王堯臣、〔宋〕王洙、〔宋〕歐陽修等：《崇文總目》，《景印文淵閣四庫全書》，第674冊，卷9，頁103a-115b；《道藏闕經目錄》（上海：涵芬樓，1926年，景印上海涵芬樓本），卷上，頁8a。

《司馬承禎集》收集了司馬承禎逸文，在第193頁提示《洞玄靈寶五嶽名山朝儀經》的書名，但未收錄《洞玄靈寶五嶽名山朝儀經》逸文。[36] 而筆者在上述內容之外發現《歷世真仙體道通鑑》卷4「洪崖先生傳」中有1則逸文：

> 洪崖山在豫章之西山，是先生隱焉。隋文帝開皇九年改豫章郡為洪州，以先生所居山名之……司馬天師《五嶽朝儀》云，青城山洞，周回二千里。昔洪崖先生服琅玕之花而隱，代為青城真人。[37]

「司馬天師五嶽朝儀」應該是指《洞玄靈寶五嶽名山朝儀經》。該逸文介紹青城山洞天，其體例與《天地宮府圖》基本一致，而其內容與《天地宮府圖》有點兒不一樣。《天地宮府圖》中主張青城山由青城丈人所治，而《洞玄靈寶五嶽名山朝儀經》則主張洪崖先生代替青城丈人（真人）。以上記述可能依據《真誥》卷14「稽神樞」中：「吞琅玕之華而方營丘墓者，衍門子、高丘子、洪涯先生是也。……洪涯先生今為青城真人」的記載。[38]

除了以上逸文，暫未發現《洞玄靈寶五嶽名山朝儀經》的文本。通過書名可以推測，內容主要講述五嶽以及名山的洞天。李渤（773－831）〈王屋山貞一司馬先生傳〉云：

> 於王屋山自選形勝，置壇宇以居之。先生因上言：「今五嶽之神祠，皆是山林之神，非正真之神也。五嶽皆有洞府，各有上清真人降任其職，請別立齋祠。」帝從其言。因置真君祠，其形像制度，皆請先生

---

36 吳受琚輯釋，俞震、曾敏校補：《司馬承禎集》（北京：社會科學文獻出版社，2013年），頁195。

37 〔元〕趙道一編撰：《歷世真仙體道通鑑》（HY 296），《道藏》，第5冊，卷4，頁125b–c。

38 〔南朝梁〕陶弘景：《真誥》，卷14，頁259。洪涯先生，通常寫作洪崖先生，是豫章西山的神仙，西山即許遜信仰之本山。豫章西山許遜信仰與洞天思想之間到底有什麼關聯？目前尚未見到相關討論。

推按道經創為之焉。[39]

即司馬承禎主張：因為上清真人住在五嶽洞天，所以皇帝應該在洞天祭祀真人，祈願國家安寧。當時玄宗恰恰是在開元13年（725）實行泰山封禪，之後玄宗容納司馬承禎的這一建議，開元19年（731）起到開元20年（732），在五嶽建立真君祠，在青城山建立丈人祠，在廬山建立九天使者廟。[40]《冊府元龜》卷53云：

> 二十年四月己酉，敕曰：「五嶽先制真君祠廟，朕為蒼生祈福。宜令祭嶽使選精誠道士，以時設醮。及廬山使者、青城丈人廟，並準此祭醮。」[41]

玄宗所說「朕為蒼生祈福」與泰山封禪時所說完全一致。[42] 也就是說，玄宗祭祀洞天的意思不在於自己的不老長生，而在於祈念國家人民安寧。可見祭祀洞天具備與封禪一樣的宗教、政治價值。上文中「以時設醮」意思是經常實行祭醮。筆者認為《洞玄靈寶五嶽名山朝儀經》與五嶽洞天祭祀有關聯，甚至可以認為《洞玄靈寶五嶽名山朝儀經》正是為了祭祀而創作的。

如此可以認為《洞玄靈寶五嶽名山朝儀經》是為了玄宗實行祭祀五嶽名山真君祠而提前準備的經典文本。那麼，司馬承禎何時提出建造五嶽真君祠呢？五嶽名山真君祠建於開元19年（731），那麼建造真君祠的建議應該早於開元19年。《唐王屋山中巖臺正一先生廟碣》云：

> 開元十二年，天子修明庭之禋，思接萬靈，動汧水之駕，獎邀四子，

---

39 〔宋〕張君房：《雲笈七籤》，卷5，頁83；《全唐文》，卷712，頁7318。

40 雷聞著：《郊廟之外：隋唐國家祭祀與宗教》（北京：生活・讀書・新知三聯書店，2009年），頁179–180。

41 〔宋〕王欽若等編纂，周勛初等校訂：《冊府元龜》（南京：鳳凰出版社，2006年），卷53，頁558。

42 《舊唐書》，卷23，〈禮儀志〉，頁898。

乃徵尊師入內殿，受上清經法，仍於王屋山置陽臺觀以居之。[43]

這塊碣石立於王屋山天壇山麓，其內容由薛希昌所書寫，而薛希昌是司馬承禎的弟子。[44] 由此可知這塊碣文雖屬後作，但內容可信度較高。

「天子修明庭之禊，思接萬靈」出自《史記‧封禪書》：「其後黃帝接萬靈明廷」。[45] 即意味著次年開元13年封禪。

「動汧水之駕，獎邀四子」出自《莊子‧逍遙遊》云：「堯治天下之民，平海內之政，往見四子藐姑射之山汾水之陽，窅然喪其天下焉」一文。[46] 就是說玄宗想請教司馬承禎道教道法。據此，可作出以下推測：玄宗在開元13年以前與司馬承禎商談封禪，同時向他請教上清經法。開元12年，張說（667－731）等入官上疏玄宗要求進行封禪，玄宗原先並不同意，所以張說花了幾天的時間說服玄宗。[47] 根據玄宗此刻的態度，似乎在儒教封禪與道教洞天祭祀之間猶豫。《資治通鑑》開元13年4月條云：

張說草封禪儀獻之。夏，四月，丙辰，上與中書門下及禮官、學士宴於集仙殿。上曰：「仙者憑虛之論，朕所不取。賢者濟理之具，朕今與卿曹合宴，宜更名曰集賢殿。」[48]

通過上文可知，張說上疏玄宗提議封禪，一段時間以後玄宗才決定不採

---

43 〔唐〕衛衟著：《唐王屋山中巖臺正一先生廟碣》（HY 968），《道藏》，第19冊，頁707a–b。
44 《洞玄靈寶三師記》（HY 444），《道藏》，第6冊，頁751c。
45 〔漢〕司馬遷撰，〔南朝宋〕裴駰集解，〔唐〕司馬貞索隱，〔唐〕張守節正義：《史記》（北京：中華書局，1982年），卷28，頁1393–1394。
46 〔晉〕郭象注，〔唐〕成玄英疏：《南華真經注疏》（北京：中華書局，1998年），內篇，卷1，頁15。
47 《舊唐書》，卷23，〈禮儀志〉，頁892–893。
48 〔宋〕司馬光編著，〔元〕胡三省音注：《資治通鑑》（北京：中華書局，1956年），卷212，頁6764。

用道教方式而採用封禪案。司馬承禎的「今五嶽之神祠，皆是山林之神，非正真之神也」是很有針對性的。因此筆者推測，司馬上疏玄宗的時間應該在開元12－13年之間。《雲笈七籤・司馬承禎傳》中認為是開元13年：

> 初明皇登封泰山迴，問承禎：「五嶽何神主之？」對曰：「嶽者山之巨鎮，而能出雷雨，潛諸神仙，國之望者為之。然山林神也。亦有仙官主之。」[49]

總之，司馬承禎在開元13年（725）封禪以前，即開元12年，81歲左右時將祭祀洞天的想法傳達給玄宗，《洞玄靈寶五嶽名山朝儀經》正是為此而作的經典文本。

## （四）無名氏《名山洞天福地記》

本書收錄在《百川學海》以及《說郛》（一百二十卷本）中，[50] 後者名為「唐杜光庭」撰，[51] 但內容與杜光庭所著《洞天福地嶽瀆名山記》並不一致。[52]

> 國家保安宗社，修金籙齋，設羅天醮，祈恩請福，謝過消災，投金龍玉簡於天下名山洞府。謹按《本教龜山白玉上經》，具列所在去處云爾。第一王屋洞。周迴一萬里，名小有清虛之天，在東都。

---

49 〔宋〕張君房：《雲笈七籤》，卷113下，頁2507。
50 無名氏撰：《名山洞天福地記》，收入〔宋〕左圭輯：《百川學海》（出版地不詳，1927年），癸集，頁1a-7b；〔唐〕杜光庭撰：《洞天福地記》，收入〔明〕陶宗儀等編：《說郛三種》120卷（上海：上海古籍出版社，1988年）之《說郛一百二十号》，号66，頁3080－3085。
51 〔唐〕杜光庭：《洞天福地記》，号66，頁3080。
52 〔唐〕杜光庭著，羅爭鳴輯校：《杜光庭記傳十種輯校》（北京：中華書局，2013年），頁381－382，〈洞天福地嶽瀆名山記輯校說明〉。

第二委羽洞。周迴一萬里,名大有虛明之天,在兗州東嶽。
第三西城洞。周迴三千里,名太玄總真之天,在梁州。西王母所居崑崙之別宮。
第四西玄洞。周迴一千里,名三玄極真之天,在華州。
第五青城洞。周迴二千里,名寶僊九室之天,在蜀青城縣。
第六赤城洞。周迴三百里,名上玉清平之天,在台州唐興縣。
第七羅浮洞。周迴五百里,名朱明耀真之天,在惠州博羅縣八十里。
第八句曲洞。周迴一百五十里,名金壇華陽之天,在潤州金壇縣界,屬茅山。
第九林屋洞。周迴四百里,名佐神幽墟之天,在蘇州洞庭湖中。
第十括蒼洞。周迴三百里,名成德隱玄之天,在台州樂安縣界,有宮一所。
右十洞天,大小悉皆相通,光明景曜妙異不可備陳。太上列上真之封掌之。
……(以下,三十六洞天)
右三十六小洞天,出《本教龜山白玉上經》。
……(以下,七十二福地)[53]

　　據此,本書的十大洞天與三十六小洞天均來自《本教龜山白玉上經》,但先行研究中並未明確《本教龜山白玉上經》的具體內容。《本教龜山白玉上經》的洞天順次與《天地宮府圖》是一致的,但所在地與主宰神仙卻又有所不同。比如「第三西城洞。周迴三千里,名太玄總真之天,在梁州。西王母所居崑崙之別宮。第四西玄洞。周迴一千里,名三玄極真之天,在華州」。就這兩所洞天而言,《天地宮府圖》中都認為位置不明。因此可以推斷,《本教龜山白玉上經》的出現晚於《天地宮府圖》。

　　還有,《天地宮府圖》未提及西王母,但《本教龜山白玉上經》則認為

---

53 無名氏撰:《名山洞天福地記》,頁1a–2a、4b。

第三大洞天是西王母的別宮，題名「龜山」正是西王母的宮殿所在。杜光庭《墉城集仙錄》云：「西王母者，九靈太妙龜山金母也。」[54] 由此可見《本教龜山白玉上經》在與西王母的關聯上解釋洞天的經典。

杜光庭〈天壇王屋山聖跡叙〉引用《本教龜山白玉上經》：

> 國家保安宗社，金籙籍文，設羅天之醮，投金龍玉簡於天下名山洞府。謹按道藏《龜山白玉上經》具列所在去處，十大洞天內，一王屋山清虛小有之洞，周迴萬里，在洛京西北王屋縣，仙人王真人治之。[55]

底線部分與《名山洞天福地記》所引《本教龜山白玉上經》完全一致。其中「具列所在去處」即《龜山白玉上經》中列出十大洞天的具體位置。也就是說，杜光庭知道《龜山白玉上經》有十大洞天，但僅僅以王屋山為例引用一文「在洛京西北王屋縣，仙人王真人治之」。這句話較《本教龜山白玉上經》更為詳細，因此可以推斷杜光庭所看到的《龜山白玉上經》較目前能看到的叫《本教龜山白玉上經》更為詳細，其內容包括洞天的位置以及主事神仙。

《名山洞天福地記》中的西王母信仰與《墉城集仙錄》中「金母元君傳」似乎有關聯。《墉城集仙錄》西王母對漢武帝說：「況為帝王，可勤祭川嶽，以安國家，投簡真靈，以祐黎庶也。」[56] 該說法與《漢武帝內傳》並不一致。如果按照唐代的西王母信仰，應該由西王母向皇帝推薦進行一種道教儀式，以投簡儀禮祈禱國家安寧。這一方式與《本教龜山白玉上經》中「國家保安宗社，修金籙齋，設羅天醮，祈恩請福，謝過消災，投金龍玉簡於天下名山洞府」大抵相同。

---

54　〔唐〕杜光庭撰：《墉城集仙錄》（HY 782），〔宋〕張君房：《雲笈七籤》，卷114，頁2527。

55　〔唐〕杜光庭撰：〈天壇王屋山聖跡叙〉，《杜光庭記傳十種輯校・天壇王屋山聖迹記》，頁407。

56　〔唐〕杜光庭：《墉城集仙錄》，卷114，頁2535。

關於洞天與西王母之間的關係,可以找到《太平御覽》所引《茅君傳》的記載:

> 茅君傳……又曰,西母攜王君,茅盈以詣固、衷之宮。固、衷,盈二弟也。西母撫背告之曰:「汝道雖成,所聞未足,我有所授汝。」乃遣侍女郭密香與上元夫人相聞云,……茅固因問王母,「不審上元夫人何真也。」曰:「三天真皇之母,上元之高真,統領十方玉女之名籙者也。」及上元夫人來,聞雲中簫鼓聲,龍馬嘶鳴。既至,從者甚眾,皆女子,齊年十六七,容色明逸,多服青綾之衣,光彩奪目。[57]

根據上文可知,茅盈從西王母處得到「玉佩金璫之文」和「玄真之經」,同時《茅君內傳》對洞天有詳細記載。由此可知《龜山白玉上經》中的洞天與西王母之間的結合正是基於《茅君內傳》的內容。

到此整理洞天學說及其在唐代的發展,可見其影響不僅在道教界,給詩人創作上的影響之大也可想而知,筆者認為其最典型的代表人就是李白(701–762)。以下從司馬承禎與李白之間的關係著手,對李白的詩作加以分析,闡明他與洞天思想之關係。

## 四 李白如何認知洞天思想

李白(701–762)初次遇見司馬承禎就得到很高的評價。〈大鵬賦〉序文云:

> 余昔於江陵見天台司馬子微,謂余有仙風道骨,可與神遊八極之表。因著〈大鵬遇希有鳥賦〉以自廣。此賦已傳於世,往往人間見之。[58]

---

[57] 《太平御覽》,卷678,頁3025a–b。

[58] 〔唐〕李白著,安旗主編:《李白全集編年注釋》(成都:巴蜀書社,2000年),下冊,編年文,頁1636。

兩人在江陵初次相遇，「謂余有仙風道骨，可與神遊八極之表」二句極具道教色彩。如上文所述，當時司馬承禎已經是相當高齡的道教界領袖，也是玄宗的道教顧問。因此，能得到與司馬承禎見面的機會，對青年詩人李白的人生軌跡和詩作風格都產生了非常大的影響。但需要注意的是，影響主要在集中在道教方面。

其實，李白在見到司馬承禎之前就已經對道教產生興趣。如〈訪戴天山道士不遇〉就是最好的例證。[59] 李白在見到司馬承禎之後周遊各地名山，並留有多篇詩作，如〈廬山謠寄廬侍御虛舟〉詩云：「五嶽尋仙不辭遠，一生好入名山遊」，[60] 正是他遊歷一生的寫照。由此可知，李白的一生應該與司馬承禎有直接或者間接的關聯。筆者認為李白周遊名山的一生與司馬承禎的洞天思想之間關係密切。理由如下：

第一，司馬承禎當時在江陵進行對洞天的祭祀。根據張九齡（673或678－740）〈登南嶽事畢謁司馬道士〉的記載，當時張九齡辦完在南嶽衡山的一次官方道教儀禮活動後，直接向司馬承禎請教。[61] 根據《唐大詔令集》卷74「命盧從愿等祭岳瀆敕」條可知，此時為開元14年（726）正月。[62] 司馬承禎因南嶽的官方道教祭祀而來到江陵，就時間來看，這場祭祀與泰山封禪幾乎同時舉行。

第二，上述背景之下，司馬承禎見到李白後認為李白有「仙風道骨」，這種「仙風道骨」自然與洞天學說有關。司馬承禎所說的「可與神遊八極之表」，意思正是李白可以與我神遊，而這神遊之所正是各處洞天。王琦注釋

---

59 安旗：《李白全集編年注釋》，編年詩，開元六年，頁9。
60 安旗：《李白全集編年注釋》，上元元年，頁1413；〔唐〕李白著，〔清〕王琦注：《李太白全集》（北京：中華書局，1977年），卷14，頁677–678。關於李白對道教的關心，參看以下論文：Paul W. Kroll, "Notes on Three Taoist Figures of the T'ang Dynasty," *Society for the Study of Chinese Religions Bulletin* 9 (1981): pp. 1, 19–41; "Verses From On High: The Ascent of T'ai Shan," *T'oung Pao* 69. 4–5 (1983): pp. 223–260; "Li Po's Transcendent Diction," *Journal of the American Oriental Society* 106.1 (Jan.–Mar., 1986): pp. 99–117。
61 詩見〔清〕彭定求等編：《全唐詩》（北京：中華書局，1960年），卷47，頁566。
62 見〔宋〕宋敏求編：《唐大詔令集》（北京：中華書局，2008年），卷74，頁418。

指出《列子・黃帝》：

> 晝寢而夢遊于華胥氏之國。華胥氏之國在弇州之西，台州之北，不知斯齊國幾千萬里，蓋非舟車足力之所及，神遊而已。[63]

「神遊」是指做夢一樣，喪失自我意識，心神離開身體而飛到神仙之國。在司馬承禎洞天思想中，神遊則具體指飛到洞天。李白在詩中也多處提到「神遊」，如〈下途歸石門舊居〉：

> 余嘗學道窮冥筌，夢中往往遊仙山。何當脫屣謝時去，壺中別有日月天。俛仰人閒易凋朽，鍾峯五雲在軒牖。惜別愁窺玉女窗，歸來笑把洪崖手。[64]

王琦對「冥筌」作注「道中幽冥之跡也」。[65] 據此李白認為自己學道教達到冥筌境地，因而夢中經常神遊到仙山。「壺中」指壺中天，即名山的洞天。正如《真誥》中的記載，洞天內部有日月。[66]「鍾峯」是《天地宮府圖》第三十一小洞天鍾山。關於「玉女窗」，李白另外有一首〈送王屋山人魏萬還王屋〉詩曰：「朝攜月光子，暮宿玉女窗。」[67]「月光子」是月光童子，《初學記》卷5曰：「《嵩山記》曰，月光童子常在天台，亦來於此。」[68]「玉女窗」也應該在嵩山，嵩山為第六小洞天。「洪崖」即洪崖先生，王琦按照《廣博物志》指出它在第五大洞天青城山。[69] 筆者認為「神遊八極之

---

63 〔清〕王琦：《李太白全集》，卷1，〈明堂賦〉，頁54，注20。
64 〔清〕王琦：《李太白全集》，卷22，頁1010。
65 〔清〕王琦：《李太白全集》，卷22，頁1011，注4。
66 〔梁〕陶弘景：《真誥》，卷11，頁195。
67 〔清〕王琦：《李太白全集》，卷16，頁748。
68 〔唐〕徐堅等著：《初學記》（北京：中華書局，1962年），卷5，頁104。
69 王琦所參考的文獻就是《廣博物志》卷12所引的《五嶽朝義》，正是司馬承禎所著《洞玄靈寶五嶽名山朝儀經》。見〔明〕董斯張：《廣博物志》，《景印文淵閣四庫全書》，第980冊，卷12，頁247b。

表」是司馬承禎在《天地宮府圖》序文所主張的「臨目內思，馳心有詣」的道教修行實踐。[70]

李白在其詩作〈贈嵩山焦鍊師〉中，焦鍊師「世或傳其入東海，登蓬萊，竟莫能測其往也」、「八極恣遊憩，九垓長周旋」。[71]「八極恣遊憩」正是表達「神遊八極之表」之意。這位「焦鍊師」正是司馬承禎的弟子焦真靜，是位女道士。[72] 意味著焦真靜用司馬承禎的道法修行，可以神遊到蓬萊山。按照《茅君內傳》的觀點蓬萊山中也有洞天。

李白的神遊實踐在〈夢遊天姥吟留別〉可知一二。

> 天姥連天向天橫，勢拔五岳掩赤城。天台四萬八千丈，對此欲倒東南傾。我欲因之夢吳越，一夜飛度鏡湖月。湖月照我影，送我至剡溪。……千巖萬轉路不定，迷花倚石忽已暝。熊咆龍吟殷巖泉，慄深林兮驚層巔。雲青青兮欲雨，水澹澹兮生烟。列缺霹靂，丘巒崩摧。洞天石扉，訇然中開。青冥浩蕩不見底，日月照耀金銀臺。霓為衣兮風為馬，雲之君兮紛紛而來下。虎鼓瑟兮鸞回車，仙之人兮列如麻。忽魂悸以魄動，怳驚起而長嗟。惟覺時之枕席，失向來之烟霞。[73]

「我欲因之夢吳越，一夜飛度鏡湖月。湖月照我影，送我至剡溪」表示李白不在剡溪，夢中飛過吳越來到天臺山麓的剡溪。所以「天姥連天向天

---

70 〔宋〕張君房：《雲笈七籤》，卷27，頁608。
71 〔清〕王琦：《李太白全集》，卷9，頁508。
72 Kroll, "Notes on Three Taoist Figures of the T'ang Dynasty," pp. 22–26. 關於焦真靜的洞天巡遊，參考拙論 "Les itinéraires de pèlerinage des taoïstes sous les Tang," trans. Vincent Goossaert, in *Lieux Saints et Pèlerinages: la Tradition Taoïste Vivante*, ed. Goossaert and Tsuchiya Masaaki (Turnhout, Belgium: Brepols, 2022), pp. 301–326；〈女性道士焦真靜の巡禮〉，《東方宗教》第132號（2020年8月），頁25–49。
73 Timothy Wai Keung Chan (陳偉強), "The Transcendent of Poetry's Quest for Transcendence: Li Bai on Mount Tiantai," in *Buddhism and Daoism on the Holy Mountains of China*, ed. Thomas Jülch (Leiden: Peeters, 2022), pp. 203–244.

橫,勢拔五岳掩赤城。天台四萬八千丈,對此欲倒東南傾」幾句所述,不是實景而是夢想的情景,李白在夢中飛到天姥山。天姥山是天台山的一部分,剡溪周圍有幾所洞天,天姥山是第十六福地。李白飛到天姥山就發現,那兒開著洞門,可以進入。洞天內部「青冥浩蕩不見底,日月照耀金銀臺。霓為衣兮風為馬,雲之君兮紛紛而來下。虎鼓瑟兮鸞回車,仙之人兮列如麻」。洞天裏面有日月,正與前述《真誥》卷11中「其內有陰暉夜光,日精之根,照此空內,明並日月矣」相符。[74]「金銀臺」可參考李白〈登高丘而望遠海〉中「銀臺金闕如夢中,秦皇漢武空相待」,即神仙居住的宮殿,洞天內部備有神仙的臺閣。[75]「仙之人兮列如麻」描寫眾多真人降臨的場景,這種描寫手法很像繪畫。[76] 筆者推測,李白關於洞天的具體設想也許受到當時道觀壁畫的啟發。當時的道觀壁畫雖然到現在沒有保存下來,但可以確認是切實存在的。前述〈賜白雲先生書詩並禁山勅碑〉中「畫神仙靈鶴雲氣,右畫王屋山」處可知有多處描繪洞天的壁畫。[77] 此外也有壁畫描寫《朝元圖》,[78] 杜甫(712-770)也曾有描寫吳道子壁畫的詩句,即〈冬日洛城北謁玄元皇帝廟〉:「五聖聯龍袞,千官列雁行。」[79]「雁行」表示侍從相次排列如雁飛之行列,跟李白所說的「仙之人兮列如麻」共通的描寫。因此筆者認為,李白通過觀察各地名山道觀的壁畫,以此為基礎描寫洞天裏的景色。

李白應該閱讀過《茅君內傳》。《上元夫人》云:

---

74 〔南朝梁〕陶弘景:《真誥》,卷11,頁195。

75 日本學者沒有指出過該詩的洞天問題,例如日本著名的唐詩研究者加藤國安:〈李白の天台山・天姥山の詩——自由な魂のありかを求めて(二)〉,《愛媛大學教育學部紀要人文・社會科學》第36卷第2號(2004年2月),頁1-16。

76 〔清〕王琦:《李太白全集》,卷4,頁223。施逢雨指出,該部分「可以說是李白對那些洞天的戲劇化的描敘」。見施逢雨著:《李白生平新探》(臺北:臺灣學生書局,1997年),頁260。

77 〈賜白雲先生書詩並禁山勅碑〉,《道家金石略》,頁182-183。

78 關於唐代《朝元圖》與道觀壁畫的關聯,參看李淞:〈論《八十七神仙卷》與《朝元仙仗圖》之粉本〉,《神聖圖像:李淞中國美術史文集》(北京:人民出版社,2016年),頁223-301。

79 〔唐〕杜甫著,〔清〕仇兆鰲注:《杜詩詳注》(北京:中華書局,1979年),卷2,頁91。

上元誰夫人，偏得王母嬌。嵯峨三角髻，餘髮散垂腰。裘披青毛錦，身著赤霜袍。手提嬴女兒，閒與鳳吹簫。眉語兩自笑，忽然隨風飄。[80]

這些有關上元夫人的典故在《茅君內傳》中保存較好。「上元誰夫人」這一句看起來是根據《漢武內傳》中有「帝因問王母，不審上元何真也」的記載，而《茅君內傳》中則是「茅固因問王母，不審上元夫人何真也」，相較而言後者更為合適。「裘披青毛錦，身著赤霜袍」，《漢武內傳》中記載「服青霜之袍」，而《茅君內傳》中則是「上元年未笄，天姿絕艷，服赤霜之袍，被青錦裘」更為直接。「嵯峨三角髻，餘髮散垂腰」在《茅君內傳》中記載為「頭作三角髻，餘髮散於腰」，二者幾乎一樣。「閒與鳳吹簫」在《漢武內傳》中記載為「亦聞雲中簫鼓之聲」，而《茅君內傳》中則是「聞雲中簫鼓聲，龍馬嘶鳴」。尤其李白所作的「身著赤霜袍」，在《茅君內傳》中才有記載，而在《漢武內傳》中卻沒有提及。由此可知，李白根據《茅君內傳》而作出這首詩。[81] 作出上述推斷，是因為《茅君內傳》中存在多處有關洞天的記載，而李白應該正是通過《茅君內傳》來確認各地洞天的具體名稱、場所和事蹟。

## 五 結論

洞天學說產生於4世紀中期茅山的降靈活動，此後在南北朝時期的道教界流傳。到了唐代，司馬承禎將洞天學說整理為十大洞天，三十六小洞天，七十二福地系統。開元12年左右，司馬承禎把洞天學說介紹給玄宗。洞天學說在唐代得到很大的發展，杜光庭之前，除《茅君內傳》外，至少還流傳著3種洞天學說。洞天學說對當時社會產生很大的影響。其中李白在開元13年前後首次遇見司馬承禎並借此機會瞭解洞天學說，之後洞天學說給他一生的

---

80 〔清〕王琦：《李太白全集》，卷22，頁1029。
81 前述Kroll, " Notes on Three Taoist Figures of the T'ang Dynasty," p. 40, n. 54。

行動以及詩作都產生很大影響。李白的〈夢遊天姥吟留別〉正是其中最有代表性的作品。根據李白的說法，這種「神遊」實踐正是司馬承禎弟子的修行方式，而李白所實踐的「神遊」也是通過道教修行而體會到的。

# 聖藝與「聖王在位」：
# 祥瑞傳統下的徽宗書畫創作

羅爭鳴

台州學院人文學院

## 一 引言

宋徽宗趙佶（在位年：1100－1126）是神宗（在位年：1067－1085）第十一子，哲宗（在位年：1085－1100）弟，從小受到良好的皇室教育和藝術薰陶。蔡京（1047－1126）兒子蔡絛（1096－1162）在流放白州（今廣西博白）期間，曾謂徽宗：「國朝諸王弟多嗜富貴，獨祐陵在藩時玩好不凡，所事者惟筆研、丹青、圖史、射御而已。當紹聖、元符間，年始十六七，於是盛名聖譽布在人間，識者已疑其當璧矣。」[1] 南宋人鄧椿（約1127－1167）又謂徽宗：「天縱將聖，藝極於神。即位未幾，因公宰奉清閒之宴，顧謂之曰：『朕萬幾餘暇，別無他好，惟好畫耳。』」[2] 徽宗自身有極高的藝術天賦，且於書畫創作相當勤奮，從創作成就上看，歷代皇帝無出其右者。

徽宗及其書畫作品，是美術史和藝術鑒藏領域無可迴避的研究對象，相關討論已相當充分和深入，但並非題無剩意。總體上看，大部分研究從書畫

---

1 〔宋〕蔡絛撰，李國強整理：《鐵圍山叢談》，收入朱易安、傅璇琮等主編：《全宋筆記》（鄭州：大象出版社，2019年），第35冊，卷1，頁33。
2 〔宋〕鄧椿撰，〔元〕莊肅補遺，王群栗點校：《畫繼》（杭州：浙江人民美術出版社，2019年），卷1，〈聖藝〉，頁217。

的真偽、技法的傳承、構圖設色、運筆點化和內在深意等角度分析，而實際上徽宗部分書畫創作，在悠久的祥瑞傳統下，有明確的「祥瑞」製作與宣傳的功利目的。

關於徽宗書畫的真偽問題，中外學人討論很多，如謝稚柳、楊仁愷、徐邦達等，伊沛霞（Patricia Buckley Ebrey）的專著 *Emperor Huizong*（《宋徽宗》）及其相關論文和其他學者的相關論著做過總結，[3] 可資參考。我們在這個基礎上，主要關注近年新出的重要成果。其中，王健的博士論文〈宋徽宗畫作鑒藏研究〉在前人研究的基礎上，對徽宗書畫作品的真偽、流傳等問題的考察，是近年比較紮實的著作之一。該文認為：〈芙蓉錦雞圖〉、〈臘梅山禽圖〉、〈祥龍石圖〉、〈瑞鶴圖〉有著極為相近或相同的畫法風格，瘦金書、款押一致，為徽宗親筆題寫，序、詩與畫面內容對應吻合無論從畫法風格，還是代表作品歸屬的名款、花押和鈐印，它們都印證了《鐵圍山叢談》中徽宗與崔白、吳元瑜之間的師承關係和《畫繼》中有關徽宗畫法風格的記載，故這幾件畫作，既不是「代筆」之作，也非「御題畫」，而是徽宗親筆。而〈五色鸚鵡圖〉缺少南宋的收藏信息和遞傳痕跡，很可能是南宋人的臨摹本，但在一定程度上也反映了徽宗畫作的面貌。[4] 另外，伊沛霞的《宋徽宗》一書也以這幾幅畫作為徽宗真跡，但範圍更廣泛一些。[5] 北宋晚期的文藝環境中，具備條件進行詩、書、畫合一的創作探索者，應不在少數，徽宗以其藝術素養應是其中之佼佼者。〈芙蓉錦雞圖〉、〈臘梅山禽圖〉「雖然不能完全確定繪畫是徽宗本人製作，但是有如此完整的署款、畫押形式，且徽宗親自書寫自作詩，這兩件作品出自徽宗之手的可能性極大。」[6] 這是美術史家不斷推進而得出的相對客觀的結論，也是較為新近的研究成果，可茲借鑒。

---

[3] 伊沛霞著，韓華譯：《宋徽宗》（桂林：廣西師範大學出版社，2018年）第8章〈藝術家皇帝〉注26，總結了從上世紀中期至本世紀初中外學者為徽宗畫作真偽識別作出過重要貢獻的相關論著，見頁513。

[4] 王健：〈宋徽宗畫作鑒藏研究〉（北京：中央美術學院博士論文，2014年），頁73、201。

[5] 伊沛霞《宋徽宗》第8章〈藝術家皇帝〉列出了自己認為比較可靠的作品表格，見頁197。

[6] 李方紅著：《宋代徽宗朝宮廷繪畫研究》（北京：文化藝術出版社，2021年），頁300。

本文在前人研究的基礎上，擬對〈瑞鶴圖〉、〈祥龍石圖〉、〈芙蓉錦雞圖〉、〈五色鸚鵡圖〉等幾幅公認為徽宗親筆或親自參與的書畫，從圖文關係、創作意圖等角度，對徽宗書畫創作的過程、主旨和意圖等試作分析。

## 二　徽宗廣集瑞物及對祥瑞事件的直接參與

祥瑞又名符瑞、瑞應、禎祥、嘉瑞、慶瑞等等，各種說法不一，但除了王莽時期（9－23）的符命、吉瑞、福應各有所指外，大體上指被賦予強烈意識形態，具有符號性的各種自然異象或虛擬靈物，是王道神權的象徵。[7] 祥瑞大體上源於先秦天命神權、天人感應觀念，與讖緯神學關係密切，但是讖緯主要圍繞陰陽五行、五德終始、神仙方術、災異巨變等預言吉凶，易代之際往往用來指斥對手勢力，宣揚己方的政治正當性和權利合法性。讖緯是一把雙刃劍，有濃厚的宿命論色彩，歐陽修（1007－1072）就曾撰〈論刪去九經正義中讖緯劄子〉一文，申論讖緯的弊端。[8] 此後讖緯逐漸式微，屢遭禁燬。祥瑞與災異向來是並存的，但對於一個已經立國的政權來說，「祥瑞」有正面的積極意義，深得「受命於天」的統治者重視，歷代的嘉祥瑞應事件從來沒有斷過。董仲舒（前179－前104）《春秋繁露》卷4〈王道〉云：

> 《春秋》何貴乎元而言之？元者，始也，言本正也。道，王道也。王者，人之始也。王正則元氣和順、風雨時、景星見、黃龍下。王不正則上變天，賊氣並見。五帝三王之治天下，不敢有君民之心，什一而稅，教以愛，使以忠，敬長老，親親而尊尊，不奪民時，使民不過歲三日。民家給人足，無怨望忿怒之患，強弱之難，無讒賊妒嫉之人。民修德而美好，被髮銜哺而游，不慕富貴，恥惡不犯，父不哭子，兄

---

[7] 余欣：〈符瑞與地方政權的合法性構建：歸義軍時期敦煌瑞應考〉，《中華文史論叢》2010年第4期，頁326。

[8] 〔宋〕歐陽修：〈論刪去九經正義中讖緯劄子〉，收入曾棗莊、劉琳主編：《全宋文》（上海：上海辭書出版社，2006年），第32冊，卷689，頁280–281。

不哭弟，毒蟲不螫，猛獸不搏，抵蟲不觸。故天為之下甘露，朱草生，醴泉出，風雨時，嘉禾興，鳳凰麒麟遊於郊。囹圄空虛，畫衣裳而民不犯。四夷傳譯而朝。民情至樸而不文。[9]

王正則元氣和順，景星、黃龍等祥瑞異象頻出，五帝三王時代甘露、朱草、醴泉、嘉禾、鳳凰、麒麟等瑞應異象頻現。祥瑞是「天子」獲得上天認可的有力證據，對鞏固皇權，穩定民心有現實意義。南朝梁沈約（441－513）又云：

夫體睿窮幾，含靈獨秀，謂之聖人，所以能君四海而役萬物，使動植之類，莫不各得其所。百姓仰之，歡若親戚，芬若椒蘭，故為旗章輿服以崇之，玉璽黃屋以尊之，以神器之重，推之於兆民之上，自中智以降，則萬物之為役者也。性識殊品，蓋有愚暴之理存焉。見聖人利天下，謂天下可以為利，見萬物之歸聖人，謂之利萬物。力爭之徒，至以逐鹿方之，亂臣賊子，所以多於世也。夫龍飛九五，配天光宅，有受命之符，天人之應。易曰：「河出《圖》，洛出《書》，而聖人則之。」符瑞之義大矣。[10]

有九五之尊的人間帝王，配天光宅，有受命之符、天人之應，君臨四海的同時，也能役使萬物，使動植各得其所。《宋書》以後，《南齊書》有〈祥瑞志〉，《魏書》有〈靈徵志〉，其他正史雖然沒有專門的「祥瑞」類志書，但各種祥瑞事件必載記國史，後世正史〈本紀〉、〈列傳〉、〈天文志〉、〈五行志〉等多有著錄。

唐代終其一朝，尤其李唐立國、武周鼎革和李隆基（在位年：712－

---

9 〔漢〕董仲舒撰，朱方舟整理，朱維錚審閱：《春秋繁露》（上海：上海書店出版社，2012年），卷4，頁132。

10 〔南朝梁〕沈約撰，王仲犖點校：《宋書》（北京：中華書局，1974年），卷27，符瑞上，頁759。

756）繼統之際，各種祥瑞頻出，且完備了祥瑞等級和表奏程序等各項管理制度。貞觀二年（628）九月，唐太宗（在位年：626－649）曾下〈諸符瑞申所司詔〉，限定了祥瑞表奏的範圍，此後武宗（在位年：840－846）、憲宗（在位年：805－820）也都在太宗的基礎上，對祥瑞的等級範圍做出規定。[11] 玄宗朝李林甫（752卒）主持的《唐六典》卷4〈尚書禮部〉又詳細規定了祥瑞的品目，有六十四種大瑞，如景星、慶雲、河精、鳳、麒麟、鸞、比翼鳥、神龜、龍、白澤、神馬、白馬赤鬃、六足獸、白象、一角獸、山稱萬歲、神鼎、醴泉、黃河水清、江河水五色……每遇此等大瑞，地方官員要馬上上奏，文武百官隨後要向皇帝道賀。大瑞之下，有上、中、下三等級別較低的祥瑞，上瑞有三角獸、白狼、白狐、白鹿、白麞、白兕、玄鶴、赤烏、青烏、三足烏、赤燕、赤雀、紫玉、玉龜等；中瑞有白鳩、白烏、蒼烏、白澤、白雉、雉白首、翠鳥、黃鵠、小鳥生大鳥、朱雁、五色雁、白雀、赤狐、黃羆、青燕、玄貂、赤豹、白兔等；下瑞有嘉禾、芝草、華苹、人參生、竹實滿、椒桂合生、木連理、嘉木、神雀、冠雀等等。每有大瑞，要隨即表奏，文武百官詣闕奉賀，其他可搜集起來，年終由員外郎匯總表奏。凡是鳥獸之類的祥瑞，要「隨其性而放之原野」，連理枝等不可轉送的祥瑞，要圖畫以奏。[12]

宋代也基本上遵循類似的祥瑞制度，《宋會要輯稿・瑞異》記載了大量祥瑞的品類、出現的時間、地點、形狀、顏色及君臣之間的討論等。[13] 宋太祖（在位年：960－976）、太宗（在位年：976－997）也熱衷各種祥瑞，但是也表現出相對理性的一面，太宗就曾下詔，禁止地方官員進獻珍禽異獸，認為最重要的祥瑞，還是歲稔年豐。真宗（在位年：997－1022）對各種祥瑞表現出濃厚的興趣，尤其大中祥符年間，是祥瑞數量、種類最多的時期，

---

[11] 余欣對漢魏六朝至唐代的祥瑞情況做過梳理，可參余欣：〈符瑞與地方政權的合法性構建〉，頁335–336。

[12] 〔唐〕李林甫等撰，陳仲夫點校：《唐六典》（北京：中華書局，1992年），頁114–115。

[13] 常靜根據《宋史》、《宋會要輯稿》等文獻，把宋代祥瑞的時間、地點、呈遞人、品類等做了表格統計，多達數百條。見常靜：〈宋代祥瑞研究〉（武漢：華中師範大學碩士學位論文，2016年），頁34–46。

一些趨炎附勢的地方官員投其所好，紛紛獻瑞呈異。各種祥瑞偽造痕跡明顯，但真宗不辨真假，以嘉瑞屢現為榮。此後仁（在位年：1022－1063）、英（在位年：1063－1067）、神（在位年：1067－1085）、哲（在位年：1085－1100）時期，雖有收斂，但也不乏各種祥瑞，以致孫奭（962－1033）、韓琦（1008年卒）、歐陽修等上書規勸。[14]

從建中靖國（1101）以後，徽宗選擇了改革派，對祥瑞再次表現出強烈的偏好，以致對災異和凶兆刻意迴避，各級官員更是「報喜不報憂」，且熱衷奏報祥瑞也是自身投誠和站隊的表現，即這麼做就表明自己與改革派站在一起，支持徽宗的「崇寧」政策。[15] 實際上，每逢火患、旱災、洪水氾濫、地震、瘟疫等災異凶兆出現，徽宗朝也有相對應的凶札之禮，或出宮女，或赦免罪囚等，但重視程度遠不如祥瑞。

祥瑞在徽宗朝有更趨完善的一套「製作系統」，有一定表演和娛樂性質，環環相扣，各得其所並各有所得。有一部分祥瑞，應該確實屬於自然界的一種真實發生的自然現象或生物變態與變異，但當時沒有大氣輻射、地殼運動、基因突變等科學依據，就被解釋為一種帶有政治寓意的祥瑞符號，最典型的就是動物「白化」現象和海市蜃樓等。

徽宗朝祥瑞盛行的現象，曾有學者專門探討，指出此期祥瑞是日常存在的，而非突發的事物。其次，徽宗朝祥瑞物的核心部分是當下的製作，主要是新製禮器。再者，君主本人是祥瑞體系的重要組成部分。徽宗朝祥瑞體系的構建，並非為了皇權合法性，而是為了展現了徽宗時代「自我作古」的歷史定位，體現了「儒學復興運動」之於現實政治的雙刃劍意義。[16] 徽宗朝的祥瑞事件，顯然並非都是日常存在的，也有很多傳統祥瑞是突然出現的，王安中（1076－1134）向徽宗呈遞的五十份賀表，就指明了這一點。前引《唐

---

14 韓琦：〈金芝產於化成殿奏〉、〈論石龜奏〉；歐陽修：〈論澧州瑞木乞不宣示外廷劄子〉；齊唐（987-1074）：〈上仁宗論麒麟〉，曾公亮（999-1078）：〈上神宗乞不宣取瑞木〉等。見《全宋文》，第39冊，卷843，頁192–193，202–203；第32冊，卷683，頁172–173；第17冊，卷362，頁358–359；第26冊，卷548，頁82。

15 伊沛霞：《宋徽宗》，頁149。

16 方誠峰：〈祥瑞與北宋徽宗朝的政治文化〉，《中華文史論叢》2011年第4期，頁215。

六典》云，生獲的鳥獸祥瑞，「隨其性而放之原野」，但是宋代開始飼養在皇家苑囿中，早期規模應不算大，而到了徽宗朝，大量生獲的珍禽瑞獸豢養在新修建的延福宮和皇家園林艮岳中，有人專司馴養調教；嘉花、瑞木、異石等，前代難以搬運移植的，「圖畫以進」，[17] 但是徽宗朝的延福宮、艮岳確有條件搬運移植過來。政和四年（1114），延福宮建成，徽宗記曰：

> 寒松怪石，嘉花異木，鬥奇而爭妍；龜亭鶴莊，鹿砦蓮濠，孔雀之柵，椒漆、杏花之圃，西抵麗澤，不類塵境。[18]

新建延福宮並不是單純的一座殿宇，它是皇家園林式的建築群，亭臺樓閣間有嘉花異木，蓮池龜魚，並豢養鶴、鹿、孔雀等。而艮岳更是一座皇家「植物園」、「動物園」，內有大量奇花異草、祥禽瑞獸。有謂艮岳內：「聚野獸、麋鹿、駕鵝、禽鳥數百千，蹄跡遍滿苑囿，宣和間，都下每秋風夜靜，禽獸之聲四徹，宛若川澤陂野之間，識者以為不祥。」[19]

徽宗與前代帝王的區別還在於，他是祥瑞制作過程中的直接參與者。大觀三年（1109），有甘露降於尚書省殿宇，徽宗御賜詩云：

> 大觀三年四月壬子，尚書省甘露降。御筆以中臺布政之所，天意昭格，致此嘉祥。因成四韻，以記其實，賜執政而下，云：
> 政成天地不相違，瑞應中臺贊萬幾。夜浥垂珠濡綠葉，朝凝潤玉弄清輝。仙盆雲表秋難比，豐草霄零日未晞。本自君臣俱會合，更嘉報上美能歸。[20]

---

17 〔宋〕薛居正等撰：《舊五代史》（北京：中華書局，1976年），卷30，頁422。
18 〔宋〕陳均編，許沛藻、金圓、顧吉辰、孫菊園點校：《皇朝編年綱目備要》（北京：中華書局，2006年），卷28，頁711。
19 〔清〕黃以周等輯注，顧吉辰點校：《續資治通鑑長編拾補》（北京：中華書局，2004年），卷40，頁1253。
20 〔宋〕吳曾撰，劉宇整理：《能改齋漫錄》，朱易安、傅璇琮等：《全宋筆記》，第36–37冊，頁54–55。

遇到感興趣的祥瑞，徽宗不僅寫詩記其事，還宣召宮廷畫師繪圖奏報，徽宗〈宮詞〉其中一首云：「瑞物來呈日不虛，拱禾芝草一何殊。有時宣進丹青手，各使團模作畫圖。」[21] 除了御用畫師，徽宗以其「天縱將聖，藝極於神」的才華，亦曾親自圖繪作詩。對徽宗藝術創作記載較為可靠的《畫繼》提到：

> 其後以太平日久，諸福之物，可致之祥，湊無虛日，史不絕書。動物則赤烏、白鵲、天鹿、文禽之屬，擾於禁籞；植物則檜芝、珠蓮、金柑、駢竹、瓜花、來禽之類，連理並蒂，不可勝紀。乃取其尤異者，凡十五種，寫之丹青，亦目曰《宣和睿覽冊》。復有素馨、末利、天竺、娑羅，種種異產，究其方域，窮其性類，賦之於詠歌，載之於圖繪，續為第二冊。已而玉芝競秀於宮閨，甘露宵零於紫筸。陽烏、丹兔、鸚鵡、雪鷹、越裳之雉，玉質皎潔，鷩鷟之雛，金色煥爛。六目七星，巢蓮之龜；盤螭耆鳳，萬歲之石；並幹雙葉，連理之蕉。亦十五物，作冊第三。又凡所得純白禽獸，一一寫形，作冊第四。增加不已，至累千冊。[22]

《宣和睿覽冊》從一至四，不斷增加，竟累至千冊，這裏肯定有誇張的成分，也不大可能全為徽宗所御製，但是也能說明徽宗高度參與圖繪祥瑞之物的實情。我們從現存的幾件徽宗真跡來看，真實反映了這種情況，如〈祥龍石圖〉、〈五色鸚鵡圖〉等等，與《畫繼》所云吻合，當屬《宣和睿覽冊》中的作品。

---

21 北京大學古文獻研究所主編：《全宋詩》（北京：北京大學出版社，1996年），第26冊，頁17051。
22 〔宋〕鄧椿：《畫繼》，卷1，聖藝，頁218–219。

## 三 〈祥龍石圖〉、〈五色鸚鵡圖〉、〈芙蓉錦雞圖〉與自我身分的認同

如前述，學界公認〈祥龍石圖〉為徽宗的親筆，即使不是獨立完成，也一定是親自參與，並體現了徽宗書畫風格的傑作（圖1）。圖中右側一石凸起，幾乎佔據了整幅畫面，石身有枇杷樹、石菖蒲、萱草等植物，有丘壑縱橫之姿。石體中部，隱約可見瘦金體書寫的「祥龍」二字（圖2）。神運峰是艮岳中的一座大石，「廣百圍，高六刃」，「惟神運峰前群石，以金飾其字，餘皆青黛而已。此所以第其甲乙者也」。[23] 艮岳內部分奇石以金字裝飾。以此，祥龍石原石當有徽宗御筆「祥龍」二字。左側有跋文、詩句，末鈐印數方，其中有徽宗的常用印「御書」、「宣和殿寶」，另有藏印「天曆之寶」，可知此圖曾經藏於元文宗（在位年：1328－1332）內府之中，又有「晉國奎章」和「晉府書畫之印」，是為明代晉藩府內的收藏印。長卷末尾有清代陳仁壽、吳榮光（1773－1843）題跋。近代以來，畫作流落至香港，經中央文物小組南下救購回國，現藏於北京故宮博物院。

**圖1　〈祥龍石圖〉**[24]

---

23 〔宋〕張淏撰，李國強整理：《雲谷雜記・佚文》，朱易安、傅璇琮等：《全宋筆記》，第56冊，頁290。
24 〔宋〕趙佶繪：〈祥龍石圖〉卷，下載自「故宮博物院」網站，2024年4月28日。網址：https://www.dpm.org.cn/collection/paint/231655。

圖2 「祥龍」二字[25]

〈祥龍石圖〉是祥瑞事件的藝術化終端製作，它不僅有一幅圖，還有與之搭配的說明解釋文字和「有詩為證」的詩作，從圖文互釋的角度，進一步確立祥瑞的政治符號含義。徽宗的跋文在畫作左側，以瘦金體寫就，內云：

> 祥龍石者，立於環碧池之南，芳洲橋之西，相對則勝瀛也。其勢騰湧若虬龍出，為瑞應之狀，奇容巧態，莫能具絕妙而言之也，廼（乃）親繪縑素，聊以四韻紀之。[26]

「其勢騰湧若虬龍出，為瑞應之狀」，畫作的祥瑞主題通過這段文字，進一步確認。各級官員奏報祥瑞的基本格式，要具備瑞物出現的時間、地點、特異的形態等基本要素。徽宗這則文字，以帝王之尊，嚴格按照這種奏報格式，說明祥龍石安置的地點、形態等，並點明「親繪縑素」，作詩一首，詩云：

> 彼美蜿蜒勢若龍，挺然為瑞獨稱雄。雲凝好色來相借，水潤清輝更不

---

25 〔宋〕趙佶：〈祥龍石圖〉卷。
26 〔宋〕趙佶：〈祥龍石圖〉卷。

同。常帶暝煙疑振鬣，每乘宵雨恐凌空。故憑彩筆親模寫，融結功深未易窮。[27]

詩作本身的藝術水平，限於題材和創作目的，沒有特別的深摯感人之處，值得注意的是，徽宗再一次強調了「親模寫」，顯示了對「祥龍石」政治符號意義的特別重視。龍的形象，起源於蒼龍七宿的天文觀測，七宿中的心宿二「大火星」，向來是人間帝王的象徵。在〈祥龍石圖〉的生成語境中，徽宗親自參與到祥瑞圖的創造與詮釋中，從「真龍天子」的符命天授含義，實現自我「神化」的身分建構。但是，這種政治訴求，隱藏在超絕的藝術創作之中，更平添了幾分神秘和敬仰。

在一次君臣宴飲中，徽宗拿出〈龍翔池鸂鶒圖〉，題序並宣示群臣：

凡預燕者，皆起立環觀，無不仰聖文，睹奎畫，贊歎乎天下之至神至精也。[28]

畫作的觀賞者——群臣，起立環視徽宗的畫作，對「聖文」、「奎畫」無不瞻仰讚歎，以為天下之「至神至精」。在君臣間的一些輕鬆場合上，相信徽宗也曾經宣示展覽過〈祥龍石圖〉等，在群臣的恭賀頌揚聲中，徽宗書畫創作的根本意圖和原始初衷，得以真正實現。

〈五色鸚鵡圖〉絹本，設色，縱53.3釐米，橫125.1釐米，作品有元文宗「天曆之寶」藏印，為元代內府收藏（圖3），另有清乾隆（1736－1796）、嘉慶（1796－1821）內府鑒藏印，現藏美國波士頓美術館（Museum of Fine Arts, Boston）。

---

27 〔宋〕趙佶：〈祥龍石圖〉卷。
28 〔宋〕鄧椿：《畫繼》，卷1，聖藝，頁218。

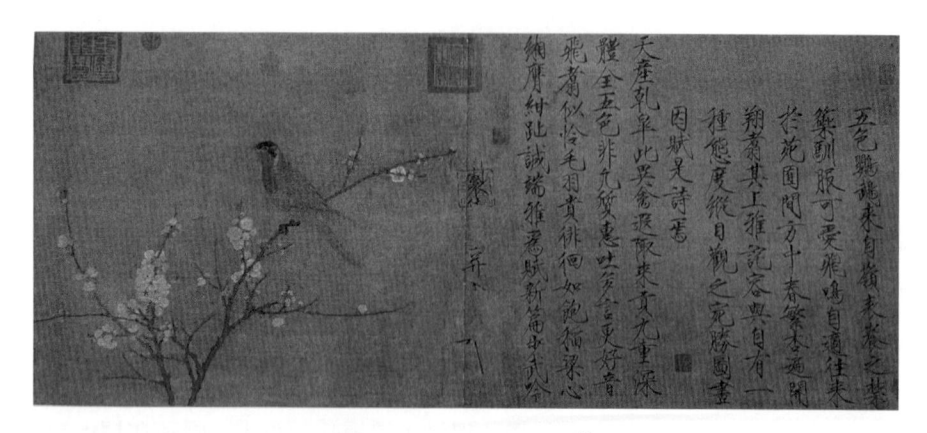

圖3 〈五色鸚鵡圖〉[29]

乾隆皇帝曾重新裝裱，把徽宗的題詩放置卷首，收錄於《石渠寶笈初編》。對這幅畫的正確解讀，仍離不開徽宗所配詩文，現過錄如下：

> 五色鸚鵡來自嶺表，養之禁籞。馴服可愛，飛鳴自適，往來於苑囿間。方中春，繁杏遍開，翔翥其上，雅詫容與，自有一種態度。縱目觀之，宛勝圖畫，因賦是詩焉：天產乾臯此異禽，遐陬來貢九重深。體全五色非凡質，惠吐多言更好音。飛翥似憐毛羽貴，徘徊如飽稻粱心。緗膺紺趾誠端雅，為賦新篇步武吟。[30]

〈五色鸚鵡圖〉最重要的表現特徵就是顏色。徽宗詩作中，也描繪了鸚鵡的羽毛顏色，「緗膺」即淺黃色的胸脯，「紺趾」即紫色的趾爪。但從繪畫來看，鸚鵡的胸部羽毛是紅、黑夾雜的，與「緗膺」的描述並未完全吻合，文與圖的表達，存在差異。造成這種差異的因素很多，如徽宗本人對「緗」

---

[29] 〔宋〕趙佶繪：〈五色鸚鵡圖〉，下載自「波士頓美術館（Museum of Fine Arts, Boston）」網站，2024年4月28日。網址：https://www.mfa.org/exhibitions/chinese-master-paintings-collection。

[30] 〔清〕張照、〔清〕梁詩正等奉敕撰：《石渠寶笈》，收入《景印文淵閣四庫全書》（臺北：臺灣商務印書館，1985年），第825冊，卷24，頁81a。

色的理解、創作的習慣等，但恐怕沒有更深的含義。五色即與五行相配的黑——水、紅——火、黃——土、白——金、青——木。畫中鸚鵡羽毛的顏色，描繪得極為細緻，頭頂羽毛為黑色，脖頸為紅色，頸部兩側有帶狀白色羽毛，背部、雙翅及長尾的為主體青色，喙部為淺黃色，具備五色特徵（圖4）。

圖4 〈五色鸚鵡圖〉之鸚鵡[31]

鸚鵡站在盛開的杏樹枝上，壓得樹枝略有彎曲，靜中有動，閒適優雅。關於杏花的道教意味，已經有論著加以闡釋，有以為杏花也是五瓣，與五色相應，且徽宗生日為五月五日，後來改為十月十日，此即暗藏的「密碼」。[32]

---

31 〔宋〕趙佶：〈五色鸚鵡圖〉。
32 楊冰華：〈宋徽宗的密碼——〈五色鸚鵡圖〉再探〉，《創意設計源》2017年第4期，頁30–35。

但我們仔細觀察，有的花朵也未必是五瓣。配畫文字云「方中春，繁杏遍開，翔翥其上」，時值仲春，杏花盛開，鸚鵡翻飛上下。這是一幅寫生作品，選擇杏花，未必有如此之深意。作品首先要突出的是鸚鵡具有祥瑞符號意義的五色羽毛。與此五色對應的花鳥畫，還有一幅〈芙蓉錦雞圖〉，特意強調了「五德」。

〈芙蓉錦雞圖〉絹本，設色，縱81.55釐米，橫53.6釐米，現藏北京故宮博物院。畫面主體是一隻停留在芙蓉花枝上的錦雞，兩枝芙蓉花爭相怒放，錦雞壓彎了枝頭。錦雞回首朝右上側仰望著兩隻翩翩起舞的彩蝶。畫面的左下角為兩枝菊花（圖5）。

圖5　〈芙蓉錦雞圖〉[33]

---

[33]〔宋〕趙佶繪:〈芙蓉錦雞圖〉軸，下載自「故宮博物院」網站，2024年4月28日。網址：https://www.dpm.org.cn/collection/paint/230125。

這不是一幅嚴格意義上的「祥瑞畫」，沒有〈五色鸚鵡圖〉、〈瑞鶴圖〉、〈祥龍石圖〉那種固定的畫面結構，它就是一幅典型的花鳥畫，但是所畫錦雞，頭部為棕黃色，脖頸部白色，腹前紅色，背部青黑色，長尾布滿黑色斑紋，也是「體全五色」的瑞禽，但這裏強調的是「五德」。關於「五德」，〈芙蓉錦雞圖〉右上方徽宗的瘦金體題畫詩，是最好的詮釋和說明。詩云：

秋勁拒霜盛，峨冠錦羽雞。已知全五德，安逸勝鳧鷖。[34]

所繪錦雞，非一般產蛋的家雞，頭有峨冠，身披錦羽，按照祥瑞禽鳥的標準，也是典型的瑞物。但「錦雞」也是「雞」，徽宗巧妙地運用了「雞有五德」的典故。從現存文獻來看，這則典故較早出現在《韓詩外傳》中，內云：

田饒曰：「君獨不見夫雞乎？頭戴冠者文也，足傅距者武也，敵在前敢鬥者勇也，見食相呼者仁也，守夜不失時者信也。雞雖有此五德，君猶日瀹而食之者何也？則以其所從來者近也。」[35]

這裏的五德是文、武、勇、仁、信，到唐代成玄英《南華真經疏》，雞所具五德稍有改變，即：「雞有五德：頭戴冠，禮也；足有距，義也；得食相呼，仁也；知時，智也；見敵能距，勇也。而魯越雖異，五德則同。」[36] 從「文、武、勇、仁、信」到「仁、義、禮、智、勇」，越來越向儒家的「五常」靠攏，而儒家以陰陽五行為核心的神學化趨勢，早就把仁、義、禮、智、信與金、木、水、火、土相匹配，而五行與五色相對應，也是基本

---

34 〔宋〕趙佶：〈芙蓉錦雞圖〉軸。
35 〔漢〕韓嬰撰，許維遹校釋：《韓詩外傳集釋》（北京：中華書局，1980年），卷2，第23章，頁60-61。
36 〔晉〕郭象注，〔唐〕成玄英疏，曹礎基、黃蘭發點校：《南華真經注疏》（北京：中華書局，1998年），卷8，頁447。

常識。徽宗的〈五色鸚鵡圖〉和〈芙蓉錦雞圖〉強調「五色」與「五德」也是在這種話語系統下對傳統儒家倫理的回應。但是，畫作的作者是一代天子，這種強調本身自然帶有自我身分認同的政治含義，與其他祥瑞畫的創作動機是雷同的。我們可以把「安逸勝鳧鷖」理解成徽宗的自我比附，但更多的索隱發微恐怕有失允當。

## 四 〈瑞鶴圖〉的祥瑞生成與創作意圖

在徽宗書畫作品中，最有吸引力的當屬〈瑞鶴圖〉，中外學界研究此圖的論著連篇累牘。[37] 但縱觀這些研究，從祥瑞生成和祥瑞圖角度加以觀照的並不多見。[38] 有些論著索隱發微，對〈瑞鶴圖〉做出很多似是而非的判斷，如20隻仙鶴，落在鴟吻上的兩隻，一陰一陽，似象徵徽宗和帝后；而20隻仙鶴，按照姿態和朝向，可以劃分為兩組，恰與太極「陰陽魚」的圖形相符；20隻仙鶴，每10隻一組，「雙十」正是徽宗的生日；詩中的「天池」，極有可能指涉了宋遼河東邊界之爭的具體問題，而「赤雁」或代指當時被貶低的佛教……整首詩作反映了徽宗打算收復燕雲舊地的夙願和計畫。[39] 但是，徽宗

---

37 何飛龍從研究範式的角度，總結了十幾年來國內研究的主要成果，見何飛龍：〈2000年以來國內宋徽宗《瑞鶴圖》研究述評〉，《美與時代》（下旬刊）2019年第1期，頁87–90。但這個總結並不全面，2000年前的很多中外討論，也是無法繞過的重要研究，如石慢（Peter C. Sturman）對〈瑞鶴圖〉的研究就很有代表性，見Sturman, "Cranes above Kaifeng: The Auspicious Image at the Court of Huizong," *Ars Orientalis* 20 (1990): pp. 33–68；另外日本的板倉聖哲也有相關研究，如〈皇帝の眼差し——徽宗『瑞鶴図卷』（遼寧省博物館）をめぐって〉，《アジア遊学》總第64期（2004年），頁128–139。
38 馮鳴陽：〈三種真實——宋代祥瑞畫《瑞鶴圖》的寫實〉《美術》2019年第4期，頁110–115）及黃凌子：〈諸福之物：北宋宮廷的祥瑞文化與祥瑞圖繪〉（《南京藝術學院學報（美術與設計）》2022年第4期，頁29–37）等是從祥瑞傳統的角度深入研究〈瑞鶴圖〉的重要論文。另外伊沛霞《宋徽宗》的部分章節也多從這個角度加以論述，如第9章，頁220–224。
39 傅慧敏：〈《瑞鶴圖》的多重隱喻與圖像內涵新探〉，《南京藝術學院學報（美術與設計）》2022年第6期，頁55–61。

並不是一個普通文人，他是否有必要如此隱晦曲折地表達自己？

上引《唐六典》劃分的大瑞及上、中、下三等瑞物中，有大量異常白化、赤化的鳥獸，但是並沒有白鶴的影子。《新唐書・百官志》謂禮部郎中員外郎掌圖書、祥瑞，所載瑞物，也沒有白鶴。[40]《唐六典》把玄鶴列為上瑞，是因為鶴為白色是「常」，而玄黑色為「異」，所以可以列為祥瑞。[41] 由此可見，瑞物並非鍾情於白色鳥獸，而是看中那些因基因突變而發生異化的鳥獸。白鶴的祥瑞符號意義，更多是從道教中來的。

《列仙傳》記載王子喬七月七日乘白鶴飛至緱氏山頂，望之不得，自此仙去。[42]《搜神記》又載丁令威學道靈虛山，後化鶴歸遼，集於城門華表柱上，有少年舉弓射之，鶴乃飛去，徘徊空中，留下一首詩，云：「有鳥有鳥丁令威，去家千年今來歸。城郭如故人民非，何不學仙塚纍纍。」[43] 這已成為後世文學反覆慣用的仙道典故。相傳浮丘公撰《相鶴經》，又稱《幽經》，傳王子晉，王子晉傳崔文子，[44] 藏嵩山石室，後淮南八公採藥得之，遂傳於世。六朝以下詩歌多言及《相鶴經》，後散佚，王安石（1021－1086）等人曾撰《相鶴經》跋文，錄部分正文，明周履靖（1549－1640）、董斯張（1587－1628）有輯本。輯本雖未必真，但也能體現古人對鶴所以為「仙鶴」的認識，現引《王安石文集》中部分〈相鶴經〉文字如下：

> 鶴者，陽鳥也，而遊於陰，因金氣依火精以自養。金數九，火數七，六十三年小變，百六十年大變，千六百年形定。生三年，頂赤。七年，飛薄雲漢。又七年，夜十二時鳴。六十年，大毛落，茸毛生，乃潔白如雪，泥水不能污。百六年，雌雄相視而孕。一千六百年，飲而

---

40 〔宋〕歐陽修、〔宋〕宋祁撰：《新唐書》（北京：中華書局，1975年），卷46，頁1194。
41 〔唐〕李林甫等撰，陳仲夫點校：《唐六典》（北京：中華書局，1992年），卷4，頁115。
42 王叔岷撰：《列仙傳校箋》（北京：中華書局，2007年），卷上，頁65。
43 〔晉〕干寶撰，李劍國輯校：《新輯搜神記》（北京：中華書局，2007年），卷1，頁39。〈丁令威〉條又見《搜神後記》，李劍國新輯本認為當屬《搜神記》文字，見頁40。
44 傳說中的古仙人，《列仙傳》卷上中有傳，見王叔岷：《列仙傳校箋》，卷上，頁95。

不食,胎化產,為仙人之騏驥也。夫聲聞於天,故頂赤;食於水,故喙長;輕於前,故毛豐而肉疎;修頸以納新,故天壽不可量。所以體無青、黃二色,土木之氣內養,故不表於外也。是以行必依洲渚,止不集林木,蓋羽族之清崇也。其相曰:「隆鼻短喙則少瞑,露睛赤白則視遠,長頸疎身則能鳴,鳳翼雀尾則善飛,龜背鼈腹會舞,高脛促節足力。」[45]

鶴為陽鳥,聲聞於天,故丹頂,天壽不可量,為仙人坐騎,與道教有天然的聯繫,另外,白鶴以其高潔曼妙的身姿,清唳響亮的叫聲,成為得道者或長壽成仙的象徵,後世逐漸被人格化、神格化,成為重要的宗教符號,《靈寶無量度人上品妙經》卷1云:

道言:行道之日,皆當香湯沐浴,齋戒入室,東向,叩齒三十二通,上聞三十二天,心拜三十二過。閉目,靜思身坐青黃白三色雲炁之中,內外翕冥,有青龍、白虎、朱雀、玄武、獅子、白鶴,羅列左右,日月照明,洞煥室內,項生圓象,光映十方,如此分明。[46]

在齋戒存思過程中,冥想羅列左右的珍禽異獸中,除了四靈青龍、白虎、朱雀、玄鳥和獅子,即有白鶴。修齋設醮、講經唱頌時出現白鶴,更是被看作道法靈驗的吉兆。在這種歷史話語影響下,文人詩詞中,白鶴也成為重要的意象,[47]但與梅花一起,文人詩文更多地讚美白鶴隱逸高潔的形象。

徽宗朝白鶴成為祥瑞系統下的一種瑞鳥,當與徽宗朝的制禮作樂的禮制革新有關。傳說鶴鳴能應節中律,董斯張等輯〈相鶴經〉云:「復七年,聲

---

45 〔宋〕王安石撰,劉成國點校:《王安石文集》(北京:中華書局,2021年),頁1219–1220。
46 《靈寶無量度人上品妙經》(HY 1),收入《道藏》(北京:文物出版社;上海:上海書店;天津:天津古籍出版社,1988年),第1冊,卷1,頁3a。
47 參閱董艾冰:〈唐詩中的鶴意象研究〉(廣州:暨南大學碩士論文,2016年)。

應節,而晝夜十二時鳴。鳴則中律。」[48] 由此,每有禮樂鳴奏,白鶴飛臨,自是嘉瑞。但是,最重要的還是,白鶴翔鳴是「聖人在位」的一種表徵和符號,正如〈相鶴經〉所云:「聖人在位,則與鳳皇翔於郊甸。」[49] 徽宗應該閱悉〈相鶴經〉,作為一代天子,想必深諳「白鶴」的符號深意。

徽宗曾設大晟府,制大晟樂,與此相應,定音的各種禮器也需要重新打造。崇寧九鼎本身就是定音器,在林靈素(1075－1119)的慫恿下,徽宗建立一套皇帝及王朝的全新象徵符號,打造神霄九鼎,再鑄造定音鐘,最後形成神霄樂系統,以對應徽宗昊天上帝元子、神玉清真王、教主道君皇帝的身分及其所統治的世界。禮制革新的另一項重要內容是禮器的修造。徽宗朝不僅製造了崇寧鼎、崇寧鐘,大觀年間(1107－1111),又造皇帝行信六璽、鎮國寶、受命寶、定命寶等。除了禮器製作,還有明堂禮等儀注的修訂,政和三年(1113)《政和五禮新儀》修訂完成。在歷次頒示禮器、演奏新樂的時候,往往會有白鶴作為一種特殊的瑞象伴隨,以配合禮器「格神明、通天地」的神性。[50] 史籍明確記載白鶴出現的事件,有如下幾次:

| 年份 | 起因 | 史籍記載 |
|---|---|---|
| 崇寧三年（1104） | 議作九鼎 | 又方其講事也,輒有群鶴幾數千萬,飛其上,蔽空不散。翌日,上幸之,而群鶴以千餘又來,雲為變色,五彩光豔,上亦隨方入其室,焚香為再拜,從臣皆陪祀於下。[51] |
| 崇寧四年（1105） | 鼎樂新成 | 以鼎樂成,帝御大慶殿受賀。是日,初用新樂,太尉率百僚奉觴稱壽,有數鶴從東北來,飛度黃庭,回翔鳴唳。[52] |

---

48 〔明〕董斯張撰、楊鶴輯:《廣博物志》,《景印文淵閣四庫全書》,第981冊,卷44,頁418a。
49 〔明〕董斯張撰、楊鶴輯:《廣博物志》,卷44,頁418a。
50 方誠峰對徽宗朝的禮器製作與祥瑞系統關係有詳盡的分析,此處多有引借,見方誠峰:〈祥瑞與北宋徽宗朝的政治文化〉,《中華文史論叢》總104期(2011年4月),頁215–253。
51 〔宋〕蔡絛:《鐵圍山叢談》,卷1,頁33。
52 《宋史》,卷129,頁3001。

| 年份 | 起因 | 史籍記載 |
|---|---|---|
| 政和三年（1113） | 明堂祭禮 | 大饗明堂,有鶴回翔堂上,明日,又翔于上清宮。是時,所在言瑞鶴,宰臣等表賀不可勝紀。[53] |
| 政和六年（1116） | 帝鼐安置 | 用方士王仔昔建言,徙九鼎入於大內,作一閣而藏之,時魯公為定鼎使。及帝鼐者行,亦有飛鶴之祥,雲氣如畫卦之象。[54] |
| 政和八年（1118） | 明堂祭禮 | 以上清寶籙宮有鶴數千飛繞萬歲山,太師蔡京率百僚拜表稱賀。閏九月二十四日以明堂大饗,夜有鶴十六飛旋應門之上,蔡京以下拜表稱賀。[55] |
| 宣和三年（1121） | 明堂祭禮 | 宗祀明堂,太宰王黼等言:「奠玉之初,有群鶴翔集空際,從以羽物。在廷執事,罔不矯首嘆嗟,垂貺錫符,其應如響。[56] |

　　通過上表,我們看到白鶴瑞象與一般祥瑞的呈現方式不同。一般祥瑞是以其有異於常的特殊外表、形態而呈進的,而白鶴本身在形態上沒有變化,是在舉行重大的國家祭儀,或演奏禮樂的時候,突然出現鶴群飛鳴,以此作為國家禮器、祭祀儀式的神聖性和靈驗表徵。

　　白鶴成群飛鳴出現,有濃厚的道教背景,有時候頌念道經,也會出現白鶴飛鳴的瑞象。徽宗有一詩,詩題比較長,可作一段文字理解:「上清寶籙宮立冬日講經之次,有羽鶴數千飛翔空際,公卿士庶眾目仰瞻。卿時預榮觀,作詩紀實來上,因俯同其韻,賜太師以下。」[57] 詩題交代了立冬日講經而羽鶴數千隻飛鳴空中的盛大場面,詩云:

---

53　《宋史》,卷64,頁1410。
54　〔宋〕蔡絛:《鐵圍山叢談》,卷1,頁33。
55　〔清〕徐松輯,劉琳等校點:《宋會要輯稿》(上海:上海古籍出版社,2014年),第5冊,瑞異,頁2606。
56　〔清〕徐松:《宋會要輯稿》,第5冊,瑞異,頁2607。
57　《全宋詩》,第26冊,頁17073。

上清講席鬱蕭臺，俄有青田萬侶來。蔽翳晴空疑雪舞，低佪轉影類雲開。翻翰清唳遙相續，應瑞移時尚不回。歸美一章歌盛事，喜今重見謫仙才。[58]

上清宮講經時，鶴群飛鳴出現，詩云「萬侶」是文學誇張，但一定也很多。晴朗天空中翻飛的鶴群，像雪片一樣飛舞，又像白雲一樣低佪翻轉。而〈瑞鶴圖〉所呈現的白鶴祥瑞，在鶴群出現的時間、起因和地點上，與此又有很大不同，這也為後世研究〈瑞鶴圖〉的製作過程、寫繪意圖和文圖關係等，留下很大的闡釋空間。

政和二年（1112），又有群鶴飛鳴，集於端門之上，徽宗繪製〈瑞鶴圖〉並作詩以紀其實。因〈瑞鶴圖〉，這成為一次著名同時也比較特殊的白鶴祥瑞事件。

現存〈瑞鶴圖〉，絹本，設色，縱53釐米，橫235.6釐米。[59]（圖6）〈瑞鶴圖〉曾在「靖康之亂」中散落民間，600多年後竟奇蹟般現身，入藏於清內府，此後備受清帝珍賞，乾隆、嘉慶、宣統都曾鈐印，並著錄於《石渠寶笈續編》。1945年8月，日本投降後，溥儀攜帶數箱珍貴書畫及珠寶玉器欲乘機逃往日本，途經瀋陽時為人民解放軍及蘇軍截獲，這批文物隨即被護送到東北銀行保管，其中就包括徽宗的〈瑞鶴圖〉。1949年後，劫後餘生的〈瑞鶴圖〉入藏東北博物館，現作為一級文物藏於遼寧省博物館。〈瑞鶴圖〉右側圖畫部分，下層是祥雲繚繞的廊廡式大屋頂，屋頂上方和兩個鴟吻之上，一共20隻白鶴，或翻飛起舞，或閒適立於鴟吻之上，背景天空是寶藍色的。

---

58 《全宋詩》，第26冊，頁17073。
59 〈瑞鶴圖〉數據採自《國畫大師：趙佶》（北京：中央廣播電視大學出版社，2014年），第1章〈花鳥篇〉，頁20。

圖6　〈瑞鶴圖〉[60]

　　整幅畫的構圖非常講究，疏密有致，縱橫有跡，如果沒有對禽鳥寫生的觀察力和刻畫能力，是不可能有這樣生動的表現能力的。尤其是踞於屋頂左右對稱的兩隻仙鶴，一是低蹲扇翅而回顧，另一是高立收翅而仰望，雖同處屋頂兩端，但回環揖讓，左低右高，左抑右仰，與天上飛翔的18隻白鶴，形成一種動與靜組合的和諧之美。但是，也許因畫作〈瑞鶴圖〉的誤導，我們往往更關注畫面中的「瑞鶴」，而忽略了當時出現的另一種瑞物：祥雲。確切來說，這幅畫的完整題名應該是「祥雲瑞鶴圖」。另外，我們如果僅僅著眼於畫面本身，也容易對這種構圖、設色等，充滿了訝異，以之為「繪畫史上的特例」。[61] 歷史上，也有雲鶴組合圖，但雲彩用符號性的雲紋表示，排布在仙鶴周圍，而〈瑞鶴圖〉是現實主義的寫生作品，為了突出祥雲與仙鶴兩種瑞物的「真實性」，必須把端門和天空作為背景鋪墊。

　　〈瑞鶴圖〉整幅畫是由圖畫、說明文字及所題詩作共同構成的。對於〈瑞鶴圖〉而言，不能把圖畫左側的文字，當做普通畫作的「題跋」或「題畫詩」。〈瑞鶴圖〉首先是一幅祥瑞畫，是祥瑞發生、表奏、製作過程的藝術化終端。皇家畫師會遵守一定的程式，說明祥瑞事件的時間、地點、特徵，並呈上畫作，從而構成一幅完整的祥瑞畫。從徽宗的幾幅祥瑞畫〈祥龍石

---

60　〔宋〕趙佶繪：〈瑞鶴圖〉，下載自「國家藝術檔案」網站，2024年4月30日。網址：http://xn--vcsu3i05le6a3dq38n.com/digital/1665.htm。

61　陳振濂：〈《瑞鶴圖》：中國繪畫史上的特例〉，《文史知識》2020年第1期，頁79–82。

圖〉、〈五色鸚鵡圖〉來看，都遵循了同樣的體例。〈瑞鶴圖〉左側文字部分，是解讀右側畫作的重要參考，現引錄如下（圖7）：

> 政和壬辰上元之次夕，忽有祥雲拂鬱，低映端門，眾皆仰而視之。倏有群鶴飛鳴於空中，仍有二鶴對止於鴟尾之端，頗甚閒適，餘皆翔翔，如應奏節。往來都民無不稽首，瞻望歎異久之，經時不散。迤邐歸飛西北隅散。感茲祥瑞，故作詩以紀其實：
> 清曉觚稜拂彩霓，仙禽告瑞忽來儀。飄飄元是三山侶，兩兩還呈千歲姿。似擬碧鸞棲寶閣，豈同赤雁集天池。徘徊嘹唳當丹闕，故使憧憧庶俗知。[62]

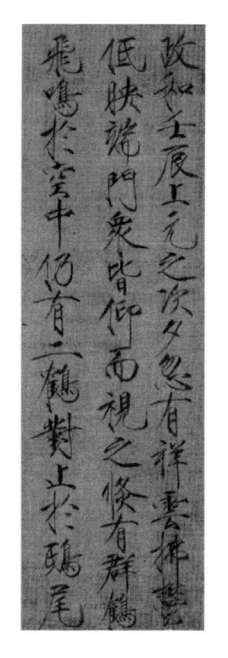

圖7　〈瑞鶴圖〉中題字[63]

---

62　〔宋〕趙佶：〈瑞鶴圖〉。
63　〔宋〕趙佶：〈瑞鶴圖〉。

〈瑞鶴圖〉不僅僅是一幅題畫詩，也是書法、繪畫與文學完美結合的曠世之作。崇寧三年（1104）徽宗賜童貫（1054－1126）瘦金體《千字文》，時年徽宗22歲，「瘦金體」靈動快捷、筆畫犀利、風姿清逸的風格已然形成，與晉唐楷書大異其趣。〈瑞鶴圖〉作於政和二年（1112），時年徽宗30歲，書體更加灑脫自然。這種字體還有一種雅稱——「鶴體」。筋骨強健，鶴體松形，向被看做純陽之徵，也是丹道真炁修煉者所追求的一種理想狀態。天真皇人回答黃帝問道云：「鍊體純陽，金筋玉骨，鶴體松形，謂之純陽，故得不死。以身為國，以心為君，以精為民，以形為爐。」[64]徽宗「瘦金體」的形成，是否刻意模仿了白鶴，目前未見明確的文獻記載，但從書法風格來看，整體字形瘦直挺拔，橫畫、豎畫都強化頓筆，帶勾或帶點，撇畫像匕首，捺畫如切刀，爽利閒雅，確實有白鶴的身姿和形態。可以說，瘦金體書法，與白鶴繪圖巧妙配合，渾然天成。

〈瑞鶴圖〉左側的詩文有助於理解繪圖所不能傳達的信息，瑞物出現的時間、地點、場景細節等，都有待文字作進一步交代。但是在祥雲、白鶴出現的時間上，詩與文出現了矛盾。文字記載云：

> 政和壬辰上元之次夕，忽有祥雲拂鬱，低映端門，眾皆仰而視之。倏有群鶴飛鳴於空中。[65]

「上元次夕」顯然指上元節正月十五日以後的正月十六，亦或泛指正月十五以後的十六、十七、十八日，《宋史》卷113〈禮志・游觀〉記載：

> 三元觀燈，本起於方外之說。自唐以後，常於正月望夜，開坊市門然燈。宋因之，上元前後各一日，城中張燈，大內正門結綵為山樓影燈，起露臺，教坊陳百戲。天子先幸寺觀行香，遂御樓，或御東華門及東西角樓，飲從臣。四夷蕃客各依本國歌舞列於樓下。東華、左右

---

[64] 王宗昱集校：《陰符經集成》（北京：中華書局，2019年），卷上，頁210–211。
[65] 〔宋〕趙佶：〈瑞鶴圖〉。

按門、東西角樓、城門大道、大宮觀寺院,悉起山棚,張樂陳燈,皇城雉堞亦徧設之。其夕,開舊城門達旦,縱士民觀。後增至十七、十八夜。[66]

上元節觀燈慶祝,後來增至正月十七、十八日夜,元陶宗儀(1316年生)〈正月十七〉詩亦云:「上元次夕月華明,雪霰繽紛欲二更。曉起作花飛向日,苦寒砭骨勢崢嶸。」[67]正月十七,仍謂「上元次夕」。在這天晚上,端門之上突然有祥雲低映,百姓(「眾人」)正在觀望歎異的時候,突然白鶴群「飛鳴」於空中。文字記載,言之鑿鑿,但是詩作卻云「清曉觚稜拂彩霓,仙禽告瑞忽來儀。」「清曉」一詞沒有明確的用典,在古詩文中常指「清晨」,這樣的例句很多。那麼為什麼會出現這種時間上的偏差?哪個記載是準確的?詩和文都提到了同一個場景,即眾人仰望跪拜,詩云「故使憧憧庶俗知」,文云「眾皆仰而視之……往來都民無不稽首,瞻望歎異久之」。設想,如果發生在「清曉」的早晨,大概率不會有熙熙攘攘觀看花燈的「都民」,可以確定就是「上元次夕」,即十六或十七日還在歡慶上元節的晚上。詩歌創作與紀實文字相比,在措辭上更多一些誇張想像或程式化用典的成分。徽宗〈白鶴詞〉中有一首詩是這樣的:

> 靈鶴翩翩下太清,玉樓金殿曉風輕。昂昂不與雞為侶,時作沖天物外聲。[68]

這首詩描繪「靈鶴」從「太清」天飛落在「玉樓金殿」上,也是「曉風輕」時的清晨。在人跡尚稀的早晨,仙鶴飛臨,更凸顯其靈性,自與混跡擾

---

66 《宋史》,卷64,頁2697–2698。
67 〔元〕陶宗儀著,徐永明、楊光輝整理:《陶宗儀集》(杭州:浙江古籍出版社,2014年),頁137。
68 〔宋〕趙佶:〈白鶴詞〉十首其三,收入《金籙齋三洞讚詠儀》(HY 310),《道藏》,第5冊,卷下,頁772a。

攘塵寰中的雞鴨不同。在徽宗其他〈白鶴詞〉詩中,也反覆申說白鶴多在深夜、凌晨時活動的輕靈、神秘的特性,如「玉壇夜醮神仙降,飛過緱山人不知」、「瑤臺風靜夜初分,仰喙驚鳴露氣新」。[69] 由此,我們不必糾結為什麼詩歌所云「清曉」與文字所云「上元次夕」出現時間誤差,詩作更多的是一種文學表現而已,此外無他。[70]

從〈瑞鶴圖〉徽宗配詩的文學成就上看,這算不上什麼含蓄雋永、寓意深刻的傑作,所用典故,徽宗在其他詩作中,也常常使用,如果但就這一首作無限的發揮想像,就難免墮入「曲解」一途。如詩云「飄飄元是三山侶」的「三山侶」,有學者以並非指蓬萊三山,而是指茅山、閣皂山、龍虎山,體現瑞鶴與茅山教的密切聯繫。[71] 但是,我們看徽宗的十首〈白鶴詞〉詩,其中就有「三山」的用法,其四云:

三山碧海路非遙,來瑞清都下紫霄。霜雪羽毛冰玉性,瑤池深處啄靈苗。[72]

這裏所用「三山碧海」顯然指的是傳統典故,即海中三座仙山:蓬萊山、方丈山、瀛洲山。這個典故在蘇軾(1037－1101)等很多詩作中都有運用,徽宗〈白鶴詞〉所謂「三山碧海路非遙,來瑞清都下紫霄」說的正是從海中三座仙山來的仙鶴,呈祥獻瑞而下降清都。〈瑞鶴圖〉配詩所謂「飄飄元是三山侶」的飛鳴獻瑞,也正是利用同樣的典故,而非另有深旨。如果指現實世界中的三座道教中心,則矮化和消解了仙鶴的神秘和靈性,與詩意背道而馳。

---

69 〔宋〕趙佶:〈白鶴詞〉十首其五、其二,收入《金籙齋三洞讚詠儀》,卷下,頁772a。
70 劉偉冬認為徽宗先創作了詩歌,再由畫師作畫,然後自己再謄抄並寫題跋,所以時間上出現了錯位,但此種解釋似過牽強,忽略了祥瑞畫的固定程式和生產過程。見劉偉冬:〈群鶴飛舞 朝兮暮兮——《瑞鶴圖》有關問題的闡釋〉,《南京藝術學院學報》2004年第1期,頁112–113。
71 傅慧敏:〈《瑞鶴圖》的多重隱喻與圖像內涵新探〉,頁57。
72 〔宋〕趙佶:〈白鶴詞〉十首其四,收入《金籙齋三洞讚詠儀》,卷下,頁772a。

羅爭鳴：聖藝與「聖王在位」❖ 539

實際上，要深入瞭解〈瑞鶴圖〉這首配詩，我們首先要讀懂徽宗的十首〈白鶴詞〉。《金籙齋三洞讚詠儀》卷上錄宋太宗〈白鶴讚〉十首，卷中錄真宗〈白鶴讚〉十首，卷下即徽宗〈白鶴詞〉十首。[73] 這是最為集中的三十首白鶴讚歌詞，後世科儀文本多有摘引，但新創不多。徽宗這十首〈白鶴詞〉寫得相當生動，現據《金籙齋三洞讚詠儀》本完整過錄如下：

> 胎化靈禽唳九天，雪毛丹頂兩相鮮。世人莫認歸華表，來瑞昇平億萬年。（其一）
> 瑤臺風靜夜初分，仰喙驚鳴露氣新。太液徘徊歸未得，曾於往劫作麒麟。（其二）
> 靈鶴翩翩下太清，玉樓金殿曉風輕。昂昂不與雞為侶，時作沖天物外聲。（其三）
> 三山碧海路非遙，來瑞清都下紫霄。霜雪羽毛冰玉性，瑤池深處啄靈苗。（其四）
> 金火純精見羽儀，長隨王母宴瑤池。玉壇夜醮神仙降，飛過緱山人不知。（其五）
> 五雲宮殿步虛長，斗轉旋霄夜未央。白鶴飛來通吉信，清音齊逐返魂香。[74]（其六）
> 一聲嘹唳九皋禽，換骨輕清歲月深。遼海等閒人不識，大羅天上有知音。（其七）
> 白毛鮮潔映霜華，丹頂分明奪絳紗。千六百年神炁就，飛鳴長伴玉仙家。（其八）
> 蓬萊會散列仙歸，羽駕飄然白鶴飛。明代為祥人慣見，何須樂府詠金衣。（其九）
> 玉宇沉沉瑞霧開，香風未斷鶴徘徊。奇姿會與青田別，[75] 定是仙人次

---

73 見《金籙齋三洞讚詠儀》，卷上，頁765a-b；卷中，頁768a-b；卷下，頁772a-b。
74 「返魂」，《玉音法事》（HY 607）作「返風」，《道藏》，第11冊，卷下，頁138c。
75 「會與」，《玉音法事》作「迥與」，見《玉音法事》，卷下，頁138c。

第來。(其十)[76]

相比太宗〈白鶴讚〉每句以「白鶴」開頭而類似民歌的形式，徽宗這十首組詩有明顯雅化的傾向，反覆用典，深致古雅，體現了徽宗高妙的文學造詣。這十首〈白鶴詞〉顯然是用於配樂演唱的歌詞。從歌詞文本看，內容涵蓋了仙鶴所具有的長壽、高潔、閒雅、飄逸等各種品質和祥瑞的符號性質。除了上文提及的「靈鶴翩翩下太清，玉樓金殿曉風輕」和「三山碧海路非遙」有助於理解〈瑞鶴圖〉配詩以外，「玉宇沉沉瑞霧開，香風未斷鶴徘徊」正是〈瑞鶴圖〉配詩描繪的祥雲出現在宮殿之上和白鶴飛鳴徘徊的瑞象；「明代為祥人慣見」則側面說明徽宗朝白鶴頻頻飛臨的政治意義——「明代為祥」，即明君盛世才會有如此頻繁的白鶴瑞象。

〈瑞鶴圖〉所繪白鶴飛鳴的瑞象，與其他出現場景有個重要的區別，即這次並非因朝廷禮器宣示內外，鼎樂齊鳴，或是明堂舉辦重大祭儀時候出現的，而是出現在汴京上下都在歡慶上元節的晚上。皇帝遊豫有時，不能隨便出宮遊覽，一般來說，上元節會到集禧觀、相國寺觀賞，晚上登宣德門城樓觀燈。[77]上元次夕出現群鶴飛鳴、祥雲籠罩端門之上，很可能是徽宗在上元次夕觀燈時候發生的，是帶有娛樂和喜慶成分的「與民同樂」，如果一定要解析這次事件的政治寓意，那就是體現了太平盛世和今上的聖德感應。[78]至於「天池」、「赤雁」與伐遼的用典深意，亦多揣測臆想之語。

祥雲與瑞鶴同時出現在端門之上，可能此時徽宗恰好正在皇城某處觀看端門這場為自己定制的「視覺盛宴」。按自然常理，白鶴為候鳥，12世紀汴京的正月（上元）氣溫仍是很低的冬日，此時自然界的白鶴正在南方暖濕地

---

76 《金籙齋三洞讚詠儀》，卷下，頁772a–b。
77 《宋史》，卷113，頁2695。
78 石慢對〈瑞鶴圖〉的創作意圖也做過深入分析，指其象徵了徽宗大晟樂製作的成功，且在上元日次夕出現，體現了社會高層到底層的全面和諧。見Sturman, "Cranes above Kaifeng," pp. 33–68。

帶避寒,不可能出現在開封。[79] 這群突然飛鳴於端門之上的白鶴,是專門飼養在皇家園囿中的馴化禽鳥。如前引,徽宗修建的新延福宮中就有鶴莊,艮岳萬歲山中也有專門的飼養馴化的白鶴:

> 艮岳初建,諸巨璫爭出新意事土木。既宏麗矣,獨念四方所貢珍禽之在囿者,不能盡馴。有市人薛翁,素以拳擾為優場戲,請于童貫,願役其間,許之。乃日集輿衛,鳴蹕張黃屋以游,至則以巨样貯肉炙粱米,翁傚禽鳴,以致其類,既乃飽飫翔泳,聽其去來。月餘而囿者四集,不假鳴而致,益狎玩,立鞭扇間,不復畏。遂自命局曰「來儀」,所招四方籠畜者,置官司以總之。一日,徽祖幸是山,聞清道聲,望而群翔者數萬焉。翁輒先以牙牌奏道左,曰:「萬歲山瑞禽迎駕。」上顧罔測,大喜,命以官,賚予加厚。靖康圍城之際,有詔許捕,馴篭者皆不去,民徒手得之,以充飧云。[80]

萬歲山珍禽有人專門畜養馴化,這些禽鳥後來竟像馴化的寵物一樣,「不假鳴而致」,呼之即來,揮之即去。徽宗遊覽萬歲山時,群鳥竟做出飛翔迎駕的表演。這些禽鳥中當有可以指揮的白鶴。在上元次夕這種帶有民間色彩的節慶活動下,從鶴莊中放出群鶴以娛聖上,同時也令百姓紛紛稱奇禮拜。這種祥瑞表現方式,宣傳效應和聖德感應的說服力,遠遠超過少數君臣參與的朝廷禮拜和國家祭祀。

# 五 結語

宋太祖、太宗、真宗也熱衷於各種祥瑞,但是這些祥瑞事件用藝術表現

---

[79] 彭慧萍對北宋政治與氣候變遷的關係做過精彩分析,可資參考。見 Pang Huiping, "Strange Weather: Art, Politics, and Climate Change at the Court of Northern Song Emperor Huizong," *Journal of Song-Yuan Studies* 39 (2009): pp. 1–41。

[80] 〔宋〕岳珂撰,吳企明點校:《桯史》(北京:中華書局,1981年),卷9,頁106–107。

並能作為曠世傑作流傳下來的很少。徽宗天分非常，在藝術創作上精勤刻苦，但不全是「為了藝術而藝術」，他的創作大多數有強烈的現實目的，即作為一代天子憑藉自己的不世之材，親自直接參與了符瑞的製作，「聖藝」服務於「聖王在位」的宣傳，對盛世太平的粉飾也不遺餘力。

　　徽宗對道教表現出極大的熱情，前期的茅山上清派劉混康（1037－1108），後來的神霄派林靈素都對徽宗的政治決策和藝術創作產生深刻影響，但總體來看道教終究服務於王權，所謂「教主道君皇帝」也僅限於齋醮科儀等法事活動。從徽宗與劉混康的通信來看，徽宗也曾繪製過三茅真君等道教聖像，抄過道經，但是都沒有留存。從徽宗的書畫真跡來看，他仍是一位深知「聖人以神道設教，而天下服矣」的道理，並把實踐與目的藏於「聖藝」的另類「高人」。

elementary
# 元代「儒仙」吳全節的儒、道功業與元代藝文活動*

吳光正

武漢大學中國宗教文學與宗教文獻研究中心

　　元代玄教宗師吳全節（1269－1346），字成季，號閑閑，晚號看雲道人。他以其儒道素養、藝文素養參與元代的國家祭祀、政治活動、藝文活動，成為元代政壇的不倒翁、元代藝文交際圈之核心人物，被元代政壇、文壇精英界定為「儒仙」、「孔李通家」。[1] 可惜，這樣一位風雲人物在元朝滅亡後便在歷史上煙消雲散，連浩瀚的詩文集都散佚不存，現代學術對他的關注也極為有限，直到近年才有所好轉。[2] 如果我們要深入瞭解元代道教、元代

---

* 本文為國家社科基金重大項目「中國宗教文學史」（批准號：15ZDB069）、貴州省哲學社會科學規劃國學單列課題「元代道教文學研究」（批准號：19GZGX09）成果。
1 虞集（1272–1348）〈玄教大宗師吳公畫像贊序〉：「昔人有言孔李通家者，其吳公之謂歟？」見李修生主編：《全元文》（南京：江蘇古籍出版社，1998年），第26冊，卷829，頁257。蒲道源（1260–1336）〈送吳閑閑真人〉：「閑閑嗣師方外臣，貌雖老氏心儒珍。」見楊鐮主編：《全元詩》（北京：中華書局，2013年），第19冊，頁246。虞集〈吳宗師畫像贊〉：「列仙之儒，身為道樞。」見《全元文》，第27冊，卷865，頁147。許有壬（1287–1364）〈勅賜吳宗師畫像贊〉：「人以為仙，臣以為儒。」見《全元文》，第38冊，卷1194，頁290。
2 相關論文僅有如下幾篇：孫克寬：〈元道士吳全節事蹟考〉，《元代道教之發展：宋元道教之發展》（臺中：東海大學，1968年），下冊，頁156–217；詹石窗：〈吳全節與看雲詩〉，《中國道教》1997年第3期，頁24–27；洪再新：〈儒仙新像：元代玄教畫像創作的

道教文學，回歸歷史語境探尋元代文化和元代藝文本質特徵，吳全節一生功業及其藝文活動無疑是一個重要的界面。

## 一　吳全節的生平與功業

　　吳全節自小接受了嚴格的儒道文化訓練，被玄教創教宗師張留孫（1248－1321）招至京城後，備受元代十朝君王寵信，主持國家祭祀的同時進而參與朝廷政治，「黼黻皇猷」的同時「柱石玄宗」，其所獲得的政治地位和政治榮譽在中國道教發展史上可謂「空前絕後」。

　　玄教的創立與元朝帝室在政策上崇尚實用、在信仰上崇尚薩滿教密切相關，吳全節為元朝歷代帝王重用，與其在儒道文化上的深厚修養密切相關。張留孫隨從天師張宗演（1244－1291）北上覲見世祖皇帝（在位年：1260－1294），因為作法止風雨、治癒皇后和太子疾病而獲得世祖皇帝信任，被封為玄教宗師、道教都提點、管領江北淮東淮西荊襄道教事，開宗立派的同時逐漸參與元代的政治活動。從此，張留孫備受從世祖到英宗（在位年：1320－1323）的歷代帝王寵信，加官封爵，其結銜為：開府儀同三司、上卿、輔成贊化保運玄教大宗師、志道弘教冲玄仁靖大真人、知集賢院事、領諸路道教事。1287年，19歲的吳全節被張留孫招至京師，從此際遇元朝十代君王，成就令南北漢人儒臣仰慕的功業，這與其深厚的儒道文化修養密切相關。吳全節13歲從李宗老（活躍於1264－1295年）學道龍虎山，其時天師道已經設立了玄學講師制度，禮請高道雷思齊（1231－1303）講授道家經典和儒學經典，這樣一來，吳全節不僅學會了天師道的齋醮科儀，而且掌握了道家和儒家的精髓。更重要的是，他養成了一種孜孜不倦、持續一生的學習習慣。袁

---

文化情境和視象涵義〉，載范景中、曹意強主編：《美術史與觀念史》（南京：南京師範大學出版社，2003年），頁93–180；申喜萍：〈道教修煉視閾下的《吳全節十四像並贊卷》〉，《世界宗教研究》2019年第6期，頁89–102；吳光正：〈吳全節像、贊與元代文學的新認識〉，《文藝研究》2021年第7期，頁136–147；吳光正：〈元代文壇與吳全節的「儒仙」印記〉，《安徽師範大學學報（人文社會科學版）》2023年第1期，頁40–47。

桷（1266-1327）曾指出，「吾徒來京師，視成季有三愧焉」。其中一愧便是京師士人奔波於功名場，而吳全節則「閉門展書，視日蚤莫（暮），冰渟而川止也」。³ 來到京師後，他利用各種機會向各方高人學習，不斷充實自己的素養：他曾從謝枋得（1226-1289）受河圖之書，從慶元路道錄陳可復（1307卒）學習清微派雷法，從趙淇受（1239-1307）神仙金丹之術，並修持上清派大洞法。其任職的集賢院和國史翰林院一樣，乃儒臣聚集之地，長期的互動往來形塑了吳全節「儒而俠」的涵養和性格，「尤識為政大體」，「是以開府每與廷臣議論，及奏對上前，及於儒者之事，必曰：『臣留孫之弟子吳全節，深知儒學，可備顧問。』是以武宗、仁宗之世，嘗欲使返初服，而置諸輔弼焉。」⁴

作為祠官，吳全節的主要職責有二。一是扈從兩京為皇室舉辦各類齋醮法事。這類齋醮法事可以分為兩大類，其一事關各類天災。如，1313年，仁宗（在位年：1311-1320）詔告張留孫在長春宮舉辦金籙大齋，並令吳全節奉持金龍玉節，投諸嵩洞，目的就是為了弭星芒、禱雨澤。一直到晚年，吳全節還在主持這類活動：「仍改至元之元年，京師旱，公奉敕禱之，雨。冬，無雪，公奉敕禱之，雪。」⁵ 其二事關具體的人事。如泰定帝（在位年：1323-1328）即位後，即令吳全節於崇真萬壽宮舉辦齋醮法事，向上天報告自己登基一事，並祈求上天的保佑。二是替元廷代祀嶽鎮海瀆和名山大川。蒙古汗廷征服金朝後，蒙古帝王就在全真道士的指引下祭祀嶽鎮海瀆以宣示其政權的正統性和合法性；忽必烈征服南宋後，對南嶽的祭祀便由遙祭變為實地祭祀了，張留孫適時承擔了這項任務。1289年，吳全節跟隨張留孫祭祀南嶽，開啟了代祀嶽鎮海瀆的人生軌跡：「五十年間，以天子之命，祀名山大川，東南西北，轍跡咸至。」⁶ 在張留孫、吳全節的主導下，代祀活動由祭祀傳統的嶽鎮海瀆擴大到道教的名山大川，吳全節本人就曾在1304、

---

3　袁桷：〈送吳成季歸省序〉，《全元文》，第23冊，卷715，頁192。
4　虞集：〈河圖仙壇碑〉，《全元文》，第27冊，卷869，頁201。
5　虞集：〈河圖仙壇碑〉，頁199。
6　虞集：〈河圖仙壇碑〉，頁195。

1310、1314、1326年奉旨代祀茅山、龍虎山、閣皂山。元廷的代祀活動除了向嶽神、水神宣示政權的正統性、合法性之外，還有祈福消災的目的，所謂有祈、有報是也。

作為道官，吳全節代朝廷管理道教的同時成為「柱石道教」的關鍵人物。虞集曾經指出，「東南道教之事，大體已定於開府之世，而艱難險阻，不無時見於所遭。裨補扶持，彌縫其闕，使夫羽衣黃冠之士，得安其食飲於山林之間，而不知公之心力之罄多矣。」[7]根據文獻記載，其「柱石道教」集中體現在如下三個層面。

一是利用元廷崇道的機會大肆興建宮觀。吳全節參與、主持修建的宮觀有北京東嶽仁聖宮、太一延福宮、杭州四聖延祥觀、龍虎山上清正一宮、安仁縣萬壽崇真觀、明成觀、仁靖觀、溪山真慶宮、芝山道院、柳侯廟、看雲道院。此外，吳全節還常常出私財支持宮觀建設，如上清正一宮、玉隆萬壽宮、武當山大五龍靈應萬壽宮的修建均有吳全節的經濟支持。各地宮觀興建後，吳全節在觀額的申請、廟神的封贈等方面提供了大力支持。如洞陽萬壽宮、茅山崇禧萬壽宮、龍虎山繁禧觀之觀額，信州自鳴山山神「明仁廣孝翊化真君」之封號，均是吳全節通過集賢院向皇帝奏請而獲得的。

二是培養、提攜道徒。吳全節作為玄教宗教領袖，自然明白道在人弘的道理，因此能夠利用一切機會安頓道眾、培養人才。早在青年時代，吳全節就注意替玄教網羅人才，虞集〈陳真人道行碑〉曾指出：「開府公受知世祖皇帝，肇設玄教，身為大宗師，擇可以受其傳者，非奇材異質不與也。今大宗師吳公，元貞、大德中，為天子禱祠名山，見公於上清正一宮達觀堂諸弟子之列。歸以告開府，遂召以來，深得開府心。」[8]吳全節對徒眾的培養是非常成功的，其「宗系別居於達觀堂者，尊顯獨隆於他支。封真人者凡數十人，奉被璽書，主宮觀者，尤不可勝紀。」[9]玄教之外的道士，只要夠優秀，吳全節也會盡全力加以栽培。如，茅山宗道士張雨（1283－1350）、趙

---

[7] 虞集：〈河圖仙壇碑〉，頁202。
[8] 虞集：〈陳真人道行碑〉，《全元文》，第27冊，卷882，頁378。
[9] 虞集：〈河圖仙壇碑〉，頁202。

嗣祺（1276－1340），淨明道道士黃元吉（1270－1324），均得到了吳全節的鼎力舉薦。趙嗣祺為宋魏悼王十一世孫，其師祖杜道堅（1237－1318）攜之遊京師，以廣其見聞。張留孫、吳全節「咸加禮遇，因挽置館下，聲譽日起。」[10]趙虛一南歸，吳全節持卷向虞集等館閣大臣索詩贈行，吳全節對道士的提攜於此可見一斑。

三是建構道教認同。作為玄教宗教領袖，吳全節深知宗教書寫在建構宗教認同中的關鍵作用，因此積極推動相關碑記、山志、總集、經論的撰寫和編撰。武當山大五龍靈應萬壽宮玄武殿竣工，吳全節透過集賢院向元順帝（在位年：1333－1370）奏言武當山玄武聖跡、元廷祭祀武當之緣由，認為玄武殿之建成「宜得詞臣文而勒之石，以彰國家之美，以重此山。」[11]他奏請仁宗皇帝任命元明善（1269－1322）編撰《龍虎山志》，書成後又上表，期待該書經御覽後能夠「益振玄風，少裨至治」。[12]元代還出現了對洞天福地的同題集詠，吳全節參與其中，樂此不疲。這導致了一批名山總集的編撰，吳全節詩歌便被編入《茅山志》、《閣皂山淩雲集》、《洞霄詩集》之中。對於道教經論的編撰，吳全節也曾全力宣導。他曾命道士赴全國各地收集《道德經》注本，並令張雨彙纂成書。

吳全節利用身為祠官、「密勿」皇室的機會參與朝政，成為直言進諫的朝廷重臣。虞集〈河圖仙壇碑〉就曾記載吳全節由祭祀嶽鎮海瀆進而參與政治的事蹟：「世祖……每遣近臣忠信而識察者，分道祠嶽瀆后土……蓋歸而問其所聞見人物道里、風俗美惡、歲事豐凶、州縣得失，莫不參伍以周知踈遠之跡焉。公之連歲被命而出，每辭以為臣不足以當大事之重。上曰：『敬慎通敏，誰如卿者。』遂行。他日，成宗遣祠嶽瀆，使還，顧問如世祖故事。」[13]吳全節利用這種機制向朝廷推薦了不少人才，也為不少大臣消災免禍，如，洛陽太守盧摯（1248？－1315後）因吳全節的薦舉而被成宗（在位

---

10 黃溍（1277-1357）：〈玄明宏道虛一先生趙君碑〉，《全元文》，第30冊，卷964，頁90。
11 揭傒斯（1274-1344）：〈大五龍靈應萬壽宮碑〉，《全元文》，第28冊，卷928，頁500。
12 吳全節：〈進龍虎山志表〉，《全元文》，第24冊，卷763，頁415。
13 虞集：〈河圖仙壇碑〉，頁200。

年：1294－1307）拜為集賢學士，翰林學士閻復（1236－1312）因吳全節奏言而得以免除殺身之禍。正因為皇室如此信任吳全節，所以「至元、大德之間，重熙累洽，大臣故老心腹之臣，莫不與開府有深契焉。至於學問典故，從容裨補，有人所不能知，而外庭之君子，巍冠褒衣以論唐虞之治，無南北皆主於公矣。若何公榮祖、……韓公從益諸執政多所諮訪。」[14] 正因為皇室如此信任吳全節，吳全節才能無所顧忌地進言獻策。吳全節晚年曾向虞集剖白心跡：「予平生以泯然無聞為深恥，每於國家政令之得失，人才之當否，生民之利害，吉凶之先徵，苟有可言者，未嘗敢以外臣自詭，而不盡心焉。」[15] 袁桷也證實了他的說法：「成季獨正色指畫，朗言某事未當。至論天下休養大計，龜灼繩宜，聽者咋舌，方疾趨以行，不勝其愧。」[16]

　　元廷長期停止科舉但又盛行薦舉，吳全節所在的集賢院又負責搜訪遺逸，既「儒」又「俠」的吳全節因此成了元廷護持儒學、薦舉儒士的重要人物。他不斷利用自己在朝中的地位宣示儒家執政理念。元廷重齋醮，耗費過重，吳全節常常向皇帝進諫：「事天以實不以文，弭菑在於修德，而禱祈特其一事耳。」[17] 這是在向皇帝宣導儒家以德治國的理念。成宗命人翻譯《玄風慶會錄》，譯者莫達其意，下詔詢問吳全節，吳全節對云：「丘真人之所以告太祖皇帝者，其大概不過以取天下之要，在乎不殺。治天下之要，在乎任賢。」[18] 這是借助元朝歷史典故來宣揚儒家仁政和尚賢理念。吳全節還於至順二年（1333）「進宋儒陸文安公九淵《語錄》，世罕知陸氏之學，是以進之。」[19] 元廷一直利用吳全節這類道士求賢訪賢。如前文所述，元廷曾要求吳全節利用代祀的機會訪賢薦賢；又如大德九年（1305）夏，吳全節奉旨搜賢，曾向朝廷推薦葉玄文（1248－1306）、鄧牧心（1247－1306）。吳全節利

---

14　虞集：〈河圖仙壇碑〉，頁200–201。
15　虞集：〈河圖仙壇碑〉，頁196。
16　袁桷：〈送吳成季歸省序〉，頁192。
17　虞集：〈河圖仙壇碑〉，頁201。
18　虞集：〈河圖仙壇碑〉，頁201。
19　虞集：〈河圖仙壇碑〉，頁199。

用自己任職集賢院的機會求賢薦賢，四方之士也以吳全節為當代伯樂。家鄉大儒李存（1281－1354）多次去信，向吳全節推薦桑梓後學，希望吳全節於「搢紳晤語之次，賜一品題之重，則感戴萬萬矣。」[20] 就連狂放不羈的楊維楨（1296－1370）在元廷倡修三史之際，也向吳全節去信，並寄上〈三史統辨〉，請求薦舉之意頗為明顯。元代南方大儒吳澄（1249－1333）多次被薦舉至朝廷，但由於命運不濟，與時宰不合，多次求去。吳全節向集賢院長官建言：「『吳先生大儒，天下士，聽其去，非朝廷美事。』集賢貴人聽公言，超奏吳公為直學士。吳公雖不赴，而天下韙之。」[21] 吳澄也多次去信表示感謝，並希望吳全節向當道宣說自己的心跡：「宗師知我者，諸公會次，傍助一言，得如吾意則幸矣。」[22]

吳全節由主持皇室齋醮、國家祭祀進而參與元朝政治，獲得了漢人、南人儒臣難以企及的政治地位和政治榮譽。他自19歲進京，直至76歲羽化，一生都在扈從帝室，其職位也一直在上升，54歲便已制授特進、上卿、玄教大宗師、崇文弘道玄德廣化真人、總攝江淮荊襄等處道教、知集賢院道教事、官一品。吳全節七十大壽，元廷「命肖其像，使宰執贊之，識以明仁殿寶而寵之。賜宴於所居崇真萬壽宮，近臣百官咸與，大合樂以饗，盡日乃已。」[23] 吳全節的兩個侄子也在他的扶持下進入仕途，吳蒙任太原府經歷，吳善（1339年卒）仕至江浙儒學提舉。吳全節的父母和祖父母多次獲得朝廷的封贈，其遠祖吳芮（前202卒）被封為文惠王；吳全節父母的七十、八十大壽均由朝廷特贈對衣、上尊，下旨令吳全節回家祝壽榮親；仁宗皇帝還特意降旨保護其老家，旌表其鄉曰「榮祿」、里曰「具慶」。[24] 作為道士的吳全節獲得如此地位與榮譽，在中國道教史上可謂「空前絕後」，吳全節本人也認為自己所獲「恩眷之厚，際遇之久，則有非人力所能至者矣」。[25]

---

20 李存：〈通宗師吳閑閑〉，《全元文》，第33冊，卷1056，頁264。
21 虞集：〈河圖仙壇碑〉，頁200。
22 吳澄：〈回吳宗師書〉，《全元文》，第14冊，卷475，頁44。
23 虞集：〈河圖仙壇碑〉，頁195。
24 虞集：〈河圖仙壇碑〉，頁198。
25 虞集：〈河圖仙壇碑〉，頁196。

## 二　吳全節與元代文壇的藝文交遊

　　玄教宗師吳全節借助從事國家祭祀的機會參與政治活動的同時，還借助藝文活動開展社會交往，建構了一個頗為龐大的藝文交遊網路，既拓展自身的發展空間，也為自己的發展留下永恆的記憶。這個藝文交遊網路彰顯了吳全節高超的藝文素養及其在文化生活和藝文生活中的重要地位，作為一個道士其在中國藝文發展史上的地位可謂「空前絕後」。

　　吳全節熱衷於與元代藝文界交遊，元代文壇留存至今的與吳全節唱和題贈的詩文作品數量驚人，竟達73人的393篇（首）。這些作品表明，吳全節唱和題贈活動所反映的藝文交遊時間之長、交遊對象之廣、交遊場面之盛、交遊情感之深在元代無人能出其右。我們從吳全節殘存的詩文和元代文人的唱和題贈之作可以發現，吳全節與元代文壇的唱和題贈活動持續其一生。現存吳全節與文壇互動的最早信息是陳義高（1255－1299）扈從甘麻剌期間寄贈給吳全節的兩首詩，現存最早的大規模唱和題贈活動是吳全節擔任崇真萬壽宮提點期間邀請文壇名流為其「冰雪相看」居室撰寫的系列詩文，據此我們可以大致確定吳全節與元代文壇唱和題贈始於其30歲左右。吳全節與元代文壇唱和題贈活動結束於吳全節羽化的1346年，今存吳全節〈季境舍人歸維揚朝中名公各贈以詩看雲八十翁閑閑吳全節作唐律一首以授之〉和鄭守仁〈和吳大宗師九日迎駕龍虎臺韻〉兩詩可為明證。[26] 在長達半個世紀的時間裏，吳全節人生中的重要節點都留下了大量的同題集詠之作。如30歲左右邀請文壇名流為其居室「冰雪相看」題詠，今存有詩6首、文2篇；36歲時，吳全節降香江南三山並為父母七十大壽祝壽，元代文壇的送行、祝壽之作今存詩文5篇；吳全節為其父母建晚香堂，文壇名流紛紛題詠，今存晚香堂題記3篇、詩4首；42歲時，朝廷封贈吳全節祖上二代，並命其乘降香之機奉制書還鄉榮其親，今存送行、祝賀之作4篇，其封贈誥詞由趙孟頫（1254－1322，字子昂）書寫，鄧文原（1259－1328）、吳澄、袁桷等7人題跋；45歲時，張雨

---

26　二詩分別見《全元詩》，第23冊，頁30；第46冊，頁315。

入京，題詠吳全節移栽的梅花，掀起了吳齋梅花詩的題詠高潮，詠梅之作今存詩歌9首、賦1篇；46歲時，吳全節南歸降香並為其父母八十祝壽，今存送行、祝壽詩文多達15篇；51歲時，吳全節父母去世，今存挽詩、祭文便有16篇；63歲時，吳全節向朝廷辭歸，不允，於是令弟子在家鄉建看雲道院、擬剡亭，元代文壇為其作有25篇相關詩文；吳全節70大壽，朝廷為其祝壽，元人祝壽詩今存26首；78歲羽化，「中朝士大夫駢沓走吊，莫不哀傷，哀傷之不足，又形諸歌辭。諸弟子裒為卷軸，徵序其首，以倡嗣音，以廣其哀焉。」[27] 僅留存至今的挽詩便有7首。從42歲到71歲，吳全節為自己定製了19幅畫像，記錄一生行跡，並請元代政壇、文壇名流為其畫像題贊。由此可見，吳全節畢生與元代文壇、藝壇保持了密切互動。

在吳全節60餘年的祠官生涯中，由於長期扈從兩京、代祀嶽鎮海瀆，足跡遍布全國，且深入元廷政治中心，其唱和題贈對象之廣可謂盛況空前。吳全節好與士大夫交遊，虞集曾指出：「至元、大德之間，……若何公榮祖、張公思立、王公毅、高公昉、賈公鈞、郝公景文、李公孟、趙公世延、曹公鼎新、敬公儼、王公約、王公士熙、韓公從益諸執政多所諮訪。閻公復、姚公燧、盧公摯、王公構、陳公儼、劉公敏中、高公克恭、程公鉅夫、趙公孟頫、張公伯純、郭公貫、元公明善、袁公桷、鄧公文原、張公養浩、李公道源、商公琦、曹公元彬、王公都中諸君子雅相友善，交游之賢，蓋不得盡記也。」[28] 這是一個涵蓋元代政壇、文壇、藝壇、學界精英的交遊網路。這份名單僅僅是舉其大概而已，吳全節與元代文壇唱和題贈之作所反映的交際面遠遠超出這份名單。《全元詩》收錄吳全節詩49首，其中偽作2首，此外還可從相關文獻補輯3首。這留存至今的50首詩作有24首屬於唱和題贈之作，留存至今的9篇文章有7篇屬於序跋1篇屬於題跋，按照這個比例推算，其26卷的詩文集《看雲集》中的唱和題贈之作可謂驚人！元代文壇有73人的393篇與吳全節唱和題贈的詩文作品留存至今，其中的次韻之作又高達109首，這

---

27 許有壬：〈特進大宗師閒閒吳公挽詩序〉，《全元文》，第38冊，卷1187，頁127。
28 虞集：〈河圖仙壇碑〉，《全元文》，第27冊，卷869，頁200–201。

109首之中，又有29首屬於次韻吳全節題詠他人之作，屬於典型的同題集詠，其唱和交遊之廣於此可見一斑。僅就目前留存有唱和題贈的73人來分析，其所反映的交遊層次之廣也是驚人的。就年齡來說，這個交遊隊伍涉及到老中青三代人；就族群來說，涉及到蒙古人、色目人、北人、南人；就仕宦履歷來看，除了少數幾位布衣外，涵蓋了一品大員到山長、教授的各級品官；就思想、文化、藝文界的身分來說，有「元詩四大家」虞集、揭傒斯、楊載（1271－1323）、范梈（1272－1330），有元代散文家「儒林四傑」虞集、揭傒斯、黃溍、柳貫（1270－1342），書法家則有趙孟頫、鄧文原、元明善、袁桷、虞集、歐陽玄（1273－1357）、揭傒斯、趙世延（1260－1336），儒學家則有吳澄、李存，史學家則有遼、宋、金三史纂修總裁官張起岩（1285－1353）、歐陽玄和揭傒斯。總之，這是一個涵蓋從中央到地方的各個層面的各級精英的交際圈。

吳全節與元代文壇之間的唱和題贈常常以同題集詠的方式出現，場面頗為宏大。元人常常用羨慕的文字來記載這種宏大的場面。如，吳全節南歸為父母八十慶壽，朝廷大臣在京城郊外盧溝餞行，虞集在送序中描繪道：「於是朝之公卿大夫士，咸榮之曰：『人有以公夫人之居於家，仍年八十偕老而康強，其子在天子左右，甚尊顯高上，其生日又能致天子之賜，此豈惟當世之所無，亦前代之罕聞者也。』乃皆為文章誦說其美，以聳動觀聽，而示諸久遠，可謂極其盛矣。」集賢侍讀學士趙子昂認為詩文不足以達其意，在送行現場為吳全節作了一幅〈古木竹石之圖〉表達祝福；集賢侍講學士商德符（1264？－1324）認為趙孟頫的畫沒有揭示出吳全節的忠孝兩全之心，於是歸而作〈盧溝雨別圖〉以贈。[29] 這兩幅畫又催生了大量的題畫之作，其中程鉅夫（1249－1318）、趙孟頫、袁桷、揭傒斯、吳師道的題詠之作留存至今。這種盛大的唱和題贈場面不僅反映了吳全節在朝野的聲望，而且展示了藝文家爭奇鬥艷的創作場景。元代文壇為吳全節題贈唱和的場面如是，吳全節為友人組織唱和題贈的場面更是體現了吳全節在藝文交遊中的組織能力和創作

---

29 虞集：〈送吳真人序〉，《全元文》，第26冊，卷829，頁250。

能力。我們常常看到吳全節手持行卷為友人索詩，常常看到吳全節在催人賦詩，也常常看到吳全節在不斷地為友人和作。袁桷的〈仰高倡酬詩卷序〉便描繪了其中的一個壯觀場景：「今年春，房山高公彥敬，歸休于舊隱。夏五月，延陵吳君成季，首為歌詩，以致其懷賢之思。於是次于其後者，凡十餘人矣。獨清河張侯與成季，復肆奇逞敏，纏繩用韻不輟，筆未脫手，語未終舌，而兩家使者，各踵戶限。故其飛篝急置，如督餉道於劍閣棧道之險也；角形擇利，如薄虎象於蒐狩之野也。風恬而水湧，欲掛席而爭進也；弓良而矢直，欲並發而連的也。至於夸豪競富，金、張之靡，崇愷之侈焉。噫！何其至多若是也。」[30] 袁桷進一步認為，這一次唱和，比之歷史上的唱和典範元白與皮陸，不僅場面壯觀，而且因其懷賢的唱和主題而在境界上更勝一籌。

這些唱和題贈之作當然不乏應酬之作，不少甚至是替元廷表彰吳全節的應制之作，但是其間所反映的交遊情感之深也給人留下了深刻的印象。我們常常在行文中發現撰寫者表達交誼的文字。元明善為吳全節撰寫〈榮祿鄉具慶里門記〉時就曾指出：「某雅與嗣師游，知先生為獨深。」[31] 許有壬在〈特進大宗師閑閑吳公挽詩序〉中也有類似表白：「故為述三十年之契，以寫不能自已之情。」[32] 根據我們的統計，吳澄、袁桷、虞集、朱思本（1273－1331後）、揭傒斯、胡助（1278－1355）、馬祖常（1279－1338）、李存、許有壬的文集中所存與吳全節唱和題贈之作均在10篇以上，其中袁桷41篇、虞集53篇、李存25篇。這種高頻率的唱和與他們之間的感情濃度是成正比的。袁桷和吳全節長期扈從上京，情誼深厚，唱和不斷，其上京紀行詩便是他們交誼的見證。其《開平三集》載有〈端午謝吳閑閑惠酒〉一詩，詩中談到上都端陽時的風物、氛圍和江南迥異，孤獨之感、飄零之情油然而生，吳全節將皇帝賜予的美酒分給自己，讓自己感到無比的溫暖：「侍臣陡覺蓬萊近，簇簇宮花遍蕊珠。」[33] 他在《開平四集》中收錄有〈崇真宮闃無一人經宗師

---

30 袁桷：〈仰高倡酬詩卷序〉，《全元文》，第23冊，卷716，頁217。
31 元明善：〈榮祿鄉具慶里門記〉，《全元文》，第24冊，卷758，頁310。
32 許有壬：〈特進大宗師閑閑吳公挽詩序〉，頁128。
33 袁桷：〈端午謝吳閑閑惠酒〉，《全元詩》，第21冊，頁321。

丹房惟蒲苗楊柳感舊有作〉、〈閑閑真人未至〉、〈喜吳宗師至〉等詩作，表達了自己與吳全節之間的情誼。[34] 這一年，詔免道士扈從，袁桷住進了崇真宮，睹物思人，無比傷感，「夜夢忽邂逅，掀髯歌紫芝」，進而「玄度來遲愁欲絕，為憑白鶴寄書催」，[35] 吳全節的到來令其無比興奮無比欣慰。由此可見，吳全節及其所在的上都崇真宮竟然成了袁桷這類扈從儒臣的感情寄託之所在。虞集與吳全節的唱和題贈之作最多，其中的詩歌大部分創作於1333年虞集以病告歸江西之後。這些萬里寄贈之作是虞集、吳全節之間「古道高誼」的見證。他們相互思念，居然不斷形諸夢寐。讓我們來看看虞集的兩首紀夢詩吧。其〈吳宗師夢予得山居因賦此詩〉云：「夜來夢我山居好，笑我平生豈有之。野服許辭金殿直（值），俸錢足辦草堂貲。安知蓬島非兜率，不是匡廬定武夷。還有勝緣同晚歲，至人無睡已多時。」[36] 其〈夢吳宗師見訪夢中作〉詩云：「竹外旌旗駐馬鞍，兒童驚喜識衣冠。青山春日何須買，高閣浮雲只共看。野簌不堪供匕筯，新詩聊可助盤桓。當年赤壁扁舟夢，幾度人間玉宇寒。」[37] 前者寫吳全節夢見虞集山居、虞集對此心有戚戚焉，後者寫虞集夢見吳全節拜訪山居的自己並回想起吳全節當年向自己表達歸隱之願的情景，兩人在夢中居然能夠參透彼此的心思，其交往之契可謂非同尋常！

從上述分析可知，吳全節建構了元代藝文界頗為龐大的交際圈，吳全節本人因而成為元代文壇交際圈核心人物之一。這個交際圈的形成自然與吳全節的政治地位和社會影響密切相關。但是，吳全節師父張留孫的政治地位要遠遠超過吳全節，張留孫在藝文界的影響卻遠遠遜於吳全節，箇中原因，恐怕與吳全節本人藝文素養、風雅情懷之養成，交遊意識、薦賢意識之推動，傳播意識、青史意識之驅使密切相關。

正如儒、道素養之養成成為吳全節立足政壇的基礎一樣，藝文素養、風

---

[34] 見《全元詩》，第21冊，頁329，339–340。

[35] 袁桷：〈崇真宮闃無一人經宗師丹房惟蒲苗楊柳感舊有作〉，《全元詩》，第21冊，頁329；〈閑閑真人未至〉，頁329。

[36] 虞集：〈吳宗師夢予得山居因賦此詩〉，《全元詩》，第26冊，頁95–96。

[37] 虞集：〈夢吳宗師見訪夢中作〉，《全元詩》，第26冊，頁130。

雅情懷之養成也成為吳全節立足藝文界的關鍵。吳全節在龍虎山得到雷思齊指點，進京後又受京師詩壇濡染，代祀嶽鎮海瀆又得江山之助，養成了吟詩作賦的愛好和習慣：「自幼至老，尤好吟詠，皆出其天性之自然，而非有所勉強」、「以出塵之姿、絕俗之氣主朝廷祠祭之事，猶不肯以終食之頃，少忘於弦歌之間」。[38] 吳全節在唱和活動中思如泉湧且常常讓友人產生壓迫感。「久識仙蹤非易接，卻將詩債故相催。因詩見我平生拙，乞與莊周羨不材。」[39] 劉敏中（1243－1318）的這種感受恐怕是不少元代詩人的共同體會吧。吳全節還遍察群藝，尤好書畫。《書史會要》謂其草書英拔。[40] 劉將孫（1257－1324或1325）在〈題吳閑閑詩卷〉中謂吳全節「筆光墨潤，飛動毫楮」，「把玩爽然」。[41] 他在崇真宮和自己的居所作有〈先天圖〉、〈擬剡圖〉和〈墨竹圖〉，薩都剌（1371？－1348？）曾用「江南道士愛瀟灑，新粉素壁如秋霜」來稱讚他的風流雅韻。[42] 可見，詩書畫成了吳全節風雅生活的核心內容。從友人的題贈致謝之作中，我們常常發現吳全節向友人贈花、贈酒、贈墨、贈香乃至贈送自己的畫像這樣一種風雅之舉，吳全節在京師住宅移栽南方梅花引發文壇鑒賞、唱和風潮可以看作此類風雅之舉的典範。吳全節正是憑藉這種藝文素養、風雅情懷融入到元代的文化生活、藝文生活之中，如魚得水，樂此不疲。如，他參與了元代的系列書畫鑒賞活動，為宋徽宗（在位年：1100－1126）〈御河鷿鶒圖〉、米元暉（1074－1151）〈雲山圖〉、王鵬梅（1278？－1350？）〈金明池圖〉、陳容（約1200－1266）〈九龍圖〉、高克恭（1248－1310）〈夜山圖〉、黃公望（1269－1354）〈縹緲仙居圖〉和〈天池石壁圖〉、倪瓚（1301－1374）〈南村隱居圖〉撰寫題畫詩，為褚遂良（596－658）〈臨鍾繇戎輅表〉、張旭〈四詩帖〉、蘇軾（1037－1101）〈虎跑泉詩

---

[38] 虞集：〈河圖仙壇碑〉，頁201；李存：〈和吳宗師濼京寄詩序〉，《全元文》，第33冊，卷1062，頁364。
[39] 劉敏中：〈次韻吳閑閑張秋泉所和潛庵詩〉，《全元詩》，第11冊，頁410。
[40] 〔明〕陶宗儀撰，徐美潔點校：《書史會要》（杭州：浙江人民美術出版社，2019年），卷7，頁224。
[41] 劉將孫：〈題吳閑閑詩卷〉，《全元文》，第20冊，卷636，頁370。
[42] 薩都剌：〈和題吳閑閑京館王本中醉作竹石壁上〉，《全元詩》，第30冊，頁230。

卷〉、趙孟頫書道經〈生神章〉撰寫題跋。[43]再如,他參與了元代的系列大型同題集詠活動,為祝丹陽〈天冠山圖〉、葉凱翁父親葉成甫《四愛堂詩文卷》、饒氏雨樓、莫月鼎(1223－1291)畫像撰寫詩作。[44]

吳全節藝文交遊圈的形成乃吳全節刻意經營所致,其交遊意識、薦賢意識之推動居功闕偉。吳全節視詩文之唱和題贈為一種交遊的手段,極力加以經營。吳全節經常向朋友寄贈詩篇,且常常讓朋友驚喜不已:「自信平生有道緣,頻煩白鶴寄瑤箋」、「豈意雲霄珠履客,未忘鄉井布衣人」。[45]受其影響,朋友們也常常期待他的寄贈:「詩律方今老成甚,杖藜應許數來聽。」[46]「吐納之餘,佳句必時有也。恨不得即傳誦,以洗此塵垢也。」[47]這種交遊唱和以加強友誼的做法一直持續到吳全節羽化前夕。胡助告老南歸,吳全節「親筆賦詩送別」,吳全節第二年便羽化,消息傳到胡助那裏,胡助「每覽遺墨,不勝感慨,輒撰〈仙游〉挽詩三章,附見於後,以寓知敬不忘之意云。」[48]元代長期廢除科舉的同時盛行薦舉,吳全節作為舉薦隱逸的集賢院官員有著強烈的薦賢意識,這種意識驅使他透過唱和題贈活動來稱揚、薦舉人才。他對趙嗣祺和張雨的薦揚就曾採取這一做法。如,張雨隨王壽衍(1273－1353)進京,拜訪吳全節時迷戀漱芳亭中的梅花,竟然沉睡其中。吳全節知道後令張雨賦詩,詩中「有『風沙不憚五千里,將身跳入仙人壺』之句。嗣師大喜,送翰林、集賢嘗所往來者袁學士伯長、謝博士敬德、馬御史伯庸、吳助教養浩、虞修撰伯生和之。」[49]此舉奠定了張雨「一代交游在

---

[43] 見《全元詩》,第23冊,頁33、31;《御定歷代題畫詩類》(臺北:臺灣商務印書館,1984年,《四庫全書》本),卷20,頁263。
[44] 見《全元詩》,第23冊,頁31、29、32。
[45] 張翥:〈答謝看雲宗師壽帙綺段之贈〉,《全元詩》,第34冊,頁95;李存:〈次韻吳宗師沛縣舟中見寄〉,《全元詩》,第31冊,頁64。
[46] 李存:〈贈吳伯宜游京并呈吳閒閒〉,《全元詩》,第31冊,頁75。
[47] 李存:〈通宗師吳閒閒〉,頁263。
[48] 胡助:〈吳大宗師挽詩〉,《全元詩》,第29冊,頁134。
[49] 〔元〕陶宗儀:《南村輟耕錄》(北京:中華書局,1959年),卷9,「漱芳亭」條,頁115。

縉紳」（張昱語）的基礎！[50]

　　吳全節刻意經營藝文交遊圈還與其傳播意識、青史意識之驅使密切相關。說吳全節經營藝文圈與其傳播意識有關，這有系列詩文為依據。吳全節頻繁向友人寄贈詩歌，目的之一就在於擴大、傳播自己的影響。吳全節曾將上京紀行詩二首寄給家鄉友人吳存，並交代云：「苟士友之過從者，宜出之，與共歌詠太平也。」結果「聞而來觀者相繼傳錄於四方者尤眾」。[51]元代文壇也一再提到他的詩歌具有重要的傳播功能和傳播效應。「詠歌恩澤祈天保，傳到人間雨露香」、「白頭畏壘庚桑楚，能寄新詩頌帝功」云云，[52]說的就是這個意思。說吳全節經營藝文圈與其青史意識密切相關，這也是有依據的。吳全節請虞集為其撰寫〈河圖仙壇碑〉時指出：「吾蚤歲猶得見國朝諸大臣及宋之遺老。逮其中年，公卿之重、士大夫之賢且仁者，無一人吾不見焉。覽觀四方，逝者如水，知心之友，其文可以傳者，莫若清河元復初氏，而云亡亦已久矣。區區之跡，他日將何所托乎？人生不可期，相望數千里，子必為我著《仙壇之記》，使千載之下，猶或於此乎知之，則亦故人之情也夫。」[53]正是在這兩種意識的驅使下，吳全節喜歡用手卷徵題、也喜歡將描寫同一活動的詩文做成手卷。這種活動從他30來歲擔任崇真宮提點開始一直到他羽化，持續其一生。目前可知的手卷便有如下一些：1298－1303年間製作的冰雪相看居詩文手卷、1300－1303年間製作的閑閑紀夢詩卷、1314年南歸為父母八十祝壽時朝臣送行的詩文手卷、1310和1314年代祀茅山詩文手卷、代祀閣皂山詩文手卷、1324年記載祭祀祥瑞的白鶴詩手卷、和吳宗師眼明識喜詩手卷、和吳宗師灤京寄詩手卷、特進大宗師閑閑吳公挽詩手卷等。[54]在這兩

---

50 張昱：〈邵庵虞先生為張伯雨賦四詩開元宮道士章心遠求追次其韻・伯雨畫像〉，《全元詩》，第44冊，頁75。
51 李存：〈和吳宗師灤京寄詩序〉，頁364。
52 陳基（1314–1370）：〈次韻吳宗師生日感恩詩〉，《全元詩》，第55冊，頁304；陳旅（1288–1343）：〈次韻吳宗師六月度居庸關喜雨〉，第35冊，頁29。
53 虞集：〈河圖仙壇碑〉，頁196。
54 關於元人詩歌手卷的研究，可參見陳雯怡：〈由「詩卷」到「總集」——元代士人交遊的文化表現〉，《臺大歷史學報》總第58期（2016年12月），頁47–104。

種意識的驅使下，吳全節一次又一次地刻印詩文集乃至元廷贊書、友人題贈之作。元廷封贈吳全節祖上二代的贊書，吳全節曾請趙孟頫書寫，並請吳澄、鄧文原、袁桷等七人題贊，刻印出版。張翥〈答謝看雲宗師壽帙綺段之贈〉詩云：「錦分帝子機中織，詩入真人誥內編。」詩句下有小注云：「予詩亦在刻中。」[55] 是則，吳全節甚至將朝野為其七十大壽所作祝壽詩也刻木梓行了。根據張與材（1316卒）和吳澄的記載，早在1314年以前，吳全節便編印有收錄上千篇詩歌的《瓢藁》；吳全節還將1325－1326年間的代祀詩編成《代祠稿》，並於1328年刻印。到了晚年，他對記錄自己的文獻進行了全面彙整。他的詩文總集《看雲集》是由朝廷命揭傒斯為其編撰的，他把元代文壇為其畫像所作之贊、自身及祖父二代所受朝廷贊書、諸堂室記頌彙編為《天爵堂類編》，甚至不惜花重金將自己的19幅畫像摹寫成4幅手卷。在傳播意識、青史意識的驅使下，吳全節請人為自己撰寫詩文時特別注重撰寫者的身分是否可以聳動觀聽是否可以傳之久遠。吳全節不遠萬里請求任士林（1253－1309）給冰雪相看堂、晚香堂作記，就是因為吳全節特別看重任士林在當時的聲望。記載吳全節一生行跡的19幅畫像，是請當時名筆製作的，畫像贊則是請當時政壇、文壇、書畫界、思想界精英製作的，虞集曾感歎其作者隊伍乃一時縉紳之雄。

## 三　吳全節的詩文創作及其儒、道情懷

　　吳全節一生創作了數量浩瀚的詩文作品並在生前由揭傒斯奉敕編撰成長達26卷的《看雲集》，但是《看雲集》在明清即已散佚，從目前收集、整理到的60餘篇詩文作品來看，他在作品中將儒、道情懷發揮到了極致，這是元代特殊的政治生態、文化生態使然。

　　作為祠臣、道官，吳全節的詩文對其扈從兩京和代祀嶽鎮海瀆、名山大川的宗教活動進行了詳細的記錄，他的「歸美報上之心」甚至貫穿其所有詩

---

[55] 張翥：〈答謝看雲宗師壽帙綺段之贈〉，頁95。

文創作，[56] 因此其詩文創作本質上成了道教徒發出的雅頌之音。吳全節1310年、1314年代祀茅山所作18首代祀詩因收入《茅山志》得以保存至今，可以讓我們窺一斑而見全豹。如其中的第一首詩云：「皇馳六轡過華陽，晉檜蒼蒼古道場。夜鶴唳風清地肺，曉龍閣雨護天香。三峰恍惚蓬萊境，萬象昭回草木光。青石壇高天只尺，綠章封事答吾皇。」[57] 詩中描寫自己乘御馬來到華陽道場舉行祭祀的情形，並以卒章顯其志的方式表達自己的盡忠報效之心。這類卒章顯其志的手法頻頻出現於代祀詩中。如〈登大茅峰〉云：「稽首峰頂歌玄功，他時歸奉明光宮。」[58]〈鐵柱宮留題〉云：「坐看蓬萊水清淺，千秋萬歲贊皇猷。」[59] 就連描寫惠山山泉，他也想像著「待汲一瓢馳驛去，歸朝和露進君前」。[60] 祭祀講求靈應，因此吳全節的詩歌常常會捕捉祥瑞以示天人感通，〈延祐元年五月重祀茅山瑞鶴詩二首並序〉就是這類創作思維的體現。在這種思維的驅使下，吳全節總是將元廷征服天下歸之於天命。他在〈通玄真經纘義序〉中指出：「予嘗謂乾坤開闢之後，天道自北而南。聖朝肇基朔方，元運一轉，六合為家，洪荒之世，復見今日。」[61] 因此，對真武神話特別感興趣，特地為《啟聖嘉慶圖》作序，大肆宣揚玄武瑞應：「至元間龜蛇冬見於高梁河，遂即其地作大昭應宮以表其異。」[62] 他總是將道教在元廷的際遇歸之於元廷的清明和上天的安排。茅山道童在白兔指引下發現宋徽宗時的「九老仙都君印」，吳全節賦詩云：「喜遇明時薦神瑞，三君珍重護宏綱。」[63]《茅山志》歷經二十年始成書，吳全節在序中指出：「仙靈誠有所待耶？不然，國朝褒封錫額、還賜玉章諸異恩，又將補闕拾遺於成書之後，作者不無憾焉。」[64]

---

56 吳全節：〈震靈方丈贈玉虛宗師〉，《全元詩》，第23冊，頁28。
57 吳全節：〈至大三年代祀茅山宿玉晨觀〉，《全元詩》，第23冊，頁24–25。
58 《全元詩》，第23冊，頁25。
59 《全元詩》，第23冊，頁34。
60 吳全節：〈游惠山〉，《全元詩》，第23冊，頁32。
61 吳全節：〈通玄真經纘義序〉，《全元文》，第24冊，卷763，頁417。
62 吳全節：〈啟聖嘉慶圖序〉，《全元文》第24冊第417頁。
63 吳全節：〈獲玉印〉，《全元詩》，第23冊，頁28。
64 吳全節：〈茅山志序〉，《全元文》，第24冊，卷763，頁418。

吳全節的「歸美報上之心」總是湧動著強烈的儒治情懷，其詩文對此作了形象的反映。他宣導儒道合一，認為茅山宗高道杜道堅「探易老之賾，合儒老之說」乃是「山林士不忘致君澤民之心」，是值得讚賞之舉。[65] 其題贈送別詩總是不時地傳達出招賢、用賢、盡賢的心聲。其〈再用韻贈孟集虛〉詩云：「東野名如賈浪仙，雲孫抱道隱冲天。乾坤體用歸虛室，水火工夫治寸田。見得琪花開鐵樹，方知瑤實結金蓮。當今剩有徵賢使，第恐聲名到日邊。」[66] 其〈送原功大監南歸〉詩云：「漸覺文星闕下稀，奎章兩見送行詩。渭城朝雨歌三疊，湘水秋風賦九疑。國典紬金藏鳳闕，詞臣步玉即龍墀。席前時有蒼生問，可向江南久別離。」[67] 前者是贈給洞霄宮住持沈多福（活躍於1297－1308）法孫孟集虛的。他在詩中將孟集虛比作孟郊（751－814）、賈島（779－843），盛讚其才華，祝願孟集虛能得到薦舉，進入朝廷。後者用漢文帝（在位年：前180－前157）徵詢賈誼（前200－前168）的典故來表達朝廷用賢、盡賢的讚歎，並對歐陽玄表達祝願，盡顯儒臣本色。吳全節曾參加魯大長公主（1284－1332）的天慶寺雅集，作有〈題宋徽宗御河鸂鶒圖〉和〈謹題王鵬梅金明池圖〉。面對這兩幅與宋徽宗有關的繪畫，吳全節卻沒有讚歎徽宗的畫藝和徽宗的與民同樂，而是藉助繪畫來評論朝政：「君王游翰羽毛間，只為深宮盡日閒。大觀諸臣真解事，日無封疏犯龍顏。」[68] 這是在批評徽宗忘懷政事、朝臣失職。「龍舟疊鼓出江城，送得君王遠玉京。惆悵金明池上水，至今嗚咽未能平。」[69] 這是在感慨北宋的滅亡。就連為高道莫月鼎畫像題詩，吳全節也不忘突顯其「笑歌不覺君王喜、怒罵從教宰相嗔」的政治經歷。[70] 從這三首題畫詩可知，許有壬「人以為仙，臣以為儒」的評價確實非常傳神到位。[71]

---

65 吳全節：〈通玄真經纘義序〉，頁417。
66 《全元詩》，第23冊，頁24。
67 《全元詩》，第23冊，頁29。
68 吳全節：〈題宋徽宗御河鸂鶒圖〉，《全元詩》，第23冊，頁33。
69 吳全節：〈謹題王鵬梅金明池圖〉，《全元詩》，第23冊，頁33。
70 吳全節：〈題莫月鼎像〉，《全元詩》，第23冊，頁32。
71 許有壬：〈勑賜吳宗師畫像贊〉，頁290。

扈從兩京、代祀嶽鎮海瀆這樣的經歷又讓吳全節「以王事而從方外之樂」,[72]因此「方外之樂」是其詩文創作中與「雅頌之音」並列的另一大情感基調。作為飽讀老莊之書的道士,吳全節對琳館、對山水有著濃厚的興趣。他為《大滌洞天記》作序,回憶自己1305年奉旨搜賢時抵達天柱山,「因得極山中奇偉絕特之觀」,盛讚道士孟集虛所編《洞霄圖記》可讓人對「山川之奇秀,巖洞之深者,宮宇之沿革,人物之挺特」、「一覽無遺」。[73]他還特意製作了〈松下像〉、〈衡嶽像〉、〈青城像〉、〈聽松風像〉、〈看雲像〉、〈詠歸像〉、〈觀泉像〉表達自己的方外之樂,〈松下像〉、〈青城像〉像贊序甚至描摹了吳全節在山水中流連忘返的情形。綜觀其詩文創作,吳全節的方外之樂主要體現為三個方面。一是在描摹山水中傳達愉悅之情。其1310、1314年創作的〈三峰〉詩云:「午夜瑤壇謁帝還,筍輿衝雨兩山間。客來似覺茅君喜,淨掃浮雲出好山。」「三峰琳宇狀,松老鶴知還。江白南徐月,樓青北固山。浮雲通地肺,古洞敞天關。寄語尋仙者,蓬萊只此間。」[74]前詩寫吳全節午夜祭祀完茅君返回住所途中所見美景和愉悅心情;後詩從近景向遠景鋪敘茅山之美、茅山之神聖,將茅山譽為人間仙境。受這樣一種情感邏輯的支配,吳全節在為畫作題詩時也常常將山水仙化,並聚焦山水美景給人帶來的快樂,其〈題黃大癡縹緲仙居圖〉、〈題米元暉畫雲山圖二首〉就是這方面的代表作。[75]

二是在描摹山水中傳達體道之思。如其代祀茅山,所到之處,茅山的神話、茅山的景致令他心曠神怡,吟詠之際,總是會去探尋茅山所蘊含的道教理念。其〈鑑止〉詩云:「山泉漱玉雨浪浪,渟蓄深開一畝塘。若向動中知靜體,湛然泰宇發天光。」其〈全清境界〉詩云:「境界全清地位高,山中盡日樂陶陶。旋劚白石開三迳,可是青山厭二豪。眼底浮榮看草露,耳根清韻起松濤。明朝疋馬西湖路,回首靈峰聳巨鰲。」[76]這兩首詩是吳全節1310

---

72 吳全節:〈震靈方丈贈玉虛宗師〉,頁28。
73 吳全節:〈大滌洞天記序〉,《全元文》,第24冊,卷763,頁416。
74 《全元詩》,第23冊,頁25,27。
75 見《全元詩》,第23冊,頁31,33。
76 《全元詩》,第23冊,頁25–26。

年代祀茅山時所作，前者寫茅山客喜泉前小池塘，卻引發出「動中知靜體」的哲學體悟，其〈喜客泉〉甚至將該泉上升到「方池鑑止水，湛湛涵太虛」的高度，[77] 與朱熹（1130－1200）描寫方塘的詩句有異曲同工之妙；後者用「清」總攝茅山景致，寫景的同時其實是在寫人，「清境」與「清韻」描述的是一個忘懷世事的方外境界。從這兩首詩可以看出，吳全節的創作思維是一種強烈的體道思維，無論是寫景還是寫人，無論是詠物還是詠建築，吳全節總能從中發現道教的理念、道教的情趣。其〈繁禧觀〉詩云：「門前流水泛桃花，回首蓬山別一家。曾把金莖飡沆瀣，閑揮玉塵看琵琶。火存丹鼎春長好，卷掩黃庭日欲斜。心與江湖天共遠，大開瀛海駐吾槎。」[78] 根據〈龍虎山繁禧觀碑銘〉可知，該觀門、堂、亭、軒題有「溪山勝處」、「回鷗」、「清暉」、「見山」、「依竹」、「噀日」、「巢雲」之名，李道士還告訴其弟子云：「吾與若承清皦，藉素雲，而相羊乎溪山竹石之間，所以善體而清心也。清心，所以通神明而修吾職也，豈徒為美石以樂吾私哉！」[79] 在道士的精心營造下，繁禧觀與道體顯然已經融為一體。吳全節的詩首聯寫道家景致，頷聯、頸聯寫道教丹道生活，尾聯寫修道者之內心境界，將修道者、自然界、仙界、大道融為一體，寫景、抒情、說理別具韻味。

三是在描摹山水中表達歸隱之思。吳全節周遊琳館、山水時，總是有著強烈的歸隱衝動。如其遊九鎖山，有「手掬丹泉觀止水，步穿玄圃卜歸田」之吟詠；[80] 其登茅山第一峰，有「何時結茅屋，稽首禮華陽」的感歎。[81] 在這一慣性思維的支配下，吳全節各種題材的詩歌創作均湧動著歸隱之思。他為胡助《大拙小拙傳》題詩，用莊子思想否定巧智，傳達了「喚醒邯鄲開夢眼，扁舟烟雨泛江湖」的理念。[82] 他為葉氏四愛堂、饒氏雨樓題詩，均將詩

---

77 《全元詩》，第23冊，頁26。
78 《全元詩》，第23冊，頁33。
79 陳旅：〈龍虎山繁禧觀碑銘〉，《全元文》，第37冊，卷1176，頁375–376。
80 吳全節：〈又七言律奉介石先生一笑〉，《全元詩》，第23冊，頁24。
81 吳全節：〈重登第一峰〉，《全元詩》，第23冊，頁27。
82 吳全節：〈題大拙小拙傳後〉，《全元詩》，第23冊，頁28。

旨指向歸隱:「千古高風猶一日,迢迢歸夢楚江長」、「何時剪燭西窗下,卻聽簷花共醉鄉。」[83] 其題道士祝丹陽的〈天冠山圖〉,發出了「弘景定辭神武去,鷗波浩蕩錦江干」的高論。[84] 在歸隱這個主題上,吳全節特別鍾愛王子猷(388卒)雪夜訪戴的故事。他作有〈擬剡圖〉,建有擬剡亭。其〈望戴軒〉詩云:「茂林修竹岸西東,白鳥行邊釣艇風。市井恰當荷蓋外,樓臺渾在柳絲中。烟濃湧出金仙塔,雲薄飛來玉帝宮。更問戴家何處是?放生池沼畫橋通。」[85] 全詩前三聯描摹望戴軒景致,推出了遠離塵俗的世外仙境,尾聯用王子猷雪夜訪戴和賀知章(659-744)歸隱的典故表達歸隱之情志。〈夜山圖〉乃高克恭為李公略所作,本是一幅純粹的山水畫,吳全節卻在〈題高尚書夜山圖〉中表達了如下情思:「君不見,王子猷,亦向山陰弄雪舟。誰拈禿筆埽清遊,古今佳致總悠悠。」[86]

吳全節在詩歌中表達歸隱之思並不僅僅是出於道士的涵養和情懷,更有現實險惡政治的觸動。我們從其〈六月十六日早朝偶成八句寄山中諸友〉一詩即可看出其中端倪:「五年四睹六龍飛,又領群仙觀紫薇。金殿烟雲浮黼几,玉階日月麗旌旗。群臣奉璽勤三讓,國母臨朝重萬機。遙食蟠桃知幾次,客星還照釣魚磯。」[87] 這首詩首聯寫自己帶領道士朝拜君王,頷聯和頸聯描寫朝拜時的景象,介紹了皇太后輔佐年幼新君理政的情形。值得關注的是「五年四睹六龍飛」一句,這一句直接關涉到吳全節對朝政的感悟。其具體含義,大概是指1328至1333年間,泰定帝去世後,天順帝(在位年:1328)、明宗(在位年:1329)、文宗(在位年:1328-1329、1329-1332兩次在位)、寧宗(在位年:1332)、惠宗(在位年:1333-1370)先後即位,皇權更替伴隨著殘酷的鬥爭,讓扈從帝室的吳全節感慨萬千。1328年7月,泰定帝崩

---

83 吳全節:〈題葉氏四愛堂〉,《全元詩》,第23冊,頁29;〈題饒氏雨樓〉,頁29。
84 吳全節:〈子昂諸賢賦天冠山五言詩二十八首模寫已盡矣予遂作唐律一章題卷尾云〉,《全元詩》,第23冊,頁31。
85 吳全節:〈望戴軒〉,載〔清〕謝旻等監修:《江西通志》(臺北:臺灣商務印書館,1984年,《四庫全書》本),卷41,頁351。
86 《御定歷代題畫詩類》,卷20,頁263。
87 《全元詩》,第23冊,頁28。

於上都,倒剌沙(1328年卒)於是年9月擁立年幼的皇太子稱帝於上都,燕鐵木兒(1285－1333)也於9月在大都擁立文宗,大都派和上都派展開了殊死搏鬥。這一年,吳全節扈從上都,其政治立場不得而知,〈河圖仙壇碑〉只作了如下記載:「天曆改元冬,公還自上京。」[88] 1329年正月,文宗讓位於其兄明宗,卻於是年8月將明宗毒死於王忽察都。在此期間,吳全節曾「北迎明宗皇帝,謁見之次,賜對衣上尊,及歸,天曆護教之詔,如故事。」[89] 在極短的時間內,吳全節受到兩位爭奪帝位的君王的賞賜。1332年8月,文宗崩於上都,文宗之后堅持傳位於明宗之子,是為寧宗;寧宗10月即位,11月夭折,寧宗之兄幾經周折於第二年六月己巳即位於上都,是為惠宗。作為扈從兩京的祠臣,吳全節是需要為這連續發生的皇帝薨逝和即位舉行齋醮法事的,其間的政治風險可想可知,其間的心理震撼想必非同尋常。六月己巳即六月初八,沒過幾天,吳全節便寫下了這首詩,向山中諸友發出了「客星還照釣魚磯」的嚮往之情。這句詩用《後漢書·嚴光傳》之典,隱晦地表達出遠離帝王、歸隱山林的願望。

值得注意的是,吳全節這種雅頌之音、方外之樂貫穿於其一生的詩文創作之中。在他的詩文中,雅頌之音和方外之樂、歸美報上之心和歸隱山林之思甚至是相提並論的。最為典型的是〈中嶽投龍簡〉詩並序。該詩詩序交代了皇慶二年(1313)張留孫受詔命作醮祈雨後又令吳全節將金龍玉節投送嵩山的經過和賦詩以彰聖治的目的,因此,該詩本質上是一首頌聖之作。但是,吳全節在描寫齋醮活動之後卻插入了如下三聯:「箕山勝可家,潁水清可濯。遐想飲牛人,高風動寥廓。賜玦知何時,分我雲半壑。」[90] 這三聯傳達的是歸隱之思:第一聯用許由隱居箕山、潁水來表達自己的歸隱之思;第二聯讚頌許由洗耳、巢父牽犢於上流飲水的出世高風;第三聯所云「賜玦」是指古代皇帝用「賜玦」的方式向犯過失而被放逐的官員宣達永不召回的旨意,吳全節居然期待以這樣的方式來達到歸隱的目的,真乃匪夷所思!這一

---

88　虞集:〈河圖仙壇碑〉,頁199。
89　虞集:〈河圖仙壇碑〉,頁199。
90　《全元詩》,第23冊,頁32。

年，吳全節45歲，備受仁宗皇帝重用，且無任何來自政治上的衝擊，事業上如入中天。但他居然在同一首詩歌中將儒、道情懷發揮到極致而絲毫不覺得其間有何衝突、有何不妥之處！

## 四　小結

　　吳全節的儒道功業、藝文活動及其與元代政壇、文壇的互動昭示了元代道教史、文學史和文化史的獨特個性。吳全節憑藉其儒道素養際遇元廷，主持皇室齋醮、國家祭祀的同時進而參與朝廷政治，「黼黻皇猷」的同時「柱石玄宗」，直言進諫的同時護持儒學、儒士，獲得了漢人儒臣難以企及的政治地位和政治榮耀；吳全節的藝文素養與風雅情懷、交遊意識與薦賢意識、傳播意識與青史意識驅使其建構了元代藝文界頗為龐大的交遊網路，其唱和題贈活動所反映的藝文交遊時間之長、交遊對象之廣、交遊場面之盛、交遊情感之深在元代無人能出其右，其本人也因此成為元代文壇交際圈之核心人物。其詩文創作是其儒、道功業和儒、道情懷的反映，其最為突出的特徵是同時將雅頌之音和方外之樂、歸美報上之心和歸隱山林之思推向極致。吳全節作為道士，其在道教史、文學史、文化史上的特點和地位，不僅是獨特的，而且是「空前絕後」的，是元代特殊的政治環境、藝文環境和文化環境使然。

# 元代全真教譜系的圖像構建*

## 萬潤保

### 揚州大學文學院

  宗教與圖像的關係歷史悠久，人類祖先相信圖像與實物之間有某種神秘的聯繫，可以利用圖像施行巫術。後來，代表著新生的一神教排斥圖像，然而，由於教義傳播的需要，他們最終又都走向了「像教」，進而形成宗教美術。彼得・伯克（Peter Burke）指出：「在不同的歷史時期，圖像有各種用途，曾被當作膜拜的對象或宗教崇拜的手段，用來傳遞信息或賜予喜悅，從而使它們得以見證過去各種形式的宗教、知識、信仰、快樂等等」。[1]

  因老子認為「大道無形」，道教最初不供神像。漢代《老子想爾注》中嚴厲指責道教造像是「世間偽伎」。[2] 但隨著佛道競爭日趨激烈，道教也不得不重視像教，晉末魏初開始出現道教造像，隨即出現了用於修鍊、弘道等用途的各式圖像，借用圖像建構道教傳承譜系，不知起於何時。據宋濂（1310－1381）〈題清微法派仙像圖〉記載，清微派圖繪自魏元君而下一十七人，「謂之法派仙像圖」。[3] 全真教的創立者王喆（1112－1170）是一位畫家，生前就

---

\* 本文係國家社會科學基金項目「道教圖像與中國古代小說關係研究」（項目編號：15BZW106）階段性成果。

1 彼得・伯克（Peter Burke）著，楊豫譯：《圖像證史》（北京：北京大學出版社，2008年），頁9。

2 饒宗頤：《老子想爾注校箋》（香港：蘇記書莊，1956年），頁18。

3 〔明〕宋濂：〈題清微法派仙像圖〉，收入陳垣編纂，陳智超、曾慶英校補：《道家金石略》（北京：文物出版社，1988年），頁1225。

重視運用繪畫傳教。⁴ 丘處機（1148－1227）西行覲見成吉思汗（在位年：1206－1227）之後，全真教得到元廷的支持，擴張勢頭迅猛，至第三代掌教任期，全真教的組織制度、祀神體系等都已經相當成熟。於是，全真教徒著手採用各種方式建構全真法統，造像、壁畫和圖文並茂的宗教讀本，就是其中重要形式之一。景安寧指出：「全真派宮觀、造像的最大特點，在於特別強調祖師的地位，把祖師續接在傳統道教主神之後，以此展示全真祖師是道教正傳的繼承者和全真教在道教內的正統地位。」⁵ 劉志玄《金蓮正宗仙源像傳》第二篇序中稱：

> 大道之妙，有非文字可傳者，有非文字不傳者，此《仙源像傳》所以作也。惟我全真，自玄元而下，五祖七真，道高德厚，化被九有。長春丘祖師萬里雪山，玄風大闡，此固不待文字而後傳。然其事蹟之祥，未易推究，余每欲緝一全書紀之。一日以此意為西蟾先生言之，西蟾欣然稱善，乃相與博搜傳記，旁及碑碣，編錄數年，始得詳悉。乃圖像於前，附傳於後，名曰《全真正宗仙源像傳》。⁶

可見，他認識到文字和圖像在敘事方面各有優勢，只有兩者結合，才能取得更好的傳道效果。總之，全真教在對祖師形象多面的宣傳上，無論是在宮觀建築的形制還是規模，抑或觀中壁畫的結構及製作技巧，又或是雕版印刷的版畫圖像，等等，無處不體現出宗教與視覺藝術的相互滲透，其對全真教法傳譜系的建構也發揮了一定作用，對明清以八仙和全真教為題材的小說產生了重要影響，但學界關注不夠，本文擬對這一問題進行初步研討。

---

4　參見申喜萍：〈王重陽繪畫作品考述〉，《世界宗教研究》2015年第1期，頁97–106。
5　景安寧：《道教全真派宮觀、造像與祖師》（北京：中華書局，2012年），頁6。
6　〔元〕劉志玄：〈金蓮正宗仙源像傳序〉，收入劉志玄、〔元〕謝西蟾（活躍於1324–1328年間）：《金蓮正宗仙源像傳》（HY 174），收入張繼禹主編：《中華道藏》（北京：華夏出版社，2014年），第47冊，頁54a–b。

## 一 《老子八十一化圖》：譜系隱性構建

在全真教徒製作的圖像中，其中宣傳祖師修道、度人的敘事性圖像，其中也有突出本派乃「正法眼藏」，為建構法傳譜系服務的意圖。全真教奉老子為始祖，王重陽〈滿庭芳〉詞云：

> 汝奉全真，繼分五祖，略將宗派稱揚。老君金口，親付與西王。聖母賜東華教主，東華降、鍾離承當。傳玄理，富春劉相，呂祖悟黃糧。登仙，弘誓願，行緣甘水，復度重陽。過山東遊歷，直至東洋。見七朵金蓮出水，丘劉譚馬郝孫王。吾門弟，天元慶會，萬朵玉蓮芳。[7]

詞的上闕溯源全真教的源流，從老子到呂洞賓（798生），脈絡清晰；下闕則寫自己重陽甘水遇鍾離（168－256）、呂傳道，然後再收「七真」為徒，其後開枝散葉，壯大到「萬朵玉蓮芬」的規模。這首詞收於元彭致中編《鳴鶴餘音》卷3中，但不見於王重陽文集中，目前難以定其真偽，但後來的《金蓮正宗仙源像傳》等全真教文獻中，已明確將老子列為始祖。興定三年（1219）五月，成吉思汗派使者攜帶詔書到山東邀請丘處機前往蒙古帝國相見。興定四年（1220）農曆正月，丘處機挑選門人尹志平（1169－1251）等18名弟子離開山東昊天觀，啟程西去，歷經曲折艱險，於興定六年（1222）四月抵達「大雪山」（今興都庫什山）八魯灣行宮觀見成吉思汗。同年秋冬，成吉思汗三次召見丘處機，詢問治國和養生的方法，成吉思汗下詔耶律楚材（1190－1244）將這幾次的對話編集成〈玄風慶會錄〉。跟隨丘處機西行的李志常（1193－1256）根據一路上的西行見聞，後來寫成《長春真人西遊記》一書。丘處機見成吉思汗，這在宗教史上是一個劃時代的重大事件，意義極為深遠，特別是此事與六朝傳說中的「老子化胡說」有驚人的相似之處。據〈玄風慶會錄〉載，丘處機向成吉思汗闡述養生之道重在「外

---

[7] 〔金〕王重陽：〈滿庭芳〉，收入〔元〕彭致中編：《鳴鶴餘音》（HY 1092），《中華道藏》，第27冊，卷3，頁640a。

修陰德，內固精神」，因而要「除殘去暴，為元元父母」。[8] 在全真教內，丘處機是除王重陽之外最重要的人物，由於丘處機，全真教得到了金世宗（在位年：1161－1189）和在元廷的大力支援，掌教時間長達24年，使全真道達到全盛的局面。他最為人津津樂道的是「度」帝王成吉思汗之事，因此全真教徒急於將丘處機這一偉績展示給公眾。於是，他們製作了畫本《老子八十一化圖》，「以丘處機西域之行比附老子西出化胡，或以老子西出故事烘染丘處機的化胡之行，這套圖強化了全真教和蒙古統治上層之間的聯繫，是全真教的弟子為宣化祖師功德、弘化教派榮光而採用的手段。」[9] 因而成為全真祖譜構建的一種特殊方式。以明刻本為底本的清康熙六年（1667）本（藏於國家博物館古籍部）《老子八十一化圖》，除81幅老子八十一化圖外，還組合了其他的圖像，如卷首的老子像、老子出關圖，授經圖、三十一祖師圖，及卷末的護法神像。三十一祖師圖位於授經圖之後，一字排開，大多面向老子的方向，類似朝元圖。三十一真人除玄元十子中的六人外，還有全真教北宗五祖、七真、南宗五祖圖像。至明代，道士李得晟、邵元節（1459－1539）深得明世宗（在位年：1521－1567）寵信，主持祈嗣醮，支援重印《老子八十一化圖》，其真人圖上又添繪了趙宜真（1382卒）、劉淵然（1351－1432）、邵以正、喻道純、李得晟、邵元節等有師承、同事關係的八個道士之像，以續全真道祖譜。[10]

據元代僧人祥邁《辯偽錄》卷1云：「丘處機妄言諂上，李志常矯飾媚

---

[8] 〔金〕耶律楚材：〈玄風慶會錄〉，收入〔元〕丘處機著，趙衛東輯校：《丘處機集》（濟南：齊魯書社，2005年），頁137。

[9] 參見胡春濤：〈版刻本老子八十一化圖的流傳及相關問題〉，《宗教學研究》2013年第2期，頁35–41。該文引耶律楚材〈玄風慶會錄序〉云，中將老子與丘處機聯繫在一起，耶律楚材誇耀丘處機西行之功，曲折地表達了「化胡思想」。序見〔金〕耶律楚材：〈玄風慶會錄〉，頁136。丘處機西行途中，曾為閻立本（673卒）的〈太上過關圖〉題跋云：「蜀郡西遊日，函關東別時。群胡皆稽首，大道復開基。」見〔元〕李志常：《長春真人西遊記》（HY 1418），《中華道藏》，第47冊，卷上，頁2c。丘處機的另一些詞曲也隱含了其西行弘道化胡的心願。

[10] 參見胡春濤：〈版刻本老子八十一化圖的流傳及相關問題〉，頁35–41；馬小鶴：〈《老子八十一化圖》與全真道祖譜〉，《經學文獻研究集刊》2019年第1期，頁144–165。

時，萃逋役之罪徒，集排釋之偽典，令狐璋首編妄說，史志經又廣邪文，效如來八十二龕，集老子八十一化」。[11] 由此推知，在該圖的製作過程中，丘處機是靈魂，李志常是主謀，令狐璋首先製作，史志經（1202－1275）又進一步擴大規模。[12] 令狐璋生平不詳，據王鶚（1190－1273）〈洞玄子史公道行錄〉，史志經，名天緯，號洞玄子，絳州翼城人。曾禮恆岳劉真常為師，丘處機從西域歸來後，其師攜史志經拜訪丘處機，丘處機為其訓名「史志經」。劉真常羽化後，史志經拜于洞真真人參受經錄。後受全真掌教李志常之邀，赴燕講學。而于洞真（1166－1250）曾師禮馬鈺（1123－1183）、丘處機、譚處端（1123－1185）、劉處玄（1147－1203）、王處一（1142－1217）諸真。[13] 又據李道謙（1219－1296）〈史講師道行錄後跋文〉，史志經曾出其所著〈長春宗師慶會圖〉託他寫序。[14]

《老子八十一化圖》是以《老子化胡經》、《猶龍傳》、《混元聖紀》等書為文本而精心構建的連環畫體長篇小說。當時有版刻經本、雕塑、壁畫、石刻等各種形式，元初大體在河北、山西、陝西、甘肅等地傳播，明以後流傳更廣。各種版本的文字和圖像有程度不同的差異，本文以日本福井康順（1898－1991）家藏、刊於民國十九年（1930）的奉天太清宮藏板為論述物件。該書收錄於1930年王育生撰《繡像道德經》中。

《老子八十一化圖》以時間為線索，從不同角度展現老子在世代所扮演的角色、身分和功能。第一至十六化是老子前生故事，第十七至四十五化是今世故事，第四十七至八十一化是老子升遐之後顯靈的故事。在《老子八十一化圖》中，老子是道的化身、天地的開闢者和中華文明和印度佛教的創造

---

11 〔元〕祥邁：《辯偽錄》（T 2116），收入高楠順次郎、渡邊海旭、小野玄妙等編：《大正新脩大藏經》（東京：大正一切經刊行會，1924–1934年，以下簡稱為《大正藏》），頁52c16–c19。

12 胡春濤：〈老子八十一化圖研究〉（西安：西安美術學院博士學位論文，2011年），頁35。

13 〔元〕王鶚：〈洞玄子史公道行錄〉，收入〔元〕李道謙編撰：《甘水仙源錄》（HY 971），《中華道藏》，第47冊，卷8，頁184a–185a。

14 〔元〕李道謙：〈史講師道行錄後跋文〉，《甘水仙源錄》，卷8，頁185a。

者，升仙之後又多次顯靈，懲惡揚善，化導眾生。圖文共處一頁，文字題寫於畫面空白處，圖像較文字稍顯強勢，「語──圖」互釋，意義共生。如第五化「開天地」（圖1），左邊圖注云：老子是「天地之父母，故能分布清濁，開闢天地乾坤之位也。」[15]

圖1　第五化「開天地」[16]　　　圖2　第八化「變真文」[17]

　　圖中間圓月形圖像內，下面左右各有一個小圓圈，內有金烏、兔子，象徵日月和天地；上面有八層房屋依次排列，底下是河水，代表九天。圖像比文字更清晰地闡釋了道教的宇宙觀，所謂三清之炁，各生三炁，合成九炁炁，而為九天。又如第八化「變真文」（圖2），右上角圖注云太上老君「以五方直炁之精，結成寶字，方一丈八角，垂芒為雲葉之形，成飛走之狀。」[18] 圖下老子坐於中間，左右有侍從，前面有五人拱手請經。在老子頭頂，兩條煙

---

15　王育生：《繡像道德經》，收入嚴靈峰編輯：《無求備齋老列莊三子集成補編》（七）（臺北：成文出版社，1982年）。
16　王育生：《繡像道德經》。
17　王育生：《繡像道德經》。
18　王育生：《繡像道德經》。

雲向左角延伸，裏面有蝌蚪文字。該圖表現的是道教道經出品的觀念。道教視道經為天書，《太平經》云：「天明知下古人且愚難治正，故故為其出券文，名為天書也。」[19] 靈寶派認為，「天書玉字，凝飛玄之氣以成靈文，合八會以成音，和五合而成章。」[20] 就是說，天書由天上的飛玄之氣凝結成文，然後降示人間。天書用「雷文雲篆」書寫，不易索解，故乾脆稱「無字天書」，因而需要聖真「譯出」傳授到人間。[21] 這是道教宗經、徵聖思想的體現。

《老子八十一化圖》中最重要、最敏感的內容是「老子化胡」故事，既模仿佛傳又超越佛祖。如第十八化「誕聖日」（圖3），圖像以三個場景來表現老子出生的故事，上面是兩人捧日，左邊有天兵天將，這是真妙玉女夢中所見圖景；中間是真妙玉女晝寢，夢吞日精而孕；下面右邊是兩個侍女為出

圖3　第十八化「誕聖日」[22]　　圖4　第三十六化「藏日月」[23]

---

19　羅熾主編：《太平經注譯》（重慶：西南師範大學出版社，1996年），卷中，頁711。
20　《太上靈寶諸天內音自然玉字》（HY 97），收入《道藏》（北京：文物出版社；上海：上海書店；天津：天津古籍出版社，1988年），第2冊，卷1，頁532a。
21　卿希泰主編：《中國道教思想史》（北京：人民出版社，2009年），第1卷，頁417。
22　王育生：《繡像道德經》。
23　王育生：《繡像道德經》。

生的老子洗浴，老子頭上沖出無數水柱；左角是兩個侍女扶著真妙玉女，一個小孩在她面前跪拜，可能是浴後的老子。三個畫面的故事發生於不同時間，畫家通過圖像並置的手法，使只能表達一個瞬間的單幅圖像聯結起來，從而產生時間流動感，表述完整的老子誕生故事。佛誕時有九龍灌浴，而老子則有無數的龍，表現出超越佛祖的力量。

又如第三十六化「藏日月」（圖4），迎夷國王好殺不通道，「太上左手把日，右手把月，藏於頭中，天地俱昧，國人恐怖。」[24] 畫面左上角，老君盤腿而坐，兩手分別舉起太陽和月亮，髮髻用一道白光與天上的神靈連接起來，表示他驅使神靈的法力。神靈踏在黑雲之上，表示迎夷國頓時陷入黑暗之中，下面兩個胡人磕頭跪拜，表情極度驚恐。這些插圖內容的出現與當時佛道紛爭的背景是分不開的，後來遭到封殺。在經歷《老子八十一化圖》和處順堂事件後，全真教徒更為謹慎，並思考改變宣揚祖師功德、建構全真譜系的表現方式，故《玄風慶會圖》、《純陽帝君顯化圖》、《重陽真人憫化圖》等敘事形式雖受《老子八十一化圖》的影響，但又接受了其教訓，在一定程度上緩解了全真教與政治之間的緊張關係。如史志經在1263年回到燕京後，致力於《玄風慶會圖》的製作。李道謙〈長春大宗師玄風慶會圖序〉曰：「史公總集諸家紀傳，起于棲霞分瑞，訖于白雲掩柩，定為六十四題，分立圖，各附以說文，目之曰《玄風慶會圖》。……是書之出，非惟光揚宗師之瑰蹤偉跡，實為後進者照心之鏡，釋疑之龜也。」[25] 全書共有五卷，前四卷為丘處機畫傳，第五卷為附錄與碑文，共64個故事，每個故事文字後附有插圖。今僅剩殘本第一卷，內容為丘處機畫傳的前十六個故事與附圖。《玄風慶會圖》改變《老子八十一化圖》和處順堂壁畫強調老子化胡的敘事結構，而以讚美丘處機苦修為主題，以為後進者學習榜樣。據史載，丘處機雖然與馬鈺差不多同時進入王門，但悟道很晚，他曾向門人回憶道：「俺與丹陽同

---

24 王育生：《繡像道德經》。
25 〔元〕李道謙：〈長春大宗師玄風慶會圖序〉，收入〔元〕史志經編集：《玄風慶會圖五卷》（現存一卷），收入中國宗教歷史文獻集成編纂委員會編：《三洞拾遺》（合肥：黃山書社，2005年），第16冊，頁392a–b。

遇祖師學道，令俺重作塵勞，不容少息。與丹陽默談玄妙，一日閉其戶，俺竊聽之，正傳穀神不死調息之法，久之推戶入，即止其說。俺自後塵勞事畢，力行所聞之法，行之雖至，然丹陽二年半了道，俺千萬苦辛，十八九年猶未有驗。祖師所傳之道一也，何為有等級如此。只緣個人所積功行有深淺，是以得道有遲速。」[26]《歷世真仙體道通鑑》（以下簡稱《仙鑑》）記重陽升遐前語曰：「丹陽已得道，長真已知道，吾無慮矣。處機所學，一聽丹陽、處玄、長真，當管領之。又顧處機曰：『此子異日地位非常，必大開教門者也。』」[27] 所以重陽仙逝後，丘處機雖以馬鈺等三人為師，但後來成就最大。清代《七真因果傳》等七真傳記小說，對王重陽故意折辱丘處機、丘處機苦修有詳細的描繪，《老子八十一化圖》對永樂宮壁畫繪製起到了一定的參考作用。

在丘處機仙蛻之後，李志常主持長春宮事，又策劃了在存放丘祖遺體的處順堂中繪製丘處機奉詔從山東萊州出發西行至仙逝期間的事蹟。據〈玄門掌教大宗師真常真人道行碑銘〉載：「庚寅（1230）冬，有誣告處順堂繪事有不應者，清和即日被執，眾皆駭散，公獨請代之曰：『清和宗師也，職在傳道。教門一切，我悉主之，罪則在我，他人無及焉。』使者高其節，特免杻械，鎖之入獄。夜半鎖忽自開，公以語獄吏，吏復鎖之，而復自開。平旦吏以白有司，適以來使會食，所食肉骨上隱然見師像，其訟遂息。」[28] 李志常挺身而出，承擔責任，替代清和（尹志平）坐監，[29] 處順堂壁畫亦被剷除。

---

26 〔元〕尹志平述，〔元〕段志堅編：《清和真人北遊語錄》（HY 1299），《中華道藏》，第26冊，卷3，頁743a–b。

27 〔元〕趙道一：《歷世真仙體道通鑑續編》（HY 297），《中華道藏》，第47冊，卷1，頁582c。

28 〔元〕王鶚：〈玄門掌教大宗師真常真人道行碑銘〉，〔元〕李道謙：《甘水仙源錄》，卷3，頁138c。

29 景安寧說罪責是壁畫中有成吉思汗形象而被人告為「大不敬」，見《元代壁畫——神仙赴會圖》（北京：北京大學出版社，2002年），頁37；胡春濤說是壁畫內容比附老子化胡思想而招致了「誣告」，見〈老子八十一化圖研究〉，頁20。

## 二　永樂宮壁畫：全真譜系的宏大構建

　　1245年，已歸隱終南山的宋德方（1183-1247）聯絡全真教前任掌教尹志平和現任掌教李志常，由潘德沖（1190-1256）主持，重建永樂宮。期間歷經曲折，至1358年才完全竣工。與以前全真造像不同的是，劉海蟾已成全真南派祖師，未進入永樂宮，至此，全真教北傳法系建構宣告完成。

　　永樂宮的主殿三清殿是供奉「太清、玉屬、上清元始天尊」的神堂，以南牆的青龍、白虎星君為前導，分別畫出天帝、王母在內的28位主神，按對稱儀仗形式排列，在畫面上圍繞主神依次展開。場面浩大，氣勢非凡，近300個天神繁雜而有序排列，朝拜元始天尊，所以稱為「朝元圖」。正門東壁、北壁、西壁上繪製呂洞賓的連環畫傳，扇面牆南面有呂洞賓塑像。其背面的〈鍾離權度呂洞賓〉是全殿的主題畫。與之相映的是北門門額上的〈八仙過海圖〉。這些圖像主要顯示全真教古老的法傳源流，構建全真教的宏大譜系，突出其「太上玄門正宗」的地位，並為教內活動提供儀式功能。

　　李松指出，永樂宮純陽殿、重陽殿兩套連環畫傳記在道觀壁畫同類題材作品中有著示範的意義，是對呂、王二人生平傳記的權威性圖解。[30] 純陽殿《純陽帝君顯化圖》有圖像52幅，佔據了純陽殿牆壁近三分之二的面積，繪出從呂洞賓出生到成道、顯化的行跡和傳說故事。宿白先生經過核對，發現有37幅榜題和苗善時的《純陽帝君神化妙通紀》（以下簡稱《妙通紀》）相近，認為是由該書刪節而成，其餘15幅則不為《妙通紀》所載，出自《呂祖志》等書。[31] 國內外專家景安寧、康豹（Paul R. Katz）和劉科都曾研究過純陽殿壁畫和呂洞賓及全真教的關係。景安寧認為畫傳所描繪的與其說是呂洞賓生平事蹟，不如說是全真教的大眾化教義。[32] 康豹選擇鍾離權度呂洞賓、

---

[30] 李松：〈宋元時代的風俗畫卷——永樂宮純陽殿、重陽殿壁畫〉，收入金維諾主編：《中國美術分類全集・中國殿堂壁畫全集》（太原：山西人民出版社，1997年），頁29-34。

[31] 宿白：〈永樂宮調查日記——附永樂宮大事年表〉，《文物》1963年第8期，頁59。

[32] 景安寧：〈呂洞賓與永樂宮純陽殿壁畫〉，收入吳光正主編：《八仙文化與八仙文學的現代闡釋：二十世紀國際八仙論叢》（哈爾濱：黑龍江人民出版社，2006年），頁246-263。

呂洞賓度王重陽兩個情節來具體討論，認為純陽殿壁畫代表的是已經被全真道士吸收、轉化的全真教呂洞賓信仰。[33] 純陽宮主題畫是「鍾離權度呂洞賓圖」（圖5），在青山綠水間，鍾離、呂兩人對坐於盤石之上。鍾離權身穿石綠色長衫，前胸袒露，膚色赤紅，長髯飄飄，足著芒鞋，單腳屈膝而坐，右手撐於石上，左手屈兩指，雙目炯炯，嘴唇微啟，正在為呂洞賓傳授玄機。呂洞賓則書生打扮，身著白袍，面白有鬚，左手大拇指輕捻右手衣袖，眼皮微垂，正在凝神聆聽。眉宇間露出沉思的神色，外表雖靜肅，但內心似波濤起伏。這幅畫描繪的是呂洞賓通過了鍾離權的考驗之後，鍾離權向呂洞賓傳道，通過兩人的動作和表情，將他們內心世界生動細膩地呈現出來了。〈純陽帝君神遊顯化圖〉「黃粱夢覺第二」（圖6）描繪的則是鍾離權考驗呂洞賓的一個環節，壁畫損壞較嚴重，大致云唐憲宗（在位年：805－820）元和五

圖5　鍾離權度呂洞賓[34]　　　圖6　「黃粱夢覺」[35]

---

33 康豹：〈呂洞賓信仰與全真教的關係——以山西永樂宮為例〉，收入林富士、傅飛嵐主編：《遺跡崇拜與聖者崇拜——中國聖者傳記與地域史的材料》（臺北：允晨文化實業公司，2000年），頁102–134。
34 蕭軍：《永樂宮壁畫》，頁261。
35 蕭軍：《永樂宮壁畫》，頁191。

年（810），呂洞賓赴長安應舉，在旅館遇到鍾離權，鍾離勸呂入道，遭呂婉拒。鍾離贈呂一枕休息，呂在夢中中狀元，富貴四十年，忽遭家產籍沒，恍然夢覺，黃粱猶未熟。呂即放棄科考回家，後來拜鍾離權為師。畫面分上中下三段，上段是一些建築和城牆。下段表現鍾離權以夢點化呂洞賓，右側呂洞賓正就枕入睡，鍾離權坐在一旁觀望；左側老媼正在添柴煮小米飯，暗示黃粱飯尚未熟。中段表現的是呂夢中的情景，使者正召喚呂受官，呂被召入城。這樣，現實與夢幻交織於一幅圖中，形成了鮮明的對比，從而使人產生人生如幻、仙道永恆的喟歎。

　　鍾離權作為一個全知全能的神仙，俯視所發生的一切，真實與幻境相連。元磁州畫〈鍾離度呂洞賓〉、元雜劇〈漢鍾離度脫唐呂公〉中插圖都描繪這一主題，以此為題材的畫作也甚夥。明代長篇小說《飛劍記》第二回「呂純陽遇鍾離師，鍾離子五試洞賓」、第三回「秘授純陽子丹訣，呂純陽發大誓願」和《東遊記》第二十三回「洞賓店遇雲房」、第二十四回「雲房十試洞賓」、第二十五回「鍾呂鶴嶺傳道」皆演繹此事，[36] 描寫雖比圖畫全面，但遠不如繪畫形象生動。

　　在《妙通紀》中，呂洞賓度化的人主要有三類，一類是曹國舅、何仙姑等成仙者；二類是以黃鶯妓、張珍奴等妓女為代表的凡人；第三類是以猴精、樹精為代表的非人類。但在〈純陽帝君神遊顯化圖〉中，呂洞賓度化妓女的內容被刪除，以消弭有關呂洞賓戲白牡丹傳說的消極後果。呂洞賓最重要的度人故事就是度化王重陽。據金源璹〈終南山神仙重陽真人全真教祖碑〉記載，王重陽第一次「甘河遇仙」，但所遇二神仙不著姓名，次年又遇仙於醴泉，仙人自稱「濮人」，年二十二。第三次「復遇至人，飲以神冀」。[37]〈全

---

36　〔明〕鄧志謨：《飛劍記》（上海：上海古籍出版社，1994年，據日本內閣文庫本影印），頁15–41；〔明〕吳元泰：《東遊記》，收入《四遊記》（上海：上海古籍出版社，1956年），頁23–26。

37　〔金〕金源璹：〈終南山神仙重陽真人全真教祖碑〉，〔元〕李道謙：《甘水仙源錄》，卷1，頁114c–115a。

真教開教密語之碑〉、〈終南山重陽祖師仙跡記〉中所記大致相同，[38] 都不符合鍾離、呂的籍貫、年齡和外貌特徵。王重陽去世後，全真教徒才坐實王重陽所遇之仙為鍾離、呂。孫謙序的〈四仙碑〉中載：「昔重陽王先生嘗兩遇呂真人，遽然入道，而隱於終南山六年。」[39]《金蓮正宗記》寫王重陽第二次所遇之仙是「蒲坂永樂」人，當指呂洞賓，最後給重陽飲「神糞」的是劉海蟾。[40] 純陽宮壁畫第二十幅「遇仙於橋」就是描繪這一故事。後來清代的全真教傳記體小說對此事大加渲染，如無名氏小說《七真祖師列仙傳》（清光緒二十九年〔1903〕序刊本）第二回「萬緣橋真傳妙道，大魏村假裝中風」、黃永亮《七真因果傳》第二回「萬緣橋呂祖親傳道，大魏村孝廉假中風」、潘昶《金蓮仙史》第五章「醉仙橋世雄逢道祖，醴泉觀鍾呂試凡心」皆是演繹此事。

　　純陽殿壁畫及後來有關呂洞賓的小說，還描寫了呂洞賓度化妖怪成神的故事，純陽殿的門神就是松樹精和柳樹精，松柳二仙一文一武護衛在純陽殿北門兩側。在12世紀的天心法師路時中（活躍於1120－1127年）認為，「邪」分為大小兩種，小邪有女鬼等，大邪則有樹怪、猿怪等。[41] 因此，度化樹怪，就體現出呂洞賓非凡的道行。

　　王重陽是全真教的實際創教人物，是全真教像傳著力描繪的對象。據〈重陽真人憫化圖序〉云：「重陽真人憫化圖，凡五十有五，李真常實為之，張誠明遂為之題目，史宏真為之傳其事，王資善為之序其然，何竊竊然如也。蓋憫一世之窮，相率而期於化，此圖之不容不作也。」[42] 可見，原有紙質版的《重陽真人憫化圖》，李志常、張志敬（1220－1270）和史宏真（即史志經）都參與了製作。張志敬是李志常最為親近的弟子，於1256－

---

38　〔元〕無名氏：〈全真教開教密語之碑〉，陳垣：《道家金石略》，頁429；〔金〕劉祖謙：〈終南山重陽祖師仙跡記〉，〔元〕李道謙：《甘水仙源錄》，卷1，頁117b。
39　孫謙：〈四仙碑序〉，陳垣：《道家金石略》，頁430。
40　〔元〕秦志安編：《金蓮正宗記》（HY 173），《中華道藏》，第47冊，卷2，頁35a，35c。
41　黃士珊（Shih-shan Susan Huang）著，祝逸雯譯：《圖寫真形：傳統中國的道教視覺文化》（杭州：浙江大學出版社，2022年），頁343。
42　無名氏：〈重陽真人憫化圖序〉，陳垣：《道家金石略》，頁717。

1270年間任全真教第四代掌教。景安寧認為重陽殿壁畫的榜題基本照抄了李志常的《憫化圖》，並保存了其原貌。[43] 劉科認為，重陽殿壁畫可能是由李志常、史宏真創製的《重陽真人憫化圖》存世的唯一實例。[44] 王重陽畫傳既是王重陽個人的歷史，也是全真教產生、發展的教派歷史。[45] 重陽殿壁畫是由榜題與55組場景圖像構成，其表現的核心主題與純陽殿壁畫是相同的，即被度和度人。敘事結構主要由三部分組成，一是在陝西出生、入道（1－12），二是到山東度化七真（13－48），三是去世升仙（49－55）。三部分之間通過時間的接續，以及不同視角的轉換性描述（榜文）與表現（圖像）而成為情節跌宕起伏、發展前後完整的整體。然而，三部分在情節設置上的重要性卻並不一致，較之重陽的誕生、入道以及修道和成道而言，其度化七真無疑才是畫傳故事作用於整個宮觀體系的核心事件。

　　王重陽在陝西傳道失敗後來到山東，他接受了教訓，首先選擇了寧海影響力很大的富豪馬鈺作為度化對象，馬鈺是關係到他能否在寧海立足、傳道能否成功的關鍵，但開始孫不二（1119－1182）並不信任王重陽，她鎖王重陽於庵中百有餘日，不與飲食。王重陽出神入夢，種種變現，懼之以地獄，誘之以天堂，十度分梨，六番賜芋，馬鈺遂從師入道，但孫不二尚愛心未盡，猶豫不決，一年後，始竹冠布袍，詣金蓮堂禮重陽求度，後來小說寫她為表示修道的決心，不惜毀容。在重陽殿壁畫中，有「分梨環堵」、「看彩霞」、「擎芝草」、「扶醉人」、「夜談秘者」、「撥雲頭」、「灑淨水」、「起慈悲」、「念神咒」、「誓盟道戒」、「畫示天堂」、「嘆骷髏」、「妝伴哥」13組內容都是講述度化馬鈺夫婦的故事。一切宗教都建立在人類對死亡的恐懼之上，王重陽就抓住馬鈺這一心理進行度化。丹陽入道時，父母已亡故十年，兄長也早去世。他在〈自悟〉詞中寫道：「決定輪排到我。生死如何躲。」[46] 可

---

[43] 景安寧：《道教全真派宮觀、造像與祖師》，頁29–305。
[44] 劉科：《金元道教信仰與圖像表現：以永樂宮壁畫為中心》（北京：中央美術學院博士論文，2012年），摘要。
[45] 劉科：〈永樂宮重陽殿壁畫新探〉，《中華文化畫報》2013年第1期，頁104–109。
[46] 〔元〕馬鈺：《洞玄金玉集》，收入馬鈺著，趙衛東輯校：《馬鈺集》（濟南：齊魯書社，2005年），卷10，頁140。

見，生死焦慮一直縈繞著他，揮之不去，形之於夢寐。〈全真第二代丹陽抱一無為真人馬宗師道行碑〉記載馬鈺做了一個噩夢，「詣術士孫子元占之，以決其惑，因稽壽幾何。曰：『君壽不踰四十九。』師嘆曰：『死生固不在人，曷若親有道為長生計。』已而與客弈棋，乃失聲曰：『此一著下得是，不死矣。』」[47]「嘆骷髏」繪重陽屈腿直背坐於一株虬松下之石座之上，左手拈提自繪〈骷髏圖〉，右臂屈伸，右手握固，其中食、中二指併攏指向〈骷髏圖〉，目視身前站立的馬鈺、孫不二夫婦，孫在馬前，二人著素衣，拱手問禮，面露虔誠之相。王重陽身後右側立二人，前人右手提圓口鼓腹罐，身披蓑衣，束髮似有三髻。身後一人袖手躬身立於其後。圖像以畫中畫即所謂「元圖像」的形式，表現王重陽借骷髏圖度化馬鈺夫婦的場景。重陽〈畫骷髏警馬鈺〉二首其一云：「堪嘆人人憂裏愁，我今須畫一骷髏。生前只會貪冤業，不到如斯不肯休。」[48]引起他們對死亡的恐懼，產生修道的緊迫感。「嘆骷髏」後，馬鈺終於看破生死入道，他在〈師父畫骷髏相誘引稍悟〉中說：「見畫骷髏省悟，斷制從長」、「管甚兒孫不了，脫家緣、街上恣意猖狂。」[49]他還寫過〈滿庭芳‧嘆骷髏〉、〈滿庭芳‧骷髏樣〉等詩詞。[50]王重陽又通過地獄警示、畫示天堂啟悟馬鈺夫婦，解決人死後的歸宿問題。在「夜談密旨」中（圖7），孫不二臉色蒼白，神色慌張，與馬鈺一起俯首跪拜，以暗示重陽「以地獄警示之」對馬鈺夫婦產生的心理作用。

　　清代的全真祖師傳記體小說也用了較多的篇幅描繪度化馬鈺夫婦之事。《七真祖師列仙傳》共30回，第4－10回即寫度馬鈺夫婦之事。《七真因果傳》共29回，第4－10回也是寫度馬鈺夫婦之事。[51]《金蓮仙史》共25章，有2章寫度化孫不二。[52]

---

47 〔元〕王利用：〈全真第二代丹陽抱一無為真人馬宗師道行碑〉，〔元〕李道謙：《甘水仙源錄》，卷1，頁120b。
48 〔金〕王重陽著，白如祥輯校：《王重陽集》（濟南：齊魯書社，2005年），卷10，頁153。
49 《馬鈺集》，頁235–236。
50 《馬鈺集》，頁232–233、152。
51 黃永亮：《七真因果傳》，卷上，頁442b–459b。
52 〔明〕潘昶：《金蓮仙史》，頁426–432，447–453。

圖7　「夜談密旨」[53]

總之，永樂宮壁畫把全真宗祖與三清、張天師等道教神祇放在一起，以圖像為主、文字為輔的方式，全面、系統建構了全真譜系，強調全真教的正統地位。並詳細敘述呂洞賓、王重陽修真和度人的故事，歌頌宗祖功行，感化觀者，闡揚全真教義。

## 三　《金蓮正宗仙源像傳》：全真宗祖群像

《金蓮正宗仙源像傳》由全真道道士謝西蟾、劉志玄編撰，成於泰定四年（1327），收入洞真部譜錄類，是一部圖文並茂敘述全真宗祖「仙傳源流」的著作。早在大定二十八年（1188），金世宗讓丘處機主持萬春節醮事，令塑「純陽、重陽、丹陽三師像於官庵，彩繪供具，靡不精備」[54]。尹

---

53　蕭軍：《永樂宮壁畫》，頁299。
54　〔元〕丘處機：〈世宗挽詞〉，《丘處機集》，卷3，頁42。

志平掌教時期，開始祭祀七真。其《清和真人北遊語錄》卷1云：「長春師父昇遐日（注：七月九日），于白鶴觀芳桂堂，設祖師七真位致祭。」[55] 此後，許多全真宮觀都設七真殿供奉，據吳光正統計，天壇宮、棲雲觀、岱岳觀、崇真觀、神清觀、太清宮、紫極宮和太極觀內都塑有三清、五祖和七真之像。[56] 這些造像和繪畫對確定「七真」人員的組成、排序等發揮了重要作用。

《金蓮正宗仙源像傳》由前面的詔書和13篇傳記組成，每篇傳記既相對獨立，又一起組成了一個完整的全真譜系。每篇傳記包括圖像、傳文和四字贊語三部分，圖像則是非情節性的偶像式全真宗祖像。文字、圖像、贊語之間形成互文和補充關係。

目前在王重陽文集中尚未見到「七真」的說法，其詩〈結物外親〉中說：「一侄二子一山侗，連餘五個一心雄。六明齊伴天邊月，七爽俱邀海上風。」[57]「一侄」指譚處端，「二子」指丘處機、劉處玄，「一山侗」指馬鈺，加上重陽為「五個」；「六明」可能是指孫不二之外的馬、丘、劉、譚、王、郝，「七爽」或許就是加上他自己。[58] 王處一「七朵金蓮顯異」、「七寶金蓮，應結長生果」等詩，[59] 是「七真」的最早提法。

全真教歷史上有所謂「前七真」與「後七真」之說，「前七真」包括王

---

55 〔元〕尹志平：《清和真人北遊語錄》，卷1，頁727c。
56 吳光正：〈論元代全真教傳記的文體功能〉，《文學評論》2020年第1期，頁196。
57 〔金〕王重陽：〈結物外親〉，《王重陽集》，卷1，頁3。
58 張廣保先生據《金蓮正宗記》中〈玉陽王真人〉中描寫：「祖師在後可半里許，忽擲傘於空中，飄飄然起西北而飛不知所往。丘、劉輩驚，反走而問其所由，曰：『搏扶搖而上，不知所以然也。』自辰至晡，傘乃墮於雲光洞前，擊破其柄，中有道號曰『𠇗陽子，名處一。』𠇗音竹，篇韻中本無此字，蓋祖師之所撰也，字作七人，表金蓮七朵之數。大約擲傘處與雲光洞相去二百餘里」，認為王重陽「似乎一度認同王、郝、孫的弟子身分，有意結就七朵金蓮。」見張廣保：《全真教的創立與歷史傳承》（北京：中華書局，2015年），頁143；〔元〕秦志安：《金蓮正宗記》，卷5，頁49c。但筆者認為不足為據，一是因這是後人所追寫，二是帶有濃厚的神話色彩有關。
59 〔金〕王處一：〈滿庭芳〉之八，收入白如祥輯校：《譚處端・劉處玄・王處一・郝大通・孫不二集》（濟南：齊魯書社，2005年），頁342；〈蘇幕遮〉之六，頁361。

重陽、馬鈺、譚處端、劉處玄、丘處機、王處一、郝大通（1149－1212）。至元六年（1269）元世祖褒封制詞，封五祖七真之前，孫不二一直以「清淨散人」或「孫仙姑」之稱號存世。「後七真」則指王重陽的七位高徒。總之，由於「七真」在社會、年齡、性別、思想及入道先後、與王重陽關係的親疏等原因，導致了「七真」形成問題上的複雜性。孫不二由於女性身分和入道過程的反覆，增加了其進入「七真」的難度，至以尹志平、李志常為代表的全真第三代領袖，才將孫不二正式納入七真之列。〈清和妙道廣化真人尹宗師碑銘並序〉云：

> 辛丑正月……師（尹志平）曰：「昔我祖重陽初於甘河遇純陽點化，復度丘劉譚馬，洎郝孫王，號七朵金蓮結子，又云桂樹香傳，十九枝舉，歷歷皆應。」[60]

辛丑即1241年正月，至元六年（1269），在全真教第三代掌教張志敬的請求下，忽必烈（在位年：1260－1294）頒詔書褒封五祖七真，賜予封號，說明在全真教內部早已形成七真的共識，而在忽必烈褒封之後，「全真七子」的名號得以廣泛傳播，全真教五祖七真的神仙譜系便正式建立。

關於「七真」的排名問題。通常來說，人物的出場順序，受制於事件發生的時間先後，而不能作為人物相互之間重要性的依據。七真傳記中，除《七真因果傳》屬於編年體之外，其他都屬於紀傳體，而在紀傳體中，人物排序先後往往體現了作者或編纂者對人物重要性的認識。排名的方式很多，《金蓮正宗記》、《仙鑑》、《金蓮正宗仙源像傳》排名是：馬鈺、譚處端、劉處玄、丘處機、王處一、郝大通、孫不二。《甘水仙源錄》前六名與之相同，但無孫不二。如果以「七真」羽化登仙為序，孫不二（1182）最早，其後相繼去世的是馬鈺（1183）、譚處端（1185）、劉處玄（1203）、郝大通（1212）、王處一（1217）、丘處機（1227）。在上述資料中，《金蓮正宗記》

---

[60] 〔元〕李志全：〈清和妙道廣化真人尹宗師碑銘并序〉，陳垣：《道家金石略》，頁292。

成書最早,《仙鑑》、《金蓮正宗仙源像傳》最晚,說明中間關於「七真」的說法有過爭議。關於七真入室王重陽的時間先後,學術界有多種說法,郭武〈全真七子入門次序略考〉一文考為:馬鈺、丘處機、譚處端、王處一、郝大通、孫不二、劉處玄。[61] 若按照「七真」與王重陽的關係密切程度,前四位應該是馬鈺、丘處機、劉處玄、譚處端。王重陽視馬鈺為平輩,丘處機和劉處玄為「子」,譚處端為「侄」。重陽南遊汴梁時,都是四人隨侍左右;重陽仙逝時,也是四子守喪安葬。王處一、郝大通、劉處玄、孫不二三人雖曾正式向王重陽問道,並蒙賜道號,但他們除重陽外還另有師承,而且並未一直追隨王重陽。[62] 早期文獻一般也只提馬、譚、丘、劉。馬鈺詞〈西江月〉、劉處玄〈五吉悶絕句頌〉、耶律楚才〈玄風慶會錄〉、陳大任〈磻溪集序〉、毛麾〈磻溪集序〉中皆稱「丘劉譚馬」,馬鈺〈無夢令〉詞、譚處端七絕稱「譚馬丘劉」。[63]「四子」被視為全真正脈。參考皈依王重陽門下的時間、「七真」的年齡、逝世時間、性別及與王重陽在世時的關係疏密程度和對全真教的貢獻大小等諸多因素,一般排名為:馬、譚、劉、丘、王、郝、孫。其中王處一逝世雖晚於郝大通,但年長於他;丘處機年齡僅比郝大通大一歲,而且逝世最晚,但他入師門僅次於馬鈺,影響遠遠超過其他人;孫不二雖然逝世最早,年齡最大,但她入師門的時間僅早於劉處玄,而且是女性,道教中女性的地位雖較世俗社會有所提高,但仍很難完全擺脫主流社會的影響。[64]

---

61 郭武:〈全真七子入門次序略考〉,收入丁鼎主編:《昆嵛山與全真道:全真道與齊魯文化國際學術研討會論文集》(北京:宗教文化出版社,2006年),頁29–37。
62 張廣保:《全真教的創立與歷史傳承》,頁132–137。
63 〔元〕馬鈺:〈無夢令・感師〉,《馬鈺集》,頁188;〔金〕譚處端:〈述懷〉之七,白如祥:《譚處端・劉處玄・王處一・郝大通・孫不二集》,頁16。
64 全真教依託鍾離、呂,模仿「八仙」的痕跡非常明顯:第一,在人數、性別組成方面,兩者都是七男一女。第二,在師承關係方面,王重陽是七真的師父,而鍾離權傳呂洞賓,其他六仙或為呂洞賓所傳,或為鍾離、呂同傳。第三,就經歷而言,也有驚人的相似。七子中的譚長真患有「風眩癱瘓」,行動不便,與鐵拐李相同;王重陽經歷酷似鍾離權,職是之故,歷史上有人稱重陽師徒為「八真」的,如王世貞〈全真四祖八仙像〉云:「自重陽而為丹陽之馬、長真之譚、長生之劉、長春之丘、廣寧之郝、玉陽之王、

《金蓮正宗仙源像傳》劉志玄序贊云:「天啟玄風,青牛西度,微言五千,無極道祖。傳之東華,爰及鍾呂。」[65] 文字雖以《金蓮正宗傳》為底本,但卷首增繪老子像,以突出全真教的正宗地位;以東華帝君為開山祖師,刪除玉蟾和真人和靈陽李真人,確立「北五祖」及「七真」的人員組成與排序。老子圖像取自元代趙孟頫(1254－1322)所繪老子畫像(圖8、圖9)。

圖8　《金蓮正宗仙源像傳》老子像[66]　　圖9　趙孟頫老子像[67]

東華帝君道裝,帶蓮花冠。他是虛構的全真教初祖,其原型是山東膠東一帶敬奉的太陽神,由東王公、木公演變而來。因為太陽從東海升起,東方在五行中屬木,所以又稱木公,《三教搜神大全》卷1「東華帝君」即明確指出東

---

媲丹陽而稱女真者,又有清淨之孫,凡八真人。」見〔明〕王世貞撰:《弇州續稿(三)》,《景印文淵閣四庫全書》(臺北:臺灣商務印書館,1986年),第1284冊,卷171,頁470b。
65　〔元〕劉志玄:〈金蓮正宗仙源像傳序〉,頁54。
66　〔元〕劉志玄、〔元〕謝西蟾:《金蓮正宗仙源像傳》,頁58a。
67　上海書畫出版社編:《趙孟頫小楷道德經真跡》(上海:上海書畫出版社,1986年),前言,頁9。

華帝君「或號東王公，或號青童君，或號東方諸，或號青提帝君，名號雖殊，即一東華也。」[68] 東華帝君成為全真道的開山祖師，與王處一、宋德方（1183－1247）、秦志安（1188－1244）三人的宣傳有關。宋德方在〈全真列祖賦〉中第一次將東華帝君視為全真初祖：

> 龍漢以前，赤明之上，全真之教固已行矣。但聖者不言而天下未之知耳。逮我東華帝君王公者，分明直指曰：此全真之道也，然後天下驚駭傾向而知所歸依矣。帝君乃結庵於青海之濱，受訣於白雲之叟，種黃芽於岱阜，煅絳雪於昆崙，陰功善被於生民，密行遠沾於後裔，然後授其道於正陽子鍾離公者。……然後授其道於純陽子呂公者，……然後授其道於海蟾子劉公者，……然後授其道於重陽王公者，發揚秘語之五篇，煅煉還丹之九轉，譚中捉馬，丘上尋劉，餐霞於碧嶠之前，養氣向青松之下，飲甘河之一滴，觀滄海之萬蓮，普化三州，同修五會。[69]

這裏雖然沒有提出「五祖」的名號，但宋德方已經自覺建構起了全真道的宗祖系譜，即：白雲之叟──東華帝君──鍾離權──呂洞賓──劉海蟾──王重陽，王重陽之下為：譚處端、馬丹陽、丘處機、劉處玄。後來秦志安的《金蓮正宗記》又在王處一、宋德方的基礎上，結合道藏中的有關材料，正式確立東華帝君在全真道中的地位。[70]

趙道一《仙鑑》卷20中「王玄甫」云：「上仙姓王名玄甫，漢代東海人也。師白雲上真得道，一號華陽真人。」[71] 東華帝君賦予王姓，是表示尊崇之意，「所謂王姓者，乃尊高貴上之稱，非其氏族也。」[72] 傳中謂王玄甫曾

---

68 《繪圖三教源流搜神大全（外二種）》（上海：上海古籍出版社，2012年），卷1，頁27。
69 〔金〕宋德方：〈全真列祖賦〉，陳垣：《道家金石略》，頁593–594。
70 《金蓮正宗記》，卷1，頁30b。
71 〔元〕趙道一：《歷世真仙體道通鑑》（HY 296），《中華道藏》，第47冊，卷20，頁353c。
72 〔元〕劉志玄、〔元〕謝西蟾：《金蓮正宗仙源像傳》，頁58c。

居於文登昆嵛山煙霞洞,而王重陽正是在這裏隱居修道,兩人同姓,王重陽入道後改名「喆」,或許也與東華帝君一名「李喆」有關。膠東半島自古以來就有著濃厚的神仙傳說氣氛,特別是鍾離、呂等八仙傳說更是膾炙人口。元鄧文原撰〈東華紫府輔元立極大帝君碑〉中云:在金大定年間(1161－1190),馬鈺在昆嵛山「劚夷榛穢,以營以構,曰:『昔仙人東華君常棲真於此,吾全真教之宗也。』因名其觀為『東華』。」[73] 全真七子都是山東人氏,這就不難理解為何全真教認東華帝君為初祖。

吳承恩(1500－1582)〈狀元圖考凡例〉云:「圖者像也,像也者象也。象其人亦象其行。」[74] 就是說,畫家以形寫神,刻畫出人物的形貌和內心世界及其行為,「意態生動,鬚眉躍然見紙上。」[75]《金蓮正宗仙源像傳》就通過栩栩如生的全真祖師肖像插圖,突出他們的性格特點,通過肖像敘事,溝通全真宗祖之間的聯繫,建構全真法傳譜系。圖中王處一頭戴蓮花冠,身穿雲紋肥袖法服。[76] 王育成曾指出:「在全真宗祖圖中,王處一的這幅畫像顯得有點特殊,從頭飾、服裝上看,其與同時代的七真以及南五祖、鍾呂、海蟾、重陽諸像皆有較大差異,卻與四子及東華帝君相類。」[77] 這主要與他在師從王重陽之前,曾夢見東華帝君授道。他在一首〈沁園春〉詞前小序中自稱「予自七歲,遇東華帝君於空中警喚,不令昏昧。」[78] 又如丘處機立姿,微左側向,頭部戴道冠,冠有飄帶,濃眉細眼,高鼻小嘴,唇部和下巴

---

73 〔元〕鄧文原:〈東華紫府輔元立極大帝君碑〉,陳垣:《道家金石略》,頁738。
74 〔明〕吳承恩:〈狀元圖考〉,收入〔明〕顧鼎臣撰,〔明〕黃應澄繪圖:《明狀元圖考五卷》(萬曆三十七年吳承恩刊本),收入故宮博物院編:《故宮珍本叢刊》(海口:海南出版社,2000年),第60冊,頁307a。
75 〔明〕張書紳:〈新說西遊記圖像序〉,收入〔明〕吳承恩著,張書紳注:《新說西遊記圖像》(北京:中國書店,1985年,影印本),上冊,頁2。
76 見〔元〕劉志玄、〔元〕謝西蟾:《金蓮正宗仙源像傳》,頁66b。
77 參見王育成:《明代彩繪全真宗祖圖研究》(北京:中國社會科學出版社,2003年),頁179。
78 〔金〕王處一:《雲光集》,白如祥:《譚處端・劉處玄・王處一・郝大通・孫不二集》,卷4,頁339。

無鬚;身穿黑邊、肥袖袍服,下襬幾近垂地,雙手攏袖,抱合於胸前(圖10)。目前所見丘處機的畫像分為兩類,一類有鬚,但較少見,如龍山昊天觀1號和第7號窟中的丘處機雕像,頭戴芙蓉冠,上唇似有八字翹髭鬚,頰下和兩腮V字形長髯(圖11)。

圖10 《金蓮正宗仙源像傳》丘處機像[79]　　圖11 昊天觀石窟丘處機像[80]

另一類無鬚,如《金蓮正宗仙源像傳》、《群仙集》中丘處機像。據《金蓮正宗仙源像傳》載,丘處機在磻溪穴居時,「日乞一食,行一簑,人謂之簑衣先生,晝夜不寐者六年。」[81]丘處機《磻溪集》、《鳴道集》中記自己曾搬石煉心、繫履磨性等經歷。尹志平記丘處機道:「公自揣福慧命相,俱不能如丹陽、長真諸公,以十年煉心,而猶未得淨。每夜輒束草履行山巔,往返者幾二十遍,以祛睡魔。五十日而後心死,覺真性常明,瑩然如水晶塔。一日凡念忽起,痛苦自誓,久之,赴長安統軍齋,一夕而三漏,復痛哭自誓,堅固逾於昔,尋道經天魔,為飛石所中,折脅肢,以是參伍。公淨身事

---

79 〔元〕劉志玄、〔元〕謝西蟾:《金蓮正宗仙源像傳》,頁64c。
80 景安寧:《道教全真派宮觀、造像與祖師》,頁253。
81 〔元〕劉志玄、〔元〕謝西蟾:《金蓮正宗仙源像傳》,頁65a。

誠有之,當在赴統軍齋夕後也。」[82] 王世貞〈紀丘長春及僧〉中記他在白雲觀所見丘處機像,「長春儼然一老中涓」。[83] 但這些內容不宜用文字敘述,只有通過他的相貌特徵進行暗敘。又如《金蓮正宗仙源像傳》中孫不二頭梳包髻,穿著黑邊男式肥袖大袍,女性性別特徵不是很明顯(圖12)。明《寶善卷》第十九幅孫不二為男像。而龍山石窟昊天觀第7號窟孫不二雕像,則頭戴芙蓉冠,面相嫵媚(圖13)。

圖12 《金蓮正宗仙源像傳》孫不二像[84]

圖13 昊天觀石窟孫不二像(左邊)[85]

《群仙集》中孫不二像則為女裝,柳葉眉,丹鳳眼,櫻桃小口。有學者指出,孫不二的中性相貌特徵,其實體現的是一種道教女丹修煉思想觀念。[86]

---

82 〔清〕陳銘珪:《長春道教源流》,《藏外道書》,第31冊,卷8,頁148b–149a。
83 〔明〕王世貞:《弇州續稿(二)》,《景印文淵閣四庫全書》,第1282冊,卷66,頁876a。
84 〔元〕劉志玄、〔元〕謝西蟾:《金蓮正宗仙源像傳》,頁68a。
85 景安寧:《道教全真派宮觀、造像與祖師》,頁269。
86 吳端濤:〈孫不二的登真之路及其形象演變——由永樂宮重陽殿壁畫中14組孫不二形象談起〉,《美術研究》2015年第4期,頁30–32、41–46。

女性練功主要是「斬赤龍」,就是強行改變女性生理期的一種修煉法門,即《孫不二元君傳述丹道秘書》中所謂的「消陰鑄陽」。[87]〈守一詩〉謂「斬龍」云:「久則骨肉亦化為純陽精氣,陰氣內消,始覺天光內照,煥然照蛻身之中。」[88] 陽和之氣充盈於身體之內後,女性性別特徵消失,逐漸男性化。與之對應,男子煉精化氣的結果就是出現馬陰藏相,即生殖器收縮,是為結小丹。[89] 由此可以解釋丘真人和孫真人相貌的特徵。夏威夷大學哲學系教授安樂哲(Roger Ames)採用「雌雄同體」(androgynous)來解釋道家的性別觀。他認為,道家學說追求的是一種積極的人性完善的理想,並不是提倡以「陰」的價值觀念來取代居主導地位的「陽」的價值觀念,而是尋求將對立雙方的緊張消解在平衡與和諧之中。[90]《清靜元君坤元經》中元君與眾女仙說一偈即云:「男女本一煖,清濁動靜異。女人欲修真,切使真元聚。陰中有元陽,存清勿以棄。明此色與欲,本來無所累。摒除貪嗔痴,割斷憂思慮。去濁修清性,不墮諸惡趣。靜寂守無為,我即男子具。」[91] 在修道時,男女並無本質的不同,只是一體之兩面;而「我即男子具」亦不應從字面上解讀為其潛藏心中對於做男子的渴望,而只是表達一種得道之後無分男女性別的認知。[92] 所以,孫不二臨終時的〈辭世頌〉,即表達在登真之後得以泯滅世俗男女之界限的歡愉:「三千功滿超三界,跳出陰陽包裹外。」[93]

---

87 《孫不二元君傳述丹道秘書・玉清無上內景真經》,白如祥:《譚處端・劉處玄・王處一・郝大通・孫不二集》,頁456。
88 《孫不二元君傳述丹道秘書・守一詩》,白如祥:《譚處端・劉處玄・王處一・郝大通・孫不二集》,頁457。
89 牟鍾鑒等:《全真七子與齊魯文化》(濟南:齊魯書社,2005年),頁250。
90 Roger T. Ames, "Taoism and the Androgynous Ideal," *Historical Reflections* 8.3 (Fall 1981): p. 43.
91 《清靜元君坤元經》,白如祥:《譚處端・劉處玄・王處一・郝大通・孫不二集》,頁463。
92 Suzanne E. Cahill, *Transcendence and Divine Passion: The Queen Mother of the West in Medieval China* (Stanford, CA: Stanford University Press, 1993), p. 215.
93 《清靜元君坤元經》,頁461。上述觀點參考了吳端濤:〈蒙元時期山西地區全真教藝術研究——以宮觀、壁畫及祖師形象為對象〉(北京:中央美術學院博士論文,2014年),頁128–131。

由此可見，繪者通過人物的圖像特徵凸顯他（她）的性格特點及其道行和功果，補充了文字沒有表達或不宜表達的內容。通過圖文互補，以表達文本豐富的內涵。

其次，通過人物相貌特徵之間的類似，使讀者產生聯想。鍾離權長髯過腹，紅臉，手托一卷書，儼然儒將，很容易使人聯想到關公；呂洞賓則英俊瀟灑，背劍，喜歡吟詩，則像李白。兩人雖一文一武，而又文武兼備。鍾離、呂二人被元廷封為「帝君」，呂洞賓還成為「文尼」，一時聲望顯赫，因而全真教有意依託鍾離、呂，將他們虛構成王重陽的師父。秦志安《金蓮正宗記》中描寫鍾離權「少工文學，尤喜草聖，身長八尺七寸，髯過臍下，目有神光。」「椎髻布衣」，道成後自稱「天下都散漢」。[94] 《金蓮正宗仙源像傳》描述鍾離權：「容貌雄偉，學通文武，身長八尺七寸，髯過於腹，目有神光。仕漢為將軍，兵失利，遁入終南山，遇東華帝君授以至道。後隱晉州羊角山，不與世俗接，束髮為雙髻，採槲葉為衣，自稱天下都散漢。」[95]（圖14）王重陽的形貌與經歷與酷似鍾離權，〈終南山神仙重陽真人教全真教祖碑〉中描述王重陽「美鬚髯，大目，身長六尺餘寸。氣豪言辯，以此得眾。」[96]

劉祖謙〈終南山重陽祖師仙跡記〉記王重陽曾試武舉，「美鬚髯，目長於口，形質魁偉，任氣而好俠。」[97]《金蓮正宗記》記其「骨木雄壯，氣象渾厚，眼大於口，髯過於腹，聲如鐘，面如玉，清風飄飄，紫氣鬱鬱，有湖海之相焉。」[98] 他膂力倍人，才名拔俗，早通經史，晚習刀功。道成後自稱「王害風」。[99] 現存重陽像為元初石刻作品，鳳眼圓睜，形象魁梧（圖15），與《金蓮正宗仙源像傳》中肖像非常相似（圖16）。王重陽的裝束打扮刻意模仿鍾離權，兩人畫像非常相似。《群仙集》卷下「重陽祖師分合性命章」有

---

94 《金蓮正宗記》，卷1，頁31a、31b。
95 〔元〕劉志玄、〔元〕謝西蟾：《金蓮正宗仙源像傳》，頁59a。
96 〔金〕金源璹：〈終南山神仙重陽真人全真教祖碑〉，頁114c。
97 〔金〕劉祖謙：〈終南山重陽祖師仙跡記〉，頁117b。
98 《金蓮正宗記》，頁34c。
99 《金蓮正宗記》，頁35c。

圖14　《金蓮正宗仙源像傳》鍾離權像[100]　　圖15　王喆圖[101]　　圖16　《金蓮正宗仙源像傳》王喆像[102]

幅王重陽像，繪重陽直立於波濤洶湧的海水之上，手持一支珊瑚，與山西省博物院65H4M102墓中的八仙磚雕中鍾離權手拿珊瑚的姿勢非常相似。王重陽模仿鍾離權的目的，就是表明自己是鍾離權的嫡傳弟子，或是鍾離權轉世。而且王重陽平時可能刻意模仿鍾離權，馬丹陽就多次指出師父的神貌、服飾都酷肖鍾離權，如其中有一首七言絕句詩前序云：「師父相貌堂堂，有若鍾離之狀，加之頂起此巾，愈增華潤，誠為物外人也。」[103]《金蓮正宗仙源像傳》中馬鈺像頭梳三髻，肩背豹皮短襖，身穿肥袖大袍，圓面大耳，長眉鳳目，雙手修長。元雜劇《馬丹陽度脫劉行首》中馬鈺插圖則是兩髻，無論是「三髻」還是「兩髻」，都象徵馬鈺繼承師志。「兩髻」是模仿鍾離權，象徵陰陽；「三髻」則是頂戴師名，因王重陽名字「喆」字中的三個

---

100　〔元〕劉志玄、〔元〕謝西蟾：《金蓮正宗仙源像傳》，頁59a。
101　〈重陽祖師之圖〉，下載自「道教碑文資料庫」，2024年4月27日。網址：https://www.daobei.info/%E9%87%8D%E9%99%BD%E7%A5%96%E5%B8%AB%E4%B9%8B%E5%9C%96/。
102　〔元〕劉志玄、〔元〕謝西蟾：《金蓮正宗仙源像傳》，頁60a。
103　〔元〕馬鈺：〈讚重陽真人戴九轉華陽巾〉，《馬鈺集》，頁1。

「吉」字。馬鈺在〈踏雲行・贈丫髻姚玄玉〉中云:「丫髻之中,明藏兩吉,師名頂戴休更易。鍾離昔日亦如斯,姚公仿效寧無益。」[104]〈自述〉詩云:「頭梳三髻即非虔,人問因由事怎傳,揚顯師名宜頂戴,包藏士口處心堅。」[105] 馬鈺不但自己梳成「三髻」,而且勸導、鼓勵弟子門人加以效仿,頭分丫髻具有宗師認可、教門認同的宗教功能。

由此可見,全真教徒和書籍製作者通過宗師肖像的塑造和刻畫,以取得政治上的正統地位和教內的宗教認同以及對讀者的傳教功能,特別是通過外貌、頭巾、髮型、服飾等特徵之間的聯繫,建立全真宗祖之間的法傳譜系。

## 四　餘論

元太宗十三年(1241)成版的〈金蓮正宗記序〉云:「是教也,源於東華,流於重陽,派於長春,而今而後滔滔溢溢,未可得而知其極也。」[106] 七真弟子後分門創派,但以長春龍門法嗣為多,影響最大,參與建構全真譜系的人,都與丘處機有關係,其中宋德方雖為劉處玄的弟子,但亦曾受業於王處一、丘處機,故有「三燈傳一燈,一燈續三燈」之說,所以他當時在教中威望很高,由他主持或在他的影響下建構全真教譜系,能代表各派觀點,照顧各派利益,取得大家的認同。

全真祖師敘事也帶有鮮明的層級性,老子主要宣揚他歷世應化之力,是物質世界和精神世界的創造者,呂洞賓和王重陽的故事則著重宣揚道教的度人思想,但兩人道行有別,呂洞賓可度化「大邪」樹精,而王重陽則只能度人,丘處機的故事則側重表現道教的修行毅力。費爾巴哈(Ludwig Feuerbach, 1804－1872)曾指出:「宗教神蹟是以人的某種願望,某種需要為前提」,「如果沒有對神蹟的信仰,宗教也會因此而喪失引人入勝的魅力,喪

---

104　《馬鈺集》,頁162。
105　《馬鈺集》,頁61。
106　〈金蓮正宗記序〉,〔元〕秦志安:《金蓮正宗記》,頁30a。

失廣大信眾的信仰。」[107] 全真教為了擴大自己的影響，通過圖像創造了不少神話和象徵體系，主要以神蹟敘事構成，他們的髮型和服飾都有一定的象徵意義，如鍾離權的雙髻代表日月，槲樹葉衣服表示乾坤。[108] 人們通過觀看這些圖像，與神靈進行溝通，參悟人生之意義，實現圖像的「靈圖」功能。程樂松曾指出：

> 道教信仰有獨特的神聖歷史觀念和敘述模式，這一敘述模式的根本動因是以譜系建構的方式確認道義、修煉技術或經典文獻的神聖性及真實性，換言之，通過神聖歷史的敘述完成信仰的確認。[109]

全真宗譜建構，無論是文字還是圖像，都呈現出這些特點。

---

107 費爾巴哈（Ludwig Feuerbach）著，李金山譯：《費爾巴哈哲學著作選集》（北京：生活‧讀書‧新知三聯書店，1959年），頁737。
108 王育成：《明代彩繪全真宗祖圖研究》，頁99–101。
109 程樂松：《身體、不死與神秘主義——道教信仰的觀念史視角》（北京：北京大學出版社，2017年），頁92。

# 道教講經
## ——以王玠《太上老君說常清靜妙經纂圖解注》為例

勞悅強

新加坡國立大學中文系

## 一　前言

　　任何宗教的發展都關乎其教義的宣傳和弘揚，道教也不例外。講經為道教宣教的重要手段，但學術界對此活動鮮少注意。有關道教講經的史料，殊為難得，而對於歷史上道教講經的實際情況，目前所知極為有限。[1] 講經或事前有講本，或事後有所整理，記諸文字，而且講經的具體場合，也許未必在道觀，但迄今學術界似乎對此類文本尚未有深究，已知的可能講經文本是金元時期無名氏的《太上老君說常清靜經注》（HY 756）。[2] 道教講經模式大

---

[1] 李小榮對道教講經儀式，其與佛教的唱導關係等問題，有深入研究，但並沒有涉及道教講經文本作為一種宣教體裁本身的情況。見李小榮：《敦煌道教文學研究》（成都：巴蜀書社，2009年）。

[2] 勞悅強：〈說經注我——從無名氏《太上老君說常清靜經註》看道教講經〉，《文內文外——中國思想史中的經典詮釋》（臺北：臺灣大學出版中心，2011年），頁177–212。就本人所見，這是目前所知的唯一道教講經文本或擬講經文本。無名氏《太上老君說常清靜經註》具有佛教講經文本的特徵，證據確鑿，拙文中有詳細論證。道教講經深受佛教講經影響，相關研究可參考勞悅強：〈借題發揮——從《注維摩詰經》看中古佛教講經〉，《文內文外》，頁149–175；牟潤孫：〈論儒釋兩家之講經與義疏〉，《注史齋叢稿》（北京：中華書局，1987年），頁239–302。

概隨場合和歷史而有所演變，而且同一時期的講經方式也有講經人的學問和風格差異。聽眾的社會階層對講經方式也會有影響。隨著道教講經漸漸形成比較穩定的模式，模擬定式而撰寫的講經文本也可能出現，情況猶如擬話本小說。元末明初道士混然子王玠（道淵）的《太上老君說常清靜妙經纂圖解注》（HY 759，下文簡稱《纂圖解注》）利用圖解講述道經，以圖畫貫串注文，闡釋經義，在道教講經史上可能是創新之舉。本文先追溯圖文關係在中國歷史上的演變，再而突出魏晉以降佛道經典所新創的文本中的圖文關係，從而勾勒《纂圖解注》出現的脈絡，然後分析書中的敘事結構以及圖文互相闡發的關係，並嘗試論證此書實際上可能是講經文本，或者是模擬講經文而撰寫的注解。本文基於經典詮釋的立場，嘗試證明佛道二教講經文本的撰述並非局限於中國注疏的書寫傳統體例，而原因正在僧人道士現場講經與聽眾的即時互動，由於當面講解，圖像的特殊應用便與經文構成靈活有機的關係。至於從藝術史角度分析道經圖像，與本文所論無關。

## 二　早期的圖與文以及儒籍圖說

《易‧繫辭上》云：「天生神物，聖人則之；天地變化，聖人效之；天垂象，見吉凶，聖人象之。河出圖，洛出書，聖人則之。易有四象，所以示也。繫辭焉，所以告也。定之以吉凶，所以斷也。」[3] 據此，「圖」何時出現，無法確定，但估計時間相當早，而且「圖」是天賜，並非出於人手。再者，由於天賜，「圖」又有預兆之意，古人以為寓意吉祥。《論語‧子罕》載孔子曰：「鳳鳥不至，河不出圖，吾已矣夫！」[4] 足以為證。依《易傳》之意，「神物」是靜態，因此「聖人」以此為準則；變化則為動態，因此「聖人」需要切實效法來指導現實生活中的行動。然而，天地變化本身無形可見，於是又有變化見於「象」的講法，而「象」可以是靜態，也可以是動態，甚至

---

3　〔魏〕王弼注，〔唐〕孔穎達疏：《周易正義》，收入李學勤主編：《十三經注疏》（北京：北京大學出版社，1999年），頁290。
4　〔宋〕朱熹：《四書章句集注》（北京：中華書局，2013年），頁111。

是動靜互相包涵，靜中寓動而動中也可能含靜，吉凶深藏其中。由此而言，實則動靜是同一回事，需要「聖人」來解讀，指導人生，趨吉避凶。

廣義而言，「圖」屬於「象」，因此有「天垂象，見吉凶，聖人象之」的說法，兩者都需要解讀，因此就有聖人如何「象之」、「則之」的需要。這是關乎詮釋的問題。《易經》的卦象於焉產生，由卦象而又有繫辭，目的都是要明白「圖」和「象」中的吉凶寓意。《漢書・藝文志》「六藝略」中《易》載錄「《古雜》八十篇，《雜災異》三十五篇，《神輸》五篇，圖一」。顏注曰：「劉向《別錄》云：『《神輸》者，王道失則災害生，得則四海輸之祥瑞。』」[5] 災害和祥瑞未必都是「天垂象」，即自然所呈現的吉凶之象，但《古雜》、《雜災異》、《神輸》歸入《易》類書籍，可見它們的作意和預設都是基於《易・繫辭》對天人關係的信念和思路。尤其值得注意的是，《神輸》還附有圖，作用應該在於解說書中文字。這又似乎是「河出圖，洛出書」的思維，不過圖和書的先後次序大概顛倒過來。

事實上，「河出圖，洛出書」是同時發生的事情，而其意義十分深刻，因為河圖隱藏的寓意，必須洛書來解讀，否則河圖有等於無，而漢朝人所見的洛書似乎並非天地變化的脈絡圖案而已。《漢書・五行志上》：「『初一曰五行；次二曰羞用五事；次三曰農用八政；次四曰協用五紀；次五曰建用皇極；次六曰乂用三德；次七曰明用稽疑；次八曰念用庶徵；次九曰嚮用五福，畏用六極。』凡此六十五字，皆《雜書》本文，所謂天乃錫禹大法九章常事所次者也。以為《河圖》、《雜書》相為經緯，八卦、九章相為表裏。昔殷道弛，文王演《周易》；周道敝，孔子述《春秋》。則《乾》《坤》之陰陽，效《洪範》之咎徵，天人之道粲然著矣。」[6] 洛書原來本身是否附有文字，不能確定，但無論如何，漢朝人無疑認為洛書原來有文字，此處即《書・洪範》所載箕子為周武王所述的九疇（「大法九章」）。[7] 當然，這或許

---

5 〔漢〕班固著，〔唐〕顏師古注：《漢書》（北京：中華書局，2002年），卷30，頁1703、1704。

6 《漢書》，卷27上，頁1316。

7 《漢書》，卷27上，頁1316。按：《漢書・藝文志》：「《河》出圖，《雜》出書，聖人則

純是漢儒對河圖的詮釋,而所謂「河圖、雒書相為經緯」,即是洛書無異於河圖的注腳。文字和圖像產生孿生關係,同時,這種關係必須由人來詮釋。

　　由於「天垂象,見吉凶」的信仰,古人又有繪畫天文星象的圖籍。《漢書・天文志》:「凡天文在圖籍昭昭可知者,經星常宿中外官凡百一十八名,積數七百八十三星,皆有州國官宮物類之象。其伏見蚤晚,邪正存亡,虛實闊陝,及五星所行,合散犯守,陵歷鬭食,彗孛飛流,日月薄食,暈適背穴,抱珥虹蜺,迅雷風袄,怪雲變氣:此皆陰陽之精,其本在地,而上發于天者也。政失於此,則變見於彼,猶景之象形,鄉之應聲。是以明君睹之而寤,飭身正事,思其咎謝,則禍除而福至,自然之符也。」[8] 所謂「圖籍」,應該分別指「圖」和「籍」而言。《說文解字》卷5竹部:「籍,簿也。」段注:「引伸凡箸於竹帛皆謂之籍。」[9] 「籍」是解釋「圖」的相關文字,由此以闡明吉凶的祥瑞。章學誠(1738－1801)《校讎通義》卷3〈漢志數術第十七〉云:「數術諸書,多以圖著,如天文之《泰一雜子星》、《五殘雜變星》,書雖不傳,而世傳《甘石星經》(注:未著於錄),則有星圖可證者也。《漢日旁氣行事占驗》不傳,而《隋志》《魏氏日旁氣圖》一卷可證。《海中星占驗》不傳,而《隋志》《海中星圖》一卷可證。《圖書秘記》十七篇,著於天文之錄。《耿昌月行帛圖》,著於曆譜之錄。《後漢曆志》賈逵論,引『甘露二年,大司農丞耿壽昌,奏以圖儀度日月行,考驗天運』,則諸書之有圖,蓋指不可勝屈矣。尹咸校數術書,非特不能釐別圖書,標目家學;即僅如任宏之《兵書》條例,但注有圖於本書之下,亦不能也。此其所以難究索歟?」[10] 其說有據,應當屬實。事實上,馬王堆漢墓出土的「辟兵圖」(墓主於前168卒),不僅有圖像,還有解釋文字。但任宏之《兵書》條例,注有圖

---

之。故《書》之所起遠矣,至孔子纂焉。上斷於堯,下訖于秦,凡百篇,而為之序,言其作意。」據此,漢儒甚至認為洛所出的書,更是後來儒家所講的《書》經。見《漢書》,卷30,頁1706。

8　《漢書》,卷26,頁1273。

9　〔清〕段玉裁注:《說文解字注》(天津:天津古籍出版社,1999年),卷5,194b。

10　〔清〕章學誠:《校讎通義》(據粵雅堂叢書本排印),收入王雲五主編:《叢書集成初編》(長沙:商務印書館,1938年),卷3,頁52。

於本書之下，似乎是先有文字，然後才有圖作輔助說明。在此意義言，圖不啻是文的注解了。

此外，《漢書‧藝文志》又收錄兵形勢十一家，九十二篇，《圖》十八卷；兵書五十三家，七百九十篇，《圖》四十三卷；陰陽十六家，二百四十九篇，《圖》十卷。這些圖不知是否附有文字，但所收典籍估計可能有解釋的文字。另一方面，儒家類所錄《孔子徒人圖法》二卷，似乎純屬圖像，但不知出於何時。馬王堆漢墓也有三幅地圖，分別名為《地形圖》、《駐軍圖》和《城邑圖》，不附帶文字。

劉向（前77－前6）序次《列女傳》，據《漢書‧楚元王傳》，原書似乎並無附圖，但《漢志》儒家類載錄「劉向所序六十七篇」，班固自注曰：「《新序》、《說苑》、《世說》、《列女傳頌圖》也。」[11] 然則，原書當有頌和圖。[12] 依《列女傳頌圖》書名推論，應該先有傳記文字，然後有讚美諸位列女的頌詞，而圖最後起。圖的用意大概在於啟發讀者讀傳記時能夠想像其人，與原書並無詮釋關係，換言之，圖並非解釋傳文，反而頌或有可能形容圖中列女。這似乎跟《神輸》附圖有解說的作用不同。又《後漢書‧皇后紀下‧順烈梁皇后》謂梁皇后「少善女工，好史書，九歲能誦《論語》，治《韓詩》，大義略舉。常以列女圖畫置於左右，以自監戒」。[13] 此處列女圖畫，似乎是從《列女傳頌圖》原書抽出，獨立使用。漢順帝125年至144年在位，《列女傳圖》可能在2世紀初已經在民間流傳。[14] 《道藏》太平部《太平

---

11 《漢書》，卷30，頁1727。
12 按：頌不必有圖，《漢志》賦類載錄李思〈孝景皇帝頌〉十五篇，不見有圖。見《漢書》，卷30，頁1750。
13 〔南朝宋〕范曄撰，〔唐〕李賢等注：《後漢書》（北京：中華書局，1973年），卷10下，頁438。
14 《後漢書‧宋弘傳》：「弘（筆者按：40年卒）當讌見，御坐新屏風，圖畫列女，帝數顧視之。弘正容言曰：『未見好德如好色者。』帝即為徹之。笑謂弘曰：『聞義則服，可乎？』對曰：『陛下進德，臣不勝其喜。』」見《後漢書》，卷26，頁904。此處所講的列女並非出於《列女傳》，可見圖像單行在漢代普遍盛行。新近出土漢墓海昏侯劉賀（前92－前59）墓中也有孔子像屏風（或稱「孔子衣鏡」），背面有孔子像和弟子澹臺滅明

經》（HY 1093）收錄好些神仙圖像，作用應該與《列女傳圖》類似，都是鼓勵看圖人發心追求理想人格。海昏侯墓中的所謂孔子衣鏡，鏡的背面有孔子和他的五位弟子的圖像和傳記，分三欄，上欄為孔子和顏回，中欄為子贛和子贛，下欄為子羽和子夏，「□□聖人兮孔子，□□之徒顏回卜商，臨觀其意兮不亦康，□氣和平兮順陰陽」，[15] 用意也有類似之處。如果這些圖像出自東漢時期，自然也反映了漢代的風俗習慣。

　　《列女傳頌圖》並非為圖作頌讚，但漢以後則反其道而行之，歷代相繼不絕。比如，《隋書・經籍志》載西晉郭璞（276－324）撰有《爾雅圖》十卷，自注謂「梁有《爾雅圖讚》，二卷，郭璞撰，亡。」[16] 嚴可均（1762－1843）輯佚，現在仍然可見部分內容。比如，《釋天圖讚》云：「祭地肆瘞，郊天致禋。氣升太一，精淪九泉。至敬不文，明德惟鮮。」[17]《隋志》又載有《山海經圖讚》兩卷，自注曰「郭璞注」。[18] 由於漢代以後，圖讚漸漸成為一種新文類，因此，晉荀勗（289卒）《中經新簿》將圖書分甲乙丙丁四

---

像，正面則有猛獸驚蟲的紋飾，主要是為了保佑自己，趨吉避凶。衣鏡上的〈衣鏡賦〉有十九行文字，學者稱為〈衣鏡賦〉，內容為：「新就衣鏡兮佳以明，質直見請兮政以方，幸得降靈兮奉景光，脩容侍側兮辟非常，猛獸驚蟲兮守戶房，據兩蜚廉兮匿凶殃，傀偉奇物兮除不詳，右白虎兮左蒼龍，下有玄鶴兮上鳳凰，西王母兮東王公，福憙所歸兮淳恩臧，左右尚之兮日益昌，□□聖人兮孔子，□□之徒顏回卜商，臨觀其意兮不亦康，□氣和平兮順陰陽，□□□歲兮樂未央，□□□□皆蒙慶」幾句話，說明了衣鏡上圖像的作用。參看劉榮暉：〈淺析海昏侯劉賀墓出土的「孔子衣鏡」〉，《地方文化研究》2021年第6期，頁1–10，賦文見頁4；郭珏（Guo Jue），"The Life and Afterlife of a Western Han 'Covered Mirror' from the Tomb of Marquis of Haihun (59 BCE),"  *Journal of Chinese History* 3.2 (2019): pp. 203–232。

15　劉榮暉：〈淺析海昏侯劉賀墓出土的「孔子衣鏡」〉，頁4。
16　〔唐〕魏徵等：《隋書》（北京：中華書局，1982年），卷32，頁937。
17　〔清〕嚴可均輯：《全上古三代秦漢三國六朝文》（臺北：宏業書局，1975年），全晉文，卷121，頁2154b。
18　《隋書》，卷33，頁984。按：郭璞〈注山海經敘〉，今佚，但敘文尚存，見〔清〕嚴可均：《全上古三代秦漢三國六朝文》，全晉文，卷121，頁2153a–2154a。又嚴可均以〈山海經圖讚〉為郭璞所作，輯本見《全上古三代秦漢三國六朝文》，全晉文，卷122–123，頁2158a–2171b。

部，其中丁部收錄「詩賦、圖贊、汲冢書」。[19]

傳世的漢代儒經和其他書籍注解基本上沒有任何故事解說，[20] 至於圖說更是闕如。文獻所見，僅有一例。《後漢書・鄭玄傳》：「〔馬〕融門徒四百餘人，升堂進者五十餘生。融素驕貴，玄在門下，三年不得見，乃使高業弟子傳授於玄。玄日夜尋誦，未嘗怠倦。會融集諸生考論圖緯，聞玄善算，乃召見於樓上，玄因從質諸疑義，問畢辭歸。融喟然謂門人曰：『鄭生今去，吾道東矣。』」[21] 馬融（79−166）考論圖緯，緯書固然是文字記錄，但或者有些緯書本身也有附圖。無論如何，緯書與圖並論，兩者當有一定關聯，情況或許與河圖洛書一般。而鄭玄（127−200）因為善算而被召見，可見馬融當日不理解的圖緯大概與天文曆學有關。《太平御覽》引錄這段故事，「圖緯」作「圖說」，即使出於編纂者猜想，也是合情合理的。[22]

按：北魏孝文帝太和中（477−499），計劃興建明堂。魏收（507−572）《魏書・封懿列傳》載：「尋將經始明堂，廣集儒學，議其制度。九五之

---

[19] 《隋書》，卷32，頁906。其餘甲乙丙三部分別收錄六藝小學、諸子兵書術數和史記舊事。按：北宋蘇軾（1037−1101）作〈救月圖贊〉云：「痴蟆嚼肉，睅眼天目。偉哉黑龍，見此蛇服。蟆死月明，龍反其族。乘雲上天，雨我百穀。」原文附有王鞏題曰：「東坡過余清虛堂，欲揮翰筆，誤落紙如蜿蜒狀。因點成眼目，畫缺月其上，名救月圖，並題此贊，……遂成奇筆。」這是東坡為自己所畫圖作贊，可見圖贊早已成為固定文體。〔宋〕蘇軾撰，〔明〕茅維編，孔凡禮點校：《蘇軾文集》（北京：中華書局，2018年），卷21，頁615。

[20] 按：《詩・小雅・巷伯》：「哆兮侈兮，成是南箕。」《毛傳》解釋此句時講述了兩個故事，但這是目前所見佛教來華之前，本土儒經注解中唯一的例子。見〔漢〕毛亨傳，〔漢〕鄭玄箋，〔唐〕孔穎達疏：《毛詩正義》，李學勤：《十三經注疏》，卷12，頁898。《韓非子》有〈解老〉、〈喻老〉兩篇，大量引用史事和傳說解釋《老子》，可謂道家文獻中的先例。

[21] 《後漢書》，卷35，頁1207。又《太平御覽》（北京：中華書局，1985年），卷404〈人事部四十五・師〉載錄此事，「圖緯」引作「圖說」，見頁1869−1870。

[22] 《世說新語・文學第四》：「鄭玄在馬融門下，三年不得相見，高足弟子傳授而已。嘗算渾天不合，諸弟子莫能解；或言玄能者，融召令算，一轉便決，眾咸駭服。」據此，鄭玄當時所算也許跟渾天圖有關。見〔南朝宋〕劉義慶著，徐震堮校箋：《世說新語校箋》（香港：中華書局，1987年），卷上，頁103。

論，久而不定。〔封〕偉伯乃搜檢經緯，上《明堂圖說》六卷。」[23] 封偉伯的《圖說》無疑是根據經緯而寫出，這是用圖來表達文字，儘管嚴格說來，不能算作詮釋。但反過來說，要明白圖意，就必然根據經緯的文字了。當時，嘗試根據經傳來說明明堂的設計和構造，還有李謐（484－515）。《魏書》卷90〈逸士・李謐傳〉：

> 〔李謐〕覽《考工記》《大戴禮盛德篇》，以明堂之制不同，遂著《明堂制度論》曰：……余竊不自量，頗有鄙意，據理尋義，以求其真，貴合雅衷，不苟偏信。乃藉之以《禮》傳，考之以訓注，博採先賢之言，廣搜通儒之說，量其當否，參其同異，棄其所短，收其所長，推義察圖，以折厥衷。豈敢必善，聊亦合其言志矣。……凡論明堂之制者雖眾，然校其大略，則二途而已。言五室者，則據《周禮考工》之記以為本，是康成之徒所執；言九室者，則案《大戴盛德》之篇以為源，是伯喈之論所持。此之二書，雖非聖言，然是先賢之中博見洽通者也。但各記所聞，未能全正，可謂既盡美矣，未盡善也。而先儒不能考其當否，便各是所習，卒相非毀，豈達士之確論哉？小戴氏傳禮事四十九篇，號曰《禮記》，雖未能全當，然多得其衷，方之前賢，亦無愧矣。而《月令》、《玉藻》、《明堂》三篇，頗有明堂之義，余故採掇二家，參之《月令》，以為明堂五室，古今通則。其室居中者謂之太室，太室之東者謂之青陽，當太室之南者謂之明堂，當太室之西者謂之總章，當太室之北者謂之玄堂；四面之室，各有夾房，謂之左右个，三十六戶七十二牖矣。室个之形，今之殿前，是其遺像耳。个者，即寢之房也。但明堂與寢，施用既殊，故房、个之名亦隨事而遷耳。今粗書其像，以見鄙意，案圖察義，略可驗矣。[24]

李謐的做法跟封偉伯相同，根據經傳，勾畫明堂之圖，讓讀者可以案圖察

---

23 〔北齊〕魏收：《魏書》（北京：中華書局，1974年），卷32，頁766。
24 《魏書》，卷90，頁1932–1933。

義，圖是輔助理解經傳的資具。此外，李謐還告訴我們，原來鄭玄早也有類似的做法。李謐說：「《禮記・明堂》：『天子負斧扆南向而立。』鄭玄注曰：『設斧於戶牖之間。』而鄭氏《禮圖》說扆制曰：『縱廣八尺，畫斧文於其上，今之屏風也。』」[25] 按：現存兩漢典籍沒有提及鄭玄作過《禮圖》，[26]《隋書・經籍志》經部載錄鄭玄及後漢侍中阮諶等撰《三禮圖》九卷。[27] 李謐的《禮圖》未必是專門為《禮記》而作，但鄭玄無疑曾經為古禮畫圖。如果將注文和圖合併而看，則不啻便是圖注。[28] 然而，據文獻所見，圖注合一的做法，漢代似乎尚未出現。三國時，吳陸績（188－219）曾經作《渾天圖注》。這是明確為圖作注的最早記錄。[29] 為文字作圖解，目前所知，最早見於6世紀。《隋書・經籍志》經部載梁有《論語義注圖》十二卷（亡）。這無疑是注和圖合一的作品，而且從書名看，似乎是先有義注，然後作圖解，但不知是否同一人作。

　　從上述可見，唐代以前儒家典籍中所見的圖文關係並非有機結構的體制，圖像作為文字的輔助說明，在某個意義上看，可謂可有可無，讀者大抵依然能夠根據文字構想其所論述指謂的情況，只是缺少了閱讀文字時視覺上當下直觀的印象而已。

---

25　《魏書》，卷90，頁1936。
26　《隋書・經籍志・經籍》載鄭玄及後漢侍中阮諶等撰《三禮圖》九卷，但同書卷68〈宇文愷傳〉又載愷自稱：「自古明堂圖惟有二本，一是宗周，劉熙、阮諶、劉昌宗等作，三圖略同。一是後漢建武三十年作，《禮圖》有本，不詳撰人。臣遠尋經傳，傍求子史，研究眾說，總撰今圖。」據此，則鄭玄似乎並未作《禮圖》，但李謐所言，當有所據。見頁1593。
27　《隋書》，卷32，頁924。
28　至北宋始有聶宗義《三禮圖集注》，但也不是圖和注同出一手。是書根據世傳六種三《禮》舊圖，參互考訂而撰成。北京清華大學出版社於2006年出版聶崇義：《新定三禮圖》。此校釋本以上海古籍出版社1985年6月影印宋淳熙二年（1175）刻本為底本，以《四部叢刊三編》影印蒙古定宗二年（1247）析城鄭氏家塾重校《三禮圖集注》和《四庫全書》繕錄錢曾也是援引宋抄本為參校本，擇優而從。
29　《後漢紀・後漢孝獻皇帝紀》：「〔陸績〕雖在軍旅，著述不廢，作《渾天圖》。」見〔晉〕袁宏撰，周天游校注：《後漢紀校注》（天津：天津古籍出版社，1987年），卷29，頁817。

## 三　道經佛典中的圖說

　　魏晉南北朝時期，佛典道經似乎也沒有圖注這一類文體。比如，大約出於魏晉時期的《五嶽真形圖》，不知原圖是否附有文字說明。《道藏》所收署名東方朔（前106－前93）的《洞玄靈寶五嶽古本真形圖并序》，內含有關於五嶽和其他山嶽地界等極其簡略的說明，但無法確定是否即是魏晉原本。明代查志隆（嘉靖三十八年〔1559〕進士）《岱史》卷八引及《五嶽真形圖說》，不知出於何時，當是魏晉以後的作品。另有《五嶽真形圖序論》，作者不詳，內引葛洪文字，或出於東晉以後。無論如何，《五嶽真形圖》和其說明，不太可能出自一人，而且《五嶽真形圖序論》也不是對圖的解說。

　　據現存文獻，唯一可能出於南北朝道教徒之手的圖注是《太上老君大存思圖注訣》（HY 874），但撰人不詳。原書有十八篇，今《正統道藏》本殘存後十篇，收入洞神部方法類。據王卡考證，「《雲笈七籤》卷四三收錄《老君存思圖》十八篇，其內容文字較《道藏》本更為完備，但缺少圖像，」此書也著錄於《傳授經戒儀注訣》，稱為《老君思神圖注訣一卷》。[30] 顧名思義，《太上老君大存思圖注訣》主要講述存思法術，而存思不得其法，則不能感應通神。因此，書中列舉神仙圖形，並注明存神方法及咒訣。圖形包括〈存想五藏五星常存〉、〈九行三業坐臥〉、〈登座存想圖像〉、〈存十方天尊〉等十五幅圖像，但如講經座上「有玄中大法師，即是高上老君，妙相不可具圖」。[31] 老君地位無以尚之，猶如道德化身，不可圖狀，其餘各等天尊都一一形諸繪圖。〈老君存思圖〉卷首序文直言：

　　　　師曰：修身濟物，要在存思。存思不精，漫瀾無感。感應由精，精必

---

[30] 胡孚琛主編：《中華道教大辭典》（北京：中國社會科學出版社，1995年），〈太上老君大存思圖注訣〉，頁343b。〔宋〕張君房編：《雲笈七籤》（HY 1026），收入《道藏》（北京：文物出版社；上海：上海書店；天津：天津古籍出版社，1988年），第22冊，卷43，頁300c–307a。

[31] 〔宋〕張君房：《雲笈七籤》，卷43，存師寶第三，頁301b。

有見。見妙如圖，識解超進，神氣堅明，業行無倦，兼濟可期，期於有證，證之顯驗，逆知吉凶，以善消惡。一切所觀，觀其妙色，色相為先，都境山林，城宮臺殿，尊卑君臣，神仙次第，得道聖眾，自然玉姿，英偉奇特，與我為儔，圓光如日，有炎如煙，周繞我體，如同金剛。文不盡意，猶待訣言，言妙罕傳，文精希現。現傳果驗，劫載一人……習事超倫，謂之大覺。覺者，取微昧圖證驗，得鳥之羅，在其一目，如左（原文小字夾注云：「本文內所說形圖畫像元闕」）。[32]

可見圖像的用意在於提供修行者驗證自己的存思工夫的成效。《太上老君大存思圖注訣》包括圖、注、訣三部分，從書名看，似乎先有圖，才有注和訣對圖的說明，而訣又後於注。然而，根據原書文字，無疑是作者要介紹存思的義理、具體修養工夫、步驟，乃至果驗，因為孤立而言，十五幅圖像本身根本毫無意義。換言之，作者或講者應該是在介紹存思的相關事宜時，在適當時刻，展示對應話題的圖像。注是對於話題直接陳述的文字，而訣則是對注的解說，不啻南北朝時代所稱之「義疏」。由於訣是最後補充的文字，也許作者與注文的撰者不一定是同一人。在《道藏》本中，雖然原文中並沒有標明何者為注，何者為訣，但訣文低一格用小字列在注後，目的無疑就是要顯示兩者的文字性質不同。姑以對肺藏的說明為例，呈示如下：

【注】第一見肺，紅白色，七葉，四長三短，接喉嚨下。
【訣】肺者何也？腦也，伐也。善惡之初，兆而未明，明則伐善，善廢惡興，伐人命根，根斷不斷，由於此藏。此藏藏魄。魄者何也？粕也，著也。人之炫耀，莫不關慾。慾著曰惡，惡如糟粕。愚俗滯之，不識精本，今願捨著，存而見之，魄則肅然，不得為惡。惡急宜改，先存之火，與金合成則未分，其色紅白，葉數納言，取其和成德。德始於肺，終於脾。脾一又二，兼濟也。兼濟者，信也。[33]

---

32 〔宋〕張君房：《雲笈七籤》，卷43，頁300c。
33 〔宋〕張君房：《雲笈七籤》，卷43，頁302c。

按：〈存想五藏五星常存圖〉今已不存，但據上述例子，可見原書是圖、注、訣三合為一，或者說圖文一體，是互相說明的。〈老君存思圖〉序文和全書開端都冠以「師曰」二字（闕去前半的殘本《太上老君大存思圖注訣》則不見「師曰」二字），顯示文字是弟子所記，原書應該是道士講解的記錄，或者注文為講解的大綱，而訣文則為弟子記錄道士講經時對注文的解釋，因此，講解時所使用的圖像可能是與講解文字分開的。現存《道藏》本和《雲笈七籤》本文中「如左」等字所指的圖像應該是後來講解寫成文字時才補加進去的。也許正由於這個緣故，《雲笈七籤》本才沒有收錄圖像。至於講經的聽眾是否只有弟子，抑或是在公開場合，則無從得知。

　　佛教雖然從東晉慧遠（334－416）開始，漸漸流行唱導講經，但技巧在於繪聲繪影的宣講，儘管內容大多關於因果報應，卻並沒有利用圖像來輔助說明。唐代以前也不見任何圖解圖說之類的佛教著作，但至少7世紀後期，便有僧人使用圖來展示講經內容，而且涉及佛教深奧義理。一行（683－727）在《大毘盧遮那成佛經疏》卷5〈入漫茶羅具緣品之餘〉說：「鬘藥，是一切三昧門、陀羅尼門、六度、十八空等，如《大般若》之所說。從此一一鬘藥，以加持神力故，現出三重漫茶羅中一種莊嚴眷屬也。此是如來祕傳之法，不可形於翰墨，故寄在圖像以示行人。若得深意者，自當默而識之耳。從此實相花臺中，則表於大日如來加持之相，其義已如前釋。其所餘祕密八印下品及圖說之。」[34] 一行提出使用圖像的兩個條件：一、如來祕傳之法，不可形於翰墨，只能用圖像表示；二、秘密印要具體寫出，單憑文字也難以描繪。我們試看看一行怎樣配合圖像來具體講經：

　　次於東方內院，當大日如來之上，畫作一切遍知印，作三角形其銳下向純白色，光焰圍之在白蓮花上。即是十方三世一切如來大勤勇印

---

34 〔唐〕一行記：《大毘盧遮那成佛經疏》（《大正新脩大藏經》T 1796），卷5，頁631c12-19。《大正新脩大藏經》（以下簡稱為《大正藏》），下載自中華電子佛典（CBETA），2024年4月7日。網址：https://cbetaonline.dila.edu.tw/zh/。一行還提及其他一些法印和供奉天子和地神的圖位，見卷6。

也,亦名諸佛心印也。三角是降伏除障義,謂佛坐道樹以威猛大勢,降伏四魔得成正覺。鮮白是大慈悲色也,如來師子奮迅大精進力,正為是事因緣,乃至放大悲光常遍法界,故云普周遍也。[35]

次往第二院畫釋迦牟尼。……於釋迦師子之南,置如來五頂,第一白傘佛頂;第二誓耶譯為勝頂;第三微誓耶,此用多聲呼也譯為最勝頂;第四諦殊羅施,譯云火聚頂,經云眾德者,正譯當云大分,是具大德義也;第五微吉羅拏,譯云捨除頂,是棄捨一切煩惱義,亦是摧碎義也。此是釋迦如來五智之頂,於一切功德中,猶如輪王具大勢力,其狀皆作轉輪聖王形,謂頂有肉髻形,其上復有髮髻,即是重髻也。餘相貌皆如菩薩,令極端嚴歡喜,所持密印如圖也。次於東方,最近北邊布列五淨居眾:第一自在天子、第二普花天子、第三光鬘天子、第四意生天子、第五名稱遠聞天子,當次第列之,其印相具如圖說。……所云地神者,即前所說西門中地神,當捧持寶瓶虔恭長跪,其瓶中置種種水陸諸花,餘如圖說。[36]

經中,次說第三院菩薩眷屬,當釋迦之內正東門中,畫文殊師利,身鬱金色,頂有五髻作童子形。左持泥盧鉢羅,是細葉青蓮花,花上有金剛印。極熙怡微笑坐白蓮花臺。此其祕密標幟也。……此中法門眷屬,所謂虛空無垢菩薩、虛空慧菩薩、清淨慧菩薩、行慧菩薩、安慧菩薩,亦如前次第左右列之。所以皆云等者,明此上首諸尊復各有無邊眷屬也。其形相皆如圖說。[37]

我們可以清楚看出,聽眾單憑一行的文字解說本身,很難想像他所講的釋迦如來五智之頂,乃至各種天子和地神;他們必須依賴圖像,配合文字說明,才能一目了然。一行提供的正是名副其實的「圖說」。從一行對於圖的說法,可見圖原來是獨立展示的,並非屬於文本自身,圖不啻是教具。也因為

---

35 〔唐〕一行:《大毘盧遮那成佛經疏》,卷5,頁631c19–27。
36 〔唐〕一行:《大毘盧遮那成佛經疏》,卷5,頁633c2、633c26–634a10、635a2–4。
37 〔唐〕一行:《大毘盧遮那成佛經疏》,卷5,頁635a15–a19、c17–18。

如此,當時一行所展示的圖像,今天已經無法看見。一行還提及其他一些法印和供奉天子和地神的圖位,[38]但《大正藏》沒有圖像,估計圖位也是由於原來現場講經的需要而設,講經本變成刻本經文,圖像便被刪去。儘管如此,我們還是可以肯定圖和說原來結合而成一體,文字說明細節,圖像呈現實景,激發和融合聽眾的聽覺和視覺,以便進入一行所形容的境界。這個情況可能跟唐代僧人講經時使用「變相」大同小異,也許兩者還有互相啟發或影響的關係。此外,唐懿宗咸通九年(868)刊刻《金剛般若波羅蜜經》,由卷首畫(題為〈祇樹給孤獨園〉,內容是釋迦牟尼佛在祇園精舍向長老須菩提講《金剛經》的故事)、經文及施刻人組成,自然也是圖文並行。卷末刻印有「咸通九年四月十五日王玠為二親敬造普施」題字(圖1)。雖然這是中國現存有確切紀年的最早的雕版印刷品,但據專家判斷,雕版圖文渾樸凝

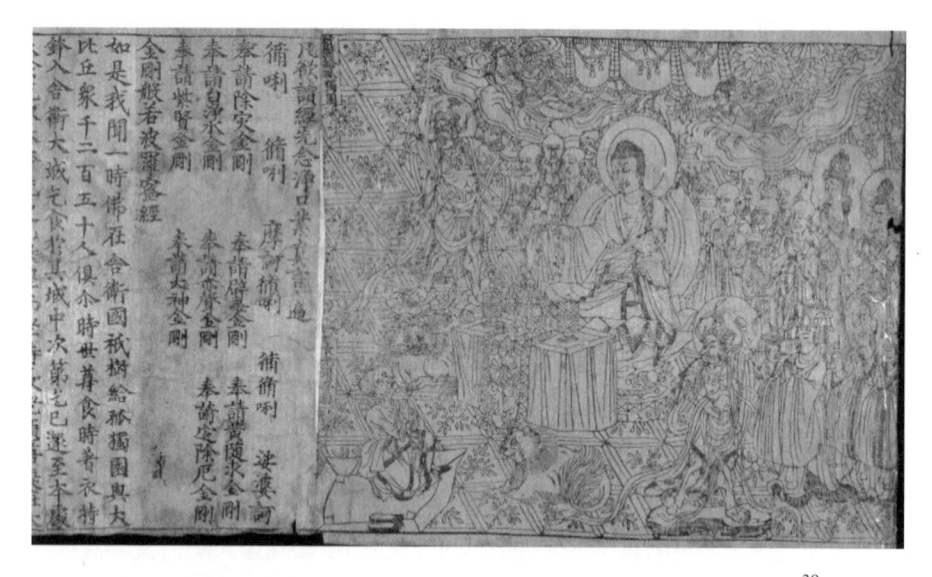

**圖1　唐懿宗咸通九年(868)刊刻《金剛般若波羅蜜經》卷端**[39]

---

[38] 見〔唐〕一行:《大毘盧遮那成佛經疏》,卷6,題為〈入漫荼羅具緣品第二之餘〉,頁636d7–641a16。「之餘」二字說明圖位的輔助性質。

[39] 《金剛般若波羅蜜經》(Or.8210/P.2,唐懿宗咸通九年刊刻本),下載自「British Library」網站,2024年5月2日。網址:https://imagesonline.bl.uk/asset/155339。

重，刻畫精美，墨色均勻，印刷清晰，足以證明不是印刷術初期的產物，因此，同類的雕版佛經可能更早就出現了。

此外，新羅華嚴宗之祖義相和尚（625－702）撰有《大華嚴一乘法界圖》，一圈圖配合三十句解，[40] 每句七言，又在每一句之下，繼續作講解。根據弘治十五年（1502）壬戌二月（朝鮮）龍岡寺開板雕刻的版本，講解另起行低兩格排印。具體情況如下：

> 示眾云。建法幢。立宗旨。錦上添華。脫籠頭。卸角駄。太平時節。若論頓也。不留朕迹。千聖亦摸索不着。若論漸也。返常合道。鬧市裏七縱八橫。若論圓也。箇箇立在轉處。全機作用。不存軌則。若論別也。頭頭有殺人之劍。處處藏陷虎之機。
> 到這裏。諸天捧花無路。外道潛窺無門。終日默而未嘗默。終日說而未嘗說。毘耶城裏。其聲如雷。普光殿前。有耳如聾。只如頓中有漸。漸中有頓。圓中有別。別中有圓。圓陀陀。阿轆轆地。大用現前。殺活自由。丈六莖章。莖草丈六。信手拈來。無有不是。是什麼境界。看取新羅義相和尚《法界圖》一圈○。
> 向上一路。千聖不傳。既是不傳底消息。祇這法界一圖。從何而出。只如縱橫屈曲。字點斑文。是圖耶。白紙一幅。說玄說黃。是圖耶。相法師。擬心動念。垂慈利物。是圖耶。只如朕兆未萌。名器未形。早是圖耶。（良久云）領取鉤頭意。莫認定盤星。[41]

這是義相上堂後開始講經的一段話。顯然，他是帶著圖上堂，而且是根據圖

---

40 據朝鮮李能和尚玄居士輯述《朝鮮佛教通史》下編，義相這三十句題為〈法性戒〉。此書有輯述者的自序，成於大正六年（1917）。見李能和：《朝鮮佛教通史》（《大藏經補編》B 170），下編，頁804a1–8。《大藏經補編》，下載自中華電子佛典（CBETA），2024年4月7日。網址：https://cbetaonline.dila.edu.tw/zh/。

41 《大華嚴一乘法界圖》（《大藏經補編》B 189），收入藍吉富主編：《大藏經補編》（臺北：華宇出版社，1986年），第32冊，頁769a1–770a6，書端有朝鮮清寒比芑雪岑序，寫於成化（十二年）丙申（1476），見頁768。

來講佛法，但這段話只是一個楔子。接著，正式的講經開始。

> 世尊。七處九會。為頓機人。說頓部。已是錯了。義相法師。向清平世界。為什麼鑿空摸影。不識好惡。說這般閒話。……我為法王。於法。自在。拈放。在我。與奪。臨時。將此一圖。作一法界。咄。
> ○法性圓融無二相
> 法者。即六根門頭。森羅萬像。情與無情也。性者。六根門頭。常常受用。計較摸索不得底消息也。圓融者。一切法。即一切性。一切性。即一切法。即今。青山綠水。即是本來性。本來性。即是青山綠水也。無二相者。青山綠水。本來性。元是一箇王太白。本來無二也。但以世人。妄生分別。遂有我人。於清淨無礙中。瞥生異念。捏作十法界。熾然作用。要知不礙底消息麼。
> 微塵剎境。自他。不隔於毫釐。十世古今。始終。不離於當念。[42]

「法性圓融無二相」，就是義相為《法界圖》所寫的三十句解的首句，接著就是他對這句話的解釋。第三十句為「舊來不動名為佛」，義相解釋如下：

> 按台教。以六即判圓教。佛所謂一切眾生。皆有佛性。有佛無佛。性相常住。從淺至深。位位不二名佛。本圖總髓論。比如有人在床入睡。夢中回行三十餘馹。覺後方知不動在床。喻從本法性。經三十句。還至法性。只一不動。故云。舊來不動佛。……[43]

從上述的介紹可見，《法界圖》不啻經文，而義相的三十句〈法性戒〉即是注文，講解注文的文字無異於義疏，情況類似《太上老君大存思圖注訣》包括圖、注、訣三者的關係。義相的做法很可能就是新羅來華留學僧人所學

---

[42]《大華嚴一乘法界圖》，頁771a3–5、a12–13、772a1–a12。
[43]《大華嚴一乘法界圖》，頁794a2–7。

的，至於他本人是否曾經親履中土，則難以肯定。[44]《大華嚴一乘法界圖》似乎從來沒有流入中國，但至少到15世紀明憲宗時期，仍然有朝鮮僧人上堂示眾講說，當時圖仍然流傳，今日則已失傳。[45] 總之，佛教講經的圖說、變文和變相兼施、雕版圖文並茂，大概在7、8世紀先後或同時出現，大概不是巧合。[46]

縱觀南北朝和唐代時期儒道釋三家廣義的注解實踐，失傳的梁朝《論語義注圖》，似乎是先有義注，然後附以圖解，當時是否跟講經有關，不得而知。今存梁朝皇侃（488－545）《論語集解義疏》也是講經記錄，[47] 但不見

---

[44] 目前已知，8世紀唐代時期來華的新羅僧人有四十一位。見"Open Road to the World: Memoirs of a Pilgrimage to the Five Indian Kingdoms," ed. Roderick Whitfield, trans. Matty Wegehaupt, in *Collected Works of Korean Buddhism, Vol. 10, Korean Buddhist Culture: Accounts of a Pilgrimage, Monuments, and Eminent Monks* (Seoul: Jogye Order of Korean Buddhism, 2012), p. 8，引自唐納德・洛佩茲（Donald S. Lopez Jr.）著，馮立君譯：《慧超的旅行》（北京：社會科學文獻出版社，2022年），義相如果真的親身來過中土，他當然就是這些後輩的先驅了。又義相在解釋《法界圖》第15句解時說：「休論長安好風流。得便宜是落便宜。」也許他真的到過長安。見《大華嚴一乘法界圖》，頁785a6。又據《宋高僧傳》卷17〈惠立傳〉：「初立見尚醫奉御呂才（606–665）妄造《釋因明圖注》三卷，非斥諸師正義，立致書責之……才由茲而寢。」見〔宋〕贊寧等：《宋高僧傳》（《大正藏》T 2061），卷17，頁813a21–23、27。惠（慧）立貞觀三年（629）出家，可見佛教的圖注體裁7世紀初必然已經流行，此時剛好義相來華。關於呂才的《釋因明圖注》，下文更有論述。

[45]《大華嚴一乘法界圖》，頁765a1–794a14。

[46] Joachim Gentz曾以推測的口吻，簡單概括過佛教用圖解釋經典的情況。他認為，4世紀之前，中國的訓釋傳統是以圖為解釋的焦點，從道安法師採用所謂科文以邏輯論理分段析句，以配合圖來講解釋佛經。從前文主圖的關係從此顛倒，而圖變成解釋文的工具。見Gentz, "Hermeneutics of Multiple Senses: Wang Jie's 'Explanations and Commentary with Diagrams to the *Qingjing Jing*,'" *Journal of Chinese Philosophy* 37.3 (2010): pp. 346–365。由於作者沒有舉例證明，也沒有提供相關研究，不知所論何所據。

[47] 關於皇侃的義疏體中所見的佛教講經影響，可看勞悅強：〈說經注我〉，頁197–199；谷繼明：〈再論儒家經疏的形成與變化〉，收入曾亦主編：《儒學與古典學評論》第2輯（上海：上海人民出版社，2013年），頁286–301。鳩摩羅什（344–413）的《注維摩詰經》（T 475）是目前所知唯一的南北朝時期的佛教講經文本，但並沒有附圖，有關研究，可參看勞悅強：〈借題發揮〉，頁149–175。

任何使用圖像的痕跡。而道教的《太上老君大存思圖注訣》和佛教的《大毘盧遮那成佛經疏》都是講經前的大綱或講經後的記錄，圖文同時兼用，互相補充發明。對比附圖的《太上老君大存思圖注訣》和闕圖的〈老君存思圖〉，圖像不可或缺的實際說明和示範作用，不言而喻。

從中國思想史的角度來看，最有名和影響最深遠的圖說無疑屬於周敦頤（1017－1073）的《太極圖說》。黃宗炎（1616－1686）《周易象辭‧圖學辨惑》稱，《太極圖》本名《無極圖》，陳摶（871－989）得之於呂洞賓，最先刻於華山石壁。陳摶又授之於穆脩（979－1032），脩再授周敦頤。據此，《太極圖》本來出自道教。《宋史‧儒林傳五》記載，「〔朱〕震（1072－1138）經學深醇，有《漢上易解》云：『陳摶以《先天圖》（作者按：即《無極圖》）傳种放，放傳穆脩，穆脩傳李之才，之才傳邵雍。放以《河圖》、《洛書》傳李溉，溉傳許堅，許堅傳范諤昌，諤昌傳劉牧。穆脩以《太極圖》傳周惇頤，惇頤傳程顥、程頤。』」[48] 這是傳統的講法，歷來為大多數學者所共認，但並非毫無可疑之處。黃百家（1643－1709）嘗言：「至於其圖之授受來由，雖見於朱漢上震之《經筵表》，而未得其詳。」[49] 穆脩於1032年去世，儘管其時周敦頤方十五歲，授圖之說不無可疑。據黃宗炎（1616－1686）所示的《無極圖》（《陳圖南原圖》），與《太極圖》（《周茂叔圖》）迥殊（圖2）。[50] 然則，穆脩所傳應該與陳摶原圖不同。後來周敦頤作《太極圖說》，更大不同於黃宗炎對《無極圖》的解說。不知道穆脩授圖時是否對圖也有所解釋，但周敦頤的圖說內容顯然充滿儒家色彩，日後更成為理學的重要思想源頭。朱熹更力主《太極圖》本來就是周敦頤所作。從《太極圖》的授受過程來看，應該是先有圖才有解說，而解說則由周敦頤先創。事實上，由於圖和說這種原先獨立的關係，即使圖說出現後，兩者之間的關

---

48 〔元〕脫脫等：《宋史》（北京：中華書局，1977年），卷435，頁12908。
49 〔明〕黃宗羲原著，〔清〕全祖望補修，陳金生、梁運華點校：《宋元學案》（北京：中華書局，1986年），卷12〈濂溪學案下〉，頁514。
50 《陳圖南本圖》，見黃宗炎：《圖學辨惑》，收入《中國易學叢書》（上海：中國書店，1998年），第35冊，頁743b－744a，《周茂叔圖》，見頁745a。

係仍然是若即若離，何況圖說原來也並不是為他人口述解說而成的文本。後來《太極圖說》經朱熹頌揚，又針對「說」的部分，為之作《太極圖說注》，二百六十四字的《圖說》又漸漸與圖分離，儼然成為獨立文本，而且其中義理更必然參照周敦頤的《通書》來互相發明。《太極圖》於是變成可有可無，情況也許與《大華嚴一乘法界圖》相似，唯一不同的是《太極圖說》和《太極圖說注》出自周、朱二人，而《法界圖》的講解由義相獨自包辦。

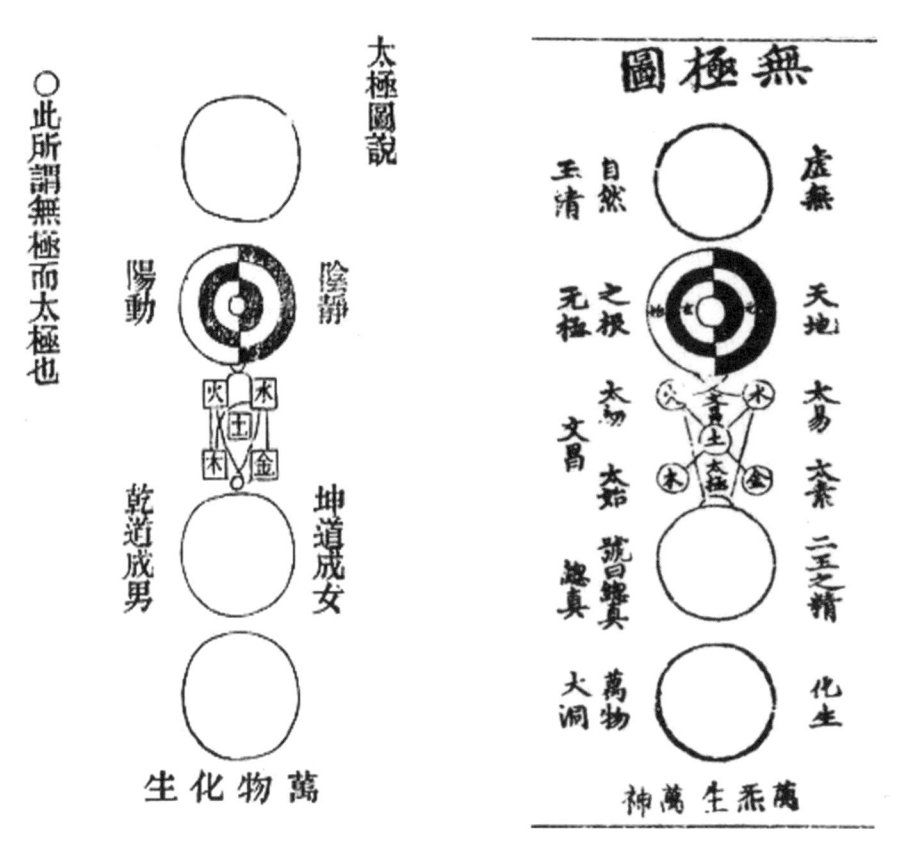

圖2　《陳圖南本圖》及《周茂叔圖》[51]

---

[51]《陳圖南本圖》，黃宗炎：《圖學辨惑》，頁743b–744a；《周茂叔圖》，見頁745a。

## 四 《太上老君說常清靜妙經纂圖解注》是否道教講經文本

元末明初道士混然子王玠（字道淵，約1331－1380），[52] 南昌修水（今屬江西省）人，《道藏》中存錄了他八種著作，主要是五種注解文字以及體現他本人性情的《還真集》，而《太上老君說常清靜妙經纂圖解注》便是其中極具特色的注解。[53] 關於王玠其人，所知極少，第四十三代天師正一派道士張宇初（1359－1410）替王玠的《還真集》作序（成於洪武壬申，1392年），提及：「南昌脩江混然子，以故姓博學，嘗遇異人得祕授，猶勤於論著。予讀其言久矣，間會於客邸，匆遽未遑盡究。今春，吾徒袁文逸自吳還，持其所述《還真集》，請一言。」[54] 我們對王玠其人，所知僅止於此。可見王玠並非在故鄉隱逸之人，而且他的交遊似乎也不局限於他所寓居的吳地。他跟當時的天師交情頗深，或許他本人也並非不為人知。王玠在《還真集》卷中〈混然歌〉中說：「混然道士人不識，三家村里藏蹤跡。無去無來每獨存，無形無名赤歷歷……乾旋坤轉不停機，日月回輸雙合璧。混然道士何所為，每日逢人說《周易》。」[55] 他所說的「人不識」，大概指的是一般人不

---

[52] 關於王玠的生卒年，參考Kristofer Schipper and Franciscus Verellen, eds., *The Taoist Canon: A Historical Companion to the* Daozang (Chicago, IL: University of Chicago Press, 2004), p. 1279。

[53] 按：《藏外道書》收錄《太上老君說常清靜經》一種，有圖無注，見胡道靜、陳耀庭、段文桂、林萬清等主編：《藏外道書》（成都：巴蜀書社，1992年），第9冊，頁322–325。對比《太上老君說常清靜妙經纂圖解注》，可知所附圖都采自《纂圖互注》。《纂圖互注》的研究目前只有一篇英文論文，見Gentz, "Hermeneutics of Multiple Senses," pp. 346–365，看法與本文不同，作者也沒有注意到《纂圖解注》可能是講經文本。

[54] 〔元〕王玠：《還真集》（HY 1066），《道藏》，第24冊，〈序〉，頁97c。

[55] 〔元〕王玠：《還真集》，卷中，頁107a–b。在解釋《清靜經》中「夫道者，有清有濁，有動有靜。天清地濁，天動地靜；男清女濁，男動女靜。降本流末，而生萬物」一段話時，王玠說：「是故斯經幽妙，只此數語，已了一本《周易》。以丹道言之，天地喻爐鼎，男女喻坎離，以乾剛運陽火不息，乃曰天清、男動；以坤柔退陰符而混藏，乃曰地濁、女靜。因陰陽有動靜之機，故用抽坎填離，返本還源而復道，是降其本而流其末，

知道他的學問和修養境界而已。無論如何,他與塵世生活若即若離,並非完全不食人間煙火。從思想上講,他相信儒道釋三教完全是殊途同歸,但以道教為上。比如,他在《還真集》卷下〈述金丹工夫三十六首〉其十五有云:

> 一點先天造化精,始從元始氣中生。五行四象同斯出,八卦三才共混成。智士鍊之金佛現,迷人喪此玉山傾。豈知妄作終歸幻,到底回頭是太清。[56]

對王玠而言,從本體上講,萬物萬象都從先天的「元始氣」中生出,儒道釋所論都不過是後設的理解,人生的終極依歸畢竟要回復「太清」真境。因此,從表述上講,三教並無實質性的矛盾。王玠自言「每日逢人說《周易》」,當非虛談。[57] 在《還真集》卷下〈和竹泉居士見寄修真詩韻十首〉中,他又有以下的言論:

> 夫子文章獨煥然,《中庸》《大學》漏微玄。經綸總出河圖裏,心易常居卦象前。憂道每思身後事,存仁不離性中天。老聃見後如龍歎,問禮猶參向上緣。(其七)
> 陋巷簞瓢樂自然,天心一貫理幽玄。易行有象羲皇後,性悟無生太極前。梵氣周回黃道日,慧燈長照赤明天。本來不逐虛空轉,何用浮名染幻緣。(其一)
> 老君談道德昭然,九九靈章字字玄。祖氣化生元始後,神機妙見太清前。久居柱下為周史,遠度條支印佛天。若向此中明得破,何須汩汩戀塵緣。(其五)[58]

---

生養吾身之萬物也。有何疑哉?」見〔元〕王玠注:《太上老君說常清靜妙經纂圖解注》(HY 759),《道藏》,第17冊,頁196a、b–c;〔唐〕杜光庭、呂純陽等注:《清靜經集釋》(北京:中央編譯出版社,2015年),頁129。

56 〔元〕王玠:《還真集》,卷下,頁110a。
57 〔元〕王玠:《還真集》,卷中,〈混然歌〉,頁107b。
58 〔元〕王玠:《還真集》,卷下,頁113c–114b。

孔子甘拜猶龍下風，釋迦出自柱下周史，三教以太上老君為首領，清晰無疑。因此，王玠在〈混然歌〉中又說：「一點光明是道經，朗朗玄玄隱空寂。時因順化出頭來，混沌剖開居太極。」[59] 類似的講法在《纂圖解注》中也可以找到很多證據。比如，他在序中起筆便說：「竊謂大而化之之謂聖，聖而化之不測之謂神。夫太上老君之神聖，居混沌之始，為萬炁之宗，變化不可測也。於傳考之，初三皇時為萬法天師，中三皇時為盤古先生，後天皇之世為鬱華子，神農時號大成子……至周文王時為守藏史，武王時遷柱下史。見素抱朴，少思寡欲；執古之道以御今之有；隱道不彰，謙德不顯；內則固真養命，外則遠害全身；博古知今，無理不澈。東訓尼父，故有如龍之歎；西化金仙，大地作獅子吼。述《道德》五千言，授之尹喜。」[60] 此外，纂圖中有一幅圖，上端有一圓圈，裏面有一個「道」字，其下則有三行字，中間一行是「老子曰金丹守之若嬰兒──含真炁」，左右分別是「孔子曰太極保之如赤子──致中和」和「釋迦曰玄珠覺之曰如來──翫真空」。[61] 三教並重，但以道教為中心，其意豁然明白。

　　從體裁上看，《纂圖解注》可算是首創，甚至是後無來者。[62] 書名《纂圖解注》，在古今典籍注解中是獨一無二的。所謂纂圖，即是將圖有機地編纂入注文中，並非可有可無地安插在書中。這跟《列女傳頌圖》、《神輪》附圖、封偉伯的《明堂圖說》，乃至道經中的《五嶽真形圖說》和《太上老君大存思圖注訣》都不相同。這些作品都是先有圖，然後再作解說。《列女傳頌圖》雖然先有傳文，再加頌和圖，但兩者仍然是獨立於傳文之外，對於傳文本身的理解，並無實際作用。王玠在〈太上老君說常清靜妙經序〉中說：

---

59 〔元〕王玠：《還真集》，卷中，〈混然歌〉，頁107a。
60 〔元〕王玠：《太上老君說常清靜妙經纂圖解注》，頁194c–195a；〔唐〕杜光庭、呂純陽等注：《清靜經集釋》，頁124。
61 〔元〕王玠注：《太上老君說常清靜妙經纂圖解注》，頁199a；〔唐〕杜光庭、呂純陽等注：《清靜經集釋》，頁140。
62 按：後出署名水晶子的《清靜經圖注》，結構參照王玠的《纂圖解注》，但圖和注各自獨立，不如《纂圖解注》中圖注緊密一體的關係。

余以管窺之見,將是經逐節引先聖先賢之語,解註于下,而又纂圖貫通經註,曲暢旁通,一覽澈見,言辭雖鄙,無非直解其義。未敢為是,其與我同志者鑒諸。[63]

可見他是先作「解註」,然後再「纂圖」,以貫通「解註」。所謂「曲暢旁通」,好讓讀者「一覽澈見」。換言之,王玠想提醒讀者,「纂圖」和「解注」是一個有機組合,不宜分開理會。由此看來,《纂圖解注》的體裁很可能是受到佛教講經的影響。一行的《大毘盧遮那成佛經疏》是講經記錄,在講解期間,有必要便展示圖像,將所講內容圖像化,儘管圖像也獨立於文本之外,但缺少圖像,聽眾根本無法恰當理解文本。從這個意義看,圖像其實是文本的有機部分,但由於配合講經時方便展示,形式上才變成獨立於文本之外而已。也正因為這個緣故,圖像後來沒有流傳。新羅義相和尚的《大華嚴一乘法界圖》,以一圈圖配合三十句文字講解,當時的操作方式大概也跟一行講經時一般。當然,上述的論斷並非是說,王玠必然直接受到一行和義相的影響,事實上,義相的《大華嚴一乘法界圖》根本沒有在中土流傳。然而,王玠生於中土,佛教在元明間早已深入民心,廣泛地融入中華文化,以他敏感密察的眼光,深思細辨的見識,不可能沒有注意到佛教在社會上的種種活動。佛教僧人講經的情況,他應該相當熟悉,更何況道士講經在元代以前也早已受到佛教影響了。[64]

《纂圖解注》的解注部分類似《大華嚴一乘法界圖》三十句〈法性戒〉及其解釋文字。解注似乎並沒有嚴格把《清靜經》分章節,至少王玠沒有明白的指示,但全經每一段落(短者只得一句話)下都有雙行小字夾注,概括或提擷該段落的大意,然後解注另起行低一格排印。姑以一例說明,括號內的文字為王玠的夾注:

---

63 〔元〕王玠注:《太上老君說常清靜妙經纂圖解注》,頁195a;〔唐〕杜光庭、呂純陽等注:《清靜經集釋》,頁125。

64 勞悅強:〈借題發揮〉,頁149–175。

太上老君曰：眾生所以不得真道者，【夾注：何以故】？為有妄心。
【夾注：求生之厚】。
此一節又題太上之名者，乃真人稱述，警戒世人，於此著眼看眾生所為之事。所謂眾生者，乃愚昧貪著之人，形須人身，心實乃是獸，性海黑暗，逐浪貪生，全無一分德行。上不畏君王之法，下不惜父母之身，盜竊奸欺，靡所不至。所以不得真道者，為其有妄想之心，私慾交蔽，則道愈失之矣。《道德經》（作者按：第53章）云：「大道甚夷，而民好徑，朝甚除，田甚蕪，倉甚虛，服文彩，帶利劍，厭飲食，財貨有餘，是謂盜誇，非道也哉。」又云：「民不畏威則大威至。」無狹其所居，無厭其所生。夫唯不厭，是以不厭。如是之徒，至死不悔，其心猶念未足，輾轉作下輪迴種子，皆由一箇妄心迷失真道也如此。[65]

「求生之厚」，點出眾生妄心如何表現出來，而解注中引《道德經》第53章正是眾生起妄心的原因，可見兩者前後呼應。尤其值得強調的是，經文中「何以故」三字夾注。由於解注云「所以不得真道者，為其有妄想之心，私慾交蔽，則道愈失之矣」，足以解釋經文，「何以故」三字並沒有任何解釋作用。從這個意義來看，「何以故」一語更像是解經人指引聽眾去思考經文內容。如果事實上如此，《纂圖解注》可謂是講經的文本了，或者，退一步說，是王玠模擬實際講經的情況來為《清靜經》作圖注。如此看來，《纂圖解注》就跟《大華嚴一乘法界圖》更相似了。

然而，《纂圖解注》也有它自身的特點。王玠先「逐節引先聖先賢之語，解註于下」，這猶如一行和義相的講經文字，然後他再「纂圖貫通經註，曲暢旁通」，這與兩位僧人在講經時展示圖像無異。唯一不同的是，王玠為經文一共纂圖二十五幅，所謂「纂圖貫通經註，曲暢旁通」，一是指每一幅圖的內容都與特定注文緊密相通，但也並非完全相同，二是指全經各處纂圖的

---

[65] 〔元〕王玠注：《太上老君說常清靜妙經纂圖解注》，頁201b；〔唐〕杜光庭、呂純陽等注：《清靜經集釋》，頁150。

內容也是前後聯繫，互相發明的。解注中先後特別標明各節之間義理上的關聯，目的也在於貫通全經思想脈絡。總之，纂圖的目的就是讓讀者「一覽澈見」，對經文比較容易得到通盤的認識。朱熹整理重編《禮記》中〈大學〉一篇，成為〈大學章句〉，分為經一章傳十章。關於傳文，他說：「凡傳文，雜引經傳，若無統紀，然文理接續，血脈貫通，深淺始終，至為精密。熟讀詳味，久當見之，今不盡釋也。」[66] 儘管沒有明言，王玠的《纂圖解注》對於《清靜經》的義理分析，同樣，強調經文的「文理接續，血脈貫通」。相對而言，《大毘盧遮那成佛經疏》使用圖像都只限於講經時個別地方的內容，圖像之間並沒有互相聯繫，對全部講經的內容也缺乏一個整體觀照。

《纂圖解注》的做法顯然有方法論的考慮。注文中逐節引先聖先賢之語，是有意識的詮釋手段，儘管這個做法未必是首創，但在道經注解中，徵引比較頻密，而且涉及三教文獻。具體而言，書中引用了《易‧艮》（一）；《易傳》（1）；《道德經》（15）；孔子（6，包括《中庸》3；《論語》3）；《度人經》（1）；達磨（1）；尹喜真人（2）；《金剛經》（1）。特別值得指出的是，解注中也講了禪宗五祖傳法與慧能以及全真教馬丹陽度任屠的故事，而講故事是道教講經的典型手段，[67] 儘管這是在《纂圖解注》中唯一的例證。以下姑且以書中此節為例，說明《纂圖解注》的具體體例。《清靜經》相關原文為：

> 為化眾生，名為得道。能悟之者，可傳聖道。【一以貫之】（王玠對此段經文內容的概括評點）。
>
> 《纂圖解注》：化者，開發也。眾生者，貪著之人也。此結前云如此清靜，漸入真道。太上以謂天下人物之多，聖凡混雜，是種性難見，其中豈無有根器者，故以道曲折引喻，開化其理，或有利器之人聞吾此說，直下悟見，即得頓脫根塵，唯道為身，向我道中參究不息，勤而行之，乃曰為化眾生，名為得道。得之為言，本無所得，但為他人

---

66 〔宋〕朱熹：《四書章句集注》，頁4。
67 勞悅強：〈說經注我〉，頁177–212。

說此得字,誘眾人必是將心想道而不忘也。《道德經》曰:「善人,不善人之師,不善人,善人之資。」是以人人本具,無不與我同性,只因貪著其事,乃名曰眾生。若能真簡領悟之者,皆可以傳於聖道也。如六祖盧慧能本廣東犵狫,一聞客人誦《金剛經》至「應無所住而生其心」,言下大悟。次後竟至馮母山拜見五祖,問其由,答言如湧泉,故見其根器大利。恐人謀害,叱令舂碓,人不為意。後五祖故令大眾作偈,能明心見性,見即付之衣缽。眾皆讓首座神秀作偈,神秀述偈四句,未盡其善。惠能一聞,即次其韻曰:「菩提無有樹,明鏡亦非臺。本來無一物,何處惹塵埃?」五祖暗點頭,約其夜半付中堂,以袈裟圍繞其身,將《金剛經》誦至應無所住而生其心,於此印傳心法,授與衣缽,而復送之過江,遂為一代祖師。此所以人不可以形觀,當以志看。如馬丹陽度任屠,始則為凶人,一旦醒悟,即為善人。以此論之,豈不是能悟之者,可傳聖道也歟?

（作者按:其後有纂圖一幅,見圖3）[68]

王玠在序文中說,「言辭雖鄙,無非直解其義」,可謂如實之言。王玠著作中有五種注本,[69] 只有《纂圖解注》有如此特別聲明,而且也唯獨《纂圖解注》有附圖,可見他有意求通俗易懂。這或許也跟模擬講經有關。解注中先引用《道德經》說明不論善人或不善人,都本來具有悟道之性,然後以廣東犵狫慧能和屠夫任風子為例,證明不善人也可以得道。至於善人,自然不言而喻,但更重要的是,《清靜經》原文說「為化眾生,名為得道」,而《解注》稱「眾生者,貪著之人也」,因此舉證中自然沒有善人的例子。

---

68 〔元〕王玠注:《太上老君說常清靜妙經纂圖解注》,頁199c–200b;〔唐〕杜光庭、呂純陽等注:《清靜經集釋》,頁144–145。

69 王玠著作不少,其中注解類的作品,除《太上老君說常清靜妙經纂圖解注》以外,其餘四種注本為:(1)《太上升元消災護命妙經》一卷,見洞真部玉玦類收字號,署修江混然子注;(2)《黃帝陰符經夾頌解注》三卷,見洞真部玉玦類餘字號,署南昌修江混然子王道淵注;(3)《崔公入藥鏡注解》一卷,見洞真部玉玦類成字號,署混然子注;(4)《丘長春青天歌》一卷,見洞真部玉玦類成字號,署混然子注釋。

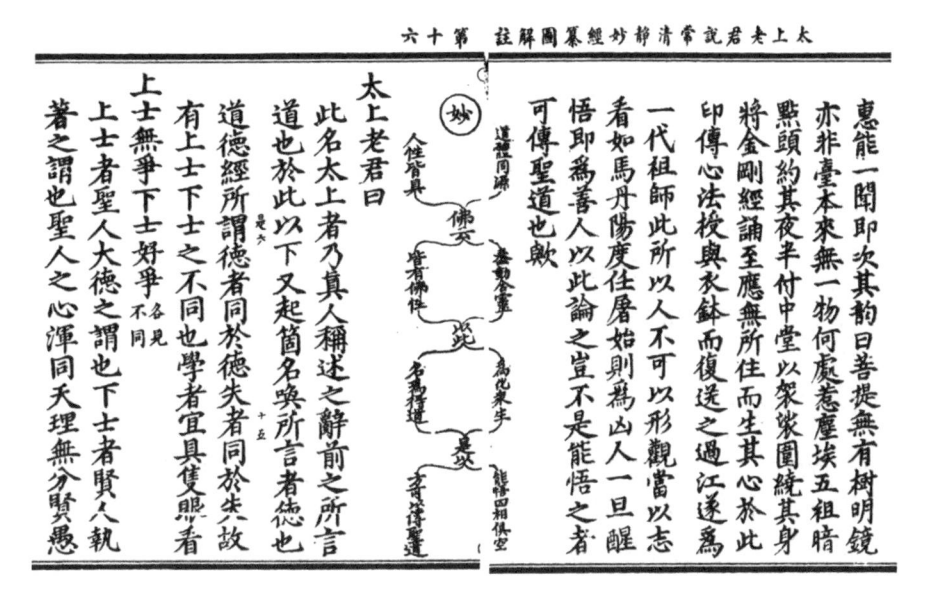

圖3 纂圖[70]

## 五 結語

　　解釋經典的文獻最晚在戰國末年已經出現，《韓非子》有〈解老〉、〈喻老〉兩篇，便是明證。漢代而下，經典訓解注釋，源流明晰，但學術界忽略寫定為注解的文本與講經並非同一回事。漢代經師固然也有講經活動，上文提及馬融與諸生考論圖緯，即是一例，但口頭面授未必會記錄為文字，而寫定為文字又不必與口述相同，事實上也難以照樣轉錄。撰述自有體例，經典注釋更是如此。現存漢代儒道二家經典注釋，從體例上論，並無引述故事來解釋經文的習慣，唯一例外見於《詩·小雅·巷伯》毛《傳》，先訓詁字義，再解釋詩旨，然後舉出關於顏叔子和魯人避嫌的兩個故事，再加說明。[71] 相

---

70　〔元〕王玠注：《太上老君說常清靜妙經纂圖解注》，頁200b；〔唐〕杜光庭、呂純陽等注：《清靜經集釋》，頁145。
71　《毛詩正義》，卷12，頁898–900。關於兩個故事，孔穎達《正義》曰：「此言當有成文，不知所出。《家語》略有其事，其言與此小異，又無顏叔子之事，非所引也。傳此

反，佛教講經大量借用故事，本來就是典型做法，故事來源不必限於現成文獻或佛教典籍。再者，講經記錄為文字，也習慣保留所講故事。我們也可以說，面授口述與書寫撰著的習慣和體例並不相同。這是與中國注疏傳統大不相同的地方。傳世的《注維摩詰經》收錄鳩摩羅什和他的三個弟子的注解，什公注引用大約三十個故事來闡明經義，而三個弟子則絕無此事，兼且什公文字接近口語，弟子注解則純屬文言，由此更可見口述與撰寫的動機和實踐都截然不同。[72] 由此觀之，我們不宜局限於中國經典注疏傳統來認識佛道二家的經典注釋。要恰當認識佛道二家的所謂注本，必須認識二家的講經和記錄講經的習慣做法。即使有些經注本來並非為預備講經的文本或實際講經的記錄，在撰述本身也會有模擬講經的做法。無名氏的《清靜經注》當是一個可靠的樣本。稍後王玠《纂圖解注》的解經方式似乎前無古人，如果我們從道教講經傳統來認識，可以得到合理的解釋。上文對元代以前儒道釋三家各種圖說圖解的追溯，足以證明。[73] 然而，上文（注44）提及唐初呂才曾作《釋因明圖注》三卷，為惠立批評而廢止。《圖注》不傳，無法具論，但惠立曾撰《大唐大慈恩寺三藏法師傳》，卷8有如下記載：

（高宗永徽）六年（655）夏五月庚午，〔玄奘〕法師以正譯之餘，又譯《理門論》。又先於弘福寺譯《因明論》。此二論各一卷，大明立破方軌，現比量門，譯寮僧伍競造文疏。時譯經僧栖玄將其論示尚藥奉御呂才，才遂更張衢術，指其長短，作《因明註解立破義圖》。[74]

---

言者，證避嫌之事耳」。見頁900。嚴格而言，毛《傳》很可能只是引用其他文獻，但無論如何，總是引用故事來說經。

72 有關分析，可參考勞悅強：〈借題發揮〉，頁149–175。
73 按：南宋上清大洞玄都三景法師蕭應叟撰《元始無量度人上品妙經內義》（HY 90）五卷，卷前有理宗寶慶二年（1226）上表，收入《正統道藏》洞真部玉訣類。此書前有一卷特別先說明經旨，其中附有三幅圖，其中兩幅分別名為〈太極妙化神靈混洞赤文圖〉、〈體象陰陽升降圖〉。三幅圖都與蕭應叟所講的相關經旨互相呼應，可以說有纂圖的性質，但書中其餘部分講所謂經的內義，則沒有附圖。
74 〔唐〕慧立撰，〔唐〕釋彥悰箋：《大唐大慈恩寺三藏法師傳》（《大正藏》T 2053），卷8，頁262b9–14。

可見呂才的原作稱為《因明註解立破義圖》，乃針對玄奘法師（602－664）的《因明論》而作，贊寧（919－1001）《宋高僧傳》記作《釋因明圖注》，不確。從惠立提供的書名可知，玄奘《因明論》本來無圖，圖和注解都是呂才所作。最重要的是，惠立更引錄呂才《因明註解立破義圖》序，其中有云：

> 才以公務之餘，輒為斯注，至於三法師等所說，善者因而成之，其有疑者，立而破之，分為上、中、下三卷，號曰《立破注解》。其間墨書者，即是論之本文，其朱書注者，以存師等舊說，其下墨書注者，是才今之新撰，用決師等前義，凡有四十餘條，自鄶已下猶未具錄。至於文理隱伏稍難見者，仍畫為《義圖》，共相比挍，仍更別撰一方丈圖，獨存才之近注。[75]

由此看來，呂才最初只作《立破注解》三卷，後來覺得其中有「文理隱伏稍難見者，仍畫為《義圖》」，圖顯然後加，但僅僅針對文理難明的地方而以圖說明，並非貫通三卷注解而作。或許《因明註解立破義圖》是加圖以後所修改的書名，因為惠立讀過此書，不可能連書名都弄錯，呂才自稱所畫為《義圖》，可作證明。儘管如此，《因明註解立破義圖》當有纂圖互注的性質，儘管並非全書注解都有圖相互闡釋，但與《纂圖解注》仍然有相類之處。這個差異也許正在於《纂圖解注》可能為講經而作，或是擬講經文本，原來就是一個渾然一體的作品，而《因明註解立破義圖》則純粹是呂才為了說明自己所質難《因明論》中個別義理而增補的義圖。

又按：收於《正統道藏》洞神部玉訣類有《太上老君說常清靜經注》一卷，舊題白玉蟾分章正誤，王元暉注。白玉蟾（1194－1229）分此經為五章，其中〈造化自然章〉第二注中夾圖解。書中注文多引馬鈺（1123－1184）、劉處玄（1147－1203）、丘處機（1148－1227）、牛道淳（1267－1329）之語。其中牛道淳最晚，為元成宗時人。學者認為此書大約成於元成宗（1295－

---

75 《大唐大慈恩寺三藏法師傳》，卷8，頁263a26–263b5。

1307年在位)、武宗朝(1281－1311年在位)年間,[76]比王玠略早。從形式上看,此書與《纂圖解注》頗為相似,比如,此注也是在每一段經文中引經據典作解說。實際上,兩書的體裁截然不同。王元暉引書作解,但他本人並沒有進一步解釋經文,因此,注文其實是提出其他典籍來跟《清靜經》互證,注文之間卻並無聯繫,對於不熟悉引文的讀者,要瞭解注文以及其與經文的聯繫,其實是個考驗。[77]另一個根本差異在於王元暉《清靜經注》書前應該有三幅圖(《道藏》本缺),都是白玉蟾原來所加。據此,〈造化自然章〉所附的圖大概也是來自白玉蟾。這跟王玠親自製圖完全不同。更重要的是,四幅圖各自獨立,書前三幅跟經文沒有直接關係,餘下一幅固然跟第二章內容契合,但作用僅限於此,與其他四章也談不上前後呼應的關係。總而言之,四幅圖都並非如《纂圖解注》一般跟全經的注文構成一個有機體。然而,《清靜經注》在解釋經中「常沉苦海,永失真道」(夾注曰:「精竭炁亡,炁亡神滅。」)時,引用了《黃庭經》後,講了一個故事如下:

> 《黃庭經》云:「一身精神不可失。」昔許旌陽(作者按:遜,239－374)與眾徒弟至一市,(注:今名炭婦市也)日晚,化炭為眾美女試之。惟時周等十人無染,盡皆升天;餘眾皆動心迷戀,沉於慾海。天明視之,乃炭也。各知失道,慚愧而散。[78]

這跟《纂圖解注》一樣,仿佛是講經文本。注文特別聲明晉代許遜師徒所到之市鎮即是王元暉當時的炭婦市,這個補充對理解《黃庭經》和《清靜經》都沒有任何幫助。王元暉也沒有特別理由為讀者,尤其是後世的讀者,作此補充。他的考慮理應是當下的受眾,而更大的可能是他眼前聽他講經的聽

---

[76] 《中華道教大辭典》,頁335a。Hans-Hermann Schmidt的看法雷同。見Schipper and Verellen, *The Taoist Canon*, p. 728。

[77] 但若誠如後文所論,《清靜經注》是個講經文本,講經人就很可能在講經時解釋了注文和經文的關係了。

[78] 〔宋〕白玉蟾分章正誤,〔元〕王元暉注:《太上老君說常清靜經注》,頁173a;〔唐〕杜光庭、呂純陽等注:《清靜經集釋》,頁74。

眾,而炭婦市大概是在講經場所附近,或者是當時因許遜的傳說而有名的地方,[79]因此補充說明才有現實意義。當然,王元暉有何根據,那是另一問題,而他恐怕也只是信口開河,目的恰恰是讓聽眾對《清靜經》所講的「常沉苦海,永失真道」更能通過聯繫許遜的故事而產生實存感。從經文所講的抽象道理,到夾注把苦海具體落實在個人的精炁神的消亡,再到注文中許遜故事的現場化,王元暉是利用講經人的身分,竭盡所能去發揮《清靜經》的玄理,渲染其現實效果。如果這個解釋合理,《清靜經注》確實是講經文本了。從這個角度觀察,注文只徵引各種文獻欠缺解釋這個現象,便可以理解,因為王元暉在講經過程中實際上講解了注文,但未必都全部記錄下來,而注文如此呈現,也許說明《清靜經注》大概只是一個王元暉講經前所準備的講稿大綱。

有趣的是,在全經的注文結束之後,附有一篇類似跋尾的文字,作者署名句曲山人王大敘。跋中首句便說:「說經既畢,末後一句玄妙,怎生道麼?」[80]毫無疑問,跋文作者正是講經人,而《清靜經注》即是他所講的內容。跋文又提到,「大叙嘗獲紫清白真人《分章證誤》,司馬子微(按:承禎,647–735)《解註》之本,[81]言言造微,句句明理,實乃修真之指歸。切懼斯文之漫滅,輒繡梓以廣其傳」。[82]所謂繡梓,即是注文附圖印刻。由於王元暉其人,文獻無徵,跋文作者適好姓王,大敘當即是王元暉本人。[83]

---

79 按:馮夢龍(1574–1646)《警世通言》第四十卷〈旌陽宮鐵樹鎮妖〉,也提及許遜以幻化炭婦,考驗慕名而追隨他求道之人,以及由而來的炭婦市。見馮夢龍:《警世通言》(海南:海南出版社,1993年),頁480–481。馮夢龍寫擬話本小說,介紹炭婦市的手法跟王元暉如出一轍,這也是《清靜經注》是講經文本的一個證據。
80 《太上老君說常清靜經注》,頁173c;〔唐〕杜光庭、呂純陽等注:《清靜經集釋》,頁76。
81 按:司馬子微,即司馬承禎,師事嵩山道士潘師正,唐玄宗於開元九年(721),親受其法籙,但文獻所見,司馬承禎並無為《清靜經》作注的記錄。王元暉所見或者僅為偽託,亦未可知。
82 《太上老君說常清靜經注》,頁174a;〔唐〕杜光庭、呂純陽等注:《清靜經集釋》,頁76。
83 Hans-Hermann Schmidt推測元暉是王大敘的字,也認為王元暉與王玠是同一人。見Schipper and Verellen, *The Taoist Canon*, p. 728。

跋文之後，還有另一篇性質相類、作於皇慶初元（元仁宗初年，1312）上巳後，署名金壇四清翁蔣華子的跋文。其中說道：

> 《道德經》云：「谷神不死，是謂玄牝。玄牝之門，是謂天地根。」玄牝，一陰陽也；陰陽，一天地也。《易》乾為天玄，坤為地牝。類此天地之玄牝，人一身一乾坤，命腎左右分陰陽，此人之玄牝。命腎之間其門歟？其天地之根歟？《清靜經》原動靜，即是理也。白玉蟾釋經，為作圖像于前，顯明是義。……王大叙、史大闓得是經，繡之梓，其志可尚。遂為之書。[84]

蔣華子生平跨越宋元兩代，皇慶元年為沔陽教授。[85] 跋文證明白玉蟾原來也曾講過《清靜經》，事實上，王元暉注中也引用過他的說法十一次之多，而白玉蟾對於書前三幅圖也留下四條注（不見於《道藏》本）。這也足以證明王元暉的《清靜經注》的確是講經文本。參照王注與《纂圖解注》的相似之處，加上從文本的敘述結構和圖文互相有機配合運用，如果我們推論《纂圖解注》同樣是講經文本或模擬講經文本，似乎還不至於完全不可能，儘管目前我們沒有文獻證明這個文本是一個在某一具體場合上講經留下的記錄。無論結論能否成立，如果本文能夠引起學術界對道教講經文本的關注，則作者於願已足矣。

---

84　《太上老君說常清靜經注》，頁174a–b；〔唐〕杜光庭、呂純陽等注：《清靜經集釋》，頁76–77。

85　〔元〕吳澄：〈題范氏復姓祝文後〉，見方旭東、光潔點校：《吳澄集》（北京：中國社會科學出版社，2021年），卷58，頁1167。

# 清代「拈花圖」類詩詞略論

李小榮

福建師範大學閩臺區域研究中心

　　禪宗詩詞在中國古代佛教文學史上的地位最顯，其題材種類最富，傳世作品最多，故在佛教文學研究領域的成果也最豐碩。不過，就斷代禪宗文學史而言，學界存在重唐宋、輕元明清的現象。其實，無論從作家、作品數量言，還是從反映佛教社會生活的廣度說來，明清尤其是晚明以降的禪宗詩詞創作，[1]都遠超唐宋。茲以中國禪宗傳法史上最重要的傳說——拈花（華）微笑（又稱拈花示眾）為例，略論清代與「拈花（微笑）圖」主旨關聯度極高的詩詞創作如次。[2]但為使歷史脈絡呈現得更加完整，故先談談清代以前的情況。

## 一　清代以前的「拈花微笑圖」及相關語典事典之詩詞

### （一）「拈花微笑圖」略說

　　學界對「拈花微笑」傳說生成時代的討論，目前頗多爭議。大體說來，

---

[1] 本文所分析的禪宗詩詞文本，主要著眼點在思想層面，故包括教內、教外人士之作。而且從某種程度言，局外居士群體的創作數量、質量，都要高於局內作者。

[2] 以禪宗公案為題材的繪畫，張凱稱之為公案畫，亦可。參張凱：〈宋代禪宗公案畫初探〉，《藝術探索》2012年第2期，頁27–30。

它起於中唐而定型於北宋。[3] 雖說「拈花微笑」等作為語典事典在北宋以降三教人士的詩詞作品中已十分常用。[4] 但弔詭的是，有關李唐至朱明王朝的美術文獻中直接以「拈花微笑」、「拈花」等命名禪宗畫者罕見，目前僅發現屈指可數的幾例：如《南宋畫院錄》謂寶祐間（1253－1258）任待詔的陳清波，其人「工鍾馗、三教」，繪有「〈拈花微笑圖〉一」；[5] 馮夢禎（1548－1606）〈付法圖跋〉又載：

> 此宗家付法圖也。自迦葉拈花訖江西馬祖，應三十五。今沂之前共得十七，裂其半矣。每圖尾各書授受因緣，有趙宋諱字，其為北宋物無疑。道貌凝寂，衣摺簡古，掩映樹石雲水間，一段目受心與氣色，千載如見。噫，其龍眠、梵隆之變筆耶。當今法道凌夷，至閃電光一著子，久矣絕響。睹此圖，不覺三嘆。真實居士盥手書于孤山之晚研堂。[6]

從馮氏鑒定可知，兩宋禪宗繪畫史上應有不少敘述禪宗傳法故事的大型組畫《付法圖》，可惜完整流傳者罕見。其中，表現西天第一祖迦葉的典型事象就是「拈花」，不過，馮氏所見圖繪的拈花者是迦葉，而非世尊。這種反客為主的表現方法，似是宋代禪宗畫對「拈花微笑」題材的創新手法之一。當

---

[3] 較近研究，參釋惠敏：〈「正法眼藏」與「拈花微笑」公案史料再考〉，《正觀》總第65期（2013年6月），頁5-60；李務起：〈圖景與意象：佛教藝術視野下的「拈花微笑」〉，《法音》2020年第3期，頁39-43。

[4] 古典詩詞對「世尊（瞿曇）拈花」、「拈花微笑」、「拈花一笑」、「飲光一笑」、「迦葉破顏」等詞彙的運用，有時偏重於語典層面，有時又突出事典層面，有時則兼顧兩者，這主要取決於具體的文本語境。但為使行文簡潔，本文不作細緻分判。

[5] 〔清〕厲鶚：《南宋畫院錄》，《景印文淵閣四庫全書》（臺北：臺灣商務印書館，1985年），第829冊，卷8，頁15b。

[6] 〔明〕馮夢禎：《快雪堂集》，《四庫全書存目叢書》編纂委員會編：《四庫全書存目叢書》（濟南：齊魯書社，1997年），第164冊，卷30，頁17b-18a。又，若馮氏所說不誤，則知宋代曾把馬祖道一列為東土第八祖（菩提達摩→慧可→僧璨→道信→弘忍→慧能→懷讓→道一）。其中，達摩即是西天二十八祖，又是東土初祖，前後統計共三十五祖。

然，在宋代「迦葉微笑」並非孤例，如黃裳（1044－1130）〈西峯開堂疏〉即說「迦葉拈花，世尊為之啟齒；寒山撫掌，拾得於焉點頭」。[7]

若從佛教美術考古視野切入，可能相關故事要素早在晚唐時期就有所表現。馬德發現莫高窟的迦葉塑像似蘊含了「拈花」的意趣，指出：

> 最典型的就是唐代晚期的第196窟佛壇上群塑像中的迦葉，因為這裏所有的塑像手部均已殘缺，所以我們無法判斷釋迦牟尼手上是否持有印花；但從迦葉尊者臉上的燦爛笑容可以看出，匠師們在這裏表現拈花微笑的意圖是十分明顯的。值得注意的是佛陀的背光中繪有莫高窟裝飾圖案中的代表作品「雙鳳銜花」，如果我們把這理解成向佛陀獻花的話，佛陀身邊迦葉尊者的微笑也就一目了然了。[8]

近四十年來，考古界在巴蜀地區發現了多例宋代「一佛一弟子」式的組合造像，學人大多認為它們表現的主題是禪宗的「拈花微笑」，[9]其形成與巴蜀地區特殊的禪宗文化背景息息相關，此已基本成為共識，故不贅述。不過，需要補充說明的是，「微笑」也是佛教造像藝術的關鍵觀念之一，它可與其他美術意象進行組構，從而形成特有的審美範式。[10]

總體而言，清代以前獨立命名的「拈花（微笑）圖」較少是客觀史實，而「拈花微笑」作為「付法」題材組畫（或塑像群）的構成要素之一，不可或缺，也是客觀史實。至於傳世文獻缺少相關記載，是因為宋代文人畫興起

---

7 曾棗莊、劉琳主編：《全宋文》（上海：上海辭書出版社；合肥：安徽教育出版社，2006年），卷2267，頁11。

8 馬德：〈敦煌莫高窟隋唐迦葉造像小議〉，《絲綢之路研究集刊》第5輯（2020年），頁125。

9 參王熙祥、曾德仁：〈四川資中重龍山摩崖造像〉，《文物》1988年第8期，頁19–30；米德昉：〈宋代巴蜀石刻藝術中的「世尊付法」像考察〉，《敦煌學輯刊》2022年第2期，頁121–138。

10 參王梅格：〈十個微笑——探尋中國古代佛教造像藝術的美學〉（北京：中央美術學院博士學位論文，2014年）。

以後，士大夫階層存在重圖（室內紙本、絹本為代表）輕塑（野外塑像、洞窟壁畫為代表）的傾向（順便說一句，文人觀看佛教塑像、壁畫之詩詞，傳世數量遠不如他們的題畫之作）。

## （二）使用相關語典、事典之詩詞

若從創作題材言，使用「拈花微笑」等語典事典的詩詞大致有兩類，即題畫類和非題畫類，但兩類都與佛教關係極其密切。

第一類作品的數量雖然不多，但還是有幾首較有特色的作品：如北宋李彭〈題伯時畫蓮社圖〉曰：「飲光微笑總為此，至今留與後人疑。」[11] 飲光，指佛的大弟子迦葉，他本是禪宗宗統中的重要人物，李彭卻把相關事典移用於對李龍眠（1049－1106）淨土畫《蓮社圖》的題詠之作。當然，觸發作者聯想的應是畫中的白蓮花，而蓮花正是佛祖所拈的花卉之一。[12] 金代宗室密國公璹（完元密璹，1172－1232）〈釋迦出山息軒畫〉云：「龐眉袖手出巖阿，及至拈花事已訛。千古雪山山下路，杖藜無處避藤蘿。」[13] 出山，本佛傳畫題材之一，又作出山如來、出山相（像），重在描繪釋迦成道出山後的情狀（一般作苦行相），完元氏這首像贊卻一反常態，在徹底否定「拈花微笑」事典的同時，更突出的是釋迦佛的秀骨清相，表明其審美傾向更趨同於南朝風格。明代大畫家唐寅（1470－1523）〈嗅花觀音圖〉「拈花微笑破檀

---

11 北京大學古文獻研究所編：《全宋詩》（北京：北京大學出版社，1998年），卷1385，頁15905。又，李彭對「拈花微笑」事典相當熟悉，其〈次瑛上人韻〉「懸知飲光笑，初不為拈花」屬事典之反用。見卷1387，頁15926。

12 按相關佛典記載，釋迦牟尼在靈山付法時所拈之花是金色優波羅（或作波羅、優曇、優鉢羅等）花（即蓮花，然佛經義音對其顏色有不同說法，此不贅述）。然從北宋開始，不少詩家便把拈梅與佛（瞿曇）相聯繫，更直接的說法是世尊拈梅微笑。筆者另有專文檢討這一現象，此不贅論。

13 〔金〕元好問編，張靜校注：《中州集校注》（北京：中華書局，2018年），戊集第五，頁1444。

唇，悟得塵埃色身相」，[14] 別開生面，把拈花、嗅花都集中在觀音菩薩身上，屬於自拈自笑類型。陳函輝（1590－1646）〈題唐靈水曳杖尋梅圖〉其七「拈花微笑，赤松欲參……我所尋梅，道光袖函」，[15] 是表現「拈梅微笑」的典型，即把抽象之花換成兩宋以降最具中國花卉文化特色的梅花。

至於第二類作品則不勝枚舉，其創作場域，常見者主要有：

一曰詠植物花卉。在所詠對象中地位最高者當為梅花，王銍〈臨海僧珂公出梅花詩，和其韻〉即稱它是「第一花中拈實相，談禪說法大修行」。[16] 其他像虞集（1272－1348）〈畢公濟掀篷梅〉：「摘葉拈花夢不分，誰能健步覓晴雲」、[17] 謝應芳（1296－1392）〈薦福寺紅梅詩〉：「幾度拈花有人笑，吾將請問瞿曇翁」、[18] 趙維藩〈詠梅絕句三十首·寺梅〉（十二侵）：「能從定慧識知音，白足瞿曇喜放吟。悟後無言知子熟，拈來微笑即禪心」等，[19] 皆把世尊拈花（微笑）之佛典落實在梅花身上，表現的是「梅花禪」思想。當然，其他佛化植物之花卉，[20] 同樣可用來「拈」，如朱翌（1097－1167）〈佛頭菊〉：「靈山會上曾拈出，一笑懸知是飲光」、[21] 王世貞（1526－1590）〈佛見笑〉：「為問天華拈法處，可當迦葉破顏時」等。[22]

二曰僧俗交往或唱和。如陳師道（1053－1101）元符元年（1098）所作

---

14 〔明〕唐寅著，周道振、張月尊輯校：《唐寅集》（上海：上海古籍出版社，2013年），卷3，頁125。
15 〔明〕陳函輝：《小寒山子集》，收入《四庫禁燬書叢刊》編纂委員會編：《四庫禁燬書叢刊》（北京：北京出版社，1997年），第185冊，頁566a。
16 《全宋詩》，卷1908，頁21308。
17 〔元〕虞集：《道園遺稿》，《景印文淵閣四庫全書》，第1207冊，卷5，頁19a。
18 〔元〕謝應芳：《龜巢稿》，《景印文淵閣四庫全書》，第1218冊，卷17，頁47b。
19 〔明〕趙維藩：《槿園集》，收入《四庫未收書輯刊》編纂委員會編：《四庫未收書輯刊》（北京：北京出版社，2000年），第8輯，第25冊，卷6，頁10a。
20 有關佛化植物的定義及詩詞解讀的方法，參李小榮、陳致遠：〈佛化植物及其詠物詩詞的文本解讀〉，《福建師範大學學報（哲學社會科學版）》2017年第2期，頁137–148。
21 《全宋詩》，卷1865，頁20870。
22 〔明〕王世貞：《弇州四部稿》，《景印文淵閣四庫全書》，第1279冊，卷43，頁26b。

〈送法寶禪師〉「晚始識其子，瑤林一枝秀。初聞飲光笑，復作空生瘦」，[23] 即把法寶禪師比作禪宗史上破顏一笑的迦葉，且暗示了自己晚歲向禪的志趣。呂渭老〈漁家傲・作浮圖語送深上人遊廬山〉其三：「潦倒瞿曇饒口悄。拈花冤道頭陀笑。雞足山中眠未覺」，[24] 又把深上人比作迦葉，特別是雞足山之說，證明當時迦葉祖師已在中土有了自己的道場。[25] 張元幹（1091－1175）〈滿庭芳〉：「三十年來，雲遊行化，草鞋踏破塵沙。偏參尊宿，曾記到京華。衲子如麻似粟，誰會笑、瞿老拈花？經離亂，青山盡處，海角又天涯」，[26] 是詞史上最重要的禪詞之一，它的贈送對象是一位歷經靖康之變的遊方高僧，其遭遇的盛衰興亡之歷史巨變引起了詞人的深切共鳴。鄭清之（1176－1252）〈頓上人持瑩蘿月五詩見示，因走筆和韻，聊禦睡魔〉其三：「竺乾心法拈花笑，洙泗家風鼓瑟希。一問已應居第二，更詢來處落三機」，[27] 則描摹了儒士、詩僧就兩家宗統、道統進行平等對話的場景。元末明初錢宰（1299－1394）〈送昱大徹住天台能仁寺〉頸聯「白雲出定拈花笑，明月歸樵採藥還」，[28] 用「拈花微笑」語典來刻畫昱大徹回歸能仁寺後的修道形象，同時寄託了即心即佛的南禪思想。張泰（1436－1480）〈題南翔寺僧梅月卷〉尾聯「拈華向西笑，圓境正寥寥」，[29] 恰與錢宰相反，「拈華」是作者對南翔寺僧〈梅月〉詩卷的讀後感，意在抒寫禪淨同修的悟道體驗。徐應亨〈孟春與同社約會山寺，值華甫西渡，喜其再集，遂次前韻〉：

---

[23]〔宋〕陳師道撰，〔宋〕任淵注，冒廣生補箋，冒懷辛整理：《後山詩注補箋》（北京：中華書局，1995年），上冊，頁290。

[24] 唐圭璋編纂，王仲聞參訂，孔凡禮補輯：《全宋詞》（北京：中華書局，1965年），頁1117–1118。又，該組詞共六首。

[25] 參洪修平：〈「拈花微笑」與中國禪宗的「以心傳心」——兼論雲南雞足山在中國佛教中地位的形成〉，《宗教學研究》2015年第4期，頁75–79。

[26]〔宋〕張元幹：《蘆川歸來集》（上海：上海古籍出版社，1978年），卷7，頁121–122。

[27]《全宋詩》，卷2905，頁34677。

[28]〔明〕錢宰：《臨安集》，《景印文淵閣四庫全書》，第1229冊，卷2，頁2b。

[29]〔明〕張泰：《滄洲詩集》（景印明弘治三年成桂刻嘉靖十三年毛淵增修本），《四庫全書存目叢書》，第38冊，卷3，頁24a。

「訪僧久與白雲期，擊竹拈花事事宜。開卷中圖遮老眼，傳宗誰數得吾皮。千峰自足供遊覽，一水何煩悵別離。明日更尋蓮社約，肯教陶令復攢眉」，[30]則寫士僧結社唱和，除用禪宗「拈花」、「擊竹」事典外，[31]也用淨土宗「白蓮結社」、「虎溪三笑」等事典，亦是禪淨同修之意。而僧俗共賞詩、畫之舉，說明當時佛教生活的藝術化已是一種常態。

三曰寺院遊覽。作者常以相關語典寫遊寺觀感，如孫覿（1081－1169）〈南山寺〉其二：「嚼蕊拈花身老矣，穿雲涉水思茫然」，[32]胡布〈遊正觀寺次劉紹韻〉其二：「拈花已得單傳意，彈指何妨出定時」等；[33]尤其是在以「迦葉微笑」、「拈花」等命名的寺院及其館閣，因地名上的接近聯想，詩人自然而然地會使用語典事典，如馮時可（1540－約1619）[34]〈同阮年文黃同守憩迦葉殿微笑閣〉云：「共叩靈山寶樹林，千年遺鉢尚留今。拈花付法原無法，指月傳心寧有心……相看吾輩亦微笑，霜鬢還羞頭上簪」，[35]以諸法性空來看待人生和功業，並與朋輩共勉。陳萬言（1535年卒）〈冬夜拈華館

---

30 〔明〕徐應亨：《徐伯陽詩文集・樂在軒稿》（出版地不詳：國會書館攝製北平圖書館善本書膠片，1621–1644年），卷乙癸，頁48。

31 若結合頷聯「開卷中圖」，則「拈花」、「擊竹」還可能是雙關，即二者分別指禪宗畫中的〈拈花圖〉、〈香嚴擊竹圖〉。後者依據的是唐代香嚴（智閑）「擊竹悟道」公案，見〔宋〕道原纂：《景德傳燈錄》（T 2076），收入《大正新脩大藏經》（臺北：新文豐出版公司，1983年，以下簡稱為《大正藏》），第51冊，卷11，頁284a9–11；而南宋梁楷〈八高僧圖卷〉就含有〈香嚴擊竹〉，見〔宋〕梁楷繪：〈八高僧故事圖卷〉，下載自「上海博物館」網站，2024年5月10日。網址：https://www.shanghaimuseum.net/mu/frontend/pg/m/article/id/CI00000979。此外，王炎〈上封惠月開堂疏〉「拈花笑後，此事雖則流傳；擊竹悟時，妙處不容擬議」亦是「拈花」、「擊竹」並舉，故徐氏寫法淵源有自，而非向壁虛構。王詩見王炎：《雙溪類稿》，《景印文淵閣四庫全書》，第1155冊，卷27，頁14a。

32 《全宋詩》，卷1483，頁16940。

33 〔元〕胡布等：《元音遺響》，《景印文淵閣四庫全書》，第1369冊，卷6，頁26b–27a。

34 馮氏生卒年，此據李玉寶：〈晚明松江士人馮時可考論〉，《江南大學學報（人文社會科學版）》2013年第6期，頁62。

35 〔明〕馮時可：《南征稿》（北京：中國國家圖書館藏明萬曆刻本，出版時間不詳），卷19，頁2b。下載自「中國國家數字」網站，2024年6月8日。網址：http://read.nlc.cn/OutOpenBook/OpenObjectBook?aid=892&bid=376823.0。

留題〉:「拈花欲微笑,趺臥可忘還」,[36] 又表達了冬夜僧俗二眾共同靜坐禪修的切身感受。梅之煥（1575－1641）〈題拈花閣〉:「拈花閣下百花臺,淺紫深紅次第開。不必世尊親費手,年年春色自將來」,[37] 則反用「世尊拈花」事典,宣揚了無情有性說。

四曰讀經體驗。三教人士皆有相關作品:儒者如吳廷翰（1490－1559）〈讀壇經〉曰:「靈山啟良會,拈花吐真言……青原與南嶽,真覺非扳援。明明本無盡,相待成愚昏。我持般若智,一了無迹痕」,[38] 此表明作者對自迦葉至六祖及其派下禪宗的心法傳承史瞭如指掌,而且對般若空觀也深表贊同;釋家如紫柏真可（1543－1603）〈蘆芽山閱法華論懷開侍者〉曰:「明窗下,《法華論》,焚香坐閱陶所思,紙勞字故念初澄……爭如七軸《妙蓮花》,深雲淨室頻翻讀。頻翻讀兮塵習斷,靈山一會曾不散。凡聖交參趕鬧場,拈華微笑頭陀慣……開侍者,頗可惱,杖屨翩翩何處倒。齊魯風高落木寒,長更那得黃綿襖。好歸來,聽此經,簷前共看天花落」,[39]《法華論》,指北魏勒那摩提、僧朗等譯《妙法蓮華經論優波提舍》。從詩歌內容看,師徒二人所讀佛典實包括《法華經》及其「論」部。而真可對焚香讀經細節的刻畫,尤其是對開侍者的深情呼喚,創作心態和世俗文人頗顯一致;道教如托名呂純陽的〈金剛經後三十二偈〉其十三曰:「風旛動處總非真,自在如如只此心。解得拈花微笑意,本來何地著纖塵」,[40] 雖然寫的是讀《金剛

---

36 〔明〕陳萬言:《鈃園集》（景印明天啟王起隆刻本）,收入《美國哈佛大學哈佛燕京圖書館藏中文善本彙刊》（北京:商務印書館;桂林:廣西師範大學出版社,2003年）,第35輯,卷3,頁20b。

37 〔明〕梅之煥:《梅中丞遺稿》,《四庫未收書輯刊》,第5輯,第25冊,卷8,頁31a。

38 〔明〕吳廷翰著,吳國寶編次,劉汝佳校正:《蘇原先生詩集》（出版地不詳:吳國寅刊行,1587年）,卷上,頁15a–b。

39 〔明〕紫柏真可:《紫柏老人集》（X 1452）,收入《大藏新纂卍藏續經》（臺北:白馬精舍印經會,1990–1995年）,第73冊,卷29,頁393a–b。

40 《呂帝詩集》,收入閻永和、新津彭翰然重刻,賀龍驤校訂:《重刊道藏輯要》（成都:二僊庵版刻,1906年）,室集七,第119冊,卷下,頁16b。《重刊道藏輯要》,下載自「香港中文大學數碼典藏」網站,2024年5月10日。網址: https://repository.lib.cuhk.edu.hk/en/item/cuhk-38005#page/58/mode/2up。

經》感受，卻融匯了《壇經》「風幡之動」的語典，這倒也符合六祖聽《金剛經》「應無所住而生其心」後才正式走上參悟之道的宗門傳說。[41]

五曰禪宗儀式場合。叢林儀軌形式多樣，其中所說偈頌多有運用相關語典事典者：如《希叟紹曇禪師廣錄》卷2載「至節上堂」紹曇配合「畫一畫」之動作時說偈詞云：「曝背晴簷，手摘寒梅。一點兩點三四點，拈花微笑今重見」，[42] 拈梅微笑，既契合冬至的節日景物（寒梅），又暗示自己是宗門傳心的正統；袁桷（1266－1327）〈天慶寺佛殿上梁文〉「口號」第三偈：「拋梁南，軒窗面面是瞿曇。欲問拈花微笑意，雪堂老子睡方酣」，[43] 旨在強調山河大地、一切有情眾生自具佛性的思想，與《碧巖錄》卷7「諸佛在心頭，迷人向外求。內懷無價寶，不識一生休」的告誡如出一轍；[44] 董斯張〈火蓮偈五章應韓延年〉其四：「靈會上眼巴巴，越水吳山自一家。十萬骷髏開口笑，登時拈卻世尊花」，[45] 結合其原序可知，[46] 這是作者為其好友韓聖開之妻沈氏二十六歲辭世後而寫的下火（組）偈。[47] 諸如此類之偈頌，有一共同點，皆強調以佛法為師，自修自悟。

以上所舉宋元明三朝之詩詞，無論作者是僧是俗，無論題材涉及圖像與否，只要運用（包括正用、反用、活用等）「拈花」「拈花微（一）笑」等語

---

41 〔元〕宗寶編：《六祖大師法寶壇經》（T 2008），《大正藏》，第48冊，頁349a17。
42 〔宋〕希叟紹曇：《希叟紹曇禪師廣錄》（X 1390），《大藏新纂卍續藏經》，第70冊，卷2，頁426a。
43 〔元〕袁桷：《清容居士集》，收入《四部叢刊初編》（上海：上海商務印書館，1936年，縮印元刊本），集部，第297冊，卷35，頁523b–524a。
44 〔宋〕重顯頌古，〔宋〕克勤評唱：《佛果圜悟禪師碧巖錄》（T 2003），《大正藏》，第48冊，卷7，頁194a20–21。
45 〔明〕董斯張：《靜嘯齋存草》，收入《續修四庫全書》編纂委員會編：《續修四庫全書》（上海：上海古籍出版社，2003年），第1381冊，卷12〈偈頌〉，頁2a。
46 按，原序載〔明〕董斯張輯：《吳興藝文補》（景印明崇禎六年刻本），《四庫全書存目叢書》，第278冊，卷66，頁28a–b。又，本書董氏詩題則作〈火蓮偈〉，見頁29a–b，特此說明。
47 有關下火偈的含義及時代變遷，參譚潔：〈禪宗下火文的歷史流變及其文化意蘊〉，《蘭州學刊》2015年第7期，頁65–73。

典事典者，其佛教思想主旨往往和禪宗（或禪師）傳法、禪修境界關係密切，即便牽涉其他宗派，禪宗思想也是主體。

## 二　清代「拈花圖」及其詩詞創作

蔣寅指出，清代文學與其前代相比較，其突出特點主要有：紀實性和敘事性的強化、以學問為詩甚至以考訂議論為詩、題材廣泛幾無物無事不可入詩；他並有總結說，其內容雖然豐富，但總體上是缺乏創造力的。[48] 這種論斷，移用於清代「拈花圖」類題材的詩詞創作，也大致不差。換言之，前面所說清代以前使用拈花微笑等語典事典的教內外詩詞的創作場合，清代大體相同（當然，因特殊歷史事件，拓展處也不少，例詳後文）。此外，從傳世的有清一代的美術史文獻看，直接以「世尊（如來）拈花」、「拈花微笑」等命名的禪宗畫同樣不多見。不過，從對清代文學文獻的初步考察看來，無論「拈花圖」還是相關的題畫詩詞，其作者隊伍、作品數量與質量，乃至它們所反映的佛教社會生活面的廣度方面，都超過了清前諸朝之總和。

從筆者掌握的清代「拈花圖」類詩詞（代表性作品，見後文所挑選的具體篇目）分析，它們在繼承前代禪學思想內容的基礎上，具有五個較為突出的特點：

### （一）從作者（包括像主）身分言，其複雜性遠超前代

首先，在清初，遺民是一支不可忽視的創作力量，而相關詩詞者也不少：如閻爾梅（1603－1679）〈虎丘答靈岩和尚〉：「春雪初晴坐講臺，千人石畔早梅開。尋花不識拈花意，辜負山僧寄棒來」、[49] 彭孫貽（1615－1673）

---

[48] 蔣寅：〈清代文學的特徵、分期及歷史定位〉，《清代文學論稿》（杭州：浙江古籍出版社，2022年），頁1–19。

[49] 〔清〕閻爾梅：《白耷山人詩文集・詩集》，收入《清代詩文集彙編》編纂委員會編：《清代詩文集彙編》（上海：上海古籍出版社，2010年），第19冊，卷8，頁260下欄。

〈遊金粟寺和緯度〉:「閑雲古樹隱禪門,誰解拈花禮世尊……行隨流水皆無住,坐對青山兩不言。會識維摩多妙理,欲從空觀滌塵煩」,[50] 陳軾(1617-1694)〈婆羅門引‧拈花微笑圖壽長慶雲機上人〉:「白毫金相,秋光猶帶月輪揮。寶珠清淨摩尼。試看靈山唱演,勘破未生時。海幢親法乳,冷暖曾知」,[51] 董說(1620-1686)〈題拈花圖卷〉:「賢劫第四釋迦佛,撒沙婆至那邊行?誰將一笑春風面,聽做頭陀痛哭聲」等,[52] 都可視為有特色的代表作,其字裏行間充滿了主動的逃禪意識。而最具身世沉痛感的是董說的〈題拈花圖卷〉,詩人結句用奪胎換骨手法將「迦葉破顏微笑」的事典(視覺)改為「聽做頭陀痛哭聲」(聽覺),寄寓了深沉的亡國之痛;又用雙關修辭:「頭陀」既指佛的大弟子苦行第一的迦葉,又指自己逃禪出家為僧的修行歷程。[53]

其次,清王朝統治鞏固後,深受漢傳佛教文化薰染的皇室與宗室,對禪宗「拈花」類公案也不陌生,存世作品中用此典故最多的是自稱「十全老人」的乾隆皇帝(在位年:1736-1796),他除巡幸山莊、佛寺時常有即興之作並愛用「拈花」類語典、事典外,[54] 其他題畫類作品,像雍正十三年(1735)太子時期所作〈題丁雲鵬羅漢卷〉、乾隆五十九年(1794)所作〈題錢維城花卉冊〉其十〈雙鸞菊〉等,亦然。若前後通算,其創作時間整整跨越了一甲子。宗室塞爾赫(1677-1747)的七律〈禪院牡丹〉:「梵宇優曇華嶽松,精藍還發牡丹叢。拈來恐出三乘外,落去依然十日中。欲傍天香

---

50 〔清〕彭孫貽:《茗齋集》,《清代詩文集彙編》,第51冊,卷5,頁462下欄。
51 〔清〕陳軾:《道山堂前集》,《清代詩文集彙編》,第62冊,卷5,頁322上欄。
52 〔清〕董說:《寶雲詩集‧拂煙集》,《續修四庫全書》,第1404冊,卷7,頁4b–5a。
53 董說接觸佛典很早,八歲時其父董斯張就教他讀《心經》。順治十四年(1657),則正式於靈巖寺剃度。參趙紅娟:《明遺民董說研究》(上海:上海古籍出版社,2006年),頁492,504–505。
54 如乾隆十年(1745)〈寄題獨樂寺〉、二十九年(1764)〈湛然室〉、三十九年(1774)〈寄題拈花寺〉、五十年(1785)〈枲塗精舍二首〉等,見清高宗御製,〔清〕蔣溥等敕編:《御製詩集》,《景印文淵閣四庫全書》,第1302冊,初集,卷24,頁17a–b;第1305冊,三集,卷37,頁24a;第1306冊,三集,卷47,頁13a–b;第1308冊,四集,卷60,頁20b–21a。

聆妙諦,從知豔色是真空。大雲如有探芳願,莫更題詩寄贊公」,[55] 其所拈對象是少見的象徵富貴的牡丹,算是別出心裁之作吧。

復次,近代以降,因內憂外患層出不窮,清王朝處在風雨飄搖之中,隨時都有坍塌的可能。其中,「太平天國」是影響巨大的歷史事件之一,而不少正統士大夫的「拈花圖」詩作,由此抒寫了別樣的生死離別,如王大經(1812－1844)〈題沈茂才拈花遺笑遺照〉:「況復歷紅羊,煙塵蔽山陡」,[56] 即以歷史上的「紅羊之劫」比喻洪秀全(1814－1864)、楊秀清(1820－1856)為首的太平軍,[57] 指出孝子沈茂才在此場戰爭中失去生命是家族與親朋好友的巨大損失,如今瞻仰其拈花微笑的遺照,倍覺社會和平生活的不易;周葆濂〈題喻子勻鑾江三渡圖,即次原韻〉其一領聯:「回頭朱雀橋頭水,瞇眼紅羊劫後塵」,[58] 它在抒寫對喻氏自繪〈三渡鑾江圖〉觀感的基礎上,重點展示了太平天國戰爭之後南京物是人非的生活場景。

總之,清代「拈花圖」類作者的社會階層極其複雜,國家重臣及各類地方官吏、三教九流、山中隱士乃至閨閣,無所不包。如江蘇巡撫陶澍(1778－1839)道光八年(1828)所作〈自題拈花微笑圖〉:「平生未見先生笑,今日拈花喜欲盈。池館香催桃汛穩,似聞河水已澄清」,[59] 用人、圖對話(即詩人與圖中之「我」)的形式,表達了河清海晏的政治理想(但他所拈是較

---

55 〔清〕塞爾赫:《曉亭詩鈔》,《清代詩文集彙編》,第238冊,卷3,頁558上欄。
56 〔清〕王大經:《哀生閣集・續稿》,《清代詩文集彙編》,第637冊,卷3,頁419下欄—420上欄。
57 張宏生分析趙起〈喝火令〉詞時,對「紅羊劫」與太平軍洪、楊首領的關聯有所揭示,參張宏生:〈時代變局與詞史書寫——太平天國戰爭與趙起的詞體創作〉,《蘇州大學學報(哲學社會科學版)》2018年第3期,頁126。
58 〔清〕周葆濂:《且巢詩存》,《清代詩文集彙編》,第681冊,卷3,頁306下欄。據謝元淮〈題喻子勻(均)鑾江再渡圖〉其一:「薄宦真州近十年,江頭閱盡往來船。風帆去住何曾管,卻為君官再渡篇」,真州、鑾江,皆指江蘇儀徵市,可知俞氏作為地方官,政聲極佳。謝詩見〔清〕謝元淮:《養默山房詩稿》,《清代詩文集彙編》,第546冊,卷31,頁645上欄。
59 〔清〕陶澍:《陶文毅公全集》,《清代詩文集彙編》,第530冊,卷63,頁408上—下欄。

少見的桃花）；[60] 大名鼎鼎的林則徐（1785－1850）所作〈題馮笏耕〈紅杏枝頭春意鬧圖〉〉結尾云：「悟徹優曇天女散，不知趺坐一枝拈」，[61] 詩歌巧妙地將馮氏繪圖中的「紅杏」意象嵌入到「天女散花」與「拈花微笑」的佛典中，表明他對禪宗原典極為熟悉，而且是以迦葉自比，完全顛覆了他後來虎門銷煙時留給世人的那個偉岸的英雄形象；[62] 一度擔任刑部主事的壯族詩人鄭獻甫（1801－1872）辭官回鄉後，主要在廣州、桂林等地的書院講學，〈題梁愛蓮吏部南園課讀圖〉四首，[63] 講述了同樣擔任過吏部主事且懷才不遇而告老回鄉的梁卓英（號愛蓮）的課讀生活場景，讀者本期待他會抒發「同是天涯淪落人，相逢何必曾相識」之喟嘆，[64] 哪知他用「拈花一笑欲忘言」（其三），把人生苦難、功名利祿都看得風淡雲輕，這就是精神超越的思想境界；一度為曾國藩（1811－1872）助手，並任廣東巡撫、駐英公使等職的郭嵩燾（1818－1891），退居家鄉後，寫有〈淳溪拈花圖〉、〈周步瀛拈花圖〉，前者「拈花一笑知何著，著在維摩病裏身」顯然是以病維摩自比，[65] 重在抒寫居士禪修的體驗，後者「將軍射虎入虎穴，投簪歸來兩鬢絲。一棹旌旗劉尚壘，九溪風雨武鄉祠。雷霆水底驚翻眼，身世花前笑解頤」，[66] 則是對周步瀛將軍拈花之圖的觀感，重在寫楊慎（1488－1559）〈臨江仙〉「滾滾長江東逝水，浪花淘盡英雄」、「古今多少事，都付談笑中」式的曠達；[67]

---

60 此陶澍畫像1986年重現人世，據譚特立介紹，詩題在畫像左上方，款為「自題〈拈花微笑圖〉」，蓋有「陶澍」、「雲汀」兩枚小章。見譚特立：〈古今名人自題畫像詩趣〉，《文史天地》2002年第11期，頁45。

61 《林則徐全集》編輯委員會編：《林則徐全集》（福州：海峽文藝出版社，2002年），第6冊，古體詩，頁2978。

62 其實，林則徐自小至老都深受佛教文化影響，具體分析參陳星橋：〈名垂青史的佛門弟子——林則徐〉，《法音》1997年第7期，頁15–18。

63 〔清〕鄭獻甫：《補學軒詩集》，《清代詩文集彙編》，第608冊，卷2，頁329上欄。

64 〔唐〕白居易撰，謝思煒校注：《白居易詩集校注》（北京：中華書局，2006年），卷12,〈琵琶引〉，頁962。

65 〔清〕郭嵩燾：《養知書屋詩集》，《清代詩文集彙編》，第674冊，卷6，頁758上欄。

66 〔清〕郭嵩燾：《養知書屋詩集》，卷12，頁804上欄。

67 〔明〕楊慎編著，〔清〕張三異增定，〔清〕張仲璜注：《廿一史彈詞註》（出版地不詳，

山東館陶知縣鮑瑞駿的〈寄懷汪菽民司馬〉，單看詩題，僅是友朋間的寄懷之作，但據開篇第一句自注「君有〈夢衲庵圖〉」，[68] 則知書寫內容聚焦點在汪氏的繪圖，「夢衲」揭示了汪氏對前世為僧的自我認同，故他清貧一生是宿命使然，而清貧正好引起鮑氏共鳴，尾聯「清俸無多曾乞我，江南還復折梅頻」即強調了患難與共的精神追求。[69]

清代僧人「拈花」類作品固然也不多，但也有一些代表作：前期如張大受（1658－1722）〈題雪莊悟上人黃山後海圖〉：「忽然展紙證前宿，拈華一笑隨文殊。黃山後海天下無，濁水照徹摩尼珠」，[70] 抒寫的是文人雅士對畫僧悟上人〈黃山後海圖〉的觀後感，既把對方比作導師文殊菩薩，又表達了皈依之情；後期如釋敬安（即八指頭陀，1851－1912）的〈贈金山秋崖長老，即題其拈花圖〉：「寶月或前世，德雲應後身。微拈花共笑，一任海生塵」，[71] 較為特殊之處在於它是詩僧對畫僧的題詠之作。

與此同時，清代有一突出現象值得注意，那就是身處困境中的中下級官員或下層知識階層的著僧服拈花圖：如孫原湘（1760－1829）〈鮑叔野僧服拈花圖〉、[72]〈再題拈花圖〉[73] 共同塑造了秀才鮑份（叔野）穿僧衣而拈花微笑的奇異形象，對他「公然作佛勝齊民」的個性追求給予深切同情和理解；顏檢（1833卒）嘉慶十一年（1806）被貶到烏魯木齊後，作〈自題拈花圖〉，[74]

---

    1727年，張坦麟兩淮刊本），第2冊，卷3上，頁1a。下載自「哈佛燕京圖書館」網站，2024年5月11日。網址：https://iiif.lib.harvard.edu/manifests/view/drs:52259994$70i。

68　〔清〕鮑瑞駿：《桐華舸詩鈔‧續鈔》，《清代詩文集彙編》，第630冊，卷7，頁252上欄。又，鮑氏是道光癸卯（1843）舉人。

69　〔清〕鮑瑞駿：《桐華舸詩鈔‧續鈔》，卷7，頁252上欄。

70　〔清〕張大受：《匠門書屋文集》，《四庫未收書輯刊》，第8輯，第24冊，卷6，頁13b–14a。

71　釋敬安撰，段曉華校點：《八指頭陀詩文集》（上海：上海古籍出版社，2010年），上冊，頁350。

72　〔清〕孫原湘著，王培軍點校：《孫原湘集》（北京：人民文學出版社，2018年），上冊，頁261–262。

73　〔清〕孫原湘：《孫原湘集》，上冊，頁262。

74　〔清〕顏檢：《衍慶堂詩稿》，《清代詩文集彙編》，第446冊，卷1，頁187下欄。

開篇「何來行腳僧，獨坐蒲團寂」，顯然也是以著僧服者自比，意在尋求精神自救之路；[75] 吳文照（1758－1827）〈李憩園拈花圖〉題注「畫一僧坐蒲團，旁有一女侍立」，[76] 說明吳氏所見圖中，李憩園就是穿僧服的居士形象（侍女則同於散花之天女），繪圖旨在揭示「在欲行禪」的合理性；[77] 李欣榮〈十四日復與稼亭飲，餞於海幢寺龍天常住。稼亭出天女散花圖囑題。小影作僧裝，坐蒲團。名流題詠已遍，為繫二絕句於後〉：「佛國能來信夙緣（新興為六祖盧惠能誕祥之地），慈雲法雨總彌天。蒼生托命無多地，十笏維摩早悟禪」，[78] 結合首句自注及同時之作〈孫稼亭司馬之官新州，敘別一首〉，[79] 則知孫氏赴任新州前自繪有僧裝形象的〈天女散花圖〉，並遍請當地名流題詠留念；[80] 錢國珍〈金縷曲‧桂竹孫以小照囑題〉題注又曰：「圖寫西番僧裝，坐蒲團，入定意」，[81] 表明其同年桂祥在特定場合曾以番僧服的形象現身，含有遊戲人生的空幻感；最可注意的是清初程正揆（1603－1677）〈脩藏社看梅，有平話西遊者〉：「幅巾林下久無趣，僧帽梅邊覺更幽。許會拈花徵藏主，何人打鼓說《西遊》」，[82] 表明當時說《西遊平話》者似可穿僧裝表演。

清代士大夫中，又有著道裝拈花而入圖繪者：如朱彭（1731－1803）

---

[75] 據黃釗〈讀衍慶堂詩全集，敬題一律於卷末〉：「白泉茅屋青藤舍，行腳僧來掃壁泥（公居白泉時，常繪僧服拈花小影）」，則知顏檢是自繪自題。黃詩見〔清〕黃釗：《讀白華草堂詩二集》，《清代詩文集彙編》，第555冊，卷9，頁726下欄。

[76] 〔清〕吳文照：《在山草堂詩稿》，《清代詩文集彙編》，第454冊，卷10，頁210上欄。

[77] 禪宗對此多有提倡，如玄覺（666–714）《永嘉證道歌》即謂「在欲行禪知見力，火中生蓮終不壞」。見〔唐〕玄覺：《永嘉證道歌》（T 2014），《大正藏》，第48冊，頁396c14–15。

[78] 〔清〕李欣榮：《寸心草堂詩鈔》，《清代詩文集彙編》，第654冊，卷6，頁564下欄。稼亭，指時任新州司馬的孫福清。

[79] 〔清〕李欣榮：《寸心草堂詩鈔》，卷6，頁564下欄。

[80] 海幢寺是當時廣州士僧交往的活動中心之一。詳細介紹相關分析，參郭樹林：〈海幢寺與清代廣州文人文化活動研究〉，《嶺南師範學院學報》第40卷第6期（2019年12月），頁45–52。

[81] 〔清〕錢國珍：《寄廬詞存》，《清代詩文集彙編》，第654冊，卷下，頁759下欄。

[82] 〔清〕程正揆：《青溪遺稿》，《清代詩文集彙編》，第20冊，卷9，頁185下欄。又，本詩是研究《西遊平話》的重要史料之一，非常珍貴。

〈題萬玉倉拈花圖〉其一即指出「玉倉好道」，萬氏「羽衣遊戲地行仙，名列丹台定有年。閒坐蒲團成一笑，拈花不是愛逃禪」的行為，實乃修仙；[83] 百齡（1748－1816，本姓張，字子頤，漢軍正黃旗人）〈題壽萱司馬招降圖〉二首，則敘述了「胸有《度人經》」的行軍司馬王壽萱服道裝作法而招降數百敵兵（當是學《三國演義》諸葛亮裝神弄鬼之道術）的傳奇事跡，[84] 並讚頌王氏具有維摩詰降伏天女（即魔女）的法力。[85] 凡此，表明「拈花」事象已貫通了佛、道兩教。

寫隱士「拈花圖」者，清初可以龔培序〈題翁丈也菴拈花圖〉[86] 為代表，它對避居會稽山的老隱士翁也菴的高潔人格和超然物外的人生態度極為推崇；中期有朱鱠〈題盧翁小照〉（筆者按：像主是石臼村年過七十的盧姓隱者），[87] 該詩瀰漫著一股太平氣息，風格近似於王孟山水田園詩派；晚期有張鳴珂（1829－1908）〈臺城路‧題吳景喬（松年）竹院參禪圖〉，[88] 其上闋重在營造當下吳氏竹院參禪的場景與氛圍，刻畫出虔心修道的居士形象，是以對方為中心。下片轉向自我回憶，敘述和吳氏並肩在江西與太平軍作戰五年的情形，[89] 正是遭遇了太多的生生死死，張氏晚年才和吳氏一樣辭官退隱鄉居。

清代擅長詩畫的閨秀數量遠超前代，「拈花」類題材是她們鍾愛的創作

---

83 〔清〕朱彭：《抱山堂集》，《清代詩文集彙編》，第376冊，卷11，頁84上欄。
84 〔清〕百齡：《守意龕詩集》，《清代詩文集彙編》，第423冊，卷24，頁188上欄。按，百齡有〈題王壽萱司馬帶子從軍圖〉，則知壽萱姓王，且為張氏當年招降海盜時的最得力助手。詩見《守意龕詩集》，卷24，頁187上欄。
85 百齡〈題壽萱司馬招降圖〉其二即云：「拈花一笑天魔伏，始信維摩道力真」。見〔清〕百齡：《守意龕詩集》，卷24，頁187上欄。
86 〔清〕龔培序：《竹梧書屋詩稿》，《四庫未收書輯刊》，第8輯，第28冊，卷1，頁45a–b。
87 〔清〕朱鱠：《畫亭詩草》，《四庫未收書輯刊》，第10輯，第27冊，卷6，頁12b。朱氏是乾隆三十年（1765）拔貢。
88 〔清〕張鳴珂：《寒松閣詞》，《清代詩文集彙編》，第710冊，卷2，頁176上欄。
89 張是浙江嘉興人，咸豐十一年（1861）後任江西新淦、德興知縣，恰好領兵和太平軍交戰。

對象之一。雖說專門的美術史文獻方面的記載不多，但通過梳理同時期的文學作品，還是能找出不少：從張際亮（1799－1843）〈黃樹齋（爵滋）太史思樹芳蘭圖〉「此圖妙腕出女士」、「惜君孤坐擁蒲團」所述推斷，[90]〈思樹芳蘭圖〉當是某位女性所繪，它細緻地描繪了黃氏手拈芳蘭而靜坐的形象；從袁翼〈王夫人繡觀音像歌為朱芷湘大令作〉：「眉娘手裁一尺絹，能繡《法華經》七卷……雙棲鶼翼樹連枝，徐淑秦嘉伉儷隨。慧果共參三昧業，征蘭深締百年期。東陸法雨彌香界，南海慈雲現色絲。鹿女拈花便成佛，璇閨小示維摩疾……黃絹誰題曹孝女，翠玫重鍥管夫人（管夫人有手鐫玉版觀音像）」，[91] 可知朱縣令夫婦同為虔誠的佛教信徒，其夫人王氏心靈手巧，詩如謝道韞（409年前卒），畫學管道升（1262－1319）（當然，也隱約把朱、王二人比作趙孟頫〔1254－1322〕、管道升夫妻）；從陳文述（1771－1843）〈題席道華女士（佩蘭）長真閣詩卷〉：「甲帳深沉閒寫韻，辰樓修曲笑拈花。匆匆朱鳥窗前過，為問雲容禮碧紗（女士有〈拈花小影〉）」，[92] 則知席佩蘭（1762－1829後）詩畫雙絕，她又是袁枚（1716－1797）女弟子之一，與孫原湘琴瑟和鳴，夫妻二人都寫過多首相關題材的詩作。

　　清代閨秀若自繪畫像，常見方式是對鏡寫真，[93] 陳文述〈題張若素女史自寫小影和孫蓮水〉「應是秋心太孤寂，自家寫影自家看」即揭示了女性繪畫的創作心態之一在於自我慰藉和尋求精神寄託。[94] 其中，觀看〈拈花圖〉者常和宗教修行息息相關，主要是觀像、觀想式的參禪，女詞人沈善寶（1808－1862）〈菩薩蠻‧題拈花圖〉即開誠布公地宣示「參透大乘禪，拈

---

90 〔清〕張際亮著，王颺校點：《思伯子堂詩文集》（上海：上海古籍出版社，2007年），上冊，頁263。又，林則徐亦有〈題黃樹齋（爵滋）思樹芳蘭圖〉，後者作於道光十年（1830）六月。見黃細嘉：〈黃爵滋繫年要錄〉，《撫州師專學報》1995年第4期，頁20。林詩見《林則徐全集》編輯委員會：《林則徐全集》，第6冊，古體詩，頁2930–2931。

91 〔清〕袁翼：《邃懷堂詩集後編》，《清代詩文集彙編》，第564冊，卷1，頁316上—下欄。

92 〔清〕陳文述：《頤道堂詩外集》，《清代詩文集彙編》，第564冊，卷6，頁652上欄。

93 參趙琰哲：〈中國古代女性自畫像的繪製〉，《美術大觀》2022年第4期，頁71。

94 〔清〕陳文述：《頤道堂詩外集》，《清代詩文集彙編》，第564冊，卷6，頁661下欄。

花一芫然」。[95] 當然，也有請他人繪閨秀拈花圖者，其例甚多，不贅列。其中，較有趣的是女性形象作為陪襯者，如白恩佑（1812年生）〈戲題潤鴻族叔小照〉（照內畫一女子，拈花枝微笑）：「有女同車，其新孔嘉。拈花微笑，花邪人邪。花能解語，其室則邇。目中心中，請參此旨」，[96] 此即把白潤鴻及其身邊的女性分別比作維摩居士及《維摩詰經》中的散花天女，意在統合「天女散花」、「拈花微笑」兩個佛教事典為一體。

清代閨秀類「拈花圖」中的像主，還會寫歷史人物和剛剛辭世者（男性像主亦然，如姚元之〔1773－1852〕〈梁武遺像二首〉、韓崶〔1758－1834〕〈題從兄梅坡先生遺照〉等），[97] 前者如陳珽〈題蘇若蘭小像〉其二：「洗盡鉛華為寫真，拈花小立亦傳神」，[98] 查林〈宋於庭從滇僧得圓圓小像，為題截句〉：「拈花幻影認紅妝，六詔優曇倚法王」所說蘇若蘭、陳圓圓（1623－1695），[99] 後者如王汝金〈題屺懷女史拈花遺照二首〉：「秋風仙佩返蓬壺，空寫遺容入畫圖」（其一）、「香雲忽擁西歸去，仍作蓮峰頂上花」（其二）等。[100]

---

95 〔清〕沈善寶著，珊丹校注：《鴻雪樓詩詞集校注》（北京：中國社會科學出版社，2012年），頁396–397。
96 〔清〕白恩佑：《進修堂詩集》，《清代詩文集彙編》，第634冊，卷12，頁273上欄。
97 〔清〕姚元之：《鷹青集》，《清代詩文集彙編》，第541冊，卷下，頁90下欄；〔清〕韓崶：《還讀齋詩稿·續刻》，《清代詩文集彙編》，第454冊，卷1，頁516上欄。
98 〔清〕陳珽：《賜錦堂詩鈔》，《清代詩文集彙編》，第495冊，卷2，頁322下欄。
99 〔清〕查林：《花農詩鈔》，《清代詩文集彙編》，第537冊，卷2，頁512上欄。
100 〔清〕王汝金：《味諫果齋集》，《清代詩文集彙編》，第645冊，卷3，頁65下欄—66上欄。此詩所說「遺照」，性質與敦煌文獻所載臨終所繪「邈真」相同，都極具紀念性。而敦煌僧人荼毗前畫邈真的做法，後世亦然，如顧復初〈減蘭·游桂湖作〉其三下片：「再來堂上，彈指荼毘留畫像。我證圓通，不在拈花一笑中」即抒寫詞人面對妙勝禪師拈花遺像而生出的種種人生遺憾。見〔清〕顧復初：《海風簫詞》，《清代詩文集彙編》，第564冊，頁261下欄—頁262上欄。

## （二）從「拈花圖」及其題詠者之間的倫理關係看，清代遠比前代複雜

社會倫理方面，除了以前常見的朋友、同僚、師生之間的題詠外，清代較特殊的是君臣間的題詠唱和，尤其是在乾隆朝：如乾隆皇帝〈鄒一桂菊華秋實〉、〈題錢維城山水畫冊〉其二十三〈西番蓮〉等，都用「拈花微笑」類事典來題詠鄒一桂（1686－1772）、錢維城（1720－1772）的相關畫作，而錢維城〈是日蒙賜鑲玉如意一柄，御題仇英、文從簡畫二軸，端硯一方，復恭和御製〉（元韻）不但使用相同的佛典，而且是步乾隆原韻之作。家庭倫理方面，（外）祖孫、舅甥、兄弟等族親的題詠詩詞，數量驟增，如汪學金（1748－1804）〈題外祖拈花微笑圖〉、[101] 秦瀛〈題王蔗村外舅鏡中照，即次自題原韻〉、[102] 沈兆澐（1784－1877）〈題徐晴圃舅氏拈花圖照〉、[103] 王詠霓〈題王莘原味蘭圖〉、[104] 徐宗幹（1796－1866）〈題劉曉園內弟拈花圖〉、[105] 白恩佑〈戲題潤鴻族叔小照〉等，都值得一讀。更可注意的是，清代出現了不少出色的夫妻檔、父子檔作家，且都有相關繪圖的題詠之作，前者如孫原湘與席佩蘭、王芑孫與曹貞秀等，後者像法式善、桂馨父子等。特別是法式善為桂馨的成長與成才，編織多重社會關係網組織了相關題材的文藝創作活動。[106]

---

101 〔清〕汪學金：《靜厓詩稿‧初稿》，《清代詩文集彙編》，第422冊，卷5，頁429下欄。
102 〔清〕秦瀛：《石研齋集》，《清代詩文集彙編》，第350冊，卷4，頁687下欄—頁688上欄。
103 〔清〕沈兆澐：《織簾書屋詩鈔》，《清代詩文集彙編》，第546冊，卷3，頁21上欄。
104 〔清〕王詠霓：《函雅堂集》，《清代詩文集彙編》，第740冊，卷30，頁569下欄—570上欄。
105 〔清〕徐宗幹：《斯未信齋詩錄》，《清代詩文集彙編》，第593冊，卷3，頁423下欄。
106 參許珂：〈父子、師友與夫妻：法式善《桂馨圖》及其題跋中的多重隱喻與人際網絡〉，《藝術工作》2020年第2期，頁55–63。

## （三）從「拈花」主體及所「拈」對象言，清代範圍遠比前朝廣泛

除了諸佛、菩薩及僧尼外，拈花主體已轉移到世俗大眾身上，如前面所說的官員、士大夫、女性等。其中，將軍拈花是前代較少見的，相關代表作有王汝金〈題陳雲門（述祖）鎮軍獨立拈花圖二首〉、[107] 郭嵩燾〈周步瀛拈花圖〉、楊慶琛（1783－1867）〈題蘇𧊧石制軍拈花微笑圖遺像〉其一等。[108] 當然，這些繪圖不是將軍征戰時的寫照，而是他們閑暇時的生活照或臨終遺像，這說明佛教思想對當時軍人的社會生活也有一定影響。[109] 所拈同樣雖以梅花為最，但是，桃花、杏花（紅杏）、蘭花、桂花、蓮花、菊花、梔子、牡丹、荼蘼（佛見笑）等花卉的出現頻次比前代更高，甚至連佛手柑、仙人掌也進入了詩人的視野，代表作分別是丁耀亢（1669卒）〈佛手柑〉和蔡希邠〈仙人掌〉，[110] 二詩從佛臂或佛掌展開聯想，自然引出「拈花微笑」事典，但後者因用蓬萊仙人撫掌故事，故強調了仙佛融合的修道思想。此

---

107 〔清〕王汝金：《味諫果齋集》，《清代詩文集彙編》，第645冊，卷3，頁81上—下欄。
108 〔清〕楊慶琛：《絳雪山房詩鈔‧續鈔》，《清代詩文集彙編》，第542冊，卷6，頁610上欄。
109 總體說來，清代士人從軍者不多，故詩歌較少描寫軍人形象。但在「拈花圖」題材中似是例外，除前面三首代表作外，嚴辰〈題王景之茂才拈花小影〉也值得探究，其一曰：「宣尼最結崇蘭契，繫入義爻操入琴。畫裏讀書真種子，拈花微悟聖人心」，其二曰：「騷經忠愛葩經孝，紉采由來服國香。怪道君家有癡叔，奇男真作木蘭裝（謂雪汀令叔從軍塞外）」，前後對比，顯而易見，嚴氏偏愛秀才王景芝，而對其叔王雪汀出塞參軍之舉深感意外。詩見〔清〕嚴辰：《墨花吟館詩鈔》，《清代詩文集彙編》，第689冊，卷10，頁265上欄。又，若據潘遵祁同治十年（1871）作〈閏生和詩三章，復以聞陝甘捷音志喜疊韻作見示，三疊前韻〉：「先生斗室自吟春，忽報臨洮唱凱新……星辰夜看銷兵象，風雪寒思橐筆人（王雪汀從軍，方出歸化城）。關隴地形堪聚米，撫綏早晚聽溫綸」，則知王雪汀作為文職人員參加了左宗棠（1812–1885）同治九年（1870）平定陝甘馬化龍之亂的戰爭，他負責文書工作。詩見〔清〕潘遵祁：《西圃續集》，《清代詩文集彙編》，第629冊，卷1，頁634下欄。
110 〔清〕丁耀亢：《丁野鶴先生遺稿‧歸山草》，《清代詩文集彙編》，第13冊，卷2，頁512下欄；〔清〕蔡希邠：《寓真軒詩鈔》，《清代詩文集彙編》，第726冊，卷10，頁187上欄。

外,又有諸花合題者,算是別具一格,像楊維坤〈題庶庵拈花圖〉題注明確指出:「合寫佛手、薔薇二種。」[111]

## (四)從使用「拈花」類典故題圖之作「圖」的範圍看,清代較前朝寬泛

除了題名為「拈花」類的繪畫外,還有大量表面看來跟「拈花」無關的繪圖,其具體內容必須結合詩詞正文才清楚圖中人物拈花與否,如朱為弼(1771-1840)〈題陳石琴同年蒲團習靜圖〉、[112] 秦道然(1658-1747)〈九九消寒詩〉其三十九、[113] 袁枚〈法大司成詩龕圖〉、[114] 梁同書(1723-1815)〈題陸瀚一團和炁鍾仙圖〉、[115] 孫星衍(1753-1818)〈題吳思亭禪趣圖〉、[116] 張問陶(1764-1814)〈顧亭王丈以花塢夕陽遲詩意寫照,題句寄之〉、[117] 周鶴立〈題廖鍾隱明府(大聞)聲聞圖〉、樂鈞〈吳雲石(俊)為余作蓮隱圖,以詩報謝〉、[118] 楊夔生(1781-1841)〈古梅曲‧題羅兩峰山人(聘)鬼趣圖橫卷〉、[119] 朱葵芝〈題沈雲嵐(鈺)司馬蕉陰讀易圖〉、[120] 謝荍(1788-1862)〈為邑侯俞鴻甫題皆空圖〉、[121] 邵亨豫(1817-1883)

---

111 〔清〕楊維坤:《研堂詩稿‧拾遺》,《清代詩文集彙編》,第219冊,頁355下欄。
112 〔清〕朱為弼:《蕉聲館詩集》,《清代詩文集彙編》,第501冊,卷7,頁660上欄。
113 〔清〕秦道然:《泉南山人存稿》,《清代詩文集彙編》,第201冊,卷下,頁223下欄。
114 王英志編纂校點:《袁枚全集新編》(杭州:浙江古籍出版社,2015年),第4冊,頁1002–1003。是詩作於嘉慶二年(1797)。
115 〔清〕梁同書:《頻羅庵遺集》,《清代詩文集彙編》,第353冊,卷2,頁33下欄—34上欄。
116 〔清〕孫星衍:《孫淵如先生全集‧冶城遺集》,《清代詩文集彙編》,第436冊,頁347上欄。
117 〔清〕張問陶:《船山詩草》(北京:中華書局,1986年),上冊,頁346–347。
118 〔清〕樂鈞:《青芝山館詩集》,《清代詩文集彙編》,第481冊,卷3,頁98下欄。
119 〔清〕楊夔生:《真松閣詞》,《續修四庫全書》,第1726冊,卷3,頁2a–b。
120 〔清〕朱葵芝:《妙吉祥室詩鈔》,《清代詩文集彙編》,第537冊,卷4,頁99上欄。
121 〔清〕謝荍:《惕夫詩鈔》,《清代詩文集彙編》,第562冊,卷31,頁348下欄。

〈題韓寶臣刺史椿蔭圖〉、[122] 鮑瑞駿〈寄懷汪菽民司馬〉、[123] 周騰虎（1816－1862）〈題朱蓀卿品詩圖〉、[124] 潘鍾瑞（1823－1890）〈解語花・題畫嗅花士女〉、[125] 潘祖同（1829－1902）〈沈北山明經（梓）以其先人遺照屬題〉、[126] 張鳴珂〈臺城路・題吳景喬（松年）竹院參禪圖〉、沈鎔經（1834－1885）〈題陳星齋大令馬上春風圖〉、[127] 丘逢甲（1864－1912）〈題易實甫所藏張夢晉歲寒三友圖，實甫自言張後身也〉等，[128] 雖說有些題名中的關鍵詞如「習靜」、「禪趣」、「聲聞」、「參禪」的思想明顯指向佛教禪宗，但也有指向儒家（如「易」）、神仙道教（如「鍾仙」）乃至日常詩藝風流（如「品詩」）者。題詠者之所以用「拈花」類語典、事典入詩詞，當是原圖本身就包含了主要人物拈花（或嗅花）的敘事要素。此外，需要說明的是，隨著西方攝影技術傳入中國，晚清出現了少量詠「拈花」攝影題材的詩歌，[129] 如何仁山（1889卒）〈蔣姬梁雲笙小影，蔣吉雲同年屬題〉其二「竟體芬芳稱雅裁，蘭閨硯席許親陪。拈花一笑聞香處，定卜燕姬入夢來」[130] 記錄的似是梁雲笙陪同蔣吉雲縣令出席社交活動時的留影，劉樞（1164年卒）〈題練塘吳午莊貳尹拈花獨立照〉其一「吟身八尺盡昂藏，早晚雄心看劍長。一角江鄉貪

---

122 〔清〕邵亨豫：《願學堂詩存》，《清代詩文集彙編》，第671冊，卷18，頁177上欄。
123 〔清〕鮑瑞駿：《桐華舸詩鈔・續鈔》，《清代詩文集彙編》，第630冊，卷7，頁252上欄。又，鮑是道光癸卯（1843）舉人。
124 〔清〕周騰虎：《餐芳華館詩集》，《清代詩文集彙編》，第663冊，卷7，頁387上欄。
125 〔清〕潘鍾瑞：《香禪精舍集・詞》，《清代詩文集彙編》，第691冊，卷1，頁729上欄。又，是詞作於道光二十六年（1846）。
126 〔清〕潘祖同：《竹山堂詩稿》，《清代詩文集彙編》，第709冊，卷上，頁568下欄。
127 〔清〕沈鎔經：《慧香室集》，《清代詩文集彙編》，第726冊，卷3，頁370下欄。
128 〔清〕丘逢甲：《嶺雲海日樓詩鈔》，《清代詩文集彙編》，第789冊，卷11，頁490下欄。
129 按，晚清「拈花」詩詞作「(自)題XX(小)照」、「題XX像(影)」標題者甚多，但絕大多數因圖片、照片缺失，故很難判斷它們是否為攝影詩詞。後文所舉時間相對早的兩首詩作，僅是推斷，確否，盼博雅君子不吝賜教。當然，較明確屬此類作品的，可舉出馬丕瑤（1831-1895）同治十年（1870）所寫〈自題三十九歲小照〉、〈自題小照〉，見〔清〕馬丕瑤：《馬中丞遺集・雜著》，《清代詩文集彙編》，第713冊，頁814下欄。
130 〔清〕何仁山：《草草草堂詩草》，《清代詩文集彙編》，第644冊，卷下，頁294下欄。

保障，弓刀幾隊肅橫塘」，[131] 似是軍官江防練兵休息時的留影，[132] 前一首作者及像主皆是廣東人，後一首作者是上海人，而廣東、上海恰是最先接觸西方攝影的通商地，故出現該類詩作自在情理之中。如果此推斷不誤的話，則可以明確地說清代「拈花」類繪圖，題材已完全泛化。

## （五）從「拈花圖」詩詞的主題看，清代尤其是中後期相對聚焦於「情禪」，其特色遠比前代鮮明

雖然「情禪」說在晚明戲劇界已相當流行，[133] 但它真正在文學界廣為流行則在清代中後期，尤其相對集中於「拈花圖」題材，並經常直接以「情禪」入詩詞，且其作者不分性別。

前文已言，「拈花微笑」等語典旨在傳達禪宗心法，此無疑也是北宋以降相關題材最常見的主題，也是最本色的書寫範式。這點，清人同樣有所體現，毛國翰（1772－1846）〈暇日偶閱近人詩，各繫一絕〉其三即夫子自道云：「南施北宋各春容，誰向宣城問舊蹤。好與圖中尋摘句，拈花微笑悟禪宗」。[134] 甚至還有以佛偈形式的題詠之作，如吳騫（1733－1813）〈澧塘拈花微笑圖〉「何來一枝花，拈出無名指……先生默點頭，你說的便是」，[135] 為典型的白話偈，頗有「梵志體」的韻味，王詠霓〈題吳益三拈花微笑圖〉，則以「六潭居士」的身分而頌出四言偈「佛云出世，惟我獨尊。亦無明鏡，

---

131 〔清〕劉樞：《西澗舊廬詩稿・歸雲草》，《清代詩文集彙編》，第556冊，卷3，頁50上欄。

132 據劉樞〈題練塘吳午莊貳尹拈花獨立照〉其二「三江口接五湖長，舟楫時艱慎戍防」，故可推斷吳氏是在江防要地練塘（今上海青浦練塘鎮）練兵。詩見〔清〕劉樞：《西澗舊廬詩稿・歸雲草》，卷3，頁50上欄。

133 參陳維昭：〈《西廂》製藝・情禪・戲曲體驗主義〉，《文學遺產》2022年第2期，頁108-117；喬光輝、沈欣儀：〈情禪：閔齊伋《六幻西廂記》編撰思想之佛學解讀〉，《江蘇師範大學學報（社會科學版）》第48卷第5期（2022年9月），頁97-113。

134 〔清〕毛國翰：《蘆園詩鈔》，《清代詩文集彙編》，第506冊，卷4，頁432下欄。

135 〔清〕吳騫：《拜經樓詩集》，《續修四庫全書》，第1454冊，頁4b。

不轉法輪。乃入涅槃，眾妙之門。維時弟子，摩訶迦葉，破顏微笑，得大解脫……祖師西來，不立宗旨。佛告阿難，我聞如是」，[136] 這可謂是一部極簡的東土禪宗流播史。

清人抒寫「情禪」的前提，首先是他們常把本來已經超越有情無情的佛定位為多情者，張維屏（1780－1859）〈拈花一笑圖為周左鄉參軍（輔）題〉即指出「是佛必多情」，[137] 劉敦元（1779生）〈題花雨證因圖〉「迦葉拈花世尊笑，《四十二章》得元妙。薝蔔流香滿大空，阿難未醒雲門覺。我聞善慧師，訪花優婆夷，七莖獻佛不索值，長願生生世世為君妻。小劫千年復何有，拂子直豎雙眉低。劍動花飛開女市，佛說情禪大歡喜。空空色色夢無差，一花散作恆河沙」，[138] 則把善慧買花獻佛故事與拈花微笑傳說統合成篇，旨在說明佛法內容其本身就涉及情禪。其次是他們常把佛教禪法信仰者、實踐者也定位為多情種子（自定、他定，兩種情況皆有），如孫原湘〈再題拈花圖〉公開宣稱「空中好色不傷春」，[139] 袁翼〈王夫人繡觀音像歌為朱芷湘大令作〉謂「世尊弟子皆情種」（意在讚揚朱芷湘夫婦同修佛禪），羅繞典（1793－1854）〈題山石牡丹圖〉其三又頗為豔羨地說「拈花一笑真成佛，拜石多情不算顛。名士美人難再得，古歡腳結畫中緣」，[140] 晚清大畫家吳昌碩（1844－1927）〈趙鼇侯補情圖〉其二又謂「天涯情種人誰識，老佛拈花一笑時」，[141] 汪全泰（1842卒）〈題雜花卉冊子‧梔子〉則曰「拈花一笑春痕在，遍寫風情贈謝娘」，[142] 「多情」也罷，「情種」也好，都是他們內心世界的真實寫照。職是之故，清人在日常生活場景中較為關注描寫人物的心

---

136 〔清〕王詠霓：《函雅堂集》，卷30，頁569下欄—570上欄。
137 〔清〕張維屏：《松心詩集‧草堂集》，《清代詩文集彙編》，第533冊，卷4，頁328下欄。
138 〔清〕劉敦元：《悅雲山房集‧詩存》，《清代詩文集彙編》，第531冊，卷1，頁543下欄。
139 〔清〕孫原湘：《孫原湘集》，上冊，頁262。
140 〔清〕羅繞典：《蘇溪全集‧古近體詩》，《清代詩文集彙編》，第581冊，卷1，頁630下欄。
141 〔清〕吳昌碩：《缶廬詩》，《清代詩文集彙編》，第757冊，卷4，頁622上欄。
142 〔清〕汪全泰：《鐵盂居士詩稿》，《清代詩文集彙編》，第505冊，卷3，頁732下欄—733上欄。

理活動，尤其是女性的心理活動，像楊夔生〈壽樓春‧題羽素夫人綠梅影樓填詞圖〉「麋丸細，羅幨輕。倩枯花纖手，寫出盈盈。可奈水西雲北，袖迴飛英」，[143] 就對女詞人顧翎（羽素，1778－1849）在綠梅影樓作詞的場景、心態有較全面的刻畫；朱雋瀛〈高陽臺‧題美女拈花小影〉「出柔荑搴到枝邊，倚到欄邊。儘人私語旁相訢，只輕拈微笑，未解情牽。不是仙郎，料應難拍香肩。呼春我與殷勤囑，願絲蘿，早結良緣。莫教他，鶯也生憐，燕也生憐」，[144] 則抒寫懷春少女的忐忑不安，但更多的是對美好愛情的嚮往。

清人的「情禪」詞，偶有用前人韻而明示其主題者，如胡念修（1873生）〈摸魚兒‧用龔定庵韻〉是步韻龔自珍（1792－1841）的〈摸魚兒‧二月八日，重見於紅茶花下，擬之明月入手，彩雲滿懷〉，[145] 但胡氏結尾作「孤雲且住。莫參盡情禪，拈花微笑，指作斷腸處」，更強化了龔氏原詞沒有明說的「情禪」意識。[146] 又有擬前賢之作而轉換其主題者，如朱祖謀（1857－1931）〈柳梢青‧題韻香道女畫蘭，儗厲樊榭〉「年年聽雨空山。消不得、天花妙鬘。休問東風，色香多少，葉葉情禪」，[147] 所擬當是厲鶚（1692－1752）組詞〈柳梢青‧效許圭塘體〉，[148] 雖說厲詞（其一）下片「佛土茶香，漁村蓴滑，好個江南」描寫了江南的民俗佛教事象，[149] 畢竟其中心主題不在佛教，而朱氏巧妙地以「情禪」入詞，故主題發生了巨大的遷移，這就是他的創新性轉化和創造性發展吧。

清代「拈花圖」類詩詞，除上述五個突出特點以外，還有一點需要略作

---

143 〔清〕楊夔生：《真松閣詞》，卷3，頁12b。又，「枯花」之「枯」，當是「拈」之形訛，當據改。

144 〔清〕朱雋瀛：《玉屑詞》，《清代詩文集彙編》，第759冊，卷下，頁444上欄。

145 〔清〕胡念修：《捲秋亭詞鈔》，《清代詩文集彙編》，第793冊，卷上，頁277上欄；〔清〕龔自珍：《龔自珍全集》（上海：上海人民出版社，1975年），第11輯，頁571。

146 〔清〕胡念修：《捲秋亭詞鈔》，卷上，頁277上欄。

147 〔清〕朱祖謀：《彊邨集外詞》，《清代詩文集彙編》，第783冊，頁789上—下欄。

148 〔清〕厲鶚：《樊榭山房‧續集》，《清代詩文集彙編》，第217冊，卷9，頁401下欄—402上欄。

149 〔清〕厲鶚：《樊榭山房‧續集》，卷9，頁401下欄—402上欄。

補充，那就是有些表面看來是寫世俗生活題材的作品，細究起來，其實它們或深或淺、或多或少都受過禪宗題材及其思想的影響。如顧澍〈拈花徹笑圖題詞二首〉其一「美人香草寄風華，夢到湘波別有家。一笑相思能入骨，不拈紅豆只拈花」，[150] 結句「只拈花」三字尤為關鍵，它既與題目所說「徹笑」構成首尾呼應之關係，又突顯了「拈花一笑」的真正意趣，細繹其深層意脈，旨在說明，即使是刻骨的相思之情，最終也只是空花幻影罷了。換言之，作者意在以禪思破情思啊。百齡〈題索靜亭侍御荷淨納涼圖卷〉「晶瑩冰塊明座隅，空堂六月寒生膚。故人雅抱別有托，臥遊示我清涼圖……人生淡泊志乃定，超乎色相還故吾。拈花一笑自寫照，其貌雖瘦中則腴」，[151] 又說明張氏在欣賞友人的納涼圖時，竟然有身臨其境之嘆，並情不自禁地進入觀想境界，且把自己想像成禪宗心法的傳承者。

## 三　簡短的結論

　　通過上述有關清代「拈花圖」類詩詞創作進程及其特色的描述，我們可以得出幾點較為明確的結論：一者清人在繼承前代禪學思想的基礎上，使「拈花圖」進一步泛化，呈現出佛教文藝日常化、生活化的態勢，乃至關涉僧俗二眾日常生活的方方面面，甚至包括死亡紀念（如「拈花遺照」）等特殊生活場景；二者作者隊伍迅速擴大，少數民族作家（如滿、蒙、壯等）的作品數量可觀，精品也不少；三者就清代創作史而言，它還呈現出一定的階段性特徵，如清初的遺民詩詞、中後期的情禪之作，相對說來藝術成就更高，而且還有少數反映重大政治歷史事件者（如「太平天國」等）。換言之，即使從「拈花圖」這一題材切入，其作品也大致能反映清代詩歌史的發展脈絡。此外，無論作者是僧是俗，只要相關詩詞用到了「拈花」類的語典、事典，則其主題大都會受到禪宗題材及其思想的影響。

---

150　〔清〕顧澍：《金粟影庵存稿》，《清代詩文集彙編》，第800冊，卷7，頁41下欄。
151　〔清〕百齡：《守意龕詩集》，卷8，頁88上欄。

# 後記及鳴謝

　　本書的出世，歷程頗為曲折。它的起始，正處於大疫流行的中後期，在還沒有見到黑暗隧道盡頭的曙光前，一路摸索著，忘路之遠近，見證著新冠（COVID-19）疫情這場人類浩劫的逐步消退。一路走來，頗有劫後餘生之感；此後不久，編者在其學術道路上也經歷了絕處逢生。這些大時代的和個人的獨特的背景，恰恰體現了宗教的終末思想、救贖關懷和隨著成住壞空而來的宇宙重生和生命延續，繼續生生不息。這些洶湧波濤，讓我們載浮載沉，接受挑戰，經歷磨練，最終獲得的成果，格外甘之如飴。當檢視電腦屏幕上無數的追蹤修訂和評語時，回望這一篇篇論文從口頭發表至今日編訂成型，當中的血汗、淚水、火花、挫折，在一個個緊迫的期限前挑燈夜戰，在與各匿名評審人、撰稿人、編輯助理、行政人員和出版社人員的協調互動中，有期盼中的驚喜振奮，也有預期外的失落沮喪；而編者個人在此期間也曾歧路彷徨，曲徑通幽。當千帆過盡、落花流水後，當乾淨整潔的文稿擺在眼前，終於鬆了一口氣，心裏不禁冒出一句：我們竭盡所能了，但願對得起作者和讀者！

　　本書是香港浸會大學「文學與宗教」系列的一項重要成果。該系列肇始於1994年，至今正好是三十週年。本書的編纂，是基於系列中在2023年5月舉行的第九次會議，名為「宗教圖像與中國文學國際研討會」。參會學者們發表的論文，經過嚴格的雙匿名評審程序和鐵面無私的甄選汰篩，[1] 作者們的努力修訂、編輯工作小組的不辭勞苦的翻譯和編校後，結集成書。

　　研討會的籌組工作和論文集的編輯得到各方的鼎力支持，方能大功告成。會議的籌備工作，早在2022年6月開始，那時還處於新冠疫情高峰期，

---

[1] 前五篇主題演講除外。

我們抱著戰戰兢兢的心態背水一戰，為的是不讓這崇高的學術傳統停滯太久——對上一次是2015年的「道教與文學」會議。於是在疫情陰霾下費盡心力，把會議一切可能出現的問題都做了防範措施，其中最具特色的是：會議採取線上和實體混合模式，這也是應運而生的時代產物。結果超過三分之一的參會學者因各自的情況而不克出席實體會議，為活動留下了一點遺憾。實體會議的參會學者、工作人員和聽會者，有相當部分戴著口罩，這也是一個以往會議所沒有的獨特風景。更有參會者離會後發現感染了新冠病毒，令我們愧疚不已。

參會論文共有三十多篇，其中五篇為主題演講。這裏要感謝各方友人的大力支持，會議才能有如此超高規格和盛大場面。首先是「文學與宗教」系列的長期坐鎮學者李豐楙教授的歷屆不懈的支持，慨允作主題演講。加上小南一郎教授專程到會，蓬蓽生輝。另有柯睿（Paul W. Kroll）、高萬桑（Vincent Goossaert）、田曉菲等教授，構成了俊采星馳的陣容，吸引了線上線下大量聽眾參與。主題演講人和其他參會人員等的邀請，有賴各方友好的幫忙聯繫，特別感謝劉苑如教授不遺餘力的幫助。此外，又得柯睿、劉寧、杜曉勤、吳光正等教授施以援手，陣容方得以壯大，質量得以保證。

研討會的論文編輯工作漫長而艱苦。論文雛型是參會論文版，得到三位研究生張夢如、尤雅和何倩鏵，不辭勞苦地在會場奔波勞碌、接送客人，並協助編纂會議論文集，此外又得吳萌同學當即場翻譯並擔任司儀。幾個月後，當參會論文修訂成投稿版，再經過嚴格的評審，繁瑣細碎而又必需精耕細作的編輯工作開始了。經過幾個月的奮戰，不捨晝夜的辛勞，至今終於完成，交付出版社。此期間的工作得到幾位同學的協助：陳樂恩幫忙前期的整理文稿及聯絡事務；鄭淑榕肩負主要的聯絡組稿和編校文稿之責；後來又有賴潤泉加入編校工作，梁思睿、司徒慧賢和何倩鏵幫助校對。大家在秉持一絲不苟的原則下，努力追趕，完成任務。

本研究項目自開始至編輯工作的完成，得到了各方的經濟支援。研討會主要的經費來源於香港浸會大學科研委員會（Research Committee）「國際活動」（International Activities Programme 2022/23）的撥款。另加上中國語言文

學系文學碩士課程的應急經費資助。論文集的評審、編輯、出版等經費則得到中國語言文學系文學碩士課程基金的支援，玉成本書的出版。此外，書稿校對的最後階段，由於已無資金可用，只能挪用編者個人的研究經費，以確保書稿印刷前的質量。

　　如今編者已完成在香港浸會大學十八年的歷史任務。回想月前時日無多之際，心懷終末之思，見證此書編輯工作竣工，雖未及殺青付梓，亦已完成彼階段之事務，能為學界盡此綿力，不勝榮幸。如今本書即將出版之際，欣慨交心，感觸良多，重讀此「後記」，略加修訂，聊以敘事述情，庶幾亦無憾焉。

陳偉強<br>
於九龍塘<br>
2024年7月<br>
2025年1月修訂於大埔

# 撰稿人姓名、任職單位及職稱

| 序號 | 姓名 | 職稱 |
| --- | --- | --- |
| 1 | 小南一郎 | 京都大學名譽教授；京都泉屋博古館名譽館長 |
| 2 | 柯睿（Paul W. Kroll） | 科羅拉多大學波德校區亞洲語言文明系（Asian Languages and Civilizations, University of Colorado, Boulder）榮休教授 |
| 3 | 李豐楙 | 中央研究院院士；國立政治大學名譽講座教授 |
| 4 | 田曉菲 | 哈佛大學東亞語言文明系（East Asian Languages and Civilizations, Harvard University）中國文學教授 |
| 5 | 高萬桑（Vincent Goossaert） | 高等研究實踐學院（Ecole pratique des Hautes Etudes, PSL）宗教科學系「道教與中國宗教史」研究主任；法蘭西銘文與美文學術院通訊院士（Membre correspondant de l'Académie des Inscriptions et Belles-Lettres） |
| 6 | 蘇瑞隆 | 新加坡國立大學中文系雲茂潮研究中心研究員 |
| 7 | 張夢如 | 香港浸會大學中國語言文學系博士候選人 |
| 8 | 芭芭拉（Barbara Hendrischke） | 悉尼大學中國研究中心（China Studies Centre, University of Sydney）研究員 |
| 9 | 陳偉強 | 香港浸會大學中國語言文學系榮休教授；香港教育大學中國語言學系教授兼系主任 |

| 序號 | 姓名 | 職稱 |
| --- | --- | --- |
| 10 | 費安德（Andrej Fech） | 香港浸會大學中國語言文學系副教授 |
| 11 | 王嘉凡 | 北京大學中文系博士候選人 |
| 12 | 劉衛林 | 香港城市大學專業進修學院講師兼任新亞研究所文學副教授 |
| 13 | 魏寧（Nicholas Morrows Williams） | 亞利桑那州立大學國際語言文化學院（School of International Letters and Cultures, Arizona State University）中國文學副教授 |
| 14 | 劉學軍 | 江蘇第二師範學院文學院副教授 |
| 15 | 鄭吉雄 | 香港教育大學文學及文化學系講座教授 |
| 16 | 王敏慶 | 中國社會科學院文學研究所副研究員 |
| 17 | 劉苑如 | 中央研究院中國文哲研究所研究員 |
| 18 | 土屋昌明 | 專修大學國際交流學部教授 |
| 19 | 羅爭鳴 | 台州學院人文學院教授兼院長 |
| 20 | 吳光正 | 武漢大學文學院教授 |
| 21 | 萬潤保 | 揚州大學文學院教授 |
| 22 | 勞悅強 | 新加坡國立大學中文系副教授；馬來西亞拉曼大學中華研究院客卿教授 |
| 23 | 李小榮 | 教育部人文社會科學重點研究基地福建師範大學閩臺區域研究中心主任暨文學院院長 |

# 彩頁圖版

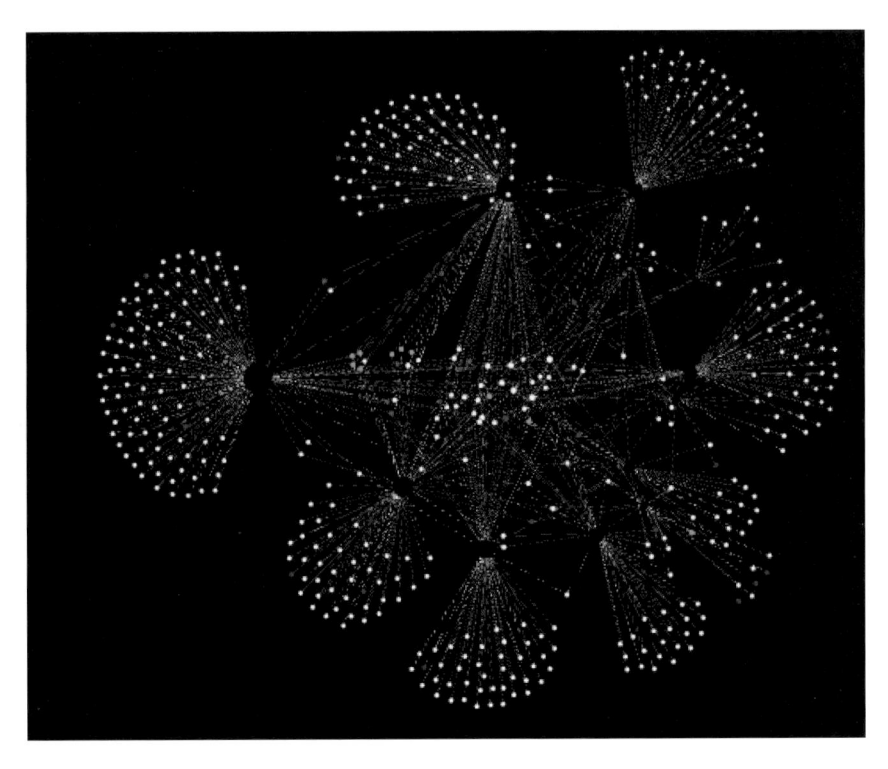

參見頁133,圖7,歷史人物(紅色為將領,綠色為詩人,藍色為儒生)

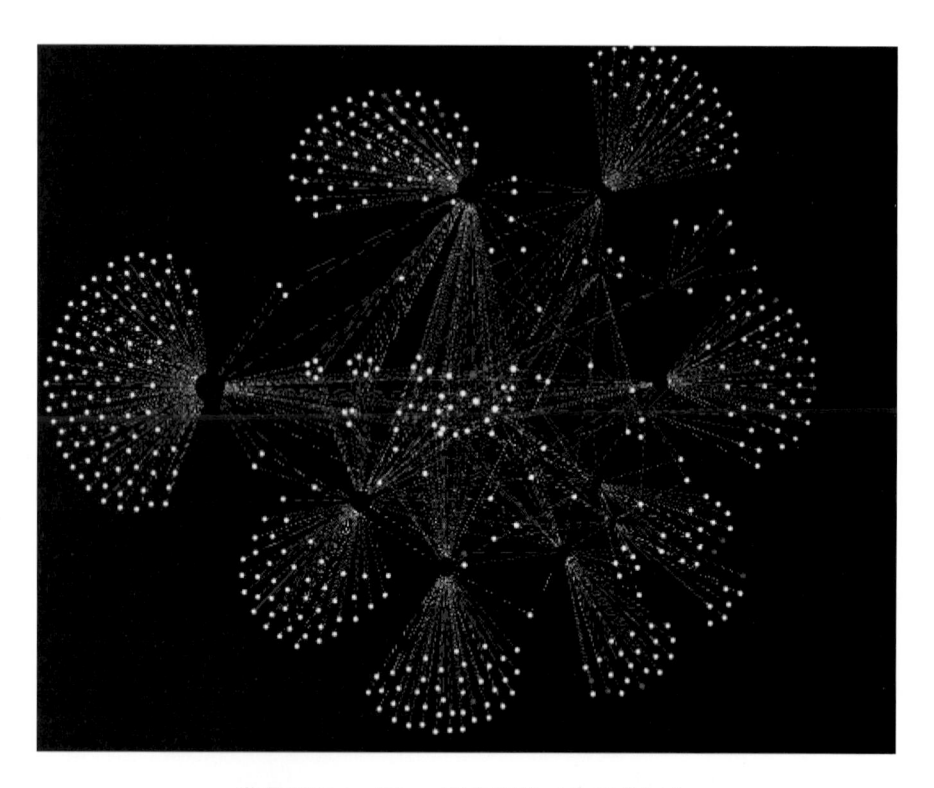

參見頁134,圖8,所有雷神(紅色標示)

香港浸會大學人文中國學術叢書・文學與宗教系列 1709001

# 中國文學與宗教的言、意、象

| 主　　編 | 陳偉強 |
| 責任編輯 | 林婉菁 |
| 特約校稿 | 林秋芬 |
| 發 行 人 | 林慶彰 |
| 總 經 理 | 梁錦興 |
| 總 編 輯 | 張晏瑞 |
| 編 輯 所 | 萬卷樓圖書股份有限公司 |
| 排　　版 | 林曉敏 |
| 印　　刷 | 博創印藝文化事業有限公司 |
| 封面設計 | 陳薈茗 |

發　　行　萬卷樓圖書股份有限公司
　　　　　臺北市羅斯福路二段 41 號 6 樓之 3
　　　　　電話 (02)23216565
　　　　　傳真 (02)23218698
　　　　　電郵 SERVICE@WANJUAN.COM.TW
香港經銷　香港聯合書刊物流有限公司
　　　　　電話 (852)21502100
　　　　　傳真 (852)23560735

ISBN　978-626-386-236-4
2025 年 2 月初版
定價：新臺幣 980 元

## 如何購買本書：

1. 劃撥購書，請透過以下郵政劃撥帳號：
   帳號：15624015
   戶名：萬卷樓圖書股份有限公司
2. 轉帳購書，請透過以下帳戶
   合作金庫銀行　古亭分行
   戶名：萬卷樓圖書股份有限公司
   帳號：0877717092596
3. 網路購書，請透過萬卷樓網站
   網址 WWW.WANJUAN.COM.TW

大量購書，請直接聯繫我們，將有專人為您服務。客服：(02)23216565 分機 610

如有缺頁、破損或裝訂錯誤，請寄回更換
版權所有・翻印必究
Copyright©2025 by WanJuanLou Books CO., Ltd.
All Rights Reserved　　　　Printed in Taiwan

## 國家圖書館出版品預行編目資料

中國文學與宗教的言、意、象/陳偉強主編. -- 初版. -- 臺北市 ： 萬卷樓圖書股份有限公司, 2025.02
　面 ； 　公分. -- (香港浸會大學人文中國學術叢書. 文學與宗教系列 ; 1709001)
ISBN 978-626-386-236-4(平裝)
1.CST: 中國文學史 2.CST: 宗教文化 3.CST: 宗教文學 4.CST: 文學評論

820.9　　　　　　　　　　　　114000498